大家文学课

格非卷

格非 编著

山東文藝出版社

图书在版编目（CIP）数据

大家文学课. 格非卷 / 格非编著. —济南:山东文艺出版社,2022. 1

ISBN 978 - 7 - 5329 - 6339 - 3

Ⅰ. ①大… Ⅱ. ①格… Ⅲ. ①世界文学—文学欣赏 Ⅳ. ①I106

中国版本图书馆 CIP 数据核字(2021)第 041204 号

大家文学课·格非卷

DAJIA WENXUE KE　GEFEI JUAN

格非　编著

主管单位　山东出版传媒股份有限公司
出版发行　山东文艺出版社
社　　址　山东省济南市英雄山路 189 号
邮　　编　250002
网　　址　www. sdwypress. com

读者服务　0531 - 82098776(总编室)
　　　　　　0531 - 82098775(市场营销部)
电子邮箱　sdwy@sdpress. com. cn

印　　刷　肥城新华印刷有限公司
开　　本　710 毫米 ×1000 毫米　1/16
印　　张　31　插页/2
字　　数　490 千
版　　次　2022 年 1 月第 1 版
印　　次　2022 年 1 月第 1 次印刷
书　　号　ISBN 978 - 7 - 5329 - 6339 - 3
定　　价　98. 00 元

弁　言

北京师范大学国际写作中心的张清华先生策划并主持“大家文学课”项目，构想颇多新意。承蒙他的信任，我亦获邀参与其中。本来，将自己读过的作品和文章选出一部分，略加评述，编订成书，以供文学爱好者参考，确实也是从教多年的文学教师理应承担的工作。因上学期清华的课程繁重，杂事丛集，实在没有太多的时间仔细甄选、权衡篇目，便于去年七月的一个周末，约请助手褚云侠女士来研究室，推敲编选方案。所以，现在读者所看到的这本书的绝大部分篇目，都是在那天下午差不多三个小时的时间中商量并决定的。我们这样做，也不光是为了图省事。还因为，我和云侠女士都有一个共同的想法：当我们在回忆自己读过的书，遴选不同体裁的文章篇目时，首先跃入脑中的作品，往往就是印象最为深刻的作品。或者说，直觉通常就是最好的路标。

褚云侠女士是张清华先生的高足，学养丰厚，敏锐而有耐心。她的介入，使这件枯燥的工作变得既轻松又令人愉快。她不仅承担了全部的文字录入和校对工作，也对具体篇目的审定，提出了不少中肯的意见。按理说，这本书应该我们两个人共同署名，才更为合理。

既然是文学课，我们在本书中所挑选的作品和文章，便大多是那些在文学史、思想史上早有定评的文本。不过，因编选体例中“本已篇”的存在，在这本书的最后，照例要编入一部分自己的作品。让自己的作品附骥于那些令人敬仰的文学巨匠和学术大师之后，确有唐突和不伦不类之感，这是我在编选过程中始终感到惶愧不安的地方。

格　非

2018 年 1 月 7 日于清华大学胜因院

目录

第三辑 述志·抒情／193

第七辑　本己篇 / 401

第一辑　叙事·虚构

李娃传

〔唐〕白行简

汧国夫人李娃，长安之倡女也。节行瑰奇，有足称者。故监察御史白行简为传述。

天宝中，有常州刺史荥阳公者，略其名氏，不书。时望甚崇，家徒甚殷。知命之年，有一子。始弱冠矣，俊朗有词藻，迥然不群，深为时辈推伏。其父爱而器之，曰："此吾家千里驹也。"应乡赋秀才举。将行，乃盛其服玩车马之饰，计其京师薪储之费，谓之曰："吾观尔之才，当一战而霸。今备二载之用，且丰尔之给，将为其志也。"生亦自负，视上第如指掌。

自毗陵发，月余抵长安，居于布政里。尝游东市还，自平康东门入，将访友于西南。至鸣珂曲，见一宅，门庭不甚广，而室宇严邃。阖一扉，有娃方凭一双鬟青衣立，妖姿要妙，绝代未有。生忽见之，不觉停骖久之，徘徊不能去。乃诈坠鞭于地，候其从者，敕取之。累眄于娃。娃回眸凝睇，情甚相慕。竟不敢措辞而去。生自尔意若有失，乃密征其友游长安之熟者，以讯之。友曰："此狭邪女李氏宅也。"曰："娃可求乎？"对曰："李氏颇赡。前与通之者多贵戚豪族，所得甚广。非累百万，不能动其志也。"生曰："苟患其不谐，虽百万，何惜。"

他日，乃洁其衣服，盛宾从，而往扣其门。俄有侍儿启扃。生曰："此谁之第耶？"侍儿不答，驰走大呼曰："前时遗策郎也！"娃大悦曰："尔姑止之。吾当整妆易服而出。"生闻之私喜。乃引至萧墙间，见一姥垂白上偻，即娃母也。生跪拜前致词曰："闻兹地有隙院，愿税以居，信乎？"姥曰："惧其浅陋湫隘，不足以辱长者所处，安敢言直耶。"延生于迟宾之馆，馆宇甚丽。与生偶坐，因曰："某有女娇小，技艺薄劣，欣见宾客，愿将见之。"乃命娃出。明眸皓腕，举步艳冶。生遽惊起，莫敢仰视。与之拜毕，叙寒燠，触类妍媚，目所未睹。复坐，烹茶斟酒，器用甚洁。

久之，日暮，鼓声四动。姥访其居远近。生绐之曰："在延平门外数里。"冀其远而见留也。姥曰："鼓已发矣。当速归，无犯禁。"生曰："幸接欢笑，不知日之云夕。道里辽阔，城内又无亲戚，将若之何？"娃曰："不见责僻陋，方将居之，宿何害焉。"生数目姥。姥曰："唯唯。"生乃召其家僮，持双缣，请以备一宵之馔。娃笑而止曰："宾主之仪，且不然也。今夕之费，愿以贫窭之家随其粗粝以进之。其余以俟他辰。"固辞，终不许。

俄徙坐西堂，帷幕帘榻，焕然夺目；妆奁衾枕。亦皆侈丽。乃张烛进馔，品味甚盛。撤馔，姥起。生娃谈话方切，诙谐调笑，无所不至。生曰："前偶过卿门，遇卿适在屏间。厥后心常勤念，虽寝与食，未尝或舍。"娃答曰："我心亦如之。"生曰："今之来，非直求居而已，愿偿平生之志。但未知命也若何？"言未终，姥至，询其故，具以告。姥笑曰："男女之际，大欲存焉。情苟相得，虽父母之命，不能制也。女子固陋，曷足以荐君子之枕席？"生遂下阶，拜而谢之曰："愿以己为厮养。"姥遂目之为郎，饮酣而散。及旦，尽徙其囊橐，因家于李之第。自是生屏迹戢身，不复与亲知相闻。日会倡优侪类，狎戏游宴。囊中尽空，乃鬻骏乘，及其家童。

岁余，资财仆马荡然。迩来姥意渐怠，娃情弥笃。他日，娃谓生曰："与郎相知一年，尚无孕嗣。常闻竹林神者，报应如响，将致荐酹求之，可乎？"生不知其计，大喜。乃质衣于肆，以备牢醴，与娃同谒祠宇而祷祝焉，信宿而返。策驴而后，至里北门，娃谓生曰："此东转小曲中，某之姨宅也。将憩而觐之，可乎？"生如其言，前行不逾百步，果见一车门。窥其际，甚弘敞。其青衣自车后止之曰："至矣。"生下。适有一人出访曰："谁？"曰："李娃也。"乃入告。俄有一妪至，年可四十余，与生相迎，曰："吾甥来否？"娃下车，妪逆访之曰："何久疏绝？"相视而笑。娃引生拜之。既见，遂偕入西戟门偏院。中有山亭，竹树葱蒨，池榭幽绝。生谓娃曰："此姨之私第耶？"笑而不答，以他语对。俄献茶果，甚珍奇。

食顷，有一人控大宛，汗流驰至，曰："姥遇暴疾颇甚，殆不识人。宜速归。"娃谓姨曰："方寸乱矣！某骑而前去，当令返乘，便与郎偕来。"生拟随之。其姨与侍儿偶语，以手挥之，令生止于户外，曰："姥且殁矣，当与某议丧事以济其急。奈何遽相随而去？”乃止，共计其凶仪斋祭之用。日晚，乘不至。姨言曰：“无复命，何也？郎骤往觇之，某当继至。”生遂往，至旧宅，门扃钥甚密，以泥缄之。生大骇，诘其邻人。邻人曰：“李本税此而居，约已周矣。第主自收。姥徙居，而且再宿矣。”征“徙何处？”曰：“不详其所。”生将驰赴宣阳，以诘其姨，日已晚矣，计程不能达。乃弛其装服，质馔而食，赁榻而寝。生恚怒方甚，自昏达旦，目不交睫。

质明，乃策蹇而去。既至，连扣其扉，食顷无人应。生大呼数四，有宦者徐出。生遽访之：“姨氏在乎？”曰：“无之。”生曰：“昨暮在此，何故匿之？”访其谁氏之第。曰：“此崔尚书宅。昨者有一人税此院，云迟中表之远至者。未暮去矣。”

生惶惑发狂，罔知所措，因返访布政旧邸。邸主哀而进膳。生怨懑，绝食三日，遘疾甚笃，旬余愈甚。邸主惧其不起，徙之于凶肆之中。绵缀移时，合肆之人共伤叹而互饲之。后稍愈，杖而能起。由是凶肆日假之，令执繐帷，获其直以自给。累月，渐复壮，每听其哀歌，自叹不及逝者，辄呜咽流涕，不能自止。归则效之。生，聪敏者也。无何，曲尽其妙，虽长安无有伦比。

初，二肆之佣凶器者，互争胜负。其东肆，车舆皆奇丽，殆不敌，唯哀挽劣焉。其东肆长知生妙绝，乃醵钱二万索顾焉。其党耆旧，共较其所能者，阴教生新声，而相赞和。累旬，人莫知之。其二肆长相谓曰：“我欲各阅所佣之器于天门街，以较优劣。不胜者罚直五万，以备酒馔之用，可乎？”二肆许诺。乃邀立符契，署以保证，然后阅之。士女大和会，聚至数万。于是里胥告于贼曹，贼曹闻于京尹。四方之士，尽赴趋焉，巷无居人。自旦阅之，及亭午，历举辇舆威仪之具，西肆皆不胜，师有惭色。乃置层榻于南隅，有长髯者拥铎而进，翊卫数人。于是奋髯扬眉，扼腕顿颡而登，乃歌《白马》之词。恃其夙胜，顾眄左右，旁若无人。齐声赞扬之，自以为独步一时，不可得而屈也。有顷，东肆长于北隅上设连榻，有乌巾少年，左右五六人，秉翣而至，即生也。整衣服，俯仰甚徐，申喉发调，容若不胜。乃歌《薤露》之章，举声清越，响振林木。曲度未终，闻者歔欷掩泣。西肆长为众所诮，益惭耻。密置所输之直于前，乃潜遁焉。四座愕眙，莫之测也。

先是，天子方下诏，俾外方之牧，岁一至阙下，谓之入计。时也适遇生之父在京师，与同列者易服章窃往观焉。有老竖，即生乳母婿也，见生之举措辞气，将认之而未敢，乃泫然流涕。生父惊而诘之。因告曰："歌者之貌，酷似郎之亡子。"父曰："吾子以多财为盗所害，奚至是耶?"言讫，亦泣。及归，竖间驰往，访于同党曰："向歌者谁？若斯之妙欤?"皆曰："某氏之子。"征其名，且易之矣。竖凛然大惊。徐往，迫而察之。生见竖色动，回翔将匿于众中。竖遂持其袂曰："岂非某乎?"相持而泣，遂载以归。

至其室，父责曰："志行若此，污辱吾门。何施面目，复相见也?"乃徒行出，至曲江西杏园东，去其衣服，以马鞭鞭之数百。生不胜其苦而毙。父弃之而去。其师命相狎昵者阴随之，归告同党，共加伤叹。令二人赍苇席瘗焉。至，则心下微温。举之，良久，气稍通。因共荷而归，以苇筒灌勺饮，经宿乃活。月余，手足不能自举。其楚挞之处皆溃烂，秽甚。同辈患之。一夕，弃于道周。行路咸伤之，往往投其余食，得以充肠。十旬，方杖策而起。被布裘，裘有百结，褴褛如悬鹑。持一破瓯，巡于闾里，以乞食为事。自秋徂冬，夜入于粪壤窟室，昼则周游廛肆。

一旦大雪，生为冻馁所驱，冒雪而出，乞食之声甚苦。闻见者莫不凄恻。时雪方甚，人家外户多不发。至安邑东门，循里垣北转第七八，有一门独启左扉，即娃之第也。生不知之，遂连声疾呼："饥冻之甚。"音响凄切，所不忍听。娃自阁中闻之，谓侍儿曰："此必生也，我辨其音矣。"连步而出。见生枯瘠疥厉，殆非人状。娃意感焉，乃谓曰："岂非某郎也?"生愤懑绝倒，口不能言，颔颐而已。娃前抱其颈，以绣襦拥而归于西厢。失声长恸曰："令子一朝及此，我之罪也!"绝而复苏。姥大骇，奔至，曰："何也?"娃曰："某郎。"姥遽曰："当逐之。奈何令至此?"娃敛容却睇曰："不然。此良家子也。当昔驱高车，持金装，至某之室，不逾期而荡尽。且互设诡计，舍而逐之，殆非人。令其失志，不得齿于人伦。父子之道，天性也。使其情绝，杀而弃之。又困踬若此。天下之人尽知为某也。生亲戚满朝，一旦当权者熟察其本末，祸将及矣。况欺天负人，鬼神不佑，无自贻其殃也。某为姥子，迨今有二十岁矣。计其赀，不啻直千金。今姥年六十余，愿计二十年衣食之用以赎身，当与此子别卜所诣。所诣非遥，晨昏得以温凊。某愿足矣。"姥度其志不可夺，因许之。

给姥之余，有百金。北隅四五家税一隙院。乃与生沐浴，易其衣服；为汤粥，通其肠；次以酥乳润其脏。旬余，方荐水陆之馔。头巾履袜，皆取珍异者衣之。未数月，肌肤稍腴；卒岁，平愈如初。异时，娃谓生曰："体已康矣，志已壮矣，渊思寂虑，默想曩昔之艺业，可温习乎?"生思之，曰："十得二三耳。"娃命车出游，生骑而从。至旗亭南偏门鬻坟典之肆，令生拣而市之，计费百金，尽载以归。因令生斥弃百虑以志学，俾夜作昼，孜孜矻矻。娃常偶坐，宵分乃寐。伺其疲倦，即谕之缀诗赋。

二岁而业大就，海内文籍，莫不该览。生谓娃曰："可策名试艺矣。"娃曰："未也，且令精熟，以俟百战。"更一年，曰："可行矣。"于是遂一上登甲科，声振礼闱。虽前辈见其文，罔不敛衽敬羡，愿友之而不可得。娃曰："未也。今秀士苟获擢一科第，则自谓可以取中朝之显职，擅天下之美名。子行秽迹鄙，不侔于他士。当砻淬利器，以求再捷，方可以连衡多士，争霸群英。"生由是益自勤苦，声价弥甚。

其年，遇大比，诏征四方之俊。生应直言极谏科，策名第一，授成都府参军。三事以降，皆其友也。将之官，娃谓生曰："今之复子本躯，某不相负也。愿以残年，归养老姥。君当结媛鼎族，以奉蒸尝。中外婚媾，无自黩也。勉思自爱。某从此去矣。"生泣曰："子若弃我，当自刭以就死。"娃固辞不从，生勤请弥恳。娃曰："送子涉江，至于剑门，当令我回。"生许诺。

月余，至剑门。未及发而除书至，生父由常州诏入，拜成都尹，兼剑南采访使。浃辰，父到。生因投刺，谒于邮亭。父不敢认，见其祖父官讳，方大惊，命登阶，抚背恸哭移时，曰："吾与尔父子如初。"因诘其由，具陈其本末。大奇之，诘娃安在。曰："送某至此，当令复还。"父曰："不可。"翌日，命驾与生先之成都，留娃于剑门，筑别馆以处之。明日，命媒氏通二姓之好，备六礼以迎之，遂如秦晋之偶。娃既备礼，岁时伏腊，妇道甚修，治家严整，极为亲所眷。向后数岁，生父母偕殁，持孝甚至。有灵芝产于倚庐，一穗三秀。本道上闻。又有白燕数十，巢其层甍。天子异之，宠锡加等。终制，累迁清显之任。十年间，至数郡。娃封汧国夫人，有四子，皆为大官，其卑者犹为太原尹。弟兄姻媾皆甲门，内外隆盛，莫之与京。

嗟乎！倡荡之姬，节行如是，虽古先烈女，不能逾也。焉得不为之叹息哉！

予伯祖尝牧晋州，转户部，为水陆运使。三任皆与生为代，故谙详其事。贞元中，予与陇西公佐话妇人操烈之品格，因遂述汧国之事。公佐拊掌竦听，命予为传。乃握管濡翰，疏而存之。时乙亥岁秋八月，太原白行简云。

选自《唐宋传奇集全译》，鲁迅校录，曹光甫校点，上海古籍出版社 2019 年版

编选理由：

唐传奇的出现，使得中国的叙事文学进入一个新的阶段。从情节铺排和发展来看，《李娃传》虽仍带有浓郁的民间传奇的故事特征，但总体而言已属相对成形的文人创作。鲁迅先生将它看成文人有意写小说的开端，是很有道理的。《李娃传》文辞华丽，叙事婉转，结构整饬，人物传神，为唐传奇的代表作。

小　翠

〔清〕蒲松龄

王太常，越人。总角时，昼卧榻上。忽阴晦，巨霆暴作。一物大于猫，来伏身下，展转不离。移时晴霁，物即径出。视之，非猫，始怖，隔房呼兄。兄闻喜曰：“弟必大贵，此狐来避雷霆劫也。”后果少年登进士，以县令入为侍御。生一子名元丰，绝痴，十六岁不能知牝牡，因而乡党无与为婚。王忧之。适有妇人率少女登门，自请为妇。视其女，嫣然展笑，真仙品也。喜问姓名。自言：“虞氏。女小翠，年二八矣。”与议聘金。曰：“是从我糠覈不得饱，一旦置身广厦，役婢仆，厌膏粱，彼意适，我愿慰矣，岂卖菜也而索直乎！”夫人大悦，优厚之。妇即命女拜王及夫人，嘱曰：“此尔翁姑，

奉侍宜谨。我大忙，且去，三数日当复来。”王命仆马送之。妇言：“里巷不远，无烦多事。”遂出门去。小翠殊不悲恋，便即奁中翻取花样。夫人亦爱乐之。

数日，妇不至。以居里问女，女亦憨然不能言其道路。遂治别院，使夫妇成礼。诸戚闻拾得贫家儿作新妇，共笑姗之；见女皆惊，群议始息。女又甚慧，能窥翁姑喜怒。王公夫妇，宠惜过于常情，然惕惕焉惟恐其憎子痴；而女殊欢笑，不为嫌。第善谑，刺布作圆，蹋蹴为笑。着小皮靴，蹴去数十步，给公子奔拾之；公子及婢恒流汗相属。一日，王偶过，圆訇然来，直中面目。女与婢俱敛迹去，公子犹踊跃奔逐之。王怒，投之以石，始伏而啼。王以告夫人；夫人往责女，女俛首微笑，以手刓床。既退，憨跳如故，以脂粉涂公子作花面如鬼。夫人见之，怒甚，呼女诟骂。女倚几弄带，不惧，亦不言。夫人无奈之，因杖其子。元丰大号，女始色变，屈膝乞宥。夫人怒顿解，释杖去。女笑拉公子入室，代扑衣上尘，拭眼泪，摩挲杖痕，饵以枣栗。公子乃收涕以忻。女阖庭户，复装公子作霸王，作沙漠人；己乃艳服，束细腰，婆娑作帐下舞；或髻插雉尾，拨琵琶，丁丁缕缕然，喧笑一室，日以为常。王公以子痴，不忍过责妇；即微闻焉，亦若置之。

同巷有王给谏者，相隔十余户，然素不相能；时值三年大计吏，忌公握河南道篆，思中伤之。公知其谋，忧虑无所为计。一夕，早寝，女冠带，饰冢宰状，剪素丝作浓髭，又以青衣饰两婢为虞候，窃跨厩马而出，戏云：“将谒王先生。”驰至给谏之门，即又鞭挞从人，大言曰：“我谒侍御王，宁谒给谏王耶！”回辔而归。比至家门，门者误以为真，奔白王公。公急起承迎，方知为子妇之戏。怒甚，谓夫人曰：“人方蹈我之瑕，反以闺阁之丑登门而告之，余祸不远矣！”夫人怒，奔女室，诟让之。女惟憨笑，并不一置词。挞之，不忍；出之，则无家：夫妻懊怨，终夜不寝。时冢宰某公赫甚，其仪采服从，与女伪装无少殊别，王给谏亦误为真。屡侦公门，中夜而客未出，疑冢宰与公有阴谋。次日早朝，见而问曰：“夜相公至君家耶？”公疑其相讥，惭颜唯唯，不甚响答。给谏愈疑，谋遂寝，由此益交欢公。公探知其情，窃喜，而阴嘱夫人，劝女改行；女笑应之。

逾岁，首相免，适有以私函致公者，误投给谏。给谏大喜，先托善公者往假万金，公拒之。给谏自诣公所。公觅巾袍，并不可得；给谏伺候久，怒公慢，愤将行。忽见公子衮衣旒冕，有女子自门内推之以出。大骇；已而笑抚之，脱其服冕而去。公急出，则客去远。闻其故，惊颜如土，大哭曰："此祸水也！指日赤吾族矣！"与夫人操杖往。女已知之，阖扉任其诟厉。公怒，斧其门。女在内含笑而告之曰："翁无烦怒！有新妇在，刀锯斧钺，妇自受之，必不令贻害双亲。翁若此，是欲杀妇以灭口耶？"公乃止。给谏归，果抗疏揭王不轨，衮冕作据。上惊验之，其旒冕乃粱䕸心所制，袍则败布黄袱也。上怒其诬。又召元丰至，见其憨状可掬，笑曰："此可以作天子耶？"乃下之法司。给谏又讼公家有妖人，法司严诘臧获，并言无他，惟颠妇痴儿，日事戏笑；邻里亦无异词。案乃定，以给谏充云南军。王由是奇女。又以母久不至，意其非人，使夫人探诘之，女但笑不言。再复穷问，则掩口曰："儿玉皇女，母不知耶？"

无何，公擢京卿。五十余，每患无孙。女居三年，夜夜与公子异寝，似未尝有所私。夫人舁榻去，嘱公子与妇同寝。过数日，公子告母曰："借榻去，悍不还！小翠夜夜以足股加腹上，喘气不得；又惯掐人股里。"婢妪无不粲然。夫人呵拍令去。一日，女浴于室，公子见之，欲与偕；女笑止之，谕使姑待。既去，乃更泻热汤于瓮，解其袍裤，与婢扶之入。公子觉蒸闷，大呼欲出。女不听，以衾蒙之。少时，无声，启视，已绝。女坦笑不惊，曳置床上，拭体干洁，加复被焉。夫人闻之，哭而入，骂曰："狂婢何杀吾儿！"女辗然曰："如此痴儿，不如勿有。"夫人益恚，以首触女；婢辈争曳劝之。方纷噪间，一婢告曰："公子呻矣！"辍涕抚之，则气息休休，而大汗浸淫，沾浃裀褥。食顷，汗已，忽开目四顾，遍视家人，似不相识，曰："我今回忆往昔，都如梦寐，何也？"夫人以其言语不痴，大异之。携参其父，屡试之，果不痴。大喜，如获异宝。至晚，还榻故处，更设衾枕以觇之。公子入室，尽遣婢去。早窥之，则榻虚设。自此痴颠皆不复作，而琴瑟静好，如形影焉。

年余，公为给谏之党奏劾免官，小有罣误。旧有广西中丞所赠玉瓶，价累千金，将出以贿当路。女爱而把玩之，失手堕碎，惭而自投。公夫妇方以免官不快，闻之，怒，交口呵骂。女奋而出，谓公子曰："我在汝家，所保全者不止一瓶，何遂不少存面目？实与君言：我非人也。以母遭雷霆之劫，深受而翁庇翼，又以我两人有五年夙分，故以我来报曩恩、了夙愿耳。身受唾骂，擢发不足以数，所以不即行者，五年之爱未盈，今何可以暂止乎！”盛气而出，追之已杳。公爽然自失，而悔无及矣。公子入室，睹其剩粉遗钩，恸哭欲死，寝食不甘，日就羸悴。公大忧，急为胶续以解之，而公子不乐。惟求良工画翠小像，日夜浇祷其下。

几二年，偶以故自他里归。明月已皎，村外有公家亭园，骑马墙外过，闻笑语声，停辔，使厩卒捉鞚，登鞍一望，则二女郎游戏其中。云月昏蒙，不甚可辨。但闻一翠衣者曰：“婢子当逐出门！”一红衣者曰：“汝在吾家园亭，反逐阿谁？”翠衣人曰：“婢子不羞！不能作妇，被人驱遣，犹冒认物产也？”红衣者曰：“索胜老大婢无主顾者！”听其音，酷类小翠，疾呼之。翠衣人去曰：“姑不与若争，汝汉子来矣。”既而红衣人来，果小翠。喜极。女令登垣，承接而下之，曰：“二年不见，骨瘦一把矣！”公子握手泣下，具道相思。女言：“妾亦知之，但无颜复见家人。今与大姊游戏，又相邂逅，足知前因不可逃也。”请与同归，不可；请止园中，许之。公子遣仆奔白夫人。夫人惊起，驾肩舆而往，启钥入亭。女即趋下迎拜；夫人捉臂流涕，力白前过，几不自容，曰：“若不少记榛梗，请偕归，慰我迟暮。”女峻辞不可。夫人虑野亭荒寂，谋以多人服役。女曰：“我诸人悉不愿见，惟前两婢朝夕相从，不能无眷注耳，外惟一老仆应门，余都无所复须。”夫人悉如其言。托公子养疴园中，日供食用而已。

女每劝公子别婚，公子不从。后年余，女眉目音声，渐与曩异，出像质之，迥若两人。大怪之。女曰：“视妾今日，何如畴昔美？”公子曰：“今日美则美，然较昔则似不如。”女曰：“意妾老矣！”公子曰：“二十余岁，何得速老。”女笑而焚图，救之已烬。一日，谓公子曰：“昔在家时，阿翁谓妾抵死不作茧。今亲老君孤，妾实不能产，恐误君宗嗣。请娶妇于家，旦晚侍奉翁姑，君往来于两间，亦无所不便。”公子然之，纳币于钟太史之家。吉期将近，女为新人制衣履，赍送母所。及新人入门，则言貌举止，与小翠无毫发之异，大奇之。往至园亭，则女亦不知所在。问婢，婢出红巾曰：“娘子暂归宁，留此贻公子。”展巾，则结玉玦一枚，心知其不返，遂携婢俱归。虽顷刻不忘小翠，幸而对新人如觌旧好焉。始悟钟氏之姻，女预知之，故先化其貌，以慰他日之思云。

异史氏曰：一狐也，以无心之德，而犹思所报；而身受再造之福者，顾失声于破甑，何其鄙哉！月缺重圆，从容而去，始知仙人之情，亦更深于流俗也！

选自《聊斋志异》，上海古籍出版社 2010 年版

编选理由：

《聊斋志异》代表了中国古代文言短篇小说的最高成就，《小翠》又是《聊斋志异》中最出色的作品之一。小说的故事是通过常见的报恩线索展开的，其中有两点稍可注意。其一是报恩的方式极为反常，这既使得小翠不类流俗、率性痴顽的狐仙形象具有了特殊价值，亦反衬出世俗生活的平庸质地。其二，小翠因知道元丰命中注定要与钟氏女成亲，所以预先幻化为钟氏容貌，以便将来两人诀别时，元丰不至于哀恸欲绝，由此写出了“狐仙之心”的慎微细密。正是后者，使作品余韵悠长，令人难忘。

在酒楼上

鲁迅

我从北地向东南旅行，绕道访了我的家乡，就到 S 城。这城离我的故乡不过三十里，坐了小船，小半天可到，我曾在这里的学校里当过一年的教员。深冬雪后，风景凄清，懒散和怀旧的心绪联结起来，我竟暂寓在 S 城的洛思

旅馆里了；这旅馆是先前所没有的。城圈本不大，寻访了几个以为可以会见的旧同事，一个也不在，早不知散到那里去了；经过学校的门口，也改换了名称和模样，于我很生疏。不到两个时辰，我的意兴早已索然，颇悔此来为多事了。

我所住的旅馆是租房不卖饭的，饭菜必须另外叫来，但又无味，入口如嚼泥土。窗外只有渍痕班驳的墙壁，帖着枯死的莓苔；上面是铅色的天，白皑皑的绝无精采，而且微雪又飞舞起来了。我午餐本没有饱，又没有可以消遣的事情，便很自然的想到先前有一家很熟识的小酒楼，叫一石居的，算来离旅馆并不远。我于是立即锁了房门，出街向那酒楼去。其实也无非想姑且逃避客中的无聊，并不专为买醉。一石居是在的，狭小阴湿的店面和破旧的招牌都依旧；但从掌柜以至堂倌却已没有一个熟人，我在这一石居中也完全成了生客。然而我终于跨上那走熟的屋角的扶梯去了，由此径到小楼上。上面也依然是五张小板桌；独有原是木棂的后窗却换嵌了玻璃。

“一斤绍酒。——菜？十个油豆腐，辣酱要多！”

我一面说给跟我上来的堂倌听，一面向后窗走，就在靠窗的一张桌旁坐下了。楼上“空空如也”，任我拣得最好的坐位：可以眺望楼下的废园。这园大概是不属于酒家的，我先前也曾眺望过许多回，有时也在雪天里。但现在从惯于北方的眼睛看来，却很值得惊异了：几株老梅竟斗雪开着满树的繁花，仿佛毫不以深冬为意；倒塌的亭子边还有一株山茶树，从暗绿的密叶里显出十几朵红花来，赫赫的在雪中明得如火，愤怒而且傲慢，如蔑视游人的甘心于远行。我这时又忽地想到这里积雪的滋润，著物不去，晶莹有光，不比朔雪的粉一般干，大风一吹，便飞得满空如烟雾。……

“客人，酒。……”

堂倌懒懒的说着，放下杯，筷，酒壶和碗碟，酒到了。我转脸向了板桌，排好器具，斟出酒来。觉得北方固不是我的旧乡，但南来又只能算一个客子，无论那边的干雪怎样纷飞，这里的柔雪又怎样的依恋，于我都没有什么关系了。我略带些哀愁，然而很舒服的呷一口酒。酒味很纯正；油豆腐也煮得十分好；可惜辣酱太淡薄，本来S城人是不懂得吃辣的。

大概是因为正在下午的缘故罢，这虽说是酒楼，却毫无酒楼气，我已经喝下三杯酒去了，而我以外还是四张空板桌。我看着废园，渐渐的感到孤独，但又不愿有别的酒客上来。偶然听得楼梯上脚步响，便不由的有些懊恼，待到看见是堂倌，才又安心了，这样的又喝了两杯酒。

我想，这回定是酒客了，因为听得那脚步声比堂倌的要缓得多。约略料他走完了楼梯的时候，我便害怕似的抬头去看这无干的同伴，同时也就吃惊的站起来。我竟不料在这里意外的遇见朋友了——假如他现在还许我称他为朋友。那上来的分明是我的旧同窗，也是做教员时代的旧同事，面貌虽然颇有些改变，但一见也就认识，独有行动却变得格外迂缓，很不像当年敏捷精悍的吕纬甫了

"阿，——纬甫，是你么？我万想不到会在这里遇见你。"

"阿阿，是你？我也万想不到……"

我就邀他同坐，但他似乎略略踌躇之后，方才坐下来。我起先很以为奇，接着便有些悲伤，而且不快了。细看他相貌，也还是乱蓬蓬的须发；苍白的长方脸，然而衰瘦了。精神很沉静，或者却是颓唐；又浓又黑的眉毛底下的眼睛也失了精采，但当他缓缓的四顾的时候，却对废园忽地闪出我在学校时代常常看见的射人的光来。

"我们，"我高兴的，然而颇不自然的说，"我们这一别，怕有十年了罢。我早知道你在济南，可是实在懒得太难，终于没有写一封信。……"

"彼此都一样。可是现在我在太原了，已经两年多，和我的母亲。我回来接她的时候，知道你早搬走了，搬得很干净。"

"你在太原做什么呢？"我问。

"教书，在一个同乡的家里。"

"这以前呢？"

"这以前么？"他从衣袋里掏出一支烟卷来，点了火衔在嘴里，看着喷出的烟雾，沉思似的说，"无非做了些无聊的事情，等于什么也没有做。"

他也问我别后的景况；我一面告诉他一个大概，一面叫堂倌先取杯箸来，使他先喝着我的酒，然后再去添二斤。其间还点菜，我们先前原是毫不客气的，但此刻却推让起来了，终于说不清那一样是谁点的，就从堂倌的口头报告上指定了四样菜：茴香豆，冻肉，油豆腐，青鱼干。

"我一回来，就想到我可笑。"他一手擎着烟卷，一只手扶着酒杯，似笑非笑的向我说，"我在少年时，看见蜂子或蝇子停在一个地方，给什么来一

吓，即刻飞去了，但是飞了一个小圈子，便又回来停在原地点，便以为这实在很可笑，也可怜。可不料现在我自己也飞回来了，不过绕了一点小圈子。又不料你也回来了。你不能飞得更远些么?”

“这难说，大约也不外乎绕点小圈子罢。”我也似笑非笑的说，“但是你为甚么飞回来的呢?”

“也还是为了无聊的事。”他一口喝干了一杯酒，吸几口烟，眼睛略为张大了。“无聊的。——但是我们就谈谈罢。”

堂倌搬上新添的酒菜来，排满了一桌，楼上又添了烟气和油豆腐的热气，仿佛热闹起来了；楼外的雪也越加纷纷的下。

“你也许本来知道，”他接着说，“我曾经有一个小兄弟，是三岁上死掉的，就葬在这乡下。我连他的模样都记不清楚了，但听母亲说，是一个很可爱念的孩子，和我也很相投，至今她提起来还似乎要下泪。今年春天，一个堂兄就来了一封信，说他的坟边已经渐渐的浸了水，不久怕要陷入河里去了，须得赶紧去设法。母亲一知道就很着急，几乎几夜睡不着——她又自己能看信的。然而我能有什么法子呢?没有钱，没有工夫：当时什么法也没有。”

“一直挨到现在，趁着年假的闲空，我才得回南给他来迁葬。”他又喝干一杯酒，看说窗外，说，“这在那边那里能如此呢?积雪里会有花，雪地下会不冻。就在前天，我在城里买了一口小棺材——因为我预料那地下的应该早已朽烂了——带着棉絮和被褥，雇了四个土工，下乡迁葬去。我当时忽而很高兴，愿意掘一回坟，愿意一见我那曾经和我很亲睦的小兄弟的骨殖：这些事我生平都没有经历过。到得坟地，果然，河水只是咬进来，离坟已不到二尺远。可怜的坟，两年没有培土，也平下去了。我站在雪中，决然的指着他对土工说，‘掘开来!’我实在是一个庸人，我这时觉得我的声音有些希奇，这命令也是一个在我一生中最为伟大的命令。但土工们却毫不骇怪，就动手掘下去了。待到掘着圹穴，我便过去看，果然，棺木已经快要烂尽了，只剩下一堆木丝和小木片。我的心颤动着，自去拨开这些，很小心的，要看一看我的小兄弟，然而出乎意外!被褥，衣服，骨胳，什么也没有。我想，这些都消尽了，向来听说最难烂的是头发，也许还有罢。我便伏下去，在该是枕头所在的泥土里仔仔细细的看，也没有。踪影全无!”

我忽而看见他眼圈微红了，但立即知道是有了酒意。他总不很吃菜，单是把酒不停的喝，早喝了一斤多，神情和举动都活泼起来，渐近于先前所见的吕纬甫了，我叫堂倌再添二斤酒，然后回转身，也拿着酒杯，正对面默默的听着。

“其实，这本已可以不必再迁，只要平了土，卖掉棺材，就此完事了的。我去卖棺材虽然有些离奇，但只要价钱极便宜，原铺子就许要，至少总可以捞回几文酒钱来。但我不这样，我仍然铺好被褥，用棉花裹了些他先前身体所在的地方的泥土，包起来，装在新棺材里，运到我父亲埋着的坟地上，在他坟旁埋掉了。因为外面用砖墎，昨天又忙了我大半天：监工。但这样总算完结了一件事，足够去骗骗我的母亲，使她安心些。——阿阿，你这样的看我，你怪我何以和先前太不相同了么？是的，我也还记得我们同到城隍庙里去拔掉神像的胡子的时候，连日议论些改革中国的方法以至于打起来的时候。但我现在就是这样了，敷敷衍衍，模模胡胡。我有时自己也想到，倘若先前的朋友看见我，怕会不认我做朋友了。——然而我现在就是这样。”

他又掏出一支烟卷来，衔在嘴里，点了火。

“看你的神情，你似乎还有些期望我，——我现在自然麻木得多了，但是有些事也还看得出。这使我很感激，然而也使我很不安：怕我终于辜负了至今还对我怀着好意的老朋友。……”他忽而停住了，吸几口烟，才又慢慢的说，“正在今天，刚在我到这一石居来之前，也就做了一件无聊事，然而也是我自己愿意做的。我先前的东边的邻居叫长富，是一个船户。他有一个女儿叫阿顺，你那时到我家里来，也许见过的，但你一定没有留心，因为那时她还小。后来她也长得并不好看，不过是平常的瘦瘦的瓜子脸，黄脸皮；独有眼睛非常大，睫毛也很长，眼白又青得如夜的晴天，而且是北方的无风的晴天，这里的就没有那么明净了。她很能干，十多岁没了母亲，招呼两个小弟妹都靠她；又得服侍父亲，事事都周到；也经济，家计倒渐渐的稳当起来了。邻居几乎没有一个不夸奖她，连长富也时常说些感激的活。这一次我动身回来的时候，我的母亲又记得她了，老年人记性真长久。她说她曾经知道顺姑因为看见谁的头上戴着红的剪绒花，自己也想有一朵，弄不到，哭了，哭了小半夜，就挨了她父亲的一顿打，后来眼眶还红肿了两三天。这种剪绒花是外省的东西，S城里尚且买不出，她那里想得到手呢？趁我这一次回南的便，便叫我买两朵去送她。

“我对于这差使倒并不以为烦厌，反而很喜欢；为阿顺，我实在还有些愿意出力的意思的。前年，我回来接我母亲的时候，有一天，长富正在家，不知怎的我和他闲谈起来了。他便要请我吃点心，荞麦粉，并且告诉我所加的是白糖。你想，家里能有白糖的船户，可见决不是一个穷船户了，所以他也吃得很阔绰。我被劝不过，答应了，但要求只要用小碗。他也很识世故，便嘱咐阿顺说，‘他们文人，是不会吃东西的。你就用小碗，多加糖！’然而等到调好端来的时候，仍然使我吃一吓，是一大碗，足够我吃一天。但是和长富吃的一碗比起来，我的也确乎算小碗。我生平没有吃过荞麦粉，这回一尝，实在不可口，却是非常甜。我漫然的吃了几口，就想不吃了，然而无意中，忽然间看见阿顺远远的站在屋角里，就使我立刻消失了放下碗筷的勇气。我看她的神情，是害怕而且希望，大约怕自己调得不好，愿我们吃得有味。我知道如果剩下大半碗来，一定要使她很失望，而且很抱歉。我于是同时决心，放开喉咙灌下去了，几乎吃得和长富一样快。我由此才知道硬吃的苦痛，我只记得还做孩子时候的吃尽一碗拌着驱除蛔虫药粉的砂糖才有这样难。然而我毫不抱怨，因为她过来收拾空碗时候的忍着的得意的笑容，已尽够赔偿我的苦痛而有余了。所以我这一夜虽然饱胀得睡不稳，又做了一大串噩梦，也还是祝赞她一生幸福，愿世界为她变好。然而这些意思也不过是我的那些旧日的梦的痕迹，即刻就自笑，接着也就忘却了。

“我先前并不知道她曾经为了一朵剪绒花挨打，但因为母亲一说起，便也记得了荞麦粉的事，意外的勤快起来了。我先在太原城里搜求了一遍，都没有；一直到济南……”

窗外沙沙的一阵声响，许多积雪从被他压弯了的一枝山茶树上滑下去了，树枝笔挺的伸直，更显出乌油油的肥叶和血红的花来。天空的铅色来得更浓；小鸟雀啾唧的叫着，大概黄昏将近，地面又全罩了雪，寻不出什么食粮，都赶早回巢来休息了。

“一直到了济南，”他向窗外看了一回，转身喝干一杯酒，又吸几口烟，接着说，“我才买到剪绒花。我也不知道使她挨打的是不是这一种，总之是绒做的罢了。我也不知道她喜欢深色还是浅色，就买了一朵大红的，一朵粉红的，都带到这里来。

“就是今天午后，我一吃完饭，便去看长富，我为此特地耽搁了一天。他的家倒还在，只是看去很有些晦气色了，但这恐怕不过是我自己的感觉。他的儿子和第二个女儿——阿昭，都站在门口，大了。阿昭长得全不像她姊姊，简直像一个鬼，但是看见我走向她家，便飞奔的逃进屋里去。我就问那小子，知道长富不在家。‘你的大姊呢？’他立刻瞪起眼睛，连声问我寻她什么事，而且恶狠狠的似乎就要扑过来，咬我。我支吾着退走了，我现在是敷敷衍衍……

“你不知道，我可是比先前更怕去访人了。因为我已经深知道自己之讨厌，连自己也讨厌，又何必明知故犯的去使人暗暗地不快呢？然而这回的差使是不能不办妥的，所以想了一想，终于回到就在斜对门的柴店里。店主的母亲，老发奶奶，倒也还在，而且也还认识我，居然将我邀进店里坐去了。我们寒暄几句之后，我就说明了回到S城和寻长富的缘故。不料她叹息说：

“‘可惜顺姑没有福气戴这剪绒花了。’

“她于是详细的告诉我，说是‘大约从去年春天以来，她就见得黄瘦，后来忽而常常下泪了，问她缘故又不说；有时还整夜的哭，哭得长富也忍不住生气，骂她年纪大了，发了疯。可是一到秋初，起先不过小伤风，终于躺倒了，从此就起不来。直到咽气的前几天，才肯对长富说，她早就像她母亲一样，不时的吐红和流夜汗。但是瞒着，怕他因此要担心。有一夜，她的伯伯长庚又来硬借钱——这是常有的事——她不给，长庚就冷笑着说：你不要骄气，你的男人比我还不如！她从此就发了愁，又怕羞，不好问，只好哭。长富赶紧将她的男人怎样的挣气的话说给她听，那里还来得及？况且她也不信，反而说：好在我已经这样，什么也不要紧了。’

“她还说，‘如果她的男人真比长庚不如，那就真可怕呵！比不上一个偷鸡贼，那是什么东西呢？然而他来送殓的时候，我是亲眼看见他的，衣服很干净，人也体面；还眼泪汪汪的说，自己撑了半世小船，苦熬苦省的积起钱来聘了一个女人，偏偏又死掉了。可见他实在是一个好人，长庚说的全是诳。只可惜顺姑竟会相信那样的贼骨头的诳话，白送了性命。——但这也不能去怪谁，只能怪顺姑自己没有这一份好福气。’

“那倒也罢，我的事情又完了。但是带在身边的两朵剪绒花怎么办呢？好，我就托她送了阿昭。这阿昭一见我就飞跑，大约将我当作一只狼或是什么，我实在不愿意去送她。——但是我也就送她了，对母亲只要说阿顺见了喜欢的了不得就是。这些无聊的事算什么？只要模模胡胡。模模胡胡的过了新年，仍旧教我的‘子曰诗云，去。”

“你教的是‘子曰诗云’么？”我觉得奇异，便问。

“自然。你还以为教的是ABCD么？我先是两个学生，一个读《诗经》，一个读《孟子》。新近又添了一个，女的，读《女儿经》。连算学也不教，不是我不教，他们不要教。”

“我实在料不到你倒去教这类的书，……”

“他们的老子要他们读这些；我是别人，无乎不可的。这些无聊的事算什么？只要随随便便，……”

他满脸已经通红，似乎很有些醉，但眼光却又消沉下去了。我微微的叹息，一时没有话可说。楼梯上一阵乱响，拥上几个酒客来：当头的是矮子，臃肿的圆脸；第二个是长的，在脸上很惹眼的显出一个红鼻子；此后还有人，一迭连的走得小楼都发抖。我转眼去看吕纬甫，他也正转眼来看我，我就叫堂倌算酒账。

“你借此还可以支持生活么？”我一面准备走，一面问。

“是的。——我每月有二十元，也不大能够敷衍。”

“那么，你以后预备怎么办呢？”

“以后？——我不知道。你看我们那时预想的事可有一件如意？我现在什么也不知道，连明天怎样也不知道，连后一分……”

堂倌送上账来，交给我；他也不像初到时候的谦虚了，只向我看了一眼，便吸烟，听凭我付了账。

我们一同走出店门，他所住的旅馆和我的方向正相反，就在门口分别了。我独自向着自己的旅馆走，寒风和雪片扑在脸上，倒觉得很爽快。见天色已是黄昏，和屋宇和街道都织在密雪的纯白而不定的罗网里。

（一九二四年二月一六日）

选自《鲁迅全集》（第2卷），人民文学出版社1973年版

编选理由：

去年因为批阅研究生作业，重读了鲁迅先生的《在酒楼上》。读完之后，忽然有一种前所未有的感动。当叙事者“我”在眺望废园中不以深冬为意且开得傲慢愤怒的老梅和茶花时，当吕纬甫提到送给阿顺的绒花并表示“愿世界为她变好”时，我们所熟悉的鲁迅先生，向我们呈现出了他鲜为人知的另一面。他对故乡的人和事的眷注，有了一种位于启蒙者立场之上的深情。这种情感的表露虽然一闪而过，却醇厚正大。

伊凡·伊里奇之死

〔俄〕列夫·托尔斯泰 著　草婴 译

一

在法院大厦里，当梅尔文斯基案审讯暂停时，法官和检察官都聚集在伊凡·叶果罗维奇·谢贝克办公室里，谈论着闹得满城风雨的克拉索夫案件。费多尔·瓦西里耶维奇情绪激动，认为此案不属本院审理范围；伊凡·叶果罗维奇坚持相反意见；彼得·伊凡内奇一开始就没加入争论，始终不过问这事，而是翻阅着刚送来的《公报》。

“诸位！”他说，“伊凡·伊里奇死了。”

“真的吗?”

“喏，您看吧!”他对费多尔·瓦西里耶维奇说，同时把那份散发出油墨味的刚出版的公报递给他。

公报上印着一则带黑框的讣告：“普拉斯柯菲雅·费多罗夫娜·高洛文娜沉痛哀告亲友，先夫伊凡·伊里奇·高洛文法官于一八八二年二月四日逝世。兹订于礼拜五下午一时出殡。”

伊凡·伊里奇是在座几位先生的同事，大家都喜欢他。他病了几个礼拜，据说患的是不治之症。他生病后，职位还给他保留着，但大家早就推测过，他死后将由阿历克谢耶夫接替，而阿列克谢耶夫的位置则将由文尼科夫或施塔别尔接替。因此，一听到伊凡·伊里奇的死讯，办公室里在座的人首先想到的就是，他的死对他们本人和亲友在职位调动和升迁上会有什么影响。

“这下子我很可能弄到施塔别尔或文尼科夫的位置，”费多尔·瓦西里耶维奇想。“这个位置早就说好给我了，而这样一提升，我就可以在车马费之外每年净增加八百卢布收入。”

“这下子我可以申请把内弟从卡卢加调来，”彼得·伊凡内奇想，“妻子一定会很高兴的。如今她可不能再说我不关心她家的人了。”

“我早就想到，他这一病恐怕起不来了，”彼得·伊凡内奇说，“真可怜!”

“他究竟害的是什么病啊?”

“几个医生都说不准。或者说，各有各的说法。我最后一次看见他，还以为他会好起来呢。”

“自从过节以来我就没有去看过他，去是一直想去的。”

“那么，他有财产吗?”

“他妻子手里大概有一点儿，但很有限。”

“是呀，应该去看看她。他们住得太远。”

“从您那儿去是很远。您到什么地方去都很远。”

“嘿，我住在河对岸，他总是有意见，”彼得·伊凡内奇笑眯眯地瞧着谢贝克，说。大家又说了一通城市太大、市内各区距离太远之类的话，然后回到法庭上。

伊凡·伊里奇的死讯使每个人不由得推测，人事上会因此发生什么更动，同时照例使认识他的人都暗自庆幸："还好，死的是他，不是我。"

"嘿，他死了，可我没有死。"人人都这样想，或者有这样的感觉。伊凡·伊里奇的知交，他的所谓朋友，都同时不由自主地想，这下子他们得遵循习俗，参加丧礼，慰问遗孀了。

费多尔·瓦西里耶维奇和彼得·伊凡内奇是伊凡·伊里奇最知己的朋友。

彼得·伊凡内奇跟伊凡·伊里奇在法学院同过学，自认为受过伊凡·伊里奇的恩惠。

午饭时，彼得·伊凡内奇把伊凡·伊里奇的死讯告诉了妻子，同时讲了争取把内弟调到本区的想法。饭后他不休息，就穿上礼服，乘车到伊凡·伊里奇家去。

伊凡·伊里奇家门口停着一辆自备轿车和两辆出租马车。在前厅衣帽架旁的墙上，靠着带穗子和擦得闪闪发亮的金银饰带的棺盖。两位穿黑衣的太太在这里脱去皮外套。其中一位是伊凡·伊里奇的姐姐，彼得·伊凡内奇认识她；另一位没有见过面。彼得·伊凡内奇的同事施瓦尔茨从楼上下来，一看见他进门，就站住向他使了个眼色，仿佛说："伊凡·伊里奇真没出息，咱们可不至于如此。"

施瓦尔茨脸上留着英国式络腮胡子，瘦长的身体穿着礼服，照例表现出一种典雅庄重的气派，但这同他天生的顽皮性格不协调，因此显得很滑稽。彼得·伊凡内奇心里有这样的感觉。

彼得·伊凡内奇让太太们先走，自己慢吞吞地跟着她们上楼。施瓦尔茨在楼梯顶上站住，没有下来。彼得·伊凡内奇懂得施瓦尔茨的用意：他想跟自己约定，今晚到什么地方去打桥牌。太太们上楼向孀妇屋里走去；施瓦尔茨却一本正经地抿着厚嘴唇，眼睛里露出戏谑的神气，挤挤眉向彼得·伊凡内奇示意，死人在右边房间。

彼得·伊凡内奇进去时照例有点儿困惑，不知做什么好。但有一点他很清楚，逢到这种场合，画十字总是不会错的。至于要不要同时鞠躬，他可没有把握，因此选择了折中的办法：他走进屋里，动手画十字，同时微微点头，好像在鞠躬。在画十字和点头时，他向屋子里偷偷环顾了一下。有两个青年和一个中学生，大概是伊凡·伊里奇的侄儿，他们一面画十字，一面从屋子里出来。一个老妇人一动不动地站在那里。一个眉毛弯得出奇的女人在对她低声说话。诵经士身穿法衣，精神饱满，神态严峻，大声念着什么，脸上现出神圣不可侵犯的样子，充当餐室侍仆的庄稼汉盖拉西姆蹑手蹑脚地从彼得·伊凡内奇面前走过，把什么东西撒在了地板上。彼得·伊凡内奇一看见这情景，立刻闻到淡淡的腐尸臭。他上次探望伊凡·伊里奇时，在书房里看到过这个庄稼汉。当时他在护理伊凡·伊里奇，伊凡·伊里奇特别喜爱他。彼得·伊凡内奇一直画着十字，向棺材、诵经士和屋角桌上的圣像微微鞠躬。后来，他觉得十字画得已够了，就停下来打量死人。

死人躺在那里，也像一般死人那样，显得特别沉重，僵硬的四肢陷在棺材衬垫里，脑袋高高地靠在枕头上，蜡黄的前额高高隆起，半秃的两鬓凹进去，高耸的鼻子仿佛压迫着上唇。同彼得·伊凡内奇上次看见他时相比，他的模样大变了，身体更瘦了，但他的脸也像一般死人那样，比生前好看，显得端庄。脸上的神态似乎表示，他已尽了责任，而且尽得很周到。此外，那神态还在责备活人或者提醒他们什么事。彼得·伊凡内奇却觉得没有什么事需要提醒他，至少没有事跟他有关系。他心里有点儿不快，就又匆匆画了个十字——他自己也觉得这个十字画得太快，未免有点儿失礼——转身往门口走去。施瓦尔茨双腿宽宽叉开，站在穿堂里等他，双手在背后玩弄着大礼帽。彼得·伊凡内奇瞧了瞧服饰雅致、模样顽皮可笑的施瓦尔茨，顿时精神振作起来。他知道施瓦尔茨性格开朗，不会受这里哀伤的气氛影响。他那副神气仿佛表示：伊凡·伊里奇的丧事绝没有理由破坏他们的例会，也就是说不能妨碍他们今天晚上就拆开一副新牌，在仆人点亮的四支新蜡烛的照耀下打牌的日常娱乐。总之，这次丧事不能影响他们今晚快乐的聚会。他就把这个想法低声告诉从旁边走过的彼得·伊凡内奇，并建议今晚到费多尔·瓦西里耶维奇家打牌。不过，彼得·伊凡内奇今天显然没有打牌的运气。普拉斯柯菲雅·费多罗夫娜同几位太太从内室出来了。她个儿矮胖，尽管她千方百计要自己消瘦，可是肩膀以下的部分却一个劲儿向横里发展。她穿一身黑衣，头上包一块花边头巾，眉毛像站在棺材旁的那个女人一样弯得出奇。她把她们送到灵堂门口，说：

"马上要做丧事礼拜了，你们请进。"

施瓦尔茨微微点头站住，显得犹豫不决，好像还没想好是不是接受这个邀请。普拉斯柯菲雅·费多罗夫娜认出彼得·伊凡内奇，叹了一口气，走到他紧跟前，握住他的手说：

"我知道您是伊凡·伊里奇的知心朋友……"她说到这里对他瞧了瞧，等待他听了这话后做出相应的反应。

彼得·伊凡内奇知道，既然刚才应该画十字，那么这会儿就得握手，然后叹气，说一句："真是想不到!"他就这样做了。做了以后，他发觉达到了预期的效果：他感动了，她也感动了。

"现在那边还没有开始，您来一下，我有话要跟您说。"孀妇说，"您扶着我。"

彼得·伊凡内奇伸出手臂挽住她，他们向内室走去。经过施瓦尔茨身边时，施瓦尔茨失望地向彼得·伊凡内奇使了个眼色。"唉，牌打不成了！要是我们另外找到搭档，您可别怪我们。要是您能脱身，五人一起玩也行。"他那淘气的目光仿佛在这么说。

彼得·伊凡内奇更深沉更悲伤地叹了口气，普拉斯柯菲雅·费多罗夫娜便感激地捏了捏他的手臂。他们走进灯光暗淡、挂着玫瑰红花布窗帘的客厅，在桌旁坐了下来：她坐在沙发上，彼得·伊凡内奇坐在弹簧损坏、凳面凹陷的矮沙发凳上。普拉斯柯菲雅·费多罗夫娜想叫他换一把椅子坐，可是又觉得此刻说这些话不得体，就作罢了。彼得·伊凡内奇坐到沙发凳上时，想起伊凡·伊里奇当年装饰这客厅时曾同他商量，最后决定用这种带绿叶的玫瑰红花布做窗帘和沙发套。客厅里摆满家具杂物，孀妇走过时，她那件黑斗篷的黑花边在雕花桌上挂住了。彼得·伊凡内奇欠起身，想帮她解开斗篷，沙发凳一摆脱负担，里面的弹簧立刻蹦起来，往他身上弹。孀妇自己解开斗篷，彼得·伊凡内奇又坐下来，把跳动的弹簧重新压下去。但孀妇没有把斗篷完全解开，彼得·伊凡内奇又欠起身，弹簧又往上蹦，还噔地响了一声。等这一切都过去了，她拿出一块洁净的麻纱手绢，哭起来。斗篷被钩住和沙发凳的弹簧蹦跳这些插曲使彼得·伊凡内奇冷静下来，他皱紧眉头坐着。这当儿，伊凡·伊里奇的男仆索科洛夫走进来，把这种尴尬局面打破了。他向普拉斯柯菲雅·费多罗夫娜报告，她指定的那块坟地要价两百卢布。普拉斯柯菲雅·费多罗夫娜止住哭声，可怜巴巴地瞟了一眼彼得·伊凡内奇，用法语说她的日子很难过。彼得·伊凡内奇默默地做了个手势，表示他深信她说的是实话。

“您请抽烟。”她用宽宏大量而又极其悲痛的语气说，然后同索科洛夫谈坟地的价钱。彼得·伊凡内奇一面吸烟，一面听她怎样详细询问坟地的价格，以及最后决定买哪一块。谈完坟地，她又吩咐索科洛夫去请唱诗班。索科洛夫走了。

“什么事都是我自己料理，”她对彼得·伊凡内奇说，把桌上的照相簿挪到一边，接着发现烟灰快掉到桌上，连忙把烟灰碟推到彼得·伊凡内奇面前，嘴里说，“要是说我悲伤得不能做事，那未免有点儿做作。相反，现在只有为他的后事多操点儿心，我才感到安慰……至少可以排遣点儿悲伤。”她掏出手绢，又要哭，但突然勉强忍住，打起精神，镇静地说：

“我有点儿事要跟您谈谈。”

彼得·伊凡内奇点点头，不让他身下蠢蠢欲动的沙发弹簧再蹦起来。

“最后几天他真是难受。”

“非常难受吗？”彼得·伊凡内奇问。

“唉，太可怕了！他不停地叫嚷，不是一连几分钟，而是一连几个钟头。三天三夜嚷个不停。实在叫人受不了。我真不懂我这是怎么熬过来的。隔着三道门都听得见他的叫声。唉，我这是怎么熬过来的哟！”

“当时他神志清醒吗？”彼得·伊凡内奇问。

“清醒，”她喃喃地说，“直到最后一分钟都清醒。他在临终前一刻钟跟我们告了别，还叫我们把伏洛嘉带开。”

彼得·伊凡内奇想到，他多么熟识这个人，原先是个快乐的孩子、小学生，后来成了他的同事，最后竟受到这样的折磨。尽管他觉得自己和这个女人都有点儿做作，但想到这一点，心里却十分恐惧。他又看见那个前额和那个压住嘴唇的鼻子，不禁感到不寒而栗。

“三天三夜极度痛苦，然后死去。这种情况也随时可能落到我的头上。”他想，刹那间感到毛骨悚然。但是，他自己也不知怎的，一种常有的想法很快就使他镇静下来：“这种事只有伊凡·伊里奇会碰上，我可绝不会碰上。这种事不应该也不可能落到我的头上。”他想到这些，心情忧郁，但施瓦尔茨分明向他做过暗示，他不该有这种心情。彼得·伊凡内奇思考了一下，镇静下来，详细询问伊凡·伊里奇临终前的情况，仿佛这种事故只会发生在伊凡·伊里奇身上，而绝不会发生在他身上。

在谈了一通伊凡·伊里奇肉体上所受的非人痛苦以后（这种痛苦，彼得·伊凡内奇是从普拉斯柯菲雅·费多罗夫娜神经所受的影响上领会的），孀妇显然认为该转到正题上了。

“唉，彼得·伊凡内奇，真是难受，真是太难受了，太难受了。”她又哭起来。

彼得·伊凡内奇叹着气，等她擦去鼻涕眼泪，才说：“真是想不到……”

接着她又说起来，说到了显然是她找他来的主要目的。她问他丈夫去世后怎样向政府申请抚恤金。她装作向彼得·伊凡内奇请教怎样领取赡养费，不过他看得出来，因丈夫去世她可以向政府弄到多少钱，这事她已经了解得清清楚楚，比他知道得还清楚。她不过是想知道，可不可以通过什么办法弄到更多的钱。彼得·伊凡内奇竭力思索，想到几种办法，但最后只是出于礼节骂了一通政府的吝啬，说不可能弄到更多的钱了。于是她叹了一口气，显然要摆脱这位来客。他理会了，就按灭香烟，站起身，同孀妇握了握手，走去前厅。

餐厅里摆着伊凡·伊里奇十分得意地从旧货店买来的大钟。彼得·伊凡内奇在那里遇见神父和几个来参加丧事礼拜的客人，还看见一位熟识的美丽小姐，就是伊凡·伊里奇的女儿。她穿一身黑衣，腰身本来很苗条，如今似乎变得更苗条了。她的神态忧郁、冷淡，甚至还有点儿愤慨。她向彼得·伊凡内奇鞠躬，但那副神气显出仿佛他有什么过错似的。她后面站着一个同样面带愠色的青年。彼得·伊凡内奇认识他，他是法院侦审官，家里很有几个钱，而且听说是她的未婚夫。彼得·伊凡内奇沮丧地向他们点点头，正要往死人房间走去，这时楼梯下出现了伊凡·伊里奇在中学念书的儿子。这孩子活脱儿就是年轻时的伊凡·伊里奇。彼得·伊凡内奇记得伊凡·伊里奇在法学院念书时就是这个模样。这孩子眼睛里含着泪水，神态也像那些十三四岁的愣小子。他一看见彼得·伊凡内奇，就忧郁而害臊地皱起眉头。彼得·伊凡内奇向他点点头，走进灵堂。丧事礼拜开始了：又是蜡烛，又是呻吟，又是神香，又是眼泪，又是啜泣。彼得·伊凡内奇皱紧眉头站着，眼睛瞅着自己的双脚。他一眼也不看死人，直到礼拜结束，他的心情都没有受悲伤的气氛影响，并且第一个走出灵堂。前厅里一个人也没有。充任餐厅侍仆的庄稼汉盖拉西姆从灵堂奔出来，用他那双强壮的手臂努力在一排外套中间翻寻着，终于把彼得·伊凡内奇的外套找出来，递给他。

“嗯，盖拉西姆老弟，你说呢?”彼得·伊凡内奇想说句话应酬一下，“可怜不可怜哪?”

“这是上帝的意思！我们都要到那里去的。”盖拉西姆露出一排洁白整齐的庄稼汉的牙齿，说，接着就像在紧张地干活那样猛地推开门，大声呼喊马车夫，把彼得·伊凡内奇送上车，然后又奔回台阶上，仿佛在考虑还有些什么事要做。

在闻过神香及尸体和苯酚的臭味以后，彼得·伊凡内奇特别爽快地吸了一大口新鲜空气。

“上哪儿，老爷?”马车夫问。

“不晚。还可以到费多尔·瓦西里耶维奇家去一下。”

彼得·伊凡内奇就去了。果然，他到的时候，第一局牌刚结束，因此他就顺当地成了第五名赌客。

二

伊凡·伊里奇的身世极其普通，极其简单，而又极其可怕。

他是个法官，去世时才四十五岁。他父亲是彼得堡的一名官员，曾在好几个政府机关任职，虽不能胜任某些要职，但凭着他的资格和身份，从没被逐出官场，因此总能弄到一些有名无实的官职和六千到一万卢布的有名有实的年俸，并一直享受到晚年。

伊里亚·叶斐莫维奇·高洛文就是这样一个在多余机关里的多余的三等文官。

他有三个儿子。伊凡·伊里奇排行第二。老大像他父亲一样官运亨通，不过在另一个机关，也快到领干薪的年龄。老三没有出息。他在几个地方都败坏了名声，眼下在铁路上供职。父亲也好，两位哥哥也好，特别是两位嫂子，不仅不愿同他见面，而且非万不得已，从不会想起有他这样一个兄弟。姐姐嫁给了格列夫男爵，他同他岳父一样是彼得堡的官员。伊凡·伊里奇是家里所谓的佼佼者。他不像老大那样冷淡古板，也不像老三那样放荡不羁。他介于他们之间：聪明，活泼，乐观，文雅。他跟弟弟一起在法学院念过书。老三没有毕业，念到五年级就被学校开除了；伊凡·伊里奇则毕了业，而且成绩优良。他在法学院里就显示出后来终生具备的特点：能干，乐观，厚道，随和，但又能严格履行自认为应尽的责任，而他心目中的责任就是达官贵人所公认的职责。他从小不会巴结拍马，成年后还是不善于阿谀奉承，但从青年时代起就像飞蛾扑火那样追随上层人士，模仿他们的一举一动，接受他们的人生观，并同他们交朋友。童年时代和少年时代的热情在他身上消失得干干净净。他开始迷恋声色，追逐功名，最后发展到了自由放纵的地步。不过，他的本性还能使他保持一定分寸，不至于过分逾越常规。

在法学院里，他认为自己的有些行为很卑劣，因此很嫌恶自己。但后来看到地位比他高的人都在那样干，而且并不认为卑劣，他也就不以为意，不再把它们放在心上，即使想到也无动于衷。

伊凡·伊里奇在法学院毕业，获得十等文官官衔，从父亲手里领到治装费，在著名的沙尔玛裁缝铺里定制了服装，表坠上挂一块《高瞻远瞩》的纪念章，向导师和任校董的亲王辞了行，跟同学们在唐农大饭店欢宴话别，带着从最高级商店买来的时式手提箱、衬衣、西服、剃刀、梳妆用品和旅行毛毯，走马上任，当了省长特派员。这个官职是他父亲替他谋得的。

伊凡·伊里奇到了外省，很快就像在法学院那样过得称心如意。他奉公守法，兢兢业业，生活得欢快而又不失体统。他有时奉命到各县视察，待人接物稳重得体，对上待下恰如其分，不贪赃枉法，而且总能圆满完成上司交下的差事，主要是处理好分裂派教徒事件。

他虽然年轻放荡，但处理公务却异常审慎，甚至可以说是铁面无私；在社交场中，他活泼风趣而又和蔼有礼，正像他的上司和上司太太——他是他们家的常客——称赞他的那样，是个好小子。

他同省里一位死缠住他这个风流法学家的太太有暧昧关系；还同一个女裁缝私通；有时同巡察的副官们狂饮欢宴，饭后还去花街柳巷寻欢作乐。他奉承上级长官，甚至长官夫人，手法高明，无懈可击，从未引起非议，人家至多说一句法国谚语：年轻时放荡在所难免。这一切他都干得体体面面，嘴里说的又是法国话，主要则是因为他跻身在最上层，容易博得达官显贵的青睐。

伊凡·伊里奇就这样干了五年。接着他的工作调动了，因为成立了新的司法机关，需要新的官员。

于是伊凡·伊里奇就调任这样的新职。

伊凡·伊里奇被推荐任法院侦讯官的职务，他接受了，虽然这位置在另一个省里。因此他得放弃原有的各种关系，另起炉灶，重新结交朋友。朋友们给伊凡·伊里奇饯行，同他一起摄影，还赠给他一个银烟盒留念。他就走马上任去了。

伊凡·伊里奇当法院侦讯官同样循规蹈矩，公私分明，并且像做特派员一样受到普遍尊敬。对伊凡·伊里奇来说，侦讯官的工作比原来的工作有趣得多，迷人得多。以前他感到扬扬得意的是，身穿精工缝制的文官制服，昂首阔步地经过战战兢兢等待接见的来访者和对他羡慕不止的官员们面前，一直走进长官办公室，并且跟长官一起喝茶吸烟。但那时直接听命于他的人，只有县警察局局长和分裂派教徒，而且要在他奉命出差的时候。他对待他们总是客客气气，这使他们感到，尽管他操着生杀大权，却平易近人，毫无架子。那个时候，这样直接听命于他的人不多。如今伊凡·伊里奇当上法院侦讯官，他懂得就连达官贵人的命运也都操在他手里，他只要在公文上批几句，不论哪个要人，都将成为被告或证人来到他面前，并且得站着回答他的问题，如果他不请他坐下的话。伊凡·伊里奇从不滥用权力，相反总是不露锋芒，而这种权力意识和适当用权的技术，就成了他担任新职后最感兴趣的事。从事这项新职，也就是说审查工作，伊凡·伊里奇很快就掌握了一种本领，能排除一切与本案无关的情节，使各种错综复杂的案情在公文上表现得简单明了，不带丝毫个人意见，完全符合公文要求。这是一项新的工作，而伊凡·伊里奇则属于第一批执行1864年新法典的人。

自从在新地方就任法院侦讯官以来，伊凡·伊里奇结交了一批新朋友，建立了一些新关系，获得了新的社会地位，并多少采取了新作风。他在省里同政府保持一定距离，却周旋于司法界头面人物和豪门巨富之间，对当局稍表不满，发表温和的自由主义言论和开明观点。此外，伊凡·伊里奇就任新职后仍旧讲究服饰，注意仪表，只是不再刮去下巴颏上的胡子，听其自然生长。

伊凡·伊里奇在新地方过得很愉快。他跟一批反对省长的人关系很好；薪俸比以前优厚；他逢场作戏，打打纸牌，以增添乐趣。他头脑聪敏，很会打牌，因此常常赢钱。

伊凡·伊里奇在新地方任职两年后遇见了后来成为他妻子的普拉斯柯菲雅·费多罗夫娜·米海尔。她是伊凡·伊里奇出入的圈子里最迷人最伶俐最出色的姑娘。伊凡·伊里奇在公余之暇，找点儿消遣，其中包括同普拉斯柯菲雅·费多罗夫娜戏谑调情。

伊凡·伊里奇任特派员时常常跳舞，但当上侦讯官后就难得跳了。如今他跳舞只是为了要显示，尽管他身为侦讯官和五等文官，跳舞水平可绝不比别人差。这样，有时晚会将近结束，他就请普拉斯柯菲雅·费多罗夫娜一起跳舞，主要目的是借这种机会去征服普拉斯柯菲雅·费多罗夫娜的心。她爱上了他。伊凡·伊里奇并没有明确想到要结婚，但既然人家姑娘爱上了他，他就问自己："是呀，那么何不就结婚呢？"

普拉斯柯菲雅·费多罗夫娜出身望族，长得不错，而且小有家产。伊凡·伊里奇可以指望找到一个更出色的配偶，但这个配偶也不错。伊凡·伊里奇自己有薪俸收入，他希望她也有同样多的进款。她出身名门，生得又温柔美丽，很有教养。说伊凡·伊里奇同她结婚，是因为爱上了这位小姐，并且发觉她的人生观同他一致，那不符合事实；说他结婚，是因为在他的圈子里大家都赞成这门婚事，那同样不符合事实。伊凡·伊里奇结婚是出于双重考虑：娶这样一位妻子是幸福的，而达官贵人们又都赞成这门亲事。

伊凡·伊里奇就这样结了婚。

在准备结婚和婚后初期，夫妻恩爱。妻子尚未怀孕，再加上崭新的家具、崭新的餐具、崭新的衣服，日子过得很美满。伊凡·伊里奇认为他原来的生活轻松愉快而又高尚体面，并且受到上流社会的赞许，如今结婚不仅不会损害这种生活，反而会使它更加美满。但在妻子怀孕几个月后，出现了一种痛苦难堪而有失体统的新局面，那是他万万没有料到的，而且怎么都无法摆脱。

伊凡·伊里奇认为妻子完全出于任性，破坏了快乐体面的生活，莫名其妙地动辄猜疑，要求他更加体贴她。不论什么事，她都横加挑剔，动不动就对他大吵大闹。

起初，伊凡·伊里奇想继续用快乐体面的人生态度来排除烦恼。他不管妻子的情绪，照旧高高兴兴地过日子：请朋友到家里来打牌，自己上俱乐部或者到朋友家串门子。可是有一次，妻子气势汹汹地对他破口大骂。这以后只要他稍不顺她的意，她就把他臭骂一顿，显然要非把他制服不可，也就是说，要他安守在家里，并且像她一样唉声叹气，无病呻吟，这使伊凡·伊里奇感到心惊胆战。他懂得了，夫妇生活，至少是他同妻子的生活，并不能始终维持快乐和体面的局面，相反，常常会损害这样的气氛，因此必须设法防范。伊凡·伊里奇借口公务繁忙，来对付普拉斯柯菲雅·费多罗夫娜。他发现这种办法很有效，因此常用它来保卫自己的独立天地。

孩子出生后，喂养很费事，常常发生这样那样的麻烦。不是婴儿害病，就是做母亲的害病，有时是真病，有时是假病。不管怎样，伊凡·伊里奇都得照顾，尽管他对这些事一窍不通。而伊凡·伊里奇保卫自己享有独立天地、不受家庭干扰的欲望却越来越强烈。

妻子的脾气越来越暴躁，要求越来越苛刻，伊凡·伊里奇也越来越把生活的重心转移到公务上。他更加喜爱官职，醉心功名。

不久，在结婚一年后，伊凡·伊里奇懂得了，夫妇生活虽然也有一些好处，但终归是一种很复杂很痛苦的事。而要尽到自己的责任，过一种受社会赞许的体面生活，就必须像做官一样建立适当的关系。

伊凡·伊里奇就给自己建立了这样的夫妇关系。他对家庭生活的要求，只是能吃到家常便饭，生活上有照料和过床笫生活，而这些都是她能向他提供的。他主要的要求是维持社会所公认的体面的夫妇关系。此外，他就自寻欢乐，获得了欢乐也就心满意足。要是家里遇到不愉快，他就立刻逃到公务活动的独立天地里去，并在那里自得其乐。

伊凡·伊里奇当侦讯官，声誉显赫，三年后就升任副检察官。新的官职、重要的地位、控诉和拘捕任何人的权力、当众的演说、辉煌的功绩——这一切使伊凡·伊里奇更加官迷心窍。

孩子一个个生下来。妻子变得越来越乖戾，越来越易怒，但伊凡·伊里奇确立的家庭关系几乎不受妻子脾气的影响。

伊凡·伊里奇在这个城市里任职七年，接着被调到另一个省里当检察官。他们搬了家，手头的钱不多，妻子又不喜欢那新地方。薪俸尽管比原来多，但生活成本高，再说又死了两个孩子，因此伊凡·伊里奇就感到家庭生活比以前更乏味了。

普拉斯柯菲雅·费多罗夫娜搬到新地方后，不论遇到什么麻烦，总要责怪丈夫。夫妇间不论谈什么事，尤其是谈教育孩子问题，总会联想到以前的不和，然后引起新的争吵。夫妇俩如今难得有恩爱的时刻，即使有，也是很短暂的。他们在爱情的小岛上临时停泊一下，不久又会掉进互相敌视的汪洋大海，彼此冷若冰霜。要是伊凡·伊里奇认为家庭生活不该如此，他准会对这种冷漠感到伤心，不过他不仅认为这样的局面是正常的，而且认为这正是他所企求的。他的目标就是要尽量摆脱家庭生活的烦恼，而表面上又要装得若无其事，保持体面。为了达到这一目的，他尽量少同家人待在一起，如果不得已必须这样做，也总是竭力找有旁人在场的机会。不过，伊凡·伊里奇这样过日子，主要靠的是他有公务。他把全部生活乐趣都集中在官场的天地里。而这种乐趣支配了他的整个身心。意识到自己的权力，对任何人都操有生杀大权，每次走进法庭和遇到下属时那种威风凛凛的气派（即使只是表面的），在上司与下属之间周旋的本领，尤其是自觉高明的办事能力——这一切都使他扬扬得意，再加上跟同事们谈天、宴会和打牌，他的生活就显得很充实。总之，伊凡·伊里奇的生活过得合乎他的愿望：快乐而体面。

就这样他又过了七年。大女儿已经十六岁，另外又死了一个孩子，只剩下一个男孩在中学念书。这个孩子是引起夫妇争吵的一大因素。伊凡·伊里奇要送他读法学院，而普拉斯柯菲雅·费多罗夫娜却偏把他送进普通中学。女儿在家里学习，成绩良好；儿子学得也不错。

三

伊凡·伊里奇婚后就这样过了十七年的光阴。现在他已是一个老检察官了。他推辞了几次工作上的调动，一心想找个更称心的职司，不料出了一件不愉快的事，把他安宁的生活给破坏了。伊凡·伊里奇想谋取大学城首席法官的位置，但被戈佩捷足先登。伊凡·伊里奇十分生气，提出责问，同戈佩吵嘴，又冒犯顶头上司；他从此受冷遇，下一次任命也没有他的份。

这是1880年，也是伊凡·伊里奇一生中最倒霉的年头。他一方面入不敷出，另一方面又被人家遗忘。他觉得人家待他极不公平，人家却认为对他已仁至义尽，就连父亲都认为无须再帮助他了。他觉得大家都把他抛弃了，并认为他有三千五百卢布年俸已很不错，甚至可说是十分幸福了。人家待他这么不公平，妻子经常责骂他，家里入不敷出，开始负债。这种情况当然谈不上正常，而且只有他一个人知道。

今年夏天，伊凡·伊里奇为了节省开支，同妻子一起到内弟乡下度假。

在乡下不做事，伊凡·伊里奇第一次不仅感到无聊，而且觉得十分愁闷。他认定无法这样过活，必须采取断然措施。

伊凡·伊里奇不能入睡，在露台上踱了个通宵，决定上彼得堡奔走一番，争取调到其他部门工作，以惩罚他们，惩罚那些不会赏识他才能的人。

第二天早晨，他不顾妻子和内弟的劝阻，乘车上彼得堡。

他唯一的目的就是弄到一个年俸五千卢布的位置。他不再计较是哪个机关，是哪个派别和哪种工作。他只要一个位置，年俸五千卢布的位置，政府机关、银行、铁路、玛丽皇后御用机关，甚至海关都行，但一定要有五千卢布收入，一定要离开那个不会赏识他才能的机关。

伊凡·伊里奇此行取得了意外收获。在库尔斯克火车站，头等车厢里上来一个熟人，名叫伊林。伊林告诉他库尔斯克省刚接到电报，部里最近人事上有重大变动，彼得·伊凡内奇的位置将由伊凡·谢苗内奇接任。

这次调动，除了对国家有一定影响外，对伊凡·伊里奇也具有特殊意义，因为起用了新人彼得·彼得罗维奇和他的朋友扎哈尔·伊凡内奇。这对他伊凡·伊里奇极其有利，因为扎哈尔·伊凡内奇是伊凡·伊里奇的同学，又是他的好朋友。

在莫斯科，这个消息得到了证实。伊凡·伊里奇来到彼得堡，找到了扎哈尔·伊凡内奇，后者答应给他在原来的司法部里谋一个好差事。

一星期后，他给妻子发了一封电报。

“扎哈尔接替米勒，我申请后即可提升。”

伊凡·伊里奇通过这次人事调动在他的旧部里获得意外任命：比同事高两级，年俸五千，再加调遣费三千五百。伊凡·伊里奇消除了对原来对头和整个机关的怨气，感到十分得意。

伊凡·伊里奇回到乡下，兴高采烈。他好久没有这样快活了。普拉斯柯菲雅·费多罗夫娜也很高兴，夫妇俩和好了。伊凡·伊里奇讲到他在彼得堡怎样受祝贺，原来的对头怎样厚着脸皮巴结他，怎样羡慕他的地位，特别讲到他在彼得堡怎样受人尊敬。

普拉斯柯菲雅·费多罗夫娜听他讲着，装出相信的样子，也不打岔，心里却盘算着怎样到新地方去重新安排生活。伊凡·伊里奇高兴地看到，她的想法同他的想法不谋而合，他们一度坎坷的生活重又变得快乐而体面了。

伊凡·伊里奇只回家了几天。九月十日他就得走马上任。此外，他还得在新地方安顿下来，把家具什物从省里运去，再添置和定做许多新东西。总之，要根据他同普拉斯柯菲雅·费多罗夫娜几乎一致的想法把新居布置好。

现在，一切都进行得称心如意，他同妻子又意气相投。他们俩一起生活的时间很少，像现在这样投契，除了婚后头几年，不曾再有。伊凡·伊里奇想把家眷随身带走，可是姐姐和姐夫对伊凡·伊里奇一家忽然十分亲热，弄得伊凡·伊里奇只好独自先走。

伊凡·伊里奇走了，事业上一帆风顺，生活上同妻子言归于好，这两件事互为因果，使他心情愉快。他找到一座精美的住宅，恰合夫妇俩的心意，高大宽敞的老式客厅、豪华舒适的书房、妻子的房间、女儿的房间、儿子的书房，一切像是为他们特意设计的。伊凡·伊里奇亲自布置房间，选择墙纸，添置家具——从旧货店买来的，式样特别古雅，定制了沙发套和窗帘。房子布置得越来越漂亮，符合他的心意。他布置到一半，发觉比他希望的还美。他相信，等全部完工，将更加富丽堂皇，绝不会流于庸俗。临睡前，他想象他的前厅将是什么样子。他瞧着没有布置好的客厅，仿佛看到壁炉、屏风、古董架、散放着的小椅子、墙上的挂盘和铜器都已安放得井井有条。他想到妻子和女儿在这方面跟他有同样的爱好，她们看到这种排场，准会大吃一惊，不禁暗暗高兴。她们一定想不到会这样气派。他特别得意的是，买到一些价廉物美的古董，它们使整座房子显得格外豪华。他在信里故意把情况说得差一些，这样她们一看到就会更加惊讶。他热衷于装饰新居，就连心爱的公务都不那么感兴趣了。有时法院开庭，他也心不在焉——他在考虑究竟用什么样的窗帘顶檐，直的还是拱的。他对这事兴致勃勃，亲自动手安放家具，重新挂上窗帘。有一次他爬到梯子上，指点愚笨的沙发裁缝怎样挂窗帘，一不留神失足掉下来，但他是个强壮而灵活的汉子，立刻站住了，只是腰部撞在窗框上。伤处痛了一阵，不久就好了。这一时期，伊凡·伊里奇觉得自己特别快乐和健康。他写信说："我感到自己仿佛年轻了十五岁。"他原想到九月底把房子布置好，结果拖到十月半。不过，房子布置得十分雅致——不仅他自己这么认为，凡是看到的人都这么说。

其实，房子里的摆设无非是那种不太富裕却一味模仿富裕人家的小康之家的气派，千篇一律地尽是花缎、红木家具、盆花、地毯、古铜器、发亮铜器等等。一定阶级的人总是拿这些东西来表示他们一定的身份。伊凡·伊里奇家里的摆设同人家没有什么两样，因此引不起人家的注意，但他却扬扬自得，以为与众不同。他到车站去接家眷，把他们带到装修一新的寓所里，系白领带的男仆打开摆满鲜花的前厅，他们走进客厅、书房，高兴得欢呼起来。他领他们到各处观看，得意扬扬地听着他们的称赞，容光焕发，感到十分幸福。当天晚上喝茶的时候，普拉斯柯菲雅·费多罗夫娜随便问到他是怎么摔跤的，他就笑着做给他们看，他怎样从梯子上掉下来，还说把沙发裁缝吓坏了。

"幸亏我练过体操。要是换了别人，准会摔坏的，可我只在这儿撞了一下，摸摸有点儿疼，但已经好多了，只是有点儿青肿。"

就这样，他们在新居开始生活，并且也像一般人移居到新地方那样，觉得还少一个房间，收入虽然增加了，但还嫌钱少——少这么五百卢布。不过总的来说，他们感到称心如意了。最初他们过得特别愉快，房子还没有完全布置好，需要再买些什么，定制些什么，有些东西需要搬动，有些东西需要调整。尽管夫妇之间有时意见分歧，但两人对新的生活都很满意，而且有许多事要做，因此没有发生大的争吵。等一切都安排舒齐，他们开始感到有点儿空虚，但当时还需要结交一批新朋友，培养新习惯，因此生活还是很充实。

伊凡·伊里奇上午在法院办公，下午回家吃饭，开头一个时期情绪很好，虽然为房子的事有时也有点儿烦恼。（例如，他发现桌布或沙发面子上有污点，窗帘系带断了，就会发脾气，看到他煞费苦心置办的东西被损坏，心里就会难过。）不过，伊凡·伊里奇的生活还是过得合乎他的理想：轻松、愉快，而且体面。他每天早晨九时起床，喝咖啡，看报，然后穿上制服去法院。那儿已为他准备好"轭"——接见来访者，处理诉讼有关的问题，主持诉讼案件，出席公开庭和预备庭，让他一到就套到身上。他必须排除各种外来干预，免得妨碍诉讼程序，同时严禁徇私枉法，严格依法办事。要是有人想探听什么事，而这事不属伊凡·伊里奇主管，他就不能同这人发生任何关系，但要是这人有正式公文，上面写明事由，那么伊凡·伊里奇就会根据法律许可的范围尽力去办，并且办得不违反人情，也就是说面子上过得去。但只要公事一结束，其他关系也就结束了。分清法律和人情，这种本领伊凡·伊里奇已达到登峰造极的地步，而且凭着天赋的才能和长期的经验，他有时故意把法律和人情混淆起来。他之所以敢于这样做，那是因为他自信总有能力划清两者的界限，如果需要的话。伊凡·伊里奇办这种事不仅轻松、愉快和体面，简直可说是得心应手。在休庭时，他吸烟，喝茶，随便谈谈政治、社会新闻和纸牌，而谈得最多的还是官场中的任命。然后，他就像第一小提琴手，在出色地演奏完毕后，疲劳地乘车回家。回到家里时，母女俩有时出去了，有时在接待客人，儿子有时上学去了，有时在跟补课教师复习功课。一切都井井有条。饭后要是没有客来，伊凡·伊里奇就看些当时流行的书籍。晚上，他坐下来处理公事：批阅文件，查看法典，核对证词。他干这些，既不感到无聊，也不觉得有趣。要是有机会打牌，那么处理公事就感到无聊；要是没有机会打牌，那么处理公事总比独自闲坐或者跟妻子面面相对要好得多。伊凡·伊里奇喜欢举行便宴，邀请有权有势的先生夫人参加。这种消遣方式跟其他同样身份人的没有差别，犹如他的客厅跟人家的客厅没有差别一样。

他们家里还举行过一次舞会。舞会办得很好，伊凡·伊里奇心情愉快，可惜最后为蛋糕糖果的事同妻子大闹了一场。普拉斯柯菲雅·费多罗夫娜有她的打算，但伊凡·伊里奇坚持要到最高级的糖果铺去买糕点，结果买了许多蛋糕。争吵就是由于蛋糕太多吃不完，而糖果铺的账却高达四十五卢布引起的。争吵很激烈，闹得很不愉快。普拉斯柯菲雅·费多罗夫娜骂他："傻瓜，低能。"伊凡·伊里奇气得双手抱住脑袋，恨恨地说出离婚之类的话来。不过，晚会本身还是很快活的，前来参加的都是社会名流。伊凡·伊里奇同特鲁峰诺娃公爵夫人跳舞。特鲁峰诺娃公爵夫人的姐姐就是著名的"消灭苦难会"的创办人。身居要职的乐趣在于自尊心的满足，社会活动的乐趣在于虚荣心的满足，但伊凡·伊里奇真正的乐趣却在于打牌。他认为，不管生活上遇到什么烦恼，那像蜡烛一样驱除黑暗的最大乐趣，就是同几个规规矩矩的好搭档坐下来一起打牌，而且一定要四人一起（五人一起打就很难有结果，虽然得装出很感兴趣的样子），认认真真地打（要是顺手的话），然后吃点儿夜宵，喝一大杯葡萄酒。打过牌以后睡觉，尤其是稍微赢一点儿钱（赢得太多也不好），伊凡·伊里奇觉得特别愉快。

他们就这样过着日子。他们家的来客都是达官贵人，有的地位显赫，有的年少英俊。

夫妻和女儿待人的态度完全一致。凡是满脸堆笑地投奔到他们那间墙上装饰着日本盘子的客厅来的潦倒亲友，他们都加以排斥。不久，那些寒酸的亲友不再上门，高洛文家的来客就仅限于达官贵人。年轻人纷纷追求丽莎，其中包括彼特利歇夫。那是德米特里·伊凡内奇·彼特利歇夫的儿子，又是他财产的唯一继承人，现任法院侦讯官。他也在热烈地追求丽莎，弄得伊凡·伊里奇已在跟普拉斯柯菲雅·费多罗夫娜商量：要不要让他们一起坐三驾马车，或者举办一次堂会，看看表演。他们就这样过着日子：一切都称心如意，没有任何变化。

四

家里人个个身体健康。只有伊凡·伊里奇有时说，他嘴里有一种怪味，左腹有点儿不舒服，但不能说有病。

这种不舒服的感觉逐渐增长，虽还没有转变为疼痛，但他经常感到腰部发涨，情绪恶劣。他的心情越来越坏，并影响了全家快乐而体面的生活。夫妇吵嘴的事越来越多，轻松愉快的气氛消失了，体面也很难维持。争吵更加频繁，夫妇之间相安无事的日子少得就像汪洋大海里的小岛。

如今普拉斯柯菲雅·费多罗夫娜说丈夫脾气难弄，那倒不是没有理由的。她说话喜欢夸张，往往夸张地说，他的脾气一直很坏，要不是她心地善良，这二十年可真没法忍受。的确，现在争吵总是由伊凡·伊里奇引起。他吃饭总要发脾气，往往从吃汤开始。他一会儿发现碗碟有裂痕，一会儿批评饭菜烧得不好吃，一会儿责备儿子吃饭把臂肘搁在桌上，一会儿批评女儿的发式不正派，而罪魁祸首总是普拉斯柯菲雅·费多罗夫娜。普拉斯柯菲雅·费多罗夫娜起初向他回敬，也对他说了一些难听的话，但有两三次他一开始吃饭就勃然大怒。她明白了，这是一种由进食而引起的病态，于是就克制自己，不再还嘴，只是催他快吃。普拉斯柯菲雅·费多罗夫娜认为自己的忍让是一种值得称道的美德。她认定丈夫脾气极坏，给她的生活带来不幸。她开始可怜自己。她越是可怜自己，就越是憎恨丈夫。她巴不得他早点儿死，但又觉得不能这样想，因为他一死就没有薪俸了，而这一点又使她更加恨他。她认为自己不幸极了，因为就连他的死都不能拯救她。她变得很容易发脾气，但又强忍着，而她这样勉强忍住脾气，却使他的脾气变得更坏。

有一次，夫妻争吵，伊凡·伊里奇特别不讲理。事后他解释说，他确实脾气暴躁，但这是生病的缘故。普拉斯柯菲雅·费多罗夫娜就对他说，既然有病，就得治疗，要他去请教一位名医。

他乘车去了。一切都不出他所料，一切都照章办理。又是等待，又是医生装出一副煞有介事的样子——这种样子他是很熟悉的，就跟他自己在法庭上一样——又是叩诊，又是听诊，又是各种不问也知道的多余问题，又是那种威风凛凛的神气，仿佛在说："你一旦落到我手里，就得听我摆布。我知道该怎么办，对付每个病人都是这样的。"一切都同法庭上一样。医生对待他的神气的姿态，就如他在法庭上对待被告那样。

医生说，如此这般的症状表明您有如此这般的病，但要是化验不能证明如此这般的病，那就得假定您有如此这般的病。要是假定有如此这般的病，那么……对伊凡·伊里奇来说，只有一个问题是重要的：他的病有没有危险？但医生对这个不合时宜的问题置之不理。从医生的观点来说，这问题没有意思，不值得讨论，存在的问题只是估计一下可能性：是游走肾，还是慢性盲肠炎。这里不存在伊凡·伊里奇的生死问题，只存在游走肾和盲肠炎之间的争执。在伊凡·伊里奇看来，医生已明确认定是盲肠炎，但又保留说，等小便化验后可以得到新的资料，到那时再做进一步诊断。这一切，就跟伊凡·伊里奇上千次振振有词地对被告宣布罪状一模一样。医生也是那么得意扬扬，甚至从眼镜上方瞧了一眼"被告"，振振有词地做了结论。从医生的结论中，伊凡·伊里奇断定情况严重，这对医生或其他人都无所谓，可是对他却非同小可。这结论对伊凡·伊里奇是个沉重的打击，使他十分怜悯自己，同时十分憎恨那遇到如此严重问题却无动于衷的医生。

不过他什么也没有说，就站起来，把钱往桌上一放，叹了一口气说："也许我们病人常向您提些不该问的问题。一般说来，这病是不是有危险？"

医生用一只眼睛从眼镜上方狠狠地瞪了他一眼，仿佛在说：被告，你说的话要是越出规定的范围，我将不得不命人把你带出法庭。

"我已把该说的话都对您说了，"医生说，"别的，等化验结果出来了再说。"

伊凡·伊里奇慢吞吞地走出诊所，垂头丧气地坐上雪橇回家。一路上他反复分析医生的话，竭力把难懂的医学用语翻译成通俗的话，想从中找出问题的答案："我的病严重？十分严重？或者还不要紧？"他觉得，医生所有的话都表示病情严重。伊凡·伊里奇觉得街上的一切都是阴郁的：马车夫是阴郁的，房子是阴郁的，路上行人是阴郁的，小铺子是阴郁的。他身上的疼痛一秒钟也没有停止，听了医生模棱两可的话后就觉得越发厉害。伊凡·伊里奇如今更加心情沉重地忍受着身上的疼痛。

他回到家里，给妻子讲了看病的经过。妻子听着。他讲到一半，女儿戴着帽子进来，准备同妻子一起出去。女儿勉强坐下来听他讲这无聊的事，但她听着听着就不耐烦了，妻子也没有听完他的话。

"哦，我很高兴，"妻子说，"今后你一定要准时吃药。把药方给我，我叫盖拉西姆到药房去抓药。"说完她就去换衣服。

妻子在屋子里时，他不敢大声喘气，等她走了，才深深地叹了一口气。

"好吧，"伊凡·伊里奇说，"也许真的还不要紧……"

他听医生的话，服药，养病。验过小便后，医生又改了药方。不过，小便化验结果和临床症状之间有矛盾。不知怎的，医生说的与实际情况不符。也许是医生疏忽了，也许是撒谎，也许有什么事瞒着他。不过伊凡·伊里奇还是照医生的话养病，最初心里感到安慰。

伊凡·伊里奇看过病后，努力执行医生的指示，讲卫生，服药，注意疼痛和大小便。现在他最关心的是疾病和健康。人家一谈到病人、死亡、复原，特别是谈到跟他相似的病，他表面上装作镇定，其实全神贯注地听着，有时提些问题，把听到的情况同自己的病做着比较。

疼痛没有减轻，但伊凡·伊里奇强迫自己认为好一点儿了。没有事惹他生气，他还能欺骗自己。要是同妻子发生争吵，公务上不顺利，打牌输钱，他立刻感到病情严重。以前遇到挫折他总是希望时来运转，打牌顺手，获得大满贯，因此还能忍受。可是现在，每次遇到挫折，他都会悲观绝望，丧失信心。他对自己说："唉，我刚刚有点儿好转，药物刚刚见效，就遇到这倒霉的事……"于是他恨那种倒霉事，恨给他带来不幸并要置他于死命的人。他明白这种愤怒在危害他的生命，但他无法自制。照理他应该明白，他这样怨天尤人只会使病情加重，因此遇到不愉快的事，不应该放在心上，可是他的行为正好相反。他说，他需要安宁，并且特别警惕破坏安宁的事。只要他的安宁稍稍遇到破坏，他就大发雷霆。他读医书，向医生请教，结果有害无益。

情况是逐渐恶化的，因此拿今天同昨天比较，差别似乎并不大，他还能聊以自慰，但同医生一商量，就觉得病情在不断恶化，而且发展得很快。尽管如此，他还是经常请教医生。

这个月里他又找了一位名医。这位名医的话，简直同原来那位一模一样，但问题的提法不同。请教这位名医，只增加了伊凡·伊里奇的疑虑和恐惧。另外有位医生，是他朋友的朋友，也很出名。这位医生对他的病做了完全不同的诊断。尽管保证他能康复，但提出的问题和假设却使伊凡·伊里奇更加疑虑。一个提倡顺势疗法的医生又做了另一种诊断，给了不同的药，伊凡·伊里奇偷偷地服了一个礼拜。可是，一礼拜后并没有见效，伊凡·伊里奇对原来的疗法丧失了信心，对这种新疗法也丧失了信心，于是越发沮丧了。有一次，一位熟识的太太给他介绍圣像疗法。伊凡·伊里奇勉强听着，并相信她的话。但这事使他不寒而栗。"难道我真的那样神经衰弱吗？"他自言自语。"废话！真是荒唐，这样神经过敏要不得，应该选定一个医生，听他的话好好疗养。就这么办。这下子主意定了。我不再胡思乱想，我要严格遵照这种疗法，坚持到夏天。到那时会见效的。别再犹豫不决了！"这话说说容易，实行起来可难了。腰痛在折磨他，越来越厉害，一刻也不停。他觉得嘴里的味道越来越难受，还有一股恶臭从嘴里出来，胃口越来越差，体力越来越弱。他不能欺骗自己：他身上出现了一种空前严重的情况。这一点只有他自己明白，周围的人谁也不知道，或者不想知道。他们总以为天下太平，一切如旧。这一点使伊凡·伊里奇觉得格外难受。家里人，尤其是妻子和女儿，热衷于社交活动。他看到，她们什么也不明白，还埋怨他情绪不好，难以伺候，仿佛还是他不对似的。他看出，尽管她们嘴里没说，但实际上他已成她们的累赘，妻子对他的病已有定见，不管他说什么或做什么，她的态度都不会变。

"不瞒您说，"她对熟人说，"伊凡·伊里奇也像一切老实人那样，不能认真遵照医生的话养病。今天他听医生的话服药，吃东西；明天我一疏忽，他就忘记吃药，还吃鳇鱼（那是医生禁止的），而且坐下来打牌，一打就打到深夜一点钟。"

"哼，几时有过这种事？"伊凡·伊里奇恼怒地说，"总共就在彼得·伊凡内奇家打过一次。"

"昨天不是跟谢贝克一起打过吗？"

“反正我痛得睡不着……”

“不管怎么说，你这样就永远好不了，还要折磨我们。”

普拉斯柯菲雅·费多罗夫娜向人家也向伊凡·伊里奇本人说，他生病主要是他自己不好，还给她这个做妻子的带来痛苦。伊凡·伊里奇觉得她有这样的看法是很自然的，但心里总感到难受。

在法院里，伊凡·伊里奇发现或者心里感到人家对他抱着奇怪的态度：一会儿，人家把他看作一个不久将把位置空出来的人；一会儿，朋友们不怀恶意地嘲笑他神经过敏，因为他自认为有一种神秘可怕的东西，在不断吮吸他的精神，硬把他往那儿拉。朋友们觉得这事挺好玩，就拿来取笑他。尤其是施瓦尔茨说话诙谐生动而又装得彬彬有礼，这使伊凡·伊里奇想起十年前他自己的模样，因而格外生气。

来了几个朋友，坐下来打牌。他拿出一副新牌，洗了洗，发了牌。他把红方块跟红方块叠在一起，总共七张。他的搭档说：没有王牌，给了他两张红方块。还指望什么呢？快乐，兴奋，得了大满贯。伊凡·伊里奇突然又感到那种抽痛，嘴里又有那股味道。若他在这种情况下还能因赢得大满贯而高兴，那未免太荒唐了。

他瞧着他的搭档米哈伊尔·米哈伊洛维奇，看他怎样用厚实的手掌拍着桌子，客客气气地不去抓一墩牌，却把它推给伊凡·伊里奇，使他一举手就能享受赢牌的乐趣。“他是不是以为我身子虚得手都伸不出去了？”伊凡·伊里奇想，忘记了王牌，却用更大的王牌去压搭档的牌，结果少了三墩牌，失去了大满贯。最可怕的是他看见米哈伊尔·米哈伊洛维奇脸色十分痛苦，却表现得若无其事。他怎么能若无其事，这一点想想就可怕。

大家看出他很痛苦，对他说：“要是您累了，我们就不打了。您休息一会儿吧。”休息？不，他一点儿也不累，可以把一圈牌打完。大家闷闷不乐，谁也不开口。伊凡·伊里奇觉得是他害得大家这样闷闷不乐，但又无法改变这种气氛。客人们吃过晚饭，各自走散了。伊凡·伊里奇独自留在家里，意识到他的生命遭到了毒害，还毒害了别人的生命，这种毒不仅没有减轻，而且越来越深地渗透到他的全身。

他常常带着这样的思想，再加上肉体上的疼痛和心理上的恐惧躺到床上，疼得大半夜不能合眼。可是天一亮又得起来，穿好衣服，乘车上法院，说话，批公文，要是不上班待在家里，那么一天二十四小时，每个小时都得活受罪。而且，在这样的生死边缘上，他只能独自默默地忍受，没有一个人了解他，也没有一个人可怜他。

五

就这样过了两个月光景。新年前夕，他的内弟来到他们城里，住在他们家。那天，伊凡·伊里奇上法院尚未回家。普拉斯柯菲雅·费多罗夫娜上街买东西去了。伊凡·伊里奇回到家里，走进书房，看见内弟体格强壮，脸色红润，正在打开手提箱。他听见伊凡·伊里奇的脚步声，抬起头，默默地对他瞧了一会儿。他的眼神向伊凡·伊里奇说明了问题。内弟张大嘴，正要嗷呦一声叫出来，但立刻忍住了。这个动作证实了一切。

"怎么，我的样子变了吗?"

"是的……有点儿变化。"

接着，不管伊凡·伊里奇怎样想使内弟再谈谈他的模样，内弟都绝口不提。普拉斯柯菲雅·费多罗夫娜一回来，内弟就到她屋里去了。伊凡·伊里奇锁上房门，去照镜子，先照正面，再照侧面。他拿起同妻子合拍的照片，拿它同镜子里的自己做着比较。变化很大。然后他把双臂露到肘部，打量了一番才放下袖子，他在软榻上坐下来，脸色变得黯黑。

"别这样，别这样。"他对自己说，霍地站起来，走到写字台边，打开卷宗，开始批阅公文，可是脑子里进不去。他打开门，走到前厅。客厅的门关着。他踮着脚走到门边，侧着耳朵听。

"不，你说得过分了。"普拉斯柯菲雅·费多罗夫娜说。

"怎么过分？你没发觉，他已经像个死人了。你看看他的眼睛，没有一点儿光。他这是怎么搞的?"

"谁也不知道。尼古拉耶夫（一位医生）说如此这般，可我不知道。列谢季茨基（就是名医）说的正好相反……"

伊凡·伊里奇回到自己屋里，躺下来想："肾，游走肾。"他回忆起医生们对他说过的话，肾脏怎样离开原位而游走。他竭力在想象中捕捉这个肾脏，不让它游走，把它固定下来。这事看上去轻而易举。"不，我还是去找找彼得·伊凡内奇（那个有医生朋友的朋友）。"他打了铃，吩咐套车，准备出去。

"你上哪儿去，约翰？"妻子露出异常忧愁的矫揉造作的贤惠的神情。

这种矫揉造作的贤惠的关怀使他生气。他阴沉着脸对她瞅了一眼。

"我去找彼得·伊凡内奇。"

他去找这个有医生朋友的朋友，然后跟他一起到医生家去。他遇见医生，跟他谈了好半天。

医生根据解剖学和生理学对他的病做了分析，他全听懂了。

盲肠里有点儿毛病，有点儿小毛病。全会好的。只要加强一个器官的功能，减少另一个器官的活动，多吸收一点儿，就会好的。吃饭时，他晚到了一点儿。吃过饭，他兴致勃勃地谈了一通，但好一阵不能定下心来做事。最后他回到书房，立刻动手工作。他批阅公文，处理公事，但心里念念不忘有一件要事被耽误了。等公事完毕，他才记起那件事就是盲肠的毛病。但他故作镇定，走到客厅喝茶。那里有几个客人，正在说话，弹琴，唱歌。他得意的未来女婿、法院侦讯官也在座。据普拉斯柯菲雅·费多罗夫娜说，伊凡·伊里奇那天晚上过得比谁都快活，其实他一分钟也没有忘记盲肠的毛病被耽误了。十一点钟他向大家告辞，回自己屋里去。自从生病以来，他就独自睡在书房里。他走进屋里，脱去衣服，拿起一本左拉的小说，但没有看，一直在想着心事。他想象盲肠被治愈了。通过吸收、排泄，功能恢复正常。"对了，就是那么一回事，"他自言自语，"只要补养补养身体就好了。"他想到了药，支起身来，服了药，又仰天躺下，仔细体味药物怎样在治病，怎样在制止疼痛。"只要按时服药，避免不良影响就行；我现在已觉得好一点儿了，好多了。"他按按腰部，按下去不疼了。"是的，不疼了，真的好多了。"他灭了蜡烛，侧身躺下……盲肠在逐渐恢复，逐渐吸收。突然他又感觉到那种熟悉的隐痛，痛得一刻不停，而且很厉害，嘴里又是那种恶臭。他顿时心头发凉，头脑发晕。"天哪！天哪！"他喃喃地说，"又来了，又来了，再也好不了啦！"突然他觉得完全不是那么一回事。"哼，盲肠！肾脏！"他自言自语，"问题根本不在盲肠，不在肾脏，而在生和……死。是呀，尚且活着，可现在生命在溜走，在溜走，而我又留不住它。是呀！何必欺骗自己呢？除了我自己，不是人人都很清楚我快死了吗？问题只在于还有几个礼拜、几天，还是现在就死。原来有光明，现在却变成一片黑暗。我此刻在这个世界，但不久就要离开！到哪儿去？"他觉得浑身发凉，呼吸停止，只听见心脏在怦怦跳动。

“等我没有了，那还有什么呢？什么也没有了。等我没有了，我将在哪儿？难道真的要死了吗？不，我不愿死。”他霍地跳起来，想点燃蜡烛，他用颤动的双手摸索着。蜡烛和烛台被碰翻，落到地上。他又仰天倒在枕头上。“何必呢？反正都一样。”他在黑暗中瞪着一双眼睛，自言自语，“死。是的，死。他们谁也不知道，谁也不想知道，谁也不可怜我。他们玩得可乐了。（他听见远处传来喧闹和伴奏声。）他们若无其事，可他们有朝一日也要死的。都是傻瓜！我先死，他们后死，他们也免不了一死。可他们还乐呢。畜生！”他愤怒得喘不过气来。他痛苦得受不了。难道谁都得受这样的罪吗?！他坐起来。

“总有什么地方不对头，我得定下心，从头至尾好好想一想。”他开始思索。“对了，病是这样开始的。先是腰部被撞了一下，但过了一两天我还是好好的。开始只是稍微有点儿疼，后来疼得厉害了，就去请医生，后来泄气了，发愁了，后来又请医生，但越来越接近深渊。体力越来越差，越来越接近……越来越接近……我的身子虚透了，我的眼睛没有光。我要死了，可我还以为是盲肠有病。我想治好盲肠，其实是死到临头了。难道真的要死了吗?”他又感到魂飞魄散，呼吸急促。他侧身摸索火柴，用臂肘撑住床几。臂肘撑得发痛，他恼火了，撑得更加使劲，结果把床几推倒了。他绝望得喘不过气来，又仰天倒下，恨不得立刻死去。

这当儿，客人们纷纷走散。普拉斯柯菲雅·费多罗夫娜送他们走。她听见什么东西倒下，走进来。

“你怎么了?”

“没什么，不留神把它撞倒了。”

她走出去，拿着一支蜡烛进来。他躺着，喘息得又重又急，好像刚跑完几里路，眼睛呆滞地瞧着她。

“你怎么了，约翰?”

“没……什么。撞……倒了。”他这样回答，心里却想，“有什么可说的。她不会明白的。”

她确实不明白。她扶起床几，给他点上蜡烛，又匆匆走掉了——她还得送客。

等她回来，他仍旧仰天躺着，眼睛瞪着天花板。

“你怎么了，更加不舒服了吗？”

“是的。”

她摇摇头，坐下来。

“我说，约翰，我们把列歇季茨基请到家里来好吗？”

这就是说，不惜金钱，请那位名医来出诊。他冷笑了一声说：“不用了。”她坐了一会儿，走到他旁边，吻了吻他的前额。

她吻他的时候，他从心底里憎恨她，好不容易才忍住不把她推开。

“再见。上帝保佑你好好睡一觉。”

“嗯。”

六

伊凡·伊里奇感到自己快要死了，经常处于绝望中。

他心里明白，他快要死了，但他对这个念头很不习惯，他实在不理解，怎么也不能理解。

他在基捷韦帖尔的逻辑学里读到这样一种三段论法：盖尤斯是人，凡人都要死，因此盖尤斯也要死。他始终认为这个例子只适用于盖尤斯，绝对不适用于他。盖尤斯是人，是个普通人，这个道理完全正确；但他不是盖尤斯，不是个普通人，他永远是个与众不同的特殊人物。他原来是小伊凡，有妈妈，有爸爸，有两个兄弟——米嘉和伏洛嘉，有许多玩具，有马车夫，有保姆，后来又有了妹妹卡嘉，还有儿童时代、少年时代和青年时代的喜怒哀乐。难道盖尤斯也闻到过他小伊凡所喜爱的那种花皮球的气味吗？难道盖尤斯也那么吻过妈妈的手，听过妈妈绸衣摩擦的窸窣声吗？难道盖尤斯也曾在法学院里因点心不好吃而闹过事吗？难道盖尤斯也那么谈过恋爱吗？难道盖尤斯能像他那样主持审讯吗？

盖尤斯的确是要死的，要他死是正常的，但我是小伊凡，是伊凡·伊里奇，我有我的思想感情，跟他截然不同。我不该死，要不真是太可怕了。

这就是他的心情。

“我要是像盖尤斯那样也要死，那我一定会知道，一定会听到内心的声音，可是我心里没有这样的声音。我和我的朋友们都明白，我跟盖尤斯完全不同。可是如今呢!”他自言自语,“这是不可能的,不可能发生的,可是偏偏发生了。这是怎么搞的?这事该怎么理解?”

他无法理解,就竭力驱除这个想法,把这个想法看作是虚假、错误和病态的,并且用正确健康的想法来挤掉它。但它不只是思想,还是现实,它出现了,摆在他面前。

他故意想别的事,来转移注意力,希望从中找到精神上的支持。他试图用原来的一套思路来对抗死的念头。但奇怪得很,以前用这种办法可以抵挡和驱除死的念头,如今却不行。近来,伊凡·伊里奇常常想恢复原来的思绪,以驱除死的念头。有时他对自己说:“我还是去办公吧,我一向靠工作过活。”他摆脱心头的种种疑虑,到法院去。他跟同事们谈话,在法庭上坐下来,照例漫不经心地扫一眼人群,两条干瘦的胳膊搁在麻栎椅的扶手上,照例侧身凑近旁边的法官,挪过卷宗,同他耳语几句,然后猛地抬起眼睛,挺直身子,说几句老套话,宣布开庭。但审讯到一半时,腰部不顾他正在开庭,突然又抽痛起来。伊凡·伊里奇定下神,竭力不去想它,可是没有用。它又来了,站在他面前,打量着他。他吓得呆若木鸡,眼睛里的光也熄灭了。他又自言自语:“难道只有它是真的吗?”下属和其他同事惊奇而痛心地看到,像他这样一位精明能干的法官竟然说话颠三倒四,在审讯中出差错。他竭力振作精神,定下心来,勉强坚持到庭审结束,闷闷不乐地回家去了。他明白,法院开庭也不再能帮他回避他想回避的事了,他在审讯时也不能摆脱它。最最糟糕的是,它吸引他,并非要他有什么行动,而只是要他瞧着它,面对面地瞧着它,什么事也不做,难堪地忍受着折磨。

为了摆脱这种痛苦,伊凡·伊里奇寻找另一种屏风来自卫,但另一种屏风也只能暂时保护他,不久又破裂了,或者变得透明了,仿佛它能穿透一切,什么东西也挡不住它。

有一次他走进精心布置的客厅——他摔跤的地方,他嘲弄地想,正是为了布置它而献出了生命,因为他知道他的病是由跌伤引起的——他发现油漆一新的桌上有被什么东西划过的痕迹。他研究原因,发现那是被照相簿上弯卷的青铜饰边划破的。他拿起他深情地贴上了照片的照相簿,对女儿和她那些朋友的粗野很恼火——有的地方撕破了,有的照片颠倒了。他把照片仔细整理好,又把照相簿饰边扳平。

然后他想重新布置，把照相簿改放到盆花旁的角落里。他吩咐仆人请女儿或者妻子来帮忙，可是她们不同意他的想法，反对搬动。他同她们争吵、生气。但这样倒好，因为他可以不再想到它，不再看见它。

不过，当他亲自动手挪动东西的时候，妻子对他说："啊，让仆人搬吧，你又要糟蹋自己了。"这当儿，它突然又从屏风后面出现，他又看见了它。它的影子一闪，他希望它能再消失，可是他又注意到自己的腰。腰还是在抽痛。他再也无法把它忘记。它明明在盆花后面瞧着他。"这是干什么呀？"

"真的，我为了这窗帘冲锋陷阵一样送了命。难道真是这样吗？多可怕，而又多么愚蠢哪！这不可能！不可能！但却是事实。"

他回到书房里躺下，又同它单独相处。他同它又面面相对，但对它束手无策。他只能瞧着它，浑身发抖。

七

伊凡·伊里奇生病第三个月的情况怎样，很难说，因为病情是逐步发展的，不易察觉。但妻子也好，女儿也好，儿子也好，佣人也好，朋友也好，医生也好，当然主要是他自己，都知道，大家唯一关心的事是，他的位置是不是快要空出来了，活着的人能不能解除由于他的存在而招惹的麻烦，他自己是不是快要摆脱痛苦了。

他的睡眠越来越少；医生给他服鸦片，注射吗啡，但这些都不能减轻他的痛苦。他在昏昏沉沉中所感到的麻木，起初使他稍微好过些，但不久他又感到同样痛苦，甚至比清醒时更不好受。

家里人遵照医生的指示给他做了特殊的饭菜，但他觉得这种饭菜越来越没有滋味，越来越倒胃口。

为他大便也做了特殊的安排。每次大便他都觉得很痛苦，因为不清洁，不体面，有臭味，还得麻烦别人帮忙。

不过，在这件不愉快的事上，伊凡·伊里奇倒也得到一种安慰——每次大便总是由男仆盖拉西姆伺候。

盖拉西姆是个年轻的庄稼汉，衣着整洁，容光焕发，因为长期吃城里伙食而长得格外强壮。他性格开朗，总是乐呵呵的。开头这个整洁的小伙子身穿俄罗斯民族服饰做这种不体面的事，这总使伊凡·伊里奇感到困窘。

有一次，他从便盆上起来，无力拉上裤子，就倒在沙发上。他看见自己皮包骨头的大腿，不禁心惊胆战。

盖拉西姆脚蹬散发着柏油味的大皮靴，身上系着干净的麻布围裙，穿着干净的印花布衬衫，卷起袖子，露出年轻强壮的胳膊，带着清新的冬天的空气走进来。他目光避开伊凡·伊里奇，走到便盆旁，竭力抑制着从焕发的容光中表现出来的生的欢乐，免得病人见了不高兴。

“盖拉西姆。”伊凡·伊里奇有气无力地叫道。

盖拉西姆打了个哆嗦，显然害怕自己什么地方做得不对，慌忙把他那张刚开始长胡子的淳朴善良而又青春洋溢的脸转过来对着病人。

“老爷，您有什么吩咐？”

“我想，你做这事一定很不好受。你要原谅我，我是没有办法。”

“哦，老爷，好说。”盖拉西姆闪亮眼睛，露出一排洁白健康的牙齿，“那算得了什么？您有病嘛，老爷。”

他用他那双强壮的手熟练地做着做惯的事，中途轻悄地走了出去。过了五分钟，又那么轻悄地走了回来。

伊凡·伊里奇一直那么坐在沙发上。

“盖拉西姆，”当盖拉西姆把洗干净的便盆放回原处时，伊凡·伊里奇说，“请你帮帮我，你过来。”盖拉西姆走过去。“你搀我一把。我自己爬不起来，德米特里被我派出去了。”

盖拉西姆走过去。他用他那双强壮的手，像走路一样轻松、利索而又温柔地把主人抱起来，一只手扶住他，另一只手给他拉上裤子，想让他坐下。但伊凡·伊里奇要求把他扶到长沙发上。盖拉西姆一点儿也不费劲，稳稳当当地把他抱到长沙发上坐下。

“谢谢。你真行，干得真轻巧。”

盖拉西姆又微微一笑，想走。可是伊凡·伊里奇同他一起觉得很愉快，不肯放他走。

“还有，请你把那把椅子给我推过来。不，是那一把，让我搁腿。腿搁得高，好过些。”

盖拉西姆端过椅子，轻轻地把它放在长沙发前，然后抬起伊凡·伊里奇的双腿，放在上面。当盖拉西姆把他的腿高高抬起时，他觉得舒服了些。

"腿抬得高，我觉得舒服些。"伊凡·伊里奇说，"你把这个枕头给我垫在下面。"

盖拉西姆照他的吩咐做了。他又把他的腿抬起来放好。盖拉两姆抬起他的双腿，他觉得确实好过些。双腿一放下，他又觉得不舒服。

"盖拉西姆，"伊凡·伊里奇对他说，"你现在有事吗？"

"没有，老爷。"盖拉西姆说，他已学会像城里仆人那样同老爷说话。

"你还有什么活要干？"

"我还有什么活要干？什么都干好了，只要再劈点儿木柴留着明天用。"

"那你把我的腿这么高高抬着，行吗？"

"有什么不行的，行！"盖拉西姆把主人的腿抬起来，伊凡·伊里奇觉得这样一点儿也不疼了。

"那么劈柴怎么办？"

"不用老爷您操心。这我们来得及的。"

伊凡·伊里奇叫盖拉西姆坐下抬着他的腿，并同他谈话。真奇怪，盖拉西姆抬着他的腿，他觉得好过多了。

从此以后，伊凡·伊里奇就常常把盖拉西姆唤来，要他用肩膀扛着他的腿，并喜欢同他谈天。盖拉西姆做这事轻松愉快，态度诚恳，这使伊凡·伊里奇很感动。别人身上的健康、力量和生气往往使伊凡·伊里奇感到屈辱，只有盖拉西姆的力量和生气不仅没有使他觉得伤心，反而使他感到安慰。

伊凡·伊里奇觉得最痛苦的事就是听谎言，听大家出于某种原因都相信的那个谎言——他只是病了，并不会死，只要安心治疗，一定会好的。可是他知道，不论采取什么办法，他都不会好了，痛苦只会越来越厉害，直到死去。这个谎言折磨着他。他感到痛苦的是，大家都知道，他自己也知道他的病很严重，但大家都讳言真相而撒谎，还要迫使他自己一起撒谎。谎言，在他临死前夕散布的谎言，把他将不久于人世这样严肃可怕的大事，缩小到访问、挂窗帘和晚餐吃鳇鱼等小事，这使他感到极其痛苦。说来也奇怪，好多次当他们就他的情况编造谎言时，他差一点儿大声叫出来："别再撒谎了，我快要死了。这事你们知道，我也知道，所以大家别再撒谎了。"但他从来没有勇气这样做。他看到，他将不久于人世这样严肃可怕的事，只是被周围的人看成是一件不愉快或者不体面的事（就像一个人走进会客室，身上散发出臭气一样），还要勉强维持他一辈子苦苦撑住的“体面”。他看到，谁也不可怜他，谁也不想了解他的真实情况。只有盖拉西姆一人了解他，并且可怜他。因此只有同盖拉西姆在一起，他才觉得好过些。盖拉西姆有时通宵扛着他的腿，不去睡觉，嘴里还说：“您可不用操心，老爷，我回头会睡个够的。”这时他感到安慰。或者当盖拉西姆亲热地脱口而出：“要是你没病就好了，我这样伺候伺候你算得了什么？”他也感到安慰。只有盖拉西姆一人不撒谎，显然也只有他一人明白真实情况，并且认为无须隐讳，但他怜悯日益消瘦的老爷。有一次伊凡·伊里奇打发他走，他直截了当地说：

“我们大家都要死的。我为什么不能伺候您呢？”他说这话的意思就是，现在他不辞辛劳，因为伺候的是个垂死的人，希望将来有朝一日轮到他的时候也有人伺候他。

除了这个谎言，或者正是由于这个谎言，伊凡·伊里奇觉得特别痛苦的是，没有一个人像他所希望的那样可怜他。伊凡·伊里奇长时期受尽折磨，有时特别希望——尽管他不好意思承认——有人像疼爱有病的孩子那样疼爱他。他真希望有人疼他，吻他，对着他哭，就像人家疼爱孩子那样。他知道，他是个显赫的大官，已经胡子花白，因此这是不可能的，但他还是抱着这样的希望。他同盖拉西姆的关系近似这种关系，因此跟盖拉西姆在一起，他感到安慰。伊凡·伊里奇想哭，要人家疼他，对着他哭，不料这时他的法院同事谢贝克走来了，伊凡·伊里奇不仅没有哭，没有表示亲热，反而板起脸，现出严肃和沉思的神气，习惯成自然地说了他对复审的意见，并且坚持自己的看法。他周围的这种谎言和他自己所说的谎言，比什么都严重地毒害了他生命最后的日子。

八

有一天早晨。伊凡·伊里奇知道这是早晨，因为每天早晨都是盖拉西姆从书房里出去，男仆彼得进来吹灭蜡烛，拉开一扇窗帘，悄悄地收拾房间。早晨也好，晚上也好，礼拜五也好，礼拜天也好，反正都一样，反正没有区别：永远是一刻不停地难堪地疼痛；意识到生命正在无可奈何地消逝，但还没有完全消逝；那愈益逼近的可怕而又可恨的死，只有它才是真实的，其他一切都是谎言。在这种情况下，几天、几个礼拜或几小时，有什么区别？

“老爷，您要不要用茶?”

“他还是老一套，知道老爷、太太每天早晨都要喝茶。”他想，接着回答说，“不用了。”

“您要不要坐到沙发上去?”

“他得把屋子收拾干净，可我在这里碍事。我太邋遢，太不整齐了。”他想了想回答说，“不，不用管我。”

男仆继续收拾屋子。伊凡·伊里奇伸出一只手。彼得殷勤地走过去。

“老爷，您要什么?”

“我的表。”

彼得拿起手边的表，递给他。

“八点半了。她们还没有起来吗?”

“还没有，老爷。瓦西里·伊凡内奇（这是儿子）上学去了，普拉斯柯菲雅·费多罗夫娜关照过，要是您问起，就去叫醒她。要去叫她吗?”

“不，不用了。”他回答，接着想到“要不要喝点儿茶呢”，于是就对彼得说，“对了，你拿点儿茶来吧。”

彼得走到门口。伊凡·伊里奇独自留着觉得害怕。“怎么把他留住呢？有了，吃药。”他想了想，说：“彼得，给我拿药来。”接着又想：“是呀，说不定吃药还有用呢。”他拿起匙子，把药吃下去。“不，没有用。一切都是胡闹，都是欺骗。”他一尝到那种熟悉的甜腻腻的怪味，就想：“不，我再也不能相信了。可是那个疼，那个疼，要是能停止一会儿就好了。”他呻吟起来。彼得向他回过头来。“不，你去吧，拿茶来。”

彼得走了，剩下伊凡·伊里奇一个人。他又呻吟起来。他疼得很厉害，可呻吟主要不是由于疼痛，而是由于悲伤。“老是那个样子，老是那样的白天和黑夜。但愿快一点儿。什么快一点儿？死，黑暗。不，不！好死不如赖活!”

彼得托着茶盘进来，伊凡·伊里奇茫然看了他好一阵，认不出他是谁，不知道他是来干什么的。他这种目光弄得彼得很狼狈。彼得现出尴尬的神色，伊凡·伊里奇才醒悟过来。

“噢，茶……”他说，“好的，放着。你帮我洗洗脸，拿一件干净衬衫来。”

伊凡·伊里奇开始梳洗。他断断续续地洗手，洗脸，刷牙，梳头，然后照照镜子。他感到害怕，特别是看到他的头发怎样贴着苍白的前额。

彼得给他换衬衫。他知道他要是看到自己的身体，一定会更加吃惊，因此不往身上看。梳洗完毕了，他穿上晨衣，身上盖了一条方格毛毯，坐到扶手椅上喝茶。有那么一会儿他觉得神清气爽，但一喝茶，立刻又感到那种味道、那种疼痛。他勉强喝完茶，伸直腿躺下来。他躺下，让彼得走。

还是那个样子。一会儿出现了一线希望，一会儿又掉进绝望的海洋。老是疼，老是疼，老是悲怆凄凉，一切都是老样子。独自待着格外悲伤，想叫个人来，但他知道同人家待在一起更难受。“最好再来点儿吗啡，把什么都忘记。我要请求医生，叫他想点儿别的办法。这样可真受不了，真受不了！”

一小时、两小时就这样过去了。忽然前厅里响起了铃声。会不会是医生？果然是医生。他走进来，精神饱满，容光焕发，喜气洋洋。那副神气仿佛表示：你们何必这样大惊小怪，我这就来给你们解决问题。医生知道，这样的表情是不得体的，但他已经习惯了，改不掉，好像一个人一早穿上大礼服，就这样穿着一家家去拜客，没有办法改变了。

医生生气勃勃而又使人宽慰地搓搓手。

“啊，真冷，可把我冻坏了。让我暖和暖和身子。”他说这话时的神气仿佛表示，只要稍微等一下，等他身子一暖和，就什么问题都解决了。

“嗯，怎么样？”

伊凡·伊里奇觉得，医生想说“情况怎么样”，但他觉得不该那么问，就说：“晚上睡得怎么样？”

伊凡·伊里奇望着医生的那副神气表示：“您老是撒谎，怎么不害臊？”但医生不理会他的表情。

伊凡·伊里奇就说：“还是那么糟。疼痛没有消除，也没有减轻。您能不能想点儿办法……”

“啊，你们病人总是这样。嗯，这会儿我可暖和了，就连普拉斯柯菲雅·费多罗夫娜那么仔细，也不会对我的体温有意见了。嗯，您好。”医生说着握了握病人的手。

接着医生收起戏谑的口吻，现出严肃的神色给病人看病：把脉，量体温，叩诊，听诊。

伊凡·伊里奇清清楚楚地知道，这一切都毫无意思，全是骗人的，但医生跪在他面前，身子凑近他，用一只耳朵忽上忽下地细听，脸上显出极其认真的神气，像做体操一般做着各种姿势。伊凡·伊里奇面对这种场面，屈服了，就像他在法庭上听辩护律师发言一样，尽管他明明知道他们都在撒谎以及为什么撒谎。

医生跪在沙发上，还在他身上敲着。这当儿门口传来普拉斯柯菲雅·费多罗夫娜绸衣裳的声，还听见她在责备彼得没有及时向她报告医生的到来。

她走进来，吻吻大夫，立刻振振有词地说，她早就起来了，只是不知道医生来了才没有及时出来迎接。

伊凡·伊里奇对她望望，打量着她的全身，对她那白净浮肿的双手和脖子、光泽的头发和充满活力的明亮眼睛感到嫌恶。他从心底里憎恨她。她的亲吻更激起他对她难以克制的憎恨。

她对待他和他的病还是老样子。正像医生对病人的态度都已定型不变那样，她对丈夫的态度也已定型不变：她总是亲昵地责备他没有照规定服药休息，总是怪他自己不好。

"嗳，他这人就是不听话！不肯按时吃药。尤其是他睡的姿势不对，两腿搁得太高，这样睡对他不好。"

她告诉医生他怎样叫盖拉西姆扛着腿睡。

医生鄙夷不屑而又和蔼可亲地微微一笑，仿佛说："有什么办法呢？病人总会做出这样的蠢事来，但情有可原。"

检查完毕，医生看了看表。这时普拉斯柯菲雅·费多罗夫娜向伊凡·伊里奇宣布，不管他是不是愿意，她今天就去请那位名医来，让他同米哈伊尔·达尼洛维奇（平时看病的医生）会诊一下，商量商量。

"请你不要反对。我是为我自己才这样做的，"她嘲讽地说，让他感到这一切都是为她而做的，因此他不该拒绝。他不作声，皱起眉头。他觉得周围是一片谎言，很难判断是非曲直。

她为他做的一切都是为了她自己。她对他说这样做是为了她自己，那倒是真的，不过她的行为叫人很难相信，因此必须从反面来理解。

十一点半，那位名医果然来了。又是听诊，又是当着他的面一本正经地交谈，而到了隔壁房间又是谈肾脏，谈盲肠，又是一本正经地问答，又是避开他现在面临的生死问题，大谈什么肾脏和盲肠有毛病，米哈伊尔·达尼洛维奇和名医又都主张对肾脏和盲肠进行治疗。

名医临别时神态十分严肃，但并没有绝望。伊凡·伊里奇眼睛里露出恐惧和希望的光芒，仰望着名医，怯生生地问他，是不是还能恢复健康。名医回答说，不能保证，但可能性还是有的。伊凡·伊里奇用满怀希望的目光送别医生，他的样子显得那么可怜，以致普拉斯柯菲雅·费多罗夫娜走出书房给医生付出诊费时都忍不住哭了。

被医生鼓舞起来的希望并没有持续多久。还是那个房间，还是那些图画，还是那些窗帘，还是那种墙纸，还是那些药瓶，还是他那个疼痛的身子。伊凡·伊里奇呻吟起来，在被注射了吗啡后，便迷迷糊糊睡着了。

他醒来时，天色开始发黑。仆人给他送来晚餐，他勉强喝了一点儿肉汤。于是一切如旧，黑夜又来临了。

饭后七点钟，普拉斯柯菲雅·费多罗夫娜走进他的房间。她穿着晚礼服，丰满的胸部被衣服绷得隆起，脸上有扑过粉的痕迹。早晨她就提起，今晚他们要去看戏。萨拉·贝娜到这个城里做访问演出，他们订了一个包厢。那也是他的主意。这会儿，他把这事忘记了，她那副打扮使他生气。不过，当他记起，是他要他们订包厢去看戏的，因为他认为孩子们看这戏可以获得美的享受时，他就把自己的愤怒掩饰了起来。

普拉斯柯菲雅·费多罗夫娜进来的时候得意扬扬，但仿佛又有点儿负疚。她坐下来，问他身体怎么样，不过他看出，她只是为了应酬几句才问的，并非真的想了解什么，而且知道也问不出什么来。接着她就讲她要讲的话：她本来说什么也不愿去，可是包厢已经订了，爱伦和女儿，还有彼特利歇夫（法院侦讯官，未来的女婿）都要去，总不能让他们自己去，她其实是宁可待在家里陪他的。现在她只希望她不在家时，他能照医生的嘱咐休息。

“对了，费多尔·彼得罗维奇（未来的女婿）想进来看看你，行吗？还有丽莎。”

“让他们来好了。”

女儿走进来。她打扮得漂漂亮亮，露出部分年轻的身体。对比之下，他觉得更加难受。她竟然公然显示她健美的身体。显然她正在谈恋爱，对妨碍她幸福的疾病、痛苦和死亡感到嫌恶。

费多尔·彼得罗维奇也进来了。他身穿燕尾服，头发烫出波纹，雪白的硬领夹着青筋毕露的细长脖子，胸前露出一大块白硬衬，瘦长的黑裤紧裹着两条强壮的大腿，手上套着雪白的手套，拿着大礼帽。

一个中学生在他后面悄悄走进来。这个可怜的孩子穿一身崭新的学生装，戴着手套，眼圈发黑——伊凡·伊里奇知道怎么会这样。

他总是很怜悯儿子。儿子那种满怀同情的怯生生的目光使他心惊胆战。伊凡·伊里奇觉得除了盖拉西姆以外，只有儿子一人了解他、同情他。

大家都坐下来，又问了一下病情。接下来是一片沉默。丽莎问母亲要望远镜。母女俩争吵起来，不知是谁拿了，放在了什么地方。这事弄得大家都很不高兴。

费多尔·彼得罗维奇问伊凡·伊里奇有没有看过萨拉·贝娜。伊凡·伊里奇起初没听懂他问什么，后来才说：

“没有，您看过吗?”

“看过了，她演《阿德里安娜·莱科芙露尔》。”

普拉斯柯菲雅·费多罗夫娜说，她演那种角色特别好。女儿不同意她的看法。大家谈到她的演技又典雅又真挚——那题目已谈过不知多少次了。

谈话中间，费多尔·彼得罗维奇对伊凡·伊里奇瞧了一眼，不作声了。其他人跟着瞧了一眼，也不作声了。伊凡·伊里奇睁大眼睛向前望望，显然对他们很生气。这种尴尬的局面必须改变，可是怎么也无法改变。必须设法打破这种沉默，谁也不敢这样做，大家都害怕，唯恐这种礼貌周到的虚伪做法一旦被揭穿，真相就会大白。丽莎第一个鼓起勇气，打破了沉默。她想掩饰大家心里都有的感觉，却脱口而出。

“嗯，要是去的话，那么是时候了。”她瞧了瞧父亲送给她的表，说。接着对未婚夫会意地微微一笑，衣服窸窣响地站了起来。

大家都站起来，告辞走了。

等他们一走，伊凡·伊里奇觉得好过些，因为虚伪的局面结束了，随着他们一起消失了，但疼痛如旧。依旧是那种疼痛，依旧是那种恐惧，一点儿也没有缓和，反而是每况愈下。

时间还是一分钟又一分钟、一小时又一小时地过去，一切如旧，没完没了，而无法避免的结局却越来越使人不寒而栗。

“好的，你去叫盖拉西姆来。”他回答彼得说。

九

妻子深夜才回家。她踮着脚悄悄进来，但他还是听见她的脚步声。他睁开眼睛，连忙又闭上。她想打发盖拉西姆走开，自己陪他坐一会儿。他却睁开眼睛，说：

“不，你去吧。”

“你很难受吗？”

“老样子。”

“服点儿鸦片吧。”

他同意了，服了点儿鸦片。她走了。

直到清晨三时，他一直处在痛苦的迷糊状态中。他觉得仿佛人家硬把他这个病痛的身子往一个又窄又黑又深的口袋里塞，一个劲儿地往下塞，却怎么也塞不到袋底。这件可怕的事把他折磨得好苦。他又害怕，又想往下沉，不断挣扎，越挣扎越往下沉。他突然跌了下去，随即惊醒过来。依旧是那个盖拉西姆坐在床脚跟，平静而耐心地打着瞌睡，他却躺在这里，把那双穿着袜子的瘦腿搁在盖拉西姆的肩上；依旧是那支有罩的蜡烛，依旧是一刻不停地疼痛。

“你去吧，盖拉西姆。”他喃喃地说。

“不要紧，老爷，我坐坐。”

“不，你去吧。”

他放下腿，侧过身子来睡。他开始可怜自己。他等盖拉西姆走到隔壁屋里，再也忍不住，就像孩子般痛哭起来。他哭自己的无依无靠，哭自己的孤独寂寞，哭人们的残酷，哭上帝的残酷和冷漠。

“你为什么要这样做？为什么把我带到这儿来？为什么？为什么这么狠心地折磨我？……”

他知道不会有回答，但又因得不到也不可能得到回答而痛哭。疼痛又发作了，但他一动不动，也不呼号。他自言自语：“痛吧，再痛吧！可是为了什么呀？我对你做了什么啦？这是为了什么呀？”

后来他安静了，不仅停止哭泣，而且屏住呼吸，提起精神来。他仿佛不是在倾听说话声，而是在倾听灵魂的呼声，倾听自己思潮的翻腾声。

“你要什么呀?”这是他听出来的第一句明确的话。“你要什么呀?你要什么呀?”他一再问自己。“要什么?——摆脱痛苦，活下去。”他自己回答。

他又全神贯注地倾听，连疼痛都忘记了。

“活下去，怎么活?”心里有个声音问他。

“是的，活下去，像我以前那样活得舒畅而快乐。”

“像你以前那样，活得舒畅而快乐吗?”心里的声音问。于是他开始回忆自己一生中美好的日子。奇怪的是，所有那些美好的日子现在看来一点儿也不美好，只有童年的回忆是例外。童年时代确实有过欢乐的日子，要是时光能倒转，那是值得重温的。但享受过当年欢乐的人已经不存在了，存在的似乎只有对别人的回忆。

自从伊凡·伊里奇变成现在这个样子以来，过去的欢乐都在他眼里消失了，或者说，变得不足道了，变得令人讨厌了。

离童年越远，离现在越近，那些欢乐就越显得不足道、越可疑。这是从法学院开始的。在那里还有点儿真正美好的事：还有欢乐，还有友谊，还有希望。但读到高年级，美好的时光就越来越少。后来开始在官府供职，又出现了美好的时光，那是对一个女人的倾慕。后来生活又浑浑噩噩，美好的时光更少了，越来越少，越来越少。

结婚……是那么意外，那么叫人失望。妻子满嘴臭味，放纵情欲，装腔作势！死气沉沉地办公，不择手段地捞钱，就这样过了一年，两年，十年，二十年——始终是那么一套。而且越是往后，就越是死气沉沉。我在走下坡路，却还以为在上山。就是这么一回事。大家都说我官运亨通，步步高升，其实生命在我脚下溜掉……如今瞧吧，末日到了！

这究竟是怎么一回事?为什么会这样?生活不该那么无聊，那么讨厌。不该！即使生活确是那么讨厌，那么无聊，那又为什么要死，而且死得那么痛苦?总有点儿不对头。

“是不是我的生活有些什么地方不对头?”他忽然想到。“但我不论做什么都是循规蹈矩的，怎么会不对头?”他自言自语，顿时找到了唯一的答案：生死之谜是无法解答的。

如今你到底要什么呢?要活命?怎么活?像法庭上听到民事执行吏高呼

"开庭了"时那样活。"开庭了，开庭了！"他一再对自己说。"喏，现在要开庭了！可我又没有罪！"他恨恨地叫道。"为了什么呀？"他停止哭泣，转过脸来对着墙壁，一直思考着那个问题：为什么要忍受这样的恐怖？为什么？

然而，不管他怎样苦苦思索，都找不到答案。他头脑里又出现了那个常常出现的想法：这一切都是由于他生活过得不对头。他重新回顾自己规规矩矩的一生，立刻又把这个古怪的想法驱除掉了。

十

又过了两个礼拜。伊凡·伊里奇躺在沙发上已经起不来了。他不愿躺在床上，就躺在长沙发上。他几乎一直面对墙壁躺着，孤独地忍受着那难以摆脱的痛苦，孤独地思索着那难以解答的问题："这是怎么一回事？难道真的要死吗？"心里有个声音回答说："是的，这要死的。""为什么要受这样的罪？"那声音回答说："不为什么，就是这样。"除此以外，就什么也没有了。

自从伊凡·伊里奇开始生病，自从他第一次看医生以来，他的心情就分裂成两种对立的状态，两种状态交替着出现：一会儿是绝望地等待着神秘而恐怖的死亡，一会儿是充满希望地紧张地观察自己身上的器官。一会儿眼前出现了功能暂时停止的肾脏或者盲肠，一会儿又出现了无可避免的、神秘而恐怖的死亡。

这两种心情从一开始生病就交替出现；但随着病情的发展，他就觉得肾脏的功能越来越可疑，越来越虚幻，而日益逼近的死亡却越来越现实。

他只要想想三个月前的身体，再看看现在的情况，看看他怎样一步步不停地走着下坡路，任何侥幸的心态就自然而然地土崩瓦解了。

近来，他面向沙发背躺着，感到异常孤寂，那是一种处身在闹市和许多亲友中间却没有人理睬他而感到的孤寂，即使跑遍天涯海角也找不到的孤寂。处身在这种可怕的孤寂中，他只能靠回忆往事度日。一幕幕往事像图画般浮现在他眼前。他总是从近期的事开始，一直回忆到遥远的过去，回忆到童年时代，然后停留在那些往事上。譬如他会从今天给他端来的李子酱，想到童年吃过的干瘪法国李子，觉得别有风味，吃到果核，满口生津。同时他又会想到当年的种种情景：保姆、兄弟、玩具。"那些事别去想了……太痛苦了。"伊凡·伊里奇对自己说，思绪又回到现实中来。他瞧着羊皮沙发上的皱纹和沙发背上的纽扣。“山羊皮很贵，又不牢，有一次就为这事争吵过。还记得当年我们撕坏父亲的皮包，因此受罚，但那是另一种山羊皮，是另一次争吵……妈妈还送包子来给我们吃。”他的思想又停留在童年时代，他又感到很难过。他竭力驱散这种回忆，想些别的事。

在一系列对往事的回忆中，他又想到了那件事——他怎样生病和病情怎样恶化的。他想到：年纪越小，越是充满生气；生命里善的因素越多，生命力也就越充沛。两者互为因果。“病痛越来越厉害，整个生命也就越来越糟，”他想，“生命开始还有一点儿光明，后来就越来越暗淡，消逝得越来越快，离死越来越近。”他忽然想到，一块石子落下总是不断增加速度，生命也是这样，带着不断增加的痛苦，越来越快地掉落下去，掉进痛苦的深渊。“我在飞逝……”他浑身打了个哆嗦，试图抗拒，但知道这是无法抗拒的。他的眼睛虽已疲劳，却依旧瞪着前面，瞪着沙发背。他等待着，等待着那可怕的坠落、震动和灭亡。“无法抗拒。”他自言自语。“真想知道，为什么会这样？可是无法知道。要是说我生活得不对头，那还有理由解释，可是不能这么说。”他对自己说，想到自己一辈子奉公守法，过着正派而体面的生活。“不能这么说，”他嘴上露出冷笑，仿佛人家会看到他这个样子，并且会因此受骗似的。“可是找不到解释！折磨，死亡……为了什么呀？”

十一

这样过了两个礼拜。在这期间发生了伊凡·伊里奇夫妇所希望的那件事——彼特里歇夫正式来求婚。这事发生在一天晚上。第二天，普拉斯柯菲雅·费多罗夫娜走进丈夫房间，考虑着怎样向他宣布彼特里歇夫求婚的事，但就在那天夜里，伊凡·伊里奇的病情又有新的发展。普拉斯柯菲雅·费多罗夫娜发现他又躺在长沙发上，但姿势跟以前不同。他仰天躺着，呻吟着，眼睛呆滞地瞪着前方。

她谈起吃药的事。他把目光转到她身上。她没有把话说完，因为她发现他的目光里充满对她的愤恨。

“看在基督的分上，让我安安静静地死吧！”他说。

她正想出去，但这当儿女儿进来向伊凡·伊里奇请安。他像对妻子那样也对女儿望望，而对女儿问候病情的话，只冷冷地说，他不久就会让她们解脱的。母女俩默不作声，坐了一会儿走了。

“我们究竟有什么过错呀？”丽莎对母亲说，“仿佛都是我们弄得他这样似的！我可怜爸爸，可他为什么要折磨我们？”

医生按时来给他看病。伊凡·伊里奇对他的问题只回答“是”或者“不是”，并愤怒地盯住医生，最后说：

“您明明知道毫无办法，那就让我去吧！”

“我们可以减轻您的痛苦。”医生说。

“这点您也办不到，让我去吧！”

医生走到客厅，告诉普拉斯柯菲雅·费多罗夫娜情况很严重，只有一样东西可以减轻他的痛苦，就是鸦片。

医生说，他肉体上的痛苦很厉害，这是事实，但精神上的痛苦比肉体上的痛苦更厉害，而这也是他最难受的事。

他精神上的痛苦就是，那天夜里他瞧着盖拉西姆睡眼惺忪、颧骨突出的善良的脸，忽然想：我这辈子说不定真的过得不对头。

他忽然想，以前说他这辈子生活过得不对头，他是绝对不同意的，但现在看来可能是真的。他忽然想，以前他有过轻微的冲动，反对豪门权贵肯定的好事，这种冲动虽然很快就被他自己克制住，但说不定倒是正确的，而其他一切可能都不对头。他的职务，他所安排的生活，他的家庭，他所献身的公益事业和本职工作，这一切可能都不对头。他试图为这一切辩护，但忽然发现一切都有问题，没有什么可辩护的。

“既然如此，那么现在在我将离开世界的时候，发觉我把天赋予我的一切都糟蹋了，但又无法挽救，那可怎么办？”他自言自语。他仰天躺着，重新回顾自己的一生。早晨他看到仆人，后来看到妻子，后来看到女儿，后来看到医生，他们的一举一动、一言一语，都证实了他夜间所发现的可怕真理。他从他们身上看到了自己，看到了他赖以生活的一切，并且明白这一切都不对头，这一切都是掩盖着生死问题的可怕的大骗局。这种想法增加了他肉体上的痛苦，比以前增加了十倍。他不断呻吟，辗转反侧，扯着身上的衣服。他觉得衣服束缚他，使他喘不过气来。他为此憎恨它们。

医生给了他大剂量鸦片，他昏睡过去，但到吃晚饭时又开始折腾。他把所有的人都赶走，不断地翻来覆去。

妻子走过来对他说：

“约翰，心肝，你就为了我（为了我?）这么办吧。这没有什么害处，常常还有点儿用。真的，这没什么。健康的人也常常……”

他睁大眼睛，问：“什么事？进圣餐吗？干什么呀？不用了！不过……”

她哭了。

“好吗，我的亲人？我去叫我们的神父来，他这人挺好。”

“好，太好了。”他说。

神父来了，听了他的忏悔，他觉得好过些，疑虑似乎减少了些，痛苦也减轻了，刹那间心里看到了希望。他又想到了盲肠，觉得还可以治愈。他含着眼泪进了圣餐。

他进了圣餐，又被放到床上，刹那间觉得好过些，并且又出现了生的希望。他想到他们曾建议他动手术。“活下去，我要活下去!”他自言自语。妻子走来祝贺。她敷衍了几句，又问：“你是不是感到好些?”

他眼睛不看她，嘴里说：“是。”

她的服装，她的体态，她的神情，她的腔调，全都向他说明一个意思：“不对头。你过去和现在赖以生活的一切都是谎言，都是对你掩盖生死大事的骗局。”他一想到这点，心头就冒起一阵愤恨，随着愤恨又感觉到肉体上的痛苦，同时意识到不可避免的临近的死亡，接着又增加了一种新的感觉：拧痛、刺痛和窒息。当他说“是”的时候，他的脸色是可怕的。他说了一声“是”，眼睛直盯住她的脸，接着使出全身的力气迅速地把脸转过去，伏在床上嚷道：

“都给我走，都给我走，让我一个人待着!”

十二

从那时起，他连续三天一刻不停地惨叫，叫得那么可怕，就是隔着两道门听了也觉得毛骨悚然。当他回答妻子的时候，他明白他完了，无法挽救了，末日到了，生命的末日到了，可是生死之谜始终没有解决，永远是个谜。

“哎哟！哎哟！哎哟!”他用不同的音调惨叫着。他开始嚷道：“我不要!”接下去又是哎哟哎哟地惨叫。

整整三天，他一刻不停地在那个黑口袋里拼命挣扎，而一种肉眼看不见的力量却无可抗拒地把他往口袋里塞。他就像一个死刑犯，落到了刽子手手里，他知道没有生路了。他每分钟都感到，不管他怎样挣扎，他都是越来越接近那恐怖的末日了。他觉得他的痛苦在于他正被人塞到那个黑窟窿里去，而更痛苦的是，他不能爽爽快快地落进去。他之所以不能爽爽快快地落进去，是因为他认为他的生命是有价值的。这种对自己生命的肯定，阻碍了他，不让他走，使他特别痛苦。

突然，他的胸部和腰部受到猛烈的打击，呼吸更加困难，他掉到窟窿里。在窟窿底有一道亮光。他觉得自己仿佛处身在火车车厢里，你以为火车在前进，其实却在后退。这时他突然辨出了方向。

“是的，一切都不对头，”他自言自语，“但没有关系，可以纠正的。”“可怎样才算‘对头’呢?”他问自己，接着突然沉默了。

第三天傍晚，他临终前两小时，念中学的儿子悄悄地进来，走到他床跟前。垂死的人一直在惨叫，挥动双臂。他的一只手落在儿子头上。儿子捉住他的手，把它贴在嘴唇上，哭了起来。

就在这时候，伊凡·伊里奇掉了下去，看见了光。他领悟到他的生活过得不对头，但还可以纠正。他问自己怎样才“对头”，接着一动不动地留神听着。他感到有人在吻他的手。他睁开眼睛，对儿子瞧了一眼。他可怜起儿子来。妻子走到他跟前。他对她瞧了一眼。她张开嘴，鼻子上和面颊上挂着眼泪，露出绝望的神情瞧着他。他为她难过。

“是的，我把他们害苦了，”他想，“他们真可怜，但等我一死，他们就会好过些。”他想把这话说出来，可是没有力气说。“不过，何必说呢，应该行动。”他想。他对着儿子，用目光示意说：

“带他走……可怜……你也……”他还想说“原谅我”，但却说了“原来我”。他已经没有力气纠正，只摆了摆手，他知道谁需要听懂自然会懂的。

他恍然大悟，原来折磨他的东西消失了，从四面八方消失了，从一切方面消失了。他可怜他们，应该使他们不再受罪，应该使他们，也使自己摆脱种种痛苦。“多么简单，多么快乐。”他想。

“疼痛呢?”他问自己，“它哪儿去了? 嗳，疼痛，你在哪儿啊!”

他留神倾听。

“噢，它在这里。好吧，疼就疼吧。”

“那么死呢? 它在哪里?”

他寻找着往常折磨他的对死的恐惧，可是没有找到。它在哪里？什么样的死呀？他现在一点儿也不觉得恐惧，因为根本没有死。

没有死，只有光。

“原来如此！”他突然说出声来，“多么快乐呀！”

对于他，这一切都只是一刹那的事，这一刹那的含义没有再变。但旁人看到，临死前他又折腾了两个小时。他的胸膛里咯咯发响，皮包骨头般的身体不断抽搐。接着咯咯声越来越少，喘息也越来越微弱。

“过去了！”有人在他旁边说。

他听见这话，心里重复了一遍。

“死过去了，”他对自己说，“再也不会有死了。”

他想吸一口气，吸到一半突然停住，两腿一伸就死了。

选自《俄罗斯小说百年精选》，苏畅编，中国华侨出版社2006年版

编选理由：

《伊凡·伊里奇之死》会很自然地让我们想起刘禹锡“沉舟侧畔千帆过，病树前头万木春”这样的名句；也许还会让我们联想起博尔赫斯的小说《南方》——一个轻得不能再轻的疏忽大意，居然就导致了真正的死亡。不过，我认为英格玛·伯格曼的著名电影《呼喊与细语》与《伊凡·伊里奇之死》之间，存在着更为直接的联系。在濒死者孤苦无告的呼喊声中，唯有仆人提供了重要的慰藉。托尔斯泰笔下的庄稼汉盖拉西姆与伯格曼电影中那个女仆具有完全相同的特性：淳朴、清新、健康，散发着泥土的香气。他们的存在也引发了这样的思考：既然生活中的功名利禄不过是“生死大骗局”中的一个诱饵，那么有意义的生活到底应该是怎样的？

死　者

〔爱尔兰〕詹姆斯·乔伊斯 著　王智量 译

看楼人的女儿莉莉简直是双脚离地在飞跑了，她刚刚把一位先生带进底层营业所后面的餐具间，帮他脱掉大衣，前门门铃又断断续续地响起来了，她只得匆匆奔过空荡荡的过道，给另一位客人开门。幸亏不要她也伺候女客人。凯特小姐和朱莉娅小姐想到了这一层，把楼上的浴室改作女客们的化妆室了。凯特小姐和朱莉娅小姐现在正在那儿，聊着天，笑着，大惊小怪地没事儿瞎忙着，还轮番走到楼梯口，从扶手栏杆向下张望，朝楼下的莉莉大声喊，问她是谁来了。

这从来都是件大事情，莫坎家的几位小姐每年举办一次舞会。她们所有的熟人都来参加，家庭的成员，家里的老朋友，朱莉娅唱诗班里的队员，凯特教过的一些已经长大成人的学生，甚至玛丽·简的学生有的也来参加。没有哪回不是尽欢而散的。就人们记忆所及，好多好多年了，这舞会一向是开得很成功的；自从她们的哥哥帕特去世，凯特和朱莉娅从斯托尼·巴特那幢房子里搬出来，带上玛丽·简，她们唯一的侄女，一块住在阿雪岛上这幢幽暗、冷落的房子里以来，一直是这样。她们从楼下做粮食生意的富勒姆先生手里租下了楼上一层，已经有足足三十个年头了。玛丽·简那时候还是个穿短衫裤的小丫头，如今已是家里的台柱子了。海丁顿街上的管风琴归她弹。她从专科学校毕业，还每年一度在老音乐厅的楼上开一次学生演奏会。她的好多学生都是金斯顿和达尔基一带上等人家的子女。她的姨妈们虽然都老成那样了，但都还在尽各自的力。朱莉娅，尽管已经两鬓斑白，仍然是“亚当与夏娃”唱诗班的第一女高音；凯特，因为身体太弱，不能多跑动，就在后屋那架老式方形大钢琴上给启蒙学生教音乐课。莉莉，看楼人的女儿，给她们做女仆的工作。虽然她们生活得简朴，但是她们主张要吃得好，样样都买顶好的：带棱形骨头的牛腰肉、三先令一磅的茶叶和上等的瓶装黑啤酒。莉莉照吩咐做事，极少有差错，所以她跟三位女主人处得挺好。她们都爱大惊小怪，如此而已。不过她们唯一不能忍受的是跟她们顶嘴。

当然喽，这样一个晚上，她们大惊小怪是有充分理由的。早就过了十点钟，可是加布里埃尔跟他妻子还不见影儿。此外，她们还非常害怕弗雷狄·马林斯可能会喝醉了酒来。她们怎么也不希望玛莉·简的哪个学生看见他醉醺醺的样子；而他要是这样子，有时还很难对付呢。弗雷狄·马林斯总是迟到，然而她们奇怪加布里埃尔会让什么事拖着呢。这就是为什么她们隔上两分钟便要走到楼梯扶手处，问莉莉加布里埃尔或是弗雷狄来了没有。

“噢，康罗伊先生，”莉莉为加布里埃尔开门时对他说，“凯特小姐和朱莉娅小姐还以为您不会来了呢。晚上好，康罗伊太太。”

“我保证她们会这么想的，”加布里埃尔说，“可是她们忘记了，我这位太太真要命，得花三个钟头打扮自己呢。”

他立在擦鞋垫上，把他套鞋上的雪往下蹭，这时莉莉把他妻子陪到楼梯口，喊了一声：“凯特小姐，康罗伊太太来了。”

凯特和朱莉娅马上蹒跚地从幽暗的楼梯上走下来。她俩都吻了加布里埃尔的妻子，说她一定给活活冻坏了吧，又问加布里埃尔是否跟她一道来了。

“我在这儿，跟邮件一样准时呢，凯特姨妈！上楼吧，我这就来。”加布里埃尔在暗处大声说。

三个女人说笑着往楼上女化妆室走去，他还在继续使劲儿地蹭他的脚。薄薄一层雪绕边儿盖在他大衣的肩头上，像条披肩似的；盖在他的套鞋上，像鞋头上的花纹似的。他咯吱咯吱地解开冻硬的粗呢大衣上的纽扣，这时一阵室外的芳香的寒气从他衣服的缝隙和褶子中散发出来。

“又下雪了吗，康罗伊先生？”莉莉问。

她领他走进餐具间，帮他脱大衣。加布里埃尔听她称呼自己姓时发出的那三个音节，微微一笑，瞧了她一眼。她是个身材细长，正在抽条儿的姑娘，面色发白，头发是干草色。小房间里的煤气灯把她照得更苍白了。当她还是个小孩子，老是抱着个破布娃娃坐在楼梯最低一级上的时候，加布里埃尔就已经认识她了。

“又下了，莉莉，”他回答，“我看得下一整夜呢。”

他抬头望望餐具间的天花板，楼上脚步的踢踏声和拖曳声震得天花板都在摇晃了，他听了一会儿钢琴声，然后又瞧了瞧这个姑娘，她正在搁板的另一头小心地把他的大衣叠好。

“告诉我，莉莉，”他口气和蔼地说，“你现在还上学吗？”

“噢，不了，先生，”她回答，“我今年不上学了，往后也不再上了。”

“喔，那么，”加布里埃尔快活地说，“我看哪个好日子，我们该去参加你跟你那个年轻人的婚礼了吧，嗯？”

女孩回过头瞧他一眼，非常辛酸地说：“现在的男人都只会说废话，把你身上能骗走的东西全骗走。”

加布里埃尔脸红了，仿佛自己做错了事情似的，他眼睛不朝她看，把自己的套鞋甩脱下来，一个劲儿地用他的厚手套擦着他的漆皮鞋。

他是个壮实的、高高个儿的青年人。他双颊上红润的血色甚至向上延展到他的额际，在那儿泛作几片不成形状的淡红色；在他没有胡须的面庞上，一副眼镜屏挡着他一双灵敏的、永不宁静的眼睛，眼镜上光洁的镜片和锃亮的镀金框架也在永不宁静地闪耀着光辉。他那有光泽的黑头发从中间分开，又长又弯地梳向耳后，在帽子压出的一道纹路下轻微地卷曲着。

把皮鞋擦得发亮了，他便站直身子，把背心向下拉了拉，使它更贴身地罩在他健硕的躯体上。然后他从口袋里迅速地掏出一枚硬币来。

“喔，莉莉，”他说着，把钱塞进她手里，“过圣诞节了，不是吗，不过是……一点儿小意思……”

他赶快向门外走去。

“噢，不，先生！”女孩子大声说，跟着他走过来，“真的，先生，我不要。”

“过圣诞节了！过圣诞节了！”加布里埃尔说着，一边几乎是小跑步地向楼梯走去，同时向她挥动一只手，要她把钱收下。

女孩见他已经走下楼梯了，便在他身后高声说：“那么，谢谢您了，先生。”

他在客厅门外等着这支华尔兹结束，听着衣裾从门边擦过和脚步在地板上拖动的声音。女孩子那句辛酸而意外的回话仍然让他心绪不宁。这句话让他显得抑郁，他把袖口拉拉平，把领结整了整，试图驱散这种气氛。然后他从背心口袋里掏出一张小纸片，看了看他为自己的讲演所列的提纲。他还拿不定主意要不要用罗伯特·勃朗宁的几行诗，因为他怕这超出了听他讲话的人们的知识水平。引几段他们能知道是莎士比亚的或是歌曲集上的字句会更好些。这些人的鞋跟的粗俗的磕碰声和鞋底在地板上的拖曳声使他想起，他们的文化等级跟他的不同。对他们引用他们所不能懂的诗，只能使自己显得滑稽。他们会想，他在炫耀自己高人一等的教育。他跟他们打交道就会失败，就像他在楼下餐具间里跟那个姑娘打交道失败一样。他把调子定错了。他整个讲演从头到尾都错了，是彻底地失败。

这时候，他的姨妈们和他的妻子从女客化妆室出来了。他的两位姨妈是身材矮小、衣着朴素的老妇人。朱莉娅姨妈大约高上一英寸。她的头发向下披着盖住耳朵尖，是灰白色的；她那张脸宽大松弛，也是灰白色的，但是脸上有几处颜色比较深。虽然她体格结实，立得端端正正，但她迟钝的眼睛和分开的嘴唇使她看起来是个不知道自己身在何处，也不知道该往何处去的女人。凯特姨妈比较有生气。她的面色比她妹妹的健康，脸上尽是皱纹，好像一只干缩了的红苹果，她的头发也编成了同样老式的样子，是还没有失去成熟的胡桃颜色。

她俩都真诚地吻了加布里埃尔。他是她们心爱的侄子，她们死去的姐姐爱伦的儿子，爱伦嫁的是港口船坞公司的特·捷·康罗伊。

“格莉塔给我说，你们今儿晚上不打算坐出租马车回蒙克斯顿了，加布里埃尔。”凯特姨妈说。

“不了，”加布里埃尔说，转身向他的妻子，“我们去年可受够了，是不是？您记不记得，凯特姨妈，格莉塔给冻成什么样子了？马车窗子一路上咯咯咯地响，车过梅里翁之后，东风就往车里灌，可真够呛的。格莉塔害了一次重感冒。”

凯特姨妈一本正经地皱着眉，他每说一句话她就点一次头。

“非常对，加布里埃尔，非常对，”她说，“你尽可能仔细总是不错的。”

“可是要说格莉塔她呀，”加布里埃尔说，“要是依着她，她准会冒着雪走回家去的。”

康罗伊太太笑了。

“您别听他的，凯特姨妈，”她说，“他可真烦死人了，什么为了汤姆的眼睛晚上要用绿灯罩呀，要让他练哑铃呀，强迫伊娃吃麦片粥呀。可怜的孩子！她简直见了麦片粥就恨！……哦，可你们怎么也猜不出，他现在逼我穿些什么！”

她发出一串响亮的笑声，对她丈夫瞧了瞧，他爱慕和幸福的眼光正从她的衣服上移到她的面孔和头发上。两位姨妈也亲切地笑着，因为加布里埃尔的婆婆妈妈的作风，一向是她们的笑料。

“套鞋！”康罗伊太太说，“这是最新的玩意儿。只要路上有点儿潮湿，我就得穿上套鞋。甚至今儿晚上，他也要我穿上，可是我不肯。下次他要给我买的，该是一套潜水服了。”

加布里埃尔神经质地笑着，接着好像要让自己安心似的拍拍领结，这时凯特姨妈笑得都直不起腰了，这个笑话让她非常开心。朱莉娅姨妈脸上的笑容不久便消逝了，她闷闷不乐的眼神转向她侄儿的脸庞。停了一会儿，她问：

“套鞋是什么呀，加布里埃尔？”

“套鞋吗，朱莉娅！”她姐姐惊讶地说，“天哪，你难道不知道套鞋是什么？你把它穿在你……穿在你的靴子上，格莉塔，是吗？”

“是的，”康罗伊太太说，“用古塔胶做的。我们俩现在都各有一双了。加布里埃尔说大陆上人人都穿的。”

加布里埃尔皱皱眉头说，似乎稍微有点儿生气：

“这没有什么奇怪的嘛，可是格莉塔认为非常好笑，她说，套鞋这个词儿让她想起克瑞斯蒂剧团的演员。”

“可是，告诉我，加布里埃尔，”凯特姨妈思路敏捷、措辞得体地说，“你当然找好房间了，格莉塔刚刚说……”

“噢，房间没问题，”加布里埃尔回答，“我在格列沙姆订好一间。”

“说真的，”凯特姨妈说，“办得好极了。还有孩子们哪，格莉塔，你不为他们担心吗？”

“哦，就一个晚上嘛，”康罗伊太太说，“再说，贝茜会照顾好他们的。”

“说真的，”凯特姨妈又说了，“有个像她那样的保姆该多称心，一个你能靠得住的人！瞧那个莉莉，我敢说，我不知道这阵子她怎么啦。她简直跟从前完全不一样了。”

加布里埃尔正想就这一点向姨妈问几个问题，然而她突然停住话，目送她妹妹走开去，朱莉娅晃晃悠悠地往楼下走，正从楼梯扶手上伸长脖子朝下望。

“啊，我问你，”她几乎是烦躁地说，“朱莉娅上哪儿去了？朱莉娅！朱莉娅！你上哪儿去呀？”

朱莉娅已经下了一段楼梯了，又走回来，态度温顺地报告说：

“弗雷狄来了。”

同时传来一阵掌声和钢琴手弹的最后的装饰性乐段，这说明华尔兹舞结束了。客厅门从里向外打开，几对舞伴走了出来。凯特姨妈急忙把加布里埃尔拉向一边，俯在他耳边悄悄说：

“溜下楼去，加布里埃尔，求求你，看他对不对头，要是喝醉了，就别让他上楼来。我敢说他是喝醉了的。我敢说他是的。”

加布里埃尔走到楼梯旁，在扶手栏杆处往下倾听。他能听见两个人在餐具间谈话的声音。然而他听出了弗雷狄·马林斯的笑声。他脚步很重地走下楼去。

“真让人宽心，”凯特姨妈对康罗伊太太说，“有加布里埃尔在这儿。有他在这儿，我总是觉着安心点儿……朱莉娅，瞧，戴丽小姐跟鲍尔小姐得吃点儿点心。谢谢您弹的漂亮的华尔兹舞曲，戴丽小姐。真叫人觉着愉快。”

一个高高的、面容干瘪的人，生一撮硬挺的灰白小胡髭，皮肤黝黑，正跟他的舞伴打客厅出来从旁边走过，说道：

“我们也来点儿点心好吗，莫坎小姐？”

“朱莉娅，”凯特姨妈当即说，“这是布朗先生和弗朗小姐。朱莉娅，陪他们跟戴丽小姐和鲍尔小姐一道去。”

“我是个讨女士们喜欢的人，”布朗先生说，嘴巴噘得小胡子都翘直了，把满脸的皱纹都笑出来了，“您知道，莫坎小姐，她们那么喜欢我的原因是……”

他还没说完这句话，就马上陪三位女客往后屋去了，因为他见凯特姨妈听不清他说话。后屋正当中摆了两张拼在一起的方桌，朱莉娅姨妈正跟看楼人一块儿把一张大台布拉直，铺在桌子上。餐具柜上整齐地排列着杯盘碗碟和一束束的刀叉和汤匙。方形大钢琴合上盖子，顶上也当餐具柜用，放着各种菜肴和甜食。屋角一只小些的餐具柜前有两个年轻人站着，在喝苦味蛇麻子啤酒。

布朗先生把他受托照管的女士们引到那里，开玩笑地请她们三位都尝点女宾用的混合甜饮料，又热，又浓，又甜。她们说她们从没喝过烈性的饮料，他便为她们开了三瓶柠檬水。然后他请年轻人当中的一位让一让，拿起有玻璃塞的细颈酒瓶，给自己斟了满满一杯威士忌。当他呷一口酒品品味道的时候，两个年轻人恭敬地看着他。

“上帝帮助我，”他笑眯眯地说，“正是医生吩咐我喝的。”

他干瘪的面庞上展出一副比较开朗的笑容，三位年轻女士对他的诙谐报以音乐般的笑声，笑得前后摇晃着身子，肩膀激动地抽动着。其中最勇敢的一位说：

“噢，布朗先生呀，我敢说医生从来不会这样吩咐的。”

布朗先生把他的威士忌又啜了一口，侧身做了个鬼脸，说道：

“啊，你们瞧，我就是那位大名鼎鼎的卡西迪太太，据说她讲过：‘喂，玛丽·格兰姆斯，假若我不喝，您就强迫我喝，因为我感觉我需要喝。’”

他发热的面孔向前探得有点儿太亲热了，他又装出一副非常俗的都柏林腔调，所以这些年轻女士们，出于同一种本能，都一声不响地听着他说。弗朗小姐，她是玛丽·简的一个学生，问戴丽小姐她弹的那支华尔兹舞曲叫什么名字；布朗先生发觉人家不注意他了，便立即转向两位青年，他们比她们更能赏识他一些。

一位红面孔的年轻女人，穿一身蓝紫色衣裳，走进屋里来，激动地拍着手大声说：

“跳四对舞了！跳四对舞了！”

凯特姨妈紧跟她进来，大声说：

“两位先生，三位女士，玛丽·简！”

“哦，这儿有伯金先生和克里根先生，”玛丽·简说，“克里根先生，您和鲍尔小姐跳舞好吗？弗朗小姐，让我给您找位舞伴吧，伯金先生。哦，现在都好了。”

“三位女士，玛丽·简。”凯特姨妈说。

两位年轻人恭请三位女士跳舞，玛丽·简转向戴丽小姐。

“噢，戴丽小姐，您真是太好、太好了，已经给两场舞伴奏过，可是我们今晚上的确是太缺少女舞伴了。”

“我一点儿不在意呢，莫坎小姐。”

“不过我有一位出色的舞伴介绍给您，巴特尔·达西先生，那位男高音。回头我还要请他唱一个。整个都柏林都在入迷地谈论他呢。”

“漂亮的嗓子，漂亮的嗓子！”凯特姨妈说。

钢琴已经两次弹起第一节舞的序曲，玛丽·简便把她请到的几位急忙带出这间屋。他们刚出去，朱莉娅姨妈就慢腾腾地踱进来，向身后望着什么。

“怎么回事儿，朱莉娅？”凯特姨妈急切地问，“是谁呀？”

朱莉娅正拿进来一卷餐巾，她转过身向着她姐姐简单地说，仿佛这个问题让她出乎意外似的：

“是弗雷狄，凯特，加布里埃尔陪着他呢。”

其实，凯特姨妈已经看到加布里埃尔就在她身后了，正引着弗雷狄·马林斯跨过楼梯口的平台。后者是一个四十岁左右的年轻人，身段和体格都和加布里埃尔相似，两个肩头很圆。他的面孔肥胖而苍白，只有厚厚的两只向下挂着的耳垂和两扇鼻翼上才有点儿血色。他相貌粗俗，一只塌鼻子，额头凸出又向后斜缩回去，嘴唇是肿胀而噘出的。他的眼皮厚重的眼睛和稀疏的头发凌乱的样子，显出一副没睡醒的神气。他在楼梯上给加布里埃尔讲一个故事，刚讲到关键的地方，他正在为此开心地笑着，同时用他左手拳头的指关节来回擦着他的左眼。

“晚上好，弗雷狄。”朱莉娅姨妈说。

弗雷狄·马林斯向几位莫坎小姐说了声晚上好，态度好像很简慢，因为他一向说起话来是嗑声嗑气的，随后，他看见布朗先生立在餐具柜边向他咧开嘴笑，便脚步不稳地穿过房间，重新开始低声讲起他刚刚告诉加布里埃尔的故事来。

“他不是那么糟糕吧，是吗？”凯特姨妈对加布里埃尔说。

加布里埃尔皱着眉头，然而他立即舒展开来，回答说：

“哦，不是，几乎看不出。”

“他不是个极糟的家伙吗？”她说，“他可怜的妈妈在除夕晚上要他起过誓的。不过，走吧，加布里埃尔，咱们去客厅吧。”

在她跟加布里埃尔一块走出这间屋之前，她皱皱眉头，来回挥动食指向布朗先生打暗号，提醒他。布朗先生点点头作答，等她走了，他便对弗雷狄·马林斯说：

“那么，特狄，让我给您来一杯满满的柠檬水，您提提精神吧。”

弗雷狄·马林斯的故事快要讲到高潮，他不耐烦地挥挥手，不听布朗的，然而布朗先生先是提醒弗雷狄·马林斯注意他衣服有个地方不整齐，然后倒上满满一杯柠檬水递给他。弗雷狄·马林斯用左手机械地接下玻璃杯，因为右手正忙于机械地调整他的衣服。布朗先生又一次笑得满脸皱纹，给他自己斟了一杯威士忌，这时，弗雷狄·马林斯的故事正要讲到高潮，突然爆发出一阵高声的咳嗽般的大笑，他把还没喝过的、满得溢出来的杯子放下，开始用他左手拳头的指关节来回擦着左眼睛，尽管他还在发出阵阵的笑声，还极力要把他最后一段话再重复一遍。

玛丽·简给客厅里寂静的听众演奏她学院式的曲子，其中满是速奏和困难的乐段，加布里埃尔不能听进去。他喜欢音乐，但是她正弹的这首曲子他觉得没有旋律，并且他怀疑其他听众也不觉得有什么旋律，虽然是他们请求玛丽·简弹点儿什么的。四个年轻人从吃点心的房间出来，听到钢琴声便立在门边，几分钟后又两个两个地走开了。似乎只有两个人能够领略这音乐，一个是玛丽·简自己，她的两只手在键盘上飞快地移动，或在停顿时从键盘上拎起来，好像一个女术士在诅咒的那瞬间时的两只手，另一个是凯特姨妈，她立在玛丽·简旁边为她翻乐谱。

涂满蜂蜡的地板在庞大的枝形吊灯的照耀下闪闪发光，把加布里埃尔的眼睛刺激得难受，他便向钢琴上方的墙壁望去。那儿挂着一幅画，画的是《罗密欧与朱丽叶》中阳台上的一幕，旁边是一幅关于伦敦古堡中两王子被害的画，这是朱莉娅姨妈年轻时用红、蓝、褐三色绒线绣的。在她们小时候上的学校里，这类活计大概要教一学年。他母亲曾给他做过一件紫色波纹毛葛背心当生日礼物，上边有些小狐狸头花样，褐色段子衬里，还有圆形的深紫红色扣子。真奇怪，他母亲居然没有音乐才能，虽然凯特姨妈总是称她作莫坎家的智囊。她和朱莉娅两人好像一直为她们这位贵妇般的姐姐感到有些骄傲。她的照片摆在穿衣镜前。她膝头上放着一本打开的书，手指正在把书里的什么指给康斯坦丁看，他穿一身海军服躺在她脚边。她儿子们的名字都是她起的，因为她对于家庭生活中事关尊严的方面是非常敏感的。多亏她，康斯坦丁现在在巴尔不里干当高级牧师，也多亏她，加布里埃尔自己在皇家大学取得了学位。当他回想起她绷着脸反对他婚姻的情形时，他脸上掠过一层阴影。她那时用过的几个轻蔑字句至今隐隐在他的记忆中引起怨恨；有一回她谈到格莉塔，说她像乡下人似的做作，而这对格莉塔是完全不真实的。她最后在蒙克斯顿他们家里长期卧病，其间全都是格莉塔伺候她的。

他知道玛丽·简一定是快要弹完她的曲子了，因为她又重新弹起了开头的旋律，每一小节后面都来一段溜音节的速奏，当他在等待结束时，那种怨恨情绪在他心里渐渐消逝了。乐曲以一段高音部八度颤音和一段结尾的低音部八度音阶告终。一阵热烈的掌声向玛丽·简表示祝贺，她红着脸，神经紧张地收起乐谱，从屋里逃出去了。最热烈的掌声来自门口那四个年轻人，他们在曲子开始时走开，到吃点心的房间里去了，而当琴声停止时，又都回来了。

跳四对舞的人都安排定了。加布里埃尔发现给他安排的舞伴是艾弗丝小姐。她是个为人坦率、健谈的年轻小姐，脸上有雀斑，一双棕黄色的眼睛凸出来。她没有穿低领的紧身胸衣，领子正面别着一枚大大的胸针，上面刻有爱尔兰文题铭和格言。

当他们站好位置时，她突如其来地说：

“我有件事情要想跟您问明白。”

“跟我？”加布里埃尔说。

她严肃地点点头。

“什么事情？”加布里埃尔对她一本正经的态度微微一笑。

“加·康这个人是谁？”艾弗丝小姐回答，转过眼睛瞧着他。

加布里埃尔脸红了，正打算把眉毛一拧，装作好像他不了解似的，这时她单刀直入地说：

“噢，天真无邪的小姑娘！我发现您在给《每日快报》写文章呢。嘿，您就不觉得害臊吗？”

“我干吗要害臊呢？”加布里埃尔问，眨眨眼睛，试图笑一笑。

“我可为您害臊呢，”艾弗丝小姐直率地说，“您怎么会给报纸写那种东西。我从前没想到，您竟是个西布立吞人。”

加布里埃尔脸上露出一种迷惑的表情。的确，他每星期三为《每日快报》文学评论栏写一篇文章，人家为此付给他十五个先令。但这绝不会使他变成一个西布立吞人。比起那张数目小得可怜的支票来，他更欢迎收到那些送来让他评论的书。他爱抚摸新出版的书的封面，翻翻其中的书页，差不多每天，当他结束在学院里的教学工作后，他习惯去码头一带逛逛那些旧书店，去巴切勒路的希基书店，去阿斯顿码头上的韦布书店或梅西书店，或是去附近一条小街道上的奥克洛希西书店。他不知道怎样对付她的指责。他想说，文学是超政治的。然而，他们是多年的朋友了，他们的经历是彼此相似的，先是读大学，后来当教师。他不能冒险对她说一句大话。他继续眨巴眼睛，试图显出笑容，而且笨拙地喃喃说，他认为写书评同政治不相干。

轮到他俩转到对面去的时候，他还是不知所措和漫不经心。艾弗丝小姐热情地一把抓紧他的手，又用温柔而友好的口气说：

“当然，我不过是开开玩笑。来吧。该咱们过去了。”

等他俩又到了一块儿，她谈起大学的问题，加布里埃尔这才感到自在多了。她的一位朋友把他评勃朗宁诗歌的文章拿给她看。她就是这样发现这个秘密的，但是她非常喜欢这篇评论。后来她突然说：

“噢，康罗伊先生，您今年夏天来阿兰岛做次短途旅行好吗？我们要在那儿住整整一个月。去大西洋里待一待可真美呢。您一定要来。克兰西先生要来的，还有基尔肯尼和凯斯林·卡尼。格莉塔也准会觉得美极了，如果她来的话。她是康诺特人吧，是吗？”

“她老家在那儿。”加布里埃尔简略地回答。

“可是您回来的，是吗？”艾弗丝小姐说着，用她的一只温热的手热切地按住他的肩膀。

“事实是这样，”加布里埃尔说，“我刚安排了要上……”

“上哪儿？”艾弗丝小姐问道。

“啊，您知道，我每年都跟几个人出去兜一圈，这样可以……”

“可是上哪儿呢？”艾弗丝小姐问。

“啊，我们通常是去法国，或者是比利时，也有可能是德国。”加布里埃尔尴尬地说。

“您为什么要去法国和比利时呢?”艾弗丝小姐说,“而不去您自己的土地上看看呢?”

“啊……”加布里埃尔说,“一部分是为了能跟那几种语言保持接触,一部分是为了换换空气。”

“难道您就没有自己的语言——爱尔兰语,需要保持接触吗?”艾弗丝小姐问。

“啊,”加布里埃尔说,“要说起这个,您知道,爱尔兰语不是我的语言。”

他们两旁的人都转过来倾听这场盘问了。加布里埃尔紧张地左边望望,右边望望,他已经被折磨得额头上泛起红晕,力图在这种情况下保持自己的好情绪。

“您难道没有自己的土地可以去看看吗?”艾弗丝小姐接着说,“您对它一无所知的土地,您自己的人民,您自己的祖国。”

“噢,跟您说真话吧,”加布里埃尔突然顶撞她说,“我的祖国已经让我厌烦了,厌烦了!”

“为什么?”艾弗丝小姐问。

加布里埃尔没有回答,因为他这句顶撞话使他自己激动了。

“为什么?”艾弗丝小姐又问一次。

他俩得一块去看看,再说,既然他也没有回答她,艾弗丝小姐便兴奋地说:

“当然咯,您没法回答。”

加布里埃尔试图掩饰他的激动,就非常卖力地跳舞。他避开她的眼光,因为他见她脸上有一种愠怒的表情。然而当大家连成一串,而他又挨着她的时候,他惊奇地感到他的手被紧紧地握着。她从眉毛底下古怪地望了他一会儿,直望到他微微一笑。然后,正当排成一串的人要重新散开时,她踮起脚尖,凑近他耳朵悄声说:

“西布立吞人!”

四对舞跳完了,加布里埃尔走开去,来到远处一个屋角,弗雷狄·马林斯的母亲在那儿坐着。她是一位矮胖、虚弱的白头发老太太。她的嗓音跟她儿子的一样,有点儿发噎,所以她稍微有些口吃。人家已经告诉她弗雷狄来了,说他差不多是完全正常的。加布里埃尔问她渡海峡时情况怎样。她跟她出嫁的女儿住在格拉斯哥，每年来都柏林玩一趟。她温和地回答说，她渡海峡时平稳极了，船长对她非常照顾。她还谈起她女儿在格拉斯哥住的房子多漂亮，谈起他们那儿所有的朋友。当她在唠唠叨叨的时候，加布里埃尔在力图把他和艾弗丝小姐的一场不愉快的插曲从头脑里清除掉。这个女孩，或者说女人，不管她是什么吧，当然是个热心人，可是说话做事总得看个时候才对。也许他不该那样来回答她。可是她没权利当众叫他西布立吞人呀，哪怕是开玩笑吧。她是想让他在人们面前出丑，她当众诘难他，还用她一双家兔似的眼睛瞪着他。

他看见他妻子正从一对对华尔兹舞伴中间向他走来。她走到他身边，她对着他的耳朵说：

"加布里埃尔，凯特姨妈想知道，是不是还像往年一样由你来切鹅肉，戴丽小姐切火腿，我来切布丁。"

"好的。"加布里埃尔说。

"这场华尔兹一结束，她就先把年轻客人送过去，这样餐桌旁边就只是我们了。"

"你跳舞了吗？"加布里埃尔问。

"当然跳了。你没看见我吗？你跟莫莉·艾弗丝嚷嚷些什么？"

"没嚷嚷，怎么？她说我嚷嚷了？"

"好像是的。我在想法儿让那位达西先生唱歌。他满以为自己了不起呢，我觉得。"

"没嚷嚷过，"加布里埃尔不愉快地说，"只是她要我去爱尔兰西部玩一趟，我说我不去。"

他妻子兴奋地拍手，轻轻一跳。

"哦，去呀，加布里埃尔，"她喊着说，"我真想再看看高尔韦呢。"

"你要喜欢你就去。"加布里埃尔冷冷地说。

她瞧了他一会儿，就转向马林斯太太说：

"您瞧这个丈夫有多好！马林斯太太。"

她穿过房间回到原处去了，马林斯太太并没在意人家打断她的话，接着对加布里埃尔说苏格兰有什么美丽的去处和美丽的风景。她女婿每年都带她们去湖泊区游览，她们每次都钓鱼。她女婿是个钓鱼的能手。一天他捉到一条美丽的大鱼，旅馆的主人还给他们烧好，当菜吃呢。

加布里埃尔几乎听不见她说些什么。马上就要用晚餐了，他又开始想他的讲演和引文。当他看见弗雷狄·马林斯穿过屋子走来见他的母亲，加布里埃尔就从椅子上站起来，让他坐，自己退到窗口的斜墙旁。这间屋子已经收拾干净，从后屋里传来盘子和刀叉的磕碰声。留在客厅里的人看来也不想再跳舞了，聚成小堆在悄悄交谈。加布里埃尔用热乎乎、颤巍巍的手指轻轻弹着冰冷的窗玻璃。外面该有多冷啊！假如一个人出去，先沿着河岸，再穿过公园散散步，该多舒服！树枝上一定覆盖着雪花，威灵顿纪念碑上面一定堆成了一顶明亮的雪帽子。要是在那儿，不知要比在晚餐桌旁舒服多少哇！

他匆匆温习了一下他的讲演提纲：爱尔兰人的殷勤好客、悲哀的回忆、赐人以美丽和快乐的三女神、帕里斯、所引的勃朗宁的诗句。他自言自语地说了一遍他在评论中写过的句子："你觉得正在听一段扰人心绪的音乐。"艾弗丝小姐赞扬过这篇评论。她是真心的吗？在她那一套宣传后边，她是不是真正有她自己的生活？在这个晚上之前，他们之间不曾有过什么敌意。一想到当他发言的时候，她会在晚餐桌旁，用她那批评和嘲弄的眼光朝上望着他，他就不安。也许她看到他演讲失败，不会感到惋惜吧。一个想法出现在他脑子里，这给了他勇气。他会暗暗提到凯特姨妈和朱莉娅姨妈，说："女士们，先生们，我们中间现在正处于衰退的一代人可能有缺点，但是就我来说，我认为他们是有某些优秀品质的，像殷勤好客、幽默和慈爱，而这些品质依我看来，正是在我们周围成长着的、非常严肃、受过太多教育的新的一代人所缺少的。"好极了，这段话是说给艾弗丝小姐听的。他的姨妈们只不过是两个没有学识的老太太，有什么可关心的。

房间里的一阵低语声吸引了他的注意。布朗先生满带骑士风度地陪着朱莉娅姨妈从房门口走来，她倚在他的手臂上，微笑着，低垂着头。一阵不整齐的噼里啪啦的掌声，一直送她来到钢琴面前，玛丽·简在琴凳上坐稳后，朱莉娅姨妈就不再微笑，半转过身子以便使她的声音能清楚地投进房间，这时掌声才渐渐平息下来。加布里埃尔听出了那个序曲。那是朱莉娅姨妈的一支老歌子——《打扮新娘子》的序曲。她嗓子在音调上是有力而又清晰的，精神十足地配合着一段段使曲调变得华丽的速奏。虽然她唱得很快，但却连一个最小的装饰音也没漏掉。倾听着歌声，不看歌唱者的面容，就能感受并且分享迅疾而可靠的灵感引起的激情。加布里埃尔和其他人一块儿在歌声终止时大声地鼓掌，从看不见的晚餐桌旁也传来了响亮的掌声。掌声听来是那样真诚，以致当朱莉娅姨妈俯身把封面上有她名字第一个字母的旧皮面歌本放回乐谱架上时，一抹微微的红晕泛上了她的脸颊。弗雷狄·马林斯斜着脑袋，好听得更清楚些，人家都停住了，他还在大声鼓掌，并且热烈地对他母亲谈论着，他母亲则庄重地、慢悠悠地点着头表示默许。最后，等他没法再鼓掌了，他便突然站起身来，匆匆穿过房间走到朱莉娅姨妈面前，双手抓住她的手摇着，不只是因为太激动了，还因为他嗓子里的噎声太多，他说不出话来。

"我刚才还在对我母亲说，"他说，"我从没听您唱得这么好过，从没有听见过。没有，我从没听过您的嗓子像今天晚上这样好。好！现在您信吗？是真的。我敢用名誉担保，是真的。我从没听过您的嗓子那么清亮，那么……那么优美和清亮，从没听见过。"

朱莉娅姨妈把自己的手从他手中抽回来，大方地笑了笑，轻轻地说了些不敢当的话。布朗先生把手向她伸过去，手心摊开，用一种演出主持人向听众介绍一个天才演员的架势对近旁的人说：

"朱莉娅·莫坎小姐，我最新的发现！"

他正在自顾自地大笑，弗雷狄·马林斯转身向他，说道：

"好了，布朗，你如果认真去发现，还可能发现你的发明并不高明。我所能说的仅仅是，打我到这儿来，我就从没听见她唱得有这一半好。这是千真万确的话。"

"我也没听见过，"布朗说，"我认为她的嗓子大有进步。"

朱莉娅姨妈耸了耸肩，温顺而自傲地说：

"三十年前，跟一般嗓子比，我的嗓子并不坏。"

"我常对朱莉娅说，"凯特姨妈断然地说，"在那个合唱队里，人家简直就不把她当回事儿。可是她从来不肯听我的。"

她转过身来，好像在求助其他人的高见，来帮她对付一个倔强的小孩子。这时，朱莉娅姨妈双目朝前凝视，脸上隐隐显出一种缅怀往昔的笑容。

"不哇，"凯特姨妈接着说，"她谁的话也不听从，白天黑夜、黑夜白天地在那个唱诗班里给人家苦干。圣诞节早晨六点钟就去唱！都是为了什么？"

“啊，难道不是为了上帝的荣耀吗，凯特姨妈?”玛丽·简在琴凳上转了个身，微笑着问道。

凯特姨妈气呼呼地向她侄女说：

“上帝的荣耀我全知道，玛丽·简，可是我认为，把唱诗班里苦了一辈子的女人们都赶走，让一群妄自尊大的小男孩骑在她们头顶上，这对于教皇来说，根本不是件荣耀的事情。我想假如教皇那样做了，那是为了教会的好处。可那是不公平的，玛丽·简，那是不对的。”

她说得激动起来，还想再说下去，为她的妹妹争几句，因为这是一个让她伤心的话题，但玛丽·简见所有跳舞的人都回来了，便和解地把话打断。

“哎，凯特姨妈，你是在惹布朗先生生气呢，他的宗教信仰跟您的不同。”

凯特姨妈转向布朗先生，他听见人家提到自己的宗教，正在咧开嘴笑，凯特姨妈连忙说：

“噢，我并不怀疑教皇做得对。我不过是个傻老太婆，我也不敢这样做，不过还有日常的礼貌和感谢这些人人都知道的事情呀。要是我处在朱莉娅的地位上，我就会面对面地向那个希利神父说……”

“再说，凯特姨妈，”玛丽·简说，“我们大家真是都饿了，我们一饿就都好吵架。”

“我们渴了也好吵架呢。”布朗先生添上一句说。

“所以我们最好去吃晚饭，”玛丽·简说，“以后再来结束这场讨论吧。”

在客厅门外的过道上，加布里埃尔发现他的妻子正在设法说服艾弗丝小姐留下来吃饭。但是艾弗丝小姐已经戴上帽子，正在扣斗篷扣子，不肯留下来。她一点儿都不觉得饿，并且现在已经超过她该待的时间。

“不过十分钟嘛，莫莉，”康罗伊太太说，“不会耽误你事儿的。”

“吃一点儿嘛，”玛丽·简说，“跳了那么多的舞。”

“我真是不能再待了。”艾弗丝小姐说。

“我怕你玩得一点儿也不开心呢。”玛丽·简无奈地说。

“非常开心呢，我向你保证，”艾弗丝小姐说，“不过你得让我现在就走才行。”

“可你怎么回家呢?”康罗伊太太问。

“噢，沿码头走几步就到了。”

加布里埃尔犹豫了一会儿，说："假如你愿意，艾弗丝小姐，我送您回家吧。假如您真是非走不可的话。"

但是艾弗丝小姐突然从他们身边走开了。

"我不听这个，"她嚷道，"看老天爷的分上，吃你们的晚饭去，别管我了。我还好好儿的，能照管我自己。"

"唉，你真是个怪里怪气的姑娘，莫莉。"康罗伊太太率直地说。

"晚安，亲爱的。"艾弗丝小姐笑着嚷了一句，奔下楼梯。

玛丽·简凝视着她的背影，脸上显出阴郁、迷惑的表情，康罗伊太太靠在扶梯把手上，听到过道里响起开门声。加布里埃尔在问自己，他是不是她突然离去的原因。但是她看上去并没有不高兴——她一路笑着走去的嘛。他在楼梯口茫然地向下望。

这时，凯特姨妈跌跌撞撞地从开晚餐的房间里出来，几乎是绝望地绞着两只手。

"加布里埃尔在哪儿？"她嚷道，"加布里埃尔到底在哪儿呀？大家全等在那儿，虚位以待呢，没人来切鹅了！"

"我在这儿呢，凯特姨妈！"加布里埃尔猛地活跃起来，喊着，"需要的话，我可以切一群鹅。"

一只棕黄色的肥鹅摆在桌子的一端，另一端，在一个装饰着欧芹细枝的皱纹纸垫上，摆着一只大火腿，已经剥了皮，撒满了干面包粉，胫骨处套着一个精美的纸花边，火腿旁边是一块五香牛腿肉。在这相对的两端之间是平行的两列其他菜肴：两堆高高的果子冻，一红一黄；一个浅底盘，盛满了大块的牛奶冻和红色果酱；一个绿色带梗状柄的叶形大盘，里边是一颗颗紫色葡萄干和去皮的杏子；另一个同样的盘子里，是堆成整齐的长方形的士麦那无花果；一盘上面撒有豆蔻末的牛奶蛋糊，满满一小盆包着金银纸的巧克力和糖果；一只玻璃花瓶里插着一些长长的芹菜茎。桌子正中立着两只矮胖的老式雕花细颈玻璃瓶，一只盛着白葡萄酒，另一只盛着深色的雪利酒，它们像卫兵似的守卫着一只水果盘，盘子托起尖尖的一堆橘子和美洲苹果。在盖拢的方形钢琴上有一只还没上桌的用大黄盘盛着的布丁，它后边是三排烈性黑啤酒、淡啤酒和矿泉水，像士兵一样依照它们各自制服的颜色分别排列成队。前两排是黑色的，贴着咖啡和红色标签，第三排也是最短的一排是白色的，瓶上横系着绿色的饰带。

加布里埃尔大模大样地坐在首席上，看了看刀锋，便把叉子稳稳地插进了鹅身上。这会儿他觉得相当自在，因为他是个运刀的能手，顶喜欢坐在丰盛餐桌的首席上。

“弗朗小姐，给您来点儿什么？”他问，“一个翅膀呢，还是一片脯子肉？”

“一小片脯子肉就行了。”

“希金斯小姐，您呢？”

“随您便吧，康罗伊先生。”

加布里埃尔和戴丽小姐把盛着鹅肉的盘子和盛着火腿跟五香牛肉的盘子对调，莉莉端着一盘包在白餐巾纸里的粉嘟嘟的热土豆沿桌送给客人，这是玛丽·简的主意，她还建议要给鹅肉浇上苹果沙司，可是凯特姨妈说，她一向觉得没有苹果沙司的本色烤鹅就很好了，她只希望她永远别吃到比这更坏的鹅肉。玛丽·简照应着她的学生们，要让他们都吃上最好的一片。凯特姨妈和朱莉娅姨妈把在钢琴上的黑啤酒、淡啤酒和矿泉水一瓶瓶打开，递过来，啤酒是为男宾们准备的，矿泉水是为女宾们准备的。笑声和喧哗声，让菜声和辞谢声，刀叉声和软木塞、玻璃塞的打开声乱成一团。加布里埃尔给大家分完了第一份，没给自己切一份，马上又开始分第二份。每个人都向他大声抗议，他不得不妥协，喝了一大口黑啤酒，因为他发现切鹅肉也是件费劲的事。玛丽·简一声不响地坐在那儿用她的晚餐，可是凯特姨妈和朱莉娅姨妈仍旧跌跌撞撞地围着桌子转，一会儿这个在前面，一会儿那个在前面，互相挡住去路，不让人注意地互相吩咐些事情。布朗先生请求她们坐下来用餐，加布里埃尔也请求她们，但是她们说，时间还多着呢，最后，弗雷狄·马林斯先生站起身捉住凯特姨妈，在一片哈哈的笑声中，扑通一下把她按在椅子上。

给每个人都分好了，加布里埃尔笑着说：

“嗯，要是哪位客人想再来点儿俗人们说的鹅肚皮里的填馅儿，就请说话。”

大家齐声请他自己开始用晚餐，莉莉拿着三个她专为他留下的土豆走过来。

“好极了，”加布里埃尔又喝了一口酒开胃，然后亲切地说，“女士们，先生们，请你们在几分钟之内忘了我的存在吧。”

他开始吃晚餐，不介入桌上的谈话，趁人们谈话时，莉莉在收拾桌上的菜盘。谈话的题目是当时正在皇家剧院演出的歌剧团。男高音巴特尔·达西先生，一个留着潇洒的小胡子的深肤色的年轻人，高度赞扬剧团的首席女低音，可是弗朗小姐认为她的表演风格很俗气。弗雷狄·马林斯说，在舞剧《欢乐》的第二部分里，有个黑人队长唱歌，他的嗓子是他听到过的最好的男高音之一。

“您听过他唱吗？”他隔着桌子问巴特尔·达西先生。

“没有。”巴特尔·达西先生漫不经心地回答。

“因为，”弗雷狄·马林斯解释说，“我很想知道您对他的意见。我认为他的嗓子美极了。”

“真正的好东西总是要特狄来发现的。”布朗先生放肆地对桌上的客人们说。

“为什么他不能也有条好嗓子呢？”弗雷狄·马林斯尖锐地发问，“就因为他是个黑人吗？”

没人来答复这个问题，于是玛丽·简把大伙引回到正统歌剧上来。她的一个学生送她一张《迷娘》的免费入场券，当然啦，非常好，她说，但是它使她想起了可怜的乔治娜·伯恩斯。布朗先生还要扯起许多往事呢。他扯到了过去常到都柏林来的那些老意大利剧团——梯让斯，伊尔玛·德·莫尔兹卡，康帕尼尼，伟大的特列别里，久格里尼，拉维里，阿拉布罗。他说，在那些日子才能在都柏林听到像样的歌声，他还谈到老皇家剧院的顶层楼座从前是怎样每夜客满的，一天晚上，一个意大利男高音怎样在听众的要求下一连唱了五遍“让我像士兵那样倒下”，每一遍都唱出了一个高音C，顶楼上的男孩子们有时怎样热情奔发，从某个有名的歌剧女演员的马车上解下马来，自己给她拉车，招摇过市，把她送回旅馆里。他问道：干吗他们现在不上演那些堂皇的歌剧了，比如《狄诺拉》《鲁克列齐亚·波尔吉亚》？因为他们找不到好嗓子唱这些歌剧，这就是原因。

“噢，啊，”巴特尔·达西先生说，“依我看，现在还是有像当年一样好的歌唱家的。”

“他们在哪儿呢？”布朗先生针锋相对地问。

“伦敦、巴黎、米兰都有，”巴特尔·达西先生激动地说，“比如，我认为卡鲁索就也挺好，假如不比您刚才提到的那些人更好些的话。”

“也许是这样，”布朗先生说，“但是我可以告诉您，我非常怀疑这一点。”

“噢，我只要能听卡鲁索唱歌，什么都肯给。”玛丽·简说。

“要我说呀，”正在那儿剔一根骨头肉的凯特姨妈发言了，“只有一个男高音。我的意思是，能使我满意的。可是我想你们中间大概没人听他唱过歌。”

“他是谁呀，莫坎小姐？”巴特尔·达西先生彬彬有礼地问。

“他叫，”凯特姨妈说，“帕金森。我是在他顶红的时候听他唱的，我认为他那时候的嗓子，是最棒的男高音嗓子了。”

“奇怪，”巴特尔·达西先生说，“我从没听人说起过他。”

“对，对，莫坎小姐说得对，”布朗先生说，“我记得听过老帕金森唱歌，不过他对我来说是太远太远的往事了。”

“一个美丽、纯净、甜蜜而又圆润的英格兰男高音。”凯特姨妈热情地说。

加布里埃尔吃完了，那只硕大的布丁移到了桌上，重又响起叉匙的碰击声。加布里埃尔的妻子舀出一匙匙布丁，把碟子沿桌往下传。半路上，由玛丽·简接着，在碟子里浇满木莓冻，或橘子冻，或牛奶冻和果酱。布丁是朱莉娅小姐做的，四面八方都在夸她做得好。她自己说，这布丁烤得还不够黄。

“啊，莫坎小姐，”布朗先生说，“但愿您认为我是够黄的人，因为您知道，我是个黄人儿呀①。”

除了加布里埃尔之外，其他的男客都是出于对朱莉娅姨妈的赞美才吃了点儿布丁。加布里埃尔因为从来不吃甜食，所以芹菜就留给他吃。弗雷狄·马林斯也取了一枝芹菜便就布丁吃。他听说，芹菜是补血的，他现在正在就医。在晚餐桌旁一直沉默着的马林斯太太说，她儿子过一个星期左右要去梅勒里山。就餐的人便谈起梅勒里山来了，那儿的空气是多么清新，那儿的修士是多么好客，他们是怎样从来不向客人收一文钱的。

“你们的意思是不是说，”布朗先生不相信地问，“一个家伙可以上那儿去，当旅馆似的住下来，大吃大喝一场，然后一钱不付就走掉吗？”

“噢，大多数人走时都要布施一点儿给修道院的。”玛丽·简说。

---

① 布朗说的是句俏皮话，因为布朗（brown）在英语里作“黄褐色”解。——译者注。

“但愿我们的教会也有这么个规矩。”布朗先生坦率地说。

他听说那些修士从来不讲话，早上两点钟就起床，夜里睡在自己的棺材里，感到很惊讶。他问他们这么做是为什么。

“那是修士会规定的。”凯特姨妈坚决地说。

“是呀，可是为什么呢?”布朗先生问。

凯特姨妈又说一遍，这是规定，就这样。布朗先生似乎仍旧不了解。弗雷狄·马林斯尽可能地向他解释说，修士是在尽力弥补外界所有罪人们犯下的罪行。解释并不很清楚，因为布朗先生咧开嘴笑笑说：

“我非常欣赏这种做法，但是，难道惬意的弹簧床对他们来说不是和棺材一样好睡吗?”

“棺材嘛，”玛丽·简说，“是提醒他们要记住自己最终的结局。”

因为话题越来越阴郁，大家沉默了下来，在沉默中，只听见马林斯太太模模糊糊地小声对她邻座说：

“他们都是好人呢，那些修士，都是非常虔诚的人。”

葡萄干、杏子、无花果、苹果、橘子、巧克力和糖果这会儿在满桌传递着，朱莉娅姨妈请客人们都来点儿葡萄酒，要不就雪利酒。开头，巴特尔·达西先生一样都不喝，但是他的一位邻座用胳膊肘碰碰他，对他小声讲了点儿什么，于是，他同意把酒杯斟满。渐渐地，等最后一只酒杯斟满，谈话也停了下来，大家静了一会儿，只等喝酒声和椅子移动声打破沉默。莫坎小姐们，一共三位，垂下眼睛望着台布。有人咳嗽了一两声，接着有几位先生轻轻敲了敲桌子，作为保持安静的信号。完全静下来了，加布里埃尔朝后推推他的椅子，站起来。

为了鼓励他，桌子立即敲得更响了，接着，大家都停下不敲了。加布里埃尔把他十个抖动的手指按在台布上，紧张地对大家笑了笑。他的眼光遇到一排仰起的面孔，于是他便抬头望着枝形吊灯。钢琴弹奏出一支华尔兹舞曲，他能听见裙子扫在客厅门上的声音。也许这会儿正有人站在外面码头上的雪地里，凝视着窗里的灯光，倾听着华尔兹乐曲呢。外边的空气清新的。远处是公园，公园里的树上压着雪。威灵顿纪念碑戴着一顶微微发亮的雪帽，由那里向西是一片十五英亩的雪原在闪着白光。

他开始了：

“女士们，先生们，我有幸在今天晚上，和往年一样，来履行一项令人愉快的职责，但我恐怕自己作为一个演说家能力太微薄了，与这项职责实在不相称。”

“不哇，不哇！”布朗先生说。

“可是无论怎样微薄吧，今晚我只好请各位谅解我是心有余而力不足，恭请各位耐心听我讲一会儿，让我尽力用言辞向各位表达一下我在这个场合的感受。

“女士们，先生们，我们大家聚在这好客的人家里，围坐在这张好客的餐桌边，已经不是第一次了。我们作为几位好客的女士款待的受用者，或者我顶好说是受害者吧，也不是第一次了。”

他用手臂在空中画了个圈，停顿了一下。每个人都朝凯特姨妈、朱莉娅姨妈和玛丽·简大笑或者微笑，她们却高兴得脸色绯红。加布里埃尔更加大胆地继续说下去：

“一年又一年，我愈来愈强烈地感到，我们的国家没有哪一种传统像好客传统一样给国家带来了那样多的荣誉，同时又需要国家那样小心翼翼地来加以保护。就我的经历所及，在现代国家中（我访问过不少国家），我们这个传统是独一无二的。也许有人会说，对于我们来说，这个传统与其说它值得夸耀，倒不如说它是一种弱点好。但是就算如此吧，我认为，它是一种高贵的弱点，并且是一种我坚信将在我们中间长久培养下去的弱点。有一点，至少，我是有把握的。只要前面讲到的这几位好心的女士还住在这幢屋子里——我从心底祝愿她们能住许多许多年——我们的祖先传给我们，而我们一定要再传给我们的子子孙孙的这种真诚、热心、殷勤的爱尔兰式的好客传统就会一直在我们中间保持着。”

一阵诚心诚意的赞同的低语声在餐桌四周传开。这声音使加布里埃尔突然想到，艾弗丝小姐不在了，她很不礼貌地走掉了，于是他充满自信地说：

“女士们，先生们，在我们中间，新的一代正在成长，这是由新思想和新原则激励的一代人。这些新思想是严肃而热情的，它的热情，甚至使用不当时，大体上，我相信，也都是诚挚的。但我们是生活在一个持怀疑论的，要是我能使用这个词儿的话，一个令人思绪烦乱的时代。有时我担心，这新的一代人，这个受过教育的，或者像他们现在的情况，受过太多教育的一代人，会缺乏那些属于过去的日子的仁爱、好客和善意诙谐的品质。今天晚上我听到了好些过去大歌唱家的名字，我得承认，我似乎觉得，我们是生活在一个不够宽敞的时代。而那些日子，可以毫不夸张地被称之为是宽敞的日子。假如它们已一去不返了，那么让我们希望，至少在像今天这样的聚会中，我们将仍旧怀着自豪与亲切的感情谈到它们，将仍旧在心头缅怀着对于那些去世的伟大人物的记忆，这个世界将不会甘心让他们的美名就此消亡的。”

“对呀，对呀！”布朗先生高声说。

“然而，”加布里埃尔继续讲下去，他的声音变得更为柔和了，“在类似今天这样的聚会上，总有一类比较悲哀的思想会重新出现在我们的脑海里：关于过去、关于青春、关于变革、关于早已不存在而我们今晚在这儿思念的他们那些张面孔。我们的生活道路上铺满了这类悲哀的记忆，但是，假如我们老是念念不忘这些记忆，我们就会不忍心在活着的人们当中勇往直前地去进行我们的工作。我们在生活中人人都有责任所在和情之所钟，而这些东西要求我们，完全有权力要求我们去奋发努力。”

“所以，我不能停留于过去而徘徊不前。今晚我不能让任何一种阴郁的说教来侵扰我们。我们从日常生活的奔波和忙碌之中解脱出来，在这儿短短地聚上一小会儿。我们在这儿相会，作为朋友，本着情长谊深的精神，同时在某种程度上，作为同事，本着真正的志同道合的精神，并且作为——我该怎么称呼她们呢？——都柏林音乐世界中的三位优雅女神的客人。”

来宾们听到这个比喻，爆发出一阵鼓掌声和笑声。朱莉娅姨妈徒劳地向她的邻座们一个个打听，要他们告诉她加布里埃尔说的是什么。

“他说我们是希腊神话里给人以美丽和欢乐的三位女神呢，朱莉娅姨妈。”玛丽·简说。

朱莉娅姨妈并没有听懂，但是她微笑着抬起眼睛来注视着加布里埃尔，他以同样的调子继续讲：

“女士们，先生们，今天晚上，我并不企图去扮演帕里斯在另一个场合扮演的角色。我并不企图在她们中间去进行选择。这项任务是叫人厌恶的，也是我可怜的能力所不能企及的。因为当我依次看着她们的时候，不论是我们主要的女主人本人，她的善良心地，她那过于善良的心地，已经成了每个认识她的人的笑柄了；或是她的妹妹，她看来是天生赋有永不凋谢的青春的，今晚她的歌声使我们在座所有的人惊叹不已和出乎意料；或是，最末的但不是最不重要的一位，我们最年轻的女主人，我认为她是天才的、快活的、勤劳的，是天下最好的一位侄女。我承认，女士们和先生们，我不知道该把奖品赠给她们之中的哪一位才是。”

加布里埃尔向下瞟了一眼他的两位姨妈，看见朱莉娅姨妈脸上露出开朗的笑容，凯特姨妈眼眶里已经涌起泪水，便赶忙结束了他的讲话。他风度翩翩地举起他的一杯葡萄酒，同时每个人也都端起酒杯，期待他说下去，他大声说：

“让我们向她们三位一道祝酒。让我们为她们干杯，祝她们健康、富有、长寿、快乐、幸运，并且长久保持她们靠自己的努力在职业上取得的骄傲地位，和她们在我们心坎上取得的荣耀而亲切的地位。”

所有的客人都站起身来，手持酒杯，转向三位坐着的女士，齐声歌唱，布朗先生领唱：

他们都是快活的哥儿们呀，
他们都是快活的哥儿们呀，
他们都是快活的哥儿们呀，
这点没人能否认。

凯特姨妈毫不掩饰地用手帕擦起了眼泪，甚至朱莉娅姨妈似乎也感动了。弗雷狄用他的布丁叉子打拍子，唱歌的人转过身去面面相对，好像在音乐会里一样，大家着重地唱：

除非他撒谎，
除非他撒谎。

接着再一次转向他们的女主人们，唱道：

他们都是快活的哥儿们呀，
他们都是快活的哥儿们呀，

他们都是快活的哥儿们呀，

这点没人能否认。

晚餐房间门外的其他客人也应声欢呼和鼓掌，并一次又一次地重新爆发，弗雷狄·马林斯像个军官似的高擎着他的叉子。

他们站在楼下的前厅里，沁人心脾的清新空气从门外涌进来，凯特姨妈说：

“谁去把门关上呀。马林斯太太可要害重感冒了。”

“布朗出去了，凯特姨妈。”玛丽·简说。

“布朗到处乱窜。”凯特姨妈放低了声音。

她的口气让玛丽·简笑了起来。

“说真的，”她调皮地说，“他可殷勤呢。”

“整个圣诞节，”凯特姨妈以同样的口气说，“他就像煤气一样装在这儿。”

这回她自己高兴地笑了，接着很快补充说：

“不过叫他进来吧，玛丽·简，把门关上。但愿他没听见我的话才好。”

这时候，过道门开了，布朗先生从门外的石阶上走进来，笑得好像他的心就要裂开似的。他穿一件绿色长大衣，袖口和领子镶着仿阿斯特拉罕羔皮，头戴一顶椭圆形的皮帽。他用手指着下边覆盖着白雪的码头，从那儿传来一阵拖长的刺耳的呼哨声。

“特狄要把都柏林所有的出租马车都喊出来了。”他说。

加布里埃尔从营业所后边的小餐具间里走出来，正往他的长大衣里伸袖子，看了看四周，说：

“格莉塔还没下来？”

“她在穿衣服，加布里埃尔。”凯特姨妈说。

“谁在那儿弹琴呢？”加布里埃尔问。

“没人。全走了。”

“噢，不，凯特姨妈，”玛丽·简说，“巴特尔·达西先生和奥卡拉汉小姐还没走。”

“有人在钢琴上乱七八糟地弹着玩呢。”加布里埃尔说。

玛丽·简对加布里埃尔和布朗先生瞟了一眼，打了个冷战说：

“看见你们两位先生裹成这个样，我也觉得冷了。在这个钟点我可不愿意走一趟你们回家走的那段路。”

“这会儿，除了在野外美美地逛逛，还可以轻车快马地奔一阵子。”布朗先生豪壮地说，“这是我最喜欢的事儿了。”

“从前我们家有过一匹非常好的马和一辆双轮轻便车的。”朱莉娅姨妈伤感地说。

“那个永远都忘记不了的姜尼。”玛丽·简笑着说。

“怎么，什么姜尼呀的稀奇事儿？”布朗先生问。

“是故世的帕特里克·莫坎，我们的祖父的，”加布里埃尔解释道，“晚年人家都称呼他老先生的，是个做熬胶生意的。”

“噢，我说，加布里埃尔呀，”凯特姨妈笑着说，“他还有座粉坊。”

“啊，熬胶也罢，粉坊也罢，”加布里埃尔说，“老先生有一匹马，名叫姜尼。姜尼在老先生的磨坊里干活，一圈又一圈地拉磨。一切都很美好。可是后来姜尼不幸的时候到了。一个大晴天，老先生想，他要摆起上流人士的架势，到公园里去参观军事检阅。”

“上帝怜悯他的灵魂吧。”凯特姨妈同情地说。

“阿门，”加布里埃尔说，“于是这位老先生，就像我说的，套上姜尼，戴上自己最好的高顶礼帽，穿上自己最好的硬领，然后，堂而皇之地驾车驶出了他的祖宅，那房子是在后街附近吧，我想。”

看着加布里埃尔的样子，大家都笑了，连马林斯太太都笑了，凯特姨妈说：“噢，我说呀，加布里埃尔，他不住在后街呢，真的。只是磨坊在那儿。”

“他把姜尼套在车上，驶出他的祖宅。”加布里埃尔继续说下去，“到姜尼走到它望见比利大帝雕像的地方之前，一切都非常顺利。不知是它爱上了比利大帝骑的那匹马呢，还是它以为又回到了磨坊里，反正它就围着雕像转起圈儿来了。”

加布里埃尔在其余人的大笑声中，穿着套鞋在前厅里踱了一个圈儿。

“它走了一圈又一圈，”加布里埃尔说，“而这位老先生，他是个自视颇高的老先生，非常愤慨。‘向前走，老兄！你这是什么意思？老兄！姜尼！姜尼！真是莫名其妙！这马是怎么回事儿？’”

加布里埃尔的模仿引起了一连串大笑声。笑声被前门上一声响亮的敲击声打断了，玛丽·简跑去开门，进来的是弗雷狄·马林斯。弗雷狄·马林斯，帽子贴在后脑勺上，肩膀冷得耸起来，正累得直喘，冒着热气。

“我只能弄到一辆出租马车。”他说。

“噢，我们沿着码头还能再找到一辆的。”加布里埃尔说。

“是呀，”凯特姨妈说，“最好别让马林斯太太老是站在风口上。”

马林斯太太由她儿子和布朗先生扶着走下门前的台阶，忙乱了一阵，她被扶上了马车。弗雷狄·马林斯跟着她爬上了车，花了好些时间才把她安顿在座位上，布朗先生给他出主意帮忙。终于，把她舒舒服服安顿好了。弗雷狄·马林斯请布朗先生也上车来。又说了一大阵子乱七八糟的话，布朗先生才上了车。马车夫把一条毯子盖在他们膝头上，然后弯下腰问他们上哪儿去。说话愈加乱七八糟了，弗雷狄·马林斯和布朗先生各自把头从马车的一个窗户里伸出来，让马车夫往不同的方向走。问题难在不知道布朗先生在中途什么地方下车好，凯特姨妈、朱莉娅姨妈和玛丽·简也站在门口台阶上帮忙讨论，七嘴八舌，相互矛盾，笑个不停。至于弗雷狄·马林斯，他是笑得一句话也说不出了。他把脑袋在马车窗子里伸进伸出，告诉他母亲，讨论进展得如何，每进出一回，他的帽子都得冒一次极大的风险，到最后，布朗先生压倒众人的喧声，向已被弄糊涂的马车夫喊道：

“你知道三一学院吗？”

“知道，先生。”马车夫回答说。

“好，你就冲着三一学院的大门走吧，”布朗先生说，“然后我们再告诉你上哪儿去。现在懂了吗？”

“懂了，先生。”马车夫说。

“那就像鸟儿一样向三一学院飞吧。”

“遵命，先生。”马车夫说。

鞭子一响，马车在一阵笑声和再见声中沿着码头隆隆而去。

加布里埃尔没跟其他人一块到门口去。他在过道的一个暗处盯着楼梯。一个女人站在靠近第一段楼梯拐弯的地方，也在阴影里。他看不见她的脸，可是他能看见她裙子上赤褐色和橙红色的拼花，在阴影中显得黑一块白一块的，那是他的妻子。她倚在楼梯扶手上，在听着什么。加布里埃尔见她一动不动的样子，感到惊奇，便也竖起耳朵听。但是除了门前台阶上的笑声和争执声、钢琴弹出的几个和音和几个男人的歌唱声音之外，就再也听不出什么了。

他静静地站在过道的暗处，试图听清那声音唱的是什么歌，同时盯着他的妻子。她的姿态优雅而神秘，好像她就是一个什么东西的象征似的。他问自己，一个女人站在楼梯上的阴影里，倾听着远处的音乐，是一种什么象征。如果他是个画家，他就要把这个姿势画出来。她的蓝色毡帽可以在幽暗的背景上衬托出她青铜色的头发，她裙子上的深色拼花则衬托出那些浅色的来。他要把这幅画叫作《远处的音乐》，假如他是个画家的话。

大门关上了，凯特姨妈、朱莉娅姨妈和玛丽·简回到过道里，仍旧在笑着。

“啊，弗雷狄真糟糕，对不?”玛丽·简说，“他真是糟透了。”

加布里埃尔什么也没说，只是朝楼梯上他妻子站的地方指了指。现在大门关上了，歌声和钢琴声也就听得更清了。加布里埃尔举起手来示意她们安静。听来这歌是用爱尔兰老调子唱的，歌唱者无论是对他的歌词还是对他的嗓子，都没有把握。由于距离远，也由于歌唱者的嗓子嘶哑，声音显得哀伤，歌声隐隐地传出了节奏和吐露悲痛的句子：

> 哦，雨点打着我浓密的头发，
> 露珠儿沾湿我的皮肤，
> 我的婴儿寒冷地躺着……

“噢，”玛丽·简大声说，“是巴特尔·达西在唱，他不会唱一个通宵的。噢，我要让他唱一支歌再走。”

“噢，行啊，玛丽·简。”凯特姨妈说。

玛丽·简擦过其他人跑向楼梯，可是她还没到楼梯上，歌声就停止了，钢琴也嘭地关上了。

“哦，真可惜!”她叫道，“他下来了吗，格莉塔?”

加布里埃尔听见他妻子应了一声是，看见她朝他们走下来。她身后几步就是巴特尔·达西先生和奥卡拉汉小姐。

“噢，达西先生，”玛丽·简叫道，“我们都听得正入迷呢，您这样突然不唱了，简直是太不应该了。”

“整个晚上我都在他身边的，”奥卡拉汉小姐说，“康罗伊太太也是，他跟我们说他感冒得厉害，没法唱。”

“噢，达西先生，”凯特姨妈说，“那么这是撒了个很妙的小谎咯？”

“你没发觉我哑得像乌鸦吗？”达西先生粗声粗气地说。

他急忙走进餐具间，穿上长大衣。其他人被他这句粗鲁的话顶回去，不知说什么好了。凯特姨妈皱皱眉头暗示其余的人别谈这个了。达西先生正站着仔细围他的围脖，一脸不高兴的样子。

“是天气不好呀。”停了一会儿，朱莉娅姨妈说。

“是呀，人人都感冒，”凯特姨妈马上接着说，“人人都感冒。”

“人家说，”玛丽·简说，“三十年没下过这样大的雪了，我今天早晨在报纸上看到，这场雪整个爱尔兰都下遍了。”

“我喜欢看下雪。”朱莉娅姨妈伤感地说。

“我也喜欢，”奥卡拉汉小姐说，“我觉得除非地上有雪，否则圣诞节就不像真正的圣诞节。”

“可是可怜的达西先生就不喜欢雪呢。”凯特姨妈笑着说。

达西先生从餐具间走出来，脖子裹得严严实实，扣子扣得整整齐齐，用一种悔过的口气向他们谈起自己感冒的经过。大家都给他出主意，说真是太遗憾了，极力劝他，在晚上户外可要注意保护他的喉咙。加布里埃尔注视着他的妻子，她没有加入谈话。她恰巧站在布满灰尘的扇形气窗下，煤气灯的火光照亮她深青铜色的头发。几天前，他见她在炉前烤干她的这头美发。她还是方才那个姿势，似乎没察觉她身边的谈话。最后，她向他们转过身去，加布里埃尔看见她面颊泛起红色，她的眼睛闪着光。一种突然的快乐从他心底涌出。

“达西先生，”她问，“您刚才唱的那支歌叫什么名字？”

“叫《奥格里姆的姑娘》，”达西先生说，“可是我记不太清了。怎么，你知道它吗？”

“《奥格里姆的姑娘》，”她重复着说，“我想不起这个歌名了。”

“这支歌曲非常美，”玛丽·简说，“你今晚嗓子不好，真遗憾。”

“我说，玛丽·简，”凯特姨妈说，“别去打扰达西先生了。我不愿让他觉着烦。”

看见大家都已做好出发的准备，她便送他们来到门口，在那儿道了晚安：

“好，晚安，凯特姨妈，谢谢您给了我们一个这么快乐的夜晚。”

“晚安，加布里埃尔，晚安，格莉塔！”

“晚安，凯特姨妈，真太感谢了。晚安，朱莉娅姨妈。”

“噢，晚安，格莉塔，我没看见你呢。”

“晚安，达西先生。晚安，奥卡拉汉小姐。”

“晚安，莫坎小姐。”

“晚安，再一次祝您晚安。”

“大家都晚安。一路平安。”

“晚安，晚安。”

清晨还是很幽暗的。暗淡的黄光低覆在房屋上和河面上，天好像在往下沉一样。脚下是半融的雪，只有一道道、一片片的雪盖在屋顶上、码头的护墙上和围绕码头一带的栏杆上。街灯仍在黑沉沉的空气中红红地燃着，河那边，四院大厦，咄咄逼人地在低沉的天空背景上显现出来。

她和巴特尔·达西先生一块在他前面走着，她的鞋子被包成个褐色的小包，夹在一只胳膊下，双手把裙子从泥泞的雪地上提起。她的姿态已不像方才那么优雅了，可是加布里埃尔的眼睛依然因幸福而发亮。血液在他的血管中涌流，他思潮起伏，澎湃激荡，自豪，欢乐，温柔，英勇。

她在他前面走得那样轻捷、挺拔，这使他很想不声不响地追上她，抓住她的肩膀，在她耳边说点儿什么傻气的、深情的话。在他看来，她是那样脆弱，他渴望能够保护她不受任何东西侵犯，并且和她单独在一起。他俩私生活中的一些片段突然像星星一样在他的记忆中亮起来。一只紫红色信封放在他早餐杯子旁，他正在用手抚摸着它。鸟儿在常春藤上鸣啭，透过窗帘投进来的阳光，像一张网似的在地板上闪烁，他幸福得东西也吃不下。他俩站在挤满人的月台上，他正把一张票塞进她手套里温暖的掌心。他和她一块儿站在冷风中，从一扇有格栅的窗子外向里望，看一个男子在呼呼响的熔炉前做瓶子。那天冷极了。她的脸，在冰冷的空气中发出芳香，和他的脸贴得那么近。突然他向那个熔炉前的人问道：

“那火很旺吗？”

可是那人因为炉子的响声没有听见。也好。他很可能回答得相当粗鲁呢。

一种更为温柔的快乐从他心里迸出，随同温暖的血液，在他的动脉里流着。如同星星柔和的光，他们共同生活中的一些瞬间，没有人知道也永远不会有人知道的瞬间，突然出现了，照亮了他的记忆。他急于想让她回想起那些瞬间，让她忘记那些他俩沉闷地共同生活的年月，而只记住他们这些心醉神迷的瞬间。因为他觉得，岁月并没有能熄灭他或她的心灵。他们的孩子、他的写作、她的家务操劳，都没有能熄灭他们心灵的柔情之火。在他那时写给她的一封信中，他说：“为什么这些词句让我觉得好像是那么迟钝而冰冷？是不是因为世界上没有一个词温柔得足以用来称呼你呢？”

像远处的音乐声一般，这些他多年前写过的字句，从过去向他驶来。他非常想能跟她两人单独在一起。等别人都走开了，等他和她到了他们所住的旅馆房间里，他们就单独在一起了。他要温柔地喊她一声：

“格莉塔！”

也许她不会马上听见，她可能在换衣裳。后来他声音里的某种东西引起她的注意。她转过身来，瞧着他……

在酒店街的转角上，他们遇上一辆出租马车。辚辚的车轮声让他高兴，因为这就省得他去参加谈话了。她向车窗外望着，显得困倦。其他人只说过三两句话，指出到了某幢建筑或某条街道。马儿疲乏地疾驰在早晨阴霾的天空下，拖着咯咯作响的旧车厢，加布里埃尔又跟她坐在一辆马车中，赶去乘船，赶去度蜜月。

当马车驰过奥康内尔桥时，奥卡拉汉小姐说：

“人家说，你每回过奥康内尔桥都会看见一辆白色的马。”

“这回我看见了一个白色的人。”加布里埃尔说。

“在哪儿？”巴特尔·达西先生问。

加布里埃尔指指雕像，它身上盖着一片片的雪。他像同熟人打招呼似的向他点点头，挥挥手。

“晚安，丹。”他快活地说。

当马车来到旅馆前，加布里埃尔跳下车，不顾巴特尔·达西先生的抗议，付了车钱。他多给了车夫一个先令。车夫敬了个礼，并且说：

“祝您新年如意，先生。”

“也祝您新年如意。”加布里埃尔衷心地说。

她下车后站立在路边镶砌的石块上向其他人告别，在他的手臂上靠了一会儿。她那么轻轻地靠在他的手臂上，像几个钟头之前她搂着他跳舞时那般轻盈。那时他感到骄傲和幸福。幸福，因为她是他的；骄傲，因为她的美和她那做妻子的仪态。然而此刻，在那许多记忆被重新激起之后，一接触到她的身体，这音乐般的、奇异的、芳香的身体，他立刻周身感到一种强烈的情欲。趁她默默无声时，他把她的手臂拉过来紧贴着自己。他俩站在旅馆的门前，他感到他俩逃脱了他们的生活和责任，逃脱了家和朋友，两人一块，怀着两颗狂乱的、光芒四射的心跑开了，要去进行一次新的冒险。

门厅里，一位老人在一只椅背顶端突出的大椅子上打瞌睡。他在柜台间点燃一支蜡烛，领他俩上楼去。他俩一声不响地跟着他。脚步在铺了厚地毯的楼梯上发出轻轻的声音，她在守门人的身后登楼，她的头在向上走时垂着，她娇弱的两肩弓起，好像有东西压在背上，她的衣裙紧紧贴着她身体。他本来要伸出两只手臂去拥住她的臀部，抱住她站着不动的，因为他的手臂正在颤抖，他将手指甲使劲抵在手掌心上，这才止住了他身体里的这种狂热的冲动。守门人在楼梯上停了一下，收拾他淌泪的蜡烛。他俩也停在他身后的下一步梯级上。寂静中，加布里埃尔能够听见熔化的蜡油滴进烛盘里的声音，和他自己的心脏撞在肋骨上的声音。

守门人领他俩经过一道走廊，打开一扇门。然后他把摇摇晃晃的蜡烛放在梳妆台上，问早上几点钟喊醒他们。

“八点。”加布里埃尔说。

守门人指指电灯开关，咕哝着道起歉来，但是加布里埃尔打断了他。

“我们不需要灯。街上照进来的光就足够了。我说，”他指指蜡烛，又添了一句，“您不妨把这个漂亮的玩意儿拿走吧，求求您。”

守门人又把蜡烛拿在手里，但是动作很缓慢，因为他对这样一个新鲜的念头感到惊奇。然后他嘟囔了一声晚安就走了。加布里埃尔锁上门。

一道长长的苍白的街灯光照进屋来，从一个窗口直照到房门，加布里埃尔把长大衣和帽子甩到一只长沙发上，穿过房间走回窗前。他向下面的街道上望望，想使自己的情绪平静一点儿。然后他转过身，靠在一只五斗橱上，背向光。她已经除掉帽子和披风，正立在一面很大的转动穿衣镜前，解开她腰上的搭扣。加布里埃尔踌躇了一会儿，望着她，然后说：

“格莉塔！”

她慢慢地从镜子前转过身来，沿着那道光向他走过来。她的脸显得那么严肃而疲倦，使得加布里埃尔没法开口说话。不，还没到时间。

“你好像累了。”他说。

“我是有点儿累。”她回答道。

“你不觉得不舒服或是虚弱吗？”

“不，是累了，就是这个。”

她继续向前走到窗旁，立在那儿，向外望。加布里埃尔又等了一会儿，后来，生怕羞怯会战胜自己，他就突然一下子说：

“听我说，格莉塔！”

“什么事儿？”

“你认识那个可怜人儿马林斯吗？”他急速地问。

“认识呀，他怎么啦？”

“哎，可怜的家伙，不过说到底，他还是正派人，”加布里埃尔用一种不自然的嗓音继续说道，“他把我借给他的一英镑硬币还给了我，而我并没有想要他还，说真的。可惜他不肯躲开那个布朗，因为他也不是个坏人，说真的。”

他这时烦恼得浑身颤抖。为什么她看起来那么心不在焉？他不知道怎么开头才好。她也因为什么事在烦恼吗？她要是能转身向着他或是自个儿上他这儿来该多好！她现在这样，去搂她是粗鲁的。不，他必须先在她眼睛里看见一点儿热烈的感情才行。他急于掌握住她的奇特的情绪。

“你什么时候借给他那个英镑的？”她在片刻无言之后说。

加布里埃尔极力控制自己，不要猛然间对酒鬼马林斯和他的一个英镑这件事说出粗鲁的话。他急于想从灵魂深处对她发出呼喊，急于把她的身体紧紧地搂抱在自己的怀里，急于要制服她。然而他说：

“哦，圣诞节的时候，他开了那个小贺年片商店，在亨利街上。”

他正处在冲动和情欲的狂热之中，连她从窗前走过来也没听见。她在他面前站了一会儿，目光奇异地瞧着他。然后，她忽然踮起脚尖来，两只手轻轻地搭在他的肩头，吻了吻他。

“你是个很大方的人，加布里埃尔。”她说。

加布里埃尔在战栗，因为她突然的一吻和她说这句话时的仪态让他欣喜，他把两手放在她的头发上，把它向后抚平，手指几乎没有接触到头发。这头发洗得又美又光亮。他心里的幸福已经满得溢出来了。正在他想要的时候，她自己走到他这儿来了。也许她的思想跟他的不谋而合吧，也许他感觉到了他心中急切的情欲吧，所以她就有了一种顺从的态度。现在，她这样轻易地自己迎上来，他倒奇怪他方才怎么会那样胆怯。

他站着，两手抱着她的头。然后，一条手臂急速滑过她的身体，把她搂向自己，柔情地说：

“格莉塔，亲爱的，你想要什么？”

她没有回答，也没有完全顺从他的手臂。他又柔情地说：

“告诉我，格莉塔。我觉得我知道你在想些什么。我知道吗？”

她没有马上回答。然后她说话了，眼泪夺眶而出：

“噢，我在想那支歌，《奥格里姆的姑娘》。”

她从他手中挣脱，跑向床边，两条手臂伸过床架的栏杆，把脸埋起来。加布里埃尔惊讶地立了一会儿，一动也不动，然后跟在她后面走过去。当他经过转动穿衣镜的时候，他看见自己的整个身影，看见他宽阔的、填得好好的硬衬胸，看见自己的脸孔，每当他在镜子中看见自己的表情，他总不免感到困惑，看见他亮闪闪的金丝眼镜，他在离她几步远的地方停下来，说：

“那支歌怎么啦？怎么会让你哭起来？”

她从臂弯里抬起头来，像个孩子似的用手背擦干眼泪。他的声音里渗入了一种他本来不曾想有的更亲切的调子。

“怎么啦，格莉塔？”他问。

“我想起一个很久以前的人，他老是唱这支歌的。”

“这位很久以前的人是谁？”加布里埃尔微笑着问。

“是我在高尔韦住的时候认识的，那时候我跟我奶奶住在一块儿。”她说。

笑容从加布里埃尔脸上消逝了。一股阴沉的怒气开始在他思想深处聚集，而他那股阴沉的情欲的烈火也开始在他血管中愤怒地燃烧。

“是一个你爱过的人吧？”他讥笑道。

“是一个我从前认识的年轻人，”她回答说，“名字叫迈克尔·富里。他老是唱那支歌的，《奥格里姆的姑娘》。他很不俗气。”

加布里埃尔一声不响。他不希望她认为，他对这个不俗气的年轻人感兴趣。

“我可以那么清楚地看见他，”过了一会儿，她说，“他有那么一双眼睛，大大的、黑黑的眼睛！眼睛里还有那么一种表情——那么一种表情！”

“哦，这么说，你那时候爱他了？”加布里埃尔说。

“我常跟他出去散步，”她说，“我住在高尔韦的时候。”

一个念头从加布里埃尔头脑中闪过。

“也许就因为这个，你想跟那个叫艾弗丝的姑娘上高尔韦去吧？”他冷冰冰地说。

“去干吗？”

她的眼光让加布里埃尔感到尴尬。他耸耸肩头说：

“我怎么知道？去见他呗，也许。”

她把眼光从他身上移开，沿着地上那道光，默不作声地向窗口望去。

“他死了，”她终于说，“他十七岁就死了。难道这么年轻就死，不可怕吗？”

“他是干什么的？”加布里埃尔问，还是讥笑的口气。

“他在煤气厂工作。”她说。

加布里埃尔感到丢脸，因为讽刺落了空，又因为从死者当中扯出了这么个人来，一个在煤气厂干活的年轻人。他正满心都是他俩私生活的回忆，满心都是柔情、欢乐和欲望的时候，她却一直在心里拿他跟另一个人做比较。一阵对自身感到羞惭的意识袭击着他。他看见自己是一个滑稽人物，一个给姨妈们跑个腿儿，赚上一两个便士的小孩子，一个神经质的、好心没好报的感伤派，在一群俗人面前大言不惭地讲演，把自己乡巴佬的情欲当作美好的理想，他看见自己是他刚才在镜子里瞟了一眼的那个可怜又可鄙的愚蠢的家伙。他本能地把脊背又转过去一些，更多地挡住那道光，别让她看见自己羞得发烧的额头。

他试图仍然用他那冷冰冰的盘问的语气讲话，可是开起口来，他的声音却是谦卑的、淡漠的。

“我想你跟这个迈克尔·富里谈过恋爱吧，格莉塔。”他说。

“我那时候跟他很亲密。”她说。

她的声音是含糊而悲伤的。加布里埃尔明白，现在把她引到他原先打算的方向上去，会是多么徒劳。他抚摸着她的一只手，也很哀伤地说：

“那么他怎么那样年轻就死了呢，格莉塔？痨病吧，是吗？”

“我想他是为我死的。”她回答。

一听到这个回答，加布里埃尔感到一阵朦胧的恐惧，似乎是就在他渴望达到目的的时刻，某个难以捉摸的、惩罚性的东西却出来跟他作对，正在它那个朦胧的世界里聚集力量反对他。然而他依靠理性努力甩开了这种恐惧，继续抚摸她的手。他没有再问她，因为他觉得她会自己告诉他的。她的手温暖而潮湿。这手对他的抚摸不做反应，但是他继续抚摸着它，就像他在那个春天的早晨抚摸她的第一封来信一样。

“那是个冬天，”她说，“大约是冬天开始的时候，我正要离开奶奶家，上这儿的修道院来。那时候他正在高尔韦他的住处养病，不能出门，人家已经给他在奥特拉尔德的亲人写信了。他生的是肺结核，人家说，或者这一类的病。我一直不清楚。”

她沉默了一会儿，叹了一口气。

“可怜的人儿，”她说，“他非常喜欢我，他又是那么个文雅的年轻人。我们时常一块出去，散散步，你知道，加布里埃尔，在乡下人家都是这样的。要不是因为他的身体，他就去学唱歌了。他嗓子非常好，可怜的迈克尔·富里。”

“那么，后来呢？”加布里埃尔问。

“后来我离开高尔韦到修道院来的时候，他病得更厉害了，人家不让我见他。我就给他写封信，说我要去都柏林了，到夏天回来，希望他到时候会好起来。”

她停了一会儿，为了控制住自己的声音，然后又说下去：“后来在我动身的前一天夜里，我在尼姑岛上我奶奶家里，正收拾着东西，我听见有小石块掷上来打在我窗上的声音。窗子湿得很，我看不见，我就跑下楼，我从房后溜出去，到了花园里，看见这可怜的人正立在花园的一头，浑身发抖。”

“你没让他回去吗？”加布里埃尔问。

“我求他马上回家去，告诉他，这样立在雨地里会要他命的。可是他说，他不想活了。我现在能清清楚楚、清清楚楚地看见他的眼睛！他站在围墙尽头，那地方有一棵树。”

“那么他回家了吗？”加布里埃尔问。

“嗯，他回家了。等我到修道院还没一礼拜，他就死了，埋在奥特拉尔德，那儿是他老家。噢，那一天，我听说他死了的那一天！”

她停止了，抽噎得说不出话来，她无法克制激动之情，脸朝下扑倒在床上，脸埋在被子里呜咽，加布里埃尔把她的手又握了一阵，不知如何是好。后来，不敢在她悲痛的时候打扰她，他轻轻放下她的手，静悄悄地走向窗前。

她睡熟了。

加布里埃尔斜靠在臂肘上，心平气和地对她乱蓬蓬的头发和半开半闭的嘴唇望了一会儿，倾听着她深沉的呼吸。这么说，在她一生中曾有过那段恋爱史。一个人曾经为她而死去。此刻想起他，她的丈夫，在她一生中扮演了一个多么可怜的角色，他几乎不再觉得痛苦了。她安睡着，他在一旁观望，仿佛他和她从没像夫妻那样一块儿生活过。他好奇的眼光长久地停留在她的面庞上，她的头发上。他想着，在她有着最初少女美好的那个时候，她该是什么模样，这时，一种奇异的、友爱的、对她的怜悯进入他的心里。甚至对自己，他也不想说她的面孔如今已不再漂亮了，然而他知道，这张面孔已不再是那张迈克尔·富里不惜为之而死的面孔。

也许她没把事情全告诉他。他的眼光移向那把椅子，那上面她撂了几件衣服。衬裙上的一条带子垂在地板上。一只靴子直立着，柔软的鞋帮已经塌下去了；另一只躺在它的旁边。他奇怪自己在一小时前怎么会那样感情激荡。是什么引起的？是他姨妈家的晚餐，是他那篇愚蠢的讲演，是酒和跳舞，在过道里告别时的说笑，沿着河在雪地里走时的快乐心情，是这些引起的。可怜的朱莉娅姨妈！她自己不久后也要变成跟帕特里克·莫坎的幽灵和他的马在一道的幽灵了。当她唱着《打扮新娘子》的时候，他刹那间从她面孔上看到了那种形容枯槁的样子。不久以后，也许他会坐在那同一间客厅里，穿着丧服，绸帽子放在膝盖上。百叶窗关着，凯特姨妈坐在他身边，哭着，擤着鼻涕，告诉他朱莉娅是怎么死的。他搜索枯肠，想找出一些可以安慰她的话，却只找到一些笨拙的、用不上的话。是的，是的，这不要多久就会发生。

屋里的空气使他两肩感到寒冷。他小心地钻进被子，躺在他妻子身边。一个接一个，他们全都将变成幽灵。顶好是正当某种热情的全盛时刻勇敢地走到那个世界去，而不要随着年华凋残，凄凉地枯萎消亡。他想到，躺在他身边的她，怎样多少年来在自己心头珍藏着她情人告诉她他不想活的时候的那一双眼睛。

泪水大量地涌进加布里埃尔的眼睛。他自己从来不曾对任何一个女人有过那样的感情，然而他知道，这种感情一定是爱。泪水在他眼睛里积得更满了，在半明半暗的微光里，他在想象中看见一个年轻人在一棵滴着水珠的树下的身形，其他一些身形也渐渐走近。他的灵魂已接近那个住着大批死者的领域。他意识到，但却不能理解他们变幻无常、时隐时现的存在。他自己本身正在消逝，去往一个灰色的无法捉摸的世界里。这牢固的世界，这些死者一度在这儿养育、生活过的世界，正在溶解和化为乌有。

玻璃上几下轻轻的响声吸引他把脸转向窗户，又开始下雪了。他睡眼迷蒙地望着雪花，银色的、暗暗的雪花，迎着灯光在斜斜地飘落。该是他动身去西方旅行的时候了。是的，报纸说得对，整个爱尔兰都在下雪。它落在阴郁的中部平原的每一片土地上，落在光秃秃的小山上，轻轻地落进艾伦沼泽，再往西，又轻轻地落在香农河黑沉沉的、奔腾澎湃的浪潮中。它也落在山坡上安葬着迈克尔·富里的孤独的教堂墓地的每一块泥土上。它纷纷飘落，厚厚地积压在歪歪斜斜的十字架上和墓石上，落在一扇扇小墓门的尖顶上，落在荒芜的荆棘丛中。他的灵魂缓缓地昏睡过去，当他听着雪花微微地穿过宇宙飘落时，微微地，如同他们最终的结局那样，飘落到所有的生者和死者身上。

选自《都柏林人》，上海译文出版社 1984 年版

编选理由：

《死者》是詹姆斯·乔伊斯早期作品《都柏林人》的压卷之作。小说的主要故事写的是莫坎家两位老小姐（凯特姨妈和朱莉娅姨妈）所举办的舞会。但在小说的结尾部分，当主人公加布里埃尔带着妻子从舞会上离开，在大雪中住进一家旅馆之后，情节发生了奇妙的转折。这个转折具有强大的力量，似乎在命令我们把舞会部分的文字再读一遍（按照我的经验，再读一遍也还是不够的）。我的意思是说，结尾部分迈克尔·富里的出现，使得舞会部分的叙事具有了非同一般的意义。同时，作者向我们提出了很多的问题：谁是真正意义的死者？如何看待舞会上所有人物的行为和言论，特别是这些言论反映的爱尔兰的精神现实？加布里埃尔的妻子在舞会上为何很少说话？纷纷飘落的大雪在作品中有何特殊的寓意？

志贺直哉小说两篇

〔日〕志贺直哉 著　楼适夷 译

老　人

他在五十四岁时死了妻子，那正是秋天，大儿子进工科大学，大女儿养了第三个女孩的时候。他好像一刹那老了五六岁；任凭是一个精悍的事业家，也显出了一点儿衰老的影子。——至少在别人看来是这样。

过了四个月，他娶了一个曾经在贵族家当过十几年女佣的女人做后妻，年纪比他大女儿小一岁，是一个每天早晨都忘不了擦粉的女人。

得了年轻的妻子，他把前妻死后衰老了的年龄又恢复过来了，甚至好像还更年轻了一些。他带着妻去看戏，去看拳斗，又到山上的温泉里去避暑，那些事有十来年没玩了。但也不过维持了半年，不久，他又恢复了精悍的事业家风度。

他的职业是掘井的大包工，在缺乏水利的地方，经他精明的考察和丰富的经验开掘出来的井泉，真不知有多少。因为他所发现的矿泉，庸碌的荒村变成名胜地的，也不止几处。

自从恢复了精悍的事业家身份之后，他又忙着奔走各地去了。开头妻对这很不快。当时大儿子是寄宿在大学附近的公寓里，只有在高等商业学校里走读的二儿子，局促地同跟他差不多年岁的新母亲住在一起。

约过了两年，他担任一家石油公司的顾问，有很高的收入，只需不时往北方去走走，别的地方就不大去跑了。

可是在第五年时，他辞了公司的职务，原因是那公司里的青年技师不尊重他的意见，而经理先生好像也特别信任学问比他新的技师。这个技师是比他大儿子晚两年出工科大学的，要去信任那种人的意见，他是无论如何办不到的。

这时候，他六十五岁了。

后妻没有孩子，他们把大儿子的女孩领来养育着，他带着做祖父的心，对这孙女儿非常慈爱。

自从隐退以后，他就专心于一直以来所喜欢的建造事业。七年间，在一块不满六百平方米的屋基地上，盖了拆掉出卖，拆了又盖起来出卖，一共翻了三次，他也全不顾惜每次所受的损失。

这次，他定了个一年计划，又建盖新房子，他自己说这是最后一次了。这房子还没有盖好，妻死了。妻的病是从贫血而起的肺结核，病症断定以后，他们就把孙女儿还给了大儿子。现在他完全过着独身生活了。年纪是六十九岁。

——从此以后，他常常去逛妓院。

妓院的人和艺妓们，只要钱花得多，一样地跟他亲热。只是有些时候，他自己感到有些不愉快。晚上回家时，年轻的艺妓送他到电车站，并着肩在街上走，对面碰见年轻的行人，他们就斜着眼睛望他。在这样的时候，这些年轻人心中所想的事立刻就反映在他的心头，同时他又不能不想到，与他并走着的年轻女子，也一定有同样的感觉。这种感觉虽不像青年人的感觉那样那么强烈，可是不管怎样淡薄，也很够使他的心境上罩上一层黯淡的感觉，于是还不到车站口，他就硬叫艺妓先回去。虽然艺妓不住地说，再送一段，再送一段；可是和一个老头子一起走到有许多人在等牵车的红灯下，这对年轻的女子来说会多么痛苦，他是完全明白的。

不久，他又在闹市中一条横巷子里，盖了一所小巧精致的名古屋式的房子。房子盖好以后，他给一个跟自己最好的年轻艺妓赎了身，娶作姨太太，而且预先约定，满三年就分手，把这所房子送给她。

当他二十来岁的时候，他一个熟悉的女子，有两个有钱的客人。一个是辖有金矿的四十五六岁的中年；一个是一家商店的退隐的老板，已经有七十二岁了。两个都想娶她，这女子以前嫁过一次人，吃了不小的亏，这一次就不肯重蹈覆辙，她拒绝了。过了不久，女的忽然厌倦了当时的生活，决心从良，那时候，她就拣了那个七十二岁的老人。

特地拣了年老的前途短促的人，这在社会上是很普遍的，并不觉得女的是怀着不良的心意。但当事情宣布的时候，他听到了觉得很是黯然。他对于那位余生有限的老人，由衷地怜悯。

而现在，经过了四十多年，自己也处在那老人所处过的位置了——这么想时，回顾那四十多年，也觉得真是很快的一刹那。

当时他因为这事，内心责备过那个女子，但是现在的他，却已不能对等待老人之死的年轻女子有所责备了。不过想着叫人等自己的死期，毕竟是不愉快的，因此他跟姨太太约了三年的期限。到第三年自己就是七十二岁，正是从前那个老人娶那女子的年龄。

姨太太跟他最大的一个孙女同年，是一个两腮胖胖、眼睛恍惚、身体丰满的女子。

在吐放着新木香的房子里，四周围着新购办的家具，他也曾忽然产生二三十岁时有过的心情。但这只是在开头的时候。不久，三年过去了，他已经七十二岁；要跟女的分手，实在是感到说不出口地难受。

那女人虽然有情人，但是要照原来的约定和老人分手，总觉得不大忍心，而且离开这位熟悉一切人情世故的老人，对她自己似乎也是太冒险；因此就主动提出，愿意再留一年。老人自然是很欢喜地接受了。

隔着一个火钵，老人和女子对坐着，看着她手背上有涡的柔软的手，他那双皮包骨的干枯的手，再也不敢伸出来了。他伤心自己已没有力气拥抱女人的手臂；更伤心的是，自己的心不肯变得跟别的老人一样衰老。

过了一年，女人养了一个男孩，他虽明明知道不是自己的儿子，可是没有发作的勇气……甚至也不能怨恨她。而女人又要求再留一年，听到这要求，老人的眼里流出泪来。

第二年，老人开始盼望死期——女人的肚子里怀了情人的第二个孩子。这情人他是见过的，是一个讨人喜欢的活泼青年，他对于这孙子一般的青年也不曾产生嫉妒的心理。但是他希望在这孩子出世以前，自己能够死去。

又过了一年，孩子下地了，老人却没有死。这一次，却由他提出再留一年，女人很爽快地答应了。

在这一年快要完结的秋天，他着了凉，在床上躺倒了，是流行性感冒。病势严重了起来，女人搬到他的老家，跟他的子孙们一起，很尽心地服侍他。约莫过了一星期，他就如愿以偿地，在女人和子孙们的围绕中，以七十五岁的高龄，静静地长眠了。

按照他的遗嘱，除了那所房子以外，女人又得了不少的遗产，作为两个孩子的抚养费。

四个月以后，从前那个老人坐过的坐垫上，已公然地坐着孩子们的父亲。背后的壁龛上，挂着一张装在玻璃框子里的四开大的老人和服端坐的全身照。

1911 年

学徒的菩萨

一

仙吉是神田一家磅秤铺里的学徒。

有一次，当淡淡的秋阳，从褪色的蓝布詹帘下，静静地照进铺前的时候，铺子里一个顾客也没有。掌柜的坐在账台边懒洋洋地抽着烟卷，对正坐在火钵边看报纸的小掌柜说：

“喂，阿幸，是你喜欢的鲔鱼上市的时候了。”

“唉。”

“今晚上收了铺子一起出去吧。”

“好吧。”

“在外濠上电车，只消十五分钟就行啦。”

“是呀。”

“只有那一家的好吃，这附近一带，可没有好的。”

“对啦。”

学徒仙吉，正在小掌柜后面，保持适当的距离，两手插在衣叉里，很恭敬地坐着。他听了他们的谈话，心里在想：“啊，他们在谈醋鱼饭店了。”京桥有一家叫作S的同业，仙吉时常被差到那边去，那家醋鱼饭店的地址他是知道的，他只想自己早点儿升当伙计，便可以谈谈这种内行话，自由自在地去做那种点心铺的顾主。

“听说与兵卫家的儿子，在松屋百货公司附近新开了一家，阿幸，你知道吗？”

“啊，我不知道，是什么地方的松屋百货公司？”

“我也不大清楚，大概是今川桥的松屋吧。”

“啊，那家也很不错吗？”

“大家都这么说。”

“招牌也叫与兵卫吗？”

“不，不知叫什么，叫什么屋，听过忘记了。”

“有名的点心铺竟这么多。”仙吉边听边想，“说是滋味好，到底怎样个好法呢？”这样想着，偷偷地咽了口水。

二

几天后的傍晚。仙吉被差到京桥的S铺去，出门的时候，掌柜给了他来回的电车钱。

从外濠搭电车到锻冶桥下，他特意绕过醋鱼饭店的门口，望了望那铺子门口的布帘，想象掌柜他们很神气地撩开布帘走进去的模样。

这时候他肚子有点儿饿，油腻腻、黄沉沉的鲟鱼饭团映到想象的眼中。他想："能够吃它一个也好。"一向他拿了来回的电车钱，只坐车道，回去的时候就步行。这一次也还剩四个铜子，在衣袋里锵琅地响。

"有四个铜子，可以吃一个，但不能说只要一个。"他这样盘算着，断了念头，从店门前走开。

在S铺办完了事，他拿着一只装着几个小铜砝码的分量很重的纸板箱，走出了那家铺子。

不知被一种什么力量吸引，他又走回到来的那条路上，自然而然地想绕到刚才看到的那家醋鱼饭店去，不料却在十字路对角的那条横街上，忽然发现一个挂着写有同样招牌名的布帘的卖醋鱼饭的摊子，他就木呆呆地向那边走去。

三

年轻的贵族院议员A，时常在同僚B议员那儿听到这样的话，吃醋鱼饭团，只有在摊子上吃用手捏的才有趣味。他就想，几时有机会到摊子上去站着吃，便问明了那个最好的摊子。

有一天，天色快黑的时候，A从银座走过京桥，就顺便到那家卖醋鱼饭团的摊子边看了看。那儿已经站着三个食客，他稍微踌躇了一下，就把脑袋钻进布帘里去了，为着不想挤进站着的人列中去，他就站在布帘底下后一点儿的地方。

不料旁边来了一个十三四岁的学徒，学徒从他身边擦过，挤到他前面的空位，两眼忙碌地望向排列着五六个鱼饭团的木盘子。

"没有紫菜卷的吗?"

"啊，今天没做。"肥胖的摊主人，一边捏着饭团，一边愣着眼向学徒直望。

学徒打定了主意，做出老内行的神气，伸手抓了三个排在一起的鲟鱼饭团中的一个，可是当他把手缩回的时候，却不像刚才伸出来时那么神气，不知怎的忽然有点儿迟疑。

"一个得六个铜子啦。"摊主人说了。

学徒突然沉默了，又把那饭团放回木盘上了。

"手里拿过又放下，真讨厌。"摊主人一边说着，一边把学徒拿过的鲟鱼饭团放在自己的手边。

学徒没有吭声，脸色愣愣的，不知怎样才好；过了一会儿，又鼓起勇气，掉过头向帘外走去了。

"现在醋鱼饭也涨价啦，当学徒的人可不容易吃呢。"摊主有点儿不高兴，这样说着，把一个饭团捏好，就把学徒拿过的那一个，丢进自己的嘴里，吃了起来。

四

"你说的那个摊子，我去吃过了。"

"怎样?"

"很不错。我还看见大家都把手指装成这模样，把鱼肉放在下面，一下子放进嘴里，这样才是内行的吃法吗?"

"啊，鲟鱼饭团都是这么吃的。"

"为什么把鱼肉放在下面?"

"如果鱼不新鲜，舌头挨到就马上明白了。"

"这样说，你这内行也不可靠啦。"A 笑了。

于是，A 就谈起那个学徒来。

"真有点儿可怜，我真想请他吃一顿。"

"那你就请他得啦，让他吃个痛快，他一定会很高兴呢。"

"他自然高兴，可是我却得冷汗浃背啦。"

"怕人注目，没有勇气吗?"

"不管是不是勇气的问题，那个场景下，确实做不出来，马上带他到别的地方去吃一顿，也许还做得到。"

"人就是这样的。"B 同意道。

五

在幼儿园念书的儿子，眼看着一天天地长大，想从数字上知道他成长的程度，因此A打算在浴室里预备一只称体重的小磅秤。有一天，他偶然走到位于神田的仙吉的铺子里。

仙吉没注意到A，A却是认识仙吉的。

通到铺子横头深处去的三和土地上，从大到小顺次放着七八架磅秤。A拣了其中最小的一架，模样跟车站和运货店里的大磅秤一样，不过小得可爱。他想，女人和孩子见了，一定会欢喜。

掌柜拿了一本老式账簿说：

“送到什么地方？”

“啊……”A想了一下，向仙吉望了望，“这位师兄有工夫没有？”

“呃，空着的……”

“因为有急用，就跟我一起去好吗？”

“可以，可以，那就装上手车送吧。”

A因为那天没有请这学徒，今天存心要请他一顿。

“那就请你在这儿留下台甫和府上的地址。”付了钱以后，掌柜又拿了另一本簿子要他写。

他愣了一愣，原来他不知道，照规矩，凡是买磅秤的，都要把姓名、住址跟磅秤号码一同登记。请这学徒吃一顿，再让他知道自己的姓名，同样有点儿不好受，没有办法，想了一想，只得写了一个假的姓名和地址。

六

A斟酌着脚步，在前边慢吞吞地走，仙吉拉着装磅秤的小手车跟在后面，相隔五六丈。

到了一家人力车车行前，A叫仙吉等在外边，自己进去交涉，没一会儿，磅秤就搬到雇好的人力车上了。

“好，你先拉去，车钱到那边拿，我在条子上写明了。”这样说着，A从门口出来，笑着对仙吉说，“你辛苦了，跟我来，请你吃点儿点心吧。”

这口吻听着很亲切，也让仙吉有点儿难受。不过，终归他是欢喜的，恭恭敬敬地点了几下头。

面铺子走过了，鱼饭铺子走过了，鸡铺子也走过了。“带我上哪儿去哪！”仙吉有点儿忐忑不安了。走过神田车站来往高架电车的旱桥，经过松屋百货公司的横头，越过电车道，那客人在横街的一家小醋鱼饭店门口站住。

“你等一等。”客人说着先走了进去，仙吉放下手车的把手，站着等。

过了一会儿，客人出来，后边跟出一个年轻的气质很好的女老板说：

“请进来。”

“我先走了，你多吃点儿吧。”这么说着，客人像逃走一般快步向电车路走去。

仙吉在这铺子里吃了三客醋鱼饭，恰如饿狗上灶，一会儿工夫，吃了个精光。没有别的客人，女老板又特意用屏风遮住，仙吉便不管三七二十一，把肚子装了个挺饱。

女老板倒了茶来，笑着说：

“再吃一客吧。”

被这么一说，仙吉有点儿脸红了。

“不，够了。”他把头低下了，站起来准备走。

“下次再来吃吧。付下的钱还多着呢。”

仙吉沉默着。

“你同那先生以前认识吗？”

“不。”

“啊……”女老板这么说着，就对走过来的老板打了个照面。

“这人倒有趣，那么，下次你要不来吃，我们就没法办啦。”

仙吉把木屐穿上，只是胡乱点头。

七

A别了学徒，心里恰如被人赶着似的，走到了电车道。他叫了一辆恰从身边驰过的空汽车，立刻向B家奔去。

他心中觉得很黯然。自从那天见了这学徒，从心里生发同情，便存心想找机会使他满足一下，现在终于在偶然中实现了这个心愿。学徒是满足了，自己总该也满足吧。使人家欢喜不能算坏事，自己当然应该感到欢喜的。可是为什么，心里却奇怪地觉得黯然，不好受。这是什么缘故，从何而来的呢？好似背着人偷偷地做了坏事一样。

他想：难道是自己觉得自己做了好事，这种自以为是的意识，受了本心的批评和嘲谑，所以感到了那种黯然的感觉吗？如果把这件事稍稍看得轻松点儿，也许不算一回事，而自己却在无意义地执拗着。可是，到底不是干了丢人的事，至少不该留着不快的感觉吧。

因为预先有约，B 就在家里等着他。到了晚上，他又乘了 B 家的汽车，到 Y 夫人的音乐会去了。

A 很晚才回家，见了 B 和听了 Y 夫人动人的独唱后，他那黯然的心境，几乎治好了。

“那架磅秤真可爱。”果然妻子很喜欢那小磅秤。孩子已经睡了，妻又说孩子见了是怎样高兴。

“还有，那天在醋鱼饭摊子上见到的学徒，又遇到了呀。”

“啾，在哪儿?”

“就是那家磅秤店里的学徒。”

“多巧呀。”

接着 A 就讲起了怎样请学徒吃鲟鱼，怎样又觉得心里有些黯然的感觉。

“为什么有这种感觉，这倒怪了。”贤惠的妻子很担心地皱皱眉尖，好似沉思了一下。

“啊，我明白了!”她忽然说，“那样的事是有的，不知为了一件什么事，我也有过这种心境的。”

“啊……”

“真有这样的事，B 君他怎么说?”

“碰到学徒的事，我没有对 B 说起。”

“可是那学徒一定很快活的，免费大吃一顿，任谁都会觉得快活的。就是我也很想吃，这醋鱼饭能打一个电话去叫来吗?”

八

仙吉拉着空车回到铺子里，他的肚子胀得厉害，肚子吃得挺饱，从前也常常有，可是吃这么美味的东西吃得这么饱，却是没有过的。

他忽然想起几天前在京桥摊子上的那桩倒霉事来。一想起那件事，就想到今天这一顿美味，好像同那次有着什么联系。他想，也许那客人那天恰巧见到了我。可是他怎么会知道我的地方呢？这可怪了！而且他今天带我去的那一家，恰巧就是前几天掌柜们说的那家。这客人难道连掌柜的闲谈都听到了吗？

仙吉愈想愈糊涂了。他绝不会想到A跟B他们，也同掌柜他们一样，谈起过那些有名的醋鱼饭店。他想，那次他们的闲谈，这位客人一定也知道，所以他今天特地带我到那儿去。要不然，为什么在这以前，明明走过好几家同样的铺子，他却头也没转地走过去了。

他愈想愈觉得那客人绝对不是一个平常人。知道我在摊子上倒的霉，又知道掌柜们的闲谈，而且看透了我的心，肯这么请我大吃一顿……这毕竟不是一般人能做的事。也许他是菩萨，要不然就是神仙，说不定还是稻荷菩萨哩，他想。

他之所以想到稻荷菩萨，因为他有一位伯母，信稻荷菩萨信得发疯。稻荷菩萨一附到她身上，她就浑身发抖，口吐预言，说出在远处所发生的事来。他曾经见到过一次。说那客人是稻荷菩萨，似乎太漂亮了一点。但是总之，愈想愈觉得这不是一回平凡的遭逢。

九

A的那种黯然的感觉，过了几天后已消失得无影无踪。可是他总觉得没再有勇气经过神田的那家磅秤铺门口，而且那家醋鱼饭店，他也不想再去了。

“这反而好呢，叫到家里来，大家都能吃了。”妻笑了。

可是A没有笑，他说：

“像我这样窄心眼儿的人，连这么点儿小事也做不成啦。”

十

仙吉愈想愈忘不了“那位客人”，他是人还是神，现在已不是问题了。他只是衷心铭感。

他虽然受了那家店主夫妇再三的邀请，却总不想再到那儿去吃醋鱼饭了，他不敢再去了。他害怕吃惯了以后没办法。

当他悲哀、当他苦恼的时候，他总是想到“那位客人”。只要想起他，心中就感到安慰。他相信，总有一天，“那位客人”会带着意外的恩惠到自己面前来的。

作者写到这儿就搁笔了。原想再写那学徒为着要知道“那位客人”的真相，从掌柜那儿问了登记的姓名和地址，特地跑去一看，却发现那地方并没有住家，只有一个小小的稻荷庙，学徒见后骇呆了的。可是这么一写，对这学徒未免太残酷了一点儿，因此，作者就在上边搁笔了。

1919年12月

选自《志贺直哉小说集》，作家出版社1956年版

编选理由：

志贺直哉是日本现代小说大师，除了唯一的长篇《暗夜行路》之外，主要从事短篇和散文创作。虽说他在日本文学界的地位极高，但在中国和世界各地的影响倒不很大。作为“白桦派”的主要代表，他的创作风格与芥川龙之介、川端康成、三岛由纪夫等有很大不同；对所谓“私小说”的理解和实践，亦与谷崎润一郎大异其趣。这里编入的两篇小说，分别写于1911和1919年，代表了他早期创作的特色。

好人难寻

〔美〕弗兰纳里·奥康纳 著　屠珍 译

老奶奶不愿意去佛罗里达州，而想到东田纳西州去探望一下亲友，因此想方设法叫贝雷改变主意。贝雷是她的独养儿子，老奶奶如今跟着他过日子。

这当儿，贝雷正坐在紧贴桌子旁边的那把椅子上，聚精会神地看报纸上橙色版面的体育消息。“贝雷，你瞧，”她说，“看看这条消息吧！”她站在那里，一只手叉在瘦小的胯骨上，另一只手冲着贝雷的秃脑瓜子嚓啦嚓啦地摇晃手里的报纸。“那个自称不合时宜的人，从联邦监狱里逃出来了，正向佛罗里达州窜逃呐。瞧，这里说他对人们都干了些什么鬼名堂。有这样一个逃犯在州里窜来窜去，我可绝不会带孩子还朝那个方向去凑热闹。要是那样做，良心上说不过去哟！”

贝雷依旧津津有味地看报，头连抬都没抬一下。于是，老奶奶转身冲着孩子妈。孩子妈穿一条长裤子，脸膛儿宽得像棵圆白菜，露出一副天真无邪的表情，头上裹着一块绿头巾，两角扎得就跟兔子的一对耳朵一样。她抱着婴儿坐在沙发上，从罐里一勺一勺地舀杏儿喂他。老奶奶说：“孩子们已经去过佛罗里达州，该换个新鲜的地方带他们去玩玩，让她们四处见识见识，开阔开阔眼界嘛。他们可从来没去过东田纳西州。”

孩子妈好像没听见她的话，戴眼镜的八岁胖孙子约翰·韦斯利却插嘴说：“您要是不愿意去佛罗里达，干吗不待在家里呢？”他跟妹妹琼·斯塔正坐在地上看滑稽画报。

“就是让她在家里当一天女皇，她也不愿意待。”琼·斯塔说，长着金发的脑袋抬也没抬。

“是呀，要是那个不合时宜的人把你们俩都逮住，该怎么办？”

“我掴他嘴巴子。”约翰·韦斯利说。

“就是给她一百万，她也不愿意待在家里，”琼·斯塔又说，“她呀，总怕错过点儿什么没看见。反正咱们上哪儿，她必得跟着上哪儿。”

“好咧，小姐，”老奶奶说，“等下回你再叫我给你卷头发，咱们瞧着办吧！”

琼·斯塔说自己的头发天生就是鬈发。

第二天清晨，老奶奶头一个上了汽车，准备出发。她带上自己那个硕大的黑旅行袋，把它放在角落里，它看起来活像一头河马的脑袋。袋子下面还藏着一只篮子，里面放着她的老猫咪。她可舍不得把猫孤零零地留在家里待三天，它会十分想念她的，况且她担心小宝贝会碰开煤气炉的开关，发生意外，窒息而死。说真的，她的儿子贝雷可不愿意带一只老猫走进汽车游客旅馆里活现眼。

老奶奶在汽车后座正中间就座，一边是约翰·韦斯利，一边是琼·斯塔。贝雷和孩子妈带着婴儿坐在前面。他们八点四十五分离开亚特兰大。启程时，车上里程表的数码是55890，老奶奶把它记了下来，因为她觉得等旅行回来，能说出总共逛了多少英里，那才叫有意思呢。车走了二十分钟，才来到郊区。

于是，老奶奶舒舒服服地安顿下来，脱下雪白的线手套，连同自己的手提包一起放在了后窗户架子上。孩子妈照旧穿着长裤子，头上依然扎着绿头巾。老奶奶却戴一顶海军蓝的硬边草帽，帽檐上有一束人造的白紫罗兰。她穿一身带小白点的深蓝色长衣服，镶花边的领子和袖口全是白玻璃纱做的，领口那儿还别着一枝用带香囊的布做的紫罗兰。万一发生意外，她暴死在公路上，过往行人看见的话，谁都能一眼就辨认出她是一位高贵夫人。

她说自己早就料到今天是开车出去逛逛的好日子，天气既不太热，也不太凉。她提醒贝雷，时速不得超过五十五英里，巡警往往躲在广告牌或树丛后面，趁你还没来得及放慢速度就冷不防地一下子把你逮住。一路上，老奶奶把奇物异景一一指出来，石山啦，公路两旁时时出现的蓝色花岗石啦，微带紫纹而闪闪发亮的黏土斜坡啦，还有地里一排排饰带般绿油油的庄稼啦。银白色的阳光普照树丛，几株长得顶不像样的树木在明晃晃地发亮。孩子们还在看连环滑稽画报，孩子妈打着盹儿。

"咱们快点儿穿过佐治亚州吧，省得没完没了地尽看它。"约翰·韦斯利说。

"我要是个小孩儿，"老奶奶说，"决不用这种口气数落自己的家乡。田纳西有高山，佐治亚有小山，各有各的特点嘛！"

"田纳西不过是一座垃圾堆似的高低不平的山地罢了，"约翰·韦斯利说，"佐治亚也是个不起眼的地方。"

"说得完全对。"琼·斯塔帮腔道。

"我小时候，"老奶奶交叉着满带青筋的十指，说道，"孩子对自己的家乡啦，自己的父母啦，还有别的一切一切，都比现在更尊重。那当儿，大伙儿都规规矩矩的。""嗨，快瞧那个怪可爱的黑崽子！"她指着一个站在一间棚屋门口的黑孩子说。"这不是一幅画吗？"她问道，大家都转过头来，从后窗户往外瞧。黑孩子冲他们招了招手。

“他光着屁股呐!”琼·斯塔说。

“没准儿他根本没有裤子可穿,”老奶奶解释道,“乡下的黑崽子可不像咱们那样样样都有。我要是会画画儿,一定画这样一幅画。”

两个孩子交换连环画报看。

老奶奶要帮着抱抱婴儿,孩子妈就从前座靠背上把他递过来。她把孩子放在膝上轻轻颠着,给他讲沿途看见的东西。她转动眼珠,努起嘴唇,还把干瘪的老脸贴到婴儿光溜溜的脸蛋儿上。孩子偶尔恍恍惚惚地冲她微微一笑。这当儿,他们正路过一大块棉花地,当中用篱笆围着五六个坟头,好似一个小岛。“快瞧那块坟地!”老奶奶指着坟圈子说,“那是个老宅的茔地,属于这个种植园的。”

“种植园在哪儿呐?”约翰·韦斯利问。

“飘走喽!”老奶奶说,“哈哈!”

孩子们看完了他们带的每一本连环画报,然后就打开饭盒吃起饭来。老奶奶吃了一份花生酱夹心的三明治和一枚橄榄。她不准孩子把纸盒和揩嘴的纸巾随便往窗户外头乱扔。他们没什么事可干,于是,就玩起游戏来。每人选定天上一块云彩,让另外两个人猜它像什么。约翰·韦斯利挑了一块宛如一头牛似的云彩,琼·斯塔猜它像牛,可是约翰·韦斯利说不对,是辆汽车。琼·斯塔说他不公平,两人就隔着老奶奶,噼里啪啦地对打起来。

老奶奶说要是他俩肯消停下来,就给他们讲个故事。她一讲故事,就眼珠翻来翻去,晃头晃脑,活像在做戏。她说,在她还是少女的时候,有一位来自佐治亚州贾斯珀的先生,名叫埃德加·阿特金斯·蒂加登,一个劲儿地追求她。她说他长得别提有多俊啦,是个绅士,每星期六下午都来看她,还必定给她带来一个西瓜,上面刻着他姓名的缩写字母——“E. A. T.”。嗯,她说有一个星期六,蒂加登先生又夹着西瓜来了,不巧没人在家,他就把西瓜留在屋前门廊上,乘坐他那辆晃里晃荡的旧汽车回贾斯珀了。她可从来没收到那个西瓜,因为有个过路的黑崽子看到西瓜上刻的三个字母是“吃”,就把它给吃掉了!这个故事好像挠到了约翰·韦斯利胳肢窝下的痒痒肉,使他咯咯地笑个没完,琼·斯塔却觉得没多大意思。她说她绝不会嫁给一个每逢星期六只给她带一个西瓜来的男人。老奶奶说当初她要是嫁给蒂加登先生,那才叫嫁对了,因为他是一位地地道道的绅士,“可口可乐”汽水刚一创牌子，他就买下它的不少股票。前几年他才归西，死的时候是个大阔佬。

他们在宝塔餐厅门前停下车来，进去吃烤肉三明治。这家餐厅坐落在蒂莫西郊外的一块旷地上，是用拉毛水泥和木料盖的，兼作加油站，里面还有一间跳舞厅。老板名叫红萨米·巴茨，是个大块头。房子这儿那儿到处张贴着招徕顾客的广告，连好几英里以外的公路上都看得见这样的广告：

尝尝红萨米的名牌烤肉！红萨米的烤肉美味可口，名不虚传！红萨米！那个笑眯眯的胖小子！名副其实的烤肉专家！红萨米为您效劳！

红萨米这时正躺在餐厅外面光秃秃的平地上，头钻在一辆卡车下面修车哪，旁边有只一英尺来高的小灰猴子做伴，它被铁链拴在一棵楝树上，叽叽咕咕地叫个不停。小猴子看见孩子跳下汽车冲它跑来，立刻往回一蹿上了树，爬到最高的树梢上去了。

宝塔餐厅里面是间长条的屋子，黑咕隆咚，一端有个柜台，另一端放着几张桌子，中间空档权当舞池。贝雷一家人拣了自动电唱机旁边的一张桌子，坐了下来。红萨米的老婆，一个肤色晒得通红的高个儿女人，眼睛和头发的颜色比肤色还要浅，走过来招呼，问他们想吃点儿什么。孩子妈往电唱机的小洞口投进一枚硬币，电唱机顿时奏出《田纳西圆舞曲》，老奶奶说不知怎的，这支曲子总叫她想站起来跳舞。她问贝雷愿不愿意跳个舞，他只冷冷地回瞪了一眼。他可不像她那样性格开朗，旅行使他感到厌烦。老奶奶棕色的眼睛炯炯发光，脑袋瓜子摆来摆去，做出一副坐在椅子上跳舞的姿态。琼·斯塔要听另外的曲子，好跟着拍子跳跳，孩子妈又往电唱机的小洞口投进一枚硬币，电唱机随之放出了一支节拍快的曲子，琼·斯塔便走进舞池，跳起踢踏舞。

“多么可爱的小姑娘啊！”红萨米的老婆站在柜台后面探身说，“你愿不愿意做我的小女儿？”

“不，当然不愿意，”琼·斯塔说，“就是给我一百万，我也不愿意待在这样一个破烂的鬼地方！”她跑回自己的座位上去了。

“多么可爱的小姑娘！”那女人又重复一句，彬彬有礼地做了个窘相。

“你不觉得丢脸吗？”老奶奶轻声责备道。

红萨米进来了，叫他的老婆少在柜台那儿磨蹭，赶紧招待顾客。他穿的那条卡其裤子，只齐到胯骨那儿，大肚子像袋粮食似的，耷拉在裤腰上，在衬衫里头颠来颠去。他走过来，在附近一张桌子旁坐下，一连声叹了好几口气，嘴里嘟囔道："简直没法办！没法办！"他用一块灰不溜丢的手帕擦了擦红通通的脸膛儿上的汗珠子。"这年头，您真不知道该相信谁才好，"他说，"是不是这么回事？"

"人确实没有从前那样好啦。"老奶奶说。

"上星期有两个家伙闯进来，"红萨米说，"他们开一辆克莱斯勒牌汽车，一辆撞得稀里哗啦的破车，不过没有多大毛病。这两个小伙子，依我看，也还规规矩矩，说是在工厂里干活的。于是，我就让他们灌满了要买的汽油。唉，我干吗要那样做呢？"

"因为你是个好心肠的人！"老奶奶当即答道。

"是呀，夫人，我想就是这么回事。"红萨米说，仿佛深受感动似的。

他的老婆端来吃食，没有托盘，居然一下子把五盘全都端来了，一手拿两盘，胳膊肘上还悬乎乎地托着另一盘。"在上帝的这个花花绿绿的世界里，没有一个人能让你信得过，"她说，"没有一个人例外，没有一个人哟！"她瞧着红萨米，又重复了一句。

"报上提到那个越狱的、不合时宜的人的消息，你们看到了吗？"老奶奶问。

"他没有马上到这儿来抢劫，我一丁点儿也不感到奇怪，"红萨米的老婆说，"他要是听说有这个地方，准保会来的。他要是听说钱柜里只有两分钱，必定会——"

"得啦，得啦，"红萨米说，"快去把'可口可乐'给客人拿来吧。"那女人走开了，去端别的东西。

"好人难寻哟，"红萨米说，"样样事情都变得糟糕透顶。我记得当年外出，大门都可以不锁。再没那种好日子喽。"

他跟老奶奶谈论往昔美好的年月。老奶奶说，依她看来，如今出现这种情况，欧洲该负全部责任。她说欧洲那种做法，叫人以为我们全是钱做的咧。红萨米认为谈这些也都白搭，不过老奶奶的话还是千真万确的。孩子跑到大太阳底下看条纹累累的楝树顶端的那只猴子去了。它正忙着抓身上的跳蚤，用牙小心嗑着，好像在吃什么珍馐美味。

酷热的午后，他们继续驱车前进。老奶奶打起了瞌睡，每隔几分钟就被她自己的呼噜声扰醒一次。到达图姆斯博罗郊外时，她醒过来了，想起当年她还是少女的时候参观过附近的一个古老的种植园。她说那栋房子前廊矗立着六根又大又白的柱子，一条幽静的林荫道，两旁种着成排的栎树，直通到大门前。两边各有一个木格子的小凉亭，你跟情人在花园里散步走累了，可以在那里歇歇脚。她记得清清楚楚，从什么地方转弯就可以通到那里。她明明知道贝雷不愿意浪费一点儿时间去看一所老宅子，可是她自己越说越想去看看，瞧瞧那对小凉亭有没有坍掉。“那栋房子里还有一堵秘密的夹板墙咧！”她狡黠地说，说的并非实话，却希望人人相信，“传说当年谢尔曼将军带兵过来的时候，这家人把银器全都藏在里面了，可是后来再也没有找到。”

“嘿！”约翰·韦斯利说，“咱们去瞧瞧！准能找到！咱们把木板全都捅穿，准能找到！现在谁住在那儿？该从哪儿转弯？嘿，爹，咱们能到那儿去转一下吗？”

“我们从来没见过带秘密夹板墙的房子！”琼·斯塔尖声喊道，“咱们到那栋带秘密夹板墙的房子去吧！嘿，爹，咱们干吗不去看看那栋带夹板墙的房子呀？”

“反正离这儿也不太远，我知道，”老奶奶说，“用不了二十分钟。”

贝雷直盯着前方，下巴颏儿板得像马蹄铁一般硬。“不去。”他说。

两个孩子嘁嘁喳喳地乱叫起来，非要去看看那栋带夹板墙的房子不可。约翰·韦斯利使劲踹汽车前座的后背。琼·斯塔趴在妈妈的肩膀上，哼哼唧唧地诉说他们连假期都过得不开心，从来不能称心如意地干他们想做的事。婴儿也哇哇地号叫起来。约翰·韦斯利猛踢椅背，劲头之足，他爹连腰眼那儿都感到了冲力。

“好，好，好！”他喊道，在路旁刹住车，“你们都给我住嘴，行不行？住嘴一秒钟，好不好？你们要是不消停下来，哪儿也不去啦。”

“去看一看，对孩子也很有教育意义嘛！”老奶奶低声说。

“好啦，”贝雷说，“可是记住，只为这种劳什子停留一次。就此一次，下不为例。”

“车子倒回去差不多一英里，就能到那条该转弯的土道，”老奶奶指挥道，

"刚才路过那儿时，我记了一下。"

"一条土道！"贝雷嘟囔了一句。

于是，他们掉头朝那条土道驶去。老奶奶又想起那栋房子别的特征，像前厅漂亮的玻璃门啦，大厅的烛灯啦，等等。约翰·韦斯利说秘密夹板墙没准儿藏在壁炉里头呢。

"那栋房子，你们根本进不去，"贝雷说，"你们不认识房主。"

"你们在前面跟主人谈话，我就绕到屋后去，跳窗户进去。"约翰·韦斯利建议道。

"我们宁愿待在汽车里。"孩子妈说。

他们转到那条土道，汽车颠簸地驶了进去，顿时扬起一阵阵粉红色尘土。老奶奶想起，当年没有石子路，一天至多能走三十英里路。这条土道，一会儿上坡，一会儿下坡，不少地方还有积水，有时还得在险峻的路堤上来个急转弯。霎时间，他们的车子行驶在山坡上，眺望得见几英里以外茫茫一片青里透灰的树梢；转瞬间，他们又陷入一个红土坑洼里，四处布满尘土的树木都在俯视他们。

"那个鬼地方最好马上出现，"贝雷说，"要不然我就要折回去了。"

这条土道像是一条长年累月没人走过的路。

"没多远了，"老奶奶说，话刚一脱口，脑子里蓦地闪现一个糟心的念头，窘得她满面通红，两眼发直，两条腿一抬，把那个放在角落里的旅行袋碰翻了。旅行袋一倒，老猫咪喵的一声从那个盖着报纸的篮子里窜出来，跳到贝雷的肩膀上去了。

孩子们摔倒在车厢里；孩子妈紧抱着婴儿，被甩出车外，跌倒在路上；老奶奶也给甩到前座上去了。汽车翻了个跟斗，掉进路旁的沟壑。贝雷仍然坐在驾驶座上。那只猫——一只宽白脸、红鼻头、灰条的狸花猫——像条肉虫子似的紧盘在他的脖子上。

孩子们一发现脚还能动弹，便从车厢里爬出来，嘴里嚷道："出车祸喽！"老奶奶蜷缩在前车厢的踏板上，但愿自己受点儿伤，免得贝雷的火气全冲她一人发来。车祸发生前，她脑子里猛地闪现的那个糟心的念头是，原来她方才记得一清二楚的那栋房子并不在佐治亚州，而是在田纳西州。

贝雷用两只手把猫从脖子上揪下来，往窗外面一棵松树那边狠狠扔过去。

接着，他下了汽车，先找孩子妈。她抱着哇哇哭的婴儿，呆坐在红黏土的沟沿上，幸好只是脸上划破一个口子，肩膀有点儿扭伤。“出车祸喽！”孩子们狂热地吱哇乱叫。

老奶奶瘸着腿从车厢里钻出来，琼·斯塔失望地说：“真可惜谁也没死！”老奶奶的帽子依然扣在脑袋上，可是前檐断裂了，往上翘起，形成一个挺时髦的角度，边上还耷拉着那朵紫罗兰的花蕊。除了两个孩子，他们三个人都在沟里坐下来，从惊吓中慢慢平静下来，浑身直打寒战。

“也许会有辆汽车路过吧。”孩子妈沙哑地说。

“我的内脏不定哪儿受了伤。”老奶奶说，手直揉肋骨，可是没人搭理她。贝雷气得上下牙直打磕碰。他穿了一件黄运动衫，上面印着蓝鹦鹉，脸色跟运动衫一般蜡黄。老奶奶决定不提那栋房子是在田纳西州了。

路面要比他们坐的地方高出十英尺，他们只能望见路那边的树梢。还有更多的树木，在他们陷进去的那个沟壑后面，苍郁而挺拔。几分钟过后，他们看见远方山坡上有辆汽车朝他们这个方向慢慢驶来，车里的人好像在注视他们。老奶奶站起来，使劲挥动两只胳臂，好让人家注意。汽车继续慢吞吞地开过来，时而在转角处隐没，时而又冒出来，当驶到他们刚才路过的那个山坡时，蠕动得越发慢了。它就像一辆又黑又大、破旧不堪的柩车，里面坐着三个男人。

车在他们头顶上方的土道上停下来。司机毫无表情地凝视着他们所坐的地方，不发一语。接着，他回头跟另外两个人嘀咕了几句，三人便一块儿从汽车里下来。一个是胖胖的小伙子，穿一条黑裤子，上身是件红运动衫，胸前印着一匹飞驰的银色骏马。他溜达到这家人的右边，站在那里，半咧着嘴，狞笑地盯视着他们。另一个小伙子，穿一条卡其裤子和一件蓝条的外衣，头戴一顶灰礼帽，帽檐拉得很低，几乎遮住了大半个脸。他慢吞吞地踱到这家人的左边。两个人一句话也没说。

司机下了车，站在车旁低头瞧着他们。他比另外两个人年纪大，头发有点儿灰白了，戴一副银丝边眼镜，显出一副堂堂学者的派头。他生就一张马脸，皱纹挺多，没穿衬衫，也没穿背心，下身是条绷得很紧的蓝色劳动布裤子，手里拿一顶黑帽子和一把手枪。两个小伙子手里也有枪。

“我们出车祸啦！”孩子们扯起尖嗓门喊道。

老奶奶有股奇特的感觉，好像自己认识那个戴眼镜的人，面熟得很，仿佛已经跟他认识一辈子了，可就是想不起他到底是谁。那人离开汽车，朝沟下走来，小心翼翼地迈着步子，免得滑倒。他穿一双棕白两色的皮鞋，没穿袜子，脚腕子又红又瘦。“你们好，”他说，“我瞧见你们翻了一个滚。”

“翻了两个滚。”老奶奶答道。

“不，一个滚，”他纠正道，“我们看得一清二楚。”“海勒姆，你去试试他们的车子还能开动不。”他悄声对戴灰帽子的小伙子说。

“你干吗拿把手枪?”约翰·韦斯利问，“干吗拿枪啊?”

“太太，”那人对孩子妈说，“你能不能叫两个孩子挨着你坐下来？我一见孩子就心烦。我要你们一块儿坐在原地不动。”

“你凭什么支使我们?”琼·斯塔问。

他们身后的树林像一张咧开的大黑嘴。

“过来。”孩子妈说。

“你瞧，”贝雷突然开口了，“我们现在处境十分尴尬。我们……”

老奶奶啊地尖叫一声，猛地爬起来，瞪着两只大眼。“你敢情是那个不合时宜的人！”她说，“我一眼就把你认出来了！”

“老太太，”那人说，微微一笑，仿佛被人认出来不由得自鸣得意似的，“不过，老太太，要是您没认出我是谁，也许对您全家倒会更有利些。”

贝雷很快掉过头来，跟他妈嘟囔了几句，连孩子们听见都吓了一大跳。老奶奶呜咽起来。那个不合时宜的人脸涨得通红。

“老太太，”他说，“别难过。有时一个人说话并非出自本意。我想他原本没打算跟您这样说话。”

“你不会杀害一个妇道人家吧?”老奶奶一边说，一边从袖口里掏出一块干净的手绢使劲揩了揩眼睛。

不合时宜的人用脚尖在地上钻了个洞，又用脚把它填平。“除非万不得已，否则我是不愿意下毒手的。”他说。

“听我说，”老奶奶几乎是在尖叫，“我知道你是个好人。你看上去一点儿也不像匪徒之辈。我知道你准是好人家出身！”

“对了，老太太，”他说，“世界上最好的人家。”他笑了，露出一排整齐而结实的白牙齿。“上帝再也没造出比我妈更好的女人了，我爹心地也跟赤金一样纯洁。”他说。那个穿红运动衫的家伙绕到这家人的背后站住，手枪别在胯骨那儿。不合时宜的人蹲了下来。“博比·李，看住这两个孩子，”他说，“你晓得他俩搅得我心神不定。”他瞧着面前挤作一堆的六口人，似乎有点儿发窘，仿佛不知道该说什么才好。“咦，天上一点儿云彩也没有，”他抬头看了一眼说，“不见太阳，可也没有云彩。”

“是呀，今儿个天多好，”老奶奶说，“听我说，你不该管自己叫不合时宜的人，因为我知道你是个好心眼的人。我一眼就看出来了。”

“别说话！”贝雷嚷道，“全都闭上嘴，让我一个人来应付这局面！”他像运动员那样蹲伏在地上，仿佛要起跑，可是并没动窝。

“谢谢您的恭维，老太太。”不合时宜的人用枪托在地上画了个小圆圈。

“这辆车修好，起码得花半个小时。”海勒姆望着汽车凸起来的顶篷，提醒了一句。

“那你和博比·李先把他跟那个男孩带到那边去吧！”不合时宜的人指着贝雷和约翰·韦斯利说。“这两个小伙子要问你点儿事，”他又对贝雷说，“请跟他们到那边树林里走一趟吧。”

“您瞧，”贝雷说，“我们现在处境非常尴尬，稀里糊涂的，还闹不清怎么回事呀！”他的声音嘶哑，两眼跟他衬衫上的蓝鹦鹉一般蓝而殷切。他一动也没动。

老奶奶抬手整理帽檐，好像也要跟儿子一块儿进入树林，可是帽檐不幸脱落在手中，她愣在那里，瞪着手里拎着的帽檐，过了半晌才松手让它落在地上。海勒姆揪住贝雷的胳膊，像搀老头儿那样把他搀扶起来。约翰·韦斯利紧拉着爸爸的手，博比·李跟在后头，他们朝树林走去。刚要进入阴森森的树林，贝雷一转身，靠在一棵光秃秃、灰暗的松树干上，喊道：“娘，我一会儿就回来，等着我！”

“眼下就回来吧！”老奶奶尖声喊道，但是他们还是消逝在树林里了。

“贝雷，我的儿啊！”老奶奶凄惨地嚷道，可是她发现自己正在瞧着蹲在她面前的不合时宜的人，便绝望地对他说，“我知道您是个好人，您可一点儿也不像坏人！”

“不，我不是一个好人。”不合时宜的人好像仔细掂量了一下她的话，然后说道，“可我也不是世界上最坏的人。我爹说我跟我的兄弟姐妹不一样，是另一个品种的狗崽子。‘你知道，’我爹说，‘有人一辈子也没问过一个为什么，可是另有一些人总爱刨根问底。这孩子就属于后一种人。他将来准会到处惹是生非！’”他戴上黑帽子，突然仰视天空，又朝树林深处张望了一下，仿佛又有点儿发窘。“很抱歉，我在你们两位太太面前光着上身。”他说，耸耸肩膀，“我们一逃出来，就把囚犯衣服埋掉了。在没有更好的选择之前，只好凑合着有什么穿什么。这几件衣服也是向几位遇到的人借来的呢。”他解释道。

“没什么关系，”老奶奶说，“贝雷的箱子里也许还有件替换的衬衫。”

“我这就去看看。”不合时宜的人说。

“他们把他带到哪儿去啦?”孩子妈嚷道。

“我爹是个了不起的人，”不合时宜的人说，“你怎么也抓不着他的把柄，尽管他从来没跟官方发生过什么麻烦。他就是有办法对付他们。”

“你要是肯试着那样办，也可以成为一个堂堂的正人君子。”老奶奶说，“想想看，要是能安顿下来，舒舒服服地过日子，不用成天假想着有人在追捕你，那该多好哇!”

不合时宜的人一个劲儿用枪托在地上刮土，仿佛在考虑这个问题。“是呀，老太太，总是有人在追捕你。”他喃喃说。

老奶奶发现他帽子下面的肩胛骨挺瘦，因为她正站在那里瞧着他。“你祷告吗?”她问。

他摇摇头。老奶奶只看见那顶黑帽子在他的两块肩胛骨之间晃来晃去。“不祷告。”他说。

树林里传来一声枪响，紧跟着又是一响。随后一片静寂。老奶奶猛地扭过头去。她听见风从树梢吹来，像是心满意足地抽了口长气似的。“贝雷，儿啊!”她叫唤道。

“我在唱诗班里唱过一阵子，”不合时宜的人说，“我什么都干过。服过兵役，陆军啦，海军啦，国内国外都驻扎过，结过两次婚，在殡仪馆里当过差，铁路上干过一阵子。此外，种过庄稼，遇到过龙卷风，还见过一个男人活活给烧死。”他抬头瞧着孩子妈和小姑娘，她俩紧紧偎在一起，脸色惨白，目光发呆。“我还见过一个女人让人鞭打哪!”他说。

“祈祷吧，”老奶奶说，“祈祷吧……”

“我记得自己从来也不是个坏孩子，”不合时宜的人用一种近乎轻柔的声调说，“可不知在哪里做了点儿错事，就被送进教养院，活活给埋没了。”他抬头注视着她，好让她注意听。

“那正是你该祷告的时候，”她说，“头一次你被送进教养院，是为什么呀？”

“你向右转是堵墙，”不合时宜的人又仰起头来，凝视万里无云的天空，说道，“你向左转，还是堵墙。抬头是天花板，低头是地板。我忘了自己干了什么，老太太。我坐在那儿，冥思苦想，想自己到底干了什么错事，可是直到今天也没想起来。有时觉得快想起来了，可是总没有个结果。”

“他们可能错判了吧？”老奶奶含含糊糊地问。

“没有，”他说，“没弄错。他们有白纸黑字的证据。”

“你别是偷了什么东西吧？”她问道。

不合时宜的人冷笑一声。“谁也没有什么我想要的东西，”他说，“教养院的主任医师说我犯的罪是杀死了亲生父亲，可我知道那是瞎说八道。我爹是1919年闹流行性感冒时死的，跟我一点儿关系也没有。他葬在霍普韦尔山浸礼会教堂的墓地，你不信可以自己去看看。”

“你要是祈祷，”老奶奶说，“耶稣会帮助你的。”

“说得是。”不合时宜的人说。

“那你干吗不祈祷哇？”她问道，突然高兴得浑身颤抖。

“我什么帮助也不要，”他说，“我自己干得蛮好。”

博比·李和海勒姆从树林里从容地走出来。博比·李手里还拎着一件印着蓝鹦鹉的黄衬衫。

“博比·李，把那件衬衫扔过来。”不合时宜的人说。衬衫嗖地飞过来，落在他的肩膀上，他就把它穿上了。老奶奶说不出这件衬衫给她带来了什么回忆。“不，老太太，”不合时宜的人一边说，一边扣扣子，“我发现犯罪没什么了不起。可以干这件事，也可以干另一件事，杀人啦，从他的车上拆下一个轮胎啦，都一个样，因为你迟早会忘掉自己干了些什么，而且要为这受到惩罚。”

孩子妈呼哧呼哧地喘气，好像上气不接下气似的。

“太太，”他问道，“你和小姑娘愿不愿意跟随博比·李和海勒姆到那边去同你丈夫会合?”

“行，谢谢。”孩子妈有气无力地说。她的左胳膊不听使唤地来回晃悠，另一只胳膊抱着睡熟了的婴儿。她吃力地往沟坡上爬，不合时宜的人说：“海勒姆，搀一把那个女人。博比·李，你拉着小姑娘的手。”

“我不要他拉着，”琼·斯塔说，“他那副模样让我想起一头猪。”

胖小子脸涨红了，笑了笑，抓住小姑娘的胳臂，紧跟在她妈妈和海勒姆身后，把她拖进树林。

老奶奶发现如今只剩下她和不合时宜的人单独在一起，反倒说不出话来了。天空既没有一块云彩，也没有太阳。她周围除了树林，什么也没有。她想告诉他应该祷告，张了几次嘴，又闭上了，没吭一声。最后，她发现自己在念叨“耶稣哇！耶稣哇！”——意思是说耶稣会帮助你，可是听她那种口气，倒像是在咒骂耶稣。

“是呀，老太太，”不合时宜的人仿佛同意似的说，“耶稣把一切都搅得乱七八糟。他的处境跟我差不离儿，只不过没犯什么罪罢了，而他们却能证明我犯过罪，因为他们有我犯罪的白纸黑字的证据。当然啰。”“他们从来也没有给我看过我的罪证，这就是为什么现在我干脆自己签字。我老早就说过自己签字，好汉做事好汉当，然后自己保存一份原件。这样你就知道自己到底干过啥，可以衡量一下所受的惩罚跟所犯的罪是否合情合理，最后你可以拿出点儿凭据证明自己被惩罚得一点儿也不公平。我管自己叫不合时宜的人，”他说，“因为我没法认同自己被处罚得合情合理，罪有应得。”

树林里传来一声尖叫，紧跟着是声枪响。“老太太，有人没完没了地受惩罚，而有人却从来也没挨过罚，您认为这合乎情理吗?”

“耶稣哇!”老奶奶喊道，“你出身高贵，我知道你不会枪杀一个妇道人家的！我知道你是好人家抚养大的！耶稣哇！你不该枪杀一个妇道人家。我可以把我带的钱都给你!”

“老太太，”不合时宜的人说，望着树林深处，“从来也没听说过死尸赏小费给抬棺材的人的。”

又传来两声枪响，老奶奶像一只讨水喝的喉咙干燥的老火鸡那样扬起头来啼叫：“贝雷儿啊，贝雷宝贝儿啊!”心似乎都快碎了。

“只有耶稣能叫人起死回生，”不合时宜的人接着说，“他不该那么做。他把一切都搅得乱七八糟。如果他照他所说的那样做，那你最好抛弃一切，追随他去。如果他没有那么做，那你就尽情享受一下生命的最后几分钟吧——杀个把人啦，放把火烧掉那人的住房啦，要不然对他干些丧尽天良的事。除了伤天害理，别无其他乐趣。”他说着，嗓音几乎变得像是在嗥叫。

“也许耶稣没有叫人起死回生过。”老奶奶喃喃自语，连她自己也不知道自己在说什么。她头晕眼花，扑通一下坐倒在沟里，两腿歪扭着。

“我没在场，所以不敢说他没干过，”不合时宜的人说，“我真希望当时在场就好了。”他一边说，一边用拳头捶地。“我没在场，确实不对，因为要是在场，就会知道是怎么回事啦。听着，老太太，”他提高嗓门说，“我要是在场，就会知道怎么回事啦，我也不会变成如今这个样儿了。”他的嗓音好像要炸裂了，老奶奶头脑突然清醒了一下。她看见那家伙的脸歪扭着，离她自己的脑袋不太远，仿佛要哭似的，她便小声说道：“唉，你也是我的一个孩子，我的一个亲生儿哟！”她伸出两手，抚摸他的肩膀。不合时宜的人猛地闪开，好像让毒蛇咬了一口似的，朝她胸口砰砰砰连开三枪。然后，他把枪放在地上，摘下眼镜擦擦灰。

海勒姆和博比·李从树林里走出来，站在沟渠上面俯视着老奶奶，她半躺半坐在一摊鲜血里，像孩子那样盘着腿，脸上还挂着一丝微笑，仰视着万里无云的晴空。

不合时宜的人不戴眼镜，两眼显得暗淡无神，现出一圈通红的眼窝。“把她弄走，跟其他几个人扔到一块儿去！”他一边说，一边把那只在他脚边磨蹭的猫拎起来。

“这位老太太真够贫嘴的，是不是？”博比·李说，哼着小调从沟渠上滑下来。

“她要是一辈子每分钟都有人没完没了地冲她开枪射击，”不合时宜的人说，“她也会成为一个好女人的。”

“挺有趣！”博比·李说。

“住嘴，博比·李，”不合时宜的人说，“人生根本没有真正的乐趣。”

选自《公园深处：奥康纳短篇小说集》，上海译文出版社 1986 年版

编选理由：

这是一篇残酷的小说。但比小说情节更为残酷的，是奥康纳在作品中所构建的对比关系。老奶奶是一个生活在过去的人，她对现实的不满、她的种种抱怨都基于对过去生活的记忆。问题是，她把原本位于田纳西州的种植园记成了佐治亚州，这一差错最终导致她们一家六口丧生于枪口之下。这说明，她对过去生活的回忆也并不可靠。但不管怎么说，老太太是一个浪漫的人。所以，浪漫主义与严酷的现实生活之间的对立是这篇小说真正的内核。当然，这是一个古老的主题。从《堂吉诃德》《包法利夫人》到加缪的《误会》，再到《好人难寻》，我们可以看到这样一种对立在文学史中是如何演进的。我们应当记住加缪的警告，在我们的现实生活中，其实早已没有浪漫的容身之地，而这一点常常被我们忽略。最后，我要说，这部小说情节安排是高度电影化的，电影的情节和氛围，入侵到现实中来所造成的幻觉和不真实感，其实也是生活的一个部分——海明威在他的著名小说《杀人者》中，已经写过了。

市场街的斯宾诺莎

〔美〕艾萨克·巴什维斯·辛格 著　方平 译

一

内厄姆·菲谢尔森博士在华沙市场街他那阁楼上来回地踱步。菲谢尔森博士是一个驼背的矮个儿，胡须已经花白了，头顶秃得厉害，只有颈窝上还剩下稀稀拉拉的几撮毛发。他长着鹰钩鼻，眼睛很大、很黑，不时地要眨巴几下，像是一双大鸟的眼睛似的。那是一个炎热的夏夜，可是他身上还穿一件长到膝盖的上衣，围着硬领，打着领结。他从门口慢慢地踱步到高高的开在屋顶斜面上的"老虎窗"下，再从窗子下踱回来。要从窗子里望出去，先得走上几步踏级。

桌子上放着一个铜烛台，蜡烛在燃烧。形形色色的小飞虫绕着烛焰嗡嗡地打转。每隔一会儿，总会有一只小虫子因飞得太靠拢火焰，而把翼翅烧焦了，甚至把身子都烧着了，片刻间在烛芯上烧个通红。在这当儿，菲谢尔森博士总要做一下苦脸。他那满是皱纹的脸会扭动起来，乱蓬蓬的胡子底下的嘴唇会紧咬一下。最后，他从口袋里掏出一块手帕向小飞虫挥动着。

"飞开去吧，你们这些傻瓜和白痴呀，"他骂道，"你们在这儿是得不到温暖的，只有烧死的份儿!"

小虫子被赶散了，但是一眨眼又飞回来了，绕着战栗的火焰打转。菲谢尔森博士擦了擦满是皱纹的额头上的汗，叹口气道："还不跟人类一样，这些虫子只顾贪图眼前的欢乐!"

桌子上放着一部打开了的拉丁文书籍，页边留着较大的空白，菲谢尔森博士在上面用印刷体小字写满了注解和批语。这部书就是斯宾诺莎的《伦理学》。菲谢尔森博士研究这部著作已经有三十年了。每一条命题，每一个论证，每一个推论，每一个注解，他都能背出来。他要查书中的某一段时，只消打开来就是，根本用不到翻来翻去地寻找。可是他仍然继续每天研究《伦理学》，一看就是几小时，只见他瘦骨嶙峋的手里拿着一个放大镜，嘴里念念有词，看到赞同的地方，就不住地点头。真实情况是，菲谢尔森博士越研究，他发现的疑难的字句、晦涩费解的段落，写下的莫名其妙的评语也就越多。每一句中都含着深意，而这又是随便哪一个斯宾诺莎的研究者都不曾探索过的。事实上，康德和他的追随者们提出的种种纯粹理性批判，这位哲学家早就全都预见到了。菲谢尔森博士正在写一篇阐述《伦理学》的论文。他有几抽屉的笔记呀、草稿哇，可是看来他的大作不像会有完成的一天。

这几年来他一直闹着胃病，近来这胃病更是一天比一天厉害了。现在只要咽几口麦片粥，他的胃就要发痛。“老天爷呀，真难对付哇，难哪！”他往往跟自己这么说，说这话的声调，就跟他的父亲——已故的蒂歇维支拉比——一个模样。“真的很难受哇！”

菲谢尔森博士并不害怕死。首先，他已经不是一个年轻人了。第二，他在《伦理学》的第四部里是这样说的：“一个自由人思考得最少的是死亡，而他的智慧不在于沉思死而在于沉思生。”第三，书内还有这样一段话：“人的心灵是不会随着肉体而完全消灭的，总有一部分留下来永生不灭。”可是菲谢尔森博士的溃疡（也许是癌呢）不断地使他心神不宁。他的舌尖上总是有一层苔。他经常打嗝儿，一打嗝儿，就吐出一股难闻的气味，而且这气味每次都不同。他又有胃气痛，又发痉挛。有时候，他感到像要呕吐；有时候，想吃大蒜、洋葱、油煎的东西。他早就把医生们给他开的药方丢在一边，他有他自己的治疗办法。他发觉吃过饭以后再吃些萝卜丝，俯卧在床上，把头耷拉着、伸出床边，倒是可以舒服些。可是这种土办法只不过暂时有效。有些医生给他检查后，认定他没有什么病。“这不过是因为你的神经质罢了，”医生跟他说，“你可以活到一百岁呢。”

可是在那一个炎热的夏夜，菲谢尔森博士感到他的体力不行了。他的双膝在发抖，他的脉息很弱。他坐下来想看书，可是眼前一片模糊。书上的字母先是绿色，又变成金色。一行行字成了波浪形，在做跳背游戏，书页上忽然出现了一块块空白，原来在那儿的文字神秘莫测地不见了。

热得受不了，热气直接从铁皮屋顶上倾泻下来，菲谢尔森博士只觉得他是在一个炉灶里。有好几次他爬上四个踏级，攀着窗口，把头探到窗外的凉快的晚风里。他一直保持着这个姿势，直到他的双膝颤抖起来。“这可是一阵好风啊，”他喃喃自语，“真愉快呀。”于是他想到了斯宾诺莎，按照他的哲学，道德和幸福是同一性的，一个人最符合道德的行为，就是尽情享受并不违反理性的乐事。

二

菲谢尔森博士站在最高的踏级上，向窗外望过去，能看到两个“世界”。在他头上是布满了繁星的天空。菲谢尔森博士从没有认真研究过天文学，不过他能分辨出哪些星球像地球一样，是绕太阳运转的行星，哪些是固定的恒星，它们就是遥远的太阳，它们发出来的光，要一百年，甚至一千年才能照射到我们的地球上来。他认识一些标志着地球在太空中运行的星座，以及那星云状的衣带——银河。

菲谢尔森博士有一个小望远镜，那是他在瑞士留学的时候买的，他特别喜欢拿起望远镜望月亮。他能清清楚楚地分辨出月球表面上承受着阳光的火山和黑暗的、模糊的火山口。他从不知厌倦地凝视着这些裂口和裂缝。在他看来，这些东西既近又远，既是实体，又是非实体。

有时候他望见一颗流星在太空中划过一条大弧线，消失了，在它后面留下一条火红的尾巴。菲谢尔森博士知道有一颗陨星进入了我们的大气层，它那还没有烧尽的残片可能掉进海洋了，或是落到沙漠中了，也许呢，甚至掉到有人烟的地区去了。那些从菲谢尔森博士的屋顶后面出现的星星慢慢地升起来，照耀在对面街上的房屋的上空了。可不是，当菲谢尔森博士抬头望向苍穹的时候，他意识到了那无限的延伸，根据斯宾诺莎的学说，那是上帝的属性之一。尽管他只是一个瘦小衰弱的人，只是绝对无限的实体在变动中的一种形态，可他仍然是宇宙的一个组成部分，是用跟天体相同的物质构成的。他既然是神性的一部分，那他就是不可毁灭的了。这样想着，菲谢尔森博士感到一种安慰。每逢这样的时刻，他就体会到一种 Amor Dei Intel Lectualis（理性之爱）——根据阿姆斯特丹的那位哲学家（斯宾诺莎）的说法，是心灵最高度的完美。

菲谢尔森博士深深地吸了几口气，尽量把头抬得高些（虽说受到他那硬领子的牵制），他当真感觉到整个身子飘飘然地在打转，在与地球、与太阳、与银河中的恒星为伍，与只有无限的思维才知道的无量数的星座群为伍。他的两腿变得轻快了，没有重量了，他双手握紧窗框，好像唯恐他会立脚不住，从窗口飞出去，飞向永恒。

菲谢尔森博士凝望着天空，望得厌倦了，他的眼光就落到了下面的那条市场街。他可以看到长长的一条街，从亚纳什商场延伸到铁街，沿路都装着煤气灯，到了远处，融成一连串火星。一家家黑色的铁皮屋顶上，烟囱在冒烟。面包房里的人们正在给烘灶生火呢，不时有火星随着黑烟冒出来。

这条街上，再也没有像夏天的夜晚那样熙熙攘攘的了。窃贼呀，接客的女人呀，赌徒哇，买卖贼赃的人哪，都在广场上荡来荡去，从上面望下去，这广场竟像是缀满了罂粟种子的椒盐卷饼。小伙子们粗鲁地大笑，姑娘们在尖叫。有一个小贩，背着一小桶柠檬水在叫卖，在那一片嘈杂声中，每隔片刻，就听见他那压倒一切的叫卖声。有一个卖西瓜的小贩，一股蛮劲儿地叫喊着，他手里还拿着一把切西瓜的长刀子，像鲜血似的西瓜汁正从刀口上滴下来。街上的那股骚乱劲儿，变得更剧烈。几辆救火车奔驰过去，沉重的车辆发出辚辚声，它们是由几匹强壮的黑马拉着的，赶车的紧紧地拉着勒马索，唯恐马儿要乱窜乱奔。接着来了一辆救护车，一路上都发出尖锐的笛声。接着一帮亡命之徒内讧了，打起架来，不马上去把警察叫来还不行呢。一个行人遭到了抢劫，他一面奔逃，一面呼救。几辆装着木柴的货车想要进入开设面包房的院子里，可是石阶太陡，马儿没法把轮子拖上去。赶车的又是骂，又是举鞭抽打畜生。嗒嗒作响的马蹄底下迸出了火星。现在早已过了7点钟啦，按照规定，商店在这时候该关门了，但其实生意才刚刚开始呢。顾客被悄悄地从后门领进去。街上的俄罗斯警察已经被塞了钱，所以他们也就眼开眼闭，装作什么也没有看见。商人们继续叫卖货物，他们都想比别人叫喊得更响。

“黄金，黄金，亚赛黄金哟!”一个卖烂橘子的妇女尖声喊道。

“甜哪，甜哪，甜哪!”一个卖熟透的李子的小贩嘎声叫道。

“头哪，头哪，谁要头哪!”一个卖鱼头的孩子大声嚷道。

对面有一个哈西德派学堂，穿过学堂的窗子，菲谢尔森博士望见那留着长鬓脚的孩子们在摊开着的圣书面前摇摆着身子，一边做鬼脸，一边用单调的嗓音高声念着。屠夫哇，门房啊，水果贩子呀，正在楼下的酒店里喝啤酒。烟雾从酒店开着的门里飘出来，就像蒸汽从浴室里冒出来一样，还有响亮的音乐传出来。在酒店外边，等着接客的女人们扑向喝醉的士兵和从工厂下班回家的工人。有些人在肩上扛着一捆捆的柴，这叫菲谢尔森博士想到了在地狱里，在将那些为非作歹的人投入烈焰之前，先罚他们点燃那柴堆。从开着的窗子里传出了留声机锉刀般的磨刮声。礼拜天的祷告和庸俗的轻松喜剧中的歌曲交替着传过来。

菲谢尔森博士向半明半暗的疯人院张望着，还竖起了耳朵。他知道这些胡闹的人的行为跟“理性”正好是对立面。这些家伙满脑子都是最虚荣的激情，陶醉在七情六欲中，而按斯宾诺莎的看法，七情六欲从来就不是什么好东西。他们追求的是欢乐，结果得到的却只是疾病和监狱、羞辱以及无知带来的苦难。

在这个地方，就连在屋顶上游荡的猫，也比这个城市其他地方的猫更野蛮，更疯狂。它们在叫春，那声音就像分娩的妇女在叫喊。它们像魔鬼般跳上了墙，跳到了屋檐上、阳台上。有一只公猫停留在菲谢尔森家的窗口，发出一阵嗥叫，使得菲谢尔森博士不寒而栗。他从窗口的踏级走下来，拿起一把扫帚，在那只黑猫发光的绿眼睛前摇晃着：“呸！滚吧，你这无知无识的野蛮畜生！”接着他又拿着扫帚柄在屋顶上敲打，那只公猫这才逃跑了。

三

菲谢尔森博士在苏黎世学的是哲学，当他从那儿回到华沙来的时候，大家都说他前途无量。他的朋友都知道他正在写一本关于斯宾诺莎的重要著作。有一家由有着犹太人血统的波兰人办的日报请他做撰稿人。他经常以贵宾的身份出入好几家有钱人的公馆。华沙的犹太会堂请他担任图书馆主任。就在当年，人家已把他看成一个老单身汉了。媒人们来跟他说过几次亲，女方都是有钱人家的小姐。可是菲谢尔森博士并没有利用这些机会。他要做一个无拘无束的人，就像斯宾诺莎本人一样。他果然做到了。但是由于他这种离经叛道的想法，他跟那个拉比发生了冲突，结果他不得不辞去图书馆的职务。从那以后，有好些年他靠单独教授希伯来文、德文过日子。后来他病倒了，柏林的犹太人团体在会议上投票通过了给他一年五百马克津贴的决定。这还是多亏那著名的希尔德斯海默博士帮了忙，他跟这位博士有信札来往，讨论哲学。

这实在是一笔很小的津贴，却要应付一年的生活，所以菲谢尔森博士把家搬进了阁楼，而且开始在煤油炉子上自己动手煮饭。他有一个碗橱，这碗橱的抽屉挺多，他给每一个抽屉贴上一个标签，写上抽屉中贮藏的食品——荞麦呀，米呀，大麦呀，洋葱啊，胡萝卜哇，土豆哇，蘑菇哇。一星期一次，菲谢尔森博士戴上了他那阔边的黑帽子，一手提着篮子，另一手拿着斯宾诺莎的《伦理学》，到市场上去采购食品。在轮到他购买以前，他等候着，把《伦理学》打开来。商人们都知道他，就招呼他到他们的摊子上去。

“这奶酪可好哪，博士——入口就化。”

“新鲜的蘑菇，博士，刚从林子里采来的。”

“女顾客们，给博士让条路吧。”肉店的老板会这样喊道，“请不要把通道堵住了。”

在他早年生病的时候，菲谢尔森博士在晚上还是要到一家咖啡馆去坐一会儿，那里是希伯来教师以及其他知识分子常去的地方。他坐在那儿，喝半杯不加牛奶的咖啡，同时跟人下棋，这已经成为他的习惯了。有时候，他在圣十字架路的那些书店前停下来，那里可以买到各种旧书旧杂志，价钱是很便宜的。

有一次，他从前的一个学生约他在某一个晚上到一家饭馆里一叙。菲谢尔森博士来到饭馆的时候，不免吃了一惊，原来那里已聚集了一群他的朋友和崇拜者。他们硬是要他在主宾位上坐下来，同时还说了一番钦佩、敬仰的话。

但那是发生在许多年前的旧事了。现在谁也不对他感兴趣了。他已经把自己和外界完全隔绝，成了一个被遗忘的人。

1905 年那一年，市场街闹出了好些事情，伙计们开始组织罢工，向警察局扔了几颗炸弹，开枪射击阴谋破坏罢工的家伙。即使不是礼拜六和礼拜天，店家也都不开门。这更是大大地使他跟外界隔绝了。

凡是跟现代犹太人有关的一切东西——犹太复国主义呀，社会主义呀，无政府主义呀——他开始觉得都看不入眼。这些青年人在他看来，无非是一群无知无识的乌合之众罢了，他们一心一意要搞的是毁灭社会。没有社会，是不可能有合理的存在的。他有时偶尔读一本希伯来文杂志，但是他对于现代希伯来文是看不起的，因为现代希伯来文无论在《圣经》中还是在犹太教义中，都找不到根源。波兰文字的拼法也变了。菲谢尔森得出的结论是，就连所谓注重性灵的人，也放弃了理性，尽力去迎合群众。每过一段时期，他还是要上图书馆去，翻开一些现代哲学史，浏览一番，可是他发现那些教授不懂斯宾诺莎，引文不正确，他们把自己的混乱的概念塞给了那位荷兰哲学家。尽管菲谢尔森博士明知道愤怒对于那些走向理性道路的人说来，是一种有失身份的感情，可是有时候他还是会勃然大怒，一下子把书合上，推开去。“这些白痴，”他喃喃自语，“驴子，暴发户。”于是他会发誓，从今以后再也不去翻读什么现代哲学了。

四

每隔三个月，会有一个专送汇款的邮差给菲谢尔森博士送来八十个卢布。他在7月初就在盼望他那每季度的津贴了，可是一天一天过去，那个长着金黄色胡子以及有一排亮晶晶的纽扣的高大的邮差一直没有出现，博士于是有些惴惴不安。他身边差不多连一个子儿也不剩了。谁知道呢——也许柏林的那个团体把他的津贴取消了。也许呢，希尔德斯海默博士已经死了。天哪，这可使不得呀。邮政局也可能会发生差错。每事每物都有它的原因，这是菲谢尔森博士知道的。一切发生的事都是早已决定了的，都是必要的，一个富于理性的人是没有权力发愁的。可是不管怎么说，他还是在发愁，他的心事像一些发出嗡嗡声的苍蝇，老是在他脑子里打转。万一到了糟得不能再糟的地步，怎么办呢？他想到了一个念头，就是自杀。于是他接着想起斯宾诺莎是不赞成自杀的，他把那些自杀的人看成疯子。

有一天，菲谢尔森博士上街到书店去买一本练习簿，他听到人们在谈论着战事。在塞尔维亚的什么地方，一个奥国的王子被人用枪暗杀了，奥地利向塞尔维亚人递交了一份最后通牒。书店的老板是一个长着黄胡子和灵活的眼睛的青年，他宣布道：“我们就要打一场小小的战争啦。”他劝菲谢尔森博士赶快贮藏一些食品，因为只怕过不了多久，食品就要紧张了。

一连串的事情发生得好快哪。菲谢尔森博士甚至还没有决定，是否值得花四个子儿去买一份报纸，宣布动员令的告示已经贴出来了。在街上的行人中，有些男子的上衣翻领上已经佩着一块金属小圆牌子——表明此人已经应征入伍了——跟随在他们后面的是哭泣着的妻子。

有一个星期一，菲谢尔森博士下楼去买食品，他口袋里只剩最后几个子儿了。他发现店门都关上了。老板和老板娘们都站在店门外向人解释：货物没有来源呀。可是有一些特殊的顾客却被拉到一边，从后门进去了。街上是一片混乱。警察们手拿着出鞘的军刀，骑着马儿在巡逻。有一大群人围聚在酒店前面。根据沙皇的诏令，酒店里所存的威士忌一律拿出来倾倒在阴沟里。

菲谢尔森博士来到了他过去常去的咖啡馆。也许他能找到什么熟人给他出个主意。可是偏偏一个认得的人也没有碰到。于是他决定去看会堂里的那个拉比，他从前是在会堂做过图书馆员的。不料那戴着六角形便帽的会堂执事回答他说，拉比和他的一家人已经到温泉疗养地去了。在本城，菲谢尔森博士还有其他一些老朋友，可是他白找了，他们一个也不在家。

他走了那么些路，腿都酸疼了。他眼前出现了黑点子和金点子，他感到要昏过去了。他停下步来，等候一阵昏眩过去。过路的人们推他撞他，一个黑眼睛的女中学生想要给他一枚硬币。全副军装的士兵八个八个地并排开走着，虽说战争刚爆发，这些人却已都是满脸风尘，皮肤晒得黝黑。他们腰里挂着水壶，胸前挎着子弹带，插在他们的来复枪上的刺刀闪耀着冷冷的绿光。他们唱着歌，声音很悲哀。跟在这些士兵后面的是大炮——每门大炮由八匹马拖着，黑魆魆的炮口阴森可怕。菲谢尔森博士感到要呕吐。他的胃在作疼，肚子里的肠子好像要翻过来似的，冷汗从他的脸上渗出来。

"我快要死了，"他想，"这下子该完了。"

可是他终于一步一拖地走回家来，他一踏进房内就躺倒在小铁床上不动了，气喘吁吁的。

他该是睡着了，因为他还以为他这会儿正在故乡蒂什维兹。他的喉头在作疼，他的母亲忙着把装满了炒热的盐的袜子裹在他的脖子上。他听见屋子里有人一直在谈话，在谈一支蜡烛，谈有一只青蛙咬了他。他想要到街上去，可是大人们不许他去，因为一支由天主教教徒组成的游行队伍正在走过去。男人们穿着长袍，手拿着双刃斧，一边唱着拉丁文的赞美歌，一边洒着圣水。十字架在闪闪发光，圣像在空中挥舞。空气中有一股香料和尸体的气味。忽然间，天空红得像火烧似的，眼看整个世界也要烧起来了。钟声响了，人们像疯了一般横冲直撞。成群的鸟儿从头上飞过，发出尖锐的叫声。

菲谢尔森博士从床上直跳起来，他惊醒过来，浑身都是冷汗。这会儿他的喉头可是当真在作疼了。他寻思这个离奇的梦境，想要找出这个梦和他眼前的遭遇有什么内在的联系，这样就好以“低于永恒的方式”去理解它。可是他一点儿也摸不着头脑。“唉，人的脑子无非像一盆糨糊，”菲谢尔森博士想，“这个地球是属于疯人的呀。”

他又一次闭上了眼睛，他又一次睡着了，他又一次做起梦来了。

五

很明显，那永恒的规律还没有给菲谢尔森博士规定他的生命末日。

对着菲谢尔森博士的阁楼房间的左面有一扇门，开向一条黑暗的走廊，那儿乱七八糟地堆放着箱子呀，篮子呀，煎洋葱的气味、洗衣肥皂的气味，一年四季总是扑鼻而来。门里边住着一个老姑娘，邻居们都管她叫“黑多比”。多比长得又高又瘦，黑得就像面包房里的那把铁铲。她的鼻梁断了，上嘴唇上长着胡子。她说话粗声粗气，像个男人，她那双脚穿的是男人的鞋子。这些年来，黑多比一向靠卖面包、面包卷和硬面包为生。她先从面包房里把这些食品买来，然后在大门口卖。可是有一天，她和面包房老板争吵起来，于是她只好把她的买卖移到市场广场那儿去了。现在她做起所谓“皱皮肤”的生意来了。“皱皮肤”就是碎壳蛋的同义语。

黑多比跟男人打交道，运气总是不好。她先后跟面包房里的两个学徒订了婚，可是两次，对方都把订婚契约退回给了她。后来她又从一个装玻璃的老头儿那儿接受了订婚契约，那个老头儿自称已经离婚，可是后来被拆穿了，原来是个有妇之夫。黑多比有一个表兄在美国，是做鞋的。她一再向人夸耀，这位表兄就要给她寄来出洋的旅费了。可是她始终待在华沙。一些娘儿们常常要故意去撩她，说道：“多比呀，你再没有希望了。你是命中注定要做一辈子老姑娘啦。”多比总是这样回答：“我可不准备给哪一个男人做奴隶。让他们统统见鬼去吧！”

那天下午，多比接到从美国寄来的一封信。通常她总是到叫莱泽尔的裁缝那儿去，请他读给她听。可是那一天莱泽尔出去了，所以多比想到了菲谢尔森博士。住在一幢房屋里的邻居们都当他已经抛弃了他原来信仰的宗教，因为他从来不到会堂去做礼拜。她敲了博士的房门，可是没有人应门。“大概这个异教徒出去了吧。”多比心中想，可是她不管，她还是敲门。这一回门稍微动了一下。她推门进去后就站住在那儿，吓坏了。只见菲谢尔森博士和衣躺在床上，脸色蜡黄，喉结高高地凸出来，他的胡须往上翘着。多比发出一声尖叫，她肯定他已经死了，可是——不——他的身子在动哪。多比拿起桌上的一个玻璃杯，奔到走廊去，在水龙头下盛满了一杯水，又赶忙回来，把一杯水泼在这个失去知觉的人的脸上。菲谢尔森博士摇摇头，睁开了眼睛。

“你什么地方不舒服?”多比问道，“你得病了吗?”

“多谢你。我没有病。”

“你有家属吗？我去叫他们来。”

“没有家属。”菲谢尔森博士说。

多比要去把街对面的理发师叫来，可是菲谢尔森博士做了一个动作，表示他不希望请理发师来帮忙。

那天，多比不到市场去，她手边没有“皱皮肤”，所以她决定要做一件好事。她帮病人下了床，又把床上的绒毯铺平。接着她替菲谢尔森博士把衣服脱了，为他在煤油炉上烧了一锅浓汤。阳光从来不照进多比的房间，可是在这儿，有几方微弱的阳光照在褪色的墙上。地板漆成红色。床头挂着一幅男子的画像，那人头发很长，脖子上围着阔边的绉领。“难为这样一个老头儿，把屋子收拾得这么整洁干净。”多比带着赞许的心情想。

菲谢尔森博士要看那本《伦理学》，她很不以为然地把书递给了他。她肯定这是一本异教徒的祈祷书。接着她这样那样地忙起来。她提着一桶水进来，擦了地板。菲谢尔森博士吃过东西之后，精神就振作了一些，多比于是要求他替她读信。

他念得很慢，信纸在他的手里发抖。那信是从纽约她的表兄那儿寄来的。在信里，他又一次说就要给她寄去一封“真正重要的信”和一张到美国去的船票。可是这套话如今对于多比来说已是老调了，她都能背出来了。她帮着那老头儿认出她的表兄写得很潦草的字。“他是在撒谎，”多比说道，“他早就把我忘掉啦。”

到了晚上，多比又来了。他的床边放着一把椅子，椅子上有一个铜烛台，蜡烛在燃烧。在墙壁和天花板上，暗红色的阴影在颤动。菲谢尔森博士撑起半个身子，坐在床上看书。蜡烛把金黄色的光芒投射在他的额头上，好像要把他的额头一劈为二似的。有一只鸟儿从开着的窗子外飞进来，栖息在桌子上。有那么一会儿，多比害怕起来。这个男人使她想起了妖巫，有魔法的镜子，还有在半夜里出来游荡、恐吓妇女的尸体。可是不管怎样，她向他走近几步，问道："你怎么样了？好些了吗？"

"稍许好一些，谢谢你。"

"你可当真已经改变宗教信仰了吗？"她问道，虽说什么叫"改变宗教信仰"，她还闹不大清楚。

"我，改变宗教信仰？不，我是一个犹太教徒，跟别的犹太人一模一样。"菲谢尔森博士回答说。

博士这一个语气肯定的回答使多比放心不少。她找到了煤油瓶，点燃了炉子，接着，她到自己的房里去拿一瓶牛奶来，替他煮麦糊。菲谢尔森博士继续读他的《伦理学》，可是那天晚上，他对于那些定理呀，证明啊，以及证明所引用的原理、定义和其他定理呀，一点儿也读不进去。他用发抖的手把书拿起来，放在眼前，只见书上写着："人体的每一变更的概念，并不涉及对人体本身的充分的认识……人体的每一变更的概念的概念，并不涉及对人类心智的充分的认识。"

六

现在菲谢尔森博士认定他随时都可能死。他立了遗嘱，把他所有的藏书和手稿都捐赠给会堂的图书馆。他的衣服和家具归多比，因为是她照顾了他。可是死亡并没有来临，他的身体倒是一天天有起色了。多比回到市场去做买卖，可是她每天都要去看老人几次，为他准备浓汤，替他留下一杯茶，告诉他战争的消息。德军已占领了卡利什、本丁和塞斯特霍夫，如今正在向华沙进军。有人说，在静寂的早晨还可以听到火炮的隆隆声。多比报告说死亡惨重。"士兵像苍蝇般死去。"她说道，"对妇女们来说，这是多么可怕的灾难哪！"

她说不出是什么缘故，可是那个老头儿的阁楼对她有一种吸引力。她喜欢把那些带金边的书从书橱里拿出来，拂去灰尘，然后放在窗台上让它们透风。她时常走上几级踏级，在窗口用望远镜眺望。她还觉得跟菲谢尔森博士谈天很有意思。他给她讲他在瑞士留学时的情景，讲他经过的大城市，讲那些高山，即使在夏天，山顶也覆盖着积雪。他的父亲是一个拉比，他说，而他自己成为大学生之前，曾经在犹太经院听过课。她问他懂得几种语言，原来他能说能写希伯来语、俄语、德语、法语，还没把意第绪语算在内。他也懂拉丁文。这使多比感到吃惊，这样一个有学问的人竟住在市场街的一个阁楼上的一间屋子里。但最使她惊异不止的是，虽说他有“博士”的头衔，可他不会开药方。“为什么你不做一个真正的‘博士’呢？”她这样向他问道。

“我是一个博士呀，”他这样回答，“只是我不是一个大夫罢了。”

“是什么博士呢？”

“哲学博士。”

虽说她一点儿也不懂得什么叫哲学博士，但她觉得哲学博士一定是十分重要的。“噢，我的妈呀，”她这样说，“你哪儿弄来这样的头脑呀？”

有一个晚上，多比给他饼干，给他端来一杯牛奶红茶，他开始询问她的出身来历，问她的父母是怎么样的人，为什么她还不出嫁。多比吃了一惊。从来没有人问过她这些问题。她用平静的口气向他讲了自己的身世。她留在他房中，直到11点钟。她的父亲是一个门卫，替犹太人开的肉店看门。她的母亲在屠宰场里拔鸡毛。他们一家人曾经住在市场街19号的地下室。她十岁就当小女仆。她的东家专收在广场上弄来的贼赃。多比有一个当兵的弟弟进了俄国军队，从此没有回来过。她的一个姊姊嫁给了普拉加一个赶马车的，后来难产去世了。多比讲了1905年黑社会和革命党间的一场斗争；讲了那个瞎眼伊奇和他的党徒怎样去向各家商店勒索保护费；讲了那时候青年男女礼拜六下午出外散步，如果不付安全费，就会遭暴徒的毒手。她还讲到那些人贩子乘着马车到处转，专门诱拐妇女，把她们卖到布宜诺斯艾利斯去。多比发誓说，有几个男人甚至想把她诱骗到妓院去，可是她逃跑了。她诉说她吃尽了苦头。她遭到过抢劫，她的男朋友被人偷了钱财；有人抢她生意，有一次把一品脱煤油全倒在她的一篮硬面包里；她自己的表兄，就是那个鞋匠，在动身去美国之前，骗去了她一百卢布。

菲谢尔森博士专注地听她讲那番话。他问了她一些问题，摇摇头，发出气愤的声音。

"嗯，你信不信上帝呢?"他终于问她道。

"我说不上来，"她回答道，"你呢?"

"是呀，我是相信的。"

"那么你为什么不上会堂去呀?"她问道。

"上帝无所不在，"他回答道，"在会堂里，在市场上，也在这间屋子里。我们自己也是上帝的一部分。"

"别说这些话，"多比说道，"你说得我害怕起来了。"

她离开了他的房间，菲谢尔森博士以为她一定上床睡觉去了。可是他纳闷儿：为什么她不说一声"再会"呢。"也许我的哲学把她吓走了吧。"他怨道。可是紧接着，他听到了她的脚步声。她像小商贩一样，捧了一摞衣裳进来了。

"我要让你看看这些衣裳，"她说道，"这些是我的嫁妆。"于是她开始把衣裳在椅子上摊开来——羊毛的、丝的、丝绒的。她把衣裳一件一件依次举起来，贴在自己的身上。她把自己嫁妆中的每一件东西都向他交代了一下——内衣呀，鞋子呀，袜子呀。

"我不是乱花钱的人，"她说道，"我是一个省吃俭用的人。我有足够的钱到美国去。"

于是她不开口了。她的脸涨得通红。她胆怯地、询问般地用眼角望着菲谢尔森博士。菲谢尔森博士的身子突然开始战栗起来，好像是一阵阵寒战。他说道："很不错呀，多漂亮的东西。"他的额头起了皱纹，他用两个手指拉着他的胡须。他那没有了牙齿的嘴浮起了一个苦笑，他那眨巴着的大眼睛，穿过阁楼的窗户，向远处凝视，也在苦笑着。

七

那天，黑多比来到拉比家里，宣称她要跟菲谢尔森博士结婚了，拉比的妻子认为她是疯了。不过消息早已传到莱泽尔那个裁缝的耳里，再又传开到面包房，到别的店家。有些人认为这个老姑娘运气很好，那个博士藏着好大一笔钱财呢；可是另有些人认为菲谢尔森博士是个把身体搞垮了的性欲倒错者，他会把梅毒传染给她。

尽管菲谢尔森博士坚持婚礼要悄悄地办，不要铺张，但还是有一大群宾客聚集在拉比的屋子里。面包房的几个学徒，平时总是只穿着内衣，光着两脚，头上顶着纸袋，到东到西地走，现在穿上了浅色的衣裳，戴着草帽，穿着黄皮鞋，系着鲜艳的领带，带来了很大的蛋糕和几盘装得满满的家常小甜饼。目前在战时，烈酒是被禁止的，可他们还是想法弄来了一瓶伏特加酒。

当新娘和新郎进入拉比的屋子时，从一大群宾客中间响起了一阵嘁喳声。女宾们没法相信自己的眼睛了。她们眼前所看到的新娘不是她们从前所认得的那个姑娘了。多比戴着一顶阔边帽，帽子上装饰着许多樱桃、葡萄和李子，她身上穿一身拖着长裙的白色绸袍，脚上穿一双高跟的金色皮鞋，一串赛珍珠项链挂在她瘦瘦的脖子上。这还不算，她的手指上戴着亮晶晶的戒指和光彩四射的宝石。她的脸上罩着面纱。看起来，她像一个在维也纳的市政大厅举行婚礼的有钱的新娘呢。面包房的学徒们开玩笑地吹起口哨来。

至于菲谢尔森博士呢，他穿着黑上装和一双方头皮鞋。他连走路都为难了，他靠在多比身上。他在门口望见来了那么一群人，心里慌了，想要往后退缩，可是多比过去的一个雇主走近他身边，说道："进来吧，进来吧，新郎。别怕羞呀。这会儿我们都成了兄弟啦。"

仪式按照法律进行。拉比穿着一身旧了的缎上衣，写了结婚契约，叫新娘和新郎碰一碰他的手帕，作为同意的表示。拉比又把笔尖在便帽上擦了擦。有几个看门的撑起了华盖（他们是从街上叫来凑足人数的）。菲谢尔森博士穿上一件白袍子，它向人提醒他死亡的那天；而多比遵照习俗的规定，绕着他走了七圈。编带形蜡烛射出的光芒在墙上摇曳，黑影幢幢。把酒倒进酒杯之后，拉比用悲伤的旋律唱了祝福歌。多比只发出了一声叫喊。其他的妇女掏出了挑花手绢，拿在手里，站着做鬼脸。面包房里的学徒们彼此悄悄地说着俏皮话，这时候，拉比把一个指头放在嘴唇上，喃喃地说道"Eh nu oh"，表示不许说话。现在，给新娘戴上结婚戒指的时候到了，可是新郎的手开始发抖，想要把戒指套在多比的食指上，可费了好大劲。按照习俗，接下来是要弄碎一只玻璃酒杯，可是菲谢尔森博士踢了几脚还是没把那玻璃酒杯踢碎。女孩子们低下了头，开心地你拧我一把，我拧你一把，发出咯咯的笑声。最后还是由一个学徒用脚跟把酒杯踩个粉碎。连拉比都忍不住笑了一下。

举行过婚礼以后，宾客们喝伏特加，吃家常小甜饼。多比以前的那个雇主来到菲谢尔森博士跟前，说道："新郎，恭喜，恭喜。愿你的幸运就像你的新娘一样美好。”“多谢，多谢，”菲谢尔森博士喃喃地说道，“可是我并没有在盼望着什么好运气呀。”他巴不得能马上回到他的阁楼上去。他的胃部感到压疼，他的胸部感到胀痛。他的脸儿发青了。多比忽然生起气来了。她把面纱揭开了，向那群人嚷道：“你们笑什么呀？这可不是在看戏呀。”她也不去把那些裹在软垫套里的贺礼捡起来，就跟她的丈夫回到他们六层楼上的房间里去了。

在室内，他那张床铺得齐齐整整，菲谢尔森博士躺了下去，开始读他的《伦理学》了。多比回到了她自己的房内。博士已向她说明，他是个老头儿，又生了一场病，体力不济了。他什么也没有答应过她。可是她换了一件绸睡衣，穿上一双有绒球的拖鞋，又回来了。她的头发披散在两肩，她脸上浮起一个笑容，她感到害羞，迟迟疑疑的。菲谢尔森博士发抖了，《伦理学》从他手里掉下来了。烛火熄灭了。在黑暗里，多比向菲谢尔森博士摸索过去，她亲了他的嘴。“我的亲爱的丈夫哇，”她低声耳语道，“恭喜，恭喜。”

当晚的那一段经历可以称之为奇迹。如果菲谢尔森博士不是深信万事万物无不合乎自然规律，他准会以为黑多比用魔法把他的心窍给迷住了。他身上长期沉睡的力量苏醒了。虽说他只喝了一小口祝福酒，但他感觉仿佛醉醺醺似的。他吻着多比，跟她谈起爱来。克洛普斯托克、莱辛、歌德的一些名句，他原本早已忘得干干净净，现在却都涌到他嘴边来了。那压疼啊，胀痛啊，一齐都消失了。他拥抱着多比，把她紧紧搂在怀里，好像又是个小伙子了。多比快活得神魂颠倒，哭起来了，她嘁嘁喳喳地跟他说了许多话，但说的是华沙土话，他可听不懂。后来，菲谢尔森博士进入了沉沉的梦乡——只有青年人才能睡得这样酣畅。他梦见自己身在瑞士，正在爬山——奔哪，滚跌呀，飞呀。

第二天黎明，他睁开眼来，他感觉有什么人在他耳边吹气。原来是多比在打鼾。菲谢尔森博士静悄悄地起了床。他穿着夜晚穿的长衬衫，走向窗子，走上踏级，带着诧异的神情向窗外望去。

市场街寂然无声，还没有醒来呢。煤气灯摇曳闪烁。店家的黑黑的百叶窗用铁杆闩上了。凉快的微风不断吹来。菲谢尔森博士抬头望望天。黑沉沉的天穹布满了繁星——有绿星，有红星，有黄星，有蓝星；有大星星、小星星；有眨眼的星和不眨眼的星。有些星星簇拥在一起，成为密密的一大群，有些星星却是孤零零的。显然，在那九天之上的神圣之物，是不会理会人间的这件事的——某一个菲谢尔森博士在他的晚年娶了一个叫作黑多比的女人为妻。从宇宙高处俯视人间，就连一场世界大战，也不过只是一场短促的军事游戏罢了。那无数的恒星在无边无际的太空里、在它们预定的轨道上继续运行。彗星、行星、卫星、小行星始终绕着那些发光的中心在打转。在宇宙的急剧的动荡中，有些世界诞生了，有些世界消亡了。在那星云的动乱中，原始的物质形成了。不时有一颗星星挣脱出来，横扫过天空，留下一条火似的痕迹。现在是 8 月，天上经常有骤雨似的流星。对呀，神圣的物质是延伸的，无始也无终。它是绝对的、不可分割的、永恒的、无期限的，具有无限的属性。它的波浪、它的泡沫，在那宇宙的大锅子中沸腾、舞蹈，起着变化，追随着永远一环紧扣一环的因果锁链；而他菲谢尔森博士呢，在他那不可避免的命运的支配下，只是其中的一个组成部分。

博士闭上了眼睛，听任微风来吹凉他额上的汗珠，吹动他的胡须。他在夜半的空气中，深深地呼吸，把他那发抖的手支撑在窗台上，喃喃地说道：“神圣的斯宾诺莎哇，宽恕我吧。我变成一个傻瓜啦。”

选自《艾·辛格的魔盒》，中央编译出版社 2006 年版

编选理由：

精神，还是肉体？禁欲，还是爱情？入世，还是离群索居？遥远神秘的星空，还是乱糟糟的市场街？辛格笔下既辛酸又不乏幽默感的爱情故事，被放置在了诸如此类的两极之间。爱情故事虽然在小说的第五节才悄然出现，但其动机却先于整篇作品——从中我们其实不难发现作者所要肯定的价值。

第二辑　叙事·非虚构

重耳之亡

［春秋］左丘明

僖公二十三年

【经】

二十有三年春，齐侯伐宋，围缗。

夏五月庚寅，宋公兹父卒。

秋，楚人伐陈。

冬十有一月，杞子卒。

【传】

二十三年春，齐侯伐宋，围缗，以讨其不与盟于齐也。

夏五月，宋襄公卒，伤于泓故也。

秋，楚成得臣帅师伐陈，讨其贰于宋也。遂取焦、夷，城顿而还。子文以为之功，使为令尹。叔伯曰："子若国何？"对曰："吾以靖国也。夫有大功而无贵仕，其人能靖者与，有几？"

九月，晋惠公卒。怀公命无从亡人。期，期而不至，无赦。狐突之子毛及偃从重耳在秦，弗召。冬，怀公执狐突曰："子来则免。"对曰："子之能仕，父教之忠，古之制也。策名委质，贰乃辟也。今臣之子名在重耳，有年数矣。若又召之，教之贰也。父教子贰，何以事君？刑之不滥，君之明也，臣之愿也。淫刑以逞，谁则无罪？臣闻命矣。"乃杀之。卜偃称疾不出，曰："《周书》有之：'乃大明服。'己则不明而杀人以逞，不亦难乎？民不见德而唯戮是闻，其何后之有？"

十一月，杞成公卒。书曰“子”，杞，夷也。不书名，未同盟也。凡诸侯同盟，死则赴以名，礼也。赴以名则亦书之，不然则否，辟不敏也。

晋公子重耳之及于难也，晋人伐诸蒲城。蒲城人欲战。重耳不可，曰：“保君父之命而享其生禄，于是乎得人。有人而校，罪莫大焉。吾其奔也。”遂奔狄。从者狐偃、赵衰、颠颉、魏武子、司空季子。狄人伐廧咎如，获其二女：叔隗、季隗，纳诸公子。公子取季隗，生伯倏、叔刘；以叔隗妻赵衰，生盾。将适齐，谓季隗曰：“待我二十五年，不来而后嫁。”对曰：“我二十五年矣，又如是而嫁，则就木焉。请待子。”处狄十二年而行。

过卫，卫文公不礼焉。出于五鹿，乞食于野人，野人与之块，公子怒，欲鞭之。子犯曰：“天赐也。”稽首，受而载之。

及齐，齐桓公妻之，有马二十乘，公子安之。从者以为不可。将行，谋于桑下。蚕妾在其上，以告姜氏。姜氏杀之，而谓公子曰：“子有四方之志，其闻之者吾杀之矣。”公子曰：“无之。”姜曰：“行也。怀与安，实败名。”公子不可。姜与子犯谋，醉而遣之。醒，以戈逐子犯。

及曹，曹共公闻其骈胁，欲观其裸。浴，薄而观之。僖负羁之妻曰：“吾观晋公子之从者，皆足以相国。若以相，夫子必反其国。反其国，必得志于诸侯。得志于诸侯而诛无礼，曹其首也。子盍蚤自贰焉。”乃馈盘飧，置璧焉。公子受飧反璧。

及宋，宋襄公赠之以马二十乘。

及郑，郑文公亦不礼焉。叔詹谏曰：“臣闻天之所启，人弗及也。晋公子有三焉，天其或者将建诸，君其礼焉。男女同姓，其生不蕃。晋公子，姬出也，而至于今，一也。离外之患，而天不靖晋国，殆将启之，二也。有三士足以上人而从之，三也。晋、郑同侪，其过子弟，固将礼焉，况天之所启乎？”弗听。

及楚，楚之飨之，曰：“公子若反晋国，则何以报不谷？”对曰：“子女玉帛则君有之，羽毛齿革则君地生焉。其波及晋国者，君之余也，其何以报君？”曰：“虽然，何以报我？”对曰：“若以君之灵，得反晋国，晋、楚治兵，遇于中原，其辟君三舍。若不获命，其左执鞭弭，右属櫜鞬，以与君周旋。”子玉请杀之。楚子曰：“晋公子广而俭，文而有礼。其从者肃而宽，忠而能力。晋侯无亲，外内恶之。吾闻姬姓，唐叔之后，其后衰者也，其将由晋公子乎。天将兴之，谁能废之。违天必有大咎。”乃送诸秦。

秦伯纳女五人，怀嬴与焉。奉匜沃盥，既而挥之。怒曰：“秦、晋匹也，何以卑我！”公子惧，降服而囚。他日，公享之。子犯曰：“吾不如衰之文也。请使衰从。”公子赋《河水》，公赋《六月》。赵衰曰：“重耳拜赐。”公子降拜稽首，公降一级而辞焉。衰曰：“君称所以佐天子者命重耳，重耳敢不拜。”

僖公二十四年

【经】

二十有四年春，王正月。

夏，狄伐郑。

秋七月。

冬，天王出居于郑。

晋侯夷吾卒。

【传】

二十四年春，王正月，秦伯纳之，不书，不告入也。及河，子犯以璧授公子曰：“臣负羁绁从君巡于天下，臣之罪甚多矣。臣犹知之，而况君乎。请由此亡。”公子曰：“所不与舅氏同心者，有如白水。”投其璧于河。济河，围令狐，入桑泉，取臼衰。二月甲午，晋师军于庐柳。秦伯使公子絷如晋师，师退，军于郇。辛丑，狐偃及秦、晋之大夫盟于郇。壬寅，公子入于晋师。丙午，入于曲沃。丁未，朝于武宫。戊申，使杀怀公于高梁。不书，亦不告也。

吕、郤畏逼，将焚公宫而弑晋侯。寺人披请见，公使让之，且辞焉。曰：“蒲城之役，君命一宿，女即至。其后余从狄君以田渭滨，女为惠公来求杀余，命女三宿，女中宿至。虽有君命，何其速也。夫袪犹在，女其行乎。”对曰：“臣谓君之入也，其知之矣。若犹未也，又将及难。君命无二，古之制也。除君之恶，唯力是视，蒲人、狄人，余何有焉。今君即位，其无蒲、狄乎？齐桓公置射钩而使管仲相，君若易之，何辱命焉？行者甚众，岂唯刑臣。”公见之，以难告。三月，晋侯潜会秦伯于王城。己丑晦，公宫火，瑕甥、郤芮不获公，乃如河上，秦伯诱而杀之。晋侯逆夫人嬴氏以归。秦伯送卫于晋三千人，实纪纲之仆。

初，晋侯之竖头须，守藏者也。其出也，窃藏以逃，尽用以求纳之。及入，求见，公辞焉以沐。谓仆人曰："沐则心覆，心覆则图反，宜吾不得见也。居者为社稷之守，行者为羁绁之仆，其亦可也，何必罪居者？国君而仇匹夫，惧者甚众矣。"仆人以告，公遽见之。

狄人归季隗于晋而请其二子。文公妻赵衰，生原同、屏括、搂婴。赵姬请逆盾与其母，子余辞。姬曰："得宠而忘旧，何以使人？必逆之。"固请，许之，来，以盾为才，固请于公以为嫡子，而使其三子下之，以叔隗为内子而己下之。

晋侯赏从亡者，介之推不言禄，禄亦弗及。推曰："献公之子九人，唯君在矣。惠、怀无亲，外内弃之。天未绝晋，必将有主。主晋祀者，非君而谁。天实置之，而二三子以为己力，不亦诬乎？窃人之财，犹谓之盗，况贪天之功，以为己力乎？下义其罪，上赏其奸，上下相蒙，难与处矣！"其母曰："盍亦求之，以死谁怼？"对曰："尤而效之，罪又甚焉，且出怨言，不食其食。"其母曰："亦使知之若何？"对曰："言，身之文也，身将隐，焉用文之？是求显也。"其母曰："能如是乎？与女偕隐。"遂隐而死。晋侯求之，不获，以绵上为之田，曰："以志吾过，且旌善人。"

选自《春秋左传集解》，上海人民出版社 1977 年版

编选理由：

《左传》中的这段文字，记叙了公子重耳从出逃、流亡至返国的经历。这个重大历史事件，又包含了若干个意味隽永的小故事。其文简净，其事则周详深博，且富有情趣。文中所记录的楚王与重耳的一段对话，绘声摹影，尤为传神，一问一答之间，重耳英气勃发的神情样态，跃然如见。中国叙事擅长以对话来刻画人物形象的传统，或始自《左传》。

魏其武安侯列传

〔西汉〕司马迁

魏其侯窦婴者，孝文后从兄子也，父世观津人。喜宾客。孝文时，婴为吴相，病免。孝景初即位，为詹事。梁孝王者，孝景弟也，其母窦太后爱之。梁孝王朝，因昆弟燕饮，是时上未立太子，酒酣，从容言曰："千秋之后传梁王。"太后欢。窦婴引卮酒进上，曰："天下者，高祖天下，父子相传，此汉之约也，上何以得擅传梁王！"太后由此憎窦婴。窦婴亦薄其官，因病免。太后除窦婴门籍，不得入朝、请。

孝景三年，吴、楚反，上察宗室、诸窦，毋如窦婴贤，乃召婴。婴入见，固辞谢病不足任。太后亦惭。于是上曰："天下方有急，王孙宁可以让邪！"乃拜婴为大将军，赐金千斤。窦婴乃言袁盎、栾布诸名将贤士在家者进之。所赐金，陈之廊庑下，军吏过，辄令财取为用，金无入家者。窦婴守荥阳，监齐、赵兵。七国兵已尽破，封婴为魏其侯。诸游士宾客，争归魏其侯。孝景时，每朝议大事，条侯、魏其侯，诸列侯莫敢与亢礼。

孝景四年，立栗太子，使魏其侯为太子傅。孝景七年，栗太子废，魏其数争，不能得。魏其谢病，屏居蓝田南山之下，数月，诸宾客辩士说之，莫能来。梁人高遂乃说魏其曰："能富贵将军者，上也，能亲将军者，太后也，今将军傅太子，太子废而不能争，争不能得，又弗能死，自引谢病，拥赵女屏闲处而不朝，相提而论，是自明扬主上之过；有如两宫螫将军，则妻子毋类矣。"魏其侯然之，乃遂起朝、请如故。

桃侯免相，窦太后数言魏其侯，孝景帝曰："太后岂以为臣有爱，不相魏其，魏其者，沾沾自喜耳，多易，难以为相持重。"遂不用，用建陵侯卫绾为丞相。

武安侯田蚡者，孝景后同母弟也，生长陵。魏其已为大将军，〔后〕方盛，蚡为诸郎，未贵，往来侍酒魏其，跪起如子侄。及孝景晚节，蚡益贵幸，为太中大夫。蚡辩有口，学《槃盂》、诸书，王太后贤之。孝景崩，即日太子立，称制，所镇抚，多有田蚡宾客计策。蚡、弟田胜，皆以太后弟，孝景后三年，封蚡为武安侯，胜为周阳侯。

武安侯新欲用事为相，卑下宾客，进名士家居者贵之，欲以倾魏其诸将相。建元元年，丞相绾病免，上议置丞相、太尉。籍福说武安侯曰："魏其贵久矣，天下士素归之，今将军初兴，未如魏其，即上以将军为丞相，必让魏其；魏其为丞相，将军必为太尉，太尉、丞相尊等耳，又有让贤名。"武安侯乃微言太后风上。于是乃以魏其侯为丞相，武安侯为太尉。籍福贺魏其侯，因吊曰："君侯资性，喜善疾恶，方今善人誉君侯，故至丞相，然君侯且疾恶，恶人众，亦且毁君侯；君侯能兼容，则幸久，不能，今以毁去矣。"魏其不听。

魏其、武安俱好儒术，推毂赵绾为御史大夫，王臧为郎中令；迎鲁申公，欲设明堂；令列侯就国；除关；以礼为服制，以兴太平；举適诸窦宗室毋节行者，除其属籍。时诸外家为列侯，列侯多尚公主，皆不欲就国，以故毁日至窦太后。太后好黄、老之言，而魏其、武安、赵绾、王臧等务隆推儒术，贬道家言，是以窦太后滋不说魏其等。及建元二年，御史大夫赵绾请无奏事东宫，窦太后大怒，乃罢逐赵绾、王臧等，而免丞相、太尉。以柏至侯许昌为丞相，武强侯庄青翟为御史大夫。魏其、武安由此以侯家居。

武安侯虽不任职，以王太后故，亲幸，数言事，多效，天下吏士趋势利者，皆去魏其归武安；武安日益横。建元六年，窦太后崩，丞相昌、御史大夫青翟坐丧事不办，免，以武安侯蚡为丞相，以大司农韩安国为御史大夫。天下士、郡国诸侯愈益附武安。

武安者，貌侵，生贵甚；又以为诸侯王多长，上初即位，富于春秋，蚡以肺腑为京师相，非痛折节以礼诎之，天下不肃。当是时，丞相入奏事，坐语移日，所言皆听。荐人或起家至二千石，权移主上；上乃曰："君除吏已尽未？吾亦欲除吏。"尝请考工地益宅，上怒曰："君何不遂取武库！"是后乃退。尝召客饮，坐其兄盖侯南乡，自坐东乡，以为汉相尊，不可以兄故私桡。武安由此滋骄。治宅甲诸第，田园极膏腴；市买郡、县器物，相属于道；前堂罗钟鼓，立曲旃，后房妇女以百数；诸侯奉金玉狗马玩好，不可胜数。魏其失窦太后，益疏不用，无势，诸客稍稍自引而怠傲，唯灌将军独不失故。魏其日默默不得志，而独厚遇灌将军。

灌将军夫者，颍阴人也。夫父张孟，尝为颍阴侯婴舍人，得幸，因进之，至二千石；故蒙灌氏姓为灌孟。吴、楚反时，颍阴侯灌何为将军，属太尉；请灌孟为校尉；夫以千人与父俱。灌孟年老，颍阴侯强请之，郁郁不得意，故战常陷坚，遂死吴军中；军法，父子俱从军，有死事，得与丧归，灌夫不肯随丧归，奋曰："愿取吴王若将军头以报父之仇！"于是灌夫被甲持戟，募军中壮士所善；愿从者数十人。及出壁门，莫敢前，独二人及从奴数十骑驰入吴军，至吴将麾下，所杀伤数十人；不得前，复驰还，走入汉壁；皆亡其奴，独与一骑归。夫身中大创十余，适有万金良药，故得无死。夫创少瘳，又复请将军曰："吾益知吴壁中曲折，请复往！"将军壮义之，恐亡夫，乃言太尉，太尉乃固止之。吴已破，灌夫以此名闻天下。颍阴侯言之上，上以夫为中郎将；数月，坐法去。后家居长安，长安中诸公莫弗称之。孝景时，至代相。孝景崩，今上初即位，以为淮阳天下交，劲兵处，故徙夫为淮阳太守。建元元年，入为太仆。二年，与长乐卫尉窦甫饮，轻重不得，夫醉，搏甫；甫，窦太后昆弟也，上恐太后诛夫，徙为燕相；数岁，坐法去官。家居长安。

灌夫为人，刚直使酒，不好面谀；贵戚诸有势在己之右，不欲加礼，必陵之，诸士在己之左，愈贫贱，尤益敬，与钧；稠人广众，荐宠下辈；士亦以此多之。夫不喜文学，好任侠，已然诺。诸所与交通，无非豪杰大猾；家累数千万，食客日数十百人；陂池田园，宗族宾客为权利，横于颍川，颍川儿乃歌之曰："颍水清，灌氏宁，颍水浊，灌氏族。"

灌夫家居虽富，然失势，卿相侍中宾客益衰。及魏其侯失势，亦欲倚灌夫引绳批根生平慕之后弃之者；灌夫亦倚魏其而通列侯宗室为名高；两人相为引重，其游如父子然，相得欢甚无厌，恨相知晚也。

灌夫有服，过丞相。丞相从容曰："吾欲与仲孺过魏其侯。会仲孺有服。"灌夫曰："将军乃肯幸临，况魏其侯，夫安敢以服为解！请语魏其侯帐具，将军旦日蚤临。"武安许诺。灌夫具语魏其侯如所谓武安侯。魏其与其夫人益市牛酒，夜洒扫，早帐具，至旦；平明，令门下候伺。至日中，丞相不来。魏其谓灌夫曰："丞相岂忘之哉！"灌夫不怿，曰："夫以服请，宜往。"乃驾自往迎丞相。丞相特前戏许灌夫，殊无意往，及夫至门，丞相尚卧。于是夫入见曰："将军昨日幸许过魏其，魏其夫妻治具，自旦至今，未敢尝食。"武安鄂谢曰："吾昨日醉，忽忘与仲孺言！"乃驾往。又徐行。灌夫愈益怒。及饮酒酣，夫起舞，属丞相，丞相不起，夫从坐上语侵之。魏其乃扶灌夫去，谢丞相。丞相卒饮至夜，极欢而去。

丞相尝使籍福请魏其城南田，魏其大望曰："老仆虽弃，将军虽贵，宁可以势夺乎！"不许。灌夫闻，怒骂籍福。籍福恶两人有郄，乃谩自好谢丞相曰："魏其老且死，易忍，且待之。"已而武安闻魏其、灌夫实怒不予田，亦怒曰："魏其子尝杀人，蚡活之，蚡事魏其，无所不可，何爱数顷田！且灌夫何与也！吾不敢复求田！"武安由此大怨灌夫、魏其。

元光〔四〕三年，春，丞相言灌夫家在颍川，横甚，民苦之，请案，上曰："此丞相事，何请！"灌夫亦持丞相阴事，为奸利，受淮南王金，与语言。宾客居间，遂止俱解。夏，丞相取燕王女为夫人，有太后诏，召列侯宗室皆往贺。魏其侯过灌夫，欲与俱。夫谢曰："夫数以酒失得过丞相；丞相今者又与夫有郄。"魏其曰："事已解。"强与俱。饮酒酣，武安起为寿，坐皆避席伏；已魏其侯为寿，独故人避席耳，余半膝席。灌夫不悦。起行酒，至武安，武安膝席曰："不能满觞。"夫怒，因嘻笑曰："将军贵人也！属之！"时武安不肯。行酒次至临汝侯，临汝侯方与程不识耳语，又不避席。夫无所发怒，乃骂临汝侯曰："生平毁程不识不直一钱，今日长者为寿，乃效女儿呫嗫耳语！"武安谓灌夫曰："程、李俱东、西宫卫尉，今众辱程将军，仲孺独不为李将军地乎？"灌夫曰："今日斩头陷胸，何知程、李乎！"坐乃起更衣，稍稍去。魏其侯去，麾灌夫出，武安遂怒曰："此吾骄灌夫罪！"乃令骑留灌夫。灌夫欲出，不得。籍福起为谢；案灌夫项令谢，夫愈怒，不肯谢。武安乃麾骑缚夫置传舍，召长史曰："今日召宗室，有诏。"劾灌夫骂坐不敬，系居室。遂按其前事，遣吏分曹逐捕诸灌氏支属，皆得弃市罪。魏其侯大媿，为资，使宾客请，莫能解。武安吏皆为耳目，诸灌氏皆亡匿。夫系，遂不得告言武安阴事。

魏其锐身为救灌夫，夫人谏魏其曰："灌将军得罪丞相，与太后家忤，宁可救邪！"魏其侯曰："侯自我得之，自我捐之，无所恨。且终不令灌仲孺独死！婴独生！"乃匿其家，窃出上书。立召入。具言灌夫醉饱事，不足诛。上然之，赐魏其食，曰：“东朝廷辩之。”魏其之东朝，盛推灌夫之善，言其醉饱得过，乃丞相以他事诬罪之。武安又盛毁灌夫，所为横恣，罪逆不道。魏其度不可奈何，因言丞相短。武安曰：“天下幸而安乐无事，蚡得为肺腑，所好音乐、狗马、田宅。蚡所爱，倡优巧匠之属，不如魏其、灌夫日夜招聚天下豪杰壮士与论议，腹诽而心谤，不仰视天而俯画地，辟倪两宫间，幸天下有变而欲有大功；臣乃不知魏其等所为！”于是上问朝臣：“两人孰是？”御史大夫韩安国曰：“魏其言：灌夫父死事，身荷戟，驰入不测之吴军，身被数十创，名冠三军；此天下壮士，非有大恶，争杯酒，不足引他过以诛也。魏其言是也。丞相亦言：灌夫通奸猾，侵细民，家累巨万，横恣颍川，凌轹宗室，侵犯骨肉；此所谓枝大于本，胫大于股，不折必披。丞相言亦是。唯明主裁之！”主爵都尉汲黯是魏其。内史郑当时是魏其；后不敢坚对。余皆莫敢对。上怒内史曰：“公平生数言魏其、武安长短，今日廷论，局趣效辕下驹，吾并斩若属矣！”即罢起，入。上食太后；太后亦已使人候伺，具以告太后；太后怒，不食，曰：“今我在也，而人皆藉吾弟，令我百岁后，皆鱼肉之矣！且帝宁能为石人邪，此特帝在，即录录，设百岁后，是属宁有可信者乎！”上谢曰：“俱宗室外家，故廷辨之；不然，此一狱吏所决耳。”是时郎中令石建为上别言两人事。

武安已罢朝，出止车门，召韩御史大夫载，怒曰：“与长孺共一老秃翁，何为首鼠两端？”韩御史良久，谓丞相曰：“君何不自喜！夫魏其毁君，君当免冠解印绶归，曰：‘臣以肺腑，幸得待罪，固非其任，魏其言皆是。’如此，上必多君有让，不废君，魏其必内愧，杜门齰舌自杀。今人毁君，君亦毁之，譬如贾竖女子争言，何其无大体也！”武安谢罪曰：“争时急，不知出此！”

于是上使御史簿责魏其，所言灌夫颇不仇，欺谩，劾系都司空。孝景时，魏其常受遗诏曰：“事有不便，以便宜论上。”及系，灌夫罪至族，事日急，诸公莫敢复明言于上，魏其乃使昆弟子上书言之，幸得复召见。书奏上，而案尚书，大行无遗诏。诏书独藏魏其家，家丞封，乃劾魏其矫先帝诏，罪当弃市。〔五〕四年十月，悉论灌夫家属。魏其良久乃闻，闻即恚，病痱，不食，欲死；或闻上无意杀魏其，魏其复食，治病，议定不死矣；乃有蜚语为恶言闻上，故以十二月晦，论弃市渭城。其春，武安侯病，专呼服谢罪，使巫视鬼者视之，见魏其、灌夫共守欲杀之，竟死。子恬嗣。

元朔三年，武安侯坐衣襜褕入宫，不敬。

淮南王安谋反，觉，治；王前朝，武安侯为太尉时，迎王至霸上，谓王曰："上未有太子，大王最贤，高祖孙，即宫车晏驾，非大王立，当谁哉！"淮南王大喜，厚遗金财物。上自魏其时，不直武安，特为太后故耳。及闻淮南王金事，上曰："使武安侯在者，族矣！"

太史公曰：魏其、武安皆以外戚重，灌夫用一时决策而名显。魏其之举以吴、楚，武安之贵，在日月之际。然魏其诚不知时变，灌夫无术而不逊，两人相翼，乃成祸乱。武安负贵而好权，杯酒责望，陷彼两贤，呜呼哀哉！迁怒及人，命亦不延，众庶不载，竟被恶言，呜呼哀哉！祸所从来矣！

选自《史记》，王云五、朱经农主编，胡怀琛、庄适、叶绍钧选注，商务印书馆1934年版

编选理由：

《史记》妙文，读之脍炙人口，常有手不能释卷者。诸多篇什中最令我啧啧称奇、百读不厌的，当属《魏其武安侯列传》。此文人物传神，事迹精微，世态人情亦无奇不备。另外，此文独有的平行映衬、互为镜像之叙事法，实为天工人巧，咀讽涵泳，意味深长。

祭侄季明文

〔唐〕颜真卿

维乾元元年岁戊戌九月庚午朔、三日壬申，第十三叔银青光禄大夫，使

持节蒲州诸军事，蒲州刺史，上轻车都尉、丹扬县开国侯真卿，以清酌庶羞祭于亡侄赠赞善大夫季明之灵。惟尔挺生，夙标幼德，宗庙瑚琏，庭阶兰玉，每慰人心，方期戬谷。何图逆贼间衅，称兵犯顺。尔父竭诚，常山作郡；余时受命，亦在平原。仁兄爱我，俾尔传言；尔既归止，爰开土门；土门既开，凶威大蹙。贼臣不救，孤城围逼，父陷子死，巢倾卵覆；天不悔祸，谁为荼毒？念尔遘残，百身何赎！呜呼，哀哉！吾承天泽，移牧河东，泉明比者再陷常山，携尔首榇，及兹同还。抚念摧切，震悼心颜。方俟远日，及尔幽宅；魂而有知，无嗟久客。呜呼哀哉！尚飨。

选自《颜真卿集》，〔清〕黄本骥编订，凌家民点校、简注、重订，黑龙江人民出版社1993年版

祭小侄女寄寄文

〔唐〕李商隐

正月二十五日，伯伯以果子弄物，招送寄寄体魄，归大茔之旁。

哀哉！尔生四年，方复本族。既复数月，奄然归无。于鞠育而未申，结悲伤而何极！来也何故，去也何缘？念当稚戏之辰，孰测死生之位？时吾赴调京下，移家关中。事故纷纶，光阴迁贸。寄瘗尔骨，五年于兹。白草枯荄，荒途古陌。朝饥谁饱，夜渴谁怜？尔之栖栖，吾有罪矣！

今我仲姊，反葬有期。遂迁尔灵，来复先域。平原卜穴，刊石书铭。明知过礼之文，何忍深情所属！

自尔殁后，侄辈数人。竹马玉环，绣襜文褓。堂前阶下，日里风中，弄药争花，纷吾左右。独尔精诚，不知所之。况吾别娶已来，胤绪未立。犹子之义，倍切他人。念往抚存，五情空热。

呜呼！荥水之上，坛山之侧。汝乃曾乃祖，松槚森行。伯姑仲姑，冢坟

相接。汝来往于此，勿怖勿惊。华彩衣裳，甘香饮食。汝来受此，无少无多。汝伯祭汝，汝父哭汝，哀哀寄寄，汝知之耶！

选自《唐五代文观止》，学林出版社2015年版

编选理由：

《世说新语·伤逝》中有云："圣人忘情，最下不及情。情之所钟，正在我辈。"这里所选的两则短文，都是伤悼之文。前者雄健苍劲、肃穆激愤，后者缠绵悱恻、流连哀婉，均为意切情真、痛彻心扉之作。人们常用"温柔敦厚、哀而不伤"这样的话，来描述中国抒情文章的总体特征，但类似于颜鲁公、李义山这样任情伤恸的文字，在中国文学史上，其实也并不少见。

安重诲

〔北宋〕欧阳修

安重诲，应州人也。其父福迁，事晋为将，以骁勇知名。梁攻朱宣于郓州，晋兵救宣，宣败，福迁战死。

重诲少事明宗，为人明敏谨恪。明宗镇安国，以为中门使，及兵变于魏，所与谋议大计，皆重诲与霍彦威决之。明宗即位，以为左领军卫大将军、枢密使，兼领山南东道节度使。固辞不拜，改兵部尚书，使如故。在位六年，累加侍中兼中书令。

重诲自为中门使，已见亲信，而以佐命功臣，处机密之任，事无大小，皆以参决，其势倾动天下。虽其尽忠劳心，时有补益，而恃功矜宠，威福自出，旁无贤人君子之助，其独见之虑，祸衅所生，至于臣主俱伤，几灭其族，斯其可哀者也。

重诲尝出，过御史台门，殿直马延误冲其前导，重诲怒，即台门斩延而后奏。是时，随驾斤子军士桑弘迁，殴伤相州录事参军；亲从兵马使安虔，走马冲宰相前导。弘迁罪死，虔决杖而已。重诲以斩延，乃请降敕处分，明宗不得已从之，由是御史、谏官无敢言者。

宰相任圜判三司，以其职事与重诲争，不能得，圜怒，辞疾，退居于磁州。朱守殷以汴州反，重诲遣人矫诏驰至其家，杀圜而后白，诬圜与守殷通谋，明宗皆不能诘也。而重诲恐天下议己，因取三司积欠二百余万，请放之，冀以悦人而塞责，明宗不得已，为下诏蠲除之。其威福自出，多此类也。

是时，四方奏事，皆先白重诲然后闻。河南县献嘉禾，一茎五穗，重诲视之曰："伪也。"笞其人而遣之。夏州李仁福进白鹰，重诲却之，明日，白曰："陛下诏天下毋得献鹰鹞，而仁福违诏献鹰，臣已却之矣。"重诲出，明宗阴遣人取之以入。他日，按鹰于西郊，戒左右："无使重诲知也！"宿州进白兔，重诲曰："兔阴且狡，虽白何为？"遂却而不白。

明宗为人虽宽厚，然其性夷狄，果于杀人。马牧军使田令方所牧马，瘠而多毙。坐劾当死，重诲谏曰："使天下闻以马故，杀一军使，是谓贵畜而贱人。"令方因得减死。明宗遣回鹘侯三驰传至其国。侯三至醴泉县，县素僻，无驿马，其令刘知章出猎，不时给马，侯三遽以闻。明宗大怒，械知章至京师，将杀之，重诲从容为言，知章乃得不死。其尽忠补益，亦此类也。

重诲既以天下为己任，遂欲内为社稷之计，而外制诸侯之强。然其轻信韩玫之谮，而绝钱镠之臣；徒陷彦温于死，而不能去潞王之患；李严一出而知祥贰，仁矩未至而董璋叛；四方骚动，师旅并兴，如投膏止火，适足速之。此所谓独见之虑，祸衅所生也。

钱镠据有两浙，号兼吴越而王，自梁及庄宗，常异其礼，以羁縻臣属之而已。明宗即位，镠遣使朝京师，寓书重诲，其礼慢。重诲怒，未有以发，乃遣其嬖吏韩玫、副供奉官乌昭遇复使于镠。而玫恃重诲势，数凌辱昭遇，因醉使酒，以马棰击之。镠欲奏其事，昭遇以为辱国，固止之。及玫还，返谮于重诲曰："昭遇见镠，舞蹈称臣，而以朝廷事私告镠。"昭遇坐死御史狱，乃下制削夺镠官爵，以太师致仕，于是钱氏遂绝于唐矣！

潞王从珂为河中节度使，重诲以谓从珂非李氏子，后必为国家患，乃欲阴图之。从珂阅马黄龙庄，其牙内指挥使杨彦温闭城以叛。从珂遣人谓彦温曰："我遇汝厚，何苦而反邪?"报曰："彦温非叛也，得枢密院宣，请公趋归朝廷耳!"从珂走虞乡，驰骑上变。明宗疑其事不明，欲究其所以，乃遣殿直都知范氲以金带袭衣、金鞍勒马赐彦温，拜彦温绛州刺史，以诱致之。重诲固请用兵，明宗不得已，乃遣侍卫指挥使药彦稠、西京留守索自通率兵讨之，而诫曰："为我生致彦温，吾将自讯其事。"彦稠等攻破河中，希重诲旨，斩彦温以灭口。重诲率群臣称贺，明宗大怒曰："朕家事不了，卿等不合致贺!"从珂罢镇，居清化里第。重诲数讽宰相，言从珂失守，宜得罪，冯道因白请行法。明宗怒曰："吾儿为奸人所中，事未辨明，公等出此言，是不欲容吾兒人间邪?"赵凤因言："《春秋》责帅之义，所以励为臣者。"明宗曰："皆非公等意也!"道等惶恐而退。居数日，道等又以为请，明宗顾左右而言他。明日，重诲乃自论列，明宗曰："公欲如何处置，我即从公!"重诲曰："此父子之际，非臣所宜言，惟陛下裁之!"明宗曰："吾为小校时，衣食不能自足，此儿为我担石灰，拾马粪，以相养活，今贵为天子，独不能庇之邪！使其杜门私第，亦何与公事!"重诲由是不复敢言。

孟知祥镇西川，董璋镇东川，二人皆有异志，重诲每事裁抑，务欲制其奸心，凡两川守将更代，多用己所亲信，必以精兵从之，渐令分戍诸州，以虞缓急。二人觉之，以为图己，益不自安。既而遣李严为西川监军，知祥大怒，斩严；又分阆州为保宁军，以李仁矩为节度使以制璋，且削其地，璋以兵攻杀仁矩。二人遂皆反。唐兵戍蜀者，积三万人，其后知祥杀璋，兼据两川，而唐之精兵皆陷蜀。

初，明宗幸汴州，重诲建议，欲因以伐吴，而明宗难之。其后户部尚书李鳞得吴谍者言："徐知诰欲举吴国以称藩，愿得安公一言以为信。"鳞即引谍者见重诲，重诲大喜以为然，乃以玉带与谍者，使遗知诰为信，其直千缗。初不以其事闻，其后逾年，知诰之问不至，始奏贬鳞行军司马。已而捧圣都军使李行德、十将张俭告变，言："枢密承旨李虔徽语其客边彦温云：'重诲私募士卒，缮治甲器，欲自伐吴。又与谍者交私。'"明宗以问重诲，重诲惶恐，请究其事。明宗初颇疑之，大臣左右皆为之辨，既而少解，始告重诲以彦温之言，因廷诘彦温，具伏其诈，于是君臣相顾泣下。彦温、行德、俭皆坐族诛。重诲因求解职，明宗慰之曰："事已辨，慎无措之胸中！"重诲论请不已，明宗怒曰："放卿去，朕不患无人！"顾武德使孟汉琼至中书，趣冯道等议代重诲者，冯道曰："诸公苟惜安公，使得罢去，是纾其祸也。"赵凤以为大臣不可轻动。遂以范延光为枢密使，而重诲居职如故。

董璋等反，遣石敬瑭讨之，而川路险阻，粮运甚艰，每费一石，而致一斗。自关以西，民苦输送，往往亡聚山林为盗贼。明宗谓重诲曰："事势如此，吾当自行。"重诲曰："此臣之责也。"乃请行。关西之人闻重诲来，皆已恐动，而重诲日驰数百里，远近惊骇。督趣粮运，日夜不绝，毙踣道路者，不可胜数。重诲过凤翔，节度使朱弘昭延之寝室，使其妻子奉事左右甚谨。重诲酒酣，为弘昭言："昨被谗构，几不自全，赖人主明圣，得保家族。"因感叹泣下。重诲去，弘昭驰骑上言："重诲怨望，不可令至行营，恐其生事。"而宣徽使孟汉琼自行营使还，亦言西人震骇之状，因述重诲过恶。重诲行至三泉，被召还。过凤翔，弘昭拒而不纳，重诲惧，驰趋京师。未至，拜河中节度使。

重诲已罢，希旨者争求其过。宦者安希伦，坐与重诲交私，常与重诲阴伺宫中动息，事发弃市。重诲益惧，因上章告老。以太子太师致仕；而以李从璋为河中节度使，遣药彦稠率兵如河中虞变。重诲子崇绪、崇赞，宿卫京师，闻制下，即日奔其父，重诲见之，惊曰："渠安得来！"已而曰："此非渠意，为人所使耳。吾以一死报国，余复何言！"乃械送二子于京师，行至陕州，下狱。明宗又遣翟光业至河中，视重诲去就，戒曰："有异志，则与从璋图之。"又遣宦者使于重诲。使者见重诲，号泣不已，重诲问其故，使者曰："人言公有异志，朝廷遣药彦稠率师至矣！"重诲曰："吾死未塞责，遽劳朝廷兴师，以重明主之忧。"光业至，从璋率兵围重诲第，入拜于庭。重诲降而答拜，从璋以檛击其首，重诲妻走抱之而呼曰："令公死未晚，何遽如此！"又击其首，夫妻皆死，流血盈庭。从璋检责其家赀，不及数千缗而已。明宗下诏，以其绝钱镠，致孟知祥、董璋反，及议伐吴，以为罪。并杀其二子，其余子孙皆免。

重诲得罪，知其必死，叹曰："我固当死，但恨不与国家除去潞王！"此其恨也。

呜呼，官失其职久矣！予读梁宣底，见敬翔、李振为崇政院使，凡承上之旨，宣之宰相而奉行之。宰相有非其见时而事当上决者，与其被旨而有所复请者，则具记事而入，因崇政使闻，得旨则复宣而出之。梁之崇政使，乃唐枢密之职，盖出纳之任也，唐常以宦者为之，至梁戒其祸，始更用士人，其备顾问、参谋议于中则有之，未始专行事于外也。至崇韬、重诲为之，始复唐枢密之名，然权侔于宰相矣。后世因之，遂分为二，文事任宰相，武事任枢密。枢密之任既重，而宰相自此失其职也。

选自《新五代史》（简体字本），〔宋〕欧阳修撰，〔宋〕徐无党注，中华书局2000年版

编选理由：

安重诲自幼追随李嗣源，为明宗的江山做了无数的大事，可谓尽忠劳心，鞠躬尽瘁。但安重诲最想做的一件大事，是想帮助明宗剪除作为肘腋之患的潞王从珂，此事功败垂成，反而加速了后唐的覆亡。安重诲的悲剧，固然有其性格与行事方式等方面的原因——欧阳修用“独见之虑，祸衅所生”一语加以概括，但根子还是在制度方面。我们从这八个字中，也不难看出，当时朝廷的典章制度溃烂到了什么程度。

我的第一个师父

鲁迅

不记得是那一部旧书上看来的了，大意说是有一位道学先生，自然是名人，一生拼命辟佛，却名自己的小儿子为“和尚”。有一天，有人拿这件事来质问他。他回答道：“这正是表示轻贱呀！”那人无话可说而退云。

其实，这位道学先生是诡辩。名孩子为“和尚”，其中是含有迷信的。中国有许多妖魔鬼怪，专喜欢杀害有出息的人，尤其是孩子；要下贱，他们才放手，安心。和尚这一种人，从和尚的立场看来，会成佛——但也不一定——固然高超得很，而从读书人的立场一看，他们无家无室，不会做官，却是下贱之流。读书人意中的鬼怪，那意见当然和读书人相同，所以也就不来搅扰了。这和名孩子为阿猫阿狗，完全是一样的意思：容易养大。

还有一个避鬼的法子，是拜和尚为师，也就是舍给寺院了的意思，然而并不放在寺院里。我生在周氏是长男，“物以希为贵”，父亲怕我有出息，因此养不大，不到一岁，便领到长庆寺里去，拜了一个和尚为师了。拜师是否要贽见礼，或者布施什么的呢，我完全不知道。只知道我却由此得到一个法名叫作“长庚”，后来我也偶尔用作笔名，并且在《在酒楼上》这篇小说里，赠给了恐吓自己的侄女的无赖；还有一件百家衣，就是“衲衣”，论理，是应该用各种破布拼成的，但我的却是橄榄形的各色小绸片所缝就，非喜庆大事不给穿；还有一条称为“牛绳”的东西，上挂零星小件，如历本，镜子，银筛之类，据说是可以避邪的。

这种布置，好像也真有些力量：我至今没有死。

不过，现在法名还在，那两件法宝却早已失去了。前几年回北平去，母亲还给了我婴儿时代的银筛，是那时的惟一的记念。仔细一看，原来那筛子圆径不过寸余，中央一个太极图，上面一本书，下面一卷画，左右缀着极小的尺，剪刀，算盘，天平之类。我于是恍然大悟，中国的邪鬼，是怕斩钉截铁，不能含胡的东西的。因为探究和好奇，去年曾经去问上海的银楼，终于买了两面来，和我的几乎一式一样，不过缀着的小东西有些增减。奇怪得很，半世纪有余了，邪鬼还是这样的性情，避邪还是这样的法宝。然而我又想，这法宝成人却用不得，反而非常危险的。

但因此又使我记起了半世纪以前的最初的先生。我至今不知道他的法名，无论谁，都称他为“龙师父”，瘦长的身子，瘦长的脸，高颧细眼，和尚是不应该留须的，他却有两绺下垂的小胡子。对人很和气，对我也很和气，不教我念一句经，也不教我一点佛门规矩；他自己呢，穿起袈裟来做大和尚，或者戴上毗卢帽放焰口，“无祀孤魂，来受甘露味”的时候，是庄严透顶的，平常可也不念经，因为是住持，只管着寺里的琐屑事，其实——自然是由我看起来——他不过是一个剃光了头发的俗人。

因此我又有一位师母，就是他的老婆。论理，和尚是不应该有老婆的，然而他有。我家的正屋的中央，供着一块牌位，用金字写着必须绝对尊敬和服从的五位：“天地君亲师。”我是徒弟，他是师，决不能抗议，而在那时，也决不想到抗议，不过觉得似乎有点古怪。但我是很爱我的师母的，在我的记忆上，见面的时候，她已经大约有四十岁了，是一位胖胖的师母，穿着玄色纱衫裤，在自己家里的院子里纳凉，她的孩子们就来和我玩耍。有时还有水果和点心吃——自然，这也是我所以爱她的一个大原因；用高洁的陈源教授的话来说，便是所谓“有奶便是娘”，在人格上是很不足道的。

不过我的师母在恋爱故事上，却有些不平常。“恋爱”，这是现在的术语，那时我们这偏僻之区只叫作“相好”。《诗经》云：“式相好矣，毋相尤矣。”起源是算得很古，离文武周公的时候不怎么久就有了的，然而后来好像并不算十分冠冕堂皇的好话。这且不管它罢。总之，听说龙师父年青时，是一个很漂亮而能干的和尚，交际很广，认识各种人。有一天，乡下做社戏了，他和戏子相识，便上台替他们去敲锣，精光的头皮，簇新的海青，真是风头十足。乡下人大抵有些顽固，以为和尚是只应该念经拜忏的，台下有人骂了起来。师父不甘示弱，也给他们一个回骂。于是战争开幕，甘蔗梢头雨点似的飞上来，有些勇士，还有进攻之势，“彼众我寡”，他只好退走，一面退，一面一定追，逼得他又只好慌张的躲进一家人家去。而这人家，又只有一位年青的寡妇。以后的故事，我也不甚了然了，总而言之，她后来就是我的师母。

自从《宇宙风》出世以来，一向没有拜读的机缘，近几天才看见了“春季特大号”。其中有一篇铢堂先生的《不以成败论英雄》，使我觉得很有趣，他以为中国人的“不以成败论英雄”，“理想是不能不算崇高”的，“然而在人群的组织上实在要不得。抑强扶弱，便是永远不愿意有强。崇拜失败英雄，便是不承认成功的英雄”。“近人有一句流行话，说中国民族富于同化力，所以辽、金、元、清都并不曾征服中国。其实无非是一种惰性，对于新制度不容易接收罢了。”我们怎样来改悔这“惰性”呢，现在姑且不谈，而且正在替我们想法的人们也多得很。我只要说那位寡妇之所以变了我的师母，其弊病也就在“不以成败论英雄”。乡下没有活的岳飞或文天祥，所以一个漂亮的和尚在如雨而下的甘蔗梢头中，从戏台逃下，也就是一个货真价实的失败的英雄。她不免发现了祖传的“惰性”，崇拜起来，对于追兵，也像我们的祖先对辽、金、元、清的大军似的，“不承认成功的英雄”了。在历史上，这结果是正如铢堂先生所说：“乃是中国的社会不树威是难得帖服的。”所以活该有“扬州十日”和“嘉定三屠”。但那时的乡下人，却好像并没有“树威”，走散了，自然，也许是他们料不到躲在家里。

因此我有了三个师兄，两个师弟。大师兄是穷人的孩子，舍在寺里，或是卖在寺里的；其余的四个，都是师父的儿子，大和尚的儿子做小和尚，我那时倒并不觉得怎么稀奇。大师兄只有单身；二师兄也有家小，但他对我守着秘密，这一点，就可见他的道行远不及我的师父，他的父亲了。而且年龄都和我相差太远，我们几乎没有交往。

三师兄比我恐怕要大十岁，然而我们后来的感情是很好的，我常常替他担心。还记得有一回，他要受大戒了，他不大看经，想来未必深通什么大乘教理，在剃得精光的囟门上，放上两排艾绒，同时烧起来，我看是总不免要叫痛的，这时善男信女，多数参加，实在不大雅观，也失了我做师弟的体面。这怎么好呢？每一想到，十分心焦，仿佛受戒的是我自己一样。然而我的师父究竟道力高深，他不说戒律，不谈教理，只在当天大清早，叫了我的三师兄去，厉声吩咐道：“拼命熬住，不许哭，不许叫，要不然，脑袋就炸开，死了！”这一种大喝，实在比什么《妙法莲花经》或《大乘起信论》还有力，谁高兴死呢，于是仪式很庄严的进行，虽然两眼比平时水汪汪，但到两排艾绒在头顶上烧完，的确一声也不出。我嘘一口气，真所谓“如释重负”，善男信女们也个个“合十赞叹，欢喜布施，顶礼而散”了。

出家人受了大戒，从沙弥升为和尚，正和我们在家人行过冠礼，由童子而为成人相同。成人愿意“有室”，和尚自然也不能不想到女人。以为和尚只记得释迦牟尼或弥勒菩萨，乃是未曾拜和尚为师，或与和尚为友的世俗的谬见。寺里也有确在修行，没有女人，也不吃荤的和尚，例如我的大师兄即是其一，然而他们孤僻，冷酷，看不起人，好像总是郁郁不乐，他们的一把扇或一本书，你一动他就不高兴，令人不敢亲近他。所以我所熟识的，都是有女人，或声明想女人，吃荤，或声明想吃荤的和尚。

我那时并不诧异三师兄在想女人，而且知道他所理想的是怎样的女人。人也许以为他想的是尼姑罢，并不是的，和尚和尼姑“相好”，加倍的不便当。他想的乃是千金小姐或少奶奶；而作这“相思”或“单相思”——即今之所谓“单恋”也——的媒介的是“结”。我们那里的阔人家，一有丧事，每七日总要做一些法事，有一个七日，是要举行“解结”的仪式的，因为死人在未死之前，总不免开罪于人，存着冤结，所以死后要替他解散。方法是在这天拜完经忏的傍晚，灵前陈列着几盘东西，是食物和花，而其中有一盘，是用麻线或白头绳，穿上十来文钱，两头相合而打成蝴蝶式，八结式之类的复杂的，颇不容易解开的结子。一群和尚便环坐桌旁，且唱且解，解开之后，钱归和尚，而死人的一切冤结也从此完全消失了。这道理似乎有些古怪，但谁都这样办，并不为奇，大约也是一种“惰性”。不过解结是并不如世俗人所推测的，个个解开的，倘有和尚以为打得精致，因而生爱，或者故意打得结实，很难解散，因而生恨的，便能暗暗的整个落到僧袍的大袖里去，一任死者留下冤结，到地狱里去吃苦。这种宝结带回寺里，便保存起来，也时时鉴赏，恰如我们的或亦不免偏爱看看女作家的作品一样。当鉴赏的时候，当然也不免想到作家，打结子的是谁呢，男人不会，奴婢不会，有这种本领的，不消说是小姐或少奶奶了。和尚没有文学界人物的清高，所以他就不免睹物思人，所谓“时涉遐想”起来，至于心理状态，则我虽曾拜和尚为师，但究竟是在家人，不大明白底细。只记得三师兄曾经不得已而分给我几个，有些实在打得精奇，有些则打好之后，浸过水，还用剪刀柄之类砸实，使和尚无法解散。解结，是替死人设法的，现在却和和尚为难，我真不知道小姐或少奶奶是什么意思。这疑问直到二十年后，学了一点医学，才明白原来是给和尚吃苦，颇有一点虐待异性的病态的。深闺的怨恨，会无线电似的报在佛寺的和尚身上，我看道学先生可还没有料到这一层。

后来，三师兄也有了老婆，出身是小姐，是尼姑，还是“小家碧玉”呢，我不明白，他也严守秘密，道行远不及他的父亲了。这时我也长大起来，不知道从那里，听到了和尚应守清规之类的古老话，还用这话来嘲笑他，本意是在要他受窘。不料他竟一点不窘，立刻用“金刚怒目”式，向我大喝一声道：

“和尚没有老婆，小菩萨那里来?!”

这真是所谓“狮吼”，使我明白了真理，哑口无言，我的确早看见寺里有丈余的大佛，有数尺或数寸的小菩萨，却从未想到他们为什么有大小。经此一喝，我才彻底的省悟了和尚有老婆的必要，以及一切小菩萨的来源，不再发生疑问。但要找寻三师兄，从此却艰难了一点，因为这位出家人，这时就有了三个家了：一是寺院，二是他的父母的家，三是他自已和女人的家。

我的师父，在约略四十年前已经去世；师兄弟们大半做了一寺的住持；我们的交情是依然存在的，却久已彼此不通消息。但我想，他们一定早已各有一大批小菩萨，而且有些小菩萨又有小菩萨了。

（四月一日）

选自《鲁迅全集》（第6卷），人民文学出版社1973年版

编选理由：

除了“龙师父”之外，鲁迅在这个作品中还拉拉杂杂地写到了许多人物——师母、三位师兄、家人以及城里的文人和所谓的“道学家”，甚至也包括他自己。这些人物当然都可以归入“中国人”的名下，从中我们不难看出，鲁迅先生对“中国人”尤其是他们

身上所承载的文化礼俗的一般看法。这个作品叙事上的奥妙集中体现在语调上。也就是说，作者对人物时褒时贬、既褒又贬、似褒似贬的复杂态度，是通过精微的语调呈现出来的，值得读者细细体味。

变形记（节选）

〔古罗马〕奥维德 著　杨周翰 译

日神和达佛涅的故事

日神初恋的少女是河神珀纽斯的女儿达佛涅。他爱上她并非出于偶然，而是由于触怒了小爱神鸠比得。原来日神阿波罗战胜了蟒蛇，兴高采烈之余，看见小爱神在引弓掣弦，便道："好个顽童，你玩弄大人的兵器做什么？你那张弓背在我的肩膀上还差不多；只有我才能用它射伤野兽，射伤敌人。方才我还放了无数支箭，射死了蟒蛇，它的尸首发了肿，占了好几亩地，散布着疫病。你应该满足于用你的火把点燃爱情的秘密火焰，不应该夺走我应得的荣誉。"维纳斯的儿子回答道："阿波罗，你的箭什么东西都能够射中，我的箭却能把你射中。众生不能和天神相比，同样你的荣耀也不能和我的相比。"说着，他抖动翅膀，飞上天空，不一会儿便落在帕耳那索斯蓊郁的山峰上。他取出两支箭，这两支箭的作用正好相反，一支驱散恋爱的火焰，一支燃着恋爱的火焰。燃着爱情的箭是用黄金打的，箭头锋利而且闪闪有光；另一支是秃头的，而且箭头是铅铸的。小爱神把铅头箭射在达佛涅身上，将那另一支向阿波罗射去，一直射进了他的骨髓。阿波罗立刻感觉爱情在心里燃烧，而达佛涅一听到爱情这两个字，却立马逃之夭夭，逃到树林深处，径自捕猎野兽，和狄安娜竞争比美去了。达佛涅用一条带子束住散乱的头发。许多人追求过她，但是凡来求婚的人，她都厌恶。她不愿受拘束，不想男子，一味在人迹不到的树林中徘徊，也不想知道静许门、爱情、婚姻究竟是什么。她父亲常对她说："女儿，你欠我一个女婿呢。"他还常说："女儿，你欠我许多外孙呢。"但是她讨厌合婚的火炬，好像这是犯罪的事，使她美丽的脸臊得像玫瑰那么红，她用两只臂膊亲昵地搂着父亲的颈项说："最亲爱的父亲，答应我，许我终身不嫁。狄安娜的父亲都答应她了。"他也就不得不让步了。但是达佛涅呀，你的美貌使你不可能实现自己的愿望，你的美貌妨碍了你。日神一见达佛涅就爱上了她，一心想和她结亲。他心里这样想，并且也打算这样做。他虽有未卜先知的本领，这回却无济于事。就像收割后的田地上被点燃的干残梗；又像夜行人无意中在破晓时把火把抛到路边，把篱笆墙点着那样；日神也同样被火焰消损着，心中如焚，徒然用希望来添旺爱情的火。他望着她披散在肩头的长发，说道："把它梳起来，不知要怎样呢?"他望着她的眼睛，像闪烁的明星；他望着她的嘴唇，光看看是不能令人满足的；他赞叹着她的手指、手腕和袒露到肩的臂膊。看不见的，他觉得更可爱。然而她看见他后，跑得比风还快。她在前面不停地跑，他在后面边追边喊："姑娘，珀纽斯的女儿，停一停！我追你，可我不是你的敌人。停下来吧！你这种跑法就像看见了狼的羔羊，见了狮子的小鹿，见了老鹰吓得直飞的鸽子，见了敌人的鸟兽。但是我追你是为了爱情。可怜的我！我真怕你跌倒了，让刺刺了你不该受伤的腿，我怕你因为我而受苦。你跑的这个地方高低不平。我求你跑慢一点儿，不要跑了。我也慢点儿追赶。停下来吧，看看是谁在追你。我不是什么山里人，也不是什么牧羊人——像野人一样，看守羊群的。鲁莽的姑娘，你不知道你躲避的是谁，所以才逃跑。我统治着得尔福、克剌洛新、忒涅多斯、帕塔拉等国土，他们都奉我为主。我的父亲是朱庇特。我能揭示未来、过去和现在。通过我，丝弦和歌声才能协调。我箭无虚发，但是呀，有一支箭比我的射得还准，它射伤了我自由自在的心。医术是我所发明，全世界的人都称我为'救星'，我懂得百草的功效。不幸的是，什么药草都医不好爱情，能够医治万人的医道却治不好掌握医道的人。"

他还想说下去，但是姑娘继续慌张跑着，他的话还没有说完，她已不见。就是在逃跑的时候，她也是非常美丽的。迎面吹来的风使她四肢袒露，她奔跑时，她的衣服在风中飘荡，轻风把她的头发吹起，长发飘在身后。愈跑，她愈显得美丽。但是这位年轻的日神不愿多浪费时间，尽说些甜言蜜语，爱情推动着他，使他加紧追赶。就像一条高卢的猎犬在旷野中瞥见一只野兔，拔起腿来追赶，而野兔却急忙逃命。猎犬眼看就要咬到野兔，以为已经把它捉住，伸长了鼻子紧追着野兔的足迹；而野兔也不晓得自己究竟是被捉住了，还是已从虎口里逃了生，把张牙舞爪的猎犬落在后面了。天神和姑娘正是如此，一个由于希望，一个由于惊慌，都在奔跑。但是天神跑得快些，好像爱情给了他一副翅膀，逼得姑娘没有喘息的时候，眼看就遭到她身后，他的气息吹到了她飘在脑后的头发。她已经筋疲力尽、面色苍白，在这样一阵飞跑之后累得发晕。她望着附近珀纽斯的河水喊道："父亲，你的河水有灵，救救我吧！我的美貌太招人喜爱，把它变了，把它毁了吧。"她的心愿还没说完，忽然她感觉两腿麻木而沉重，柔软的胸部被箍上了一层薄薄的树皮；她的头发变成了树叶，两臂变成了枝干；她的脚不久前还在飞跑，如今变成了不能动弹的树根，牢牢扎在地里；她的头变成了茂密的树梢；剩下来的只有她动人的风姿了。

即便如此，日神依旧爱她，他用右手抚摩着树干，感到她的心还在新生的树皮下跳动。他抱住树枝，像抱着人体那样，用嘴吻着木头。虽然她变成了木头，但依然向后退缩不让他亲吻。日神便说道："你即便不能做我的妻子，至少得做我的树。月桂树哇，我的头发上、竖琴上、箭囊上要永远缠着你的枝叶。我要让罗马大将在凯旋的欢呼声中，在庆祝的队伍走上朱庇特神庙之时，头上戴着你的环冠。我要让你站在奥古士都宫门前，做一名忠诚的警卫，守卫着门当中悬挂的橡叶荣冠。我的头是长青不老的，我的头发也永不剪剃，同样，愿你的枝叶也永远享受光荣吧！"他结束了他的赞歌。月桂树新生的枝干摆动着，树梢像是在点头默认。

朱庇特、朱诺和伊俄的故事

在忒萨利亚有一个山谷，四面的山都很陡，长满了树木。人们叫它"天培”。珀纽斯河带着泡沫飘浮的水，从品多斯山脚下流过此地，然后泻为瀑布，像一片白云，它喷出细雾一般的水珠，水珠溅到下面的树巅上，声音洪大，在远处听着都震耳欲聋。这里便是珀纽斯大河神的家，是他息影之所。他坐在一个石洞里，向河水和河中的女仙们发号施令。本地方的河神首先来到，他们也不知道应该向达佛涅的父亲道喜呢，还是应该安慰他。来到这里的众河神有杨树映岸的斯珀耳喀俄斯，有奔流不息的厄尼剖斯、白发苍苍的阿庇达诺斯、平静无波的安佛纬索斯和埃阿斯。随后，那些顺着水道蜿蜒曲折、疲惫无力地归于大海的河，基本上都来了。只有伊那科斯未到，原来他藏在他幽深的洞府，在把眼泪添进自己的河水呢。他的女儿伊俄不见了，他万分难过，在哭她呢。他不知道她是活着呢，还是已归地府。但是他因为一直找不着她，所以就以为她已不在人间，心中万分害怕。

原来朱庇特看见伊俄从她父亲的河边回去，就说：“姑娘，你真配得上朱庇特的爱情，谁要做了你的丈夫，可真幸福，来吧，到树林深处有阴凉的地方歇歇。”他说着，用手指指林荫。“太阳正在天心，太热了。你若是怕一个人去会遇见野兽，那么有神保护你，即便到树林深处，也是安全的。再说，我并非是普通的神，我手中掌握着统治天堂的大权，我能发出霹雷。啊，不要见我就逃跑哇!”原来她已经跑了。很快，她跑过了勒耳那牧地和布满了树木的吕耳喀亚平原。朱庇特布下厚厚一片乌云把大地遮住，把这位逃跑的姑娘捉住，达到了目的。

正在这时，朱诺恰巧在向下界张望，她看见天空忽然彤云密布，转昼为夜，心中纳闷。她明知这不是什么河上的烟云，也不是沼泽中升起的迷雾。她立刻四面看看，想要知道丈夫在哪里，她很清楚丈夫爱干什么勾当，因为他常被她发现。她发现丈夫不在天上，就说：“他一定瞒着我干对不起我的勾当呢。”说着，她从天上溜下，站在地上，命令乌云散开。但是朱庇特已经预感到他的妻子要来了，早把伊那科斯的女儿变成了一头白牛。变成白牛以后，她还是很美丽。朱诺看看白牛，勉强赞美了一声，接着就问是谁的牛，从哪儿来的，原来在哪个牛群里，假意装作不知就里。朱庇特扯了个谎，说这牛是从地里长出来的，免得妻子再寻根问底。朱诺就请朱庇特把白牛送给她。他怎么办呢？把心爱的人交出来，于心不忍；不交出去，又怕惹起疑窦。一方面觉得不交出去是可耻的，一方面爱恋之情又促使他不想交出去。爱恋之情一度占了上风，但是他继而一想，朱诺是自己的妻子和妹妹，若连一头白牛这样一件小小的礼物都不舍得，她一定会疑心这头白牛的真实身份。

最后，朱庇特把白牛送给了朱诺，但是朱诺还是存有疑心，然而她又惧怕朱庇特，她怕他再捣鬼，因此她就把白牛交给阿瑞斯托的儿子阿耳古斯去看守。阿耳古斯头上长了一百只眼睛，他睡觉的时候，他的眼睛一对一对轮流闭上，张着的眼睛继续看守。不论他朝什么方向站着，他总有眼睛是望着伊俄的。哪怕他背对着伊俄，伊俄还是逃不脱他的目光。白天他放她吃草，但太阳落山以后，他就把她关起，无理地用绳子拴着她的脖子。她吃的是树叶、苦草，可怜她也没有床睡，躺在地上，有时连草地都睡不上，渴了就在泥沟里喝水。她想伸出两臂向阿耳古斯做出请求，却没有臂膀可伸，她想诉诉苦，却只能发出哞叫。她听到自己的声音，吓得惊慌失措，感到非常害怕。她走到她父亲的河边（她过去是常常在这里游戏的），她看见自己在水里的倒影，张着大嘴、翘着犄角，她吓得赶快逃跑。她的姐妹们——河仙奈阿斯们——也不认得她了，就连她父亲伊那科斯也不知道她是谁。但是她照旧跟在父亲和姐妹们后面，把身体挨过去，要他们抚摩赞赏。伊那科斯老人折了一把草，举着喂她，她就舔父亲的手，还想吻他的手。她眼中不觉流下泪来，她若能说话，她一定会说出自己的名字，说出自己不幸的遭遇，请求援救。她不能说话，就用蹄子在地上写字，说出自己被变成牛的悲惨故事。她父亲伊那科斯看了连声叹道："唉，唉！"他搂住流泪的小牛的双角和雪白的颈项说："我好伤心哪！你当真是我的女儿吗？我把全世界都找遍了。今天把你找着了，反倒叫我更难受，不如没有找着。你一言不发，不回答我的话，你只顾深深叹气，只能用哞叫来回答我。我却还被蒙在鼓里，在给你准备洞房和迎婚的火炬，希望先有一个女婿，再抱一个外孙。现在我只好从牛群里给你找个丈夫了，从牛群里去找外孙了。人死了就没有悲哀了，而我又不成，做一个神真倒霉，死亡是会给我吃闭门羹的，我的恨真是绵绵无绝期了。"父女俩正在对泣，阿耳古斯瞪着繁星似的眼睛，把他们分开，把女儿从父亲的怀抱中扯开，把她驱向远处的草地。阿耳古斯独自蹲在一座高山的山顶上，从从容容地看守着四方。

天神的主宰朱庇特不忍再看伊俄受苦，他把他和七簇星之一所生的儿子麦鸠利叫到面前，命麦鸠利杀死阿耳古斯。麦鸠利毫不迟疑，穿上带翼的凉鞋，手里拿着催眠的魔杖，头上戴起魔冠，穿戴整齐之后，朱庇特的这个儿子从天上一跃，跃到人间，然后收起魔冠和飞鞋，只拿着魔杖。他手持魔杖，扮成牧羊人模样，领着一群山羊，在无路的田野里行走着，一面走一面口吹芦笙。朱诺的那个守卫被这新鲜玩意儿的声音吸引了。他喊道："不管你是谁，来，坐在我旁边这块石头上。你的羊要吃草，这儿的草最肥不过，你看这儿还有树荫，牧羊人正好歇凉。"

阿特拉斯的外孙（麦鸠利）坐了下来，东拉西扯地闲谈着，消磨着时间。他又吹起芦笙，想要催闭阿耳古斯睁得老大的眼睛；但是阿耳古斯使劲和瞌睡斗争，虽然有的眼睛闭上了，但是他还在用张着的看守。他还问芦笙是怎么发明的，因为当时芦笙刚发明不久。麦鸠利说道："在阿耳卡狄亚严寒的山麓，在诺那克里斯地方，住着许多树林女仙，其中有一个女仙，向她求婚的人很多。她的同伴都叫她绪任克斯（意为"管""笙"）。萨堤洛斯（林中怪物）们、住在树林深处或肥沃的田间的神们都追逐她，而她屡次逃脱。她师法狄安娜，以狩猎为业，立誓终身不嫁。她腰上束了一条带，打扮得也像狄安娜。假如她拿的弓不是牛角做的，而是像狄安娜的金弓，她就有可能被误认为是狄安娜了。即便如此，大家还是分不清。有一天，潘（半羊半人的林神）瞥见了她，她正从吕开俄斯山回来。潘的头上戴着用松针编的冠，对她说……"有话便长，无话便短。麦鸠利叙述了潘向女仙说了一番什么话，又说女仙不理潘的请求，奔向荒原，最后逃到两岸是沙滩、水流平缓的拉顿河。麦鸠利又说，河挡住了她的去路，她就恳求河中的姐妹们把她的形体做出改变；又说潘只当已经捉住绪任克斯，不想他抱住的却是一丛芦苇，感叹之余，只听轻风吹过芦管，吹出一阵低沉哀怨之声；又说，这一阵新奇悦耳的声音使潘非常迷惘，便道："就让我们以后永远通过芦管交谈吧。"芦笙便是用蜡把长短不齐的芦管胶在一起而做成的，一直沿用姑娘的名字。

麦鸠利还要说下去，阿耳古斯的一百只眼睛却早已都睁不开了，都睡着了。麦鸠利立刻不作声，还用魔杖在阿耳古斯惺忪的睡眼上一晃，使他睡得更熟些。然后，麦鸠利毫不迟疑，举起弯刀把阿耳古斯瞌睡的头从脖根处砍落，头一路流血一路滚下山坡，崎岖的岩石上沾满了污血。阿耳古斯，你倒下了；你那些眼睛里原有的光芒都熄灭了，你的一百只眼睛都浸没在同一片黑暗之中。

朱诺取下这些眼珠，把它们放在她的爱鸟（孔雀）的羽毛上，还在爱鸟的尾巴上嵌满了星光灿烂的宝石。朱诺勃然大怒，立刻发作。她差遣可怕的报仇神呈现在她情敌的面前和心中，在伊俄内心深处播种了盲目恐惧的种子，叫她在人世间到处乱逃。尼罗河呀，她逃到你这里之后，无穷的苦难才算了结。伊俄到达尼罗河边之后，在河岸上跪下，把头抬起来——她也只能把头抬起来——向着天上的星辰，口中呻吟，眼中落泪，用牛鸣之声向朱庇特吐诉哀怨，请求他结束她的苦难。朱庇特就抱住妻子的脖颈，求她不要再惩罚伊俄了，并说："不必害怕将来，她绝对不会再招你气恼了。"他还指着阴间的斯堤克斯河发了誓。

朱诺的怒气这才得以平息。伊俄又恢复了原来美丽的容貌。牛毛从身上脱落，牛角也不见了，又大又圆的眼睛也变小了，又宽又大的嘴也变小了，两肩和双手也都复原了，蹄子没有了，变成了五个脚趾。原来的小母牛形象在她身上没有留下一点儿痕迹，只有那白净的皮色还和原来一样。姑娘现在可以用两只脚站着了，她就站得笔挺。但是她害怕开口，唯恐一开口还像小母牛，最后，她才战战兢兢地说出久已不说的话。现在在埃及，身穿麻布袈裟的僧人都供奉她为神。她到埃及后生了一个儿子，名叫厄帕福斯，据说就是她和朱庇特生的。厄帕福斯和他母亲在埃及各个城里一同在庙中受人供奉。

选自《变形记》，人民文学出版社 1984 年版

编选理由：

世上有些书是可以一读再读，常读常新的。奥维德的《变形记》就是其中的一本。我尤其喜欢杨周翰先生的选译本，其质朴无华而又充满抒情性的散文体译文，与故事神秘、单纯的氛围相得益彰。我认为，《变形记》故事的神奇魅力来自自然本身，我们与自然的阻隔越深，这种魅力就越引人入胜。

奥德赛（节选）

〔古希腊〕荷马 著　陈中梅 译

第十二卷

“当我们驱船离开俄开阿诺斯的水流，
驶向大海的波涛，浩渺的洋面，回返
埃阿亚岛，那里有早起黎明的舞场，
她的家院，赫利俄斯亦在那里露脸。
我们及达，将海船靠岸，停驻沙滩，
踏走浪水拍击的岸旁，举步向前，
躺倒睡觉，等待神圣的黎明到来。

“当早起的黎明垂着玫瑰红的手指显现，
我派遣伙伴去往基耳凯的房居，
抬回厄尔裴诺耳的遗体，此君死在那边。
然后，我们劈砍树段，在突岬的边端
将他掩埋，热泪滚滚，悲哀。
焚毕尸体，连同他的甲械，
我们堆垒坟茔，在上面竖起墓碑，
将他造型美观的船桨插入坟的顶端。

“就这样，我们忙完这些，一件一件，
而基耳凯亦已知我们从哀地斯回返，

当即整装前来，女仆们跟随，遵命
携带面食、大量的肉肴和暗红的醇酒亮闪。
丰美的女神开口说话，站在我们中间：
‘粗蛮的人儿，活着走入哀地斯的房院，
如此将丧生两度，而别人只死一遍。
来吧，吃用食物，饮酒开怀，
在此享过一个整天，待等明日，拂晓时分，
即可启航归返，我会给你们指路，把所有的
细节交代，使你们不致吃苦受难，
出于歪逆的谋划，无论是在陆地，还是大海。’

“她的话说动了我们高傲的心灵。
整整一天，直到太阳沉寂，
我们坐着吃喝肉肴和香甜的醇酒无尽。
当太阳落沉，昏黑的夜晚来临，
他们躺倒入睡，在船尾的缆索边将息，
但基耳凯握住我的手，避开亲爱的伙伴，
让我坐离，开始谈话，详问一切，仔细；
我对她顺序讲说，尽诉每一件事情。
其时，女王般的基耳凯对我发话，说及：
‘如此，这一切均已做毕。听着，我要
对你说话，神明会让你牢记我的叮咛。
首先，你将遇见塞壬，她们魅迷所有的
生民，只要谁个过去。倘若不加防范，
有谁向她们靠近，喜欢塞壬的歌声
聆听，他便归家无望，不会有团聚
站等的妻子和幼小儿女的欢欣；
塞壬的曲调清亮，会把他魅迷。
她们坐栖草茵，身边白骨堆垒遍地，
到处是烂死的人们，挂着皱缩的灰皮。

你必须驱船一驶而过，烘暖蜜甜的蜂蜡，
用以充填伙伴们的耳朵，使其，我指的是别人，
不能聆听。但是，如果你自个想要耳闻，
那就让他们在快船上把你的手脚绑紧。
贴站桅杆之上，绳端将杆身箍起，
如此你便能听闻塞壬的歌声，欢喜。
不过，倘若你恳求，央求他们松绑为你，
他们要用更多的绳索，把你捆得更紧。

“‘当你的伙伴划船旁经她们而去，
其后的路程我将不能确切为你指明，
那里有两条航线，你必须自己思考
用心。我愿把这两条路径说与你听。
一边是耸悬的岩壁，溅响着黑眼睛
安菲特里忒掀起的巨浪震击，
幸福的神明称它们为普兰克塔伊。
飞鸟无法从那儿穿过，就连胆小的
鸽子，为父亲宙斯运送仙食，亦无外例，
陡峭的岩壁每次逮夺一只，
父亲只好另遣一只，把数目补齐。
凡人的航船休想逃脱，临近该地，
汹涌的海浪和肆虐的烈焰会
吞噬船板，连同船员的躯体。
唯一的例外是破浪远洋的阿耳戈，穿越，
无人不晓的它从埃厄忒斯那里返回故里，
而就连它亦会碎撞在巨莽的悬崖，
若非赫拉送它通过，出于对伊阿宋的爱惜。

“‘另一条水路托起两面岩壁，一块的
尖峰直指广袤的天空，一团黑云总在周边

围定，从不散去，阳光从不照射
峰顶，无论是在初夏还是秋收的时节。
会死的凡人无法爬攀壁面，在它的
峰巅站立，哪怕他长着二十只手，二十只脚——
石壁兀指直上，仿佛已被打光磨平。
悬崖的中部有一个洞穴，昏暗，扑朔迷离，
朝向西方，对着厄瑞波斯，朝对那里，
哦，闪光的奥德修斯，你和你的伙伴将驱导
深旷的海船前进。没有哪个骁勇的汉子可以
手持弓弩，从深旷的船上箭射悬伸的洞里，
洞内住着斯库拉，她的嘶叫可怕至极。
诚然，她的声音只像一条初生的幼犬
吠叫，但她确是一头凶恶的魔怪，谁个遇着，
见了都不会欢喜，包括神祇。
她有十二条腿脚，全都空悬挂起，长着
六条脖子，极长，每条撑挑一个
可怕的头颅，带有牙齿，三层，
密密匝匝，含藏黝黑的死亡，填溢。
她的身子，腰部以下，缩蜷在深旷的洞里，
但却伸出脑袋，悬指在可怕的渊地，
捕食鱼类，探视绝壁周围，寻觅
海豚、星鲨或任何大条的美味，海中的
魔怪，安菲特里忒的饲养多得难以数计。
没有哪个海员胆敢吹嘘，声称他们的航船驶过，
不曾失损人丁，她的每个头颅各逮
一个活人，从乌头的船上抢劫。

“‘另一面岩壁低矮，奥德修斯，你会看见，
它与前者临近，你甚至可以射箭达及，
上面长着一棵无花果树，硕大，枝叶繁密，

树下栖居神怪卡鲁伯底丝，把黑水吞吸。
她一日之中三次吐水，三次呼呼隆隆地
吸进。但愿她吞吸时你不在那边，
须知遇难后就连裂地之神也无能为力。
你要驱船疾驶而过，躲避她的吞吸，
偏向斯库拉的石壁遁走，因为哭悼船上
六位伙伴的不幸远较全军覆灭好些。’

“她言罢，我对她答话，说及：
‘说吧，女神，告诉我真情，
我是否既可避离歹毒的卡鲁伯底丝，
同时打开另一个，当她对我的伙伴攻击？’

“我言罢，丰美的女神开口答接：
‘粗蛮的汉子，心里总是惦念着战斗
杀拼。你就不想让步，即使面对神祇？
她不是凡胎，而是一个作恶的精怪，
凶险、强蛮、狂虐，不可与之对战，
亦无防御可言。最好的办法是避离逃难。
假如你披甲战斗，傍着石峰开打，浪费时间，
我担心她会再次攻击，伸出
脑袋抢劫，吞噬你同样数量的伙伴。
你要使出全身力气行船，祈求克拉泰伊丝帮援，
她是斯库拉的娘亲，生下这个恶魔肆虐凡胎。
她会阻止女儿，不让她再次加害。

“‘其后，你将航抵斯里那基亚岛，放牧着
赫利俄斯大群的肥羊，有他的牛畜成片，
七群牛，同样数量的羊儿，每群
五十肥白。它们永远不生幼崽，

亦无死亡的一天，由发辫秀美的女神
充当牧者，兰裴提娅和法厄苏莎，
由闪亮的奈埃拉为赫利俄斯·呼裴里昂生育。
女王般的母亲生养和哺育她们，
将其送至海岛斯里那基亚遥远，住下，
看守父亲的羊儿和牛群，硬角弯卷。
其时，如果你一心只想回家，不对畜群损伤，
你们便可如数回抵伊萨卡，艰辛备尝；
但是，倘若你伤损它们，我便可预言你的
海船和伙伴们的灾亡。即使你自己得以逃避，
也会迟迟归返，尽失伙伴，遭殃。'

"她言罢，享用金座的黎明随即降临。
丰美的女神离去，登坡岛滩。
我站临木船，命嘱伙伴们
全都上来，解开船尾的绳缆，
众人坐入桨位，迅速登船，
依次坐好，荡桨拍打灰蓝的海面。
美发的基耳凯，可怕和通讲人话的神仙，
送来顺吹的长风，一位佳好的伙伴，
从乌头海船的后面推送，兜起布帆。
我们把船上的各种索具调紧妥善，
坐下，任凭海风和舵手定导航船。

"其时，尽管心里悲痛，我出言告诫伙伴：
'朋友们，既然此事不妥，只让一两个人
知晓基耳凯、丰美的女神告我的谕言，
所以我将通报此事，好让大家明白，
我们是死，还是逃避灾亡，躲过毁败。
首先，她要我们避离神奇的塞壬，

避开她们的歌唱和鲜花盛开的草野。
只有我，她说，可以聆听一番，但你们
必须用痛苦的绳索将我捆紧，
让我贴站桅杆之上，被绳端箍围在上面；
倘若我恳求，央求你们为我松绑，
你们要把我捆得更紧，用更多的绳线。’

“就这样，我把详情转告伙伴，
与此同时，制作坚固的海船疾驰，
临近塞壬的岛滩，顺吹的海风送它向前。
突然，徐风停吹，凝止的静谧笼罩
洋面，某种神力停息了海浪的滚翻。
伙伴们站立起来，取下风帆，
放入深旷的舱内，各就各位，荡开
船桨，溜光的桨板划开雪白的水线。
其时，我抓起一大盘蜡块，用锋快的
铜刀切出小片，在我粗壮的手掌里磋磨，
蜡团很快软化，经不住赫利俄斯
日照的炽烈和呼裴里昂王爷的强健。
我用软蜡依次塞封耳朵，给所有的伙伴，
而他们则绑紧我的腿脚，在迅捷的海船，
让我贴站桅杆之上，绳端将杆身箍圈，
复又坐下划桨，荡击灰蓝色的海面。
当我们离岸的距程近至喊声可达的范围，
海船走得轻巧、迅捷，塞壬看见了
疾临的船儿，对我们送来歌声，酥甜：
‘过来吧，尊贵的奥德修斯，阿开亚人的光荣伟烈！
聆听我们的歌唱，停住你的航船。
但凡有人打此经过，驾驱乌黑的海船，
都会聆听甜美的歌声，飞出我们的唇沿，

然后续航，带着喜悦，所知超胜以前——
我们知晓一切，阿耳吉维人和特洛伊人
在宽广的特洛伊苦熬，出于神的意愿。
我们知晓每一件事情，在丰产的大地上实现。’

“她们如此引吭，歌声甜香，我的心灵
亟想聆听，点动眉毛，示意伙伴们
给我松绑，但他们趋身向前，拼命划桨，
裴里墨得斯和欧鲁洛科斯起身，当即
增添绳条，把我勒得更紧，加力捆绑。
当他们划过塞壬栖居的地方，我等
远离她们的声音，听不见歌唱，
我的好伙伴们立即从耳朵里取出我给
填入的蜂蜡，解除绑我的绳圈。

“当我们离开海岛，我当即望见
一团青烟，连同一峰巨浪，响声轰然。
伙伴们惧怕，丢下手中的划桨，
全都溅落在大海的浪卷；船儿停驻，
只因众人不再荡桨，驱它向前。
其时，我在船上来回走动，催励伙伴，
用和善的言语说话，站在每个人身边：
‘亲爱的朋友们，恶难于我们并不新鲜。
此景不比那次险恶，当库克洛普斯
把我们关在深广的洞里，用强蛮的暴力迫害。
然而即便是在那儿，我的勇气、谋划和智慧
使大家脱险。我想你我亦会回想这些，将来。
干起来吧，服从，按我说的办。
坐稳身子，在你们的舱位，荡开船桨，
深划汹涌的水面，如此，宙斯兴许

会让我们脱身，逃避这场毁败。
对你，舵手，我有此番令言。你要牢记，
记在心间，当你调控船桨，驾驭深旷的海船。
你必须避开巨浪烟团，尽可能
贴靠石壁行船，以免在不知不觉之中，
把航船导向那边，把我们抛进灾难。’

“我言罢，众人即刻执行照办。
我不曾提及斯库拉，那个无法制服的祸害，
担心伙伴们因此惊恐害怕，不再
荡桨，缩挤，躲进船身里面。
至于我，我抛却心头基耳凯严苛的
训诫，叫我不要武装临战，
而是系上光荣的铠甲，手握两支
修长的枪矛，前往傲站船首的
舱板，心想由此可得先见石崖边的
斯库拉，此妖给伙伴们致送灾难。
然而，我找不见她的踪影，双眼疲倦，
到处搜索，扫视昏暗的岩面。

“如此，我们行船狭窄的海道，哭泣，
一边是斯库拉，另一边是闪光的卡鲁伯底丝，
卷起可怕的漩涡，吞噬大海的流水。
当她发作喷吐，像一口大锅架在狂暴的火顶，
整个海面狂搅、沸煮，水花飞扬，
四处泼溅，从岩壁的峰脊淌滴。
然而，当她转而吞咽咸涩的海水，吞吸，
混沌中揭显海里的一切，岩礁呼吼，
可怕至极，海底裸露，一片乌黑的
沙砾。彻骨的恐惧揪住了我的人丁。

出于对死的惧怕，我们盯视卡鲁伯底丝的动静，
却不料斯库拉强袭深旷的海船，硬抢我的伙伴
六名，随员中他们最为强豪、有力。
我转过头脸，看视快船和伙伴们的安危，
只见六人的手脚已经高悬，悬离我的
头顶，哭叫，对我呼喊，叫着我的
大名，那是他们最后的呼唤，挟卷伤心。
犹如一个渔人垂着修长的钓竿，置身
突兀的岩壁，丢下诱饵，钓捕小鱼，
沉下硬角，取自漫步草场的牛畜，入水，
拎提起来，将鱼儿扔上岸基，蹦跳，挣扎颠挺；
就像这样，伙伴们颠挺挣扎，被她拖上峭壁。
神怪将捕获吞尽，就着洞口，他们的叫声凄厉，
对我伸出双手，胡乱挣扎一气。
这是我眼见过的最惨的景状，
当我觅路海上，备尝艰辛。

“逃离悬崖，躲过可怕的卡鲁伯底丝
和斯库拉，我们驶抵神明绮美的岛地，
放养着额面开阔的牧牛，体形健美，
另有肥硕的羊群，赫利俄斯·呼裴里昂的体己。
当我还在乌黑的船上，漂行在海里，
便已听闻哞哞的牛叫，被集群赶回栏圈，
夹杂咩咩的羊语，心中顿然想起
双目失明的先知，忒拜人泰瑞西阿斯和
埃阿亚的基耳凯的叮咛。二位曾再三告诫，
要我避开赫利俄斯的岛屿，他给凡人致送欣喜。
于是，虽说心里悲痛，我对伙伴们发话说起：
‘听我说，伙伴们，尽管你们正遭受恶难苦凄，
我要转告泰瑞西阿斯和

埃阿亚的基耳凯的叮咛，二位曾再三叮嘱，
要我避开赫利俄斯的岛屿，他给凡人致送欣喜。
他们说我们将遭遇最险恶的灾难，在那里。
所以，绕过海岛，驾驱乌黑的海船前进。'

"听我言罢，他们的内心破碎。
欧鲁洛科斯当即答话，言语中带着恨嫉：
'你真刚毅，奥德修斯；强健过人，手脚
不会疲惫。你的整副身板必是铁铸，
不让累得精疲力尽和缺少睡眠的伙伴们
登临岛地。倘若上岸，在这海浪拥围的
岛屿，我们能再次整备可口的餐食增力。
然而你却逼迫我们瞎闹，以眼下的疲惫穿走
迅捷的黑夜，避过海岛，行船迷蒙的洋域。
黑夜属于凶虐的风暴，给海船致送毁灭。
我们中谁可逃避灭顶的祸灾，
倘若风飙骤起，南风和西风
劲吹死命，比谁都擅喜裂毁
海船，无有神明、主宰者的旨意？
现在，让我们接受黑夜的劝诫，
整备晚餐，留在迅捷的船边，贴近；
明天拂晓，我们将驱船宽阔的洋面，重新登临。'

"欧鲁洛科斯言罢，伙伴们均表赞同，
我由此明白，神祇确已给我等谋设灾愁。
其时，我对他说话，将长了翅膀的话语说诵：
'欧鲁洛科斯，主行者仅我一人，你逼我听从。
这样吧，你等众人，对我许下誓言庄重，
倘若我们遇见牛群或大群的羊儿，
谁也不许作恶，做出鲁莽的行动，

不许屠杀羊牛。不，你们不能，只可
满足于进餐她的食物，神圣的基尔凯的致送。’

“我言罢，他们当即起誓，按我的要求办妥。
当发过誓咒，从头至尾说过，
我们将精固的海船停泊在深旷的港湾，
临近一处甜净的水流，伙伴们下得
船来，办妥晚餐，动作娴熟。
当大家满足了吃喝的欲望，
他们想起并哭念亲爱的伙伴，
被斯库拉抢出深旷的海船，吞啖活屠，
甜怡的睡眠降临，伴随他们的恸哭。
当黑夜进入第三部分，星辰的方位变动，
汇集云层的宙斯驱来呼啸的疾风，
神奇、凶虐的狂飙扯动游云，蔽罩
大地汪洋连同。黑夜降自天空。
当早起的黎明重现天际，手指玫瑰嫣红，
我们拽起海船，拖入一个深旷的岩洞，
里面有女仙漂亮的舞场，还有座椅连同。
我聚众集会，对他们说话出声：
‘朋友们，既然快船里有食品饮料储存，
大家伙不要沾碰牛群，以免招来伤损，
这里的壮牛肥羊属于可怕的赫利俄斯，
日神无所不见，无所不闻。’

“我的话说服了他们高傲的心魂。
然而，南风长刮不止，一个月整，其他
的风向偃息，只有南风和东风随同。
只要尚存食物，得饮红酒，
众人都想活命，倒也不曾沾碰牧牛。

当船上的储备罄尽，其后，
他们便被迫外出狩猎，四处荡游，
抓捕鱼儿、鸟类，不管什么，只要能够到手——
饥饿逼挤肚皮，他们带着弯卷的鱼钩。
其时，我独自向岛内行走，以便对神
祈祷，但愿他们中的一位，能给我指点航程行舟。
当穿走海岛，将伙伴们撇在后头，
我找到一处避风的去处，
净洗双手，对所有家住奥林波斯的神明祈求，
而他们却合拢我的眼睛，撒出睡眠的甜诱。
这时，欧鲁洛科斯对伙伴们提出设想险凶：
‘听我说，伙伴们，虽然你们正遭受恶难苦痛。
对于悲苦的凡生，各种死亡都让人厌恨，
但死于饥饿，撞见命运，则是最惨的一种。
来吧，让我们赶出赫利俄斯最好的牧牛，
祭献给长生者，他们拥掌辽阔的天空。
假如有幸回返伊萨卡，回返乡中，
我们将马上兴建丰足的神庙，给赫利俄斯·呼裴里昂，
置放许多上好的进供。
不过，倘若他出于愤恨，为了长角的壮牛，
心想捣毁我们的海船，得获其他神明赞同，
那么，我宁可吞咽海水，一死了结，葬身浪峰，
也不愿困留荒岛，被慢慢地折磨丧生。’

“欧鲁洛科斯言罢，伙伴们均表赞同。
他们当即动手，就近拢来赫利俄斯最好的
牧牛，额面开阔，硬角弯卷，
舔食，临近头首乌黑的船舟。
他们站围牛群，其后，对神明祈求，
摘下鲜嫩的绿叶，从枝干高耸的橡树，

凳板坚固的船上已无雪白的大麦可用。
作罢祈祷，他们杀宰牧牛，剥去皮张，
剖下畜肉，用油脂包裹腿骨，
双层覆盖，铺上精切的碎肉。
由于没有酒浆，泼洒烧烤的祭物，
他们以水代酒祭奠，将所有的内脏烤熟。
焚烤了祭畜的腿件，品尝过内脏，
他们把所剩的部分切成小块，挑上叉头。

“其时，舒甜的睡眠离开我的眼睑；
我回返自己的快船，回抵海滩。
然而就在归返的路上，当我接近翘耸的海船，
烤肉的香味弥漫，迎面扑来，
我悲声叹叫，对着永生的神祇呼喊：
‘父亲宙斯，各位幸福、长生不老的神仙，
你们用残忍的睡眠将我欺哄，使我遭难，
伙伴们留在此地，做下错莽的事情毁败。’

“裙衫飘逸的兰裴提娅迅速出动，告诉
赫利俄斯·呼裴里昂我们宰牛的讯言，
后者心中震怒，话对在场的神仙：
‘父亲宙斯，各位幸福、长生不老的神祇，
惩罚莱耳忒斯之子奥德修斯的伙伴！
这帮人骄横，将我的牧牛杀宰，它们总能
使我欢悦，无论是当我攀升多星的天空。
还是从天上归返地面，回转。
除非他们赔偿我因被劫牛造成的损失，
我将把光明送给死人，沉入哀地斯的房院。’

“其时，汇集云层的宙斯对他答话，开言：

‘还是照射长生者，赫利俄斯，照射
会死的凡胎，普照盛产谷物的田野。
我会立即劈砸他们行途中的快船，在那
酒蓝色的洋面，用闪光的炸雷，将它裂成碎片。’

“我从长发秀美的卡鲁普索那儿听知这些，
她说，她从信使赫耳墨斯口中得知此番信息。

“当行至海边，那里停驻舟船，
我挨个责备他们，但我们找不到
补救的办法，死牛不会复还。
其时，神明当即对我们展示兆现。
牛皮开始爬行，叉尖上的牛肉发出轰喊，
熟的生的，响声犹如牛哞一般。

“一连六天，我的可以信靠的伙伴们
啖食赫利俄斯最好的牧牛，拢来美餐。
但是，当克罗诺斯之子宙斯送来第七个白天，
呼啸的风飙终于息止收敛，
我们当即登船，驶向浩渺的大海，
竖起桅杆，升起雪白的篷帆。

“当我们驶离海岛，眼前没有可见的
陆岸，只有天空，连同汪洋一片，
克罗诺斯之子扯来灰暗的云层，笼罩在
深旷的海船上面，云下的大海变得乌黑森严。
航船继续开进，但只有短暂的时间，尖啸
的西风突然扑来，狂风呼吼，席卷，
疾飙劲吹，将两边固系船桅的支索
裂断，桅杆向后倾倒，所有的索具

掉入舱底躺翻。桅杆倒向船尾，
敲砸舵手的脑袋，把头颅和脑骨
捶得稀烂——像个潜水者，他
跌落舱板，高傲的魂息脱骨，离开。
宙斯甩出霹雳闪电，击打我们的海船，
遭受大神的雷劈，整条船体颠颤，
硫黄的烟味弥漫。伙伴们掉落海里，
似一群白骨顶，被浪水冲卷，沉浮在
乌黑的船边；神明夺走了他们回家的祈愿。

“我仍然颠行船上，直到激浪
卷走龙骨边的船帮，推着光杆的
龙骨漂走，砸断与之相连的桅杆，
幸好尚存一条牛皮制成的后支索连搭，
我用它捆绑龙骨和桅木，绑连，
任凭凶险的风飙推搡，坐在它的上面。

“其后，西风停止呼吼，收敛，
南风轻快地吹来，给我的心灵致送悲伤，
我将回返险恶的卡鲁伯底丝，重走一趟。
风浪推我漂走，整整一个晚上，及至旭日东升，
及抵可怕的卡鲁伯底丝，来到斯库拉的悬崖。
其时，卡鲁伯底丝正吞陷咸涩的海水，
我高高跃起，伸手高大的无花果树，
抓住，紧抱，像蝙蝠一样。然而，
我找不到蹬脚支身的去处，亦无法贴爬，
树的根部离我甚远，枝杈伸展，在够不到的上方，
粗大、修长，遮罩卡鲁伯底丝的面庞。
我只好紧紧抱住不放，等着她喷吐
龙骨桅杆。我急切等盼，它们终于迟来

姗姗，在那判官离开市场之时，回家进用晚餐，
判毕年轻人的诉讼，一桩一桩办完；
就在这种时候，卡鲁伯底丝才把杆段送还。
其时，我松开腿脚臂膀，从高处跳下，
溅落水面，偏离两根木段，掉在中央，
但我跨爬上去，挥手划向前方。
好在人和神的父亲不让斯库拉再次见我，
否则我将逃不出暴死的灾亡。

"从那儿我漂行九天，及至第十天晚上，
神祇把我带到俄古吉亚岛屿，秀发的卡鲁普索
在那里居家，一位可怕的神祇，讲说人话。
她照料我，对我关怀。然而为何再述此事，重讲？
昨天，在你的宫居，我已告诉
你和你雍雅的妻房。我讨厌重复，
再述说过的事情，已经清楚地对人说讲。"

选自《奥德赛》，译林出版社 2003 年版

编选理由：

从《奥德赛》（《奥德修纪》）的这个编选章节中，我们可以清晰地区分三种不同的人物符号及其象征意义：众水手、主人公奥德修斯（俄底修斯）和各种神灵。奥德修斯的地位高于众水手，但受制于神灵（自然）。由此可以理解，为什么在遇见塞壬时，众水手需要在耳朵里塞满蜂蜡，而奥德修斯不需要。奥德修斯让人将自己绑在桅杆上的行为，一方面说明了他有能力（权力）直接面对自然（神灵）的秘密，另一方面也表明，他仍然必须压抑自己的欲望，才能确保安全。

而欧鲁洛科斯作为凡人，鲁莽地率众杀死壮牛、享受美食，则表明他们与远高于他们存在的神灵缺乏交流的渠道，当然也不会受到神灵的眷顾。很显然，奥德修斯作为神灵与凡人之间的使者这一事实，理所当然地让他获得了统治者（启蒙者）的地位。

关于这个问题，马克思、恩格斯、卢卡奇、本雅明、阿多诺等人曾反复论及；而在西方文学史中，《奥德赛》作为土壤和源头，相关主题也被一再书写。

第三辑　述志·抒情

诗经选篇

卷耳

采采卷耳，不盈顷筐。
嗟我怀人，寘彼周行。

陟彼崔嵬，我马虺隤。
我姑酌彼金罍，维以不永怀。

陟彼高冈，我马玄黄。
我姑酌彼兕觥，维以不永伤。

陟彼砠矣，我马瘏矣。
我仆痡矣，云何吁矣。

黍离

彼黍离离，彼稷之苗。
行迈靡靡，中心摇摇。
知我者，谓我心忧；
不知我者，谓我何求。
悠悠苍天，此何人哉？

彼黍离离，彼稷之穗。
行迈靡靡，中心如醉。
知我者，谓我心忧；
不知我者，谓我何求。
悠悠苍天，此何人哉！

彼黍离离，彼稷之实。
行迈靡靡，中心如噎。
知我者，谓我心忧；
不知我者，谓我何求。
悠悠苍天，此何人哉？

蒹葭

蒹葭苍苍，白露为霜。
所谓伊人，在水一方。
溯洄从之，道阻且长。
溯游从之，宛在水中央。

蒹葭凄凄，白露未晞。
所谓伊人，在水之湄。
溯洄从之，道阻且跻。
溯游从之，宛在水中坻。

蒹葭采采，白露未已。
所谓伊人，在水之涘。
溯洄从之，道阻且右。
溯游从之，宛在水中沚。

采薇

采薇采薇，薇亦作止。
曰归曰归，岁亦莫止。
靡室靡家，猃狁之故。
不遑启居，猃狁之故。

采薇采薇，薇亦柔止。
曰归曰归，心亦忧止。
忧心烈烈，载饥载渴。
我戍未定，靡使归聘。

采薇采薇，薇亦刚止。
曰归曰归，岁亦阳止。
王事靡盬，不遑启处。
忧心孔疚，我行不来！

彼尔维何？维常之华。
彼路斯何？君子之车。
戎车既驾，四牡业业。
岂敢定居？一月三捷。

驾彼四牡，四牡骙骙。
君子所依，小人所腓。
四牡翼翼，象弭鱼服。
岂不日戒？猃狁孔棘！

昔我往矣，杨柳依依。
今我来思，雨雪霏霏。

行道迟迟，载饥载渴。

我心伤悲，莫知我哀！

选自《诗经》，王秀梅译注，中华书局2006年版

编选理由：

《诗经》内容十分丰富，大到社会政治、先民的生活，小到鸟木虫鱼、四时风物，均记述甚详。它既是一部诗歌总集，也是重要的政治社会史和风俗史著作。对我来说，《诗经》中最吸引人的部分，当属社会个体在特定历史环境中的情感状态和表现形式。这里所选取的几首诗，都偏重于这个方面。

古诗十九首选篇

行行重行行

行行重行行，与君生别离。
相去万余里，各在天一涯；
道路阻且长，会面安可知！
胡马依北风，越鸟巢南枝。
相去日已远，衣带日已缓；
浮云蔽白日，游子不顾反。
思君令人老，岁月忽已晚。
弃捐勿复道，努力加餐饭！

青青陵上柏

青青陵上柏，磊磊硐中石；
人生天地间，忽如远行客。
斗酒相娱乐，聊厚不为薄；
驱车策驽马，游戏宛与洛。
洛中何郁郁！冠带自相索。
长衢罗夹巷，王侯多第宅；
两宫遥相望，双阙百余尺。
极宴娱心意，戚戚何所迫？

西北有高楼

西北有高楼，上与浮云齐；
交疏结绮窗，阿阁三重阶。
上有弦歌声，音响一何悲！
谁能为此曲？无乃杞梁妻。
清商随风发，中曲正徘徊；
一弹再三叹，慷慨有余哀。
不惜歌者苦，但伤知音稀！
愿为双鸿鹄，奋翅起高飞。

涉江采芙蓉

涉江采芙蓉，兰泽多芳草；
采之欲遗谁？所思在远道。
还顾望旧乡，长路漫浩浩。
同心而离居，忧伤以终老。

选自《朱自清 马茂元说古诗十九首》，上海古籍出版社 1999 年版

编选理由：

《古诗十九首》质朴温婉，直而不野；感时伤生，辞近而意远。抒情自然而饶有韵致，可谓字字珠玑，百读不厌。历来诗评者将它推举为五言之冠，殆非虚语。其实，这十九首诗每一篇都该细细品读，限于篇幅，这里只选其中的四首。

杜甫诗选

自京赴奉先县咏怀五百字

杜陵有布衣，老大意转拙：
许身一何愚，窃比稷与契！
居然成濩落，白首甘契阔。
盖棺事则已，此志常觊豁。
穷年忧黎元，叹息肠内热。
取笑同学翁，浩歌弥激烈。
非无江海志，萧洒送日月，
生逢尧舜君，不忍便永诀。
当今廊庙具，构厦岂云缺？
葵藿倾太阳，物性固莫夺。
顾惟蝼蚁辈，但自求其穴。

胡为慕大鲸，辄拟偃溟渤？
以兹误生理，独耻事干谒。
兀兀遂至今，忍为尘埃没？
终愧巢与由，未能易其节。
沉饮聊自遣，放歌破愁绝。
岁暮百草零，疾风高冈裂。
天衢阴峥嵘，客子中夜发。
霜严衣带断，指直不得结。
凌晨过骊山，御榻在嵽嵲。
蚩尤塞寒空，蹴踏崖谷滑。
瑶池气郁律，羽林相摩戛。
君臣留欢娱，乐动殷胶葛。
赐浴皆长缨，与宴非短褐。
彤庭所分帛，本自寒女出，
鞭挞其夫家，聚敛贡城阙！
圣人筐篚恩，实欲邦国活。
臣如忽至理，君岂弃此物？
多士盈朝廷，仁者宜战慄！
况闻内金盘，尽在卫霍室。
中堂舞神仙，烟雾蒙玉质。
暖客貂鼠裘，悲管逐清瑟。
劝客驼蹄羹，霜橙压香橘。
朱门酒肉臭，路有冻死骨！
荣枯咫尺异，惆怅难再述！
北辕就泾渭，官渡又改辙。
群冰从西下，极目高崒兀。
疑是崆峒来，恐触天柱折。
河梁幸未坼，枝撑声窸窣。
行李相攀援，川广不可越。
老妻寄异县，十口隔风雪。

谁能久不顾？庶往共饥渴！
入门闻号咷，幼子饿已卒。
吾宁舍一哀，里巷亦呜咽！
所愧为人父，无食致夭折！
岂知秋禾登，贫窭有仓卒？
生常免租税，名不隶征伐。
抚迹犹酸辛，平人固骚屑。
默思失业徒，因念远戍卒。
忧端齐终南，澒洞不可掇！

编选理由：

从标题来看，这首诗应该是记事与抒怀并重的体式。但实际写作却是记事极简，以议论和咏怀为主，与《北征》完全不同。正是这种安排，使得这首诗一气呵成、排荡直下，同时又触目伤怀，回环顿挫，有悲从中来、不可遏止之势。另外，作者于幼子饿毙之际，仍能发出“生常免租税，名不隶征伐”之类的感慨，由己及人，进而心忧比自己的境况还不如、飘零于世的天下黎庶，其情感之真切、境界之阔大，端非白居易式的“怜贫忧穷”所能比拟。

秋兴八首

其一

玉露凋伤枫树林，巫山巫峡气萧森。
江间波浪兼天涌，塞上风云接地阴。

丛菊两开他日泪，孤舟一系故园心。
寒衣处处催刀尺，白帝城高急暮砧。

其二

夔府孤城落日斜，每依北斗望京华。
听猿实下三声泪，奉使虚随八月槎。
画省香炉违伏枕，山楼粉堞隐悲笳。
请看石上藤萝月，已映洲前芦荻花。

其三

千家山郭静朝晖，日日江楼坐翠微。
信宿渔人还泛泛，清秋燕子故飞飞。
匡衡抗疏功名薄，刘向传经心事违。
同学少年多不贱，五陵衣马自轻肥。

其四

闻道长安似弈棋，百年世事不胜悲：
王侯第宅皆新主，文武衣冠异昔时。
直北关山金鼓振，征西车马羽书驰。
鱼龙寂寞秋江冷，故国平居有所思。

其五

蓬莱宫阙对南山，承露金茎霄汉间。
西望瑶池降王母，东来紫气满函关。
云移雉尾开宫扇，日绕龙鳞识圣颜。
一卧沧江惊岁晚，几回青琐点朝班。

其六

瞿塘峡口曲江头，万里风烟接素秋。
花萼夹城通御气，芙蓉小苑入边愁。

珠帘绣柱围黄鹄，锦缆牙樯起白鸥。
回首可怜歌舞地，秦中自古帝王州。

其七

昆明池水汉时功，武帝旌旗在眼中。
织女机丝虚夜月，石鲸鳞甲动秋风。
波漂菰米沉云黑，露冷莲房坠粉红。
关塞极天惟鸟道，江湖满地一渔翁。

其八

昆吾御宿自逶迤，紫阁峰阴入渼陂。
香稻啄馀鹦鹉粒，碧梧栖老凤凰枝。
佳人拾翠春相问，仙侣同舟晚更移。
彩笔昔曾干气象，白头吟望苦低垂。

选自《杜甫诗选注》，萧涤非选注，人民文学出版社 2002 年版

编选理由：

千古绝唱。

后赤壁赋

〔北宋〕苏轼

是岁十月之望，步自雪堂，将归于临皋。二客从予，过黄泥之坂。霜露既降，木叶尽脱。人影在地，仰见明月。顾而乐之，行歌相答。已而叹曰：

"有客无酒，有酒无肴，月白风清，如此良夜何?"客曰："今者薄暮，举网得鱼，巨口细鳞，状似松江之鲈，顾安所得酒乎?"归而谋诸妇。妇曰："我有斗酒，藏之久矣，以待子不时之须。"于是携酒与鱼，复游于赤壁之下。江流有声，断岸千尺。山高月小，水落石出。曾日月之几何，而江山不可复识矣。

予乃摄衣而上，履巉岩，披蒙茸。踞虎豹，登虬龙，攀栖鹘之危巢，俯冯夷之幽宫。盖二客不能从焉。划然长啸，草木震动。山鸣谷应，风起水涌。予亦悄然而悲，肃然而恐，凛乎其不可久留也。反而登舟，放乎中流，听其所止而休焉。

时夜将半，四顾寂寥，适有孤鹤，横江东来，翅如车轮，玄裳缟衣，戛然长鸣，掠予舟而西也。须臾客去，予亦就睡，梦一道士，羽衣翩跹，过临皋之下，揖予而言曰："赤壁之游乐乎?"问其姓名，俯而不答。呜呼噫嘻，我知之矣，畴昔之夜，飞鸣而过我者，非子也耶?道士顾笑，予亦惊悟。开户视之，不见其处。

选自《苏轼文集》(第1册)，孔凡礼点校，中华书局1986年版

编选理由：

有了《前赤壁赋》的妙手偶得、浑然天成，同一题材，《后赤壁赋》仍能独出机杼，与前文二美并称，流传于世，非苏子不能办。早年讽诵《后赤壁赋》，颇疑东坡的第二次赤壁夜游，完全出于想象，实际上并未发生。其中的原因，大概是结尾部分的那个梦奇峰突起，使得整个叙事都染上了浓郁的梦幻色彩。同时，"开户视之，不见其处"八字，更是意境悠远，犹若三月眺望顺江而下的桃花水，亦真亦幻，邈无际涯。

卞之琳诗歌

尺八

像候鸟衔来了异方的种子，
三桅船载来了一枝尺八。
从夕阳里，从海西头。
长安丸载来的海西客
夜半听楼下醉汉的尺八，
想一个孤馆寄居的番客
听了雁声，动了乡愁，
得了慰藉于邻家的尺八，
次朝在长安市的繁华里
独访取一枝凄凉的竹管……
（为什么霓虹灯的万花间，
还飘着一缕凄凉的古香？）
归去也，归去也，归去也——
像候鸟衔来了异方种子，
三桅船载来一枝尺八，
尺八乃成了三岛的花草。
（为什么霓红灯的万花间，
还飘着一缕凄凉的古香？）
归去也，归去也，归去也——
海西人想带回失去的悲哀吗？

一九三五年六月十九日

音尘

绿衣人熟稔的按门铃
就按在住户的心上：
是游过黄海来的鱼？
是飞过西伯利亚来的雁？
“翻开地图看，”远人说。
他指示我他所在的地方
是那条虚线旁那个小黑点。
如果那是金黄的一点，
如果我的座椅是泰山顶，
在月夜，我要你猜你那儿
准是一个孤独的火车站。
然而我正对一本历史书。
西望夕阳里的咸阳古道，
我等到了一匹快马的蹄声。

一九三五年十月二十六日

旧元夜遐思

灯前的窗玻璃是一面镜子，
莫掀帷望远吧，如不想自鉴
可是远窗是更深的镜子：
一星灯火里看是谁的愁眼？

“我不能陪你听我的鼾声。”
是利刃，可是劈不开水涡：
人在你梦里，你在人梦里。
独醒者放下屠刀来为你们祝福。

一九三五年二月四日

古镇的梦

小镇上有两种声音
一样的寂寥：
白天是算命锣，
夜里是梆子。

敲不破别人的梦，
做着梦似的
瞎子在街上走，
一步又一步。
他知道哪一块石头低，
哪一块石头高，
哪一家姑娘有多大年纪。

敲沉了别人的梦，
做着梦似的
更夫在街上走，
一步又一步。
他知道哪一块石头低，
哪一块石头高，
哪一家门户关得最严密。

“三更了，你听哪，
毛儿的爸爸，
这小子吵得人睡不成觉，
老在梦里哭，
明天替他算算命吧？”

是深夜，
又是清冷的下午：
敲梆的过桥，
敲锣的又过桥，
不断的是桥下流水的声音。

一九三三年秋

选自《卞之琳文集》，姜诗元编选，华夏出版社2000年版

编选理由：

卞之琳的诗初读稍显晦涩，读多了之后，又觉得他的诗作风格具有单纯而明晰的同一性。他是那种喜欢去同一个井里去打水的人，在这一点上，有点儿像海明威。卞之琳找到了一种特有的呈现自己经验的方式，稳定而谦逊，优雅而成熟。不用说，这种时空跳转、主客互观的抒情方式深刻地影响了中国现当代诗歌的创作。

萧红墓畔口占

戴望舒

走六小时寂寞的长途，
到你头边放一束红山茶，

我等待着，长夜漫漫，
你却卧听着海涛闲话。

一九四四年十一月二十日

选自《戴望舒全集：诗歌卷》，王文彬、金石主编，中国青年出版社 1999 年版

编选理由：

在编选这本文集的过程中，一个偶然的机会，听到著名诗人西渡在清华大学文学创作与研究中心讲解这首小诗。被一首四行小诗搞得泪不能禁，这样的经历，已经很多年没有过了，故临时决定选入。这首诗的每一个字都值得细细咀嚼。当然在阅读之前，最好能了解一下它的创作背景。

窗

〔波兰〕米沃什 著　陈敬容 译

黎明时我向窗外瞭望，
见一棵年轻的苹果树沐着曙光。

又一个黎明我望着窗外，
苹果树已经果实累累。

可能过去了许多岁月，

睡梦里出现过什么，我再也记不起。

选自《外国名诗100首》，黎华编著，湖北教育出版社1996年版

编选理由：

很多年前的一天，正在上小学的儿子问我能不能教他写诗。我因瞅见床头柜上放着一架《三联生活周刊》杂志社送我的年历——在那个特定的月份，年历上正好印着米沃什的这首小诗，遂简单地给他讲解了一下，就打发他去模仿。这首诗也就记在了心里。如今儿子已经长大，逝去的岁月中发生了多少事，却再也记不起。

J·阿尔弗瑞德·普鲁弗洛克的情歌

〔英〕T. S. 艾略特 著　查良铮 译

假如我认为，我是回答一个能转回阳世间的人，
那么，这火焰就不会再摇闪。但既然，如我听
到的果真没有人能活着离开这深渊，我回答你
就不必害怕流言。

那么我们走吧，你我两个人，
正当朝天空慢慢铺展着黄昏

好似病人麻醉在手术桌上；
我们走吧，穿过一些半冷清的街，
那儿休憩的场所正人声喋喋；
有夜夜不宁的下等歇夜旅店
和满地蚌壳的铺锯末的饭馆；
街连着街，好像一场讨厌的争议
带着阴险的意图
要把你引向一个重大的问题……
唉，不要问，“那是什么？”
让我们快点去作客。
在客厅里女士们来回地走，
谈着画家米开朗琪罗。

黄色的雾在窗玻璃上擦着它的背，
黄色的烟在窗玻璃上擦着它的嘴，
把它的舌头舐进黄昏的角落，
徘徊在快要干涸的水坑上；
让跌下烟囱的烟灰落上它的背，
它溜下台阶，忽地纵身跳跃，
看到这是一个温柔的十月的夜，
于是便在房子附近蜷伏起来安睡。

呵，确实地，总会有时间
看黄色的烟沿着街滑行，
在窗玻璃上擦着它的背；
总会有时间，总会有时间
装一副面容去会见你去见的脸；
总会有时间去暗杀和创新，
总会有时间让举起问题又丢进你盘里的
双手完成劳作与度过时日；

有的是时间，无论你，无论我，
还有的是时间犹豫一百遍，
或看到一百种幻景再完全改过，
在吃一片烤面包和饮茶以前。

在客厅里女士们来回地走，
谈着画家米开朗琪罗。

呵，确实地，总还有时间
来疑问，“我可有勇气？”“我可有勇气？”
总还有时间来转身走下楼梯，
把一块秃顶暴露给人去注意——
（她们会说：“他的头发变得多么稀！”）
我的晨礼服，我的硬领在腭下笔挺，
我的领带雅致而多彩，用一个简朴的别针固定——
（她们会说：“可是他的胳膊腿多么细！”）
我可有勇气
搅乱这个宇宙？
在一分钟里总还有时间
决定和变卦，过一分钟再变回头。

因为我已经熟悉了她们，熟悉了她们所有的人——
熟悉了那些黄昏，和上下午的情景，
我是用咖啡匙子量走了我的生命；
我熟悉每当隔壁响起了音乐
话声就逐渐低微而至停歇。
所以我怎么敢开口？

而且我已熟悉那些眼睛，熟悉了她们所有的眼睛——
那些眼睛能用一句成语的公式把你盯住，

当我被公式化了，在钉针下趴伏，
当我被钉着在墙壁上挣扎，
那我怎么能开始吐出
我的生活和习惯的全部剩烟头？
我又怎么敢开口？
而且我已经熟悉了那些胳膊，熟悉了她们所有的胳膊——
那些胳膊带着镯子，又袒露又白净
（可是在灯光下，显得淡褐色毛茸茸！）
是否由于衣裙的香气
使得我这样话离本题？
那些胳膊或围着肩巾，或横在案头。
那时候我该开口吗？
可是我怎么开始？

是否我说，我在黄昏时走过窄小的街，
看到孤独的男子只穿着衬衫
倚在窗口，烟斗里冒着袅袅的烟？……

那我就会成为一对蟹螯
急急爬过沉默的海底。

啊，那下午，那黄昏，睡得多平静！
被纤长的手指轻轻抚爱，
睡了……倦慵的……或者它装病，
躺在地板上，就在你我脚边伸开。
是否我，在用过茶、糕点和冰食以后，
有魄力把这一刻推到紧要的关头？
然而，尽管我曾哭泣和斋戒，哭泣和祈祷，
尽管我看见我的头（有一点秃了）用盘子端进来，
我不是先知——这也不值得大惊小怪；

我曾看到我伟大的时刻闪烁，
我曾看到那永恒的“侍者”
拿着我的外衣暗笑，
一句话，我有点害怕。

而且，归根到底，是不是值得
当小吃、果子酱和红茶已用过，
在杯盘中间，当人们谈着你和我，
是不是值得以一个微笑
把这件事情一口啃掉，
把整个宇宙压缩成一个球，
使它滚向某个重大的问题，
说道：“我是拉撒路，从冥界
来报一个信，我要告诉你们一切。”——
万一她把枕垫放在头下一倚，
说道：“唉，我意思不是要谈这些；
不，我不是要谈这些。”

那么，归根到底，是不是值得，
是否值得在那许多次夕阳以后，
在庭院的散步和水淋过街道以后，
在读小说以后，在饮茶以后，在长裙拖过地板以后，——
说这些，和许多许多事情？——
要说出我想说的话绝不可能！
仿佛有幻灯把神经的图样投到幕上：
是否还值得如此难为情，
假如她放一个枕垫或掷下披肩，
把脸转向窗户，甩出一句：
“那可不是我的本意，
那可绝不是我的本意。”

不！我并非哈姆雷特王子，当也当不成；
我只是个侍从爵士，为王家出行，
铺排显赫的场面，或为王子出主意，
就够好的了；无非是顺手的工具，
服服帖帖，巴不得有点用途，
细致，周详，处处小心翼翼；
满口高谈阔论，但有点愚鲁；
有时候，老实说，显得近乎可笑，
有时候，几乎是个丑角。

呵，我变老了……我变老了……
我将要卷起我的长裤的裤脚。

我将把头发往后分吗？我可敢吃桃子？
我将穿上白法兰绒裤在海滩上散步。
我听见了女水妖彼此对唱着歌。

我不认为她们会为我而唱歌。

我看过她们凌驾波浪驶向大海，
梳着打回来的波浪的白发，
当狂风把海水吹得又黑又白。

我们流连于大海的宫室，
被海妖以红的和棕的海草装饰，
一旦被人声唤醒，我们就淹死。

选自《T. S. 艾略特诗选》，紫芹选编，四川文艺出版社 1992 年版

编选理由：

如果说，在三四十年前，我们在阅读这首作品时，在日常经验的层次上，总是会感到有些隔膜的话，如今，这些隔膜可以说完全不存在了。时代的变化仿佛是为了成全我们的阅读——让一首当年的晦涩之作，陡然间变得那么浅显，甚至成为我们日常认知的一部分。

也许有一天清晨

〔意〕蒙塔莱 著　黄灿然 译

也许有一天清晨，走在干燥的玻璃空气里，
我会转身看见一个奇迹发生：
我背后什么也没有，一片虚空
在我身后延伸，带着醉汉的惊骇。

接着，恍若在银幕上，立即拢集过来
树木房屋山峦，又是老一套幻觉。
但已经太迟：我将继续怀着这秘密
默默走在人群中，他们都不回头。

选自《为什么读经典》，〔意〕卡尔维诺著，译林出版社2012年版

编选理由：

从这短短八行的诗作来看，“奇迹”发生的时间极其短暂，它刚一出现，就被日常经验（那些老一套的幻觉）所覆盖和瓦解。这里涉及三个问题。

第一，为什么这个奇迹只有在转身时才能被看到？转身或回头，这个姿态意味着什么？第二，这个奇迹本身是什么？第三，当我看到奇迹（其他人并未看到）之后，我采取了什么样的态度，来面对那些从不回头的人？我认为只有将这三个问题联系起来考虑，我们才能理解这首诗中所包含的深意。

博尔赫斯诗两首

镜子

王央乐 译

我是一个对镜子感到害怕的人；
不仅面对着无法穿透的玻璃，
里面一个不存在的无法居住的空间
反映着，结束了又开始；

而且甚至瞧着水面，那模仿着
深邃天空的另一种蓝色，那涟漪

上面有时候掠过左右相反的鸟
虚妄空幻的飞翔；

甚至面对着精细乌木的
沉默表面，那么光滑明亮，
显得像一个反复的梦，梦见
某些大理石或者某些玫瑰的洁白；

今天，在变化万千的月亮之下，
那么多烦恼的流浪岁月的末端，
我自问：是什么命运的乖张，
使我这么害怕一面照人的镜子？

金属的镜子，桃花心木的假镜子，
在它那红霞夕照般的迷雾里
朦胧地显现了一张
瞧着它而又被瞧着的脸。

我把它们都看作古旧契约的
永恒的根本的执行者，
使世界繁殖，仿佛生殖的行为，
无法睡眠，带来劫数。

它们在令人昏眩的蛛网里
延长这个空洞的不隐的世界；
有时候到了傍晚，
被一个未死的人的呼吸所模糊。

镜子窥伺着我们。要是卧室
四壁之间有面镜子在张望，

我就不再孤独。有一个人在。
黎明时，反影默默地演出了一台戏。

在这种有照人镜子的房间里，
什么事都发生，什么事都不记下；
我们在里面被魔法变成了拉比，
现在从右到左地念着书。

克劳迪乌斯，黄昏的君主，做梦的国王，
他并不觉得自己在梦中，直至那一天，
一个演员用哑剧在舞台上
把他的罪孽向世界献演。

做梦是奇怪的，照镜子同样奇怪；
那里面，普通的陈旧的日常生活节目，
会包含着反影所精心制造的
一个虚幻而深刻的世界。

上帝（我一直想）花费了大力气
设计这个无法可及的建筑，
让每个黎明从镜子的反光
让黑暗从一个梦里，构造而起。

上帝创造了夜间的时光，
用梦，用镜子，把它武装，为了
让人心里明白，他自己不过是个反影，
是个虚无。因此，才那么使人害怕。

选自《外国诗》，外国文学出版社 1983 年版

编选理由：

在上一首诗中，蒙塔莱通过转身或回头所看见的东西，博尔赫斯从镜子中也看到了。我们不应忘记，蒙塔莱笔下的干燥的空气也具有玻璃或镜子的性质。博尔赫斯特别欣赏的一位作家卡萨雷斯，在小说《莫雷尔的发明》中也构筑了一个同样的梦——我们不过是早已消失的事物所投下的镜中幻影。

雨

陈东飙 译

突然间黄昏变得明亮
因为此刻正有细雨在落下。
或曾经落下。下雨
无疑是在过去发生的一件事。

谁听见雨落下，谁就回想起
那个时候，幸福的命运向他呈现了
一朵叫作玫瑰的花
和它奇妙的，鲜红的色彩。

这蒙住了窗玻璃的细雨
必将在被遗弃的郊外
在某个不复存在的庭院里洗亮
架上的黑葡萄。潮湿的暮色
带给我一个声音，我渴望的声音，
我的父亲回来了，他没有死去。

选自《博尔赫斯诗选》，河北教育出版社2003年版

编选理由：

我曾在短篇小说《戒指花》里，将博尔赫斯的这首诗镶嵌进作品的文字之中，构成叙事与引文之间的关系。（在一开始的版本中，博尔赫斯的诗用黑体标出，以示区分。）如读者有兴趣，不妨参看。

第四辑　议理·阐述

中庸(节选)

第一章

天命之谓性，率性之谓道，修道之谓教。

道也者，不可须臾离也。可离，非道也。是故君子戒慎乎其所不睹，恐惧乎其所不闻。莫见乎隐，莫显乎微。故君子慎其独也。

喜怒哀乐之未发，谓之中；发而皆中节，谓之和。中也者，天下之大本也；和也者，天下之达道也。致中和，天地位焉，万物育焉。

第二十章

哀公问政。子曰："文、武之政，布在方策。其人存，则其政举；其人亡，则其政息。人道敏政，地道敏树。夫政也者，蒲卢也。故为政在人，取人以身，修身以道，修道以仁。仁者，人也，亲亲为大。义者，宜也，尊贤为大。亲亲之杀，尊贤之等，礼所生也。在下位不获乎上，民不可得而治矣。故君子不可以不修身，思修身不可以不事亲，思事亲不可以不知人，思知人不可以不知天。

"天下之达道五，所以行之者三：曰君臣也，父子也，夫妇也，昆弟也，朋友之交也，五者，天下之达道也；知、仁、勇三者，天下之达德也，所以行之者一也。或生而知之，或学而知之，或困而知之，及其知之，一也；或安而行之，或利而行之，或勉强而行之，及其成功，一也。"子曰："好学近乎知，力行近乎仁，知耻近乎勇。知斯三者，则知所以修身；知所以修身，则知所以治人；知所以治人，则知所以治天下国家矣。

"凡为天下国家有九经，曰修身也，尊贤也，亲亲也，敬大臣也，体群臣也，子庶民也，来百工也，柔远人也，怀诸侯也。修身则道立，尊贤则不惑，亲亲则诸父昆弟不怨，敬大臣则不眩，体群臣则士之报礼重，子庶民则百姓劝，来百工则财用足，柔远人则四方归之，怀诸侯则天下畏之。齐明盛服，非礼不动，所以修身也；去谗远色，贱货而贵德，所以劝贤也；尊其位，重其禄，同其好恶，所以劝亲亲也；官盛任使，所以劝大臣也；忠信重禄，所以劝士也；时使薄敛，所以劝百姓也；日省月试，既禀称事，所以劝百工也；送往迎来，嘉善而矜不能，所以柔远人也；继绝世，举废国，治乱持危，朝聘以时，厚往而薄来，所以怀诸侯也。凡为天下国家有九经，所以行之者，一也。

“凡事豫则立，不豫则废。言前定则不跲，事前定则不困，行前定则不疚，道前定则不穷。

“在下位不获乎上，民不可得而治矣；获乎上有道，不信乎朋友，不获乎上矣；信乎朋友有道，不顺乎亲，不信乎朋友矣；顺乎亲有道，反诸身不诚，不顺乎亲矣；诚身有道，不明乎善，不诚乎身矣。

“诚者，天之道也。诚之者，人之道也。诚者不勉而中，不思而得，从容中道，圣人也。诚之者，择善而固执之者也。

“博学之，审问之，慎思之，明辨之，笃行之。有弗学，学之弗能弗措也；有弗问，问之弗知弗措也；有弗思，思之弗得弗措也；有弗辨，辨之弗明弗措也；有弗行，行之弗笃弗措也。人一能之，己百之；人十能之，己千之。果能此道矣，虽愚必明，虽柔必强。”

选自《四书》，〔宋〕朱熹集注，顾美华标点，上海古籍出版社 1996 年版

编选理由：

天命之谓性，率性之谓道，修道之谓教，是关于天地之道的总则，但第一章中也强调了慎独的重要性。第二十章则进一步地具体阐发。宇宙秩序和天地之道虽然至广至大，却见之于隐微，而明道的一个重要步骤是诚意修身，将诚与敬逐步扩大至世间万物。钱穆先生也认为，强调修身的重要性，是中国儒家文化最具

特色的地方。虽是教化文字，然通篇语调和缓，言之谆谆，反复劝勉，且颇多体贴鼓励之辞。在个人身心高度原子化、空洞化的当今时代，重温这些朴素的言论，是很有益处的。

齐物论

〔战国〕庄子

南郭子綦隐机而坐，仰天而嘘，荅焉似丧其耦。颜成子游立侍乎前，曰："何居乎？形固可使如槁木，而心固可使如死灰乎？今之隐机者，非昔之隐机者也。"

子綦曰："偃，不亦善乎，而问之也！今者吾丧我，汝知之乎？汝闻人籁而未闻地籁；汝闻地籁而未闻天籁夫！"

子游曰："敢问其方。"

子綦曰："夫大块噫气，其名为风。是唯无作，作则万窍怒呺。而独不闻之翏翏乎？山陵之畏佳，大木百围之窍穴，似鼻，似口，似耳，似枅，似圈，似臼，似洼者，似污者；激者，謞者，叱者，吸者，叫者，譹者，宎者，咬者。前者唱于而随者唱喁，泠风则小和，飘风则大和，厉风济则众窍为虚。而独不见之调调之刁刁乎？"

子游曰："地籁则众窍是已，人籁则比竹是已。敢问天籁。"

子綦曰："夫天籁者，吹万不同，而使其自己也。咸其自取，怒者其谁邪！"

大知闲闲，小知间间；大言炎炎，小言詹詹。其寐也魂交，其觉也形开，与接为构，日以心斗。缦者，窖者，密者。小恐惴惴，大恐缦缦。其发若机栝，其司是非之谓也；其留如诅盟，其守胜之谓也；其杀若秋冬，以言其日消也；其溺之所为之，不可使复之也；其厌也如缄，以言其老洫也；近死之心，莫使复阳也。喜怒哀乐，虑叹变慹，姚佚启态；乐出虚，蒸成菌。日夜相代乎前，而莫知其所萌。已乎，已乎！旦暮得此，其所由以生乎！

非彼无我，非我无所取。是亦近矣，而不知其所为使。若有真宰，而特不得其眹。可行已信；而不见其形，有情而无形。百骸、九窍、六藏，赅而存焉，吾谁与为亲？汝皆说之乎？其有私焉？如是皆有为臣妾乎？其臣妾不足以相治乎？其递相为君臣乎？其有真君存焉？如求得其情与不得，无益损乎其真。一受其成形，不化以待尽。与物相刃相靡，其行进如驰，而莫之能止，不亦悲乎！终身役役而不见其成功，苶然疲役而不知其所归，可不哀邪！人谓之不死，奚益！其形化，其心与之然，可不谓大哀乎？人之生也，固若是芒乎？其我独芒，而人亦有不芒者乎？

夫随其成心而师之，谁独且无师乎？奚必知代而心自取者有之？愚者与有焉。未成乎心而有是非，是今日适越而昔至也。是以无有为有。无有为有，虽有神禹，且不能知，吾独且奈何哉！

夫言非吹也，言者有言，其所言者特未定也。果有言邪？其未尝有言邪？其以为异于鷇音，亦有辩乎，其无辩乎？道恶乎隐而有真伪？言恶乎隐而有是非？道恶乎往而不存？言恶乎存而不可？道隐于小成，言隐于荣华。故有儒墨之是非，以是其所非而非其所是。欲是其所非而非其所是，则莫若以明。

物无非彼，物无非是。自彼则不见，自是则知之。故曰彼出于是，是亦因彼。彼是方生之说也，虽然，方生方死，方死方生；方可方不可，方不可方可。因是因非，因非因是。是以圣人不由，而照之于天，亦因是也。是亦彼也，彼亦是也。彼亦一是非，此亦一是非。果且有彼是乎哉？果且无彼是乎哉？彼是莫得其偶，谓之道枢。枢始得其环中，以应无穷。是亦一无穷，非亦一无穷也。故曰莫若以明。

以指喻指之非指，不若以非指喻指之非指也；以马喻马之非马，不若以非马喻马之非马也。天地一指也，万物一马也。

道行之而成，物谓之而然。有自也而可，有自也而不可。有自也而然，有自也而不然。恶乎然？然于然。恶乎不然？不然于不然。恶乎可？可于可。

恶乎不可？不可于不可。物固有所然，物固有所可。无物不然，无物不可。故为是举莛与楹，厉与西施，恢恑憰怪，道通为一。其分也，成也；其成也，毁也。凡物无成与毁，复通为一。唯达者知通为一，为是不用而寓诸庸；因是已。已而不知其然，谓之道。劳神明为一，而不知其同也，谓之朝三。何谓朝三？狙公赋芧曰："朝三而暮四。"众狙皆怒。曰："然则朝四而暮三。"众狙皆悦。名实未亏而喜怒为用，亦因是也。是以圣人和之以是非而休乎天钧，是之谓两行。

古之人，其知有所至矣。恶乎至？有以为未始有物者，至矣，尽矣，不可以加矣。其次，以为有物矣，而未始有封也。其次，以为有封焉，而未始有是非也。是非之彰也，道之所以亏也。道之所以亏，爱之所以成。果且有成与亏乎哉？果且无成与亏乎哉？有成与亏，故昭氏之鼓琴也；无成与亏，故昭氏之不鼓琴也。昭文之鼓琴也，师旷之枝策也，惠子之据梧也，三子之知，几乎皆其盛者也，故载之末年。唯其好之也，以异于彼；其好之也，欲以明之。彼非所明而明之，故以坚白之昧终。而其子又以文之纶终，终身无成。若是而可谓成乎？虽我无成，若是而不可谓成乎？物与我无成也。是故滑疑之耀，圣人之所图也。为是不用而寓诸庸，此之谓以明。

今且有言于此，不知其与是类乎？其与是不类乎？类与不类，相与为类，则与彼无以异矣。虽然，请尝言之。有始也者，有未始有始也者，有未始有夫未始有始也者。有有也者，有无也者，有未始有无也者，有未始有夫未始有无也者。俄而有无矣，而未知有无之果孰有孰无也。今我则已有谓矣，而未知吾所谓之其果有谓乎，其果无谓乎？

天下莫大于秋毫之末，而大山为小；莫寿乎殇子，而彭祖为夭。天地与我并生，而万物与我为一。既已为一矣，且得有言乎？既已谓之一矣，且得无言乎？一与言为二，二与一为三。自此以往，巧历不能得，而况其凡乎！故自无适有以至于三，而况自有适有乎！无适焉，因是已。

夫道未始有封，言未始有常，为是而有畛也，请言其畛：有左，有右，有伦，有义，有分，有辩，有竞，有争，此之谓八德。六合之外，圣人存而不论；六合之内，圣人论而不议。春秋经世先王之志，圣人议而不辩。故分也者，有不分也；辩也者，有不辩也。曰：何也？圣人怀之，众人辩之以相示也。故曰辩也者，有不见也。夫大道不称，大辩不言，大仁不仁，大廉不嗛，大勇不忮。道昭而不道，言辩而不及，仁常而不周，廉清而不信，勇忮而不成。五者无弃而几向方矣。故知止其所不知，至矣。孰知不言之辩，不道之道？若有能知，此之谓天府。注焉而不满，酌焉而不竭，而不知其所由来，此之谓葆光。

故昔者尧问于舜曰："我欲伐宗、脍、胥敖，南面而不释然。其故何也？"

舜曰："夫三子者，犹存乎蓬艾之间。若不释然，何哉？昔者十日并出，万物皆照，而况德之进乎日者乎！"

啮缺问乎王倪曰："子知物之所同是乎？"

曰："吾恶乎知之！"

"子知子之所不知邪？"

曰："吾恶乎知之！"

"然则物无知邪？"

曰："吾恶乎知之！虽然尝试言之。庸讵知吾所谓知之非不知邪？庸讵知吾所谓不知之非知邪？且吾尝试问乎汝：民湿寝则腰疾偏死，鳅然乎哉？木处则惴慄恂惧，猿猴然乎哉？三者孰知正处？民食刍豢，麋鹿食荐，蝍蛆甘带，鸱鸦嗜鼠，四者孰知正味？猨猵狙以为雌，麋与鹿交，鳅与鱼游。毛嫱、丽姬，人之所美也；鱼见之深入，鸟见之高飞，麋鹿见之决骤。四者孰知天下之正色哉？自我观之，仁义之端，是非之涂，樊然淆乱，吾恶能知其辩！"

啮缺曰："子不知利害，则至人固不知利害乎？"

王倪曰："至人神矣！大泽焚而不能热，河汉沍而不能寒，疾雷破山而不能伤，飘风振海而不能惊。若然者，乘云气，骑日月，而游乎四海之外。死生无变于己，而况利害之端乎！"

瞿鹊子问乎长梧子曰："吾闻诸夫子：'圣人不从事于务，不就利，不违害，不喜求，不缘道；无谓有谓，有谓无谓，而游乎尘垢之外。'夫子以为孟浪之言，而我以为妙道之行也。吾子以为奚若？"

长梧子曰："是黄帝之所听荧也，而丘也何足以知之！且汝亦大早计，见卵而求时夜，见弹而求鸮炙。予尝为女妄言之，女以妄听之奚？旁日月，挟宇宙，为其吻合，置其滑涽，以隶相尊。众人役役，圣人愚芚，参万岁而一成纯。万物尽然，而以是相蕴。

"予恶乎知说生之非惑邪！予恶乎知恶死之非弱丧而不知归者邪！丽之

姬，艾封人之子也。晋国之始得之也，涕泣沾襟；及其至于王所，与王同筐床，食刍豢，而后悔其泣也。予恶乎知夫死者不悔其始之蕲生乎！梦饮酒者，旦而哭泣；梦哭泣者，旦而田猎。方其梦也，不知其梦也。梦之中又占其梦焉，觉而后知其梦也。且有大觉而后知此其大梦也。而愚者自以为觉，窃窃然知之。君乎，牧乎，固哉！丘也与女，皆梦也；予谓女梦，亦梦也。是其言也，其名为吊诡。万世之后而一遇大圣，知其解者，是旦暮遇之也。

“既使我与若辩矣，若胜我，我不若胜，若果是也，我果非也邪？我胜若，若不吾胜，我果是也，而果非也邪？其或是也，其或非也邪？其俱是也，其俱非也邪？我与若不能相知也，则人固受黮暗，吾谁使正之？使同乎若者正之？既与若同矣，恶能正之！使同乎我者正之？既同乎我矣，恶能正之！使异乎我与若者正之？既异乎我与若矣，恶能正之！使同乎我与若者正之？既同乎我与若矣，恶能正之！然则我与若与人俱不能相知也，而待彼也邪？

“化声之相待，若其不相待，和之以天倪，因之以曼衍，所以穷年也。何谓和之以天倪？”

曰：“是不是，然不然。是若果是也，则是之异乎不是也，亦无辩；然若果然也，则然之异乎不然也亦无辩。忘年忘义，振于无竟，故寓诸无竟。”

罔两问景曰：“曩子行，今子止；曩子坐，今子起；何其无特操与？”

景曰：“吾有待而然者邪？吾所待又有待而然者邪？吾待蛇蚹蜩翼邪？恶识所以然！恶识所以不然！”

昔者庄周梦为胡蝶，栩栩然胡蝶也，自喻适志与！不知周也。俄然觉，则蘧蘧然周也。不知周之梦为胡蝶与，胡蝶之梦为周与？周与胡蝶，则必有分矣。此之谓“物化”。

选自《庄子》，冀昀主编，线装书局2007年版

编选理由：

如果说《中庸》是正面的劝勉与说理，那么庄子的《齐物论》则无异于当头棒喝。无论是它兼具丰富性和深刻性的义理，还是恣肆汪洋的笔法和机锋妙喻，

它们都在中国文化史上留下了重要的印记。也有人认为，子思的《中庸》受到了《齐物论》的影响，具体如何，不得而知，但《中庸》与《齐物论》在主要思想脉络上的联系确实是清晰的。另外，佛教中的禅宗一脉与《齐物论》之间也有着复杂的关联。当然，后人在讨论儒道释的异同时，也时常将《齐物论》作为论辩的枢纽。庄子的文字亦庄亦谐，灵活、准确，跌宕有姿态，妙到毫巅，其义理具有醍醐灌顶的力量，值得我们细细参详。

声无哀乐论

〔魏〕嵇康

有秦客问于东野主人曰："闻之前论曰：治世之音安以乐，亡国之音哀以思。夫治乱在政，而音声应之。故哀思之情，表于金石。安乐之象，形于管弦也。又仲尼闻韶，识虞舜之德；季札听弦，知众国之风。斯已然之事，先贤所不疑也。今子独以为声无哀乐，其理何居？若有嘉讯，今请闻其说。"主人应之曰："斯义久滞，莫肯拯救。故念历世，滥于名实。今蒙启导，将言其一隅焉。夫天地合德，万物贵生。寒暑代往，五行以成。故章为五色，发为五音。音声之作，其犹臭味在于天地之间。其善与不善，虽遭遇浊乱，其体自若，而不变也。岂以爱憎易操，哀乐改度哉？及宫商集化，声音克谐。此人心至愿，情欲之所钟。古人知情不可恣，欲不可极，因其所用，每为之节。

使哀不至伤，乐不至淫。因事与名，物有其号。哭谓之哀，歌谓之乐。斯其大较也。然乐云乐云，钟鼓云乎哉？哀云哀云，哭泣云乎哉？因兹而言，玉帛非礼敬之实，歌舞非悲哀之主也。何以明之？夫殊方异俗，歌哭不同；使错而用之，或闻哭而欢，或听歌而戚。然而哀乐之情均也。今用均之情，而发万殊之声，斯非音声之无常哉？然声音和比，感人之最深者也。劳者歌其事，乐者舞其功。夫内有悲痛之心，则激切哀言。言比成诗，声比成音。杂而咏之，聚而听之。心动于和声，情感于苦言。嗟叹未绝，而泣涕流涟矣。夫哀心藏于苦心内，遇和声而后发；和声无象，而哀心有主。夫以有主之哀心，因乎无象之和声，其所觉悟，唯哀而已。岂复知吹万不同，而使其自已哉。风俗之流，遂成其政。是故国史明政教之得失，审国风之盛衰，吟咏情性以讽其上。故曰：亡国之音哀以思也。夫喜怒哀乐，爱憎惭惧，凡此八者，生民所以接物传情，区别有属，而不可溢者也。夫味以甘苦为称，今以甲贤而心爱，以乙愚而情憎。则爱憎宜属我，而贤愚宜属彼也。可以我爱而谓之爱人，我憎而谓之憎人？所喜则谓之喜味，所怒则谓之怒味哉？由此言之，则外内殊用，彼我异名。声音自当以善恶为主，则无关于哀乐。哀乐自当以情感，则无系于声音。名实俱去，则尽然可见矣。且季子在鲁，采诗观礼，以别风雅。岂徒任声以决臧否哉？又仲尼闻韶，叹其一致，是以咨嗟，何必因声以知虞舜之德，然后叹美耶？今粗明其一端，亦可思过半矣。”

秦客难曰：“八方异俗，歌哭万殊，然其哀乐之情，不得不见也。夫心动于中，而声出于心。虽托之于他音，寄之于余声，善听察者，要自觉之不使得过也。昔伯牙理琴而钟子知其所志；隶人击磬，而子期识其心哀；鲁人晨哭，而颜渊审其生离；夫数子者，岂复假智于常音，借验于曲度哉？心戚者则形为之动，情悲者则声为之哀。此自然相应，不可得逃。唯神明者能精之耳。夫能者不以声众为难，不能者不以声寡为易。今不可以未遇善听，而谓之声无可察之理；见方俗之多变，而谓声音无哀乐也。又云：贤不宜言爱，愚不宜言憎。然则有贤然后爱生，有愚然后憎成，但不当共其名耳。哀乐之作，亦有由而然。此为声使我哀，音使我乐也。苟哀乐由声，更为有实，何得名实俱去耶？又云：季子采诗观礼，以别风雅；仲尼叹韶音之一致，是以咨嗟。是何言欤？且师襄奏操，而仲尼睹文王之容；师涓进曲，而子野识亡国之音。宁复讲诗而后下言，习礼然后立评哉？斯皆神妙独见，不待留闻积日，而已综其吉凶矣。是以前史以为美谈。今子以区区之近知，齐所见而为限；无乃诬前贤之识微，负夫子之妙察耶？”

主人答曰：“难云：虽歌哭万殊，善听察者要自觉之，不假智于常音，不借验于曲度，钟子之徒云云是也。此为心悲者，虽谈笑鼓舞，情欢者，虽拊膺咨嗟，犹不能御外形以自匿，诳察者于疑似也。以为就令声音之无常，犹谓当有哀乐耳。又曰：季子听声，以知众国之风；师襄奏操，而仲尼睹文王之容。案如所云，此为文王之功德，与风俗之盛衰，皆可象之于声音。声之轻重，可移于后世，襄涓之巧，能得之于将来。若然者，三皇五帝，可不绝于今日，何独数事哉？若此果然也。则文王之操有常度，韶武之音有定数，不可杂以他变，操以余声也。则向所谓声音之无常，钟子之触类，于是乎踬矣。若音声无常，钟子触类，其果然耶？则仲尼之识微，季札之善听，固亦诬矣。此皆俗儒妄记，欲神其事而追为耳。欲令天下惑声音之道，不言理自。尽此而推，使神妙难知，恨不遇奇听于当时，慕古人而自叹。斯所以大罔后生也。夫推类辨物，当先求之自然之理。理已定，然后借古义以明之耳。今未得之于心，而多恃前言以为谈证，自此以往，恐巧历不能纪。又难云：哀乐之作，犹爱憎之由贤愚，此为声使我哀，而音使我乐。苟哀乐由声，更为有实矣。夫五色有好丑，五声有善恶，此物之自然也。至于爱与不爱，人情之变，统物之理，唯止于此。然皆无豫于内，待物而成耳。至夫哀乐自以事会，先遘于心，但因和声，以自显发；故前论已明其无常，今复假此谈以正名号耳。不谓哀乐发于声音，如爱憎之生于贤愚也。然和声之感人心，亦犹酒醴之发人性也。酒以甘苦为主，而醉者以喜怒为用。其见欢戚为声发，而谓声有哀乐，犹不可见喜怒为酒使，而谓酒有喜怒之理也。”

秦客难曰：“夫观气采色，天下之通用也。心变于内，而色应于外，较然可见。故吾子不疑。夫声音，气之激者也，心应感而动，声从变而发；心有盛衰，声亦隆杀。同见役于一身，何独于声便当疑耶？夫喜怒章于色诊，哀乐亦宜形于声音。声音自当有哀乐，但暗者不能识之。至钟子之徒，虽遭无常之声，则颖然独见矣。今蒙瞽面墙而不悟，离娄照秋毫于百寻，以此言之，则明暗殊能矣。不可守咫尺之度，而疑离娄之察；执中庸之听，而猜钟子之聪。皆谓古人为妄记也。”

主人答曰：“难云：心应感而动，声从变而发，心有盛衰，声亦隆杀。哀乐之情，必形于声音，钟子之徒，虽遭无常之声，则颖然独见矣。必若所言，则浊质之饱，首阳之饥，卞和之冤，伯奇之悲，相如之含怒，不占之怖祇，千变百态。使各发一咏之歌，同启数弹之微，则钟子之徒，各审其情矣。尔为听声者，不以寡众易思？察情者不以大小为异？同出一身者，期于识之也。设使从下出，则子野之徒，亦当复操律鸣管，以考其音，知南风之盛衰，别雅郑之淫正也。夫食辛之与甚噱，薰目之与哀泣，同用出泪，使狄牙尝之，必不言乐泪甜而哀泪苦。斯可知矣。何者？肌液肉汗，踧笮便出，无主于哀乐，犹簁酒之囊漉，虽笮具不同，而酒味不变也。声俱一体之所出，何独当含哀乐之理也？且夫《咸池》《六茎》，《大章》《韶》《夏》，此先王之至乐，所以动天地感鬼神。今必云声音，莫不象其体，而传其心；此必为至乐，不可托之于瞽史，必须圣人理其弦管，尔乃雅音得全也。舜命夔击石拊石，八音克谐，神人以和。以此言之，至乐虽待圣人而作，不必圣人自执也。何者？音声有自然之和，而无系于人情。克谐之音，成于金石；至和之声，得于管弦也。夫纤毫自有形可察，故离瞽以明暗异功耳。若以水济水。孰异之哉！”

秦客难曰：“虽众喻有隐，足招攻难，然其大理，当有所就。若葛卢闻牛鸣，知其三子为牺；师旷吹律，知南风不竞，楚师必败；羊舌母听闻儿啼，而审其丧家。凡此数事，皆效于上世，是以咸见录载。推此而言，则盛衰吉凶，莫不存乎声音矣。今若复谓之诬罔，则前言往记，皆为弃物，无用之也。以言通论，未之或安。若能明其所以，显其所由，设二论俱济，愿重闻之。”

主人答曰：“吾谓能反三隅者，得意而忘言，是以前论略而未详。今复烦循环之难，敢不自一竭耶。夫鲁牛能知历牺之丧生，哀三子之不存；含悲经年，诉怨葛卢。此为心与人同，异于兽形耳。此又吾之所疑也。且牛非人类，无道相通。若谓鸣兽皆能有，言葛卢受性，独晓之；此为称其语而论其事，犹译传异言耳。不为考声音而知其情，则非所以为难也。若谓知者，为当触物而达，无所不知。今且先议其所易者。请问圣人卒入胡域，当知其所言否乎？难者必曰：知之。知之之理，何以明之？愿借子之难以立鉴识之域。或当与关，接识其言耶？将吹律鸣管，校其音耶？观气采色，知其心耶？此为知心，自由气色；虽自不言，犹将知之。知之之道，可不待言也。若吹律校音，以知其心。假令心志于马，而误言鹿。察者固当由鹿以知马也。此为心不系于所言，言或不足以证心也。若当关接而知言，此为孺子学言于所师，然后知之。则何贵于聪明哉。夫言非自然一定之物，五方殊俗，同事异号。趣举一名，以为标识耳。夫圣人穷理，谓自然可寻，无微不照。苟理蔽则虽近不见。故异域之言，不得强通。推此以往，葛卢之不知牛鸣，得不信乎？又难云：师旷吹律，知南风不竞，楚多死声，此又吾之所疑也。请问师旷吹律之时，楚国之风耶？则相去千里，声不足达；若正识楚风，来入律中耶？则楚南有吴越，北有梁宋，苟不见其原，奚以识之哉？凡阴阳愤激，然后成风；气之相感，触地而发；何必发楚庭，来入晋乎？且又律吕分四时之气耳，时至而气动，律应而灰移。皆自然相待，不假人以为用也。上生下生，所以均五声之和，叙刚柔之分也。然律有一定之声，虽冬吹中吕，其音自满而无损也。今以晋人之气，吹无损之律，楚风安得来入其中，与为盈缩耶？风无形，声与律不通，则校理之地，无取于风律，不其然乎？岂独师旷多识博物，自有以知胜败之形，欲固众心，而托以神微。若伯常骞之许景公寿哉。又难云：羊舌母听闻儿啼，而审其丧家。复请问何由知之？为神心独悟，暗语而当耶？尝闻儿啼，若此其大而恶，今之啼声，似昔之啼声。故知其丧家耶？若神心独悟，暗语之当，非理之所得也。虽曰听啼，无取验于儿声矣。若以尝闻之声为恶，故知今啼当恶，此为以甲声为度，以校乙之啼也。夫声之于心，犹形之于心也。有形同而情乖，貌殊而心均者；何以明之？圣人齐心等德，而形状不同也。苟心同而形异，则何言乎观形而知心哉？且口之激气为声，何异于籁籥纳气而鸣耶？啼声之善恶，不由儿口吉凶，犹琴瑟之清浊，不在操者之工拙也。心能辨理善谈，而不能令籁籥调利，犹瞽者能善其曲度，而不能令器必清和也。器不假妙瞽而良，籥不因惠心而调。然则心之与声，明为二物。二物之诚然，则求情者不留观于形貌，揆心者不借听于声音也。察者欲因声以知心，不亦外乎？今晋母未得之于老成，而专信昨日之声，以证今日之啼，岂不误中于前世好奇者，从而称之哉？”

秦客难曰：“吾闻败者不羞走，所以全也。吾心未厌，而言难于，更从其余。今平和之人，听筝笛琵琶，则形躁而志越。闻琴瑟之音，则体静而心开。同一器之中，曲用每殊，则情随之变。奏秦声则叹羡而慷慨，理齐楚则情一而思专，肆姣弄则欢放而欲惬。心为声变，若此其众。苟躁静由声，则何为限其哀乐？而但云至和之声，无所不感；托大同于声音，归众变于人情。得无知彼不明此哉？”

主人答曰：“难云：琵琶筝笛，令人躁越。又云：曲用每殊，而情随之变。此诚所以使人常感也。琵琶筝笛，间促而声高，变众而节数。以高声御数节，故使形躁而志越。犹铃铎警耳，钟鼓骇心。故闻鼓鞞之音，思将帅之臣；盖以声音有大小，故动人有猛静也。琴瑟之体，间辽而音埤，变希而声清，以埤音御希变，不虚心静听，则不尽清和之极。是以体静而心开也。夫曲用不同，亦犹殊器之音耳。齐楚之曲多重，故情一；变少，故思专。姣弄之音，挹众声之美，会五音之和，其体赡而用博，故心役于众理。五音会，故欢放而欲惬。然皆以单、复、高、埤、善、恶为体，而人情以躁静专散为应。譬犹游观于都肆，则目滥而情放；留察于曲度，则思静而容端。此为声音之体，尽于舒疾；情之应声，亦止于躁静耳。夫曲用每殊，而情之处变，犹滋味异美，而口辄识之也。五味万殊，而大同于美；曲变虽众，亦大同于和。美有甘，和有乐；然随曲之情，尽于和域；应美之口，绝于甘境。安得哀乐于其间哉？然人情不同，自师所解，则发其所怀。若言平和哀乐正等，则无所先发，故终得躁静。若有所发，则是有主于内，不为平和也。以此言之，躁静者，声之功也；哀乐者，情之主也；不可见声有躁静之应，因谓哀乐皆由声音也。且声音虽有猛静，猛静各有一和，和之所感，莫不自发。何以明之？夫会宾盈堂，酒酣奏琴，或忻然而欢，或惨尔而泣。非进哀于彼，导乐于此也。其音无变于昔，而欢戚并用，斯非吹万不同耶？夫唯无主于喜怒，亦应无主于哀乐，故欢戚俱见。若资偏固之音，含一致之声，其所发明，各当其分。则焉能兼御群理，总发众情耶？由是言之：声音以平和为体，而感物无常；心志以所俟为主，应感而发。然则声之与心，殊涂异轨，不相经纬；焉得染太和于欢戚，缀虚名于哀乐哉？”

秦客难曰：“论云：猛静之音，各有一和。和之所感，莫不自发。是以酒酣奏琴，而欢戚并用。此言偏并之情，先积于内，故怀欢者值哀音而发，内戚者遇乐声而感也。夫音声自当有一定之哀乐，但声化迟缓，不可仓卒，不能对易。偏重之情，触物而作。故今哀乐同时而应耳。虽二情俱见，则何损于声音有定理耶？”

主人答曰：“难云：哀乐自有定声，但偏重之情，不可卒移。故怀戚者遇乐声而哀耳。即如所言，声有定分；假使鹿鸣重奏，是乐声也；而令戚者遇之，虽声化迟缓，但当不能使变令欢耳。何得更以哀耶？犹一爝之火，虽未能温一室，不宜复增其寒矣。夫火非隆寒之物，乐非增哀之具也。理弦高堂，而欢戚并用者，直至和之发滞导情，故令外物所感，得自尽耳。难云：偏重之情，触物而作，故令哀乐同时而应耳。夫言哀者，或见机杖而泣，或睹舆服而悲。徒以感人亡而物存，痛事显而形潜。其所以会之，皆自有由，不为触地而生哀，当席而泪出也。今见机杖以致感，听和声而流涕者，斯非和之所感，莫不自发也。”

秦客难曰：“论云：酒酣奏琴，而欢戚并用。欲通此言，故答以偏情，感物而发耳。今且隐心而言，明之以成效。夫人心不欢则戚，不戚则欢，此情志之大域也。然泣是戚之伤，笑是欢之用。盖闻齐楚之曲者，唯睹其哀涕之容，而未曾见笑噱之貌，此必齐楚之曲，以哀为体；故其所感，皆应其度。岂徒以多重而少变，则致情一而思专耶？若诚能致泣，则声音之有哀乐，断可知矣。”

主人答曰：“虽人情感于哀乐，哀乐各有多少。又哀乐之极，不必同致也。夫小哀容坏，甚悲而泣；哀之方也。小欢颜悦，至乐而笑；乐之理也。何以明之？夫至亲安豫，则恬若自然，所自得也。及在危急，仅然后济，则抃不及儛。由此言之，儛之不若向之自得，岂不然哉？至夫笑噱，虽出于欢情，然自以理成，又非自然应声之具也。此为乐之应声，以自得为主；哀之应感，以垂涕为故。垂涕则形动而可觉，自得则神合而无变。是以观其异，而不识其同；别其外，而未察其内耳。然笑噱之不显于声音，岂独齐楚之曲耶？今不求乐于自得之域，而以无笑噱谓齐楚体哀，岂不知哀而不识乐乎？”

秦客问曰：“仲尼有言：移风易俗，莫善于乐。即如所论，凡百哀乐，皆不在声，则移风易俗，果以何物耶？又古人慎靡靡之风，抑慆耳之声，故曰：放郑声，远佞人。然则郑卫之音，击鸣球以协神人，敢闻郑雅之体，隆弊所极，风俗移易，奚由而济？幸重闻之，以悟所疑。”

主人应之曰：“夫言移风易俗者，必承衰弊之后也。古之王者，承天理物，必崇简易之教，御无为之治。君静于上，臣顺于下；玄化潜通，天人交泰。枯槁之类，浸育灵液，六合之内，沐浴鸿流，荡涤尘垢；群生安逸，自求多福；默然从道，怀忠抱义，而不觉其所以然也。和心足于内，和气见于外；故歌以叙志，儛以宣情。然后文之以采章，照之以风雅，播之以八音，感之以太和；导其神气，养而就之；迎其情性，致而明之；使心与理相顺，气与声相应。合乎会通，以济其美。故凯乐之情，见于金石；含弘光大，显于音声也。若此以往，则万国同风，芳荣济茂，馥如秋兰；不期而信，不谋而成，穆然相爱；犹舒锦彩，而粲炳可观也。大道之隆，莫盛于兹，太平之业，莫显于此。故曰：移风易俗，莫善于乐。乐之为体，以心为主。故无声之乐，民之父母也。至八音会谐，人之所悦，亦总谓之乐。然风俗移易，不在此也。夫音声和比，人情所不能已者也。是以古人知情之不可放，故抑其所遁；知欲之不可绝，故因其所自。为可奉之礼，制可导之乐。口不尽味，乐不极音；揆终始之宜，度贤愚之中，为之检，则使远近同风，用而不竭，亦所以结忠信，著不迁也。故乡校庠塾亦随之变。丝竹与俎豆并存，羽毛与揖让俱用，正言与和声同发。使将听是声也，必闻此言；将观是容也，必崇此礼。礼犹宾主升降，然后酬酢行焉。于是言语之节，声音之度，揖让之仪，动止之数，进退相须，共为一体。君臣用之于朝，庶士用之于家。少而习之，长而不怠，心安志固，从善日迁，然后临之以敬，持之以久而不变，然后化成。此又先王用乐之意也。故朝宴聘享，嘉乐必存；是以国史采风俗之盛衰，寄之乐工，宣之管弦，使言之者无罪，闻之者足以诫。此又先王用乐之意也。若夫郑声，是音声之至妙。妙音感人，犹美色惑志，耽槃荒酒，易以丧业。自非至人，孰能御之？先王恐天下流而不反，故具其八音，不渎其声，绝其大和，不穷其变。损窈窕之声，使乐而不淫。犹大羹不和，不极勺药之味也。若流俗浅近，则声不足悦，又非所欢也。若上失其道，国丧其纪，男女奔随，淫荒无度；则风以此变，俗以好成。尚其所志，则群能肆之；乐其所习，则何以诛之？托于和声，配而长之，诚动于言，心感于和，风俗一成，因而名之。然所名之声，无中于淫邪也。淫之与正同乎心，雅郑之体，亦足以观矣。”

选自《嵇康集校注》（第5卷），戴明扬校注，人民文学出版社1962年版

编选理由：

与朋友在一起欣赏西方古典音乐时，时常遇见一些自愿担任现场解说的“资深发烧友”。他们总是问我有没有听出“薄雾笼罩的沼泽”“黎明时的晓风吹过大地”，以及什么“前世的悲哀”“静日玉生香的寂寞”，每当此时，我总是不置一词，莞尔一笑。其实，关于心与音的复杂关系，嵇康在一千多年前，已经说得比较清楚了。嵇康强调音乐的自律，强调音乐的形式美，反对儒家正统的乐教观，而这正是魏晋以来“文的自觉”和“艺术自觉”思想浪潮的具体反映。

太极图说解

〔南宋〕朱熹

无极而太极。

上天之载，无声无臭，而实造化之枢纽、品汇之根柢也。故曰：“无极而太极。”非太极之外，复有无极也。

太极动而生阳，动极而静；静而生阴，静极复动。一动一静，互为其根，分阴分阳，两仪立焉。

太极之有动静，是天命之流行也，所谓“一阴一阳之谓道”。诚者，圣人之本，物之终始，而命之道也。其动也，诚之通也，继之者善，万物之所资以始也。其静也，诚之复也，成之者性，万物各正其性命也。“动极而静”，“静极复动”，“一动一静，互为其根”，命之所以流行而不已也。“动而生阳”，“静而生阴”，“分阴分阳，两仪立焉”，分之所以一定而不移也。盖太极者，本然之妙也；动静者，所乘之机也。太极，形而上之道也；阴阳，形而下之器也。是以自其著者而观之，则动静不同时、阴阳不同位，而太极无不在焉。自其微者而观之，则冲漠无朕，而动静阴阳之理已悉具于其中矣。虽然，推之于前，而不见其始之合；引之于后，而不见其终之离也。故程子曰：“动静无端，阴阳无始。”非知道者，孰能识之！

阳变阴合，而生水、火、木、金、土。五气顺布，四时行焉。

有太极，则一动一静而两仪分；有阴阳，则一变一合而五行具。然五行者，质具于地，而气行于天者也。以质而语其生之序，则曰水、火、木、金、土，而水、木阳也，火、金阴也。以气而语其行之序，则曰木、火、土、金、水，而木、火阳也，金、水阴也。又统而言之，则气阳而质阴也。又错而言之，则动阳而静阴也。盖五行之变，至于不可穷，然无适而非阴阳之道。至其所以为阴阳者，则又无适而非太极之本然也，夫岂有所亏欠间隔哉！

五行，一阴阳也。阴阳，一太极也。太极，本无极也。五行之生也，各一其性。

五行具，则造化发育之具无不备矣，故又即此而推本之，以明其浑然一体，莫非无极之妙。而无极之妙，亦未尝不各具于一物之中也。盖五行异质，四时异气，而皆不能外乎阴阳。阴阳异位，动静异时，而皆不能离乎太极。至于所以为太极者，又初无声臭之可言，是性之本体然也。天下岂有性外之物哉！然五行之生，随其气质而所禀不同，所谓“各一其性”也。各一其性，则浑然太极之全体，无不各具于一物之中，而性之无所不在，又可见矣。

无极之真，二五之精，妙合而凝。“乾道成男，坤道成女”，二气交感，化生万物。万物生生，而变化无穷焉。

夫天下无性外之物，而性无不在，此无极、二五所以混融而无间者也，所谓“妙合”者也。“真”以理言，无妄之谓也；“精”以气言，不二之名也。“凝”者，聚也，气聚而成形也。盖性为之主，而阴阳五行为之经纬错综，又各以类凝聚而成形焉。阳而健者成男，则父之道也；阴而顺者成女，则母之道也。是人物之始，以气化而生者也。气聚成形，则形交气感，遂以形化，而人物生生变化无穷矣。自男女而观之，则男女各一其性，而男女一太极也。自万物而观之，则万物各一其性，而万物一太极也。盖合而言之，万物统体一太极也；分而言之，一物各具一太极也。所谓天下无性外之物，而性无不在者，于此尤可以见其全矣。子思子曰：“君子语大，天下莫能载焉；语小，天下莫能破焉。”此之谓也。

惟人也，得其秀而最灵。形既生矣，神发知矣，五性感动，而善恶分、万事出矣。

此言众人具动静之理，而常失之于动也。盖人物之生，莫不有太极之道焉。然阴阳五行，气质交运，而人之所禀独得其秀，故其心为最灵，而有以不失其性之全，所谓天地之心，而人之极也。然形生于阴，神发于阳，五常之性，感物而动，而阳善、阴恶又以类分，而五性之殊散为万事。盖二气五行，化生万物，其在人者又如此。自非圣人全体太极有以定之，则欲动情胜，利害相攻，人极不立，而违禽兽不远矣。

圣人定之以中正仁义而主静，立人极焉。故“圣人与天地合其德，日月合其明，四时合其序，鬼神合其吉凶”。

此言圣人全动静之德，而常本之于静也。盖人禀阴阳五行之秀气以生，而圣人之生，又得其秀之秀者。是以其行之也中，其处之也正，其发之也仁，其裁之也义。盖一动一静，莫不有以全夫太极之道，而无所亏焉。则向之所谓欲动情胜、利害相攻者，于此乎定矣。然静者，诚之复而性之贞也。苟非此心寂然无欲而静，则亦何以酬酢事物之变，而一天下之动哉！故圣人中正仁义，动静周流，而其动也必主乎静。此其所以成位乎中，而天地、日月、四时、鬼神，有所不能违也。盖必体立而后用有以行。若程子论乾坤动静而曰：“不专一，则不能直遂；不翕聚，则不能发散。”亦此意尔。

君子修之吉，小人悖之凶。

圣人，太极之全体，一动一静，无适而非中正仁义之极，盖不假修为而自然也。未至此而修之，君子之所以吉也；不知此而悖之，小人之所以凶也。修之悖之，亦在乎敬肆之间而已矣。敬则欲寡而理明，寡之又寡，以至于无，则静虚动直，而圣可学矣。

故曰："立天之道，曰阴与阳；立地之道，曰柔与刚；立人之道，曰仁与义。"又曰："原始反终，故知死生之说。"

阴阳成象，天道之所以立也；刚柔成质，地道之所以立也；仁义成德，人道之所以立也。道，一而已，随事著见，故有三才之别，而于其中又各有体用之分焉，其实则一太极也。阳也，刚也，仁也，物之始也；阴也，柔也，义也，物之终也。能原其始而知所以生，则反其终而知所以死矣。此天地之间，纲纪造化，流行古今，不言之妙。圣人作《易》，其大意盖不出此，故引之以证其说。

大哉易也，斯其至矣！

《易》之为书，广大悉备，然语其至极，则此《图》尽之，其指岂不深哉！抑尝闻之程子昆弟之学于周子也，周子手是《图》以授之。程子之言性与天道，多出于此，然卒未尝明以此《图》示人，是则必有微意焉。学者亦不可以不知也。

论曰：愚既为此说，读者病其分裂已甚，辩诘纷然，苦于酬应之不给也，故总而论之。大抵难者或谓不当以继善成性分阴阳，或谓不当以太极阴阳分道器，或谓不当以仁义中正分体用，或谓不当言一物各具一太极。又有谓体用一源，不可言体立而后用行者；又有谓仁为统体，不可偏指为阳动者；又有谓仁义中正之分，不当反其类者。是数者之说，亦皆有理。然惜其于圣贤之意，皆得其一而遗其二也。夫道体之全，浑然一致，而精粗本末、内外宾主之分，粲然于其中，有不可以毫厘差者。此圣贤之言，所以或离或合，或异或同，而乃所以为道体之全也。今徒知所谓浑然者之为大而乐言之，而不知夫所谓粲然者之未始相离也，是以信同疑异，喜合恶离，其论每每陷于一偏，卒为无星之称、无寸之尺而已，岂不误哉！

夫善之与性，不可谓有二物明矣。然继之者善，自其阴阳变化而言也；成之者性，自夫人物禀受而言也。阴阳变化流行，而未始有穷，阳之动也；人物禀受一定，而不可复易，阴之静也。以此辨之，则亦安得无二者之分哉！然性善，形而上者也；阴阳，形而下者也。周子之意，亦岂直指善为阳而性为阴哉？但语其分，则以为当属之此尔。阴阳太极，不可谓有二理必矣。然太极无象，而阴阳有气，则亦安得而无上下之殊哉？此其所以为道器之别也。故程子曰："形而上为道，形而下为器，须著如此说。然器亦道也，道亦器也。"得此意而推之，则庶乎其不偏矣。仁义中正，同乎一理者也，而析为体用，诚若有未安者。然仁者，善之长也；中者，嘉之会也；义者，利之宜也；正者，贞之体也。而元亨者，诚之通也；利贞者，诚之复也。是则安得为无体用之分哉！万物之生，同一太极者也；而谓其各具，则亦有可疑者。然一物之中，天理完具，不相假借，不相陵夺，此统之所以有宗、会之所以有元也。是则安得不曰各具一太极哉！

若夫所谓体用一源者，程子之言盖已密矣。其曰"体用一源"者，以至微之理言之，则冲漠无朕，而万象昭然已具也。其曰"显微无间"者，以至著之象言之，则即事即物，而此理无乎不在也。言理则先体而后用，盖举体而用之理已具，是所以为一源也。言事则先显而后微，盖即事而理之体可见，是所以为无间也。然则所谓一源者，是岂漫无精粗先后之可言哉？况既曰体立而后用行，则亦不嫌于先有此而后有彼矣。所谓仁为统体者，则程子所谓专言之而包四者是也。然其言盖曰："四德之元，犹五常之仁，偏言则一事，专言则包四者。"则是仁之所以包夫四者，固未尝离夫偏言之一事，亦未有不识夫偏言之一事，而可以骤语夫专言之统体者也。况此《图》以仁配义，而复以中正参焉，又与阴阳刚柔为类，则亦不得为专言之矣，安得遽以夫统体者言之，而昧夫阴阳动静之别哉！至于中之为用，则以无过不及者言之，而非指所谓未发之中也。仁不为体，则亦以偏言一事者言之，而非指所谓专言之仁也。对此而言，则正者所以为中之干，而义者所以为仁之质，又可知矣。其为体用，亦岂为无说哉？

大抵周子之为是书，语意峻洁而混成，条理精密而疏畅。读者能虚心一意，反复潜玩，而毋以先入之说乱焉，则庶几其有得乎周子之心，而无疑于纷纷之说矣。

【后记】

某既为此说，尝录以寄广汉张敬夫。敬夫以书来曰：“二先生所与门人讲论问答之言，见于书者详矣。其于《西铭》，盖屡言之；至此《图》，则未尝一言及也。谓其必有微意，是则固然。然所谓微意者，果何谓耶?”某窃以为此《图》立象尽意，剖析幽微，周子盖不得已而作也。观其手授之意，盖以为惟程子为能当之。至程子而不言，则疑其未有能受之者尔。夫既未能默识于言意之表，则驰心空妙，入耳出口，其弊必有不胜言者。近年已觉颇有此弊矣。观其答张闳中论《易传》成书，深患无受之者，及《东见录》中论横渠清虚一大之说，使人向别处走，不若且只道敬，则其意亦可见矣。若《西铭》则推人以之天，即近以明远，于学者日用最为亲切，非若此书详于性命之原，而略于进为之目，有不可以骤而语者也。孔子雅言《诗》《书》，执《礼》，而于《易》则鲜及焉，其意亦犹此尔。韩子曰：“尧舜之利民也大，禹之虑民也深。”某于周子、程子亦云。既以复于敬夫，因记其说于此。乾道癸巳四月既望，朱某谨书。

选自《朱子全书》（修订本）（第13册），朱杰人、严佐之、刘永翔主编，上海古籍出版社、安徽教育出版社2010年版

编选理由：

《太极图说》是周敦颐受《周易·系辞传》的启发而阐述的宇宙观论说。《太极图说解》则是朱熹对周敦颐《太极图说》的解说，并借此确立自己的理学本体论思想。朱熹试图将“理一分殊”的思想纳入其中，似有用“理”来解释无极的意图，这反映了儒家的形而上学思想在不同社会历史背景中微妙而重要的变化轨迹。

答顾东桥书

〔明〕王阳明

一

来书云："近时学者务外遗内，博而寡要，故先生特倡'诚意'一义，针砭膏肓，诚大惠也！"

吾子洞见时弊如此矣，亦将何以救之乎？然则鄙人之心，吾子固已一句道尽，复何言哉！复何言哉！若"诚意"之说，自是圣门教人用功第一义；但近世学者乃作第二义看，故稍与提掇紧要出来，非鄙人所能特倡也。

二

来书云："但恐立说太高，用功太捷，后生师传，影响谬误，未免坠于佛氏明心见性、定慧、顿悟之机，无怪闻者见疑。"

区区格、致、诚、正之说，是就学者本心、日用事为间体究践履，实地用功，是多少次第、多少积累在，正与空虚顿悟之说相反。闻者本无求为圣人之志，又未尝讲究其详，遂以见疑，亦无足怪。若吾子之高明，自当一语之下便了然矣，乃亦谓立说太高，用功太捷，何邪？

三

来书云："所谕知、行并进，不宜分别前后，即《中庸》'尊德性而道问学'之功，交养互发，内外本末一以贯之之道。然工夫次第，不能无先后之差，如知食乃食，知汤乃饮，知衣乃服，知路乃行，未有不见是物，先有是事。此亦毫厘倏忽之间，非谓截然有等今日知之，而明日乃行也。"

既云“交养互发，内外本末一以贯之”，则知、行并进之说无复可疑矣。又云“工夫次第，不能无先后之差”，无乃自相矛盾已乎？知食乃食等说，此尤明白易见，但吾子为近闻障蔽，自不察耳。夫人必有欲食之心，然后知食，欲食之心即是意、即是行之始矣；食味之美恶，必待入口而后知，岂有不待入口而已先知食味之美恶者耶？必有欲行之心，然后知路，欲行之心即是意、即是行之始矣；路岐之险夷，必待身亲履历而后知，岂有不待身亲履历而已先知路岐之险夷者耶？知汤乃饮，知衣乃服，以此例之，皆无可疑。若如吾子之喻，是乃所谓不见是物而先有是事者矣。吾子又谓“此亦毫厘倏忽之间，非谓截然有等今日知之，而明日乃行也”，是亦察之尚有未精。然就如吾子之说，则知、行之为合一并进，亦自断无可疑矣。

四

来书云：“真知即所以为行，不行不足谓之知。此为学者吃紧立教，俾务躬行则可；若真谓行即是知，恐其专求本心，遂遗物理，必有暗而不达之处，抑岂圣门知行并进之成法哉？”

知之真切笃实处即是行，行之明觉精察处即是知，知行工夫本不可离；只为后世学者分作两截用功，失却知、行本体，故有合一并进之说。真知即所以为行，不行不足谓之知。即如来书所云“知食乃食”等说可见，前已略言之矣。此虽吃紧救弊而发，然知、行之体本来如是，非以己意抑扬其间姑为是说，以苟一时之效者也。

“专求本心，遂遗物理”，此盖失其本心者也。夫物理不外于吾心，外吾心而求物理，无物理矣。遗物理而求吾心，吾心又何物邪？心之体，性也，性即理也。故有孝亲之心，即有孝之理，无孝亲之心，即无孝之理矣；有忠君之心，即有忠之理，无忠君之心，即无忠之理矣；理岂外于吾心邪？晦庵谓人之所以为学者，心与理而已。心虽主乎一身，而实管乎天下之理；理虽散在万事，而实不外乎一人之心，是其一分一合之间，而未免已启学者心、理为二之弊。此后世所以有“专求本心，遂遗物理”之患，正由不知心即理耳。夫外心以求物理，是以有暗而不达之处。此告子义外之说，孟子所以谓之不知义也。心一而已，以其全体恻怛而言，谓之仁；以其得宜而言，谓之义；以其条理而言，谓之理。不可外心以求仁，不可外心以求义，独可外心以求理乎？外心以求理，此知、行之所以二也。求理于吾心，此圣门知、行合一之教，吾子又何疑乎？

五

来书云："所释《大学》古本，谓致其本体之知，此固孟子'尽心'之旨，朱子亦以虚灵知觉为此心之量。然'尽心'由于'知性'，'致知'在于'格物'。"

"尽心"由于"知性"，"致知"在于"格物"，此语然矣。然而推本吾子之意，则其所以为是语者，尚有未明也。朱子以"尽心、知性、知天"为"物格、知致"，以"存心、养性、事天"为"诚意、正心、修身"，以"夭寿不贰、修身以俟"为"知至仁尽、圣人之事"。若鄙人之见，则与朱子正相反矣。夫"尽心、知性、知天"者，生知、安行，圣人之事也；"存心、养性、事天"者，学知、利行，贤人之事也；"夭寿不贰，修身以俟"者，困知、勉行，学者之事也。岂可专以"尽心、知性"为知，"存心、养性"为行乎？吾子骤闻此言，必又以为大骇矣。然其间实无可疑者，一为吾子言之。

夫心之体，性也；性之原，天也。能尽其心，是能尽其性矣。《中庸》云："惟天下至诚为能尽其性。"又云："知天地之化育，质诸鬼神而无疑，知天也。"此惟圣人而后能然。故曰：此生知、安行，圣人之事也。

存其心者，未能尽其心者也，故须加存之之功；必存之既久，不待于存而自无不存，然后可以进而言尽。盖"知天"之"知"，如"知州""知县"之"知"，"知州"则一州之事皆己事也，"知县"则一县之事皆己事也，是与天为一者也；"事天"则如子之事父，臣之事君，犹与天为二也。天之所以命于我者，心也，性也，吾但存之而不敢失，养之而不敢害，如"父母全而生之，子全而归之"者也。故曰：此学知、利行，贤人之事也。

至于"夭寿不贰"，则与存其心者又有间矣。存其心者虽未能尽其心，固已一心于为善，时有不存，则存之而已；今使之"夭寿不贰"，是犹以夭寿贰其心者也；犹以夭寿贰其心，是其为善之心犹未能一也；存之尚有所未可，而何尽之可云乎？今且使之不以夭寿贰其为善之心，若曰死生夭寿皆有定命，吾但一心于为善，修吾之身以俟天命而已，是其平日尚未知有天命也。"事天"虽与天为二，然已真知天命之所在，但惟恭敬奉承之而已耳；若"俟之"

云者，则尚未能真知天命之所在，犹有所俟者也，故曰“所以立命”。立者“创立”之“立”，如“立德”“立言”“立功”“立名”之类，凡言立者，皆是昔未尝有而今始建立之谓，孔子所谓“不知命无以为君子”者也。故曰：此困知、勉行，学者之事也。

今以“尽心、知性、知天”为“格物、致知”，使初学之士尚未能不贰其心者，而遽责之以圣人生知、安行之事，如捕风捉影，茫然莫知所措其心，几何而不至于“率天下而路”也！今世致知、格物之弊亦居然可见矣。吾子所谓“务外遗内，博而寡要”者，无乃亦是过欤？此学问最紧要处，于此而差，将无往而不差矣。此鄙人之所以冒天下之非笑，忘其身之陷于罪戮，呶呶其言，其不容已者也。

六

来书云：“闻语学者，乃谓‘即物穷理’之说亦是玩物丧志，又取其‘厌繁就约’‘涵养本原’数说标示学者，指为晚年定论，此亦恐非。”

朱子所谓“格物”云者，在“即物而穷其理”也。即物穷理是就事事物物上求其所谓定理者也，是以吾心而求理于事事物物之中，析心与理而为二矣。夫求理于事事物物者，如求孝之理于其亲之谓也。求孝之理于其亲，则孝之理其果在于吾之心邪？抑果在于亲之身邪？假而果在于亲之身，则亲没之后，吾心遂无孝之理欤？见孺子之入井，必有恻隐之理，是恻隐之理果在于孺子之身欤？抑在于吾心之良知欤？其或不可以从之于井欤？其或可以手而援之欤？是皆所谓理也，是果在于孺子之身欤？抑果出于吾心之良知欤？以是例之，万事万物之理莫不皆然，是可以知析心与理为二之非矣。

夫析心与理而为二，此告子义外之说，孟子之所深辟也。“务外遗内，博而寡要”，吾子既已知之矣，是果何谓而然哉？谓之玩物丧志，尚犹以为不可欤？

若鄙人所谓“致知、格物”者，致吾心之良知于事事物物也。吾心之良知，即所谓“天理”也。致吾心良知之“天理”于事事物物，则事事物物皆得其理矣。致吾心之良知者，致知也；事事物物皆得其理者，格物也，是合心与理而为一者也。合心与理而为一，则凡区区前之所云，与朱子晚年之论，皆可以不言而喻矣。

七

来书云："人之心体本无不明，而气拘物蔽，鲜有不昏；非学、问、思、辨以明天下之理，则善、恶之机，真、妄之辨，不能自觉；任情恣意，其害有不可胜言者矣。"

此段大略似是而非。盖承沿旧说之弊，不可以不辨也。夫问、思、辨、行，皆所以为学，未有学而不行者也。如言学孝，则必服劳奉养，躬行孝道，然后谓之学；岂徒悬空口耳讲说，而遂可以谓之学孝乎？学射则必张弓挟矢，引满中的；学书则必伸纸执笔，操觚染翰。尽天下之学，无有不行而可以言学者，则学之始固已即是行矣。笃者，敦实笃厚之意。已行矣，而敦笃其行，不息其功之谓尔。盖学之不能以无疑，则有问，问即学也，即行也；又不能无疑，则有思，思即学也，即行也；又不能无疑，则有辨，辨即学也，即行也。辨既明矣，思既慎矣，问既审矣，学既能矣，又从而不息其功焉，斯之谓笃行。非谓学问思辨之后，而始措之于行也。

是故以求能其事而言谓之学，以求解其惑而言谓之问，以求通其说而言谓之思，以求精其察而言谓之辨，以求履其实而言谓之行：盖析其功而言则有五，合其事而言则一而已。此区区心、理合一之体，知、行并进之功，所以异于后世之说者，正在于是。

今吾子特举学、问、思、辨，以穷天下之理，而不及笃行，是专以学、问、思、辨为知，而谓穷理为无行也已；天下岂有不行而学者邪？岂有不行而遂可谓之穷理者邪？明道云："只穷理便尽性至命。"故必仁极仁而后谓之能穷仁之理，义极义而后谓之能穷义之理。仁极仁则尽仁之性矣，义极义则尽义之性矣，学至于穷理，至矣，而尚未措之于行，天下宁有是邪？是故知不行之不可以为学，则知不行之不可以为穷理矣，知不行之不可以为穷理，则知"知、行"之合一并进，而不可以分为两节事矣。

夫万事万物之理，不外于吾心；而必曰穷天下之理，是殆以吾心之良知为未足，而必外求于天下之广，以裨补增益之，是犹析心与理而为二也。夫学、问、思、辨、笃行之功，虽其困勉至于人一己百，而扩充之极，至于尽性、知天，亦不过致吾心之良知而已；良知之外，岂复有加于毫末乎？今必曰穷天下之理，而不知反求诸其心，则凡所谓善、恶之机，真、妄之辨者，舍吾心之良知，亦将何所致其体察乎？吾子所谓气拘物蔽者，拘此蔽此而已。今欲去此之蔽，不知致力于此，而欲以外求，是犹目之不明者不务服药调理以治其目，而徒伥伥然求明于其外；明岂可以自外而得哉？任情恣意之害，亦以不能精察天理于此心之良知而已。此诚毫厘千里之谬者，不容于不辨。吾子毋谓其论之太刻也。

八

来书云："教人以致知、明德，而戒其即物穷理，诚使昏暗之士，深居端坐，不闻教告，遂能至于知致而德明乎？纵令静而有觉，稍悟本性，则亦定慧无用之见；果能知古今、达事变，而致用于天下国家之实否乎？其曰'知者意之体，物者意之用，格物如格君心之非之格'。语虽超悟，独得不踵陈见，抑恐于道未相吻合。"

区区论致知格物，正所以穷理，未尝戒人穷理，使之深居端坐而一无所事也。若谓即物穷理，如前所云"务外而遗内"者，则有所不可耳。昏暗之士，果能随事随物精察此心之天理，以致其本然之良知，则虽愚必明，虽柔必强，大本立而达道行，九经之属，可一以贯之而无遗矣；尚何患其无致用之实乎？彼顽空虚静之徒，正惟不能随事随物精察此心之天理，以致其本然之良知，而遗弃伦理，寂灭虚无以为常，是以要之不可以治家国天下。孰谓圣人穷理尽性之学，而亦有是弊哉！

心者，身之主也，而心之虚灵明觉，即所谓本然之良知也。其虚灵明觉之良知应感而动者，谓之意。有知而后有意，无知则无意矣。知非意之体乎？意之所用必有其物，物即事也。如意用于事亲，即事亲为一物，意用于治民，即治民为一物，意用于读书，即读书为一物，意用于听讼，则听讼为一物。凡意之所用，无有无物者；有是意即有是物，无是意即无是物矣，物非意之用乎？

"格"字之义，有以"至"字训者，如"格于文祖""有苗来格"，是以"至"训者也。然"格于文祖"，必纯孝诚敬，幽明之间无一不得其理，而后谓之"格"；有苗之顽，实以文德诞敷而后格，则亦兼有"正"字之义在其间，未可专以"至"字尽之也。如"格其非心""大臣格君心之非"之类，是则一皆"正其不正以归于正"之义，而不可以"至"字为训矣。且《大学》"格物"之训，又安知其不以"正"字为训，而必以"至"字为义乎？如以"至"字为义者，必曰"穷至事物之理"，而后其说始通。是其用功之要，全在一"穷"字，用力之地，全在一"理"字也。若上去一"穷"，下去一"理"字，而直曰"致知在至物"，其可通乎？

夫"穷理尽性"，圣人之成训，见于《系辞》者也。苟"格物"之说而果即"穷理"之义，则圣人何不直曰"致知在穷理"，而必为此转折不完之语，以启后世之弊邪？

盖《大学》"格物"之说，自与《系辞》"穷理"大旨虽同，而微有分辨。"穷理"者，兼格、致、诚、正而为功也。故言"穷理"，则格、致、诚、正之功皆在其中，言"格物"，则必兼举致知、诚意、正心，而后其功始备而密。今偏举"格物"而遂谓之"穷理"，此所以专以"穷理"属"知"，而谓"格物"未常有"行"，非惟不得"格物"之旨，并"穷理"之义而失之矣。此后世之学所以析知、行为先后两截，日以支离决裂，而圣学益以残晦者，其端实始于此。吾子盖亦未免承沿积习见，则以为"于道未相吻合"，不为过矣。

九

来书云："谓致知之功，将如何为温凊、如何为奉养即是'诚意'，非别有所谓'格物'，此亦恐非。"

此乃吾子自以己意揣度鄙见而为是说，非鄙人之所以告吾子者矣。若果如吾子之言，宁复有可通乎？盖鄙人之见，则谓意欲温凊、意欲奉养者，所谓"意"也，而未可谓之"诚意"，必实行其温凊奉养之意，务求自慊而无自欺，然后谓之"诚意"。知如何而为温凊之节、知如何而为奉养之宜者，所谓"知"也，而未可谓之"致知"。必致其知如何为温凊之节者之知，而实以之温凊；致其知如何为奉养之宜者之知，而实以之奉养，然后谓之"致知"。

温凊之事，奉养之事，所谓"物"也，而未可谓之"格物"。必其于温凊之事也，一如其良知之所知当如何为温凊之节者而为之，无一毫之不尽；于奉养之事也，一如其良知之所知当如何为奉养之宜者而为之，无一毫之不尽，然后谓之"格物"。温凊之物格，然后知温凊之良知始致；奉养之物格，然后知奉养之良知始致。故曰："物格而后知至。"致其知温凊之良知，而后温凊之意始诚；致其知奉养之良知，而后奉养之意始诚。故曰："知至而后意诚。"此区区"诚意、致知、格物"之说盖如此。吾子更熟思之，将亦无可疑者矣。

十

来书云："道之大端易于明白，所谓'良知、良能'愚夫愚妇可与及者。至于节目时变之详，毫厘千里之谬，必待学而后知。今语孝于温凊定省，孰不知之？至于舜之不告而娶，武之不葬而兴师，养志、养口，小杖、大杖，割股、庐墓等事，处常、处变，过与不及之间，必须讨论是非，以为制事之本，然后心体无蔽，临事无失。"

"道之大端易于明白"，此语诚然。顾后之学者忽其易于明白者而弗由，而求其难于明白者以为学，此其所以"道在迩而求诸远，事在易而求诸难"也。孟子云："夫道若大路然，岂难知哉？人病不由耳。"良知、良能，愚夫、愚妇与圣人同；但惟圣人能致其良知，而愚夫、愚妇不能致，此圣、愚之所由分也。节目时变，圣人夫岂不知？但不专以此为学。而其所谓学者，正惟致其良知，以精察此心之天理，而与后世之学不同耳。吾子未暇良知之致，而汲汲焉顾是之忧，此正求其难于明白者以为学之弊也。

夫良知之于节目时变，犹规矩、尺度之于方圆、长短也；节目时变之不可预定，犹方圆、长短之不可胜穷也。故规矩诚立，则不可欺以方圆，而天下之方圆不可胜用矣；尺度诚陈，则不可欺以长短，而天下之长短不可胜用矣；良知诚致，则不可欺以节目时变，而天下之节目时变不可胜应矣。毫厘千里之谬，不于吾心良知一念之微而察之，亦将何所用其学乎？是不以规矩而欲定天下之方圆，不以尺度而欲尽天下之长短，吾见其乖张谬戾，日劳而无成也已。

吾子谓："语孝于温凊定省，孰不知之？"然而能致其知者鲜矣。若谓粗知温凊定省之仪节，而遂谓之能致其知，则凡知君之当仁者，皆可谓之能致其仁之知，知臣之当忠者，皆可谓之能致其忠之知，则天下孰非致知者邪？以是而言，可以知致知之必在于行，而不行之不可以为致知也明矣。知、行合一之体，不益较然矣乎？

夫舜之不告而娶，岂舜之前已有不告而娶者为之准则，故舜得以考之何典，问诸何人，而为此邪？抑亦求诸其心一念之良知，权轻重之宜，不得已而为此邪？武之不葬而兴师，岂武之前已有不葬而兴师者为之准则，故武得以考之何典，问诸何人，而为此邪？抑亦求诸其心一念之良知，权轻重之宜，不得已而为此邪？使舜之心而非诚于为无后，武之心而非诚于为救民，则其不告而娶与不葬而兴师，乃不孝、不忠之大者。而后之人不务致其良知，以精察义理于此心感应酬酢之间，顾欲悬空讨论此等变常之事，执之以为制事之本，以求临事之无失，其亦远矣。其余数端，皆可类推，则古人致知之学，从可知矣。

十一

来书云："谓《大学》'格物'之说，专求本心，犹可牵合；至于《六经》《四书》所载'多闻多见''前言往行''好古敏求''博学审问''温故知新''博学详说''好问好察'，是皆明白求于事为之际，资于论说之间者，用功节目固不容紊矣。"

"格物"之义，前已详悉，"牵合"之疑，想已不俟复解矣。至于"多闻多见"，乃孔子因子张之务外好高，徒欲以多闻多见为学，而不能求诸其心，以阙疑殆，此其言行所以不免于尤悔。而所谓见闻者，适以资其务外好高而已，盖所以救子张多闻多见之病，而非以是教之为学也。夫子尝曰："盖有不知而作之者，我无是也。"是犹孟子"是非之心，人皆有之"之义也。此言正所以明德性之良知非由于闻见耳。若曰"多闻择其善者而从之，多见而识之"，则是专求诸见闻之末，而已落在第二义矣，故曰："知之次也。"

夫以见闻之知为次，则所谓知之上者，果安所指乎？是可以窥圣门致知用力之地矣。夫子谓子贡曰："赐也，汝以予为多学而识之者欤？非也，予一以贯之。"使诚在于"多学而识"，则夫子胡乃谬为是说以欺子贡者邪？"一以贯之"非致其良知而何？《易》曰："君子多识前言往行，以畜其德。"夫以畜其德为心，则凡多识前言往行者，孰非畜德之事？此正知、行合一之功矣。

"好古敏求"者，好古人之学而敏求此心之理耳。心即理也，学者，学此心也，求者，求此心也。孟子云："学问之道无他，求其放心而已矣。"非若后世广记博诵古人之言词，以为好古，而汲汲然惟以求功名利达之具于外者也。“博学、审问”，前言已尽。“温故、知新”，朱子亦以“温故”属之“尊德性”矣。德性岂可以外求哉？惟夫“知新”必由于“温故”，而“温故”乃所以“知新”，则亦可以验知、行之非两节矣。

“博学而详说之”者，“将以反说约也”。若无“反约”之云，则“博学、详说”者，果何事邪？舜之“好问好察”，惟以用中而致其精一于道心耳。道心者，良知之谓也。君子之学，何尝离去事为而废论说；但其从事于事为、论说者，要皆知、行合一之功，正所以致其本心之良知，而非若世之徒事口耳谈说以为知者，分知、行为两事，而果有节目先后之可言也。

十二

来书云：“杨、墨之为仁义，乡愿之乱忠信，尧、舜、子之之禅让，汤、武、楚项之放伐，周公、莽、操之摄辅，谩无印证，又焉适从？且于古今事变、礼乐、名物，未常考识，使国家欲兴明堂，建辟雍，制历律，草封禅，又将何所致其用乎？故《论语》曰‘生而知之’者，义理耳。若夫礼乐、名物、古今事变，亦必待学而后有以验其行事之实，此则可谓定论矣。”

所喻杨、墨、乡愿、尧、舜、子之、汤、武、楚项、周公、莽、操之辨，与前舜、武之论，大略可以类推。古今事变之疑，前于良知之说，已有规矩尺度之喻，当亦无俟多赘矣。至于明堂、辟雍诸事，似尚未容于无言者。然其说甚长，姑就吾子之言而取正焉，则吾子之惑将亦可以少释矣。

夫明堂、辟雍之制，始见于吕氏之《月令》，汉儒之训疏，《六经》《四书》之中，未尝详及也。岂吕氏、汉儒之知，乃贤于三代之贤圣乎？齐宣之时，明堂尚有未毁，则幽、厉之世，周之明堂皆无恙也。尧、舜茅茨土阶，明堂之制未必备，而不害其为治；幽、厉之明堂，固犹文、武、成、康之旧，而无救于其乱，何邪？岂能“以不忍人之心，而行不忍人之政”，则虽茅茨土阶，固亦明堂也；以幽、厉之心，而行幽、厉之政，则虽明堂，亦暴政所自出之地邪？武帝肇讲于汉，而武后盛作于唐，其治乱何如邪？

天子之学曰辟雍，诸侯之学曰泮宫，皆象地形而为之名耳。然三代之学，其要皆所以明人伦，非以辟不辟、泮不泮为重轻也。孔子云：“人而不仁，如礼何？人而不仁，如乐何？”制礼作乐，必具中和之德，声为律而身为度者，然后可以语此，若夫器数之末，乐工之事，祝史之守，故曾子曰：“君子所贵乎道者三，笾豆之事，则有司存也。”尧“命羲、和，钦若昊天，历象日月星辰”，其重在于“敬授人时”也。舜“在璇玑玉衡”，其重在于“以齐七政”也。是皆汲汲然以仁民之心而行其养民之政，治历明时之本，固在于此也。

羲、和历数之学，皋、契未必能之也，禹、稷未必能之也，尧、舜之知而不遍物，虽尧、舜亦未必能之也，然至于今循羲、和之法而世修之，虽曲知小慧之人、星术浅陋之士，亦能推步占候而无所忒，则是后世曲知小慧之人，反贤于禹、稷、尧、舜者邪？

“封禅”之说，尤为不经，是乃后世佞人谀士所以求媚于其上，倡为夸侈，以荡君心而靡国费，盖欺天罔人、无耻之大者，君子之所不道，司马相如之所以见讥于天下后世也。吾子乃以是为儒者所宜学，殆亦未之思邪？

夫圣人之所以为圣者，以其生而知之也。而释《论语》者曰：“‘生而知之’者，义理耳。若夫礼乐、名物、古今事变，亦必待学而后有以验其行事之实。”夫礼乐、名物之类，果有关于作圣之功也，而圣人亦必待学而后能知焉，则是圣人亦不可以谓之“生知”矣。谓圣人为“生知”者，专指义理而言，而不以礼乐、名物之类，则是礼乐、名物之类无关于作圣之功矣。圣人之所以谓之“生知”者，专指义理而不以礼乐、名物之类，则是“学而知之”者，亦惟当学知此义理而已。“困而知之”者，亦惟当困知此义理而已。今学者之学圣人，于圣人之所能知者，未能“学而知之”，而顾汲汲焉求知圣人之所不能知者以为学，无乃失其所以希圣之方欤？凡此皆就吾子之所惑者而稍为之分释，未及乎拔本塞源之论也。

十三

夫拔本塞源之论不明于天下，则天下之学圣人者，将日繁日难，斯人沦于禽兽、夷狄，而犹自以为圣人之学。

吾之说虽或蹔明于一时，终将冻解于西而冰坚于东，雾释于前而云滃于后，呶呶焉危困以死，而卒无救于天下之分毫也已。夫圣人之心，以天地万物为一体，其视天下之人，无外内远近，凡有血气，皆其昆弟赤子之亲，莫不欲安全而教养之，以遂其万物一体之念。

天下之人心，其始亦非有异于圣人也，特其间于有我之私，隔于物欲之蔽，大者以小，通者以塞，人各有心，至有视其父子兄弟如仇雠者。圣人有忧之，是以推其天地万物一体之仁以教天下，使之皆有以克其私，去其蔽，以复其心体之同然。其教之大端，则尧、舜、禹之相授受，所谓“道心惟微，惟精惟一，允执厥中”；而其节目，则舜之命契，所谓“父子有亲，君臣有义，夫妇有别，长幼有序，朋友有信”五者而已。唐、虞、三代之世，教者惟以此为教，而学者惟以此为学。当是之时，人无异见，家无异习，安此者谓之圣，勉此者谓之贤，而背此者虽其启明如朱，亦谓之不肖；下至闾井、田野，农、工、商、贾之贱，莫不皆有是学，而惟以成其德行为务。何者？无有闻见之杂，记诵之烦，辞章之靡滥，功利之驰逐，而但使孝其亲，弟其长，信其朋友，以复其心体之同然。是盖性分之所固有，而非有假于外者，则人亦孰不能之乎？

学校之中，惟以成德为事，而才能之异，或有长于礼乐、长于政教、长于水土播植者，则就其成德，而因使益精其能于学校之中。迨夫举德而任，则使之终身居其职而不易。用之者惟知同心一德，以共安天下之民，视才之称否，而不以崇卑为轻重，劳逸为美恶；效用者亦惟知同心一德，以共安天下之民，苟当其能，则终身处于烦剧而不以为劳，安于卑琐而不以为贱。当是之时，天下之人熙熙皞皞，皆相视如一家之亲；其才质之下者，则安其农、工、商、贾之分，各勤其业，以相生相养，而无有乎希高慕外之心。

其才能之异，若皋、夔、稷、契者，则出而各效其能。若一家之务，或营其衣食，或通其有无，或备其器用，集谋并力，以求遂其仰事俯育之愿，惟恐当其事者之或怠而重己之累也。故稷勤其稼，而不耻其不知教，视契之善教，即己之善教也；夔司其乐，而不耻于不明礼，视夷之通礼，即己之通礼也。盖其心学纯明，而有以全其万物一体之仁，故其精神流贯，志气通达，而无有乎人己之分、物我之间。譬之一人之身，目视、耳听、手持、足行，以济一身之用，目不耻其无聪，而耳之所涉，目必营焉；足不耻其无执，而手之所探，足必前焉。盖其元气充周，血脉条畅，是以痒疴呼吸，感触神应，有不言而喻之妙。此圣人之学所以至易至简，易知易从，学易能而才易成者，正以大端惟在复心体之同然，而知识技能非所与论也。

三代之衰，王道熄而霸术焻；孔、孟既没，圣学晦而邪说横。教者不复以此为教，而学者不复以此为学。霸者之徒，窃取先王之近似者，假之于外以内济其私己之欲，天下靡然而宗之，圣人之道遂以芜塞。相仿相效，日求所以富强之说、倾诈之谋、攻伐之计，一切欺天罔人，苟一时之得，以猎取声利之术，若管、商、苏、张之属者，至不可名数。

既其久也，斗争劫夺，不胜其祸，斯人沦于禽兽、夷狄，而霸术亦有所不能行矣。世之儒者慨然悲伤，搜猎先圣王之典章法制，而掇拾修补于煨烬之余，盖其为心良亦欲以挽回先王之道。圣学既远，霸术之传积渍已深，虽在贤知，皆不免于习染，其所以讲明修饰，以求宣畅光复于世者，仅足以增霸者之藩篱，而圣学之门墙，遂不复可睹。于是乎有训诂之学，而传之以为名；有记诵之学，而言之以为博；有词章之学，而侈之以为丽。若是者，纷纷籍籍，群起角立于天下，又不知其几家，万径千蹊，莫知所适。

世之学者如入百戏之场，欢谑跳踉，骋奇斗巧，献笑争妍者，四面而竞出，前瞻后盼，应接不遑，而耳目眩瞀，精神恍惑，日夜遨游淹息其间，如病狂丧心之人，莫自知其家业之所归。时君世主亦皆昏迷颠倒于其说，而终身从事于无用之虚文，莫自知其所谓。间有觉其空疏谬妄、支离牵滞，而卓然自奋，欲以见诸行事之实者，极其所抵，亦不过为富强功利、五霸之事业而止。圣人之学日远日晦，而功利之习愈趋愈下。其间虽尝瞽惑于佛、老，而佛、老之说卒亦未能有以胜其功利之心；虽又尝折衷于群儒，而群儒之论终亦未能有以破其功利之见。

盖至于今，功利之毒沦浃于人之心髓，而习以成性也几千年矣。相矜以知，相轧以势，相争以利，相高以技能，相取以声誉。其出而任也，理钱谷者则欲兼夫兵刑，典礼乐者又欲与于铨轴，处郡县则思藩臬之高，居台谏则望宰执之要。故不能其事，则不得以兼其官；不通其说，则不可以要其誉；记诵之广，适以长其敖也；知识之多，适以行其恶也；闻见之博，适以肆其辨也；辞章之富，适以饰其伪也。是以皋、夔、稷、契所不能兼之事，而今之初学小生皆欲通其说，究其术。其称名僭号，未尝不曰吾欲以共成天下之务，而其诚心实意之所在，以为不如是则无以济其私而满其欲也。

呜呼！以若是之积染，以若是之心志，而又讲之以若是之学术，宜其闻吾圣人之教，而视之以为赘疣枘凿，则其以良知为未足，而谓圣人之学为无所用，亦其势有所必至矣！呜呼！士生斯世，而尚何以求圣人之学乎！尚何以论圣人之学乎！士生斯世，而欲以为学者，不亦劳苦而繁难乎！不亦拘滞而险艰乎！呜呼，可悲也已！

所幸天理之在人心，终有所不可泯，而良知之明，万古一日，则其闻吾拔本塞源之论，必有恻然而悲，戚然而痛，愤然而起，沛然若决江河，而有所不可御者矣。非夫豪杰之士，无所待而兴起者，吾谁与望乎？

选自《传习录注疏》，邓艾民注，上海古籍出版社2015年版

编选理由：

针对顾璘书信中所发出的疑问和诘难，王阳明在答书中就其要点一一加以阐述和驳正，文字晓畅易读。读完《答顾东桥书》，我们对于阳明与朱子学说的对立以及个中缘由，就会有一个大体的了解。第十三小节解释了“圣人之学日远日晦，而功利之习愈趋愈下”的原因，这对于我们从整体上理解阳明学产生的学术和社会背景极有帮助，因而尤其值得我们注意。

沉思录(节选)

〔古罗马〕马可·奥勒留 著　何怀宏 译

卷一（节选）

在我的父亲那里，我看到了一种温柔的气质，和他在经过适当的考虑之后对所决定的事情不妥协的决心。在世人认为光荣的事情上，他毫无骄矜之心，他热爱劳作并持之以恒，乐意倾听他人对公共福利提出的建议；在论功

行赏方面他毫不动摇，并拥有一种从经验中获得的辨别行动是精力充沛还是软弱无力的知识。我注意到他克服了对孩子的所有激情，他把自己视为与任何别的公民一样平等的公民。他解除了他的朋友要与他一起喝茶，或者在他去国外时必须觐见他的所有义务。那些由于紧急事务而没有陪伴他的人，总是发现他对他们一如往常。我也看到了他仔细探讨所有需要考虑的事情的习惯，他坚持不懈，决不因对初步印象满足就停止他的探究。他有一种维持友谊的能力，不会很快厌倦朋友，同时又不放纵自己的柔情。他对所有环境都感到满足和快乐。他富有远见，能不夸示地见微知著。他直接拒绝流行的赞颂和一切谄媚；对管理帝国的相关事务保持警醒，善于量入为出、精打细算，并耐心地忍受由此而来的责难。他不迷信神灵，也不以赏赐、娱乐或奉承大众的方式对人们献殷勤。他在所有事情上都显示出一种清醒和坚定的态度，不表现任何卑贱的思想或行为，也不好新骛奇。对于幸运所赐的丰富的有益于生命的东西，他不炫耀也不推辞。所以，当他拥有这些东西时，他享受它们且毫不做作；而当他没有这些东西时，他也不渴求它们。不会有人说他像一个诡辩家，一个能说会道的家奴，或者卖弄学问的人；而都承认他是成熟的人，完善的人，不受奉承的影响、能够安排他自己和别人事务的人。除此之外，他尊重那些真正的哲学家，他不谴责那些自称是哲学家的人，同时也不轻易受他们影响。他在社交方面也是游刃有余的，他使人感到惬意且毫无损人的装腔作势。他对自己的身体有一种合理的关心。他既不过分依恋生命，也不会对个人的形象漠不关心（虽然还是有点儿漫不经心），他通过自己多加注意来调理身体，很少需要看医生、吃药或进补品。他很乐意并毫无嫉妒心地给拥有特殊才能的人开路。像那些具有雄辩才能或拥有法律、道德等知识的人，他给他们以帮助，使每个人都能依其长处而享有名声。他总是按照国家的制度行事并毫不做作。而且，他不喜欢变动不居，而是爱好住在同一个地方，专注于同一件事情。在他的头痛病发作过去之后，他又马上容光焕发，精力充沛地去做他的日常工作。他的秘密不多，而且这为数不多的秘密也都是有关公事的。他在建设公众观瞻之物和公共建筑方面、在对人民的捐赠方面，表现出谨慎和节俭的一面。因为在这些事情上，他关注的是，是否应当做这些事，而不是试图从这些事情上获取名声。他不在不合时宜的时刻洗澡，不喜欢大兴土木营建住宅，也不关注自己的饮食、衣服的质料和色彩，以及他的奴隶的美貌。他的衣服一般是来自他在海滨的别墅罗内姆，或来自拉努维阿姆。我们都知道他是怎样对待请求他宽恕的塔斯丘佗的收税人的，这就是他总的态度。在他那里，找不到任何东西。他逐一考察所有事情，仿佛他有充分的时间，他毫不混淆、有条有理、精力充沛、始终一贯。对苏格拉底的记录也可以用于他，他能够放弃也能够享受那些东西——许多人因太软弱而既不能够放弃，也不能够有节制地享受的。这种一方面能足够强健地承受，另一方面又能保持清醒的品质，正是一个人拥有一个完善的、不可战胜的灵魂的标志，就像他在马克西默斯的疾病中所表现的那样。

卷二（节选）

一日之始就对自己说：我将遇见好管闲事的人、忘恩负义的人、傲慢的人、欺诈的人、嫉妒的人和孤僻的人。他们染有这些品性是因为他们不知道什么是善，什么是恶。但是，我——作为知道善和恶的性质，知道前者是美后者是丑的人；作为知道做了错事的人的本性是与我相似的，我们不仅具有同样的血液和皮肤，而且分享同样的理智和同样的神性的人——绝对不可能被他们中的任何一个人损害，因为任何人都不可能把恶强加于我，我也不可能迁怒于我的同类，或者憎恨他们。因为我们是天生要合作的，犹如手足、唇齿和眼睑，所以相互反对就是违反本性，就是自寻烦恼和自我排斥。

卷三（节选）

假如你在人类生活中发现什么比正义、真理、节制和坚忍更好的东西，一句话，发现比你心灵的自足更好的东西——这种自足能使你在非你选择而被分派任务的条件下，理性行事，我说，如果你看到了比这更好的东西，就以全部身心转向它，享受那你认为是最好的东西吧。然而，如果并没有什么东西比它更好，比培植在你心中的神性更好——它检视你所有的爱好，仔细考察你所有的印象，并像苏格拉底所说，使你摆脱感官的诱惑，把自身交付给神灵并关心人类——如果你发现任何别的都不如它，比它价值要低，就不要给别的东西以地位吧。因为一旦你走上岔路，倾向于别的东西，你就不再能够集中精力偏爱那真正适合和属于你的善的事物了。因为，让任何别的东西——比方说众口称赞、拥有权力或享受快乐——来同那在理性方面、在政治或实践中是善的东西竞争是不对的。所有那些东西，即使它们看上去可以在我们加以限制时适应于更好的事物，但它们也会马上占据优势，把我们带走。所以我说，你要径直选择那更好的东西，并且坚持它。可是你说，有用的就是更好的。那么好，如果它对作为理性而存在的你有用，那你就坚持它吧；但如果它只是对于作为一个动物的你有用，那你就要拒绝它，不要自傲地坚持你的判断，而应以一种确当的方法来探究。

选自《沉思录：中英双语》，中央编译出版社 2008 年版

编选理由：

过去有很长一个时期，奥勒留的《沉思录》一直是我的枕边书之一。倒不是说，我完全认同作者的价值观以及他对很多问题的看法，也不认为他的智慧能够对我的言行出处有所助益；而是我特别喜欢他在与自我进行对话时的那种坦诚，以及毫不做作的谦卑。这就赋予了这本书特别的气质——一拿起它，我的心就会马上笼上一种甜蜜的静谧，睡意立刻袭来，甚至读不了三四行，就睡着了。

论孤独与悲哀

［丹麦］克尔凯郭尔 著　阎嘉 译

在一些特殊的场合，在看见一个人绝对孤独地处在世上时，人会感到悲痛并深受感动。几天前，我看见一位贫穷而可怜的姑娘非常孤独地走向教堂

去受坚信礼。

科内琉斯·内波斯讲到过一位将军，他与一个很大的骑兵团一起被一直禁闭在一个要塞里，为了不使马匹因过分不活动而受伤害，他便每天鞭打马匹。我以相似的方式生活于这个时代，像个受困的人，唯恐受到静坐过久的伤害，我大声说我累了。

我说到自己的悲哀，正如英国人说起自己的家：我的悲哀是我的城堡。很多人都把有悲哀看成是生存的权力之一。

我觉得作为一名象棋手，当对手说这话时一定会有所感觉：那枚棋子不可能被移动。

阿拉丁精神极其饱满，因为阿拉丁是一个怀着最狂热的希望的孩子，是大胆鲁莽的天才。确实，在我们时代，有多少真正敢于怀有希望、敢于渴望欲求、敢于讲出本质的人呢？既不是以有礼貌的孩子的温文尔雅的方式，也不是以人人所指责的暴跳如雷的方式。有多少人——受到在我们这个时代谈论得如此之多的“人是按上帝的形象创造出来的”这一说法的激励——发出过具有权威性的统领之声？或者我们全都不能忍受诺雷廷那样的人，点头同意和争吵，担心问得太多或者太少。或者每个高尚的要求最终都没有被削弱成对那个我的可怕的反思，从坚持认为到告发，我们的确被培养和训练去那么做。

我胆小畏怯，又软弱无语。我觉得自己像一个在字行间被印倒了的字母，也像一个有三条马尾巴的帕夏那样不可管束，像银行为其钞票担心一样为我自己和我的思想担心，真的，像任何反身代词一样反映到我自己身上。是的，倘若不幸和悲哀如同自觉的善举一样真实——行那些善举的人们失去了自己的回报——我将成为最幸福的人，因为我预先倾注了我的全部注意力，而他们全都还在后面。

在有些方面，在关于欲望的力量方面，民间文学惊人的富有诗意的力量是明显的。比较而言，我们时代的欲望是邪恶的和令人厌烦的，因为它渴望属于邻人的东西。民间文学中的欲望充分意识到了邻人并不拥有自身以外的东西。如果他有邪恶的欲求，那么就会变得臭名昭著，人们必定会感到震惊。他不会让自己被路人所理解的老谋深算和冷酷无情所打倒。唐璜还带着他的一千零三位情妇大步跨过舞台呢。出于对悠久历史传统的崇敬，没有一个人敢笑。假如我们时代的一位诗人敢于这么做，那么他将成为被嘲笑奚落的对象。

当我看见一位贫穷可怜的人穿着一件有黄色斑点、有点儿旧的淡绿色衣服，拖着脚穿过街道时，一阵十分奇怪、悲哀的情绪攫住了我。我为他感到悲哀，然而最使我感动的却是那衣服的色彩是那么生动，它使我想起了自己童年时代第一件高雅的绘画艺术作品。这种特殊的色彩是我所偏爱的色彩之一。悲哀的并不是这些色彩的组合，我仍然怀着极大的快乐想到它们，在生活中的任何地方都找不到它们。整个世界都认为它们粗野、俗不可耐，只适合于纽伦堡的图片。倘若偶然碰上它们，相遇也总是不幸的，正如这次一样，总是一个低能儿或者一个乞丐。简言之，总是某个在生活中被疏远、世界并不承认其存在的人。而我，总是以这种永远令人难忘的黄绿色色调去描绘我的主角的衣服！这种情形不会在童年时代的色彩组合中发生吗？对于我们迟钝的双眼来说，生活在那时所具有的闪光已渐渐变得强烈、粗糙。

哎呀！幸运之门没有朝内开，于是可以靠冲撞推开它；但它却朝外开，因此可能对它毫无办法。

我相信，我有勇气怀疑一切；我相信，我有勇气同一切战斗。但我却没有勇气承认任何东西，没有勇气拥有、顺从任何东西。大多数人都抱怨世界是如此没有诗意，以致生活中的事情不如小说中的容于忍受。在小说中，机遇出现得始终是那么及时。我则抱怨生活与小说不一样。一个人在生活中要与冷酷的父亲、饭桶和巨人战斗，要解救被迷惑的公主。所有这些加在一起，比得上我与之搏斗的、我自己赋予其生命和存在的、苍白没有血色的、生命力顽强的夜间活动形式。

我的灵魂和我的思想是多么贫瘠呀，以致我长久不断地受到空虚地贪图酒色和难以忍受的劳动的痛苦折磨！我精神之舌的韧带从未放松过，我始终急促而含混地说话吗？我所需要的是一种像林叩斯的目光一样敏锐而有穿透力的声音，一种像巨人的呻吟一样使人感到恐怖的声音，一种像自然之声一样恒久不变的声音，一种像一阵寒风一样嘲弄的声音，一种像一段无情地嘲笑的回声一样恶毒的声音，它从最深沉的低音升至最温柔的高音，从庄严沉静的低语变调为狂暴的吼叫。一切都是为了呼吸，为了以我心中所思赋予声音，为了让愤怒和同情震撼肺腑，这正是我所需要的。——但是，我的声音仅仅像一个笨人的叫喊一样嘶哑，或如哑巴嘴中的祷告一样无力。

将会发生什么？未来将带来什么？我不知道，我毫无预感。当一只蜘蛛把自己从一个固定的点往下抛进自己结的网中时，它看见自己面前是一个空荡荡的空间，它在其中找不到任何立足点，而它却劳累过度。我的情形也与它一样。我面前仍是一片空荡荡的虚空，我却被自己身后的一个结果推动着。这种生活周而复始，令人惊骇，不可忍受。

选自《颤栗与不安：克尔凯郭尔个体偶在集》，陕西师范大学出版社 2002 年版

编选理由：

克尔凯郭尔对“悲哀”这个概念十分敏感。在另一篇笔记中，他曾说，悲哀就像是自己最忠实的情人，一直温柔地紧贴在他的后背，与其身心未曾须臾分离。正因为他始终穿着悲哀之衣，所以他个体的存在就成了一个“特例”。他拒绝从黑格尔的普遍理性（真理）的意义上来理解存在，而是以这个特例为出发点，去探究并寻求人的本质。

第五辑　戏　剧

裴少俊墙头马上

〔元〕白朴

第一折

（冲末扮裴尚书引老旦扮夫人上，诗云）满腹诗书七步才，绮罗衫袖拂香埃；今生坐享荣华福，不是读书那里来。老夫工部尚书裴行俭是也。夫人柳氏，孩儿少俊。方今唐高宗即位仪凤三年。自去年驾幸西御园，见花木狼籍，不堪游赏，奉命前往洛阳，不问权豪势要之家，选拣奇花异卉，和买花栽子，趁时栽接。为老夫年高，奏过官里，教孩儿少俊承宣驰驿，代某前去。自新正为始，得了六日宣限，那的是老夫有福处。少俊三岁能言，五岁识字，七岁草字如云，十岁吟诗应口，才貌两全，京师人每呼为少俊。年当弱冠，未曾娶妻，不亲酒色；如今差他出去公干，万无一失。教张千伏侍舍人，在一路上休教他胡行，替俺买花栽子去来。（下）

（外扮李总管上，云）老夫姓李，双名世杰，乃李广之后，当今皇上之族。嫡亲三口儿，夫人张氏，有女孩儿小字千金，年方一十八岁，尤善女工，深通文墨，志量过人，容颜出世。老夫前任京兆留守，因讽谏则天，谪降洛阳总管。老夫当初曾与裴尚书议结婚姻，只为宦路相左，遂将此事都不提起了。如今左司家勾唤我，今日便行；留下夫人与孩儿，紧守闺门。待我回来，另议亲事，未为迟也。（下）

（正末扮裴舍人引张千上，云）小生是工部尚书舍人裴少俊。自三岁能言，五岁识字，七岁草字如云，十岁吟诗应口，才貌两全，京师人每呼为少俊。年当弱冠，未曾娶妻，惟亲诗书，不通女色。承宣驰驿，前来洛阳，不问权豪势要之家，名园佳圃，选拣奇花，和买花栽子。就用一车装送，来日

起程。今日乃三月初八日，上巳节令，洛阳王孙士女，倾城玩赏。张千，咱每也同你看去来。（下）

（正旦扮李千金领梅香上，云）妾身李千金是也。今日是三月上巳，良辰佳节，是好春景也呵。（梅香云）小姐，观此春天，真好景致也。（正旦云）梅香，你觑着围屏上佳人才子，士女王孙，是好华丽也。（梅香云）小姐，佳人才子为甚都上屏障，非同容易也呵。（正旦唱）

【仙吕·点绛唇】往日夫妻，夙缘仙契。多才艺，倩丹青写入屏围，真乃是画出个蓬莱意。

（梅香云）小姐看这围屏，有个主意，梅香猜着了也，少一个女婿哩！（正旦唱）

【混江龙】我若还招得个风流女婿，怎肯教费工夫学画远山眉。宁可教银缸高照，锦帐低垂；菡萏花深鸳并宿，梧桐枝隐凤双栖。这千金良夜，一刻春宵，谁管我衾单枕独数更长，则这半床锦褥枉呼做鸳鸯被。（梅香云）等老相公回来呵，寻一门亲事，可不好也。（正旦唱）流落的男游别郡，耽阁的女怨深闺。

（梅香云）小姐，这几日越消瘦了。（正旦唱）

【油葫芦】我为甚消瘦春风玉一围，又不曾染病疾，近新来宽褪了旧时衣。（梅香云）夫人道，小姐不快时，少做女工，胜服汤药。（正旦唱）害的来不疼不痛难医治，吃了些好茶好饭无滋味；似舟中载倩女魂，天边盼织女期。这些时困腾腾，每日家贪春睡，看时节针线强收拾。

【天下乐】我可便提起东来忘了西。（梅香云）昨日几家来问亲，小姐不语怎么？（正旦唱）咱萱堂又觑着面皮，至如个穷人家女孩儿到十六七，或是谁家来问亲，那家来做媒，你教女孩儿羞答答说甚的。

（梅香云）今日上巳，王孙士女，宝马香车，都去郊外玩赏去了；咱两个去后花园内看一看来。（正旦云）梅香，将着纸墨笔砚，咱去来。（做行科）（正旦唱）

【那吒令】本待要送春向池塘草萋，我且来散心到荼蘼架底，我待教寄身在蓬莱洞里。蹙金莲红绣鞋，荡湘裙呜环珮，转过那曲槛之西。

【鹊踏枝】怎肯道负花期，惜芳菲。粉悴胭憔，他绿暗红稀；九十日春光如过隙，怕春归又早春归。

【寄生草】柳暗青烟密，花残红雨飞。这人、人和柳浑相类，花心吹得人心碎，柳眉不转蛾眉系。为甚西园陡恁景狼籍，正是东君不管人憔悴！

【幺篇】榆散青钱乱，梅攒翠豆肥；轻轻风趁蝴蝶队，霏霏雨过蜻蜓戏，融融沙暖鸳鸯睡；落红踏践马蹄尘，残花酝酿蜂儿蜜。

（裴舍骑马引张千上，云）方信道洛阳花锦之地，休道城中有多少名园。（做点花本科，云）你觑这一所花园。（做见旦惊科，云）一所花园，呀，一个好姐姐！（正旦见末科，云）呀，一个好秀才也！（唱）

【金盏儿】兀那画桥西，猛听的玉骢嘶，便好道杏花一色红千里，和花掩映美容仪。他把乌靴挑宝镫，玉带束腰围；真乃是能骑高价马，会着及时衣。

（正末云）你看他雾鬓云鬟，冰肌玉骨；花开媚脸，星转双眸。只疑洞府神仙，非是人间艳冶。（梅香云）小姐，你听来。（正旦唱）

【后庭花】休道是转星眸上下窥，恨不的倚香腮左右偎；便锦被翻红浪，罗裙作地席。

（梅香云）小姐休看他，倘有人看见。（正旦唱）既待要暗偷期，咱先有意，爱别人可舍了自己。

（梅香云）小姐，你却顾盼他，他可不顾盼你哩。（张千上，云）舍人，休要惹事，咱城外去看来。（做催科）（裴舍云）四目相觑，各有眷心，从今已后，这相思须害也。（张千做催，打马科，云）舍人去罢。（裴舍云）如此佳丽美人，料他识字，写个简帖儿嘲拨他。张千，将纸笔来，看他理会的么。（做写料，云）张千，将这简帖儿与那小姐去。（张千云）舍人使张千去，若有人撞见，这顿打可不善也。（裴舍云）我教你，有人若问呵，则说俺买花栽子，不妨事。若见那小姐，说俺舍人教送与你。（张千云）舍人，我去。（裴舍云）那小姐喜欢，你便招手唤我，我便来；若是抢白，你便摆手，我便走。（张千云）我知道。（做见旦科，云）小姐，你这后花园里有卖花栽子么？（梅香云）这里花栽子谁要买？（张千云）俺那舍人要买。（做招手）（裴舍望科，云）谢天地，事已谐矣！（梅香做叫科，云）小姐，那两个人拿过一张儿纸来，不知写甚么，小姐看咱！（正旦做念诗科，云）只疑身在武陵游，流水桃花隔岸羞；咫尺刘郎肠已断，为谁含笑倚墙头。梅香，将纸笔来。（做写科，云）梅香，我央你咱，你勿阻我。将这一首诗送与那舍人。（梅香云）小姐，教我送这诗与谁去也？诗中意怎生？见那秀才道甚的？则怕有人撞见怎

了？（正旦云）好姐姐，你与我走一遭去。（梅香云）你往常打我骂我，今日为甚的央我，着我寄与谁？（正旦唱）

【幺篇】你道是情词寄与谁，我道来新诗权做媒。我映丽日墙头望，他怎肯袖春风马上归。怕的是外人知，你便叫天叫地。哎！小梅香好不做美。

（梅香云）这简帖我送与老夫人去。（正旦云）梅香，我央及你，要告老夫人呵，可怎了！（梅香云）你慌么？（正旦云）可知慌哩。（梅香云）你怕么？（正旦云）可知怕哩。（梅香云）我斗你耍哩。（正旦云）则被你唬杀我也。（梅香送裴舍科，云）俺小姐上复舍人，看这首诗咱。（裴舍看科，诗云）深闺拘束暂闲游，手拈青梅半掩羞。莫负后园今夜约，月移初上柳梢头。千金之作！这小姐有倾城之态，出世之才，可为囊箧宝玩。（梅香云）俺小姐道来，今夜后园中赴期，休得失信。（裴舍云）张千，俺打那里过去？（张千云）跳墙过去。（梅香转向旦云）小姐，他待跳墙来也！（正旦唱）

【赚煞】这一堵粉墙儿低，这一带花阴儿密。与你个在客的刘郎说知：虽无那流出胡麻香饭水，比天台山到径抄直；莫疑迟，等的那斗转星移，休教这印苍苔的凌波袜儿湿。将湖山困倚，把角门儿虚闭，这后花园权做武陵溪。（下）

（裴舍云）惭愧！这一场喜事，非同小可。只等的天晚，便好赶约去也。（诗云）偶然间两相窥望，引逗的春心狂荡；今夜里早赴佳期，成就了墙头马上。（下）

第二折

（夫人同老旦嬷嬷上，云）老身是李相公夫人。相公左司家唤的去了，不见回来。今日老身东阁下探妗子回来，身子有些不快。天色晚也，梅香，绣房中道与小姐，休教他出来。嬷嬷收拾前后，我歇息去也。（下）

（裴舍上，云）我回到这馆驿安下，心中闷倦，那里有心去买花栽子。巴不得天晚了也，我如今与小姐赴期去来。（下）

（正旦同梅香上，云）今日因去后园中看花，墙头见了那生，四目相视，各有此心，将一个简帖儿约今夜来赴期。我回到绣房中，梅香，不知夫人睡去也不曾？（梅香云）我去看来。（下）（正旦做睡，梅香推科，云）小姐，小姐！（正旦醒科，云）我正好做梦哩。（梅香云）你梦见甚么来？（正旦唱）

【南吕·一枝花】睡魔缠缴得慌，别恨禁持得煞；离魂随梦去，几时得好事奔人来。一见了多才，口儿里念，心儿里爱；合是姻缘簿上该。则为画眉的张敞风流，掷果的潘郎稔色。

（梅香云）今夜好歹来也，则管里作念的眼前活现。（正旦唱）

【梁州第七】早是抱闲怨，时乖运蹇；又添这害相思，月值年灾。（带云）休道是我，（唱）天若知道和天也害。（云）梅香，这早晚多早晚也？（梅香云）是申牌时候了。（正旦唱）几时得月离海峤，才则是日转申牌。（梅香云）小姐，日头下去了，一天星月出来了。（正旦唱）怕露惊宿鸟，风弄庭槐。看银河斜映瑶阶，都不动纤细尘埃。月也你本细如弓，一半儿蟾蜍，却休明如镜照三千世界，冷如冰浸十二瑶台。禁垆瑞霭，把剔团圞明月深深拜，你方便，我无碍，深拜你个嫦娥不妒色，你敢且半霎儿雾锁云埋。

（梅香云）这场事也非容易哩！（正旦唱）

【牧羊关】待月帘微簌，迎风户半开；你看这场风月规划。（梅香云）怎生规划？（正旦云）你与我接去。（梅香云）怕他不来！倒教我去接他。（正旦唱）就着这风送花香，云笼月色。（梅香云）小姐，为甚么着我接他去？（正旦唱）你道为甚着你个丫鬟迎少俊，我则怕似赵杲送曾哀。（梅香云）这里线也似一条直路，怕他迷了道儿！（正旦唱）你道方径直如线，我道侯门深似海。

（梅香云）你两个头目，自说话来。（正旦唱）

【骂玉郎】相逢正是花溪侧，也须穿短巷过长街。（梅香云）到那里便唤你来。（正旦唱）又不比秦楼夜宴金钗客，这的担着利害，把你那小性格且宁奈。

【感皇恩】咱这大院深宅，幽砌闲阶，不比操琴堂、沽酒舍、看书斋。（梅香云）迟又不是，疾又不是，怎生可是？（正旦唱）教你轻分翠竹，款步苍苔；休惊起庭鸦喧，邻犬吠，怕院公来。

（梅香云）小姐，这来时可着多早晚也？（正旦唱）

【采茶歌】把粉墙儿挨，角门儿开，等夫人烧罢夜香来。月色朦胧天色晚，鼓声才动角声哀。

（梅香云）我说与你，夫人已睡了也，一准不来了。今夜嬷嬷又在前面守着库房门哩。天色晚了，我点上灯，就接姐夫去。（裴舍引张千上，云）张千，休大惊小怪的，你只在墙外等着。（做跳墙见科，云）梅香，我来了也。（梅香云）我说去。小姐，姐夫来了也。你两个说话，我门首看着。（裴舍云）小生是个寒儒，小姐不弃，小生杀身难报。（正旦云）舍人则休负心。（唱）

【隔尾】我推粘翠靥遮宫额，怕绰起罗裙露绣鞋。我忙忙扯的鸳鸯被儿盖，翠冠儿懒摘，画屏儿紧挨。是他撒滞殢，把香罗带儿解。

（嬷嬷上，云）这早晚小姐房里有人说话，在窗下听咱。呀，果然有人，我去觑破他。（梅香云）小姐，吹灭了灯，嬷嬷来也！（嬷嬷云）吹灭了灯！我听的多时了也，你待走那里去。（裴舍同旦做跪科，正旦云）是做下来也，怎见父母。奶奶，可怜见！你放我两个私走了罢，至死也不敢忘你。（嬷嬷云）兀的是不出嫁的闺女，教人营勾了身躯，可又随着他去。这汉子是谁家的？（裴舍云）小生是客寄书生，乞容宽恕。（嬷嬷云）俺这里不是羸奸买俏去处。（正旦唱）

【红芍药】他承宣驰驿奉官差，来这里和买花栽；又不是瀛州方丈接蓬莱，远上天台。比画眉郎多气概，骤青骢踏断章台。（嬷嬷云）都是这梅香小奴才勾引来的！（正旦唱）枉骂他偷寒送暖小奴才，要这般当面抢白。

（嬷嬷云）不是这奴胎是谁？（正旦唱）

【菩萨梁州】是这墙头掷果裙钗，马上摇鞭狂客；说与你个聪明的奶奶，送春情是这眼去眉来。（嬷嬷云）好可羞也那不羞！眼去眉来，倒与真奸真盗一般，教官司问去。（正旦唱）则这女娘家直恁性儿乖，我待舍残生还却鸳鸯债。也谋成不谋败，是今日且停嗔过后改，怎做的奸盗拿获？

（嬷嬷云）你看上这穷酸饿醋甚么好？（正旦唱）

【牧羊关】龙虎也招了儒士，神仙也聘与秀才；何况咱是浊骨凡胎。一个刘向题倒西岳灵祠，一个张生煮滚东洋大海。却待要宴瑶池七夕会，便银汉水两分开；委实这乌鹊桥边女，舍不的斗牛星畔客。

（嬷嬷云）家丑事不可外扬。兀那汉子！我将你拖到官中，不道的饶了你哩。（裴舍云）嬷嬷，你要了我买花栽子的银子，教梅香唤将我来，咱就和你见官去来。（正旦唱）

【三煞】不肯教一床锦被权遮盖，可不道九里山前大会垓，绣房里血泊浸尸骸。解下这搂带裙刀，为你逼的我紧也便自伤残害，颠倒把你娘来赖。（梅香云）你要他这秀才的银子，教我去唤将他来。便见夫人，也则实说。（嬷嬷云）夫人也不信。（正旦唱）你则是拾的孩儿落的摔，你待致命图财。

【二煞】我怎肯掩残粉泪横眉黛，倚定门儿手托腮；山长水远几时来。且休说度岁经年，只一夜冰消瓦解，恁时节知他是和尚在钵盂在。他凭着满腹文章七步才，管情取日转千阶。

（嬷嬷云）亲的则是亲，若夫人变了心，可不枉送我这老性命。我如今和你商量，随你拣一件做：第一件，且教这秀才求官去，再来取你；不着，嫁了别人。第二件，就今夜放你两个走了，等这秀才得了官，那时依旧来认亲。（正旦云）嬷嬷，只是走的好。（唱）

【黄钟尾】他折一枝丹桂群儒骇，怎肯十谒朱门九不开。（嬷嬷云）若以后泄漏出些风声，枉坏了一世前程，拆散了一双佳配。常言道：一岁使长百岁奴。我耽着利害放您，则要一路上小心在意者。（正旦云）母亲年高，怎生割舍。（嬷嬷云）夫人处有我在此，你自放心去罢。（正旦同裴谢科，正旦唱）不是我敢为非敢作歹，他也有风情有手策；你也会圆成会分解，我也肯过从肯耽待。便锁在空房，嫁在乡外。你道父母年高老迈，那里有女孩儿共爷娘相守到头白，女孩儿是你十五岁寄居的堂上客。（同裴舍、梅香下）

（嬷嬷云）他每去也。若夫人问时，说个谎道，不知怎生走了；料夫人必然不敢声扬。等待他日后再来认亲，也未迟哩。（下）

第三折

（裴尚书上，云）自从少俊去洛阳买花栽子回来，今经七年。老夫常是公差，多在外，少在里。且喜少俊颇有大志，每日只在后花园中看书，直等功名成就，方才娶妻。今日是清明节令，老夫待亲自上坟去，奈畏风寒，教夫人和少俊替祭祖去咱。（下）

（裴舍引院公上，云）自离洛阳，同小姐到长安七年也。得了一双儿女，小厮儿叫做端端，女儿唤做重阳，端端六岁，重阳四岁。只在后花园中隐藏，不曾参见父母，皆是院公伏侍，连宅里人也不知道。今日清明节令，父亲畏风寒，我与母亲郊外坟茔中祭奠去。院公，在意照顾，怕老相公撞见。（院公云）哥哥，一岁使长百岁奴，这宅中谁敢题起个“李”字！若有一些差失，如同那赵盾便有灾难，老汉就是灵辄扶轮；王伯当与李密叠尸，为人须为彻。

休道老相公不来，便来呵，老汉凭四方口，调三寸舌，也说将回去；我这是蒯文通、李左车。哥哥，你放心，倚着我呵，万丈水不教泄漏了一点儿。（裴舍云）若无疏失，回家多多赏你。（下）

（正旦引端端、重阳上，云）自从跟了舍人来此呵，早又七年光景，得了一双儿女，过日月好疾也呵！（唱）

【双调·新水令】数年一枕梦庄蝶，过了些不明白好天良夜。想父母关山途路远，鱼雁信音绝。为甚感叹咨嗟，甚日得离书舍！

【驻马听】凭男子豪杰，平步上万里龙庭双凤阙；妻儿真烈，合该得五花官诰七香车。也强如带满头花，向午门左右把状元接；也强如挂拖地红，两头来往交媒谢。今日个改换别，成就了一天锦绣佳风月。

（云）我掩上这门，看有甚人来此。（院公持扫帚上，云）哥哥祭奠去了，嫂嫂跟前回复去咱。（见科，云）嫂嫂，舍人祭奠去了，院公特地说与嫂嫂得知。（正旦云）院公可要在意者，则怕老相公撞将来。（院公云）老汉有句话敢说么？今日清明节，有甚节令酒果，把些与老汉吃饱了，只在门首坐着，看有甚的人来。（旦与酒肉吃科）（院公云）夜来两个小使长把墙头上花都折坏了，今日休教出来，只教书房中要，则怕老相公撞见。（正旦唱）

【乔牌儿】当拦的便去拦，我把你个院公谢。想昨日被棘针都把衣袂扯，将孩儿指尖都掐破也。

（端端云）奶奶，我接爹爹去来。（正旦云）还未来哩。（唱）

【幺篇】便将球棒儿撇，不把胆瓶藉。你哥哥这其间未是他来时节，怎抵死的要去接。

（院公云）我门口去吃了一瓶酒一分节食，觉一阵昏沉，倚着湖山睡些儿咱。（端端打科）（院公云）唬杀人也。小爷爷！你要到房里要去。（又睡科，重阳打科）（院公云）小奶奶！女孩家这般劣。（又睡科，二人齐打介）（院公云）我告你去也，快书房里去。（裴尚书引张千上，云）夫人共少俊祭奠去了，老夫心中闷倦，后花园内走一遭去，看孩儿做下的功课咱。（见院公，云）这老子睡着了。（做打科，院公做醒着扫帚打科，云）打你娘，那小厮！（做见慌科，尚书云）这两个小的是谁家？（端端云）是裴家。（尚书云）是那个裴家？（重阳云）是裴尚书家。（院公云）谁道不是裴尚书家花园，小弟子还不去！（重阳云）告我爹爹奶奶说去。（院公云）你两个采了花木，还道告你爹爹奶奶去。跳起恁公公来也打你娘！（两人走科，院公云）你两个不投前面走，便往后头去！（二人见旦科，云）我两人接爹爹去，见一老爷，问是谁家的。（正旦云）孩儿也，我教你休出去，兀的怎了！（尚书做意科，云）这两个小的，不是寻常之家；这老子其中有诈，我且到堂上看来。（正旦唱）

【豆叶儿】接不着你哥哥，正撞见你爷爷。魄散魂消，肠慌腹热，手脚獐狂去不迭。相公把拄杖掂详，院公把扫帚支吾，孩儿把衣袂掀者。

（尚书云）咱房里去来。（到书房，正旦掩门科，尚书云）更有谁家个妇人？（院公云）这妇人折了俺花，在这房内藏来。（正旦唱）

【挂玉钩】小业种把拢门掩上些，道不的跳天撅地十分劣。被老相公亲向园中撞见者，唬的我死临侵地难分说。（尚书云）拿的芙蓉亭上来！（正旦唱）氲氲的脸上羞，扑扑的心头怯；喘似雷轰，烈似风车。

（院公云）这妇人折了两朵儿花，怕相公见，躲在这里，合当饶过，教家去。（正旦云）相公，可怜见！妾身是少俊的妻室。（尚书云）谁是媒人？下了多少钱财？谁主婚来？（旦做低头科，尚书云）这两个小的是谁家？（院公云）相公不合烦恼，合欢喜。这的是不曾使一分财礼，得这等花枝般媳妇儿，一双好儿女，合做一个大筵席。老汉买羊去，大嫂请回书房里去者。（尚书怒科，云）这妇人决是娼优酒肆之家！（正旦云）妾是官宦人家，不是下贱之人。（尚书云）噤声！妇人家共人淫奔，私情来往，这罪过逢赦不赦。送与官司问去，打下你下半截来！（正旦唱）

【沽美酒】本是好人家女艳冶，便待要兴词讼发文牒，送到官司遭痛决。人心非铁，逢赦不该赦。

【太平令】随汉走怎说三贞九烈，勘奸情八棒十挟。谁识他歌台舞榭，甚的是茶房酒舍；相公便把贱妾拷折下截，并不是风尘烟月。

（尚书云）则打这老汉，他知情。（张千云）这个老子从来会勾大引小。（院公云）相公，七年前舍人哥哥买花栽子时，都是这厮搬大引小，着舍人刁将来的。（张千云）老子攀下我来也。（尚书云）是了，敢这厮也知情！（正旦唱）

【川拨棹】赛灵辄、蒯文通、李左车，都不似季布喉舌；王伯当尸叠，更做道向人处无过背说。是和非须辩别。

（尚书云）唤的夫人和少俊来者。（夫人、裴舍上，见科）（尚书云）你与孩儿通同作弊，乱我家法！（夫人云）老相公，我可怎生知道？（尚书云）这的是你后园中七年做下的“功课”！我送到官司，依律施行者。（裴舍云）少俊是卿相之子，怎好为一妇人受官司凌辱，情愿写与休书便了，告父亲宽恕。（正旦唱）

【七弟兄】是那些劣𠎝，痛伤嗟也，时乖运蹇遭磨灭。冰清玉洁肯随邪，怎生的拆开我连理同心结！

（尚书云）我便似八烈周公，俺夫人似三移孟母。都因为你个淫妇，枉坏了我少俊前程，辱没了我裴家上祖。兀那妇人，你听者！你既为官宦人家，如何与人私奔？昔日无盐采桑于村野，齐王车过见了，欲纳为后同车，而无盐曰：不可，禀知父母，方可成婚；不见父母，即是私奔。呸！你比无盐，败坏风俗。做的个男游九郡，女嫁三夫。（正旦云）我则是裴少俊一个！（尚书怒云）可不道女慕贞洁，男效才良；聘则为妻，奔则为妾。你还不归家去！（正旦云）这姻缘也是天赐的！（尚书云）夫人，将你头上玉簪来。你若天赐的姻缘，问天买卦，将玉簪向石上磨做了针儿一般细。不折了，便是天赐姻缘；若折了，便归家去也。（正旦唱）

【梅花酒】他毒肠狠切，丈夫又软揣些些；相公又恶噷噷乖劣，夫人又叫丫丫似蝎螫。你不去望夫石上变化身，筑坟台上立个碑碣。待教我谩𢤱𢤱，愁万缕闷千叠，心似醉意如呆，眼似瞎手如瘸，轻拈掇慢拿捻。

【收江南】呀！玎玎珰珰做了两三截，有鸾胶难续玉簪折，则他这夫妻儿女两离别。总是我业彻，也强如参辰日月不交接。

（尚书云）可知道玉簪折了也，你还不肯归家去。再取一个银壶瓶来，将着游丝儿系住，到金井内汲水。不断了，便是夫妻；瓶坠簪折，便归家去。（正旦云）可怎了也！（唱）

【雁儿落】似陷人坑千丈穴，胜滚浪千堆雪。恰才石头上损玉簪，又教我水底捞明月。

【得胜令】冰弦断便情绝，银瓶坠永离别。把几口儿分两处，（尚书云）随你再嫁别人去。（正旦唱）谁更待双轮碾四辙。恋酒色淫邪，那犯七出的应拚舍；享富贵豪奢，这守三从的谁似妾！

（尚书云）既然簪折瓶坠，是天着你夫妻分离。着这贼丑生与你一纸休书，便着你归家去。少俊，你只今日，便与我收拾琴剑书箱，上朝求官应举去。将这一儿一女，收留在我家。张千，便与我赶离了门者。（下）（裴舍与旦休书科）（正旦云）少俊，端端，重阳，则被你痛杀我也！（唱）

【沉醉东风】梦惊破情缘万结，路迢遥烟水千叠。常言道有亲娘有后爷，无亲娘无疼热。他要送我到官司，逞尽豪杰。多谢你把一双幼女痴儿好觑者，我待信拖拖去也！

（云）端端，重阳，儿也！你晓事些儿个，我也不能勾见你了也！（唱）

【甜水令】端端共重阳，他须是你裴家枝叶。孩儿也啼哭的似痴呆，这须是我子母情肠厮牵厮惹，兀的不痛杀人也！

【折桂令】果然人生最苦是离别。方信道花发风筛，月满云遮；谁更敢倒凤颠鸾，撩蜂剔蝎。打草惊蛇，坏了咱墙头上传情简帖，拆开咱柳阴中莺燕蜂蝶。儿也咨嗟，女又拦截。既瓶坠簪折，咱义断恩绝！

（张千云）娘子，你去了罢，老相公便着我回话哩。（正旦云）少俊，你也须送我归家去来。（唱）

【鸳鸯煞】休把似残花败柳冤仇结，我与你生男长女填还彻，指望生则同衾，死则共穴。唱道题柱胸襟，当垆的志节，也是前世前缘，今生今业。少俊呵，与你干驾了会香车，把这个没气性的文君送了也！（下）

（裴舍云）父亲，你好下的也！一时间将俺夫妻子父分离，怎生是好。张千，与我收拾琴剑书箱，我就上朝取应去。一面瞒着父亲，悄悄送小姐回到家中，料也不妨。（诗云）正是："石上磨玉簪，欲成中央折；井底引银瓶，欲上丝绳绝。两者可奈何，似我今朝别。果若有天缘，终当做瓜葛。"（下）

第四折

（正旦引梅香上，云）自从裴少俊将我休弃了，回到洛阳，父母双亡，遗下几个使数和那宅舍庄田，依还的享用富贵不尽。则是撇下一双儿女，又未知少俊应举去，得官也不曾，好伤感人也！（唱）

【中吕·粉蝶儿】帘卷虾须，冷清清绿窗朱户，闷杀我独自离居。落可便想金枷，思玉锁，风流的牢狱。（内做鸟鸣科）（唱）谁叫你飞出巴蜀，叫离人"不如归去"。

【醉春风】家万里梦蝴蝶，月三更闻杜宇。则兀那墙头马上引起欢娱，怎想有这场苦苦。都则道百媚千娇，送的人四分五落，两头三绪。

（裴舍上，诗云）亲捧丹书下九重，路人争识五花骢；想来全是文章力，未必家门积善功。小官裴少俊，自从上朝取应，一举状元及第，就除洛阳县尹之职。来到这洛阳城，我且换了衣服，跟寻我那李千金小姐去。问人来则这里便是李总管家，府门首兀的不是梅香。小姐在家么？（梅香见科，云）我则做不知。我这里有甚么小姐！这个汉子不达时务，你这里立地，我家去也。（见旦科，云）你欢喜也！姐夫在门首。（正旦云）这妮子又胡说，果然是他，你看他穿着甚么衣服哩？（梅香云）他穿着秀才的衣服。小姐，真个我不说谎。（正旦云）可怎生穿着秀才衣服！（唱）

【满庭芳】长安应举，羞归故里，懒睹乡闾。他那里谈天口喷珠玉，一划的者也之乎；他那三昧手能修手模，读五车书，会写休书。教斋长休题柱，想他人有怨语，兀的不笑杀汉相如。

（裴舍云）梅香进去了就不出来，我自过去。（做见旦科，云）小姐，间别无恙。今日还来寻你，依旧和你相好，重做夫妻。（正旦云）裴少俊，你是说甚么话！（唱）

【普天乐】你待结绸缪，我怕遭刑狱；我人心似铁，他官法如炉。你娘并无那子母情，你爷怎肯相怜顾？问的个下惠先生无言语。他道我更不贤达，败坏风俗；怎做家无二长，男游九郡，女嫁三夫。

（裴舍云）小姐，我如今得了官也，我父亲致仕闲居，我特来认你，我就在此处为县尹。（正旦唱）

【迎仙客】你封为三品官，列着八椒图；你父亲告致仕，却离了京兆府。吏部里注定迁移，户部里革罢了俸禄；枉教他遥授着尚书，则好教管着那普天下姻缘簿。

（裴舍云）我则今日就搬将行李来。（正旦云）我这里住不的！（唱）

【石榴花】常言道好客不如无，抢出去又何如；我心中意气怎消除！你是窨付、负与、何辜，既为官怎脸上无羞辱。（裴舍云）我与你是儿女夫妻，怎么不认我？（正旦唱）你道我不识亲疏。虽然是眼中没的珍珠处，也须知略辩个贤愚。

（裴舍云）这是我父亲之命，不干我事。（正旦唱）

【斗鹌鹑】一个是八烈周公，一个是三移孟母。我本是好人家孩儿，不是娼人家妇女，也是行下春风望夏雨。待要做眷属，枉坏了少俊前程，辱没了你裴家上祖。

（裴舍云）小姐，你是个读书聪明的人，岂不闻：子甚宜其妻，父母不悦，出。子不宜其妻，父母曰：是善事我。则行夫妇之礼焉，终身不衰。（正旦云）裴少俊，你是不知，听我说与你咱。（唱）

【上小楼】恁母亲从来狠毒，恁父亲偏生嫉妒；治国忠直，操守廉能，可怎生做事糊突。幸得个鸾凤交琴瑟谐，夫妻和睦，不似你裴尚书替儿嫌妇。

（尚书引夫人、端端、重阳上，云）老夫裴尚书。我问人来，这便是李总管家府里。听的少俊孩儿得了官，授本处县尹，媳妇儿不肯认他。我引着两个孩儿同老夫人可早来到也。左右，报复去，道裴尚书在于门首。（祗候报科）（裴舍云）呀，父亲在门首，我接去。父亲，你孩儿得了官也，授本处县尹；媳妇不肯相认，道我当初休了他来。（尚书云）孩儿在那里？（见旦科，云）儿也，谁知道你是李世杰的女儿，我当初也曾议亲来，谁知道你暗合姻缘。你可怎生不说你是李世杰的女儿，我则道你是优人娼女。我如今和夫人、两个孩儿牵羊担酒，一径的来替你陪话，可是我不是了。左右，将酒来，你满饮此一杯。（正旦唱）

【幺篇】他把酒盏儿擎，我便把“认”字儿许？（夫人云）你看我的面皮，我替你抬举的两个孩儿偌大也，你认了俺者。（端端、重阳云）奶奶，你认了俺者。（正旦唱）赤紧的陶母熬煎，曾参错见，太公跋扈；一个儿一个女都一时啼哭。（带云）哎！儿，则被你想杀我也。（唱）须是俺断不了子母肠肚。

（尚书云）哎，你认了我罢。（正旦云）你休了我，我断然不认！（尚书云）你既不认，引着孩儿回去。（端端、重阳悲云）奶奶，你好狠也，则被你痛杀我也！你若不认，要我两个性命怎的，我两个死了罢。（正旦云）我待不认来呵，不干你两个事，罢罢罢！我认了罢。公公婆婆，你受媳妇儿拜。（尚书云）既是孩儿认了，将酒来，我与你庆喜，你满饮一杯者。（正旦拜受科，唱）

【十二月】这是你自来的媳妇，今日参拜公姑；索甚擎壶执盏，又怕是定计铺谋。猛见了玉簪银瓶，不由我不想起当初。

【尧民歌】呀，只怕簪折瓶坠写休书。（尚书云）孩儿，旧话休题。（正旦唱）他那里做小伏低劝芳醑，将一杯满饮醉模糊。（裴舍云）小姐，须索欢喜咱。（正旦唱）有甚心情笑欢娱。踌也波蹰，贼儿胆底虚，又怕似赶我归家去。

（尚书云）孩儿也，您当初等我来问亲可不好；你可瞒着我私奔来宅内，你又不说是李世杰的女儿。（正旦云）父亲，自古及今，则您孩儿私奔哩？（唱）

【耍孩儿】告爹爹奶奶听分诉，不是我家丑事，将今喻古。只一个卓王孙气量卷江湖，卓文君美貌无如。他一时窃听求凰曲，异日同乘驷马车，也是他前生福。怎将我墙头马上，偏输却沽酒当垆。

【煞尾】今日个五花诰准应言，七香车谈笑取。愿普天下姻眷皆完聚，荷着万万岁当今圣明主。

（尚书云）今日夫妻团圆，杀羊造酒，做庆喜的筵席。（诗云）从来女大不中留，马上墙头亦好逑；只要姻缘天配合，何必区区结彩楼。

题目　李千金月下花前

正名　裴少俊墙头马上

选自《白朴戏曲集校注》，王文才校注，人民文学出版社 1984 年版

编选理由：

此剧的情节由白居易的《井底引银瓶》一诗而来，白朴踵事增华，别为一格。该剧情节紧凑，语言优美。整体结构虽然不离“私定终身而状元及第”的老套，但往往于闲处用力，着意通过简单对白塑造人物，对剧中的次要角色亦不肯放过，人物传神，活泼生动，令人过目不忘。

瞎了一只眼

独幕喜剧

丁西林

——一幕戏剧——献给：
瞎了眼的先生
伤心的太太
担心的朋友——和
两个没有良心的旁观者！

人物

瞎了眼的先生

伤心的太太

担心的朋友

布景

先生和太太所共有的一间客厅

先生　（右边额角上绑了一条绷带，半个脸有一点儿肿，口衔着烟斗，坐在一张椅子上看报，用他的两只眼睛）

太太　（打开一扇门，走进了客厅，手里拿着一封已经拆开看过了的信。进来之后，看了先生一眼，坐到另一张椅子上，好像发生了一件疑难的事，没有了主张）

先生　怎么啦？

太太 （叹了一口埋怨自己的气）唉！

先生 有什么不好的消息吗？

太太 也可以算是不好的消息。他今天搭七点钟的早车到北京来。

先生 搭七点钟的早车到北京来，这并不是什么不好的消息。

太太 哦，你不要这么笨吧，他是来看你的。

先生 他是来看我的，这是不好的消息吗？他每次到北京，都来看我们。如果这次他不来看我们，那也许可以算是不好的消息。不过一定没有这样的事。

太太 （手托着腮不答他）

先生 （走到她的近旁）唉，到底是怎么一回事？你说我笨倒是很对。一句话人家说上三五遍，我有时还听不懂，你只说了半句，我怎么会知道？

太太 对你说有什么用？你从来不曾替旁人打过主意，也不会替旁人想想！

先生 今天说不定可以帮帮你。

太太 你？嗯？

先生 什么事？

太太 唉，只怪我自己不好，我太慌张了。可是一到医院的时候，我吓昏了，看你躺在那里，满脸的血，我以为你一定受了重伤，我才赶紧写了一封快信给他，现在接到这样一封回信，你看我对得起人吗？（给了他手里拿着的那封信）

先生 （读信）"昨晚接到你的信，一夜未能安眠。明晨搭七点的早车去京，希望他没有你信里说的那样厉害！"唉，不坏，一个朋友听到你跌了一个筋斗，愁得一夜不能睡觉，第二天赶紧地搭了早车来看你，还要怎么？

太太 唉！（头扭了一边去）

先生 （正经的）你的信到底是怎样写的？（擦着了一支火柴，吸了一口烟）

太太 谁知道？吓得颠三倒四的，我以为你的眼睛一定瞎了，脑门跌破了——出了那么多血——就糊里糊涂地写了一封信去，自己都不知道写了些什么，现在害了他一晚没有睡觉，一早特地从天津赶来的。到了这里，看了你——

先生 看了我，眼睛没有瞎，脑门没有破，可是出了许多血是真的——

少说点儿也有一茶杯。——唉，你怎么这么糊涂，就是你的信里说得重了一点儿，有什么要紧？他的信里，原是说希望没有你说得那么厉害，现在他来了看了是没有那么厉害，他一定很快活。

太太 是！他一定很快活，你也一定很快活，可是我呢！你总不会替旁人想想！

先生 我是在这里替你想啊。不过有什么法子？根本的错误，我不应该跌筋斗。不过这不是有意的。跌筋斗也可以，偏偏只跌开了一个口子，眼也没瞎，脑门也没破。不过这也不是有意的呀。

太太 （看了一眼手表，着急）现在已经十点啦，一会儿他就要到啦。到啦看见你看报，抽烟，说笑话！……

先生 这本来不是什么了不得的事，不说笑话干什么？难道你教我装病不成？

太太 （触动了灵机）唉！对啦！你装一装吧。（站了起来，走到他的面前央求他）你装一装，好不好？

先生 装一装？装作跌破头，瞎了眼？

太太 用不着那样。装太厉害了他看了会难过，那太对不起他啦。

先生 不装对不起你，装了对不起他，那不是太难了吗？

太太 你只躺着不要说话好啦。他问的时候，我来回他的话。

先生 我只躺着不要讲话？

太太 （点头）唉。

先生 那大概不应该有什么困难吧。

太太 你答应吧？

先生 好！我刚才答应了帮助你的。

太太 谢谢你。（看了一看手表）现在已经十点一刻，我拿东西去。

先生 拿东西去，拿什么东西？

太太 拿绷带去。

先生 怎么，要用绷带绑起来？

太太 自然！不用绷带怎么行？

（太太很高兴地从通到内室的一扇门走出。先生接续看他的报，抽他的烟。一会儿太太走进，手里拿了一个水瓶——一个玻璃杯盖在口上，一只温

度表，一包绷带，腋下夹着一条毛毯。进来之后，将毯子放在一张椅子上，水瓶、温度表放在桌上，用剪刀铰好绷带）

先生 （回过头来看见她所预备的东西）啊，我真的生病的时候，你不会这样招呼我唉。

太太 不要说这种没有良心的话，你病一回试试看。（预备好了绷带）来呀！

先生 怎么，现在就要绑？

太太 噢，快一点儿，一会儿他就要到这里。（走来，从他嘴里替他拿下烟斗。用了一块宽的绷带，扎住了他一只眼睛）

先生 （从桌上拿起烟斗）你把我的一只眼睛这样绑起来，你教我怎么办？我就没有用惯一只眼睛看东西。——哎哟！轻一点儿。我虽没有跌破头，跌破了皮，是真的。你弄一个活的绷带，可以随时拿上拿下的，好不好？

太太 那怎么行，一会儿它会掉下来。（绑好了）好啦，好啦。

先生 哼，这比真的瞎了眼，还要难过！

太太 （拿了毯子）来呀，躺下。

先生 现在就躺下，我没有那么傻！（抽烟，用另一只眼睛看报）

太太 （放下毯子，把一张矮凳子移到沙发旁边，把水瓶和温度表放在凳上。将用剩下的绷带，放进一个屉子。刚布置完，外面的门铃响了起来）啊，辛田来了，一定是他！（急忙从他的手里夺去报纸，把他拉到沙发上，躺下。从椅上取了两个腰枕，垫在他的头下，身上替他盖好了毯子。离开了他。他把藏在手里的烟都送到嘴上。回头看见了）噢！（刚走去夺了他的烟斗，外面就传来了轻轻地敲门的声音）请进来。

（客厅通外院的一扇门被推开，走进担心的朋友——一个三十岁左右的男人，手里提着一个大书包，挟着一条毯子，一望便知其为一个教书先生，大有来与一个朋友永诀的神情。他进来之后，随手将门轻轻关上。向太太点了点头，张开嘴，好像说了一个“怎么样”）

太太 （回了他的礼）很好。现在他刚睡着了。

朋友 不厉害吧？（放下了书包和毯子）

太太 还好。——啊，对不起你，连累你特地老远地赶了来。

朋友 你还说这样客气的话。只要他没有什么危险就好了。你不知道我接到你的信，心里怎样急躁。你信到的时候，我刚吃过晚饭，看完信，心里一急，把刚吃的饭通通吐了出来。

太太　呵！（沉到椅上）

朋友　你怎么啦？

太太　我，我——我心里难过！

朋友　心放宽一点儿好了。（轻步走到沙发，审视了一会儿病人）我们到那边去坐一会儿好不好？

（太太机械地站起身，看了病人一眼，正在依违两可之间，先生可着了急）

先生　（呻吟了一声）哎——哟——（病弱的声音）谁在这儿？

朋友　是我。

先生　辛田吗？——啊，你来得好，要是迟来一步，我也许见不到你了。（转过身向着外面）我要季英给你去一个电报，她说前天有一封信给你，你一定会来的。（太太的眉蹙了起来）

朋友　你心放宽一点儿好啦，大概是没有什么要紧的。——你的眼睛怎么样？

先生　眼？瞎了瞎了。

太太　（着急）没有。

先生　眼镜上的一块碎玻璃直戳进了眼里去。

先生　（痛心）啊，唉！

太太　仲湖！你不要这样烦躁好不好？

先生　我一点儿也不烦躁。我心里平静得很。唉，一只眼瞎了还没有什么，想不到，连那一只……噢！

朋友　（更惊讶）连那一只！那一只怎么？

先生　那一只——也保不住。

太太　仲湖！

先生　运气倒霉唉。

朋友　谁那么说？

先生　医生都这么说。

朋友　那一只没有受伤吧，表面一点儿也看不出。怎么会连那一只也保不住？什么道理？

先生　他们说，因为内部的神经受了伤，会发生连带的影响。

朋友　不会有事的！你教谁看的？

先生　Doctor Green（格林医生）。

朋友　那是一个有名的糊涂东西。你放心好了，我看——至多一只也许……

先生　哼。

太太　你不要听他，那一只也是不要紧的。过一两天就会好的。

先生　谢谢你这样安慰我，不过我比你知道得清楚。如果只瞎了一只，固然很好，就是两只都瞎了也没有什么，我难过的是害了你，要你一生招呼一个瞎子，我不能不替你想想。

太太　噢，你不要替我想吧。你少说话好了。医生要你静养静养，不要多说话，不要太劳神。（走到他的面前，替他压了压盖的毯子）你不要替我想好不好？

先生　好，我不讲话。（摸了一摸眼上的绷带）不过，噢，季英，这里难过得很。你把它解下来松一松好不好？

太太　动也动不得！（走去倒茶）

先生　哼。

朋友　你的头怎么样？

先生　（看了一眼太太）季英，我的头怎么样？脑门破了没有？

太太　（正在倒茶，头也不转的）你的头？你的头一点儿也没有怎么样。（给客人茶）你喝茶。

朋友　谢谢，我自己来。你不用招呼。

太太　（向病人）你喝点儿水吗？

先生　喝水，喝什么水？冷水，不喝。谢谢你！

朋友　可以喝茶吧？喝点儿茶好不好？（放下茶杯，想去替他倒茶）

先生　你坐下吧。让季英招呼好啦。那边窗台上有烟。（客人从袋里摸出一个烟斗，装了一斗，抽了起来。太太服侍他喝了两口茶）今天的报你还没看吧？听说成吾的汽车碰到电杆上，摔伤了鼻子，我希望他没有我这样厉害。

朋友　你是怎样摔的，从洋车上翻了下来？

太太　那里，从一个台阶上。

先生 是的，前天吃过中午饭，我到图书馆去，走上后院的那个台阶的时候，不知怎样脚底下滑了一下，头恰恰冲到一块石头的边上，把眼镜打得粉碎，大约是一块玻璃，插到眼里，我即刻晕了过去，血就如同泉水一样往外涌。——

太太 一共恐怕总有一茶杯。

先生 哪里止，至少有三茶杯。

朋友 哎哟！

太太 你想，他教一个听差打一个电话给我，说他摔破了脑门，已经抬到医院去。差不多把我吓昏了。我即刻叫了一辆汽车，走到医院，看见他像血人一样躺在那里，闭了眼睛，叫他也不答应，我当时几乎晕过去。我就糊里糊涂地用铅笔写了一封信给你，那样一封糊涂信，连我自己都不知道写了些什么。后来想想……

先生 噢，实在怕人，不能怪她。今天我的精神才略微好一点儿，你没有看见我昨天，噢！季英，今天我的精神好一点儿，是不是？

太太 好多了，简直不能和昨天比。

先生 唉，是的，今天我的精神好多了。啊，请你把那个烟都给我好不好？

朋友 你能抽烟吗？

先生 季英，我能不能抽烟？

太太 我想——还是不抽的好吧。

朋友 你知道我怎样？前天我吃过晚饭就接到季英的信，看了心里一急，把吃的饭都吐了出来。

先生 啊，实在可怕，这也不能怪你。

朋友 ——前天和昨天两晚都没睡好觉，恨不得即刻就跑来，今天天一亮，我就起来了，一穿好衣服，洗完脸，就连忙赶到车站。

先生 你吃东西没有？

朋友 什么东西也没有吃。

太太 吓，真对不起你。我教她们赶快弄东西去。

朋友 不忙，我一点儿也不饿。

太太 （站起身，想走，恐怕先生靠不住，再叮嘱一声）我到后面去一去唉。

先生　你去吧，你放心好啦，辛田在这里，他会招呼我。（太太由通向内院的一扇门走出）

先生　（太太一出门，他即刻拉开毯子，坐了起来，没病人的声音）噢，辛田，对不起你，害你受了一场虚惊，我的病是假的。（站起，走到书架上找烟斗）

朋友　假的？

先生　假的。

朋友　你要什么？我——（想去替他找东西）

先生　谢谢你，我找我的烟斗。——我的病是假的，不过跌破了皮，出了许多血可是真的。（找到了烟斗）

朋友　（赶到他的面前）怎么？你的眼睛没瞎吗？

先生　（擦了一根火柴，先抽了一口烟）不但没有瞎，连伤都没有伤。（顺手把绷带向额上一推，露出他的眼睛）看！

朋友　（看了一看他的眼睛）怎么，怎么一回事？

先生　怎么一回事？——唉，一个有了太太的人，说不出的苦衷。（坐回到沙发上）

朋友　我一点儿也不懂。不过——（心中释了一个重负，长叹了一声）唉——

先生　你坐喽，我来告诉你。可是你不要让季英知道。

朋友　不让季英知道？

先生　你听我讲。前天我们为了一点儿小事，两个人吵了起来。我老说她神经过敏，她老说我神经过钝。结果两个人大闹了一场，我的脸都气青了。恰好第二天跌了这么一个筋斗。当时我自己都以为我的眼睛一定瞎了，哪知后来连伤都没有伤。忽然我触动了灵机，想起前一天受了她一肚子的冤气，我想整她一下——

朋友　你就装起病来吓她！

先生　啊，对啦！

朋友　装作瞎了一只眼！

先生　唉——

朋友 噢，天哪！你替她想想没有？

先生 一个人受了欺侮，无从发泄的时候，他就没有工夫替旁人想了。你没有结婚，你不知道有太太的苦处。

朋友 无论怎样，这是不应该的。你们吵，闹，相骂，相打，都可以，这种办法……噢！（站起来，走到窗前，背对着那个欺侮女性者）

先生 （走上去）唉，你用不着这样替她忧虑，她心里一定一点儿也不难过，我告诉你——

朋友 什么话！

先生 （从窗户口看见了太太）啊，季英来了，一个字也不要提，不会生出什么事来的，你放心好啦。（对方不理。连忙拉下额上的绷带，走到沙发上躺下，盖上了毯子，藏了烟斗）

太太 （从通内院的一扇门走进，手里带着手工）鸡汤下面条你爱吃的是不是，辛田？

朋友 （正看着窗外出神）啊，谢谢你，我一点儿也不饿。

太太 不饿？坐了三点钟的火车，一点儿东西也没有吃。——是很好的鸡汤，因为仲湖病了，出了那么多的血，想应当补一补，所以昨天我特地自己到市场买来一只油鸡。

朋友 （鼻子里似乎哼了一声）

太太 仲湖，你也喝一点儿汤吗？

先生 辛田，我应不应该喝点儿鸡汤？

朋友 （不理他。停了一会儿，很庄严地向太太说）季英，有几句话我想——我应当对你说。（太太怔了一下，先生坐了起来）你知道，我一向是不爱管人家的闲事的，尤其是人家夫妇间的闲事。因为我觉得夫妇间的关系太复杂了，旁人是再也弄不清楚的，所以无论是怎样亲密的一个朋友，一管到人家夫妇间的事，一定是自讨没趣。在当时把一方欺侮得过甚的时候，也许对方会暂时感谢你。但是过后他们好起来，就会把所有的错处都移到你的身上。不过像仲湖这一次的行为，他太欺侮你了，我忍不住不说一句公道话——

太太 仲湖怎么啦？

先生 你听他讲喽。

朋友 前天你们到底为的什么事，我自然一点儿也不知道，不过那是没有关系的，刚才我已经说过，两个人为了点儿事，吵起来，相骂，甚至相打，都没有什么不可以，像他这种装起病来吓你，我觉得——

太太 他装起病来？

朋友 是的，他的病是假的！

太太 他的病是假的？你怎么知道？

朋友 怎么知道？刚才他亲自告诉我的。

太太 怎么？他的眼并没有瞎？

朋友 瞎！你把他的绷带扯下来看看就知道。（自以为做了一件好事）

太太 （想了一想，了解了一切）啊，他的病是装起来吓我的？他告诉你他的病是装起来吓我？噢（她又快活，又感激地跳向她的先生），You dear（亲爱的你）！

朋友 “DEAR（亲爱的）！”

（他莫名其妙地看着她很亲很爱地替她的先生解绷带，先生满脸得意。太难受了，他即刻移转了他的视线，咬住嘴边。太太解完了绷带，也许还在先生的脸上亲了一下，不过我们没有看到，因为绷带还没解完，幕已经落了下来）

——闭幕

选自《丁西林剧作全集》（上），中国戏剧出版社1985年版

编选理由：

一对夫妻与一位男性友人之间的生活故事，很容易引发读者丰富的情节联想和期待——比如说，先生、太太与朋友的复杂关系，但身兼物理学家和戏剧家的丁西林先生，并不打算在这方面满足我们。同时，这个作品在讽刺日常生活层面的人和事之时，多多少少带有一点儿冷静的哲学思考。可惜的是，剧作家对这方面的探索在中国现代戏剧的发展过程中并未得到承续。

天鹅之歌

〔俄〕契诃夫 著　李健吾 译

这是根据契诃夫的小说“Kalkhas”改编的，所以最早就用“Kalkhas”作为标题。一八八七年写好，次年二月十九日上演于莫斯科 Korsha 剧院；同年十一月稍加修改，题作《天鹅之歌》，副标题仍是“Kalkhas”，一八八九年在《演剧季业刊》第一辑和《艺术家》发表，一八九〇年一月十九日上演于彼得堡 Alexandrinsky 剧院。

人物

瓦希里·瓦华里叶奇·史威特洛维多夫　一位喜剧演员，六十八岁

尼基塔·伊万尼奇　一位提示，一位老年人

布景

景是乡间剧院的舞台，夜晚，散戏以后。右手是一排粗糙没有上漆的门，通到化装室。右手和后方，舞台上堆满了种种乱七八糟的东西。舞台中央有一张翻转的凳子。

史威特洛维多夫（穿着 Kalkhas 的衣服，拿着一支蜡烛，走出化装室，笑）好呀，好呀，这才滑稽哪！这个玩笑开大发啦！戏完的时候，我在我的化装室睡着了，个个儿都离开戏园子了，我还安安静静地在里头打呼儿。嗐！我是一个傻老头子，一个可怜的老糊涂！我又喝酒来的，所以才在那儿，坐着坐着就睡着了。这手儿可真漂亮！老孩子，有你的！（呼唤）叶高耳喀！彼特鲁希喀！家伙哪儿去啦？彼特鲁希喀！混账东西一定睡了，现在就是地震也别想他们醒过来！叶高耳喀！（拾起凳子，坐下，蜡烛放在地板上）没有一

点点声音！只有回声答应我。今天我给叶高耳喀和彼特鲁希喀每人一份儿赏钱，现在他们倒连个后影儿也不见了。两个坏小子全走了，说不定把戏园子锁了哪。（向四外转他的头）我喝醉了！噢！今天晚饭是为我演的义务戏，为了这个千载难逢的机会，我往喉咙里头灌了许多啤酒，许多酒，现在一想，还真肉麻！老天爷！我浑身发烫，我觉得我嘴里好像有二十条舌头。真可怕！简直发痴！这可怜的老荒唐又喝醉了，简直就不知道他在庆祝什么！噢！我的头在裂，我浑身在打哆嗦，我觉得又黑又冷，就像待在一座地窖里面！就算我不在乎自己的身体，我起码也应当记住自己的年纪才是，我真是一个老白痴！是呀，活到我这把子年纪！简直没用！我有本事扮丑角儿，吹牛，装年轻，可是我的生命呀，如今真是完了。我也好跟我的六十八岁告别了！永远看不见它们了！我把瓶子喝干了，瓶底儿也就是一些渣子了，除去渣子什么也没有了。是呀，是呀，瓦希里，老孩子，就是这个话。现在是你排练一个木乃伊那样角色的时候了，喜欢也好，不喜欢也好，你得演。死在朝你走哪。（朝前凝视）说起来，可也真怪我，我在台子上混了四十五年，这还是头一回看到一个熄了灯的黑夜的戏园子。头一回。（走向脚灯）多黑呀！我什么也看不见！噢！是呀，我也就是影影绰绰地看见提示人的小地方，和他的桌子；此外是漆黑一片，一个无底的黑的正厅，像一座坟，死也许就藏在那里头……家伙……多冷呀！风在空园子吹，就像打一个石头烟筒吹出来。什么样一个鬼地方！我的背从上到下打冷战。（呼唤）叶高耳喀！彼特鲁希喀！你们俩在那儿？我怎么会想到这些可怕的东西上头？我喝不得酒；岁数大了，我没有多少日子好活了。活到六十八岁，人也就是走走教堂，准备死了，可是我在这儿——天！一个渎神的老醉鬼，穿着这丑角儿衣服——我就没有脸子叫人看。我得马上把它换下来……这地方太怕人，我在这儿待一整夜，吓也吓死了。（走向他的化装室，同时尼基塔·伊万尼奇穿着一件白长上衣，从舞台最远端梢的化装室走出。史威特洛维多夫看见伊万尼奇——吓得直叫，往后退）你是谁？什么？你要什么？（跺脚）你是谁？

伊万尼奇　先生，是我。

史威特洛维多夫　你是谁？

伊万尼奇　（慢慢向他走来）先生，是我，提示的，尼基塔·伊万尼奇。是我，师傅，是我！

史威特洛维多夫 （软软地倒在凳子上，呼吸粗重，强烈颤抖）天！你是谁？是你……尼基陶希喀？什么……你在这儿干什么？

伊万尼奇 我在化装室过夜。先生，求您千万别讲给阿历克塞·佛米奇知道。我没有别的地方去过夜，真的，我没有。

史威特洛维多夫 啊！是你，尼基陶希喀，是吗？想想看，观众叫我出去，叫了十六次之多；他们又送了我三只花冠，还有好些别的东西；他们全狂热得不得了，可是等到事完了，就没有一个人来叫醒可怜的醉老头子，把他送回家去。尼基陶希喀，可是我是上了年纪的人呀！我六十八岁了，还直闹病。我没有心再干下去了。（抱住伊万尼奇的颈项，哭）尼基陶希喀，别走开。我老了，没用了，我觉得该是我死的时候了。噢，真可怕，可怕！

伊万尼奇 （温柔地，尊敬地）亲爱的师傅！该是你回家的时候了，先生！

史威特洛维多夫 我不要回家。我没有家——没有！没有！——没有！

伊万尼奇 噢，亲爱的！你忘记你住在什么地方了吗？

史威特洛维多夫 我不要去那儿。我不要！我在这儿就是一个人。尼基陶希喀，我没有亲人！没有太太，没有儿女。我像在寂寞的田野吹过去的风。我死了，没有一个人记得我。孤单单一个人是可怕的——没有一个人鼓舞我，没有一个人忠于我。喝醉了酒也没有一个人扶我上床。我是谁的？谁需要我？谁爱我？尼基陶希喀，没有一个人。

伊万尼奇 （哭）师傅，你的观众爱你。

史威特洛维多夫 我的观众回家去了。他们全睡了，忘记他们的老丑儿了。不，没有人需要我，没有人爱我；没有太太，没有儿女。

伊万尼奇 噢，亲爱的，噢，亲爱的！别为这个不开心。

史威特洛维多夫 不过我是一个人，我还活着。我的血管响着热的红血，高贵的祖先的血。尼基陶希喀，我是一个贵族；在我跌到这样低的地位以前，我在军队，在炮队服务，当时我是一个什么样的翩翩美少年！漂亮，勇敢，热诚！全到哪儿去了？那些老日子都变成了什么？就是那座正厅，把它们全吞下去了！我现在全记起来了。我有四十五年活活在这儿埋掉，尼基陶希喀，什么样的一种生活！我清清楚楚看见它，就像看见你的脸：青春的酩酊，信仰，热情，女人们的爱情……女人们，尼基陶希喀！

伊万尼奇 先生，是你去睡的时候了。

史威特洛维多夫 我第一次上台子的时候，正当热情的美好年月，我记得有一个女人爱我的演技。她又美又年轻，像白杨树那样优雅，天真，纯洁，像夏天的黎明那样照耀。她的微笑能够化除最黑的夜晚。我记得，我有一回站在她前头，就像我现在站在你前头。我觉得她从来没有像那时候那样美丽，她拿她的眼睛跟我谈话，那样美丽——那种眼神！我永远不会忘记，就是到了坟里也忘不掉，那样温存，那样柔和，那样深沉，那样明亮和年轻！我丢魂了，我沉醉了，我跪在她前头，我求她把幸福给我，她讲："扔掉戏台子！"扔掉戏台子！你明白吗？她可以爱一个戏子，可是嫁给他——永远不成。我记得，我那天在演……我演一个愚蠢丑角儿，就在我演的时候，我觉得我的眼睛睁开了。我看见对我所视为神明的艺术的崇拜，是一种幻象，一个空洞的梦；我是一个奴才，一个傻瓜，生人们的懒惰的玩具。我终于了解我的观众了，从那天起，我不相信他们的喝彩声，他们的花冠或者他们的热衷。是呀，尼基陶希喀！别人夸赞我，买我的相片，不过我对他们是一个生人。他们不认识我，我就像他们脚底下的烂泥。他们喜欢和我相会……可是让一个女儿或者一个妹妹嫁给我，一个不入流的人，永远不成！我不相信他们（倒向凳子上），不相信他们。

伊万尼奇 噢，先生！你的脸色才叫苍白可怕！你把我吓死了！好，回家去吧，可怜可怜我吧！

史威特洛维多夫 那天我全看穿了，这点子智识是花了大价钱买下来的。尼基陶希喀！这以后……那女孩子……好，我就开始漂泊，没有目的，一天一天混下去，不朝前看。我演小丑儿，低级喜剧人物，听凭我的精神破产也不管。啊！可是我从前也是一位大艺术家，其后我一点儿一点儿扔掉我的才分，专演那花花绿绿的丑角儿，丢掉我的脸相，丢掉表现自己的能力，最后变成一个丑儿，不成一个人了。那个大而黑的正厅活活把我吞了。我从前一直没有察觉，可是今天晚饭，我一醒过来，朝后一看，后头有六十八年，我这才懂得什么叫作年老！全完了……（呜咽）全完了。

伊万尼奇 好啦，好啦，亲爱的师傅！放安静……老天爷！（呼唤）彼特鲁希喀！叶高耳喀！

史威特洛维多夫 可是，我是一个什么样的天才！你想象不出我有什么样的能力，什么样的口才；我有多优雅，有多温存；有多少根弦（打着他的胸膛）在这胸膊里面颤抖！我想到这上头就出不来气！你现在听，等一下，让我换一口气，好啦，现在听这个：

伊万在天之灵把我认作他的儿子，
给我起了一个名字其米特里，
为我激起人民的义愤，指定波里斯来做我的牺牲。
我是太子。够啦！我冲一个
骄傲的波斯女人低头就是羞辱。①

坏吗，嗯？（很快）现在，等一等，这儿是一段《李尔王》。天是黑的，看见没有？雨在下，雷在吼，电——嗞，嗞，嗞——掰开整个天。好，听：

刮吧风，炸开你的腮帮子！发怒！刮吧！
往下倒呀，瀑布与飓风，你们
就索性泡掉我们的教堂，淹掉风鸡！
你硫黄一样火，思想一样快，
劈开橡树的雷电的前驱，
烧干我的白头！还有你，雷，
震撼一切，把鼓肚皮的世界打平！
炸开自然的模型，立刻把那制造
忘恩负义的人的精虫全部流光！

（焦急）现在，轮到傻子了。（跺脚）来演傻子的角色！快呀，我等不及了！

伊万尼奇　（饰傻子）

“噢，老伯伯，在干房子领圣水比在门外头淋雨水好多了。好老伯伯，进去吧，求您的女儿们赐赐福吧。这个大夜晚呀，不心疼聪明人，也不心疼

① 普希金的史剧《包芮斯·戈都诺夫》（*Boris Godunov*）之《夜》。

傻瓜。”

史威特洛维多夫

> 你就轰轰隆隆响个痛快吧！喷呀火！
> 倒呀雨！雨，风，雷，火，统不是我的女儿。
> 我不怪你们大自然翻脸无情；
> 我从来没有给你们国土，叫你们儿女。

啊！这才是力量，这才是才分！我是一位大艺术家！现在，好啦，这儿还有点儿东西，属于同类，把我的青春还给我。譬方说吧，念念这一段《哈姆雷特》，我开始……让我看，是怎么样来的？噢，是了，这就是。（饰哈姆雷特）

“噢，风笛！给我一管看。你们这边来，——你们为什么直想兜着我转，像要把我赶进陷阱？”

伊万尼奇

“噢，殿下，假如我的忠心太过分，是因为我的爱太欠礼貌。”

史威特洛维多夫

“我不大明白你的意思。你吹吹这笛子怎么样？”

伊万尼奇

“殿下，我不会。”

史威特洛维多夫

“求你了。”

伊万尼奇

“相信我，我真不会。”

史威特洛维多夫

“我真求求你。”

伊万尼奇

“殿下，我是一窍不通。”

史威特洛维多夫

“这跟撒谎一样容易——拿你的手指和大拇指按住这些洞眼，拿你的嘴往里吹气，就会发出最动听的音乐。你看，这些是调音器。”

伊万尼奇

“可是我不能够叫它们发出和谐的音响——我没有这份本领。”

史威特洛维多夫

“好哇，可你看，你把我看成一个什么样不值钱的东西！你倒会作弄我；你倒想知道我的调音器；你倒想挖出我神秘的心；你倒要我从最低的音调试到最高。可是在这小玩意儿里面，有的是音乐，你不能够叫它开腔。家伙，你真以为我比一管笛还容易作弄吗？随你叫我什么乐器，由你摸呀按的，你作弄不了我。”

（笑，拍手）好！再来一遍！好家伙，什么地方看得出年纪老来？我不老，全是胡说八道，有一大股子力量冲过我；这是生命，新鲜，青春！老年和天才不能活在一起的。尼基陶希喀，你好像惊到说不出话来了。等一分钟，让我定定心看。噢！老天爷！好啦，听！你可曾听过这种柔情，这种音乐？嘘！轻轻地：

> 月亮下去了。没有一点点亮，
> 除非是天外一群寂寞的守望，
> 苍白的星星；还有萤火虫，一时
> 照亮酥酥的夹竹桃在红红的山谷，
> 小小的闪烁明了又灭，
> 仿佛热情的含羞的希望。

（传来开门的声音）什么响？

伊万尼奇　彼特鲁希喀和叶高耳喀回来了。是的，你有天才，天才，我的师傅。

史威特洛维多夫　（呼唤，转向声响）孩子们，这边儿来！（向伊万尼奇）让我们去换好衣服。我不老！全是瞎扯，胡说八道！（快快活活地笑）你哭做什么？可怜的老爸爸，你，到底怎么的啦？这不像话！好啦，好啦，这简直不像话！来，来，老头子，别死瞪眼睛！什么让你这样瞪眼睛？好啦，好啦！（流着眼泪，拥抱他）别哭啦！有艺术跟天才的地方，就决不会有什么老年，寂寞，生病那类事的……就是死本身也是一半……（哭）不，不，尼基陶希喀！现在我们全算完了！我算哪一类天才呀？我倒像一只挤干了的柠檬，一只裂口的瓶子，你呀——你是戏园子的老耗子……一个提示！走吧！（他们走）我不是天才，我顶多也就是做做福丁勃拉斯的跟随，就是这个，我也太老了……是呀……尼基陶希喀，你记得《奥赛罗》里面那几句话吗？

永别了心平气静；永别了知足！
永别了激发野心的大战
和戴羽盔的队伍！噢，永别了！
永别了长嘶的骏马，锐利的号角，
激励的鼙鼓，刺耳的横笛，
庄严的旗帜，和所有的特征，
光荣的战争的骄傲，夸耀和仪式！

伊万尼奇　噢！你是一位天才，一位天才！
史威特洛维多夫　再听听这个：

走开！旷野在月光下面发黑，
快云喝去黄昏最后一线白光：
走开！风这就要聚在一起喊去黑暗，
深深的子夜裹住晴天的亮光。

（他们一同走出，幕慢慢下落）

——幕落

选自《契诃夫独幕剧集》，上海译文出版社 2014 年版

编选理由：

一位六十八岁的丑角演员，在醉酒之后所讲述的人生谢幕独白，具有直抵人心的力量。剧中穿插的莎士比亚名剧片段，也增加了作品的感染力和戏剧效果。契诃夫是杰出的短篇小说作家，同时也是伟大的戏剧家。但我认为他首先是位天生的戏剧家。这不仅仅是因为他写出了许多脍炙人口的戏剧作品，还在于，即便在他小说中，真正的戏剧性也无处不在——他几乎所有的短篇小说，都天然地适合被改编成戏剧。

物理学家

二幕喜剧

〔瑞士〕迪伦马特 著　叶廷芳 译

人物

玛蒂尔德·封·察思德博士小姐　精神病医生

玛尔塔·博尔　护士长

莫尼卡·施泰特勒　护士

乌韦·西弗斯　看护长

麦克阿瑟　看护

穆里洛　看护

赫伯特·格奥尔格·博伊特勒　人称牛顿　病人
恩斯特·海因里希·埃内斯蒂　人称爱因斯坦　病人
约翰·威廉·默比乌斯　病人
奥斯卡·罗泽　教士
莉娜·罗泽　教士太太
阿道尔夫－弗里德里希　莉娜的男孩子
维尔弗里德－卡斯帕尔　莉娜的男孩子
约尔格－卢卡斯　莉娜的男孩子
理查德·福斯　刑事巡官
古尔　警察
布洛赫　警察
法医

第一幕

地点：一座用作私人疗养院的“别墅”，名叫“樱桃园”，虽然有点儿破旧，但有一间舒适的客厅。

周围环境：眼前是一段天然的湖岸，稍远的一段则经过人工堆砌；再后面是一座中小城市。既有城堡又有旧城，原先是颇为别致的居民区，现在却杂有一些保险公司之类的再难看不过的大楼。这个居民区的生计主要靠一所设备简陋的大学——它具有一个扩充了的神学系和夏季语言训练班，其次靠一所贸易学校和一所牙科专科学校，还有就是靠几所女子寄宿学校和几乎不值得一提的轻工业，因而它摆脱了隆隆机声的干扰。此外，那郊区的景色美不胜收，足以令人心旷神怡，尤其是那青翠的连绵山峦，密林覆盖的山坡和宽阔的湖面以及近郊那一片广阔的、傍晚炊烟缭绕的平原——昔日是阴暗的沼泽，如今是沟渠纵横的良田沃土。这一带不知什么地方有一座监狱及其所属的大农场，因此大大小小一群一群的犯人影影绰绰，随处可见。他们默默无语，有的锄草，有的掘地。但地理环境毕竟是无关紧要的，这里只不过是为叙述精确起见提一下而已。我们可一刻也不会离开这座作为疯人院——现在终于说出这个词了——的“别墅”，说得更精确些，我们也永远不会离开这座客厅，我们已经开始严格遵守空间、时间和情节的统一了；情节发生于疯人之中，只有古典主义的形式才适合它。

言归正传吧，关于“别墅”，情况是这样：这一事业的创始人博士小姐——荣誉称号叫玛蒂尔德·封·察思德医学博士——一度把她的全部病人都安置在这里面，他们中有患白痴的上流人物、血管硬化而不再视事的政治家、体质虚弱的百万富翁、患精神分裂症的作家、因抑郁而神经错乱的工业巨头等等，总之，他们是半个西方世界里患精神病的出类拔萃的人物。因为博士小姐是十分有名的，这不仅由于这个成天穿着白褂子的驼背老处女是本地名门望族的最后一个值得一提的苗裔，还由于她是一个博爱主义者，并且可以毫不夸张地说，是个具有世界声誉的精神病医生（刚刚发表了她和卡·古·荣的通信集）。如今那些头面人物和经常令人感到麻烦的病人都搬到漂亮、明亮的新房子去了，花了惊人的代价，最邪恶的过去也会变成纯洁的愉悦。新房子坐落在建有各种亭台楼榭（小礼拜堂里有埃尼的玻璃画）的大花园的南半部，面对平原；有不少高大树木庇荫的草地从“别墅”向下倾斜，直伸展到湖边。湖的沿岸有一道石墙。

“别墅”里如今住的人寥寥无几，在大多数的情况下，出入客厅的只是三个病人，凑巧都是物理学家。说凑巧也不尽然，人们根据人道的原则，让那些应当待在一起的人住在一起。他们按照自己的方式生活，每个人都构筑了自己幻想的世界，在客厅里一起用餐，有时讨论他们的科学，或者默默地坐着发呆，他们安分，听话，无所要求，容易照料，都是讨人喜爱的疯子。一言以蔽之，如果不是最近发生了令人忧虑的，不，简直是可怕的事情的话，他们本来可以被称为真正的模范病人——他们中的一个在三个月前勒死了一个护士，而现在又发生了相同的事件。于是屋子里又来了警察。因此客厅里进进出出的人比平时多了。护士的尸体被指定放在悲剧现场的那块镶木地板上，在背景的后面，以免观众感到不必要的害怕，但让人看得出，这里进行过一番搏斗。家具明显被弄得乱七八糟。一座落地灯和两张圈手椅倒在地上，左前端一张圆桌翻倒了，几只桌腿对着观众。

此外，由别墅——曾经是察思德家的避暑之地——改建而成的疯人院的客厅里留下了痛苦的痕迹。墙壁从上到下至一人高处刷上了一层合乎卫生要求的蜡克罩光漆，从而使其下面仍然保留着的精工抹上的石膏平面明亮地显出它的本色。背景上的三扇门，共一间小客厅，各扇门通向各个物理学家的病房，三扇门都蒙着黑色的皮革。此外，这些门分别标着1、2、3的门号。左侧靠近前厅的一排暖气总管样子很难看；右侧有一个盥洗池，上面一条横杆上晾着几条毛巾。

2号房间（中间的房间）传来有钢琴伴奏的小提琴声，那是贝多芬的《克罗采奏鸣曲》。左方是花园的正面，落地长窗的底端与铺着地毯的镶木地板持平。窗子左右两侧各有一条宽大而厚实的窗帘。旁门通向一座平台，十一月的明朗阳光使平台的石栏在花园里格外醒目。那是下午四点半过后不久。一座废旧的壁炉龛前面围着炉栅，壁炉的右上方悬挂着一幅具有尖形下须的老年人肖像，肖像嵌在结实的镀金镜框里。炉龛的右前方是一座橡木做的大门，棕色的格式天花板底下悬吊着沉重的枝形灯架。家具：圆桌，围着它放着三把椅子——客厅已打扫过——它们一律漆成白色。其余的家具有点儿陈旧，反映了不同时代的风格。右前方是一张沙发和一个茶几，在它们的两侧各有一张圈手椅。落地灯照旧放在沙发后面，因此房间给人的感觉还是很宽敞的——属于舞台的东西很少，现代戏剧和古代戏剧相反，羊人戏演在悲剧之前。我们可以开演了。

刑事警察在围着尸体活动，他们穿着便服，不慌不忙，是些快活的小伙子。他们那份白葡萄酒早已下肚，嘴里还冒着酒味。他们测量呀，验指印呀，等等。刑事巡官理查德·福斯头戴帽子，身穿大衣，站在客厅的中间。左边是护士长玛尔塔·博尔，她那坚毅的神情让她看起来就像她的名字所叫的那样，是个真正的玛尔塔。右侧外面的圈手椅上坐着一个警察，他正在用速记法做记录。刑事巡官从一个棕色的盒子里取出一支雪茄。

巡官 可以抽烟吗?

护士长 没有这样的先例。

巡官 请原谅。（收起雪茄）

护士长 来杯茶?

巡官 最好是酒。

护士长 您是在疗养院里。

巡官 那就什么都不要。布洛赫，你可以拍照了。

布洛赫 是，巡官先生。

（拍照。镁光灯发出闪光）

巡官　那位护士叫什么名字？

护士长　伊雷尼·施特劳布。

巡官　年龄？

护士长　二十二。科尔旺人。

巡官　家属有谁？

护士长　有个哥哥，在东瑞士。

巡官　通知他了没有？

护士长　打了电话。

巡官　凶手是谁？

护士长　对不起，巡官先生……这个可怜人确实有病。

巡官　那好吧。肇事者是谁？

护士长　恩斯特·海因里希·埃内斯蒂。我们叫他爱因斯坦。

巡官　为什么？

护士长　因为他把自己当作爱因斯坦。

巡官　哦，原来是这样。（转向那个正在速记的警察）古尔，护士长的话您记下来了吗？

古尔　记下了，巡官先生。

巡官　也是勒死的吗，医生？

法医　很明显。用的是落地灯上的插线。这些精神病人发作起来往往力大无比，真是有点儿非凡。

巡官　哦，你这样觉得。那么，我看让一些女护士来护理这些精神病人是不负责任的。这已经是第二起谋杀了……

护士长　请注意用词，巡官先生。

巡官　第二起不幸事故；都是三个月内在樱桃园疗养院里发生的。（掏出一本笔记本）八月十二日，一个名叫赫伯特·格奥尔格·博伊特勒的人，自认是伟大的物理学家牛顿，他勒死了护士多罗特娅·莫塞尔。（放回笔记本）也发生在这间客厅里。要是安排的是男看护，那就绝不会发生这样的事情。

护士长　您信不信？多罗特娅·莫塞尔护士曾是女子角力协会的会员，

而伊雷尼·施特劳布护士是全国柔道联合会的女子冠军。

巡官　那您呢？

护士长　我举重。

巡官　现在我能不能看一看凶手……

护士长　请注意用词，巡官先生。

巡官　哦……看一看肇事者？

护士长　他在拉提琴。

巡官　他在拉提琴，这是什么意思？

护士长　您不是在听着嘛。

巡官　那他该停止啦。（护士长没有立即做出反应）我得审问他。

护士长　不行。

巡官　为什么不行？

护士长　从医疗角度看，我们不允许这样做，埃内斯蒂现在非得拉琴不可。

巡官　不管怎么说，这个家伙勒死了一个护士。

护士长　巡官先生，这不是一个家伙，而是一个病人，他必须保持安静。因为他把自己当作爱因斯坦，他只有在拉提琴的时候才能安静下来。

巡官　难道是我发疯了？

护士长　不！

巡官　把人搞糊涂了。（擦了擦汗）这里真热。

护士长　根本不热。

巡官　玛尔塔护士长，请您把女主任医生叫来。

护士长　也不行。博士小姐正给爱因斯坦伴奏钢琴。爱因斯坦只有在博士小姐的伴奏下才能安静下来。

巡官　三个月前，为了能使牛顿安静，博士小姐曾不得不跟他下棋。我再也不信这一套了，玛尔塔护士长。我非得跟主任医生说几句话不行。

护士长　好吧，那就请您等着。

巡官　提琴还要拉多久？

护士长　一刻钟，一个钟头，看情况。

巡官　（竭力克制着自己）好，我就等着。（咆哮起来）我就等着！

布洛赫 报告巡官先生，我们已经搞得差不多了。

巡官 （声音混浊）可人家把我也搞得差不多了。

（静场。巡官擦了擦汗）

巡官 你们可以把尸首弄出去了。

布洛赫 是，巡官先生。

护士长 有一条路穿过花园通往小教堂，我来给先生们指一指。

（她打开边门。女尸被抬了出去。器械也一起搬了出去。巡官摘掉帽子，精疲力竭地坐在沙发左边的圈手椅上。在钢琴的伴奏下，小提琴的声音仍不断传来。赫伯特·格奥尔格·博伊特勒穿着一身十八世纪初的服装，头戴假发，从3号房间走出来）

牛顿 我是艾萨克·牛顿爵士。

巡官 我是刑事巡官理查德·福斯。（坐着不动）

牛顿 很高兴。非常高兴。实在高兴。我听到过挣扎、呻吟、喘息的响声，接着人们来来去去。敢问，这里发生什么事了？

巡官 护士伊雷尼·施特劳布被人勒死了。

牛顿 全国柔道联合会的女子冠军？

巡官 全国冠军。

牛顿 真可怕。

巡官 被恩斯特·海因里希·埃内斯蒂勒死的。

牛顿 但他正在拉提琴呢。

巡官 他必须安静。

牛顿 这场搏斗恐怕把他弄得也够呛，他体质本来就虚弱。他用的什么？

巡官 落地灯上的插线。

牛顿 落地灯上的插线，也有这一种可能性。这个埃内斯蒂，他使我感到难过。难过极了。那位柔道冠军也使我感到难过。请您允许，我得把屋子收拾一下。

巡官 请吧。现场已经拍过照了。

牛顿 （将桌子翻过来放正，又摆好椅子）我容忍不了这乱七八糟的场面，我本来就是由于讲究秩序而成为物理学家的。（竖起落地灯）我之所以成为物理学家，就是为了使大自然中杂乱无章的现象恢复其井然有序的原貌。

（点燃一支香烟）我抽烟妨碍你吗？

巡官 （高兴地）恰恰相反，我……（正要从烟盒里取出一支烟）

牛顿 请原谅，因为我们刚刚谈到了秩序：这里只允许病人抽烟，而不允许探视者抽烟。要不，整个会客室马上就会变得乌烟瘴气了。

巡官 我明白。（把烟盒又放了回去）

牛顿 要是我来它一小杯白兰地……对您妨碍吗？

巡官 绝对不妨碍。

牛顿 （从炉栅后面拿出一瓶白兰地和一只玻璃杯）这个埃内斯蒂。我完全给搞糊涂了。一个人怎么可以把一个护士勒死呢！（坐到沙发上，给自己斟酒）

巡官 说起来，您也勒死过一个护士呀。

牛顿 我？

巡官 多罗特娅·莫塞尔护士。

牛顿 那位女角力士吗？

巡官 在八月十二日。用的是拉窗帘的绳子。

牛顿 但这实在是有点儿牛头不对马嘴呀，巡官先生。我毕竟没有发过疯。祝您健康。

巡官 祝您健康。

牛顿 （喝酒）多罗特娅·莫塞尔护士。只要回想一下，还能记起来。淡淡的金黄色头发。力气很大，超过常人。身体虽然肥胖，但挺有弹性。她爱我，我也爱她。除了系窗帘的绳子，没有别的办法可使我摆脱这进退维谷的窘境。

巡官 进退维谷的窘境？

牛顿 我的任务是思考万有引力，而不是去爱一个女人。

巡官 我理解。

牛顿 再说，年龄也悬殊。

巡官 那还用说。您肯定是远远超过二百岁了。

牛顿 （惊讶地凝视着巡官）岁数怎么会这样大？

巡官 喏，听我说吧。当牛顿……

牛顿 您变傻了吧，巡官先生，要不，您只是装成这样？

巡官 您听我说下去吧……

牛顿 您真的相信我是牛顿?

巡官 您自己这样认为嘛。

牛顿 （怀疑地环顾四周）巡官先生，我可以向您透露一个秘密吗?

巡官 当然可以。

牛顿 我不是艾萨克爵士。我不过是冒充牛顿罢了。

巡官 那是为什么?

牛顿 为了不使埃内斯蒂精神错乱。

巡官 我不理解。

牛顿 跟我的情况相反，埃内斯蒂是确实有病。他自以为是阿尔贝特·爱因斯坦。

巡官 这和您有什么相干?

牛顿 如果埃内斯蒂现在知道，阿尔贝特·爱因斯坦原来是我，那恐怕非闹翻不可。

巡官 您是说……

牛顿 是的，我就是著名物理学家和相对论的奠基者。一八七九年三月十四日生于乌尔姆。

巡官 （有点儿迷惑不解地站起来）非常高兴。

牛顿 （同样站起来）你就干脆叫我阿尔贝特吧。

巡官 那您叫我理查德好了。

（他们相互握手）

牛顿 我敢向您保证，我演奏的《克罗采奏鸣曲》，远比恩斯特·海因里希·埃内斯蒂的演奏动人心弦。他演奏行板简直不堪入耳。

巡官 我对音乐一窍不通。

牛顿 让我们坐下来谈吧。

（牛顿把巡官拉到沙发上，他一只胳膊搂着巡官的肩膀）

牛顿 理查德。

巡官 啊，阿尔贝特?

牛顿 您因为不能逮捕我而感到恼火，对不对?

巡官 哪里，阿尔贝特。

牛顿 您想逮捕我，是不是因为我勒死了那位护士？或者是因为我的研究促成了原子弹的产生？

巡官 哪里，阿尔贝特。

牛顿 理查德，假如您拧一下这门旁边的开关，会发生什么现象？

巡官 灯就亮了。

牛顿 因为您接通了电流。理查德，您懂得一点儿电的知识吧？

巡官 我不是物理学家。

牛顿 关于电我也懂得很少。我仅仅根据自己对自然的观察提出了一种理论，我用数学的语言写下了这一理论，同时得出了许多公式。然后来了技术专家，他们一心围绕这些公式动脑筋。他们可以轻而易举地摆布电。他们充分利用这些公式。他们制造机器，但一种机器只有在人们不需要了解它的发明理论而独立存在的时候，它才是有用的。因此今天任何蠢驴都能够叫一个灯泡发光或者使一个原子弹爆炸。（拍拍巡官的肩膀）理查德，就为这个您现在想逮捕我。这是不公平的。

巡官 我可根本没有想逮捕您呀，阿尔贝特。

牛顿 那仅仅是因为您以为我疯了。但既然您对电一窍不通，您为什么并不拒绝把灯拧亮呢？在这个问题上，您就是刑事犯，理查德。不过眼下得把我的白兰地藏起来，不然玛尔塔·博尔护士长可要发脾气了。（又把那瓶白兰地藏到壁炉栅后面，然而酒杯仍然摆着）再见！

巡官 再见，阿尔贝特。

牛顿 您逮捕您自己去吧，理查德！（又退回到3号房间）

巡官 现在我干脆抽烟。（毅然打开烟盒，取出一支雪茄，点燃它，吸起来，布洛赫从旁门进来）

布洛赫 我们已经做好开车准备了，巡官先生。

巡官 （狠狠地跺脚）我在等人呢，等主任医生！

布洛赫 是，巡官先生。

巡官 （平静下来，咕哝着说话）布洛赫，领大伙儿回城去，我随后就来。

布洛赫 是，巡官先生。（下）

（巡官眼望着前方，吧嗒吧嗒地吸着烟，他站起来，执拗地在客厅里来回踱步，然后在炉子前面停下来，端详着挂在墙上的那张肖像画。这时候，提琴和钢琴的演奏都停止了。2 号房间的门被打开，玛蒂尔德·封·察思德博士小姐从里面出来。她驼背，约莫五十五岁，身穿白大褂，脖子上挂着听诊器）

博士小姐 这幅画像画的是我父亲，枢密顾问奥古斯特·封·察思德。在我把这座别墅改成疗养院以前，他就住在这里。一个伟大的男子，一个真正的人。我是他的独生女儿。他像痛恨瘟疫一样痛恨我，他像痛恨瘟疫一样痛恨所有人。他也许是有道理的，因为经济界领袖们曾经向他打开人性的奥秘，而这对于我们精神病医生来说，却永远是关闭着的。我们精神病医生无非是些毫无希望的浪漫主义博爱论者。

巡官 三个月前这里挂的是另一幅肖像。

博士小姐 那是我的叔父，政治家，约阿希姆·封·察思德首相。（把乐谱放在沙发前的茶几上）好，埃内斯蒂已经安静下来了，他倒在床上睡着了，像个幸福的孩童。我又可以松口气了，刚才我担心他还要演奏布拉姆斯第三奏鸣曲呢。（在沙发左边的圈手椅上坐下）

巡官 对不起，封·察思德博士小姐，在这个禁止抽烟的地方我抽起烟来了，可是……

博士小姐 您尽管放心地抽吧，巡官，我也急需来支烟，管她玛尔塔护士长！请给我火吧。

（巡官递给她火，她抽起来）

博士小姐 惨不忍睹。这个可怜的伊雷尼护士。这样一个清白无辜的年轻姑娘。（发觉那只玻璃杯）牛顿喝的？

巡官 是我刚才享受了一下。

博士小姐 我还是把杯子拿走好些。

（巡官赶紧把杯子放到壁炉栅的后面去了）

博士小姐 为了防备护士长。

巡官 我明白。

博士小姐 您和牛顿攀谈过了？

巡官 我有所发现。（坐到沙发上）

博士小姐 祝贺您。

巡官 牛顿实际上自以为是爱因斯坦。

博士小姐 他对谁都这么说。但事实上他却把自己当作牛顿。

巡官 （愕然）您这话有把握吗？

博士小姐 我的病人把自己当作谁，这个我说了算。我对他们的了解，远远超过他们对自己的了解。

巡官 可能。那么博士小姐，您也该帮助帮助我们喽。政府在追查这件事情。

博士小姐 检察官态度怎样？

巡官 暴跳如雷。

博士小姐 这可不能责怪我呀，福斯。

巡官 两起谋杀……

博士小姐 请注意用词，巡官。

巡官 两起不幸事件。发生在三个月内。您得承认，贵院的安全措施是不能令人满意的。

博士小姐 您究竟是怎么设想这些安全措施的，巡官？我领导的是一所疗养院，不是一座牢房。在凶手杀人之前，您总不能将他们关起来吧。

巡官 现在讲的不是凶手，而是疯子，而这些人随时都会杀人的。

博士小姐 健康的人也会杀人的，而且更多。我只要一想到我的祖父莱昂尼达斯·封·察思德，那个打了败仗的大元帅，就想到这一点。我们到底生活在什么样的时代呀？医学是进步了，还是没有进步呀？能把癫狂病人变成温顺的羔羊的新药物已经提供给我们了，还是没有提供呀？难道我们还应当把他们关进单人病房，甚至还像早先那样，进牢笼也要尽可能戴上拳击手套吗？我们实在无法做到把危险的和不危险的病人区分开来。

巡官 对于博伊特勒和埃内斯蒂，这种区分办法无论如何是行不通的，这是明摆着的事。

博士小姐 遗憾，这使我感到不安，却并不对您的狂怒的检察官产生影响。

（爱因斯坦拿着提琴从 2 号房间出来，他细高个，满头雪白的长发，蓄着上须）

爱因斯坦 我醒了。

博士小姐 可不是，教授。

爱因斯坦 刚才我拉的提琴悦耳吗?

博士小姐 美妙极了，教授。

爱因斯坦 是不是伊雷尼·施特劳布护士……

博士小姐 您不要再想这件事了，教授。

爱因斯坦 我还是睡觉去。

博士小姐 这就好了，教授。

(爱因斯坦又回到他的房间，巡官跳了起来)

巡官 原来就是他呀!

博士小姐 恩斯特·海因里希·埃内斯蒂。

巡官 杀人犯……

博士小姐 请注意用词，巡官。

巡官 自以为是爱因斯坦的肇事者。什么时候接收他进来的?

博士小姐 两年前。

巡官 牛顿呢?

博士小姐 一年前。

博士小姐 两位都是不治之症。福斯，说实在的，我对于我的职业可不是新手，这您是知道的，检察官也是了然的，他对我的诊断书向来是给予好评的。我的疗养院闻名世界，费用也相应昂贵。我是不会发生过错的，那种引起警察进入我院的事故压根儿就没有发生过。如果说这里有什么人不见疗效的话，那么原因在医学，不在我。所发生的这些不幸事故都是事先无法预测的。要是病人是您或我，同样有可能把护士勒死。对于这样的事故，医学上是无法解释的，除非……

(博士小姐又取出一支烟，巡官把火递给她)

博士小姐 巡官，您没有注意到什么吗?

巡官 注意到什么?

博士小姐 您想一想这两个病人吧。

巡官 哦?

博士小姐 两个都是物理学家，核物理学家。

巡官 还有呢?

博士小姐 您真是个没长心眼的人，巡官。

巡官 （思考着）博士小姐。

博士小姐 您想说什么，福斯？

巡官 您以为……

博士小姐 两个人曾经都是研究放射性物质的。

巡官 您感到这里面有一种内在的联系？

博士小姐 我只想指出事实，如此而已。两个人都发了疯，两个人的病情都在恶化，两个人对公众都有危险，两个人都勒死护士。

巡官 您想到一种……由放射性物质引起的大脑的变化？

博士小姐 可惜我对这种可能性不能不予以关注。

巡官 （环顾四周）这扇门通向哪里？

博士小姐 通向前厅，通向绿色的客厅，通向上一层楼。

巡官 这里还有多少病人？

博士小姐 三位。

巡官 只有三位？

博士小姐 其余的在第一次不幸事故发生后，马上迁到新的房子里去了。幸亏我及时让人给我盖了这幢新房子，是由富有的病人加上我的亲戚们募捐筹资的。在盖屋期间他们先后离开了人世，大多数都死在这里。后来只剩下我这根独苗。命运哪，福斯。我永远是唯一的继承人。我的家族世世代代都患精神病，所以，如果我的精神状况还算比较正常的话，那不能不说是医学上一个小小的奇迹了。

巡官 （思考着）第三个病人呢？

博士小姐 同样是一个物理学家。

巡官 奇怪。您不感到奇怪吗？

博士小姐 我一点儿也不感到奇怪。我把病人分了类。作家归作家，大企业主归大企业主，女百万富翁归女百万富翁，物理学家归物理学家。

巡官 他叫什么名字？

博士小姐 约翰·威廉·默比乌斯。

巡官 他以前也是搞放射性研究的？

博士小姐 跟这毫无关系。

巡官　说不定他也会……

博士小姐　他在这里已经十五年了，一直很老实，他的状况始终没有变化。

巡官　博士小姐，您不要回避。检察官提出的强烈要求是：您的物理学家必须由男看护人员来看管。

博士小姐　他应当由男看护人员来看管。

巡官　（抓起自己的帽子）好，您看到了这点，我很高兴。我已经来樱桃园两次了，封·察思德博士小姐，我不希望来第三次。

（巡官戴上帽子，从左侧通过旁门下了台阶，穿过花园离去。玛蒂尔德·封·察思德博士小姐若有所思地目送他。玛尔塔·博尔护士长从右边上场，惊愕，气喘吁吁，手里拿着一卷案宗）

护士长　对不起，博士小姐……

博士小姐　噢，请原谅。（把烟灭掉）伊雷尼·施特劳布护士入殓了吗？

护士长　在风琴跟前。

博士小姐　在她周围点上蜡烛，放上花圈。

护士长　我已经给弗罗伊茨花匠打了电话，吩咐他了。

博士小姐　我的姑母森塔怎么样？

护士长　很烦躁。

博士小姐　给她剂量加倍。我的表弟乌尔里希呢？

护士长　很稳定。

博士小姐　玛尔塔·博尔护士长，很抱歉，我不得不将樱桃园的一种传统做个了结。直到现在我都只雇用了女护士，从明天起，将由男看护来看管别墅。

护士长　玛蒂尔德·封·察思德博士小姐，我不会让人抢走我的三位物理学家。他们是我最有趣的病人。

博士小姐　这是我做出的最后决定。

护士长　我感到奇怪，您是从哪里弄到看护的，尤其是在今天这样到处都需要人的时候。

博士小姐　这个您就让我来操心好了。默比乌斯太太来了吗？

护士长　她在绿色客厅里等候呢。

博士小姐　请她来吧。

护士长　这是默比乌斯先生的病历。

博士小姐　谢谢。

（护士长把病历交给博士小姐，然后从右门出去，但出去前又转过身来）

护士长　可是……

博士小姐　什么事，玛尔塔护士长？

（护士长下。封·察思德博士小姐打开病历，在圆桌上认真翻阅起来。护士长从右边领进罗泽太太和她的三个男孩，年龄分别为十四、十五和十六岁。老大背着一个书包。罗泽教士走在末尾。博士小姐站起来）

博士小姐　亲爱的默比乌斯太太……

罗泽太太　我现在叫罗泽，罗泽教士太太。我也不忍心叫您吃惊，博士小姐，我在三个星期前嫁给罗泽教士了。也许有些仓促，我们是在九月份的一次会上认识的。（脸红起来，有点儿不知所措地指着自己的新丈夫）奥斯卡原先是个鳏夫。

博士小姐　（跟罗泽教士握手）祝贺您，罗泽太太，衷心地祝贺您。也向您祝贺，教士先生，祝您事事如意。（向罗泽教士点头）

罗泽太太　您理解我们的这一做法吧？

博士小姐　当然理解，罗泽太太。生活嘛，总得继续有点儿意义。

罗泽教士　这里是多么宁静啊！气氛又是那么和睦。一种真正的神之和平笼罩着这座房子，赞美诗中有一句话说得多对呀：天主倾听着穷人的呼声，他也不轻视他的囚犯。

罗泽太太　奥斯卡可是个好牧师呢，博士小姐。（脸红起来）这几个是我的孩子。

博士小姐　你们好哇，孩子们。

三个男孩　您好，博士小姐。

（最小的男孩从地上拾起了一点儿什么东西）

约尔格-卢卡斯　一根电灯上的插线，博士小姐。地上捡的。

博士小姐　谢谢你，我的小伙子。多乖的孩子呀，罗泽太太。您可以满怀信心地展望未来。

（罗泽太太在右侧的沙发上坐下；博士小姐坐在左侧的桌旁；三个男孩站

在沙发后面；罗泽教士坐在右侧靠外的圈手椅上）

罗泽太太　博士小姐，我把这几个孩子带来不是无缘无故的。奥斯卡接受了一席教职，在马里亚纳群岛。

罗泽教士　在太平洋。

罗泽太太　我的孩子们在出发前来认识一下他们的父亲，我认为这是合乎情理的。这是第一次，也是最后一次。当他得病的时候，他们都还小哇，而现在也许可以说是永别了。

博士小姐　罗泽太太，从医生角度讲，这样做可能是不大合适的，但从人情上说，我觉得您的愿望是可以理解的，我很高兴同意你们这次家庭团聚。

罗泽太太　我的约翰·小威廉病情怎样？

博士小姐　（翻阅病历）我们的好默比乌斯既不见好转，也没有恶化，罗泽太太。他钻进他的天地里。

罗泽太太　他还老说他看见所罗门国王显灵吗？

博士小姐　还老是这样。

罗泽教士　一种可悲、可叹的迷乱。

博士小姐　罗泽教士先生，您的严格的判断使我有点儿惊奇。作为一位神学家，无论如何您得估计到某种奇迹的可能性。

罗泽教士　那当然喽……不过话得说回来，在一个精神病患者身上，是不可能的。

博士小姐　精神病人所看到的那些现象是真是假，精神病治疗学是不必去判断的。亲爱的教士，它需要考虑的仅仅是病人的情绪和神经状况。虽然症状是轻的，但对我们诚实的默比乌斯来说，这是够不幸的了。有办法吗？我的上帝！胰岛素疗法也许还可以再试一次。我承认，因为别的疗法都毫无成效，都不采用了。可惜我不会魔术，罗泽太太，我不能用那种给小孩喂软食的办法使我们诚实的默比乌斯健康起来，但我也不愿意折磨他。

罗泽太太　他知不知道我和他离……我是说，他知道离婚的事吗？

博士小姐　我们跟他说了。

罗泽太太　他理解吗？

博士小姐　他对外界的事情几乎再也没有兴趣了。

罗泽太太 博士小姐，请您好好理解我，我比约翰·威廉大五岁。他还是十五岁的中学生时，我就在我父亲的家里认识了他，当时，他在那里租了一间阁楼。他是个孤儿，生活很苦。我设法让他读到高中毕业，后来又接济他攻读物理。在他二十岁生日时，我违背了父母的意愿，和他结了婚。我们日夜工作。他写他的博士论文，我在一个运输公司供职。四年后我们的老大阿道尔夫－弗里德里希出世，接着又生了两个男孩，眼看好不容易就要当教授了，我们满以为可以松一口气，这时候约翰·威廉病了。他的病花去了我们大量的钱。我进了托布勒巧克力工厂，这样来维持全家的生活。（默默地擦去一滴眼泪）我辛苦了一辈子。

（全体感动）

博士小姐 罗泽太太，您是个勇敢的女人。

罗泽教士 而且是个好母亲。

罗泽太太 博士小姐，我把约翰·威廉送进贵院，一直住到现在，费用早就远远超过我的支付能力了，但是上帝助人是不厌其烦的。现在我的经济情况实在已到达山穷水尽的地步，再也没有力量担负这笔增添的费用了。

博士小姐 可以理解，罗泽太太。

罗泽太太 博士小姐，我现在担心的是，也许您会以为，我之所以要嫁给奥斯卡，仅仅是为了不承担来自约翰·威廉的经济负担。可事实不是这样的，我现在要更困难呢，因为奥斯卡带过来六个孩子。

博士小姐 六个？

罗泽教士 六个。

罗泽太太 六个。奥斯卡是个热情的父亲，可现在得养活九个孩子，而奥斯卡的身体又不强壮，他的薪水收入很少。（哭起来）

博士小姐 别难过，罗泽太太，别难过。不要哭。

罗泽太太 我把我可怜的约翰·小威廉撇下不管，内心受到强烈的谴责。

博士小姐 罗泽太太！您用不着伤心。

罗泽太太 约翰·威廉现在准是关在国立疯人院里。

博士小姐 没有那回事，罗泽太太。我们诚实的默比乌斯就住在这幢别墅里。信用担保。他已经住惯了，并且有了亲密、可爱的伙伴。我毕竟不是狠心的人。

罗泽太太　您待我真好，博士小姐。

博士小姐　根本不是，罗泽太太，根本不是。这事全靠捐助。像奥佩尔资助患病科学家基金会啦，施泰纳曼博士救济会啦，都是基金雄厚的，而我作为医生，为您的约翰·威廉从中募捐一点儿钱，那是我的义务。您尽管放心动身去马里亚纳群岛好了。不过现在让我们把我们的好默比乌斯叫来见见面吧。

（博士小姐走到后面，打开1号房间的门，罗泽太太激动地站起来）

博士小姐　亲爱的默比乌斯，有人来看望您了。现在请离开一下您的物理学家隐居室，跟我来吧。

（约翰·威廉·默比乌斯从1号房间出来，看上去四十来岁，有点儿迟钝。他不安地环顾一下房间，看看罗泽太太，又看看男孩们，最后转向罗泽教士，似乎茫然毫不理解，默然不语）

罗泽太太　约翰·威廉。

三个男孩　爸爸。

（默比乌斯不语）

博士小姐　我诚实的默比乌斯，我希望您再认一认您的夫人。

默比乌斯　（凝视着罗泽太大）莉娜?

博士小姐　看清了吧，默比乌斯，当然是您的莉娜喽。

默比乌斯　你好哇，莉娜。

罗泽太太　约翰·威廉，我最最亲爱的约翰·威廉。

博士小姐　好，就这样吧。罗泽太太，教士先生，要是你们还有什么事要跟我讲，我待在那边新房子里听候吩咐。（从左边旁门下）

罗泽太太　这是你的孩子，约翰·威廉。

默比乌斯　（愕然）三个?

罗泽太太　当然喽，约翰·威廉。三个。

（罗泽太太向默比乌斯一一介绍孩子们）

罗泽太太　阿道尔夫－弗里德里希——你的老大。

（默比乌斯跟他握手）

默比乌斯　很高兴，阿道尔夫－弗里德里希，我的大孩子。

阿道尔夫－弗里德里希　您好，爸爸。

默比乌斯 你多大啦，阿道尔夫－弗里德里希？

阿道尔夫－弗里德里希 十六，爸爸。

默比乌斯 你将来想当什么？

阿道尔夫－弗里德里希 当牧师，爸爸。

默比乌斯 记起来啦。有一次我曾牵着你的手走过圣约瑟夫广场。太阳火辣辣的，走路的影子就像两脚规量地。

（默比乌斯转向第二个）

默比乌斯 你呢……你是……？

维尔弗里德－卡斯帕尔 我叫维尔弗里德－卡斯帕尔，爸爸。

默比乌斯 十四岁？

维尔弗里德－卡斯帕尔 十五岁。我想学哲学。

默比乌斯 哲学？

罗泽太太 一个特别早熟的孩子。

维尔弗里德－卡斯帕尔 我已经读过叔本华和尼采的书。

罗泽太太 你的小儿子，约尔格－卢卡斯，十四岁。

约尔格－卢卡斯 您好，爸爸。

默比乌斯 你好，约尔格－卢卡斯，我的小儿子。

罗泽太太 他最像你啦。

约尔格－卢卡斯 我要当物理学家，爸爸。

默比乌斯 （惊惧地凝视着他的小儿子）物理学家？

约尔格－卢卡斯 是的，爸爸。

默比乌斯 你切不可干这个，约尔格－卢卡斯，千万不可。把这个想法从你的头脑中除掉吧。我……我不许你干这个。

约尔格－卢卡斯 （迷惘地）可您自己也是物理学家呀，爸爸……

默比乌斯 我真不该当这个物理学家呢，约尔格－卢卡斯。从来不该当。要那样，我现在就不会住疯人院了。

罗泽太太 约翰·威廉，这个你确实弄错了。你住的是疗养院，不是疯人院。你的神经实在操劳过度了，这就是一切。

默比乌斯 （摇摇头）不，莉娜，人家都以为我疯了。所有的人，包括你，而且包括我的孩子们。因为我看见所罗门国王显灵了。

（大家窘迫地沉默。罗泽太太介绍罗泽教士）

罗泽太太　约翰·威廉，这里我向你介绍一下我的丈夫奥斯卡·罗泽。他是教士。

默比乌斯　你的丈夫？可我是你的丈夫哇。

罗泽太太　不再是了，约翰·小威廉。（脸红起来）我们已经离婚了。

默比乌斯　离婚了？

罗泽太太　这你是知道的。

默比乌斯　不知道。

罗泽太太　封·察思德博士小姐通知过你，这是肯定的。

默比乌斯　可能。

罗泽太太　而后我才嫁给奥斯卡。他有六个男孩，他以前是古塔能的牧师，现在在马里亚纳群岛找了一个职位。

罗泽教士　在太平洋。

罗泽太太　我们后天从不来梅乘船出发。

（默比乌斯沉默，大家窘迫）

罗泽太太　是呀，事情就是这样。

默比乌斯　（向罗泽教士点头）认识我孩子的新父亲，我感到高兴，教士先生。

罗泽教士　我已把他们紧紧贴在我的心上，默比乌斯先生，三个都这样。上帝会对我们开恩，像赞美歌里唱的：主是我的统领，我将什么都不短缺。

罗泽太太　奥斯卡背得出所有的赞美歌。大卫的赞美歌，所罗门的赞美歌。

默比乌斯　我感到欣慰，孩子们找到了一个能干的父亲。我曾经是个无能的父亲。

罗泽太太　瞧你说的，约翰·小威廉。

默比乌斯　我衷心祝贺。

罗泽太太　我们不久就得动身了。

默比乌斯　去马里亚纳群岛。

罗泽太太　让我们告别吧。

默比乌斯　永远告别了。

罗泽太太　约翰·威廉，你的三个孩子都很有音乐天赋，他们木笛吹得可好呢。孩子们，给爸爸表演一下，作为告别吧。

三个男孩　是，妈妈。

（阿道尔夫－弗里德里希打开提包，分发木笛）

罗泽太太　坐下吧，约翰·小威廉。

（默比乌斯坐在圆桌旁，罗泽太太和罗泽教士坐在沙发上。三个孩子站在客厅中间）

约尔格－卢卡斯　吹一首布克斯台胡德的乐曲。

阿道尔夫－弗里德里希　一、二、三。

（三个孩子吹起了木笛）

罗泽太太　吹得欢些，孩子们，吹得欢些。

（孩子们吹得更加热烈，默比乌斯跳了起来）

默比乌斯　最好别吹了，对不起，最好别吹了。

（孩子们大惑不解地停止了吹奏）

默比乌斯　不要吹下去了，对不起，要吹所罗门所喜欢的。不要吹下去了。

罗泽太太　瞧你，约翰·威廉！

默比乌斯　对不起，不要再吹了，对不起，不要再吹了，对不起，对不起。

罗泽教士　默比乌斯先生，恰恰是所罗门国王将会对这些无辜男孩的木笛演奏感到高兴。您不妨想想看：所罗门，他是赞美歌的作者；所罗门，他是演唱圣歌的歌手。

默比乌斯　教士先生，我当面见过所罗门，他歌颂苏拉密特，歌颂在玫瑰花下吃草的孪生小鹿，但他已不是那黄金时代的伟大国王了。他已扯下他身上的紫袍……

（默比乌斯突然从他的惊骇不已的家属身边离开，迅步朝后走向他的房间，推开房门）

默比乌斯　他赤裸着身子，散发着臭味，蹲在我的房间里，当潦倒的真理国王。他的赞美歌是可怕的，您仔细听，教士，您热爱赞美歌中的诗句，熟悉它所有的诗句，那么，请您把这些诗句也背下来吧。（走到左边的圆桌旁，把桌子翻了过来，跨进去，坐在里面）吟唱一首所罗门的赞美歌，歌颂宇宙航行员。

我们飞离地球进入天际，
踏上月球的荒漠土地。
有人已捷足先登，
身陷尘埃，无声无息。
但大多数人却在水星的铅锅里被蒸煮，
在金星的油坑里溶解；
而在火星上，
太阳甚至用我们充饥；
它发出雷鸣般的轰响，
这个放射性的黄色球体。

罗泽太太 别唱了，约翰·威廉……
默比乌斯

木星散发着一股臭味，
那是一团甲烷浆液急速地旋转不息，
它这样强烈地逼迫着我们，
使我们加尼米德呕吐不已。

罗泽教士 默比乌斯先生……
默比乌斯

我们把诅咒献给土星。
尔后发生的事情不值一提：
天王星，海王星
一片灰绿，
冥王星和超冥王星遍体冰封，

下流的戏谑在它身上降临。

三个男孩　爸爸……

默比乌斯

难道我们不是早就把太阳
与天狼星混淆不清，
又将天狼星与老人星相混，
我们精疲力竭，升至深穹
去驱赶几颗白色的星星，
那里我们虽然从未登临，

罗泽太太　约翰·小威廉哪！我亲爱的约翰·小威廉！

默比乌斯

可我们船里的木乃伊，
早已被尘埃弄得僵硬。

（护士长和莫尼卡护士从右侧进来）

护士长　瞧您，瞧您，默比乌斯先生！

默比乌斯

我们已经是面目难辨，
再也不把那呼吸着的地球思念。

（默比乌斯坐在底朝天的桌子里面发着呆。面孔好像假面具）

罗泽太太　约翰·小威廉。

默比乌斯　好了，你们逃亡到马里亚纳群岛去吧！

三个男孩　爸爸……

默比乌斯　逃走吧！快！逃到马里亚纳群岛去！

（默比乌斯咄咄逼人地站起来。罗泽一家人不知如何是好）

护士长　来吧，罗泽太太。来，孩子们，还有罗泽教士。他必须安静，就这么回事儿。

默比乌斯　你们出去吧！出去！

护士长　一次轻微的发作，待会儿让莫尼卡护士陪着他，她会安慰他的。一次轻微的发作。

默比乌斯　滚开！永远滚！滚到太平洋去！

约尔格－卢卡斯　再见，爸爸！再见！

（护士长领着惊恐不安、哭哭啼啼的一家人朝右边出去，默比乌斯不可遏止地向他们叫喊）

默比乌斯　我再也不愿见你们了！你们污辱了所罗门国王！你们应该受诅咒！你们应该同马里亚纳群岛一起沉入马里亚纳大海！一万一千米深。你们应当在大海的最黑暗的洞窟里腐烂发臭，被上帝遗忘，被人们遗忘！

莫尼卡护士　就剩下咱们俩了。您家里的人再也听不见您说话了。

（默比乌斯惊奇地凝视着莫尼卡护士，好像终于清醒了过来）

默比乌斯　哦，这么回事儿，当然喽。

（莫尼卡护士不语，他有些尴尬）

默比乌斯　刚才我是不是过于激烈了？

莫尼卡护士　相当激烈。

默比乌斯　我必须把真话说出来。

莫尼卡护士　显然。

默比乌斯　我方才慷慨激昂。

莫尼卡护士　那是您装出来的。

默比乌斯　您看穿我了？

莫尼卡护士　我护理您两年了。

默比乌斯　（来回走动，然后停了下来）好。我承认。我刚才是装疯。

莫尼卡护士　为什么呢？

默比乌斯　为了与我的妻子和我的孩子们告别，永远告别。

莫尼卡护士　采取这种可怕的方式？

默比乌斯　采取这种人道的方式。既然住在疯人院里，如果要把过去涂抹掉，那么最好的办法是采取发疯的行动，这样我的家庭可以心安理得地把我忘掉。我的举动消除了他们再来探访我的欲念。从我这方面说，是无关紧要的，我考虑的仅仅是院外他们的生活。当疯子是要花钱的。十五年来，我的好莉娜为我付出了惊人的数目，必须最后一笔勾销掉。刚才就是个有利的机会。该披露的东西，所罗门已经向我披露了。可能发明一切的体系已经完成，最后几页是根据所罗门的口授记录的。我的妻子已经找到了一个新的丈夫，非常正直的罗泽教士。您放心好了，莫尼卡护士。现在一切都已恢复正常。（欲下）

莫尼卡护士 您做得很有计划性。

默比乌斯 我是物理学家。（转身向自己的房间走去）

莫尼卡护士 默比乌斯先生。

默比乌斯 （停住脚步）什么事，莫尼卡护士？

莫尼卡护士 我要跟您谈谈。

默比乌斯 请吧。

莫尼卡护士 这事关系到咱们俩。

默比乌斯 让我们坐下谈吧。

（他们坐了下来——她坐在沙发上，他坐在她左边的圈手椅上）

莫尼卡护士 我们也要互相告别了，也是永远告别。

默比乌斯 （吃惊）您离开我？

莫尼卡护士 这是命令。

默比乌斯 出什么事了？

莫尼卡护士 人家正要把我调到主楼去。明天这里由男看护员来值班，任何女护士都不准再进这座别墅了。

默比乌斯 因为牛顿和爱因斯坦的事？

莫尼卡护士 根据检察官的要求。主任医生害怕招麻烦，她让步了。

（沉默）

默比乌斯 （神情颓丧）莫尼卡护士，我笨拙得很。我没有学会表达情感，同那两位病友说点儿本行的事情，几乎称不上谈话。我沉默了，我惴惴不安，灵魂也惴惴不安。但您该知道，自从我认识您以来，对我来说，一切都起了变化。我更能容忍一些了。现在，这样的日子也过去了。这两年里，我较之以往要愉快一些。因为通过您，莫尼卡护士，我获得了勇气，决心在幽居中度过余生，并接受我当……疯子……的命运。再见吧。

(默比乌斯站起来，想跟莫尼卡护士握手)

莫尼卡护士　默比乌斯先生，我不认为您是……疯的。

默比乌斯　(笑起来，重又坐下)我自己也认为没有疯，但这丝毫改变不了我的处境。我很倒霉，所罗门国王偏偏向我显灵。在科学领域，眼下没有比一个奇迹更为伤风败俗的了。

莫尼卡护士　默比乌斯先生，我相信这个奇迹。

默比乌斯　(不知所措地盯着她)您相信?

莫尼卡护士　相信所罗门国王。

默比乌斯　就是说，他在我面前显灵?

莫尼卡护士　他是在您面前显灵。

默比乌斯　每天?每夜?

莫尼卡护士　每天，每夜。

默比乌斯　那么您相信，他向我口授自然界的秘密?各个事物之间的相互联系?可能发明一切的体系?

莫尼卡护士　我相信这些。而且，如果您说还有大卫国王带着他的扈从也在您面前显灵，我也会相信的。我只知道一点：您没有病。这是我的感觉。

(静场。不一会儿默比乌斯跳了起来)

默比乌斯　莫尼卡护士!您走吧!

莫尼卡护士　(坐着不动)我不走。

默比乌斯　我再也不愿看见您了。

莫尼卡护士　您需要我。除我以外，您在这个世界上再没有别的人了。没有人了。

默比乌斯　相信所罗门国王那是要掉脑袋的。

莫尼卡护士　我爱您。

(默比乌斯无可奈何地凝视着莫尼卡护士，又坐了下去，静场)

默比乌斯　(轻声，沮丧地)您在重蹈覆辙。

莫尼卡护士　我并不为我自己担心，我是为您担心。牛顿和爱因斯坦都是危险分子。

默比乌斯　我和他们相安无事。

莫尼卡护士　多罗特娅和伊雷尼护士同他们的相处也是和睦的。但后来她们丧命了。

默比乌斯　莫尼卡护士，您向我表白了您的信仰和您的爱情。您迫使我现在也向您说说真心话。我同样爱您，莫尼卡。

（莫尼卡护士凝视着默比乌斯）

默比乌斯　我爱您甚于爱我的生命。但因此您有危险。因为我们相爱了。

（爱因斯坦从 2 号房间走出来，嘴里叼着烟斗）

爱因斯坦　我又醒了。

莫尼卡护士　瞧您，教授先生。

爱因斯坦　我忽然记起来了。

莫尼卡护士　哎呀，教授先生。

爱因斯坦　我勒死了伊雷尼护士。

莫尼卡护士　您别再想这些啦，教授先生。

爱因斯坦　（察看着自己的双手）我是不是什么时候还能拉一拉提琴？

（默比乌斯站起来，像要保护莫尼卡护士）

默比乌斯　您刚才已经拉过一回了。

爱因斯坦　还过得去吧？

默比乌斯　您拉的是《克罗采奏鸣曲》。当时警察就在这里。

爱因斯坦　《克罗采奏鸣曲》。谢天谢地。（表情开朗起来，但又阴沉下去）说起来我一点儿也不高兴拉提琴。烟斗我也不喜欢，它有一股怪味。

默比乌斯　那您就别抽好了。

爱因斯坦　可我又做不到。我是阿尔贝特·爱因斯坦。（敏锐地端详着面前两人）你们相爱了？

莫尼卡护士　我们相爱。

（爱因斯坦沉思着，向后头走去，走到被勒死的护士躺过的地方，注视着地上的粉笔记号）

爱因斯坦　伊雷尼护士和我也相爱过。什么事情她都愿意替我做。这个伊雷尼护士。我警告过她。我向她喊叫过。我把她当狗看待。我恳求她逃走。都没有用。她不走。她要跟我到乡下去，到科尔旺。她要跟我结婚。她甚至已经获得封·察思德博士小姐的同意。这时我把她勒死了。可怜的伊雷尼护士。世界上没有比狂暴更荒谬的事了，由于狂暴行为，女人们惨遭牺牲。

莫尼卡护士　（走近爱因斯坦）您还是去躺下吧，教授。

爱因斯坦　您可以称我阿尔贝特。

莫尼卡护士　请您理智些，阿尔贝特。

爱因斯坦　请您理智些，莫尼卡护士。听您情人的话，逃走吧！不然您就完了。（又转向2号房间）我还是睡觉去。（消失在2号房间）

莫尼卡护士　这个可怜的精神病人。

默比乌斯　他要您最终相信，您要爱我是不可能的。

莫尼卡护士　您没有疯。

默比乌斯　您把我看作疯子，也许比较明智些。您逃走吧！远离这里吧！快跑吧！否则，我还得像对待一只狗那样来对待您。

莫尼卡护士　您最好还是像对待一个情人那样对待我吧。

默比乌斯　您来，莫尼卡。（把她引到一张圈手椅旁，面对她坐下，握住她的双手）您听我说。我犯了一个严重的错误。我泄露了我的秘密，我没有对所罗门的显灵保持缄默。为此他让我服罪，终身服罪。理所当然。但您不应该为此也受到惩罚。在大家的眼里，您爱着一个精神病人。您无非是要承担不幸。您离开这里，忘掉我吧。这样做对我们俩都是上策。

莫尼卡护士　您要我吗？

默比乌斯　您为什么这样跟我说话？

莫尼卡护士　我要跟您睡觉，我要和您生孩子。我知道，我说这样的话是丢脸的，但您为什么不看着我呢？难道您不喜欢我了吗？我承认，我这身护士的穿戴是难看的。（从头上扯下了白软帽）我痛恨我的职业，五年来，我怀着人类之爱护理着这些病人。我从来没有嫌弃过谁，我在这儿是为大家服务的，我已经做出了牺牲。但是我现在要只为一个人做牺牲，为一个人尽职了，不是老为别的人。我要为我心爱的人，也就是为了您而生活。凡是您要求我的，我一概都去做，为了您，我要夜以继日地工作，只是您不要把我撵走！除了您，在这个世界上我就再没有别的人了！我确实也是孑然一身！

默比乌斯　莫尼卡，我必须把您撵走。

莫尼卡护士　（绝望地）难道您一点儿也不爱我吗?

默比乌斯　我爱您，莫尼卡。我的上帝，我爱您甚至爱得发狂啊!

莫尼卡护士　那您为什么背叛我?而且不仅是我?您说过，所罗门国王向您显灵。为什么您把他也给出卖了?

默比乌斯　（非常激动，抓住她）莫尼卡!关于我，您怎么看都行，把我看作一个懦夫好了，这是您的权力。我不配接受您的爱情。但对所罗门我是忠贞不渝的。他蓦地不招而来，闯入了我的生活。他滥用了我，毁灭了我的生活，但我没有背叛他。

莫尼卡护士　您说的可是真话?

默比乌斯　您怀疑吗?

莫尼卡护士　您认为必须为此服罪，因为您没有对他的显灵保守秘密。但是您之所以必须服罪，也许是因为您没有执行他的启示吧。

默比乌斯　（松开了她）我……不理解您的意思。

莫尼卡护士　他向您口授了可能发明一切的体系。您为他对您的信任奋斗过吗?

默比乌斯　可人家以为我疯了。

莫尼卡护士　您为什么这样没有勇气呢?

默比乌斯　处在我这种情况下，勇气是一种罪行。

莫尼卡护士　约翰·威廉，我已经同封·察思德博士小姐说过我们的事了。

默比乌斯　（凝视着她）您说过了?

莫尼卡护士　您自由啦。

默比乌斯　自由?

莫尼卡护士　我们可以结婚。

默比乌斯　我的上帝。

莫尼卡护士　封·察思德博士小姐什么都已经安排停当。虽然她认为您有病，但这种病并没有危险，而且没有遗传性。她说，她也许比您还疯呢，她说着，自己也笑了。

默比乌斯　这件事她做得真叫人称心。

莫尼卡护士　难道她不是一个出色的人物吗?

默比乌斯　那没话说。

莫尼卡护士　约翰·威廉！我已经在布卢门施泰因镇找到了一个护士工作。我有积蓄。我们用不着为生活操心。我们只管相亲相爱过日子就是了。

（默比乌斯站了起来。房间里渐渐暗下来）

莫尼卡护士　这不美妙吗？

默比乌斯　那还用说。

莫尼卡护士　您不高兴。

默比乌斯　我感到这样突然。

莫尼卡护士　我做的还不止这些。

默比乌斯　还做了什么？

莫尼卡护士　同著名物理学家舒伯特教授也谈过。

默比乌斯　他以前是我的老师。

莫尼卡护士　他记得很清楚，说您过去是他最优秀的学生。

默比乌斯　您还跟他谈了些什么？

莫尼卡护士　他答应我不带先入之见地审阅您的手稿。

默比乌斯　稿子是根据所罗门提供的内容写成的，这您也向他说明过了？

莫尼卡护士　当然。

默比乌斯　他怎么说？

莫尼卡护士　他笑了，说您总是爱开玩笑。约翰·威廉！我们不要只是想到我们自己。您是天意所择。所罗门向您显灵，在他的光华照射下向您启示，使您获得上天的智慧。现在，您就沿着这条为奇迹所规定的道路，毫不动摇地向前走吧，尽管在这条路上您要被讥讽和嘲笑，被冷眼旁观和怀疑。但它把您从这所疗养院引出来了。约翰·威廉，它把您引向公众，而不是引向孤独，它引导您去奋斗。我是来帮助你的，跟你一道奋斗。上天给你派来了所罗门，同时也派来了我。

（默比乌斯凝望着窗外）

莫尼卡护士　最亲爱的。

默比乌斯　亲爱的？

莫尼卡护士　你不高兴吗？

默比乌斯　很高兴。

莫尼卡护士 我们得收拾你的行李了。火车八点二十分开，去布卢门施泰因。（走进1号房间）

默比乌斯 （独自）东西可不多哇。

（莫尼卡护士捧着一堆手稿从1号房间出来）

莫尼卡护士 你的手稿。（将它们放在桌上）天已经黑了。

默比乌斯 现在天黑得早。

莫尼卡护士 我开灯去。然后收拾你的箱子。

默比乌斯 等等。上我这儿来。

（莫尼卡护士向默比乌斯走去。只有两个人的侧影还隐约可见）

莫尼卡护士 你眼眶里含着泪水。

默比乌斯 你也是。

莫尼卡护士 太幸福了。

（默比乌斯把窗幔扯了下来，并且蒙住了她。经过了短时间的搏斗，两个侧影不见了。接着一片寂静。3号房间的门开了，一束亮光射进室内。牛顿穿着他那个时代的服装站在门口。默比乌斯走向桌子，拿起手稿）

牛顿 发生什么事了？

默比乌斯 （走向自己的房间）我把莫尼卡·施泰特勒护士给勒死了。

（2号房间传来爱因斯坦拉提琴的声音）

牛顿 爱因斯坦又在拉提琴了。克赖斯勒的乐曲，像迷迭香一样美。（走近壁炉龛，取出白兰地）

第二幕

（一小时以后。在同一客厅。室外是黑夜。又来了警察。又是测量，记录，拍照。只是观众看不到躺在窗下右侧的莫尼卡·施泰特勒的尸体。客厅里灯光通明。玛蒂尔德·封·察思德博士小姐坐在沙发上。脸色阴沉，情绪沮丧。她面前的小桌上放着一盒雪茄。古尔拿着速记本坐在右侧外边的圈手椅上。巡官福斯头戴帽子，身穿大衣，转身离开尸体，走到前面来）

博士小姐 抽一支哈瓦那牌雪茄？

巡官 不啦，谢谢。

博士小姐 烧酒呢？

巡官　过一会儿。

（沉默）

巡官　布洛赫，现在你可以拍照啦。

布洛赫　是，巡官先生。

（拍照。镁光灯发出闪光）

巡官　护士叫什么名字？

博士小姐　莫尼卡·施泰特勒。

巡官　年龄？

博士小姐　二十五。布卢门施泰因人。

巡官　家属？

博士小姐　没有。

巡官　您记下这些证词了吗，古尔？

古尔　记下了，巡官先生。

巡官　也是勒死的吗，医生？

法医　一点儿不错。又使了大力士的气力。只是这一回用的是拉窗帘的绳子。

巡官　同三个月前一个样。（疲倦地在右侧前面的圈手椅上坐了下来）

博士小姐　现在您想不想见一见凶手……

巡官　请注意用词，博士小姐。

博士小姐　我是说想不想见一见肇事者？

巡官　我没有打算要见他。

博士小姐　但是……

巡官　封·察思德博士小姐，我做我职责范围内的事：搞一份记录，看一看尸体，拍几张照片，并由我们的法医做个鉴定。但默比乌斯我不想见。我把他交给您。这就算完事。还有其他两位放射性物理学家也一起交给您。

博士小姐　检察官呢？

巡官　他不再发怒了。他在考虑问题。

博士小姐　（擦了擦身上的汗）这里真热。

巡官　一点儿不热。

博士小姐　这第三起谋杀……

巡官　请注意用词，博士小姐。

博士小姐　在这个樱桃园里，我还正巴不得这第三起不幸事件呢。我可以辞职了。莫尼卡·施泰特勒是我最优秀的护理人员。她理解病人。她能够设身处地地体谅人。我像对自己的女儿那样疼爱她。然而她的死还不是最坏的，最坏的是我的医学声誉可就完了。

巡官　医学声誉会恢复的。布洛赫，再从上面拍一张照吧。

布洛赫　是，巡官先生。

（两个担任看护的彪形大汉推着一车餐具和饭菜从右侧进来。其中一个是黑人。他们几个都由大力士式看护长陪着）

看护长　博士小姐，这是给可爱的病人们准备的晚餐。

巡官　（跳了起来）乌韦·西韦斯。

看护长　有，巡官先生。乌西·西韦斯是前欧洲重量级拳击冠军。现在在樱桃园当看护长。

巡官　还有两位大力士呢？

看护长　穆里洛，南美角力冠军，也是重量级的。麦克阿瑟（指着那个黑人），北美冠军，中量级的。把桌子立起来，麦克阿瑟。

（麦克阿瑟把桌子立了起来）

看护长　桌布，穆里洛。

（穆里洛把白色桌布铺在桌上）

看护长　迈森碗碟，麦克阿瑟。

（麦克阿瑟分碗碟）

看护长　银叉匙，穆里洛。

（穆里洛分叉匙）

看护长　汤盆摆在中间，麦克阿瑟。

（麦克阿瑟把汤盆摆在桌上）

巡官　究竟给我们可爱的病号吃什么呀？（把汤盆盖子揭开）汆猪肝丸子汤。

看护长　烤仔鸡，煎嫩牛排。

巡官　妙极了。

看护长　一级菜。

巡官　我是十四级官员，所以在家里是不怎么讲究烹调法的。

看护长　饭菜摆好了，博士小姐。

博士小姐　您可以走了，西韦斯。由病人自理吧。

看护长　巡官先生，我们告辞了。

（三个人鞠躬，而后从右边出去）

巡官　（目送他们）真棒。

博士小姐　满意吗？

巡官　嫉妒。要是我们警察局有这样的人就好了……

博士小姐　薪金高得惊人。

巡官　毕竟您有大工业家和超百万女富翁做后盾，付得起呀。这几个汉子最终会使检察官放下心来的。谁也摆脱不了他们的看管。

（2号房间传来爱因斯坦拉提琴的声音）

博士小姐　又是《克罗采奏鸣曲》。

巡官　我知道。行板。

布洛赫　我们是不是该完事了，巡官先生？

巡官　那就再抬一回尸体，把它弄出去吧。

（两个警察把尸体抬起来。这时默比乌斯从1号房间冲出来）

默比乌斯　莫尼卡，我心爱的人！

（抬着尸体的警察停住了。博士小姐庄重地站起来）

博士小姐　默比乌斯！您刚才怎么可以干出这样的事来？您把我最好的护士杀死了，我最温柔的护士，我最甜蜜的护士！

默比乌斯　我实在感到难过，博士小姐。

博士小姐　难过。

默比乌斯　所罗门国王命令干的。

博士小姐　所罗门国王……（又坐下来，动作迟钝，脸色发白）国王陛下安排了这起凶杀。

默比乌斯　我站在窗前，凝望着夜色，这时国王从花园那边飘浮过来，他越过平台，趋近我的身边，隔着玻璃窗，向我悄悄地下达了这一命令。

博士小姐　请原谅，福斯，我的神经……

巡官　已经就绪了。

博士小姐 老让你们这样折腾。

巡官 我能够理解。

博士小姐 我回去啦。（站起来）福斯巡官先生，在我的疗养院里发生的这几起事件，请您向检察官转达我的遗憾。请您告诉他，现在一切都已得到了妥善处理。法医先生，先生们，谢谢你们啦。（先从左边走到后面，庄严地向尸体鞠躬，接着看了一会儿默比乌斯，然后从右边走出去）

巡官 好，现在你们终于可以把尸体抬到小礼拜堂去了，跟伊雷尼护士放在一起。

默比乌斯 莫尼卡！

（两个警察抬着尸体，其他人带着各种器械，穿过花园的门，下；法医跟在后面）

默比乌斯 我心爱的莫尼卡。

巡官 （走到沙发附近的小桌旁）现在我需要来一支哈瓦那，我已经配抽这支烟了。（从烟盒里取出一支粗大的雪茄，看了看）好不粗劣的玩意儿。（把烟叼在嘴里，点燃了它）亲爱的默比乌斯，壁炉栅后面藏着艾萨克·牛顿爵士的白兰地呢。

默比乌斯 拿出来喝吧，巡官先生。

（巡官吧嗒吧嗒吸着烟，默比乌斯拿出酒瓶和酒杯）

默比乌斯 给您斟一杯？

巡官 可以。（端起酒杯，一饮而尽）

默比乌斯 再来一杯？

巡官 再来一杯。

默比乌斯 （又斟一杯）巡官先生，我不得不请求您将我逮捕。

巡官 但这到底是为了什么呢，亲爱的默比乌斯？

默比乌斯 因为我确实把莫尼卡护士……

巡官 照您自己所说，您这是遵照所罗门国王的命令干的。只要我一天不能逮捕所罗门，您就自由自在一天。

默比乌斯 尽管如此……

巡官 不存在什么尽管如此。请再给我来一杯吧。

默比乌斯 请吧，巡官先生。

巡官 您把酒瓶收起来吧，不然男看护会把它喝光的。

默比乌斯 好，巡官先生。（收起白兰地酒瓶）

巡官 您瞧，我在这个小城和附近一带每年都逮捕几个杀人犯，不多，刚刚半打。有几个我是很高兴把他们抓起来的。其余的我同情他们。但尽管如此，我必须逮捕他们。正义总归是正义。后来您和您的两个同伴来了。起先不许我干预，真使我恼火。但现在呢？我一下子觉得这是一种享受了。我真想欢呼。我遇到了三个杀人犯，我心安理得，用不着逮捕他们。正义第一次放了假，这是一种深厚的感情。伸张正义，我的朋友，就要付出巨大的努力，人们在为它效力时消耗着自己。我实在需要休息。亲爱的，这一享受我应归功于你呀。再见吧。请替我向牛顿和爱因斯坦致以十分友好的问候。

默比乌斯 好的，巡官先生。

（巡官下，剩下默比乌斯一人。他坐在沙发上，双手揿着太阳穴。牛顿从3号房间走出来）

牛顿 吃什么啦？

（默比乌斯不语）

牛顿 （把汤盆盖子打开）汆猪肝丸子汤。（揭开桌上的其他饭菜）烤仔鸡，煎嫩牛排，难得吃到的珍馐。自从别的病人被转去新楼以后，平时晚饭我们吃得都很简单。（喝起汤来）不饿吗？

（默比乌斯沉默不语）

牛顿 明白啦。我的护士死了以后，我也不想吃东西。

（牛顿坐下吃汆猪肝丸子。默比乌斯站起来，想回他的房间去）

牛顿 您留下。

默比乌斯 什么事，艾萨克爵士？

牛顿 我得跟您谈一谈，默比乌斯。

默比乌斯 （停下来）谈什么呢？

牛顿 （指着桌上的菜）看来您不想尝一尝汆猪肝丸子汤，它味道可鲜哪。

默比乌斯 不想尝。

牛顿 亲爱的默比乌斯，我们不再由女护士护理了，我们由男看护们——几条彪形大汉——监视着。

默比乌斯　这是起不了任何作用的。

牛顿　对于您也许是这样，默比乌斯。您显然想要在精神病院里过一辈子。但是，它对我是起作用的，我是想出去的。（吃罢汆猪肝丸子）喏，让我们开始吃烤仔鸡吧。（动手吃）看护们迫使我采取行动，就在今天。

默比乌斯　这是您的事情。

牛顿　不完全是。说句实话，默比乌斯，我没有疯。

默比乌斯　当然没有疯喽，艾萨克爵士。

牛顿　我不是艾萨克·牛顿爵士。

默比乌斯　我知道。您是阿尔贝特·爱因斯坦。

牛顿　傻瓜。也不是像这里大家所认为的，是什么赫伯特·格奥尔格·博伊特勒。我的真实名字叫基尔顿，我的年轻人。

默比乌斯　（震惊地凝视着他）亚历克·贾斯帕·基尔顿？

牛顿　对。

默比乌斯　相应论的创始人？

牛顿　正是。

默比乌斯　（走到桌旁）您是怎么进这里来的？

牛顿　我以装疯的办法进来的。

默比乌斯　为了……侦破我？

牛顿　为了探知您疯的背景。我的地道的德语就是在我们的情报机关的所在地学会的。这是一种可怕的工作。

默比乌斯　而由于可怜的多罗特娅护士看出了真相，您就……

牛顿　对，我就那样做了。这件事使我再难过没有了。

默比乌斯　可以理解。

牛顿　命令毕竟是命令啊。

默比乌斯　那当然喽。

牛顿　我没有别的办法。

默比乌斯　当然没有。

牛顿　我的使命就是完成我们情报机关最机密的任务，现在它发生了问题，为了避免使人怀疑，我不得不杀人。多罗特娅护士不再认为我是疯子，女主任医生认为我病势并不严重。这就需要通过一起凶杀来最后证明我精神错乱。您哪，这烤仔鸡可实在是好吃极了。

（2 号房间传来爱因斯坦拉提琴的声音）

默比乌斯 听，爱因斯坦又在拉提琴了。

牛顿 巴赫的加伏特舞曲。

默比乌斯 他的饭菜都凉了。

牛顿 您让这疯子安安静静地拉下去吧。

默比乌斯 您想威胁我？

牛顿 我无限尊敬您。如果迫不得已要对您采取断然措施，那会使我感到难过。

默比乌斯 您的任务是来绑架我？

牛顿 假如我们的情报机关对您的猜疑得到证实的话。

默比乌斯 什么怀疑？

牛顿 通过一个偶然的机会，我们发现您是当代最有天才的物理学家。

默比乌斯 我是个严重的精神病患者，不足道哇，基尔顿。

牛顿 我们的情报机关对此有不同的看法。

默比乌斯 那么您对我是怎样想的呢？

牛顿 我毫不含糊地认为您是有史以来最伟大的物理学家。

默比乌斯 那么，您的情报机关是怎样找到我的踪迹的呢？

牛顿 通过我。我偶然读到您的一篇关于新物理学基础的学术论文。起初我把它当作一种消遣。后来我眼前豁然开朗——我面前的这篇论文原来是近代物理学方面最有天才的人写的文献。我开始探索它的作者，但搞不下去。接着我把这情况报告给情报机关，他们继续搞下去了。

爱因斯坦 您不是这篇论文的唯一读者，基尔顿。（腋下夹着提琴，手里拿着弓弦，悄悄地从 2 号房间出来）其实我也没有疯。我可以自我介绍一下吗？我也是物理学家，一个情报机关的成员。但是一个与众不同的情报机关的成员。我的名字是约瑟夫·艾斯勒。

默比乌斯 艾斯勒效应的发现者？

爱因斯坦 正是。

牛顿 一九五〇年失踪了。

爱因斯坦 自愿的。

牛顿　（突然拔出一支手枪）艾斯勒，我可不可以请您把脸转过去，对着墙壁？

爱因斯坦　当然可以喽。（若无其事地缓步向壁炉走去，把提琴放在炉台上，然后霍地转过身来，手里握着一支手枪）我最友好的基尔顿，我想，由于我们俩都很善于使用武器，所以我们还是尽可能避免一次决斗好，您不这样认为吗？我愿意把我的勃朗宁手枪放在一边，假如您也把您的科尔特手枪……

牛顿　同意。

爱因斯坦　放到炉栅后头，跟白兰地一起，免得看护突然出现。

牛顿　很好。

（两人把手枪放到炉栅后头）

爱因斯坦　您把我的计划打乱了，基尔顿，我曾经真的以为您是疯了呢。

牛顿　您可以自慰，我也曾认为您疯了。

爱因斯坦　有些事根本搞得不好，比如今天下午发生的伊雷尼护士的事。她起了怀疑，于是就对她判了死刑。这件事使我极为难过。

默比乌斯　可以理解。

爱因斯坦　命令毕竟是命令啊。

默比乌斯　那还用说。

爱因斯坦　我没有别的法子可想。

默比乌斯　当然没有。

爱因斯坦　我的使命就是完成我的情报机关的最机密的任务，它也发生了问题。让我们坐下好吗？

牛顿　我们坐下吧。

（牛顿坐在桌子左边，爱因斯坦在右边）

默比乌斯　艾斯勒，我估计您也是想逼迫我……

爱因斯坦　您说哪里话，默比乌斯。

默比乌斯　说服我到贵国去。

爱因斯坦　我们毕竟也把您当作最伟大的物理学家。但我现在很想吃这顿晚餐。这是最纯洁的刽子手的盛宴。（喝汤）胃口还一直不好，默比乌斯？

默比乌斯　是呀，很突然，就在现在，在你们探出我的底蕴的现在。（紧

挨着桌子坐在两个人的中间，和他们一起喝起汤来）

牛顿　要不要来杯勃艮第酒，默比乌斯？

默比乌斯　请斟吧。

牛顿　（斟酒）我来吃煎嫩牛排。

默比乌斯　您不必客气。

牛顿　吃吧。

爱因斯坦　吃。

默比乌斯　吃。

（他们正在吃，三个看护从右边出来；看护长手里拿着笔记本）

看护长　患者博伊特勒！

牛顿　有。

看护长　患者埃内斯蒂！

爱因斯坦　有。

看护长　患者默比乌斯！

默比乌斯　有。

看护长　我是看护长西韦斯，这两位是看护穆里洛，看护麦克阿瑟。（把笔记本放回去）奉当局的指示，首先要采取一定的安全措施。穆里洛，上窗格子。

（穆里洛把窗子上面备用的窗格子放下来。屋子里一下子就形成了一种牢房的气氛）

看护长　麦克阿瑟，上锁。

（麦克阿瑟把窗格子锁上）

看护长　先生们，今夜还有什么要求吗？患者博伊特勒？

牛顿　没有。

看护长　患者埃内斯蒂？

爱因斯坦　没有。

看护长　患者默比乌斯？

默比乌斯　没有。

看护长　先生们，我们告辞了，晚安。

（三个看护下。场上寂静）

爱因斯坦　一群畜生。

牛顿　花园里还有些彪形大汉在监视呢。我早就从我的窗口注意到他们了。

爱因斯坦　（站起来端详窗格子）很牢固。有一把专门的锁。

牛顿　（走向他的房间，推开门，朝里看了看）在我的窗上一下子也上了窗格子，就像施了魔法似的。（打开后头另两个房间的门）艾斯勒的窗子也一样。还有默比乌斯的。（走向右边的门）锁上了。

（牛顿又坐了下来。爱因斯坦也坐下）

爱因斯坦　被捕了。

牛顿　合乎逻辑。我们和我们的护士们一道成了牺牲品。

爱因斯坦　现在我们只有共同行动，才能离开疯人院。

默比乌斯　我才不愿意逃走呢。

爱因斯坦　默比乌斯……

默比乌斯　我认为没有丝毫的理由要逃走，恰恰相反，我对我的命运很满意。

（沉默）

牛顿　我对此可不感到满意。这是一个相当重要的关头，您不觉得吗？我尊重您个人的感情。但您是一个天才，并且是作为全人类的财富而存在的。您突入了物理学的一些领域，但是科学并没有跟你订立典当的契约。对于我们这些非天才之辈，您也有义务把科学的大门向我们打开。跟我走吧，一年之内，我们准让您穿上燕尾服，把您送到斯德哥尔摩，去接受诺贝尔奖的奖金。

默比乌斯　您的情报机关真高尚。

牛顿　我承认，默比乌斯，对我的情报机关产生影响的首先是猜测，认为您也许能够解决万有引力问题。

默比乌斯　是的。

（寂静）

爱因斯坦　您这样回答是心安理得的吗？

默比乌斯　不然我到底该怎么说呢？

爱因斯坦　我的情报机关认为，您也许能解决基本粒子的统一论。

默比乌斯　我也可以向您的情报机关告慰，统一的磁场论找到了。

牛顿　（用手巾擦去额上的汗珠）世界公式。

爱因斯坦　笑话。多少薪俸优厚的物理学家，在国立大图书馆里钻研物理，花了好几年工夫毫无所获，而您在疯人院的写字台旁就顺便解决了。（也用手巾擦去额上的汗珠）

牛顿　那么，默比乌斯，各种可能发明一切的体系呢？

默比乌斯　这也是有的。我出于新奇把它提了出来，作为我的论文的实践性要点。我应该扮演无辜者的角色吗？有所想，就有所得。研究我的空间论和万有引力论可能产生的实际作用，这是我的义务。结果是灾难性的。一旦我的探索被人们掌握，新的、难以想象的能量将释放出来，并将产生一种可以嘲笑任何幻想的技术。

爱因斯坦　这几乎是不可避免的。

牛顿　问题就在于，谁首先掌握它。

默比乌斯　（笑起来）基尔顿，您是希望这一运气属于您的情报局及其后台陆军参谋部？

牛顿　为什么不呢？为了把一位空前伟大的物理学家引回到物理学家的队伍里来，我觉得不论哪个总参谋部，都是值得尊崇的。

爱因斯坦　对我来说，只有我的总参谋部才是值得尊崇的。我们向人类提供强大的实力手段。这给了我们提出条件的权力。我们必须抉择，我们的科学为谁的利益服务，我已经做出抉择了。

牛顿　胡说，艾斯勒。这涉及我们科学的自由，仅此而已。我们得从事开拓性的工作，除此以外，还有什么呢？至于人类会不会走去我们为之开辟的道路，这是他们的事情，与我们无关。

爱因斯坦　基尔顿，您是一个可怜的唯美论者。如果您的问题仅仅是要求科学的自由，那么您为什么不到我们这边来呢？我们早已不再左右物理学家的行动了。我们也需要做出成绩来。我们的政治制度对于科学也是十分顺从的。

牛顿　艾斯勒，我们两家的政治制度现在得首先顺从默比乌斯。

爱因斯坦　相反，他必将听从我们。我们俩将最终决定他的行动。

牛顿　真的吗？恐怕更多的是，要考虑我们得对自己的行动做出决定。

可惜我们的情报机关已经得出同样的看法。如果默比乌斯跟您走，我是无法反对的，因为反对的话您会加以阻止。而如果默比乌斯决心为我们效劳，您也毫无办法。在这里可以选择的是他，而不是我们。

爱因斯坦　（庄严地站起来）让我们把手枪拿来吧。

牛顿　（也站起来）让我们决斗吧。

（牛顿从壁炉栅后面取出两支手枪，把爱因斯坦的那支给了他）

爱因斯坦　我很遗憾，事情落得个流血的结局。但是我们不得不开枪。互相瞄准，当然还得对着看护人员，迫不得已的时候还要对着默比乌斯。尽管他是世界上最重要的人物，但他的手稿更为重要。

默比乌斯　我的手稿？我把它烧掉了。

（死一般寂静）

爱因斯坦　烧掉了？

默比乌斯　（窘状）不多一会儿，就在警察到来之前。为保险起见。

爱因斯坦　（爆发出一阵绝望的大笑）烧掉了。

牛顿　（暴跳如雷）十五年的劳动啊。

爱因斯坦　真要叫人发疯。

牛顿　人们都知道，我们已经疯了嘛。

（他们收起手枪，颓丧地坐在沙发上）

爱因斯坦　这样一来，我们最终得听您支配了，默比乌斯。

牛顿　而且为此我不得不把一个护士勒死，并不得不学习德语。

爱因斯坦　这期间我却向人家学拉小提琴，这对一个于音乐一窍不通的人来说是酷刑啊。

默比乌斯　我们不吃下去了？

牛顿　没有胃口了。

爱因斯坦　可惜这煎嫩牛排。

默比乌斯　（站起来）我们是三个物理学家。我们要采取的抉择是物理学家的抉择。我们必须持科学态度。我们不能让观点，而要让逻辑的结论来决定我们的弃取。我们必须设法找到理智的东西。我们不可犯思维性的错误，因为错误的结论必定要导致灾难。出发点是清楚的。我们三个人都有相同的目标，但我们的策略歧异。目标就是物理学的发展。您，基尔顿，您想保护物理学的自由而拒绝它承担义务。您呢，艾斯勒，您正相反，您要物理学为某一国家的实力政策承担义务。但目前，现实情况是怎样的呢？如果要我做出决定的话，我要求给我详细谈谈这方面的情况。

牛顿 有几个著名的物理学家在等待您。薪俸和居住条件都很理想，那一带地区气候恶劣，但空调设备是再好不过的。

默比乌斯 这些物理学家都自由吗？

牛顿 亲爱的默比乌斯，这些物理学家都表示要解决对于国防有决定意义的科学问题。因此您务必明白……

默比乌斯 哦，是不自由的。（转向爱因斯坦）约瑟夫·艾斯勒，您搞实力政策，然而它是要有权力的。您拥有权力吗？

爱因斯坦 您误解我了，默比乌斯。我的实力政策恰恰在于，为了党的利益，我已经放弃了我的权力。

默比乌斯 您能够本着您的责任感左右党吗？或者您正遇到被党左右的危险？

爱因斯坦 默比乌斯！这太可笑了。我当然只能希望党听从我的建议，仅此而已。现在这个时候，没有希望那就无所谓有政治态度了。

默比乌斯 起码，您的物理学家是自由的吧？

爱因斯坦 由于他们也要为国防……

默比乌斯 真怪。向我赞颂的理论各人不同，但人们向我呈示的现实却是一样的——一座监狱。因此我宁愿住我的疯人院。这样至少可以保证我不被政治家们所利用。

爱因斯坦 冒一定的风险毕竟是免不了的。

默比乌斯 有的风险是切不可冒的，人类的毁灭就是属于这样的风险。世界用它所拥有的武器正在造成什么灾难，这我们是知道的；它用那些我们促使其产生的武器将会招致什么，这我们是能够想象的。我的行动服从于这一观点。我从小就很穷。我有过一个老婆和三个孩子。大学里的名誉曾向我招手，工业界的金钱曾向我眨眼示意。两条路都太危险了。我若是把我的著作发表，其结果可能就是我们科学事业的崩溃和经济结构的解体。责任迫使我走另一条路。我放弃了在科学上飞黄腾达的念头，摈除了在工业中发财致富的想法，并把我的家庭交由命运去安排。我选择了装疯卖傻的办法，假托所罗门国王向我显灵，于是人家把我关进了疯人院。

牛顿　这可解决不了问题呀！

默比乌斯　理智要求这样做。我们在科学上已经到达可知物的界限了。我们知道了几种可以精确把握的规律，弄清了一些不可理解的现象之间的几种基本关系，这就是一切，剩下的很大部分还是个秘密，智力难于接近。我们已经到达我们所走的道路的尽头，但是人类还没有走到这么远。我们已经打了前哨战，而眼下没有后继者。我们已突入阒无一人的地带。我们的科学已经变得恐怖，我们的研究是危险的，我们的认识是致命的。现在摆在我们物理学家面前的唯一出路是向现实投降。我们是不能同现实相抗衡的，它正从我们的身边走向毁灭。我们必须把我们的知识收回来，而我已经把它收回来了。没有别的解决办法，对你们也一样。

爱因斯坦　您这番话想说明什么？

默比乌斯　你们有秘密发报机吧？

爱因斯坦　啊，要这个？

默比乌斯　你们向给你们布置任务的上司报告，说你们搞错了，默比乌斯确实是疯了。

爱因斯坦　那我们一辈子就得蹲在这里啦。

默比乌斯　是的

爱因斯坦　失败了的间谍，再也没有人会理睬他了。

默比乌斯　正是。

牛顿　啊，这样？

默比乌斯　你们和我一起待在疯人院里。

牛顿　我们？

默比乌斯　你们两位。

（沉默）

牛顿　默比乌斯！您可不能要求我们永远……

默比乌斯　我还保持着秘密身份，这是我唯一侥幸的。只有在疯人院里我才有自由，只有在疯人院里我才可以思考。在外面，我们的思想是爆炸品。

牛顿　可我们毕竟并没有疯啊。

默比乌斯　然而是杀人犯。

（牛顿和爱因斯坦惊愕地凝视着默比乌斯）

牛顿　我抗议！

爱因斯坦　您可不能这样说哇，默比乌斯！

默比乌斯　杀了人就是杀人犯，而我们都杀人了。我们每个人都曾经有一项进院的任务。我们每个人都曾经为了实现某一个特定的目的而杀害了自己的护士。你们杀害护士是为了不暴露你们的秘密使命，而我呢，由于莫尼卡护士信任我，把我当作一个被埋没的天才。她不理解，今天一个天才的义务就是永远让人误解。杀人是比较可怕的事情。我杀了人，这样，一种更为可怕的屠杀就不会发生。现在你们来了。我固然不能除掉你们，但或许能说服你们。我们杀人难道是毫无意义的吗？我们要么牺牲，要么被杀。我们不住疯人院，世界就要变成一座疯人院。我们不在人们的记忆中消失，人类就要消失。

（沉默）

牛顿　默比乌斯！

默比乌斯　基尔顿？

牛顿　这所疗养院，这些可怕的看护，这个驼背的女医生！

默比乌斯　怎么啦，他们？

爱因斯坦　他们把我们像对待野兽似的关着！

默比乌斯　我们是野兽嘛，人家不能让我们到处乱跑，去袭击人类。

（沉默）

牛顿　难道真的就没有别的出路了吗？

默比乌斯　没有。

（沉默）

爱因斯坦　约翰·威廉·默比乌斯，我是个正直的人。我留下来。

（沉默）

牛顿　我也留下来，永远留在这里。

（沉默）

默比乌斯　我们这次小小的晤谈机会使世界幸免于难。为此我感谢你们。（举起酒杯）为哀悼我们的护士们干杯！

（他们庄严地站了起来）

牛顿 我为哀悼多罗特娅·莫塞尔干杯。

其余二人 为哀悼多罗特娅护士干杯！

牛顿 多罗特娅！出于迫不得已，我把你作为牺牲品。为了你的爱情，我给了你死亡。我决不辜负你的心意。

爱因斯坦 我为伊雷尼·施特劳布干杯。

其余二人 为伊雷尼护士干杯！

爱因斯坦 伊雷尼！出于迫不得已，我把你作为牺牲品。现在我要用理智的行动来表彰你，赞美你的献身。

默比乌斯 我为哀悼莫尼卡·施泰特勒干杯。

其余二人 为哀悼莫尼卡护士干杯！

默比乌斯 莫尼卡！出于迫不得已，我把你作为牺牲品。我们三位物理学家以你的名义结下了友谊，现在在祝福你的爱情。给我们力量吧，让我们作为傻瓜忠实地保守我们的科学秘密。

（他们干杯，把杯子摆在桌上）

牛顿 我们重新变成疯子吧。就让我们化作牛顿的幽灵吧。

爱因斯坦 我们照旧胡拉那些克赖斯勒和贝多芬的乐曲好了。

默比乌斯 我们照旧让所罗门显灵。

牛顿 发疯，但聪明。

爱因斯坦 囚禁，但自由。

默比乌斯 物理学家，但一身清白。

（三个人互相示意，走向自己的房间。客厅里空无一人。麦克阿瑟和穆里洛从右边上场。两人各穿一身黑制服，头戴便帽，腰间别着手枪。他们把桌子收拾干净。麦克阿瑟推着装有餐具的车子从右边出去。穆里洛把圆桌摆在右侧的窗前，桌上放着翻过来的椅子，就像在酒馆里打扫一样。接着穆里洛也从右边出去。客厅又空无一人。然后玛蒂尔德·封·察思德博士小姐从右边上场，同往常一样穿着白大褂，带着听诊器。她环顾了一下四周。最后西韦斯也来了，也穿着同式的黑制服）

看护长 老板！

博士小姐 西韦斯，把画像拿来。

（麦克阿瑟和穆里洛抬着一个镀金的沉重的画框进来，框子里嵌着一个将军的巨幅肖像。西韦斯把旧的肖像取下来，把新的换上去。

博士小姐　莱昂尼达斯·封·察思德将军的画像在这里比在女人们那里保管得更好。尽管这位老战士甲状腺肿大，看起来总还那样英俊威武。他崇尚英勇的死，而今在这所房子里就发生了这类事情。

博士小姐　（端详着父亲的肖像）为此，那个枢密顾问的像就要挪到百万富翁女的病房去了。先不妨暂时把它放在过道里。

（麦克阿瑟和穆里洛抬着画像朝右边出去）

博士小姐　总经理弗勒本率他的英雄们来了吗？

看护长　他们都在绿色客厅里等候。我要不要把香槟和咸味鱼子罐头准备好？

博士小姐　这些杰出人物来到这里，不是为了大吃大喝，而是为了工作。

（博士小姐在沙发上坐下。麦克阿瑟和穆里洛从右侧下）

博士小姐　西韦斯，现在你去把他们三个都叫来。

看护长　是，老板。（走向1号房间，把门打开）默比乌斯，出来！

（麦克阿瑟和穆里洛分别打开2号门和3号门）

穆里洛　牛顿，出来！

麦克阿瑟　爱因斯坦，出来！

（牛顿、爱因斯坦和默比乌斯个个喜气洋洋地走出来）

牛顿　一个充满神秘的夜晚。无穷而崇高。透过我的铁窗棂，木星和土星向我闪烁，宣示宇宙的法则。

爱因斯坦　一个幸福的夜晚。心情舒坦而愉快。谜底沉默着。疑问不说话。我想拉提琴，再也不休止。

默比乌斯　一个庄严肃穆的夜晚。湛蓝的天空，虔诚的星月。强大的国王之夜。他白色的影子从墙上消失，他的双眸炯炯有神。

（沉默）

博士小姐　默比乌斯，根据检察官的规定，只有在一个看守在场的情况下，我才可以跟您谈话。

默比乌斯　明白，博士小姐。

博士小姐　我要说的也跟您的两位同事，即亚历克·贾斯帕·基尔顿和约瑟夫·艾斯勒有关。

（两人惊奇地凝视着她）

牛顿　您……知道了？

（两人想掏手枪，但手枪被穆里洛和麦克阿瑟缴下）

博士小姐　先生们，你们的谈话，我们已经窃听到了。我早就产生怀疑。麦克阿瑟和穆里洛，把基尔顿和艾斯勒的秘密发报机拿来！

看护长　你们三个把手举到脖子后头！

（默比乌斯、爱因斯坦和牛顿一一把手举到脖子后头。麦克阿瑟和穆里洛走进2号和3号房间）

牛顿　滑稽！（独自鬼怪似的大笑起来）

爱因斯坦　我不明白……

牛顿　可笑！（又大笑起来，忽又敛住）

（麦克阿瑟和穆里洛抱着秘密发报机回来）

看护长　把手放下！

（物理学家们顺从地把手放下。沉默）

博士小姐　打开聚光灯，西韦斯。

看护长　是，老板。

（他抬起手，随即外边亮起了聚光灯，刺眼的强光照射着三位物理学家。同时西韦斯把室内的电灯关掉）

博士小姐　这座别墅已换上看守担任警戒。试图逃跑是毫无意义的。（转身向着看护们）你们三位出去！

（三个看护拿着武器和器械离开客厅。沉默）

博士小姐　只有你们可以知道我的秘密。因为当你们知道这件事情时，你们就再也不起作用了。

（沉默）

博士小姐　（庄严地）所罗门金冠国王向我显灵了。

（三个人惊讶地盯着她）

默比乌斯　所罗门？

博士小姐　这些年都是这样。

（牛顿轻轻地笑起来）

博士小姐　（坚定不移地）最初在我的办公室，在一个夏日的傍晚，外面太阳还没有落山，花园里啄木鸟在啄木，突然，金冠国王迎面飘飘而来，像一位伟大的天使。

爱因斯坦 她发疯了。

博士小姐 他的目光不离开我，他的双唇启动。他开始同他的侍女说话。他死而复生了，他要重新掌握他在尘世曾经拥有的权力，他为了让默比乌斯代表他来统治尘寰而展示了他的智慧。

爱因斯坦 得把她隔离起来，她应该进疯人院。

博士小姐 但是默比乌斯背叛了他。他试图对不能守口如瓶的东西守口如瓶。因为已经向他披露过的事情，就不是秘密了。因为那是可以想象的。一切可以想象的事情迟早都会被想到的。凡是所罗门发现的东西，其他人也可能发现，金冠国王的事业应当存在，那是他对世界进行神圣统治的手段，于是他寻访我这个卑贱的女佣人。

爱因斯坦 （急切地）您疯了。听到没有，您疯了。

博士小姐 他命令我废黜默比乌斯，并接替他的统治地位。我听从了这个命令。我以前是医生，默比乌斯是我的病人，我可以按照我的意愿对待他。我曾对他进行麻醉，几年之久，一再这样做。我拍摄了金冠国王口授的记录，直到我得到最后几页为止。

牛顿 您神经错乱了！完全错乱了！您该明白了！（轻声地）我们大家都神经错乱了。

博士小姐 我小心翼翼地行事。起先我只利用了少数几项发明，筹集了必要的资本。然后我兴建大型工程，开设了一个又一个工厂，建立起一个强大的托拉斯。先生们，我将充分利用这个可能发明一切的体系。

默比乌斯 （急切地）玛蒂尔德·封·察思德博士小姐，您病了。所罗门不是真的。他从来没有向我显过灵。

博士小姐 您撒谎。

默比乌斯 他纯粹是我编造出来的，这是为了保守我所发现的秘密。

博士小姐 您否认他了。

默比乌斯 清醒清醒吧，您要明白，您已经疯了。

博士小姐 跟您一模一样，没有疯。

默比乌斯 那我不得不向全世界揭露事实真相。您剥削我这么多年。无耻。您甚至还要我可怜的妻子付钱。

博士小姐 您是无能为力了，默比乌斯，即使您的声音冲到世界上去，大家也不会相信您了。因为对于公众来说，您无非是一个危险的疯子。理由是您杀了人。

（三个人预感到她要说什么）

默比乌斯 莫尼卡？

爱因斯坦 伊雷尼？

牛顿 多罗特娅？

博士小姐 我曾经只想到一件事情。所罗门的知识必须妥善地加以保存，你们的背叛必须受到惩罚。为使你们变得无害于我，我引导你们杀人。我指使三个护士跟着你们。我计算到你们将如何动作，你们犹如自动仪器那样可以控制，你们犹如刽子手那样杀了人。

（默比乌斯想朝她扑过去，被爱因斯坦拦住）

博士小姐 默比乌斯，向我攻击是毫无意义的，就好比你曾经烧毁你的手稿一样毫无意义，因为你的手稿已被我掌握了。

（默比乌斯转身走开）

博士小姐 包围你们的已不再是疗养院的围墙。这座房子是我的托拉斯的金库。它关着三个物理学家，除我以外，只有这三人知道事情的真相。监禁你们的并不是精神病人的看守：西韦斯是我公司的警卫的负责人。你们跑到你们自己的监狱里来了。所罗门过去通过你们进行思考，通过你们采取行动，现在他通过我来毁灭你们。

（沉默。博士小姐平心静气地说着这一切）

博士小姐 我已经接管了他的权力。我无所畏惧。我的疗养院里有的是患精神病的亲戚，他们戴着首饰，佩着勋章。我是我们家族中最后的苗裔，是末代。我不会生育，只是还比较讲仁爱。所罗门是怜悯我的。他拥有成千个女人，但选择了我，这一来我将比先辈们更为强大。我的托拉斯将控制一切，将夺取各个国家，各大洲；将拿下太阳系，遨游仙女星座。计算准确无误。不是为了造福世界，但有利于一个驼背老处女。

（她摇了一下小铃铛，看护长从右边上）

看护长 有什么吩咐，老板？

博士小姐 我们走吧，西韦斯。董事长在等我们呢。世界性业务已经开始。生产正在进行。

（她和看护长从右边出去。只剩下三个物理学家。静场。整个戏都演完了。沉默）

牛顿 完了。（在沙发上坐下）

爱因斯坦 世界落入一个癫狂的精神病女医生手里了。（傍着牛顿坐下）

默比乌斯 凡是一度想出来的东西，都再也收不回了。（坐在沙发左边的圈手椅上）

（沉默。他们坐着发呆，然后完全心平气和地讲话，显然，是直接向观众做自我介绍）

牛顿 我是牛顿。艾萨克·牛顿爵士。一六四三年一月四日生于格兰瑟姆附近的伍尔索普。我是皇家学会会长。但谁也用不着因此起立。我写过：自然科学的数学基础。我说过：假设不是定理。在实验光学、理论力学、高等数学方面，我的成就不是不重要的，但重力的本质问题还悬而未决。我还写过一些神学方面的书，评述先知丹尼尔和约翰《启示录》。我是牛顿，艾萨克·牛顿爵士。我是皇家学会会长。（站起来向房间走去）

爱因斯坦 我是爱因斯坦，阿尔贝特·爱因斯坦教授。一八七九年三月十四日生于乌尔姆。一九〇二年我成为设在伯尔尼的瑞士联邦专利局的专家，在那里，我提出了我独创的相对论，它改变了物理学。尔后我成为普鲁士科学研究院院士。后来我成为流亡者，因为我是犹太人。我创立了 $E = mc^2$ 的公式，这是使物质转化成能量的钥匙。我热爱人类，热爱我的小提琴，但是，人们根据我的建议制造了原子弹。我是爱因斯坦，阿尔贝特·爱因斯坦教授。一八七九年三月十四日生于乌尔姆。

（爱因斯坦站起来走进他的房间。然后听到他在拉琴——克赖斯勒的《爱情的痛苦》）

默比乌斯 我是所罗门，我是可怜的所罗门国王。我一度曾无比富有，聪明而敬神。强权者曾经为了我的权力发抖。我是和平和正义的君主。但是我的智慧摧毁了我的敬神精神。而当我不再敬神的时候，我的智慧摧毁了我的财富。现在，我统治过的那座城市死亡了；人家信托给我的王国已不复存在。一片闪烁着蓝光的沙漠，被辐射的地球在一个地方围绕着一颗小小的、黄色的、无名的星星转动，毫无意义，无休无止。我是所罗门，我是所罗门，我是可怜的国王所罗门。

（默比乌斯走向他的房间。现在客厅空了，只有爱因斯坦的小提琴声还清晰可闻）

——剧终

选自《老妇还乡：迪伦马特喜剧选》，外国文学出版社 2002 年版

编选理由：

当听到默比乌斯说出“我们不住疯人院，世界就要变成一座疯人院”这句话时，我们可以感受到作者露骨的言外之意。从这个情节不断转折的“喜剧”中，我们也许可以觉察到迪伦马特对于这个由资本和科学主义所主宰的世界的深切担忧。在由人工智能所敞开的“后人类时代”即将到来之际，我们重读迪伦马特的这个发表于 1962 年的二幕喜剧，还是很有意义的。

现在客厅空了。

只有爱因斯坦的小提琴声还清晰可闻。

第六辑　杂　篇

获麟解

〔唐〕韩愈

麟之为灵昭昭也。咏于《诗》，书于《春秋》，杂出于传记百家之书；虽妇人小子皆知其为祥也。

然麟之为物，不畜于家，不恒有于天下。其为形也不类，非若马牛犬豕豺狼麋鹿然；然则，虽有麟，不可知其为麟也。

角者吾知其为牛，鬣者吾知其为马，犬豕豺狼麋鹿，吾知其为犬豕豺狼麋鹿，惟麟也不可知；不可知，则其谓之不祥也亦宜。虽然，麟之出，必有圣人在乎位。麟为圣人出也；圣人者，必知麟，麟之果不为不祥也?

又曰：麟之所以为麟者，以德不以形。若麟之出不待圣人，则谓之不祥也亦宜。

选自《韩愈全集》，钱仲联、马茂元校点，上海古籍出版社 1997 年版

编选理由：

全文一百八十余字，笔意随处曲折，而胸中积郁，或隐或现，亦轻亦重，层层转进，遂成妙文。阿根廷的博尔赫斯在读到韩愈这篇短文之后，从中辨识出了卡夫卡的声音，因而认为韩愈也是卡夫卡的先驱者之一。这当然是他的误解。不过，博尔赫斯的着眼点在于，麒麟（博尔赫斯称为独角兽）是一种记载于典籍，

人人都在谈论，但谁都没有真正见过的动物。它的形象有点儿类似于上帝，也类似于卡夫卡《城堡》中的管理者——其共同之处是无处不在，人人都声称见过他们，而他们从不真正现身。

唐狄梁公碑

〔北宋〕范仲淹

天地闭，孰将辟焉？日月蚀，孰将廓焉？大厦仆，孰将起焉？神器坠，孰将举焉？岩岩乎克当其任者，唯梁公之伟欤！公讳仁杰，字怀英，太原人也。祖宗高烈，本传在矣。

公为子极于孝，为臣极于忠。忠孝之外，揭如日月者，敢歌于庙中。公尝赴并州掾，过太行山，反瞻河阳，见白云孤飞，曰："吾亲在其下。"久而不能去，左右为之感动。《诗》有陟岵陟屺，伤君子于役，弗忘其亲，此公之谓欤！于嗟乎，孝之至也，忠之所繇生乎！

公尝以同府掾当使绝域，其母老疾，公谓之曰："奈何重太夫人万里之忧？"诣长史府请代行。时长史、司马方眦睚不协，感公之义，欢如平生。于嗟乎，与人交而先其忧，况君臣之际乎！

公为大理寺丞，决诸道滞狱万七千人，天下服其平。武卫将军权善才坐伐昭陵柏，高宗命戮之，公抗奏不却。上怒曰："彼致我不孝。"左右筑公令出。公前曰："陛下以一树而杀一将军，张释之所谓假有盗长陵一抔土，则将何法以加之？臣岂敢奉诏，陷陛下于不道？"帝意解，善才得恕死。于嗟乎，执法之官，患在少恩，公独爱君以仁，何所存之远乎！

高宗幸汾阳宫，道出妒女祠下。彼俗谓盛服过者，必有风雷之灾。并州发数万人别开御道。公为知顿使，曰："天子之行，风伯清尘，雨师洒道，彼何害哉！"遽命罢其役。又公为江南巡抚使，奏毁淫祠千七百所，所存惟夏禹、太伯、季子、伍员四庙。曰："安使无功血食，以乱明哲之祠乎？"于嗟乎，神犹正之，而况于人乎！

公为宁州刺史，能抚戎夏，郡人纪之碑。及迁豫州，会越王乱后，缘坐者七百人，籍没者五千口。有使促行刑，公缓之，密表以闻曰："臣言似理逆人，不言则辜陛下好生之意。表成复毁，意不能定。彼咸非本心，唯陛下矜焉。"敕贷之，流于九原郡。道出宁州旧治，父老迎而劳之曰："我狄使君活汝辈耶？"相携哭于碑下，斋三日而去。于嗟乎，古谓民之父母，如公则过焉。斯人也，死而生之，岂父母之能乎！

时宰相张光辅率师平越王之乱，将士贪暴，公拒之不应。光辅怒曰："州将忽元帅耶？"对曰："公以三十万众除一乱臣，彼胁从辈闻王师来，乘城而降者万计，公纵暴兵杀降以为功，使无辜之人肝脑涂地。如得尚方斩马剑加于君颈，虽死无恨。"光辅不能屈，奏公不逊，左迁复州刺史。于嗟乎，孟轲有言，威武不能屈，是为大丈夫，其公之谓乎！

为地官侍郎、同凤阁鸾台平章事，为来俊臣诬构下狱。公曰："大周革命，万物惟新。唐朝旧臣，甘从诛戮。"因家人告变，得免死，贬彭泽令。狱吏尝抑公诬引杨执柔，公曰："天乎，吾何能为！"以首触柱，流血被面，彼惧而谢焉。于嗟乎，陷阱之中，不义不为，况庙堂之上乎！

契丹陷冀州，起公为魏州刺史以御焉。时河朔震动，咸驱民保郛郭。公至，下令曰："百姓复尔业，寇来吾自当之。"狄闻风而退，魏人为之立碑。未几入相，请罢戍疏勒等四镇，以肥中国。又请罢安东，以息江南之馈输。识者韪之。北狄再寇赵、定间，出公为河北道元帅。狄退，就命公为安抚大使。前为突厥所胁从者，咸逃散山谷。公请曲赦河北诸州，以安反侧。朝廷从之。于嗟乎，四方之事，知无不为，岂虚尚清谈而已乎！

公在相日，中宗幽房陵，则天欲立武三思为储嗣。一日问群臣可否，众皆称贺，公退而不答。则天曰："无乃有异议乎？"对曰："有之。一昨陛下命三思募武士，岁时之间数百人。及命庐陵王代之，数日之间应者十倍。臣知人心未厌唐德。”则天怒，令策出。又一日，则天谓公曰：“我梦双陆不胜者何？”对曰：“双陆不胜，宫中无子也。”复命策出。又一日，则天有疾，公入问阁中。则天曰：“我梦鹦鹉双翅折者何？”对曰：“武者陛下之姓，相王、庐陵王则陛下之羽翼也，是可折乎？”时三思在侧，怒发赤色。则天以公屡言不夺，一旦感悟，遣中使密召庐陵王矫衣而入，人无知者。乃召公坐于帘外而问曰：“我欲立三思，群臣无不可者，惟俟公一言。从之则与卿长保富贵，不从则无复得与卿相见矣。”公从容对曰：“太子天下之本，本一摇而天下动。陛下岂以一心之欲，轻天下之动哉！太宗百战取天下，授之子孙，三思何与焉？昔高宗寝疾，令陛下权亲军国，陛下奄有神器数十年，又将以三思为后，如天下何？且姑与母孰亲，子与侄孰近？立庐陵王，则陛下万岁后享唐之血食；立三思，则宗庙无祔姑之礼。臣不敢爱死以奉制，陛下其图焉。”则天感泣，命褰帘使庐陵王拜公曰：“今日国老与汝天子。”公哭于地，则天命左右起之，拊公背曰：“岂朕之臣，社稷之臣耶！”已而奏曰：“还宫无仪，孰为太子？”于是复置庐陵王于龙门，备礼以迎，中外大悦。于嗟乎，定天下之业，断天下之疑，其至诚如神。雷霆之威，不得而变乎！

则天尝命公择人，公曰：“欲何为？”曰：“可将相者。”公曰：“如求文章，则今宰相李峤、苏味道足矣。岂文士龌龊，思得奇才以成天下之务乎？荆州长史张柬之，真宰相才，诚老矣，一朝用之，尚能竭其心。”乃召拜洛州司马。他日又问人于公。对曰：“臣前言张柬之，虽迁洛州，犹未用焉。”改秋官侍郎。及召为相，果能诛张易之辈，返正中宗，复则天为皇太后。于嗟乎，薄文华，重才实，其知人之深乎！又尝引拔桓彦范、敬晖、姚元崇等至公卿者数十人。

公之勋德，不可殚言。有论议数十万言，李邕载之别传。论者谓松柏不夭，金石不柔，受于天焉。公为大理丞，抗天子而不屈。在豫州日，拒元帅而不下。及居相位，而能复废主，以正天下之本。岂非刚正之气出乎诚性，见于事业？当时优游荐绅之中，颠而不扶、危而不持者，亦何以哉！

某贬守鄱阳，移丹徒郡，道过彭泽，谒公之祠而述焉。又系之云：

商有三仁，弗救其灭。汉有四皓，正于未夺。呜呼！武暴如火，李寒如灰。何心不随，何力可回？我公哀伤，拯天之亡。逆长风而孤骞，溯大川以独航。金可革，公不可革，孰为乎刚？地可动，公不可动，孰为乎方？一朝感通，群阴披攘。天子既臣而皇，天下既周而唐。七世发灵，万年垂光。噫！非天下之至诚，其孰能当！

选自《范仲淹全集》，李勇先、王蓉贵校点，四川大学出版社2002年版

编选理由：

若将此文与《岳阳楼记》对读，可以比较全面地了解范仲淹的器局、识见、才情与抱负。《岳阳楼记》以骈体为主，文辞华美，而《唐狄梁公碑》则是简朴自然的散文，间有四六余意。《唐狄梁公碑》在赞述狄仁杰一生功绩时，将至孝与至忠、诚意修身的刚毅与经世邦国的才干比并而论，反映了宋代儒学思想微妙而重要的变化。

荆国王文公祠堂记

〔南宋〕陆九渊

唐、虞、三代之时，道行乎天下。夏、商叔叶，去治未远，公卿之间，犹有典刑。伊尹适夏，三仁在商，此道之所存也。周历之季，迹熄泽竭，人私其身，士私其学，横议蜂起。老氏以善成其私，长雄于百家，窃其遗意者犹皆遍于天下。至汉而其术益行，子房之师，实维黄石，曹参避堂，以舍盖公。高、惠收其成绩，波及文、景者，二公之余也。自夫子之皇皇，沮、溺、接舆之徒固已窃议其后。孟子言必称尧、舜，听者为之藐然。不绝如线，未

足以喻斯道之微也。陵夷数千百载，而卓然复见斯义，顾不伟哉？裕陵之得公，问唐太宗何如主，公对曰："陛下每事当以尧、舜为法，太宗所知不远，所为未尽合法度。"裕陵曰："卿可谓责难于君，然朕自视眇然，恐无以副此意。卿宜悉意辅朕，庶同济此道。"自是君臣议论，未尝不以尧、舜相期。及委之以政，则曰："有以助朕，勿惜尽言。"又曰："须督责朕，使大有为。"又曰："天生俊明之才，可以覆庇生民，义当与之戮力，若虚捐岁月，是自弃也。"秦、汉而下，南面之君亦尝有知斯义者乎？后之好议论者之闻斯言也，亦尝隐之于心以揆斯志乎？曾鲁公曰："圣知如此，安石杀身以报，亦其宜也。"公曰："君臣相与，各欲致其义耳。为君则自欲尽君道，为臣则欲自尽臣道，非相为赐也。"秦、汉而下，当涂之士亦尝有知斯义者乎？后之好议论者之闻斯言也，亦尝隐之于心以揆斯志乎？惜哉！公之学不足以遂斯志，而卒以负斯志；不足以究斯义，而卒以蔽斯义也。

昭陵之日，使还献书，指陈时事，剖析弊端，枝叶扶疏，往往切当；然核其纲领，则曰"当今之法度，不合乎先王之法度"。公之不能究斯义，而卒以自蔽者，固见于此矣。其告裕陵，盖无异旨，勉其君以法尧、舜，是也，而谓每事当以为法，此岂足以法尧、舜者乎？谓太宗不足法，可也，而谓其所为未尽合法度，此岂足以度越太宗者乎？不知言，无以知人也。公畴昔之学问，熙宁之事业，举不遁乎使还之书。而排公者，或谓容悦，或谓迎合，或谓变其所守，或谓乖其所学，是尚得为知公者乎？气之相迕而不相悦，则必有相訾之言，此人之私也。公之未用，固有素訾公如张公安道、吕公献可、苏公明允者。夫三公者之不悦于公，盖生于其气之所迕。公之所蔽，则有之矣，何至如三公之言哉？英特迈往，不屑于流俗，声色利达之习，介然无毫毛得以入于其心，洁白之操，寒于冰霜，公之质也。扫俗学之凡陋，振弊法之因循，道术必为孔、孟，勋绩必为伊、周，公之志也。不蕲人之知，而声光烨奕，一时巨公名贤为之左次，公之得此，岂偶然哉？用逢其时，君不世出，学焉而后臣之，无愧成汤、高宗。君或致疑，谢病求去，君为责躬，始复视事，公之得君，可谓专矣。

新法之议，举朝欢哗，行之未几，天下恟恟，公方秉执《周礼》精白言之，自信所学，确乎不疑。君子力争，继之以去，小人投机，密赞其决，忠朴屏伏，憸狡得志，曾不为悟，公之蔽也。典礼爵刑，莫非天理，《洪范》九畴，帝实锡之，古所谓宪章、法度、典则者，皆此理也。公之所谓法度者，岂其然乎？献纳未几，裕陵出谏院疏与公评之，至简易之说，曰：“今未可为简易。”修立法度，乃所以简易也。熙宁之政，粹于是矣。释此弗论，尚何以费辞于其建置之末哉？为政在人，取人以身，修身以道，修道以仁。仁，人心也。人者，政之本也；身者，人之本也；心者，身之本也。不造其本而从事其末，末不可得而治矣。大学不传，古道榛塞，其来已久。随世而就功名者，渊源又类出于老氏。世之君子天常之厚，师尊载籍以辅其质者，行于天下，随其分量，有所补益。然而不究其义，不能大有所为。其于当时之弊有不能正，则依违其间，稍加润饰，以幸无祸。公方耻斯世不为唐、虞，其肯安于是乎？蔽于其末而不究其义，世之君子未始不与公同，而犯害则异者，彼依违其间，而公取必焉故也。熙宁排公者，大抵极诋訾之言，而不折之以至理，平者未一二，而激者居八九，上不足以取信于裕陵，下不足以解公之蔽，反以固其意，成其事。新法之罪，诸君子固分之矣。

元祐大臣一切更张，岂所谓无偏无党者哉？所贵乎玉者，瑕瑜不相掩也。古之信史直书其事，是非善恶靡不毕见，劝惩鉴戒，后世所赖。抑扬损益以附己，好恶用失情实，小人得以借口而激怒，岂所望于君子哉？绍圣之变，宁得而独委罪于公乎？熙宁之初，公固逆知己说之行，人所不乐，既指为流俗，又斥以小人，及诸贤排公已甚之辞，亦复称是。两下相激，事愈戾而理益不明。元祐诸公，可易辙矣，又益甚之。六艺之正可文奸言，小人附托，何所不至。绍圣用事之人如彼其杰，新法不作，岂将遂无所窜其巧以逞其志乎？反复其手，以导崇宁之奸者，实元祐三馆之储。元丰之末，附丽匪人，自为定策，至造诈以诬首相，则畴昔从容问学，慷慨陈义，而诸君子之所深与者也。格君之学，克知灼见之道，不知自勉，而戛戛于事为之末，以分异人为快，使小人得间，顺投逆逞，其致一也。近世学者，雷同一律，发言盈庭，岂善学前辈者哉？

公世居临川，罢政徙于金陵。宣和间，故庐丘墟，乡贵人属县立祠其上。绍兴初，常加葺焉。逮今余四十年，隳圮已甚，过者咨叹。今怪力之祠，绵绵不绝，而公以盖世之英，绝俗之操，山川炳灵，殆不世有，其庙貌弗严，邦人无所致敬，无乃议论之不公，人心之畏疑，使至是耶？郡侯钱公，期月政成，人用辑和。缮学之既，慨然撤而新之，视旧加壮，为之管钥，掌于学官，以时祠焉。余初闻之，窃所敬叹。既又属记于余，余固悼此学之不讲，士心不明，随声是非，无所折衷。公为使时，舍人曾公复书切磋，有曰："足下于今，最能取于人以为善，而比闻有相晓者，足下皆不足之，必其理未有以夺足下之见也。"窃不自揆，得从郡侯，敬以所闻荐于祠下，必公之所乐闻也。淳熙十有五年，岁次戊申，正月初吉，邦人陆某记。

选自《全宋文》（第272册），曹枣庄、刘琳主编，上海辞书出版社2006年版

编选理由：

对王安石的学术思想和熙宁新政的评价，历来聚讼纷纭，争议极大。陆九渊晚年所撰写的《荆国王文公祠堂记》无疑是其中极为重要的文献之一。陆九渊在对王安石的人品和节操做出极高评价的同时，也严厉批评他的变法"不造其本而从事其末"。从这样一种评价中，我们也可以看出陆九渊本人由"身之本"而"人之本"，最终抵达"政之本"的学术与政治理念。在陆九渊看来，王安石从法度入手治理国家，实为舍本逐末；而反对变法的人士也并未从学理上明辨是非，据理力争，只是直接攻击王安石的人品，激愤诋毁，不一而足，因此也要为"新法之罪"分担很大的责任。

原　君

〔明〕黄宗羲

有生之初，人各自私也，人各自利也，天下有公利而莫或兴之，有公害而莫或除之。有人者出，不以一己之利为利，而使天下受其利；不以一己之害为害，而使天下释其害。此其人之勤劳必千万于天下之人。夫以千万倍之勤劳而己又不享其利，必非天下之人情所欲居也。故古之人君，量而不欲入者，许由、务光是也；入而又去之者，尧、舜是也；初不欲入而不得去者，禹是也。岂古之人有所异哉？好逸恶劳，亦犹夫人之情也。

后之为人君者不然。以为天下利害之权皆出于我，我以天下之利尽归于己，以天下之害尽归于人，亦无不可。使天下之人不敢自私，不敢自利，以我之大私为天下之大公。始而惭焉，久而安焉，视天下为莫大之产业，传之子孙，受享无穷，汉高帝所谓"某业所就，孰与仲多"者，其逐利之情不觉溢之于辞矣。此无他，古者以天下为主，君为客，凡君之所毕世而经营者，为天下也；今也以君为主，天下为客，凡天下之无地而得安宁者，为君也。是以其未得之也，屠毒天下之肝脑，离散天下之子女，以博我一人之产业，曾不惨然，曰"我固为子孙创业也"。其既得之也，敲剥天下之骨髓，离散天下之子女，以奉我一人之淫乐，视为当然，曰"此我产业之花息也"。然则为天下之大害者，君而已矣。向使无君，人各得自私也，人各得自利也。呜呼，岂设君之道固如是乎！

古者天下之人爱戴其君，比之如父，拟之如天，诚不为过也；今也天下之人怨恶其君，视之如寇仇，名之为独夫，固其所也。而小儒规规焉以君臣之义无所逃于天地之间，至桀、纣之暴，犹谓汤、武不当诛之，而妄传伯夷、叔齐无稽之事，使兆人万姓崩溃之血肉，曾不异夫腐鼠。岂天地之大，于兆人万姓之中，独私其一人一姓乎？是故武王圣人也，孟子之言，圣人之言也。后世之君，欲以如父如天之空名禁人之窥伺者，皆不便于其言，至废孟子而不立，非导源于小儒乎！

虽然，使后之为君者，果能保此产业，传之无穷，亦无怪乎其私之也。既以产业视之，人之欲得产业，谁不如我？摄缄縢，固扃鐍，一人之智力不能胜天下欲得之者之众，远者数世，近者及身，其血肉之崩溃在其子孙矣。昔人愿世世无生帝王家，而毅宗之语公主，亦曰："若何为生我家！"痛哉斯言！回思创业时，其欲得天下之心，有不废然摧沮者乎！是故明乎为君之职分，则唐、虞之世，人人能让，许由、务光非绝尘也；不明乎为君之职分，则市井之间，人人可欲，许由、务光所以旷后世而不闻也。然君之职分难明，以俄顷淫乐不易无穷之悲，虽愚者亦明之矣。

选自《黄宗羲全集》（第 1 册），吴光主编，浙江古籍出版社 2012 年版

编选理由：

本文通过描述古今之君的不同作为，辨析了为君之道以及君的实质。但问题是，这样一个辨析过程建立在一个重大的理论基础上，即如何看待私与利。黄宗羲在无形中，已将私与利（人欲）作为正当的事物，并将其悄然纳入到了"天理"的范围——诚如王船山所指出的那样，人欲之大公，即天理之至正。这一崭新的思想逻辑与宋儒相比，已经有了长足的进步。正是在这样一个新的理论框架中，对君这个概念的辨析才能成为可能。

辟韩

严复

往者吾读韩子《原道》之篇，未尝不恨其于道于治浅也。其言曰：“古之时，人之害多矣。有圣人者立，然后教之以相生相养之道，为之君，为之师，驱其虫蛇禽兽而处之中土。寒，然后为之衣；饥，然后为之食。木处而颠，土处而病也，然后为之宫室。为之工以赡其器用，为之贾以通其有无，为之医药以济其夭死，为之葬埋、祭祀以长其恩爱，为之礼以次其先后，为之乐以宣其湮郁，为之政以率其怠倦，为之刑以锄其强梗。相欺也，为之符玺、斗斛、权衡以信之；相夺也，为之城郭、甲兵以守之。害至而为之备，患生而为之防。”如古无圣人，人之类灭久矣。何也？无羽毛、鳞介以居寒热也，无爪牙以争食也。如韩子之言，则彼圣人者，其身与其先祖父必皆非人焉而后可，必皆有羽毛、鳞介而后可，必皆有爪牙而后可。使圣人与其先祖父而皆人也，则未及其生，未及成长，其被虫蛇、禽兽、寒饥、木土之害而夭死者，固已久矣，又乌能为之礼乐刑政，以为他人防备患害也哉？老之道，其胜孔子与否，抑无所异焉，吾不足以定之。至其明自然，则虽孔子无以易。韩子一概辞而辟之，则不思之过耳。

而韩子又曰：“君者，出令者也；臣者，行君之令而致之民者也；民者，出粟米麻丝、作器皿、通货财以事其上者也。君不出令，则失其所以为君；臣不行君之令，则失其所以为臣；民不出粟米麻丝、作器皿、通货财以事其上，则诛。”嗟乎！君民相资之事，固如是焉已哉？夫苟如是而已，则桀、纣、秦政之治，初何以异于尧、舜、三王？且使民与禽兽杂居，寒至而不知衣，饥至而不知食，凡所谓宫室、器用、医药、葬埋之事，举皆待教而后知为之，则人之类其灭久矣，彼圣人者，又乌得此民者出令而君之。

且韩子胡不云：民者，出粟米麻丝、作器皿、通货财以相为生养者也，有其相欺相夺而不能自治也，故出什一之赋，而置之君，使之作为刑政、甲兵，以锄其强梗，备其患害。然而君不能独治也，于是为之臣，使之行其令，事其事。是故民不出什一之赋，则莫能为之君；君不能为民锄其强梗，防其患害则废；臣不能行其锄强梗，防患害之令则诛乎？

孟子曰："民为重，社稷次之，君为轻。"此古今之通义也。而韩子不尔云者，知有一人而不知有亿兆也。老之言曰："窃钩者诛，窃国者侯。"夫自秦以来，为中国之君者，皆其尤强梗者也，最能欺夺者也。窃尝闻"道之大原出于天"矣。今韩子务尊其尤强梗，最能欺夺之一人，使安坐而出其唯所欲为之令，而使天下无数之民，各出其苦筋力、劳神虑者，以供其欲，少不如是焉则诛，天之意固如是乎？道之原又如是乎？"呜呼！其亦幸出于三代之后，不见黜于禹、汤、文、武、周公、孔子也；其亦不幸不出于三代之前，不见正于禹、汤、文、武、周公、孔子也！"

且韩子亦知君臣之伦之出于不得已乎？有其相欺，有其相夺，有其强梗，有其患害，而民既为是粟米麻丝、作器皿、通货财与凡相生相养之事矣，今又使之操其刑焉以锄，主其斗斛、权衡焉以信，造为城郭、甲兵焉以守，则其势不能。于是通功易事，择其公且贤者，立而为之君。其意固曰，吾耕矣织矣，工矣贾矣，又使吾自卫其性命财产焉，则废吾事。何若使子专力于所以为卫者，而吾分其所得于耕织工贾者，以食子给子之为利广而事治乎？此天下立君之本旨也。是故君也臣也，刑也兵也，皆缘卫民之事而后有也；而民之所以有待于卫者，以其有强梗欺夺患害也。有其强梗欺夺患害也者，化未进而民未尽善也。是故君也者，与天下之不善而同存，不与天下之善而对待也。今使用仁义道德之说，而天下如韩子所谓："以之为己，则顺而祥；以之为人，则爱而公；以之为心，则和且平。"夫如是之民，则将莫不知其性分之所固有，职分之所当为矣，尚何有于强梗欺夺？尚何有于相为患害？又安用此高高在上者，朘我以生，出令令我，责所出而诛我，时而抚我为后，时而虐我为仇也哉？故曰：君臣之伦，盖出于不得已也！唯其不得已，故不足以为道之原。彼佛之弃君臣是也，其所以弃君臣非也。而韩子将以谓是固与天壤相弊也者，又乌足以为知道者乎！

然则及今而弃吾君臣，可乎？曰：是大不可。何则？其时未至，其俗未成，其民不足以自治也。彼西洋之善国且不能，而况中国乎！今夫西洋者，一国之大公事，民之相与自为者居其七，由朝廷而为之者居其三，而其中之荦荦尤大者，则明刑、治兵两大事而已。何则？是二者，民之所仰于其国之最急者也。昔汉高入关，约法三章耳，而秦民大服。知民所求于上者，保其性命财产，不过如是而已。更骛其余，所谓“代大匠斫，未有不伤指”者也。是故使今日而中国有圣人兴，彼将曰：“吾之以藐藐之身托于亿兆人之上者，不得已也，民弗能自治故也。民之弗能自治者，才未逮，力未长，德未和也。乃今将早夜以孳孳求所以进吾民之才、德、力者，去其所以困吾民之才、德、力者，使其无相欺、相夺而相患害也，吾将悉听其自由。民之自由，天之所畀也，吾又乌得而靳之！如是，幸而民至于能自治也，吾将悉复而与之矣。唯一国之日进富强，余一人与吾子孙尚亦有利焉，吾曷贵私天下哉！”诚如是，三十年而民不大和，治不大进，六十年而中国有不克与欧洲各国方富而比强者，正吾莠言乱政之罪可也。彼英、法、德、美诸邦之进于今治者，要不外百余年、数十年间耳。况夫彼为其难，吾为其易也。

嗟夫！有此无不有之国，无不能之民，用庸人之论，忌讳虚骄，至于贫且弱焉以亡，天下恨事孰过此者！是故考西洋各国，当知富强之甚难也，我何可以苟安？考西洋各国，又当知富强之易易也，我不可以自馁，道在去其害富害强，而日求其能与民共治而已。语有之曰：“曲士不可与语道者，束于教也。”苟求自强，则六经且有不可用者，况夫秦以来之法制！如彼韩子，徒见秦以来之为君。秦以来之为君，正所谓大盗窃国者耳。国谁窃？转相窃之于民而已。既已窃之矣，又惴惴然恐其主之或觉而复之也，于是其法与令猬毛而起，质而论之，其什八九皆所以坏民之才，散民之力，漓民之德者也。斯民也，固斯天下之真主也，必弱而愚之，使其常不觉，常不足以有为，而后吾可以长保所窃而永世。嗟乎！夫谁知患常出于所虑之外也哉？此庄周所以有胠箧之说也。是故西洋之言治者曰：“国者，斯民之公产也，王侯将相者，通国之公仆隶也。”而中国之尊王者曰：“天子富有四海，臣妾亿兆。”臣妾者，其文之故训犹奴虏也。夫如是则西洋之民，其尊且贵也，过于王侯将相，而我中国之民，其卑且贱，皆奴产子也。设有战斗之事，彼其民为公产公利自为斗也，而中国则奴为其主斗耳。夫驱奴虏以斗贵人，固何所往而不败？

选自《严复集》（第1册），王栻主编，中华书局1986年版

编选理由：

我们只要将这篇文章中所列举的韩愈的观点，与黄宗羲的《原君》做一个比较，就可以知道严复的观点与黄宗羲的一脉相承。不过，严复写这篇文章时，时间已经来到1895年。国门打开后，西方之制度和文化成为作者立论的另一个重要的参照点。内忧外患之际，作者的一腔激愤，情现乎辞。我每次读到这篇文章的第一段，总会忍不住哑然失笑。表面上看，作者似乎是强词夺理，但其内在逻辑又诙诡奇崛，不容辩驳。

论流行音乐

〔德〕阿多诺、辛普森 著　李强 译

一、音乐素材

1. 音乐的两个范畴

与流行音乐相关的因素是本文探讨的主题。流行音乐与严肃音乐的不同点通常被看作是前者的特征。他们之间的不同被理所当然地认为是层次上的不同，而人们已为这种不同下了确切定义，以致大多数人认为两者彼此独立，没有内在关联。然而我们认为，首先必须把所谓“层次上的不同”转换成精确的音乐或社会术语，这样不仅能够明确地定义这两种范畴，而且可以使人们更了解两种音乐范畴的背景。

明确分析流行音乐和严肃音乐的一种可能的方法是对音乐制作过程中两者的划分和两者的根源进行历史性的分析。然而，既然目前的研究与现行流行音乐的实际功能有关，那么采取描述现时特征的方法就比追述它的根源更为可取。这种方法也更有据可依，因为早在美国流行音乐产生前，在欧洲这两种音乐范畴已被划分。美国音乐从诞生起就接受这种划分为已知事实，因此划分的历史背景只间接适用于美国音乐。因而，我们首先深入了解流行音乐最宽泛意义上的根本特征。

如果想对严肃音乐与流行音乐的关系做出准确的判断，那么就必须严格审视流行音乐的根本特征——标准化。即使有时极力回避标准化，流行音乐的整体结构仍然被标准化了。标准化涉及从总体特征到最具体的特点的整个范围。最著名的规则就是歌曲的合唱包括三十二小节，音域为一个八度和音和一个音符。热门歌曲的总体类型也被标准化了。不仅是舞曲种类——尽管形式严谨可以理解——“特色歌曲”如关于母亲、家乡的歌曲，打油诗似的歌曲，近似童谣的歌曲，写给失去女孩的挽歌也被标准化了。最重要的是，每首热门歌曲的悦耳的基础部分——每一部分的开头和结尾部分——都必须具备标准形式。无论形式中包含的动听内容是什么，标准形式突出的是最基本的悦耳的部分。复杂的形式并不能带来理想的效果。这种不容改变的做法可以保证无论形式发生怎样的变形，歌曲总是能带给人们相似的感受，而不会让其产生根本性的新奇的体验。

细节和形式同等程度地被标准化了。有一整套术语被用来指称这些细节，如音高突变、蓝调和弦、音符。然而，细节的标准化有些不同于结构的标准化。前者不像后者那样是显形的，而是隐藏在个别效果的表面下。无论总体上对于这些专家来说处理这些个别效果的方法是一个如何公开的共识，对更多的听者来说，他们都属于业内专家的秘密。整体与部分之间的这个对立性关系为听者的聆听提供了一个粗略的背景。

结构与细节之间的关系所产生的主要影响是，听者对部分产生的反应比对整体产生的反应更强烈。听者对整体的理解并不来自其对听到的具体音乐的感受。整体甚至在实际的音乐感受产生之前便是已知和被接受的事实，因此它丝毫不会影响听者对细节的反应，除非给予细节不同程度的强调。占据音乐结构战略性地位的细节部分——和声的开始部分或者说歌曲连接处的曲折部分——比其他部分的细节，比如连接处中间的一些小节，更容易被认可和喜爱。不过这种结构上的关系无法干扰到结构系统。细节只是在这种结构关系中有限地依附于整体。然而，整体既从未被作为一种音乐经历而突出，其结构也从不依附于细节。

为了便于比较，严肃音乐的特征可以被描述为：每一细节的音乐感都来自每一首乐曲的整体，而这一整体中包含其与细节的联系，却不包括对一种音乐模式的突出。例如，在贝多芬《第七交响曲》第一乐章的序曲中，第二主旋律要从上下文中获得真正含义。只有通过整体——与第一主旋律的格列高利圣咏特征形成鲜明对比的整体——这一序曲才获取特定的抒情表现力；与整体割裂的第二主旋律不表现任何意义。另一个例子可以在贝多芬的《热情奏鸣曲》的第一乐章的持续音中的再现部的开始部分找到。因紧随之前的爆发力，开始部分才展示出最强烈的震撼力。如果没有前面部分的爆发和展开直接就进入重复部分，乐曲也就失去了意义。

上述情况不可能发生在流行音乐中。从整体中抽走任何细节都不会影响流行音乐的音乐感。既然整体结构本身只是个自动音乐系统，听者可以自动补充失去的部分。合唱的开始部分可以被其他无数的合唱的开始部分所代替。构成要素之间的相互关系以及构成要素与整体之间的关系不会受到影响。在贝多芬的音乐中，只有在整体和它的具体组成部分的动态关系里，位置才是重要的。在流行音乐里，位置是绝对的。每一细节都可以被替换，它的角色就像是一部机器的一个轮齿。

只是确立这种不同还是不够的。这样的观点可能会遭到反对：流行音乐的标准结构和类型与舞曲密切相关，因此它们也适用于严肃音乐中的舞曲派生物，如属于维也纳流派的小步舞曲和谐谑曲。可以认为，或者是这部分严肃音乐也可以从细节而不是整体的角度理解，或者是如果在严肃音乐中的舞曲种类中可以看到整体，那么没有理由在现代流行音乐中看不到整体。

以下思考通过展示严肃音乐即使采用了舞曲的形式二者仍然存在巨大的不同来解答两种相反的观点。根据当前形式主义的观点，贝多芬的《第五交响曲》的谐谑曲可以被看成是高度标准化的小步舞曲。在此谐谑曲中，贝多芬从传统小步舞曲结构中吸取的是小调小步舞曲、大调三重奏与小调小步舞曲的重复之间的鲜明差别的理念；还吸取了诸如侧重第一个四分之一的四三节奏这样的一些其他的特点，以及小节和乐段中的舞曲似的对称性。但是这一乐章的特别形式作为具体的整体的理念，可以被用来重新评价借自小步舞曲的手段。整个乐章被看作是终曲的序曲，目的是不仅通过有预兆性的、不祥的表现方式，更通过展开乐章的规范的方式来创造巨大的张力。

经典的小步舞曲结构首先要求出现主要旋律，然后是可以导入更多更远音调区域的下一部分的序曲——这些更远音调区域形式上与今天的流行音乐的连接部分相似——最后是原始部分再次出现。这一切都可以在贝多芬的音乐中找到。在谐谑曲部分，他采用主题两重性的理念。但在传统的小步舞曲中，他使用无音的、无意义的游戏规则来表达意义。他完全做到了使规范的结构和具体内容达到一致，也就是说，精心地完成了主题的表达。这支谐谑曲的谐谑部分（C 大调中弦乐器进入前的部分，这部分标志着三重奏曲的开始）包括两个主题的两重性：弦乐部分逐渐形成的音型和管乐的配合。这种两重性不是系统发展的，首先弦乐乐句被精心地展开，接着是管乐的配合，然后弦乐主题机械性重复。小号部分中第二主题第一次出现后，两个最重要因素以对话的形式交替相互联系着。谐谑曲的结尾不是通过第一主旋律而是通过第二主旋律突出，而第二主旋律覆盖着第一乐句。

而且，三重奏曲后重复的谐谑曲由于配乐极其不同以至于听起来像谐谑曲的预示显示。萦绕心头的特点直到终曲开始才消失。整体设计得非常有动感。不仅是主旋律，连音乐形式本身都尽显张力。这种张力在第一主旋律中包括问题与回答的双重结构内已经显示得很明显，在两个主旋律之间甚至更明显。整个结构服从于这一特定乐章的内在需要。

不同概括起来为：在贝多芬的音乐中以及在优秀的严肃音乐中——我们这里不涉及结构像流行音乐一样严谨和机械的不规范的严肃音乐——细节最终包含整体并影响整体的展示，与此同时它又是从整体理念中产生的。在流行音乐中，这种关系是偶然的。细节与整体没有关系，整体体现为一种外部结构。这样，整体不受个体的影响，因此在一首音乐中是孤立的、沉静的、不被注意的。同时细节被一种它永远无法影响和改变的音乐手段割裂开，这样细节变得无关紧要。没有被展开的音乐细节就变成一幅它发展可能性的漫画。

2. 标准化

上述讨论表明流行音乐和严肃音乐的差别可以用更确切的术语表达清楚，而不是用那些只是表明音乐层次的术语，如“缺乏文化修养和具备文化修养”“简单和复杂”“单纯和世故”。例如，范畴的不同无法确切地用复杂和简单这样的术语表达清楚。早期维也纳经典主义的作品毫无例外地在节奏方面比爵士乐编排得简单。旋律方面，许多流行歌曲的音程，如“深紫”，比大多数主要由主音三和弦和第二音级构成的旋律更难听懂。和声方面，所谓的经典和声比目前美国 Tin Pan Alley（旧时纽约的流行歌曲作者和发行人的聚集区名称）的作曲者所作的和声更有限，这些作曲者汲取的素材的来源包括 Debussy（德彪西）、Ravel（拉威尔），乃至更晚的音乐。标准化和非标准化是描述流行音乐与严肃音乐的不同的主要对比性术语。

结构标准化的目的是获取标准反应。聆听流行音乐不仅受音乐的催化剂控制，而且由音乐的内在性质控制。引入与自由社会中个性理想相对抗的反应体系。这与简单和复杂无关。在严肃音乐中，每个音乐元素，甚至是最简单的元素，都是个体。作品的组织性越强，细节的可替代性便越小。然而，在流行音乐中，每首音乐的结构都是抽象的，独立于特定的音乐过程而存在。这个理论为理解以下谬论提供基础——流行音乐中复杂的和声比严肃音乐中同样复杂的和声更容易理解。流行音乐中复杂的细节从不起到个体的作用，而只是作为装饰音而存在，结构隐藏于它们之后，可以被看到。爵士乐的业余听者能够用图表式公式替换复杂的节奏或和声公式，无论这多么具有冒险性。听者的耳朵应付流行音乐是凭借他们已具备的形式结构知识进行小的替换。事实上，面对复杂，听者只听到了复杂所代表的简单，只是把复杂看作简单的模仿性变形。

在严肃音乐中不存在这样模式化的机械性替代。在严肃音乐中，即便是最简单的旋律，听者也需要努力才能听明白。不是模糊地按照模式化的规则概括它，模式化的规则只能产生模式化的效果，否则音乐就无法被理解。然而，制作流行音乐的方式是计划好把特别转化成准则的过程，某种程度上在制作中实现这一过程。

乐曲的聆听权在听者。流行音乐就是这样剥夺了听者的自发性，而鼓励有条件的反应。流行音乐不仅不要求听者通过努力来听懂具体的音乐，而且给听者提供了模式，任何具体的细节都在这样的模式中被归类。模式化的发展控制听者聆听的方式，听者在聆听时不需要做任何努力。流行音乐被“提前吸收”。当代流行音乐的这种结构可以用来解释我们将要讨论的聆听音乐的习惯上的变化。

到目前为止，流行音乐标准化被认为是结构上的，也就是说，是一种内在的性质，与音乐制作过程或标准化的原因无关。尽管所有的工业化大规模生产都归结为标准化，但流行音乐的制作只有在宣传和发行方面才被称为是工业化的，而一首成功的流行歌曲的制作还停留在手工业阶段。虽然流行音乐的制作高度集中于其经济组织中，但流行音乐仍然保持了在其社会性制作方法中的个性。作曲、和声和编曲的劳动分工并非工业化，而是伪工业化，目的是显得时新。而实际上，在推销技能上，流行音乐采用了工业化的方法。流行乐曲的作曲者如果不遵从一定的标准形式，就会增加制作成本。因此，我们必须寻找结构标准化的其他原因，与早餐制作标准化和汽车制作标准化截然不同的原因。

模仿可以提供了解基本原因的线索。流行音乐的音乐标准原本是由一个竞争过程发展而来的。当某一首流行歌曲获得巨大成功，成百上千模仿它的其他歌曲就会出现。最成功的音乐类型的元素之间的比率会被模仿，并在标准具体化这一过程中达到高潮。在如今存在的集中化环境下，这些标准已被凝结。也就是说，他们已被卡特尔化的机构所控制——卡特尔化的机构是竞争的必然结果，并被严格实施于要被宣传的事物上。不遵从这些游戏规则会被排斥在外。被标准化了的形式是在竞争中发展起来的。大规模经济集中化使标准化的过程制度化，使之成为必要。结果执着的个性主义者的创新被认为是不合标准的。标准形式被赋予权威的豁免权——“国王不会犯错”。这也就能解释为什么流行音乐行业中有些歌曲会重新流行。他们不具备按照特定形式生产的标准化产品的过时的性质，自由竞争的特性仍活跃在他们内部。另一方面，重新流行的经典流行歌曲设定了标准形式，他们处于制定游戏规则的黄金时代。

标准的凝结强加在机构身上。流行音乐必须同时满足两种要求。一是引起听者注意的刺激的要求。二是内容可被归入被未接受过音乐培训的听者称之为自然音乐的类别的要求，也就是说听者习惯的音乐，他认为是固有的简单的音乐语言的全部音乐传统和素材形式，无论促成这种自然语言形成的时间有多晚。对美国听众来说，这种自然语言来自其早期的生活经历、听过的儿童歌谣，以及在主日学校唱的歌曲、在放学回家路上哼的调子。在音乐语言形成的过程中，这一切都比拥有区分勃拉姆斯的《第二交响曲》的开始部分与《第三交响曲》的开始部分的能力重要得多。在很大程度上，正式的音乐文化是这种基本音乐语言的超构，也就是主要基调、次要基调和所有调性关系。但主要音乐语言的这些调性关系为与其不符的音乐设置了障碍。只有所创作的音乐语言能被重铸为自然音乐，创作者的自由发挥和放纵才会被容忍。

就消费者的要求而言，流行音乐的标准化只是这种双重要求的一种表达，这种双重要求是公众依其脑中的音乐框架强加的，既要求它是刺激的，也就是某种程度上脱离已建立的“自然”，又要求它保持高于这种脱离的自然音乐的至高地位。听众对自然语言的态度是由标准化了的制作过程强化而来的，标准化的制作最初是来自公众的要求——体系化。

3. 伪个性化

既要表现激情灵感又要实现自然平实的这种自相矛盾的要求，解释了标准化自身的双重特性。符合某种特定的结构框架只是标准化的一个方面。在我们文化的集中控制下，标准化的其他方面以他们特有的表现方式将自身隐藏了起来。一旦显现出来，他们就会受到抵制和反对。因此，在某种程度上，个性的保留，无论是假象还是现实，都是必须的。个性的保留基于物质现实本身；因为尽管行政控制对于生活过程是集权的，个人的所有权仍然普遍存在。

在制作方面，流行音乐是奢侈的，日常生活没有被立刻卷入；同时，个性主义的残余也在意识形态的范畴活跃着。例如，在个人品位和自由选择方面，标准化的隐藏是必要的。音乐大批量生产的“倒退”现象是这样一个事实，这样的生产仍然停留在手工制作的水平，而非工业制作。从大文化商业的角度来看，这符合基本需求。如果流行音乐中的个性化元素也被放弃，则必然隐藏标准；所以这种个性化元素至今存在。

与音乐标准化有必然联系的是伪个性化。伪个性主义意味着在标准化的基础上赋予文化的大众生产以自由选择权和开放的市场。传统的标准化音乐让其消费者忘记他们听到的都已经被预先听过或者说“预先消化”了。

可假定的个性化特征的标准的最具冲击性的例子在所谓的即兴创作中被发现。即使爵士乐者会在现场进行即兴创作，他们的这种创作也已变得“规格化”。这使整个术语学得以发展用以表达个性化的标准。这个术语被爵士乐的宣传代理商大肆宣扬，以渲染先锋艺术者的传奇故事，同时，通过公开允许歌迷在幕后窥探制作内幕而取悦歌迷。这种伪个性化被标准模式限制了。这种标准模式是如此严格以至于它给任何一种即兴创作的自由都严格地划定了界限。即兴创作——在这里自发的个性创作是被允许的，被限制在公制的和音的高墙内。在大多数情况下，例如摇摆爵士的“突破”，自创的音乐效果完全是事先设定好的。这种突破只不过是一种隐藏的调子。由于对潜在的音调功能的限定是必要的，所以真正的即兴创作是不太可能的。这种可能性很快就被用尽，老套的即席创作就逐步发生了。规则的标准化以一种纯粹的技术的方式，加强了对自身的背离——伪个性化。

这种个性化对标准化的屈从解释了流行音乐的两种主要的社会心理特质。一是这样一个事实，即细节与潜在设计公然保持联系，让听者总是感觉很安全。个性化的选择范围是如此之小，以至于相同变奏的重复再现是其背后相同点的可靠的标识柱。二是替代品的功能——即兴创作的特点使它们自身作为音乐元素避免被控制。它们只可作为润色品被接受。众所周知，在大胆的爵士乐的筹备过程中，烦恼的旋律，如风暴般激烈的旋律，也就是说，假造的旋律，它们起的作用令人刮目相看。它们被认为是刺激物，只因为它们被耳朵听到是被更正成正确的旋律。但是，这只是个很极端的例子。流行音乐中所有个性化元素的发生都不是那么明显。任何曲调上的大胆行为，任何和弦，只要不在简单的旋律设计范围内，就需要被“伪装”，即作为一种刺激物，以它自身特有的确定的规定去代替正确的或者说更加明显的设计。理解流行音乐意味着欣赏时遵守这些要求。流行乐要求有它自己的欣赏习惯。

还有一种个性化，主张各种形式的流行音乐及那些出名的乐队不同。流行音乐的种类根据产品的不同严格区分。假设听者能够区分它们。被普遍接受的差异是在摇摆乐和甜蜜的情歌以及诸如“Benny Boodman”和“Guy Lombardo”之类著名乐队之间的差异。听众能够很快区分出是何种音乐，甚至说出正在演奏的乐队；尽管它们最根本的制作材料相同，以及在表演上有极大的相似之处，除了它们被强化的具有区分功能的商标品牌。这种类似贴标签的技术，区分了音乐和乐队的类型，是伪个性化的，是在严格的音乐技术范畴之外的社会学的一种。它为实际上音乐的无区分提供了可区分的依据。

流行音乐变成了一个多项选择题。选项主要有两种，当然还包括它们的衍生。听者无情地受到这些音乐的刺激，在心里删除不喜欢的音乐，检测喜欢的音乐。这种选择的固有局限性以及惯有的明显的变体激起喜欢或不喜欢的表现模式。这种机械的二分法摧垮了冷漠的听者，如果他们要继续把流行音乐听下去，就必须在温柔音乐和摇摆音乐中做出选择。

二、关于听者的理论

1. 流行音乐和“休闲时间”

为了理解为什么整个这类音乐（这里指普遍意义上的流行音乐）能够拥有广大的听者人群，思考是应当的。

思维被流行音乐所吸引，并在接受流行音乐后继续加强兴趣，为人所忽略的是，同时这也是一个思维力减弱的过程。听者通过这种不需要费神的消遣忘却现实对自己的要求。

“分神”这一概念只有在社会背景下，而不是在个人心理学本身固有的术语中，才可以解释清楚。这种调式的产品，蕴涵着对失业的恐惧和焦虑、遗失金钱的痛惜、战争中丧失亲人的痛苦，它和娱乐休闲有着非生产性的联系，即所谓的无须费神的消遣。人们需要娱乐。对于需要全神贯注才能欣赏的艺术，只有那些生活没有压力、处在休闲时间的人们才可能集中精神欣赏。全神贯注于艺术作品，这使他们从无聊和摆脱无聊的努力中解脱出来。整个廉价的商业娱乐反映了这种双重需求。它们可以促使人们放松下来，因为有预先设好的固定的模式。由于被预先设定好，它在心理上主宰大众去分享它们。另一方面，它们提供的刺激物能使大众逃离枯燥的机械性劳动。

商业性娱乐的制造者认为自己是对的，因为他们给了大众所要的。这是商业目的论者所特有的理论：人们越是不加选择，就越有可能被兜售更多的文化商品。这种对既定利益的空论并不容易被驱散。不能完全否定，大众的意识被生产代理商所左右，仅仅是因为人们“就好这一口”。

但是，为什么他们就喜欢这样的呢？在当今的社会里，大众由于艺术作品物质化潜入生活，他们被同样模式的产品所操控。音乐娱乐产品的消费者本身就是目标，或者说他们是真正的同一种机械过程的产物，而这一过程决定流行音乐的生产。他们的空闲时间只不过是为了延续其工作能力。休息只是途径而不是目的。生产过程的威力延续到看上去是“自由”的时间段里。人们需要标准化的伪个性化的商品，因为他们的休闲是逃离工作，同时又要受到工作时间里没有的心理观念的锻造。对于大众来说，流行音乐就是上班族的休息日。所以今天我们有理由说在流行音乐的生产和消费之间有一种预先设定的协调。无论如何，人们渴望得到他们所想得到的东西。

又要解闷又要不费力本身就是个矛盾。因此这种特殊的情感被反复生产以寻求解脱。人们在组装线上、工厂里、办公室里的工作决定了他们不会遇到什么新鲜的事物。他们寻求刺激，但是现实生活带来的压力和繁缛的工作使他们在尽可能接触新鲜事物的休息时间里无力再去耗费精力，因此他们需要能直接激起其兴奋点的娱乐方式。流行音乐正是迎合了人们的这一需求。在一种相似中它满足了无须费力的刺激。这意味着再次陷入无聊中。这样形成了一个无法跳出的怪圈。这个怪圈导致人们对流行音乐普遍不关注。感受流行音乐的过程即一种毫不费力的过程。这一过程中偶有的集中精力就如释放的烟火般短暂，而且反而又把听者驱逐到了心神涣散的边界。一方面生产流行音乐，阻止预料中的精力分散；另一方面流行音乐又导致这种涣散。

在这种情况下，流行音乐的生产遭遇了不可解决的问题。创作者必须通过一直生产新的产品来引起人们的关注，然而这种关注却被施了魔咒。如果一首歌一点儿也不需要你的注意力，那它就卖不出去；如果你集中了注意力，你就很有可能不再接受它，因为你已把它看透。这也部分解释了为什么流行音乐市场中旧产品常常会被新的产品取而代之，然后一遍又一遍地重复这样的伎俩。

另一方面，松散的精神状态不仅是欣赏流行音乐的前提条件，也是它的产物。乐曲本身就能让听者放松下来。它们让听众放心，不会因其而错过什么的。

2. 社会黏合剂

我们完全可以认为如果总体来说是漫不经心地听一段音乐，而且只有一些突然的识别，那么这段音乐就不是作为一个拥有明确自身意义的经历的连续片段被理解的，无法在每个点上被抓住，也不能与前后相连贯。相应地，我们可以认为大部分流行音乐听众并没有将音乐作为语言本身来理解；否则，将很难解释他们如何能忍受大量连续不断的无区分性的材料。那么音乐对他们而言有何意义呢？答案是：构成音乐的语言被一些客观的过程转变成了他们认为来自自己的语言，即一种可以承载他们惯例性希望的容器。音乐对他们来说越不是一种语言就越被铸成这样一种容器。音乐的自主性被一种单纯的社会心理功能所取代。如今，音乐成了一种大型的社会黏合剂。在未能理解材料内在逻辑的情况下，听众认为这些材料所产生的意义是提供一种促使其精神上适应当今社会生活机制的方式。根据大众对整体上的音乐尤其是对流行音乐的两种主要社会心理，这种适应显示为两种不同的方式，即节奏服从型和情感型。

服从型就是旋律型。这种类型中任何音乐经历都是基于音乐中根本的、不变的时间单位——音乐中的“节拍”而存在的。对这些人来说，如果出现伪个性化即反节拍或其他的“区别性”，那么就意味着符合节奏的表演与基本节拍的联系被保存了下来。对他们来说，具有音乐性意味着表演能够在不受“个性化”变形干涉的情况下符合既定的节奏模式，以及甚至能够适合切分成基本的时间单位。通过这种方式，他们对音乐的反应立即表现出他们屈服的愿望。然而，因为舞曲和进行曲的标准节拍要求一个如机械性团体的协调的队伍，通过克服个人的反应达到对节奏的屈服，这使他们夸张地设想自己仿佛与上百万这种软弱的人在一起，而这种软弱同样是需要克服的。这样，这种屈服就是与生俱来的了。

然而，如果我们把目光投向与这种大众欣赏趣味相吻合的严肃作品，就会发现它们有一个非常典型的特征，即幻灭性。所有这些作曲家，其中包括斯特拉文斯基和亨德密斯，都在他们的作品中表达了一种“反浪漫”的情绪。他们旨在改编音乐，使其符合他们所理解的“机器时代”这一社会现实。他们作品中的摒弃梦想这一情绪表明，听众倾向于用严酷的现实取代梦想，从接受厄运中获得乐趣。人们对于在他们生存的世界里实现理想不抱希望，通过感受音乐中的幻灭感来适应残酷的现实。人们采取所谓的现实主义态度，试图通过与形成“机器时代”的外部社会影响力达成认同，从而获取心灵的慰藉。然而，人们与现实的这种认同建立在理想破灭的基础上，正是这种幻灭剥夺了人们的快乐。经久不息的爵士鼓声所代表的对机器的崇拜包含了对自我的摒弃，而摒弃本身正是来源于对恭顺性格隐隐感到不安的躁动。机器之所以能成为最终崇尚的目标，是基于某些社会条件的，即人类附属于其所操作的机器。因此，改编自机器声响的音乐必然隐含了对人性的摒弃和对机器的盲目崇拜，而这种崇拜抹杀了机器作为器械所具备的特质。

至于另一情感类作品，有种辩解将其与一类电影观众联系起来。这两者的联系体现在穷苦女店员的事例上，她将自己幻想为凭借美丽的双腿、清纯的性格而获得上司垂爱的金洁·罗杰斯，从而获得快感。非直接的愿望满足被认为是电影社会心理学的指导性准则，同时它也被认为适用于解释从煽情音乐中萌发快感这一现象。然而，这种辩解只是表面上看起来合理罢了。

好莱坞和流行音乐界也许是梦工厂，但它们不只是为售货小姐提供单纯的非直接的愿望满足的渠道。售货小姐不是瞬间就认同罗杰斯式婚姻的，我们不妨将这一过程描述如下：当观众观赏一部感伤电影或听众欣赏一曲感伤音乐的时候，他们强烈地意识到获得幸福的巨大可能性，他们敢于自我告白，承认现实生活的既有秩序一味地迫使他们接受自己无力得到幸福这一事实。他们认识到自己不快乐但获得快乐是可能的，他们至少可以为认识到这一点而感到快乐，所谓的非直接愿望满足不过是认识到这一点后自我意识解放的表现。售货小姐的经历可以运用到老妇人身上，她们在他人新婚仪式上垂泪，为意识到自己生活的不幸而落下幸福的泪水。即使是最易受骗上当的人也不会相信，所有人最终都将获得赛马的巨额赌金。感伤音乐的实际效用在于，它使人认识到自己理想的破灭并从中获得一时的精神宣泄。

易动感情的听众总是选择聆听一切有关新近传奇的以及由其派生物制作成的适于煽情的音乐制品。对他们而言，消费音乐是为了哭泣，他们着迷于表现灰心失望而非幸福欢乐的音乐形式。以柴可夫斯基和德沃夏克为代表的标准斯拉夫人的忧郁曲调，其影响力远远大于莫扎特和贝多芬早期的踌躇满志的乐章。所谓音乐的宣泄作用是指音乐给听众提供了感知情感的契机，而这种情感只局限于灰心失望的情绪。情感音乐成为念叨“来，哭吧，我的孩子”的母亲的翻版，它是大众宣泄的工具，正是这种宣泄保证了人们思想的整齐划一。流泪的人不会比坚持前进的人反抗得更持久。让听众承认自己不幸的音乐使人们通过“宣泄”而甘心依附于固有的社会秩序。

选自《视听界》2005 年第 3 期、第 4 期

编选理由：

阿多诺发表于1941年的这篇论文，在七十多年后的今天，仍然是大众文化研究领域的重要文献。阿多诺从音乐制作过程的标准化和伪个性化入手，进而论述聆听过程中大众的服从性和被动性，他认为流行音乐是工业化时代的社会黏合剂。我认为，阿多诺虽然是将自己讨论的对象严格限定于音乐方面，但这篇论文的批判性锋芒早已超越单纯的音乐范畴，而指向我们为流行文化所充斥的日常生活本身。当然，阿多诺的观点本身也受到不少质疑，但这篇文章的反思视角，在今天仍散发着强烈的启示性光芒。

讲故事的人
——论尼古拉·列斯克夫

〔德〕瓦尔特·本雅明 著　王斑 译

一

虽然我们也许很熟悉讲故事人的名称，但当他近在眼前时，他已不具有现时的功效。讲故事的人已变得与我们疏远，而且越来越远。把列斯克夫（Leskov）这样的人作为讲故事者并不意味着使他接近我们，而是相反地增大了我们和他的距离。从某种距离观之，在列斯克夫身上，讲故事人特有的宏大、简明的轮廓十分醒目，或曰变得清晰，恰似于一定距离、一个角度观一面岩层中的人头和兽身化石，明晰可辨。这种距离与视角是由我们几乎每日都会感到的一种经验所预备。这经验告诉我们，讲故事的艺术行将消亡。我们要遇见一个能够地地道道地讲好一个故事的人，机会越来越少。若有人表示愿意听讲故事，十之八九会弄得四座尴尬。似乎把一种原本对我们不可或缺的东西，我们最保险的所有，从我们身上给剥夺了。这就是交流经验的能力。

造成这种现象的一个原因很明显：经验已贬值。经验看似仍在继续下跌，无有尽期；然而只消浏览一下报纸，就能发现经验已跌至新的低谷。一夜之间，我们对外在世界的认知，以及我们的精神世界的图景都经历了不可思议的巨变。随着第一次世界大战爆发，一种现象愈发显著，至今未有停顿之势。战后将士们从战场回归，个个沉默寡言，可交流的经验不是更丰富而是更匮乏，这不是显而易见的吗？十年之后潮涌般问世的描写战争的书籍中倾泻的内容，绝不是口口相传的经验，这毫不足怪。因为经验从未像现在这样惨遭挫折：战略经验为战术性战役所取代，经济经验为通货膨胀所代替，身体经验沦为机械性冲突，道德经验被当权者操纵。乘坐马拉车上学的一代人现在伫立于荒郊野地，头顶上苍茫的天穹早已物换星移，唯独白云依旧。孑立于白云之下，身陷天摧地塌暴力场中的，是那渺小、孱弱的人的躯体。

二

口口相传的经验是所有讲故事者都从中汲取灵感的源泉。在那些把故事写下来的人当中，只有佼佼者才能使书写版本贴近众多无名讲故事人的口述。顺便提一句，无名讲故事人有两类，两者当然有不少重叠处。只有对能够想象这两种类型的人来说，讲故事者的形象才血肉丰满。一则德国俗谚说："远行人必有故事可讲。"人们把讲故事的人想象成远方来客，但对家居者的故事同样乐于倾听。蛰居一乡的人安分地谋生，谙熟本乡本土的掌故和传统。若用经典原型来描述这两类人，那么前者现形为在农田上安居耕种的农夫，后者则是泛海通商的水手。实际上，可以说每个生活圈子都会产生自己的讲故事族群。这些族群几世纪之后仍保持他们的特点。在 19 世纪德国讲故事者中，像赫伯（Hebel）和哥特赫夫（Gotthelf）这样的作家出身于第一族类，像西斯菲尔德（Sealsfield）和哥斯代克（Gerstäcker）这样的作家则来自第二群体。但如前所说，这些群体的划分只不过是大致的分类，离开这两种类型的相互渗透和交融，讲故事的疆域在历史中的幅员到底有多大，则是无从拟想的。这种互渗交融在中世纪的工商结构中尤为显著。安居本土的工匠师和漂游四方的匠人在同一屋顶下合作，而每个师傅在本乡镇安家落户之前也都当过浪迹四方的匠人。如果说农夫和水手是过去时代讲故事的大师，那么工匠阶级就是讲故事的大学。在这里，浪迹天涯者从远方带回的域外传闻与本乡人最稔熟的掌故传闻融为一体。

三

列斯克夫对遥远的地方和悠久的年代皆感相宜。他是希腊东正教会会员，由衷地信仰宗教，但他也由衷地反对教会的官僚体制。由于他同样不能与世俗的官僚机构相安共事，所以他所有官职的任期都不长久。所有任职中，他作为一家庞大的英国商行的俄国代办的任期最长，这大概对他的写作最有益。为这家公司他足涉俄国各地。这些旅行使他更深谙世事，也使他增加了对俄国状况的认识。他因此而有机会熟悉国内各教派的体制结构。这在他的小说作品中留下印记。列斯克夫在俄国传说中发现对抗正教官僚体制的同盟。他有一部分传说性故事着重刻画正直的人。这人物绝少是禁欲主义者，通常单纯而活跃，似乎以世上最自然的方式超凡入圣。神秘的超生并非列斯克夫所长。尽管他有时耽于描写奇迹，但他还是愿意恪守硬朗的品性。在精于世道然而又不为世虑所羁绊的人中，他找到了描写的原型。

他在经理俗务上也表现了相应的态度。与此相符，他开始写作较晚，已二十九岁，那是在他结束商务旅行之后。他第一部印行的著作题为《在基辅为什么书籍昂贵?》。在写小说之前，他写了一些关于劳工阶级、酗酒、警医和失业推销员的篇什。

四

趋向于实用的兴趣是许多天生讲故事者的特点。这个特点在哥特赫夫那里比列斯克夫更为显著。例如他在作品中为农民提供农艺上的指导。这在很关心煤气灯祸患的诺迪亚（Nodier）那里也可见出。赫伯把给读者的点滴科学知识塞进他的《小宝贝盒》（*Schatzkästhein*）里，也是这个路子。所有这一切点明了任何一个真正故事的性质。一个故事或明或暗地蕴含某些实用的东西。这实用有时可以是一个道德教训，有时则是实用性咨询，再一种则以谚语或格言呈现。无论哪种情形，讲故事者都是一个对读者有所指教的人。如果“有所指教”今天听起来显得陈腐背时，那是因为经验的可交流性每况愈下，结果是我们对己对人都无可奉告。说到底，指教与其说是对一个问题的回答，不如说是对一个刚刚铺展的故事如何继续演绎的建议。要寻求指教得先会讲故事（且不说一个人只有在对自己的境况有所言说时才乐于聆听指教），编织进实际生活的教诲就是智慧。讲故事的艺术行将消亡，因为智慧——真理的史诗方面——正在衰亡灭绝。然而，这种情形已经持续了很久。有意视其为“颓败的症候”是再愚蠢不过的了，更不消说视之为“现代的”病症。这种现象是历史世俗生产力的并发症。这症状逐渐把叙述从活生生的口语领域剥离出来，同时又造成于消逝之物中瞥见一缕新型美的可能性。

五

长篇小说在现代初期的兴起是讲故事走向衰微的先兆。长篇小说与讲故事的区别（在更窄的意义上是与史诗的区别）在于它对书本的依赖。小说的广泛传播只有在印刷术发明后才有可能实现。史诗的财富，那可以口口相传的东西，与构成小说基本内容的材料在性质上判然有别。散文的体式有神话、传说，甚至中篇故事。小说与所有这类文体的差异在于，它既不来自口语也不参与其中。这使小说与讲故事尤其不同。讲故事的人取材于自己亲历或道听途说的经验，然后把这种经验转化为听故事人的经验。小说家则闭门独处，小说诞生于离群索居的个人。此人已不能通过列举自身最深切的关怀来表达自己，他缺乏指教，对人亦无以教诲。写小说意味着在人生的呈现中把不可言诠和交流之事推向极致。囿于生活之繁复丰盈而又要呈现这丰盈，小说显示了生命深刻的困惑。甚至连小说体式的第一部伟大经典都表明，人杰如堂吉诃德，其伟岸之精神，其勇气和侠义助人，都毫不具备教诲，毫无智慧闪烁。倘使几世纪中小说家时不时务求在作品中培植教诲——《威廉·麦斯德的漫游时代》（*Wilhelm Meisters Wanderjahre*）便是一个成功的例子，那么这些企图最终总是修改了小说形式。另一方面，成长小说一点儿也不偏离小说的基本结构。它将社会生活进程与个人发展融为一体，仅仅为决定这种形式的秩序提供了最脆弱的理由。它所提供的合理性与现实截然相左，特别在成长小说，实际烘托出来的正是这种残缺不全。

六

我们必须把史诗形式嬗变的节奏，想象成犹如在地球表层几世几劫中渐渐发生的沧桑。几乎没有另一种人类交流方式的发展比史诗的形成和消亡更徐缓。小说的端倪虽可见于古典时代，但仅数百年它就遇上了上升的中产阶级让它繁荣发达的因素。随着这些因素的出现，讲故事开始逐渐隐退而作古。虽然讲故事或多或少采纳新材料，但故事并不真正为材料所决定。另一方面，我们看到，随着中产阶级充分掌握实权，将出版业作为它在高度发达的资本主义世界中最重要的工具之一，一种新的交流方式应运而生。不论其源头有多久远，这种形式过去从未真正影响过史诗的形式。然而目前它却施加这种影响。结果，它以陌路人身份与讲故事狭路相逢，其威力不亚于小说。但它的威胁更大，甚至给小说也带来危机。这种新的交流方式就是消息。

《费加罗报》（*Le Figaro*）的创始人维耶梅桑（Villemessant）曾用一个有名的表述来形容消息的性质。“对于我的读者，”他曾说，“拉丁区一个顶楼的火灾要比马德里闹革命更重要。”显而易见，人们最喜闻乐见的不是来自远方的报道，而是能够了解近邻情况的消息。从远方来的报道，无论空间上来自国外还是时间上源于传统，都具有赋予自身合法性的权威，即使不经核实考证也可信。然而消息则声称能立即确证属实。最基本的条件是“不辨自明”。消息通常并不比先前世纪的报道更为准确。但早期的信息借助于奇迹，而消息则非得听来合情合理不可。由于这点，消息传播与讲故事的精神背道而驰。如果讲故事的艺术日渐稀罕，那么消息的广泛播扬便是这种状况的祸首。

每天早晨消息都把全球的新闻带给我们，但我们却缺少值得注意的故事，这是因为任何事件传到我们耳边时都早被解释得通体清晰。换言之，现在几乎没有任何事裨益讲故事的艺术，差不多一切都在促进消息的传播。事实上，讲故事艺术的一半奥妙在于讲述时避免诠释。列斯克夫擅长于此（比较《骗局》和《白鹰》两部作品）。他能极其准确地讲述最玄怪、最神奇的事端，但不把事件心理上的因果联系强加于读者。作品由读者以自己的方式见仁见智。由此，叙述赢得了消息所欠缺的丰满与充实之特质。

七

列斯克夫扎根于古典。古希腊第一个讲故事者是希罗多德（Herodotus）：他的《历史》第三卷第十四章有一则讲述莎门尼特斯（Psammenitus）的故事，能给我们不少启发。

埃及国王莎门尼特斯战败于波斯国王坎比希斯（Cambyses），为其擒拿。坎比希斯立意羞辱他的俘虏。他下令把莎门尼特斯置于大道旁，观看波斯军队凯旋。他还安排埃及国王观看其女儿沦为女佣，走向井边以水壶取水。当此时，埃及人不堪此惨状，皆哀叹唏嘘。莎门尼特斯则孑然伫立，一言不发，木如泥塑，两眼紧盯着地面。少顷，他瞥见儿子随同俘虏行列被拉去行刑，仍是不动声色。可是，当他在俘虏中认出一个又老又贫的佣人时，他竟拳击脑门，悲恸至极。

从这个故事中可看出讲故事的真谛。消息的价值昙花一现便荡然无存。它只在那一瞬间存活，必须完全依附于其且不失时机地向那一瞬间表白自己。故事则不同。故事不耗散自己，故事保持并凝聚其活力，时过境迁仍能发挥其潜力。因而蒙田（Montaigne）提起这位埃及国王时自问："为什么埃及国王见其佣人前不悲痛垂泪？"蒙田答道："因为他满腔悲痛，只需再有毫厘之增便决堤而泄。"这就是蒙田的理解。但我们可以说，埃及国王不为有贵族血统者的遭遇所动，因为那也是他的厄运。或者，许多实际生活中我们不为所动之事一搬上戏台，我们看了便为之触动。在埃及国王眼里，他的老佣仅是一个角色。再者，剧痛储蓄已久，一有松弛便爆发。看到老佣不啻是松弛。希罗多德并不提供诠释，他的报道极平实干涩。这就是何以这古埃及故事数千年之后仍会令人诧异，催人深思。犹之一粒掩埋在金字塔内无气无息的秘府里的谷物种子，历数千年仍保持生根发芽的潜力。

八

使一个故事能深刻嵌入记忆的，莫过于拒斥心理分析的简洁凝练。讲故事者越是自然地放弃心理层面的幽冥，故事就越能占据听者的记忆，越能充分与听者的经验融为一体，听者也越是愿意日后某时向别人重述这故事。这个融合过程在深层发生，要求有松散无虑的状况，而这闲置状态却日益鲜见。如果睡眠是肢体松弛的顶点，百无聊赖便是精神松懈的巅峰。百无聊赖是孵化经验之卵的梦幻之鸟，枝叶婆娑之声会把它惊走。它的巢穴是与百无聊赖休戚相关的无所为而为，这在大都市已绝迹，在乡村也日趋衰竭。随之而来的是恭听故事的禀赋不存，听众群体失散。因为讲故事总是重述故事的艺术，当故事不被保留，这一艺术就丧失了。之所以丧失，原因是听故事时，人们不再罗织细节，增奇附丽。听者越是忘怀于己，故事内容就越能深深地在记忆上打下印记。故事的韵律攫住他，听着听着，重述故事的才具便会自动化为他自身的资禀。这就是讲故事的艺术得以哺育的网络的情状。这就是当今之世，这网络在最古老的工艺氛围内编织了数千年之后开始分崩离析的原因。

九

讲故事，很长时期内在劳工所处的环境中繁荣，如农事、海运和镇邑的工作中。可以说，它本身是一种工艺的交流形式。讲故事不像消息和报道一样着眼于传达事情的精华，它把世态人情沉浸于讲故事者的生活中，以求把这些内容从他身上释放出来。因此，讲故事人的踪影依附于故事，恰如陶工的手迹遗留在陶土器皿上。讲故事人不把故事当作自己的亲身经历，为此，他们常常开篇便陈述他们怎样在某种情境中得知一个故事的原委。列斯克夫在《骗局》（*Deception*）中，一开头便描述自己乘火车旅行，声称从一位旅客那里听来接下来要讲的事件。或者，说是想起陀思妥耶夫斯基的葬礼，在那里遇见他的故事《关于克罗采奏鸣曲》（*À Propos of the Kreutzer Sonata*）中的女主角。在《有趣的人们》（*Interesting Men*）中他烘托了一个读书人的圈子，就在其中我们听他讲述一个又一个的故事。这样，他的来去行踪频频在叙述中出没，要么作为某人的亲身经历，要不就是二手报道。

这种工艺，这种讲故事的方式，列斯克夫本人也视为一种手艺。"写作，"他在一封信中说，"对我不是人文艺术，而是一门手艺。"他觉得与工匠艺人有缘分，将工业技术目为陌路，这毫不足怪。托尔斯泰一定深有同感，他评论列斯克夫讲故事的技艺一针见血。他称列斯克夫为"第一个指出经济发展弊端的人……奇怪的是，陀思妥耶夫斯基的读者甚广，而列斯克夫却鲜为人知……这简直令人费解。他是一个讲真话的作家”。列斯克夫精彩而亢奋的故事《铁跳蚤》（*The Steel Flea*）介乎传奇和闹剧之间，其中他通过对吐勒镇铁匠的描写颂扬了本乡本土的工艺。铁匠的杰作——铁跳蚤，得到彼得大帝的赏识，这使他相信俄国人不必在英国人面前感到愧赧。

关于讲故事者所由出身的工艺氛围之精神图景，保罗·瓦雷里（Paul Valéry）勾画得最为意味深长。“他谈到自然界中的完美事物——白璧无瑕的珍珠、丰盈醇厚的葡萄酒、肢体丰满的动物，称这些为‘相似的因果长链所产生的珍贵产品’。”这种因果的累积叠加时间上永无终日，仅止于尽善尽美。瓦雷里接着说，“人们从前还模仿自然的徐缓进程。精雕细刻至完美的小工艺品，象牙雕，光润圆滑、造型精美的宝石，由透明薄片叠加而成的漆器漆画——所有这些积日累劳而作、献祭式产品正在消失。时间无关紧要的时代已为陈迹。现代人不能从事无法缩减裁截的工作。”

事实上，现代人甚至把讲故事也成功地裁剪微缩了。“短篇小说”的发展就是我们的见证。短篇小说从口头叙述传统中剥离出来，不再容许透明薄片款款地层层叠加，而正是这个徐缓的叠加过程，最恰当地描绘了经由多层多样的重述而揭示出的完美的叙述。

十

瓦雷里结语道：“似乎永恒观念的衰微与对优游徐缓劳作的厌恶相辅相成。永恒的观念总以死亡为其最旺盛的源泉。”如果我们如此假定永恒观念的衰落，那么死亡的面目也一定改变了。结果是，这一改变类似抑损经验交流的那些变迁，与讲故事的衰落齐头并进。

我们可以觉察到，几个世纪以来，在总体意识里，死的观念不再像过去一样无所不在，生动逼真。这一衰落在其后期愈演愈烈。在19世纪，资产阶级社会通过卫生和社会制度、私有和公共制度造成了一个第二性的效果，而这效果可能就是潜意识中的主要初衷：使人们避讳死亡唯恐不及。死亡曾是个人生活中的社会过程，最富典型意义。遥想中世纪的绘画，死榻升为王座，人们穿过死屋敞开之门趋前敬吊死者。在现代社会，死亡被越来越远地推离生者的视界。过去，没有一户人家，没有一个房间不曾死过人。〔中世纪对死亡有空间感，将伊比扎（Ibiza）日晷上的铭文《众生末日》（*Ultima multis*）

视为时代精神。〕当今之时，人们则居住在从未被永恒的无情居民——死亡——问津过的房屋里。临终之时，则被儿孙们隐藏到疗养院或医院里去。然而，富于典型的是，一个人的知识和智慧，尤其是他真实的人生——这是故事赖以编织的材料——只有在临终时才首次获得可传承的形式。恰如在弥留之际，生平的意象在心中翻滚湍流，展示种种曾遭遇但未及深谙的自我，同样，在临终人的表情和面容上，无可忘怀之事会陡然浮现，赋予一生的巨细一种权威，连最悲惨破落的死者也不例外。这权威便是故事的最终源头。

十一

死亡使讲故事的人获得叙说世间万物的许可。他从死亡那里借得权威，换言之，他的故事指涉的是自然的历史。无可比拟的约翰·彼德·赫伯（Johann Peter Hebel）的一个精美的故事表达了这一历史，堪称典范。故事载于《莱茵家庭乐事珍集》（*Schatzkästlein desrheinischen Hausfreundes*），题为《不期之合》，开篇讲一个在费伦（Falun）工作的矿工的订婚典礼。婚礼前夕，他在矿道深处丧生于矿工之灾。新娘在他死后忠贞不渝，经年累月，凋零成伛偻老妪。一天，一具尸首被从废弃的矿井中拖出，因浸透了铁硫酸，所以仍完好无损。老妪认出这是她的未婚夫，相逢之后她也被死神召去。赫伯讲述此故事时考虑有必要使这一长久的时期更富醒目的形象。他这样写道："这期间里斯本被地震摧毁，又历经七年战争，而后才复平静，佛朗西斯一世驾崩，耶稣教会被废除，波兰被瓜分，玛利亚·特丽莎（Maria Theresa）女王仙逝，斯楚恩希（Struensee）被处刑。美国赢得独立，法国和西班牙联盟夺取直布罗陀海峡受挫，土耳其人把斯坦恩元帅关押在匈牙利的维特拉那洞穴，约瑟夫皇帝也去世了。瑞典的古斯塔夫（King Gustavus）征服了隶属俄国的芬兰，法国大革命爆发并开始连绵战事，利奥普二世也进了坟墓。拿破仑夺取俄国，英军袭击哥本哈根，农夫们播种收获，磨坊主碾磨谷物，铁匠敲打铁砧，矿工在地下坑道挖掘矿藏。但1809年当费伦的矿工们……"

从未有一个讲故事者像赫伯这样在一段编年史中将其报道深潜于自然流程的历史中去。应仔细研读。死亡在其中日复一日地显现，犹如执镰刀杀伐的死神常现于典仪的列队，绕着指向正午的教堂时钟从容而行。

十二

任何对史诗形式的研究都关注这一形式与历史学的关系。事实上我们可以进一步提出这么一个问题：历史学是否构成所有史诗形态的共同基础？如果是，那么书写的历史之于史诗，恰如白光之于光谱析出的彩色。无论何种情形，在史诗所有的形式中，纯粹地表现为无色的历史书写之光的，莫过于编年史。在编年史宽泛的谱系里，一个故事的不同讲法也逐次渐变，如一种颜色转换为深浅色调。编年史家是历史的叙述者。回想赫伯那富于编年史基调的段落，我们不费气力就测量出历史书写者、历史学家和讲述历史的人，即编年史家之间的差异。历史学家总是想方设法地解释他所描述的事件，而不甘于仅仅平铺直叙事件，并以此为世界进程的模式。但这恰是编年史家所为，特别是其典范，中世纪的编年史家，今日历史学家之前身。编年史家以一种神圣的、不可理喻的救赎计划作为其历史故事的基础，一开始就从肩上卸下了论证和解释的包袱。解释被诠释替代，诠释并不关心具体事件准确的来龙去脉，而注重将其嵌入世界不可理喻的恢宏进程中。

这一过程是根据末日审判的教义还是自然的进程，不会有什么区别。编年史家在讲故事的人中留存下来，面目改观了，即世俗化了。这点在列斯克夫的作品、在其他同类作家的作品中，表现得特别清楚。有宗教意向的编年史家和有世俗观的讲故事者在其作品中都加以呈现，以致在部分作品中很难分辨故事是天地演变的宗教观的金色织物，还是多彩多姿的现世眼光的印花织物。

让我们看看《绿宝石》（*The Alexandrite*）这一故事。此故事把读者引进“一个古老的时代。那时，地球腹中的石头和高悬的神圣星辰仍然关怀人的命运。不像今天，天地不仁，万事万物对人子的遭际皆漠然置之。万籁俱寂，无有与人晤谈之声，更遑论听从人之颐指。未发现的星体已没有一个能在占星术中起作用。还有许许多多新石块，都被测量过，被用磅称过，也被检验过特别的重量密度；但石块不再向我们诉说什么，也不带给我们什么好处。它们跟人交谈的时日已一去不返了”。

显然，要毫不含糊地描述列斯克夫这一故事所形容的世界进程，几乎是不可能的。这进程是受命于宗教，抑或是顺应自然？唯一能肯定的是，它本质上游离于一切现实历史的范畴之外。列斯克夫告诉我们，人能视自身与自然和谐相处的时代已终结。席勒称这种世界历史时代为天真诗的时代。讲故事的人仍尽忠于此时。他的眼光从不游移于那人兽于前簇拥而行的日晷，在不同的情形下，死亡有时是这行伍的领队，有时是悲惨的落伍者。

十三

很少人意识到，听者与讲故事者之间之所以持有纯真自如的关系，在于听者有兴趣保留他所听的故事。心无杂虑的听者的首要任务是使自己有可能重述所听的故事。记忆是史诗的“真正禀赋”，只有凭借博闻强记，史诗写作才能吸纳事件的进程，并且在事件过眼之后，能和死的威力和睦相处。对于列斯克夫虚构的普通人来说，他故事情境中的首领、沙皇，拥有百科全书似的广博记忆，这并不奇怪。普通人会说，“我们的皇帝和他全家确实拥有惊人的记忆”。

对古希腊人来说，记忆之神是史诗艺术的缪斯（Muse）。这顶桂冠使观察者回到世界历史中的一个岔道。如果记忆保留的记录，如历史学，构成了史诗各种形态的创作温床（有如宏伟的散文体是各类诗律形式的发源地），那么其最古老的形式——史诗，作为一个宽泛的尺度，便兼容故事和小说的要素。历经几世纪的漫长进程，小说从史诗的腹中脱胎而降，结果是源于缪斯的史诗意识，即记忆，在小说中与在故事中的显形迥然不同。

记忆创造了传统的链条，使一个事件能代代相传。这就是广义上的史诗艺术源于缪斯的因素，其中还包容史诗的别种变形。冠于这些形态之首的是讲故事人的艺术实践。这实践构建了一切故事最终合力形成的网络。一个故事连缀下一个，如杰出的，尤其是东方的讲故事者一贯显示的那样。每一个故事中都有一个谢荷拉查德（Scheherazade），她的记忆在一则故事终了之际随即萌生新的故事。这就是史诗的记忆，叙述中缪斯的惠顾。这种记忆应与另一种原则相对照。这原则在小说的原始形式即史诗中隐而不显，还未和故事中的记忆因素区分开来。无论如何，这一原则有时能在史诗中显现，尤其在荷马史诗庄严肃穆的时刻，像开篇乞灵于缪斯的做法。这些篇章声称，小说家所需要的持续记忆与讲故事人的短期记忆形成对照。前者致力于一个英雄、一段历程、一场战役，而后者则描述众多散漫的事端。换句话说，记忆作为小说中缪斯的灵感之源，已附加于故事产生的相应因素——追忆。随着史诗的衰微，这两者在记忆中的统一便分崩离析。

十四

帕斯卡（Pascal）曾说过："没有人死时会穷困得身后一无所有。"对记忆来说，亦是如此，虽然记忆的遗产并不一定能找到传人。小说家管理这一遗赠，常常怀着深沉的忧郁之思。阿诺德·贝内特（Arnold Bennett）在他的一部小说里提到一位过世的女人，说她几乎从未有过真正的生活。这句话通常也适用于小说家所经营的全部遗产。在关注过这个问题的众多阐释者中，最重要的阐释者当推乔治·卢卡奇（George Lukács）。卢卡奇在小说中看到的是"超验精神无家可归的形式"。在他那里，小说同时还是唯一将时间采纳为结构原则的艺术形式。

卢卡奇在《小说理论》中说，"只有当我们与精神家园失去联系时，时间才能成为结构的因素。只有在小说里，恒常的真实与幻变的时序才彼此分离。我们几乎可以说，小说的整个内在动作不过是抵抗时间威力的一场斗争。……从这抗争中产生了真正的史诗对时间的体验：希望和记忆。只有在小说里才有让事物显形并将其演变的创造性记忆。……主体只有在从封存于记忆的过往生命的流程中窥察出他整个人生的总体和谐时，才能克服内心生活与外部世界的双重对立……摄取这和谐的眼光，成为神启似的洞见，能把握未获得的，因而是无以言说的生活的意义。"

"生活的意义"的确是小说动作演绎的真正中枢。对意义的寻觅不过是读者观照自己经历小说描述的生涯而表现的初始惶惑。此处是"生活的意义"，彼处是"故事的教诲"：小说与故事以这样的标签判然对峙。从两者中，我们可以看出构成这两种艺术形式的截然不同的历史因素。倘若《堂吉诃德》是小说最早的标本，那它最晚近的范本也许是《情感教育》（*Éducation sentimentale*）。

在《情感教育》结尾的文字中，资产阶级时代处在颓败之始，从其行动中所发现的意义已成为生活之杯中的渣滓。少年时的挚友弗里德里克和德斯罗赫回顾年轻时的情谊，接着发生了这样一桩小事：一天他们偷偷地、羞怯地造访本城的烟柳之地，什么也没干，只是敬献了一束从自家花园里摘来的花。“这个逸闻三年之后仍在流传。他们互述这桩事的细节，互相补充回忆中的缺点。追述完毕，弗里德里克叹道，‘那兴许是我们一生中最美好的事’。‘你说得大概没错，’德斯罗赫答道，‘那可能是我们一生中最美好的事。’”

随着这种洞悉，小说达到了一个严格说来属于小说而不属于故事的结局。对任何一个故事来说，继续陈述下去都是个合情合理的问题。然而小说家则止于写下“剧终”，邀请读者洞察冥会生活的意义这一极限，并不希望越雷池一步。

十五

听故事的人总是和讲故事者相约为伴，甚至故事的读者也相互分享这种情谊。然而，小说的读者则很孤独，比任何一种别样文类的读者都更孤独（连诗歌读者都愿吟哦有声以便利听者）。在寂寞中，小说读者比谁都更贪婪地攫取他所读的材料。他准备将读物全盘占为己有，或将其鲸吞下肚。实际上，他捣毁、吞噬叙述的素材恰如壁炉中的烈火吞噬木块。贯穿小说的悬念正像一股气流，煽旺炉中之火，使之生动狂舞。

这是使小说读者的兴致燃烧不止的干柴。“一个三十五岁去世的人，”莫里兹·海曼（Moritz Heimann）曾说过，“无论就其一生的哪一点来看，都是一个在三十五岁时死去的人。”这句话要不是因为时态有毛病的话，真是含混至极。此处意指的真理是，一个过去三十五岁时死去的人，在生者的记忆中将呈现为一个终其一生都是个三十五岁而终的人。换句话说，于现实生活中毫无意义的一句话，在记忆铭刻的生活中却不可辩驳。小说人物的本质不能比这句话表达得更好了。它表明小说人物的“生命意义”只有在死亡的一瞬才显露。但一部小说的读者确实是在寻找他能从中获得生命意义的同类，因此，无论如何他必须事先得知他会分享这些人物的死亡经验，若有必要的话，是他们象征性的死亡——小说的结局，但更佳的是他们真实的死亡。人物怎么才能使一位读者明白，死亡在等待他们，一个确切的死亡，在一个确定的地点。这是个使读者对小说事件永葆浓烈兴趣的疑问。

因此，小说富于意义，并不是因为它时常稍带教诲，向我们描绘了某人的命运，而是因为此人的命运借助烈焰而燃尽，给予我们从自身命运中无法获得的温暖。吸引读者去读小说的是这么一个愿望：以读到的某人的死来暖和自己打寒战的生命。

十六

高尔基写道，“列斯克夫是一位深深扎根于人民的作家，完全不受外邦的影响”。伟大的讲故事者总是扎根于民众，首先是生根于匠艺人的环境。但是，正如这环境包括经历了经济技术发展的许多阶段的农事、海运和城镇的因素，含有流传至今的经验储存的概念也有不同的层次。（更不消说商人在讲故事艺术中起过不小的作用，他们的任务不单是增加教诲内容，更多的是日臻完善吸引听众的技巧。他们在《天方夜谭》的连环故事中留下了深刻的痕迹。）简言之，尽管讲故事的活动在人类大家庭中起过重要的作用，但能够获取这些故事成果的概念却不可一概而论。列斯克夫能轻易用宗教语汇表述的概念，在赫伯那里似乎自动地融合于启蒙主义的教育观念，在爱伦·坡那里显现为深奥费解的传统，而在吉卜林（Kipling）描写的英国海员和殖民士兵那里，此概念又找到最后的归宿。一切讲故事大师的共同之处是他们都能自由地在自身经验的层次中上下移动，犹如在阶梯上起落升降。一条云梯往下延伸直至地球脏腹，往上直冲云霄——这就是集体经验的意象。对此，个人经验中最深重的震惊，甚至死亡，也不能构成障碍或阻挠。

“他们美好的日子万年长”，童话故事这样说。童话曾是人类的启蒙导师，至今仍是儿童的首席教师，因此童话仍隐秘地存活于故事中。第一位真正的讲故事者是童话讲述者，今后还会是这样。每当良言箴训急需之日，便是童话大力相助之时。这个需要来自神话创造的需求。童话告诉我们人类早期如何设法挣脱神话压在人们胸襟的梦魇。在小丑的形象中，它显示了人怎样在神话前“装傻”。在最年幼的兄弟形象中，它揭示，随着原始时代的消退，我们的机会越来越多。在那个力求探明何为恐惧的人物形象中，它显示了我们所惧之事可以为我们洞悉。在自作聪明人的形象中，它表明神话所提的问题都是头脑简单的，如狮身人面兽所出的谜。在那些济助儿童的动物中，它告诉我们，自然不单单服从神话，还愿与人为亲。太古之时童话已教会人类且至今仍在教导儿童的最明智的箴言是：用机智和勇气应对神奥世界的暴力。（这就是童话分勇气为两极，被辩证地划分为机智和奋勇的原因。）童话所具备和施展的解救魔力并不是使自然以神话的方式演变，而是指向自然与获得自由的人类的同谋。成熟练达的人只能偶尔感到这种共谋，即在他幸福之时，但儿童则在童话中遇见这个同谋，这使他欣喜。

十七

讲故事者很少像列斯克夫那样与童话精神表现出如此深厚的因缘。这里包含了正教教义所推崇的某些倾向。众所周知，奥里根（Origen）关于众生皆可升天的冥想为罗马教廷所不齿，但在正教教义中却起了重要作用，列斯克夫深受奥里根影响，计划翻译其著作《论终极原理》（*On First Principles*）。他遵循俄国民间信仰，不把复活理解为变形，而更多的是像在童话中那样视之为幻灭。对奥里根的这种理解是列斯克夫《魔幻旅行》的基础。如其他作品一样，这个故事是童话和传奇的一个杂糅，类似恩斯特·布洛赫（Ernst Bloch）以其独特的方式运用我们对神话和童话的区分时提到的那种糅合。

“童话和传奇的一个糅合，”布洛赫说，“包含了象喻的神奇因素，这些因素的效果恒常不变，引人入胜，但并不超绝人寰。传奇中常有道士形象，尤其是老态龙钟的道士，这就是所谓‘神奇’。比如费勒蒙（Philemon）和包西斯（Baucis）这一对，安详如常却神魔地逃脱。在有道教气氛的哥特赫夫，肯定也有类似的童话和传奇的联系，尽管层次更低。有某些时刻，这种联系把传奇从魔幻地点分离开来，营救了生命之火，特别是内在外在都在默默燃烧的人的生命之火。”“神魔地逃脱”指的是列斯克夫所创造的人物系列中的佼佼者，那些正直的人。巴甫林，费格拉，戴假发者，驯熊者，助人为乐的哨兵。所有这些都是智慧和仁慈的形象，世人的安慰，环绕于讲故事人的周围。他们确定无疑贯注着列斯克夫母亲的影像。

列斯克夫这样形容他母亲：“她仁慈至极，从不忍伤害其他人或动物。她不食鱼肉，因为她对飞禽走兽有如此深厚的恻隐之心。我爸爸有时因此而责备她，她却答道，‘我亲手把这些动物养大，它们就像我的子女一样。我能吃我的孩子吗?’她在邻居家做客也不吃肉，常说，‘它们活着的时候我见过，它们是我的熟人，我能吃我的熟人吗?’”

正直人是造物的代言人，同时是造物的最高体现。在列斯克夫那里，正直人带有母性色彩，有时这个特征还出神入化。（当然，也影响了童话的纯粹性。）最典型的是他的故事《克廷：两性之灵肉哺育者》中的主角。此人是农夫，名叫彼斯昂斯基，兼具男女性别。他母亲把他当作女儿教养，达十二年之久。他的男女性器同时生长成熟，他的双性“成为上帝显灵的象征”。在列斯克夫看来，这是造物所能企及的顶峰。同时他还将其视为连接现世此在与彼岸的桥梁。这些列斯克夫的讲故事技巧重彩描绘的现世中强壮、有母性的男性形象，在青春勃发之时已从情欲的奴役中解脱出来。但是，他们实际上并不体现禁欲理想。这些正直人物的节制很少有匮乏的贬义，以致与叙述者在《孟真斯克的麦克白夫人》中所描绘的淫欲形成最基本的对照。如果说巴甫林与这个商人妇之间的种种人物形象概括了造化的繁盛品类，那么在人物的贵贱高低的层次方面，列斯克夫也深掘了其底蕴。

十八

造物的贵贱高下以正直人为巅峰，等而下之渐次进入无机物的深渊。这里须注意这样一个特点：造化整体并不以人声言说，而是借“自然之声”发言。如列斯克夫的一个最有意味的故事的题目所称。

这个故事描述了一个芝麻小吏菲律甫·菲利玻维奇使尽浑身解数，以求把一位途经小城的陆军元帅奉为上宾。他还真弄成了。这位客人开始时惊诧这卑微小吏的殷切邀请，但逐渐觉得此人似曾相识。他是谁？客人不记得了。奇怪的是主人这方也不愿自报家门，反而还日复一日地延宕贵人的归期，声称“自然之声”会毫厘不爽地向他表明。如此数日，直到临行前客人才准许主人的请求，当众让“自然之声”发言。于是主妇隐退到内室，她“带回一个硕大的、闪闪发光的铜制狩猎号角，交给她丈夫。他接过号角，置唇边，似乎一刹那变了形。他刚鼓气吹响号角，如雷声隆隆，陆军元帅就突然喊道：‘停下！我晓得了，兄弟，这让我一下就认出你。你是步兵团的号兵，因为你为人老实，我派你去监视爱搞邪门的司务长。’‘没错，元帅大人，’主人答道，‘我不想自己向你提起这事，但要让自然之声告诉你。’”

这故事中隐藏在滑稽之下的深意显示出列斯克夫出色的幽默感之一斑。在同一故事中，这幽默以一种更隐秘的方式得以证实。我们得知这小吏因为人诚笃被派去监视心术不正的军需官，这在元帅认出他的结尾场景中已叙述过了。但在故事开头，我们了解到有关这主人的如下事实：“镇上所有居民都与此人相识，知道他无高官厚禄，因为他既不是政府官员也不是军官，只是一个小军需站的主管。他与鼠蚁为伴，咀嚼国家粮饷，经年累月为自家咀嚼出一座构造俨然的房舍。”显然这个故事反映了讲故事人传统意义上对无赖和骗子的同情，整个闹剧文学就是证明，甚至在艺术的雅座上也有一席。赫伯的所有人物，如布拉森海姆（Brassenheim Miller）的磨坊主，廷得·弗雷德（Tinder Frieder），红颜节食人等都与无赖有亲缘。但对于赫伯，正直人在世俗剧台上也扮演主要角色，可是因为无人能真正胜任，角色总是易位转手。时而是流浪汉，时而是喋喋不休讨价的犹太商贩，时而是智力驽钝的人插足进来代替这角色。正直人在任何情况下都是客串表演，道德层面的弄姿作态。赫伯有诡辩倾向，他绝不死命坚持什么原则，但也不排斥原则性，因为任何原则都有为正直者借用之时。我们可以将此与列斯克夫的态度相比较。列斯克夫在其《关于克罗采奏鸣曲》这一故事中写道，“我意识到我的思想是来源于一种讲究实际的人生观，而不是根据抽象的哲理或崇高的道德，但我仍习惯按我特有的方式思索”。当然，比起赫伯世界里的道德事端，列斯克夫作品中的道德劫难，犹如默默流淌的伏尔加河之于欢快奔突、水花四溅的水车溪流。在列斯克夫的一些历史故事中，激情的摧毁力恰如阿喀琉斯的愤怒或哈根的仇恨。在这位作家眼前，人世间会如此怵人地黯然失色，如此堂皇地举起魔杖，这真是令人惊异。列斯克夫显然理解使他接近悖论式的伦理观的心态，这也许是他与陀思妥耶夫斯基的绝少相似之处。在《来自远古的故事》（*Tales from Olden Times*）中，蛮荒的自然力肆其暴虐，残酷至极，但正是神秘冥思者有意将此惨烈视为由极端堕落的低谷升至圣域的转机。

十九

列斯克夫愈是下降潜入造物的低层，他对事物的看法就愈是邻近神秘。如下文所示，在这点上有许多例证揭示了讲故事人内在本质的特性。当然，闯进无机自然深层的作家寥寥无几。在现代叙述文学中，很少有讲故事者的声音像列斯克夫讲故事《绿宝石》时那样响亮清澈，而无名讲故事者却先于一切文学而存在。这故事描绘一种未经雕琢的宝石：金绿宝石。虽然这宝石处于造物阶梯的底层，但对讲故事者来说，它直接与造物的巅峰相连。讲故事的人得天之禀，能从金绿宝石中洞察出历史世界中地老天荒、生态绝迹的启示。讲古人就生活在此世界中。这个世界就是亚历山大二世的世界。讲故事者或者说列斯克夫授之以自己智慧的那个人，是个钻石雕匠，名叫温哲。他的技术已臻至完善。我们可以把他与杜拉的银器匠相提并论，本着列斯克夫的精神说，最优秀的艺匠掌握了深入造化冥冥内庭的途径。这宝石雕匠是虔诚的肉身显现。故事这样描述他："他突然挤捏我戴着镶金绿宝石戒指的手，这宝石据称在人造光亮下能闪闪发红光。他喊道：'瞧，就是它，会预言的俄国宝石！狡猾的西伯利亚宝石，它总是绿萤熠熠，有如希望，只是到傍晚才浸润血色，世界肇始就如此。但它长年隐秘，深藏地底，直至亚历山大俄皇登基之年，一个魔法师到西伯利亚寻求此石，它才愿见天日。这魔法师……''你胡说什么，'我打断他，'这宝石根本不是魔法师发现的，而是一位叫诺基斯克的大学者找到的！''就是一个魔法师，我告诉你，就是魔法师！'温哲声嘶道，'瞧瞧，这宝石，里头有绿色的黎明和血红的黄昏……它是命运，是尊贵的沙皇亚历山大的命运！'说着说着，老温哲面向墙壁，头支在胳膊上……啜泣起来。"

恐怕最能使人接近这一意味深长的故事之真谛的，莫过于瓦雷里在一个与此无关的场合说过的一句话。瓦雷里在研究一位创作丝绣人像的女艺术家时说："艺术的观察可以企及几近神秘的深层，被观察之物失去了它们的名称。光和影融合成十分别致的体系，提出十分独特的问题。这些问题既不依赖于知识也不是出自什么实践，而纯粹由某人的灵性、眼光和手艺的融合获得其存在的价值。这种人天生就能洞悉这样的体系，并在自我内心中将其创造出来。"

寥寥数语，便将心、眼、手连在一起，三者的互动协调形成了一个实践。我们对这一实践已经很陌生。手的功夫在生产中越来越卑微，在讲故事中的地位也日渐荒废。（说到底，在感性方面，讲故事绝不仅仅是喉音的功夫。在地道的讲故事艺术中，手势的作用不小。工艺练就的手势以千差万别的姿态支撑着表达的意义。）瓦雷里这句话中呈现的古老的心、眼、手协调一致的实践也属于工匠，在任何讲故事艺术安家落户之处都能遇见这种协调。事实上，我们可以深一步追问，讲故事者与他的素材——人类生活的关系本身是否正是工艺人之于工艺品的关系？讲故事人的工作恰恰是以实在、实用和独特的方式塑造经验的原材料——自己和他人的经验。如果我们把谚语视为一则故事的表意符号，那么这种塑造过程可以由谚语最充分地呈现。一句谚语是一座伫立于一则古老故事旧址的废墟，其中一则教训缠绕着一个事件，有如青藤爬满了墙垣。

如是观之，讲故事的人便加入了导师和智者的行列。他拥有教诲，但这不像俗谚那样只适用几个场合，而是像智者的智慧，普遍皆准。讲故事者将有回溯整个人生的禀赋。(顺便提一句，这不仅包括自己经历的人生，还包含不少他人的经验，讲故事者将道听途说都据为己有。) 他的天资是能叙述他的一生，他的独特之处是能铺陈他的整个生命。讲故事者是一个让其生命之灯芯由他的故事的柔和烛光徐徐燃尽的人。这就是环绕于讲故事者的无可比拟的气息的底蕴，无论是列斯克夫、豪夫（Hauff）、爱伦·坡，还是斯蒂文森(Stevenson)，都是如此。在各种形象的讲故事人中，正直的人遇见他自己。

选自《启迪：本雅明文选》，〔德〕汉娜·阿伦特编，生活·读书·新知三联书店 2008 年版

编选理由：

如有可能，本雅明的这篇文章可以和卢卡奇的早期著作《小说理论》对比阅读。两位学者都讨论了现代小说的兴起——卢卡奇是以史诗的消亡作为背景展开论述的，而本雅明讨论问题的出发点则是民间故事的式微。顺便说一句，本雅明所着重分析的俄罗斯作家列斯科夫虽然早有中译，但中国小说界似乎很少有人加以关注。在不久前的金砖五国作家会议上，我在晚宴上与一位俄罗斯作家谈及此人，他告诉我，列斯科夫在当今的俄罗斯，已经成为足以与托尔斯泰和陀思妥耶夫斯基比肩的伟大作家。而在中国当代文学脉络中，我认为最后一位坚持用民间故事的方式表现时代生活的作家，或许是赵树理。

第七辑　本已篇

迷　舟

一九二八年三月二十一日，北伐军先头部队突然出现在兰江两岸。孙传芳部守军三十一师不战而降。北伐军迅速控制了兰江和涟水交接处的重镇榆关。孙传芳在临口大量集结部队的同时，抽调精锐之师驻守涟水下游棋山要塞。棋山守军所属三十二旅旅长萧在一天深夜潜入棋山对岸的村落小河。七天后突然下落不明。萧旅长的失踪使数天后在雨季爆发的战役蒙上了一层神秘的阴影。

引子

萧接到师部给他的秘密指令是四月七日的上午。师部让他率三十二旅驻守棋山对岸的小河村落。这个仅有几十户农家的村落像犄角一样突出，在涟水拐道的河口，是一个理想的防御地点。按照师部的命令，他必须于九日凌晨潜入小河村，尽快查明那里可以知道的一切详细情况。师部提醒他：既然我部已注意到这片没有遮掩的神秘区域，同样，北伐军对它也不会无动于衷。就在萧准备渡船出发的前夕，发生了一件意想不到的事。

四月八日，闷热的午后阳光使人恹恹欲睡。萧在涟水岸边的柳林里骑马独行。他经过棋山北坡谷底一片炫目的军用帐篷时，一匹枣红色的马追上了他。

警卫员拽住马的缰绳斜侧在萧的左边。阳光正对着他，他的双眼不能完全睁开，警卫员在还没有完全安静下来的枣红马上挺了挺身体，迅疾举起右手掠过帽檐：

"有一位老太在旅部等着见你。"

萧继续稳稳地朝前遛了几步才拨回马头。天太闷热了，凉风越过山脊，从他的头顶上滑过，北坡谷底的空气是凝固的。警卫员还站在原地，他没有伸手捋掉脸上不断滚动的汗珠，而是怔怔地看着萧，等待着他的答复。

“你想个法把她支走——”萧不耐烦地挥了挥手，警卫员驱马朝前走了几步，压低嗓门怯怯地说：

“她，说是从小河来的。”

萧漫不经心地扫了他一眼，没有搭腔。他已经策马朝旅部疾驰，警卫员在离他十丈左右的尘土中紧紧跟随着。战争使他厌倦了那些令人心烦的琐事。他知道，因为战争中的阵亡，士兵的家属突然出现在指挥部里是司空见惯的，这些捏着写有儿子和丈夫姓名字条的陌生面孔会提出一些荒唐的要求：索取遗物或打听士兵临终前的种种细节。由于这支没有番号的部队从来没有保留任何阵亡将士的名册，这些可怜的百姓常常在下级军官的叱骂声和枪托的威逼下悻悻离去。尽管萧所在的师是一支精锐的嫡系部队，但他也不得不常在供给奇缺的情况下在前沿阵地作战。他的部下有时像夜与昼一样更替得非常彻底，一群仅玩过鸟枪的庄稼人也被临时招募来履行最艰巨的狙击使命。在这几乎和以前一样寂静的午后，对即将开始的大战的某种不祥的预感紧紧地困扰着他。

萧捏着马鞭走进旅部临时指挥所时，一眼就认出了这位来自故乡的老人。她是村子里的媒婆马三大婶。他离开家从军只有短短的几年，这位风流、热情、充满活力的女人一下子变老了。马三大婶对村里大部分青壮男人的诱惑和慷慨大度曾引起女人间无穷无尽的纠纷。在战争的间隙，她常常成为萧对故乡往事回忆的纽结。马三大婶是来向他报告他父亲的死讯的。

他的父亲一天傍晚在灶下生火，呛鼻的回烟使他想起很久没有捅一下烟囱了。这位七十八岁的老人颤巍巍地拿着一根绑满稻草的竹竿爬上了屋顶。他在踩碎了三片瓦和两根烂椽后，摔死在灶屋的水缸里。在媒婆用尖细的嗓门几乎是滑稽地描述完父亲的死之后，萧显得格外平静。他没有丝毫突兀的恐惧和悲痛的感觉。他简略地回忆了一下父亲生前的时光，随后就向警卫员要来一支烟抽。他划火柴的手指有些颤抖，他知道，那不是源于悲痛，而是睡眠不足。萧旁若无人地走出了指挥所，朝着系马的一棵老杨树走去，萧在解马缰的时候听到了身后脚步踩乱草丛的声响。那是警卫员不安地跟了出来。萧回过头狠狠地瞪了他一眼，警卫员不由得止住了脚步。

已是黄昏时分，他独自一个人骑马从北坡登上了棋山的一个不高的山头。

连日梅雨的间隙出现了灿烂的阳光。浓重的暮色将涟水对岸模糊的村舍染得橙红。谷底狭长的甬道中开满了野花。四野空旷而宁静，他回忆起往事和炮火下的废墟，涌起了一股强烈的写诗的欲望。他的父亲是小刀会中为数不多的幸存者，也是绝无仅有的会摆弄洋枪的头领。父亲的战争经历和收藏的大量散失在民间的军事典籍使他从小便感受到了战火的气氛。萧的梦中常常出现马的嘶鸣和隆隆的炮声。终于有一天，他走到父亲身边询问他为什么投身于一支失败的队伍，父亲像是被碰到了痛处，回答却是漫不经心的：从来就没有失败或者胜利的队伍，只有狼和猎人。母亲是一个谨小慎微的女人。对她来说，连绵不断的战争和孩子们的突然长大使她寝食不安。他哥哥去黄埔军校的前夕，母亲哭得死去活来，她大声叱骂丈夫的放纵和对于战争的荒唐的预料将儿子送上了绝路。她突然变得专横和坚强起来。她将瘦弱的儿子和两只山羊一起关了三天。第三天深夜，萧偷来了坚固的木栅栏门锁上的钥匙。他哥哥几乎没跟他说什么话就踏着月光走了，当时他的父母正在熟睡。后来，母亲担心萧会走上他兄长相同的道路，就雇来一只小船将他送到了繁华的榆关镇，让萧跟他的一位表舅学医。那是一个炎热的夏季。萧从哥哥出走的一连串麻烦中积蓄了经验。当萧准备跟孙传芳的一位部将当勤务兵后，他穿着浆得笔挺的衣衫回了趟村子。他的无声的告别使母亲误以为他是去邻村相亲。

暮色四合。凉爽朗晚风吹来了涟水河潮湿的气息。他的白马在山头不安地躁动着，四蹄刨着泥土。和他遥遥相对的村子已经淹没在黑暗之中了。在他的白马跃下山坡的时候，他想起了前些日子在师部开会时听到的战报：三月二十一日攻占榆关的恰恰是他哥哥的部队。

第一天

萧和警卫员是拂晓渡河的。船到达对岸时，他们听到了村中传出的第一声鸡叫。萧将小船划向岸边垂落下来的枝叶繁盛的晚茶花丛，那是藏船的好地方。汩汩的流水轻轻地摇动着小船，一只黑色的水鸟倏地飞出，沿河岸低飞而去。萧在挂满露珠的藤蔓中觉察到了一丝凉意，浓郁的花香和水的气息使他心中充满了宁静的美妙遐想。他对这个美丽的村落不久以后将给他带来的灾难一无察觉。

萧上岸后经过一片密密的竹林进入他所熟悉的村舍。村子的背后是西沉的弦月，东方曙河欲晓，在井边打水的女人没有认出他来。偶尔也有一些早起的老人咳嗽着从他身边走过，消失在薄雾里。村民对陌生人早已没有了兴趣，他们只是对补锅的风箱、弹棉花的马头木弓和换麦芽糖人的笛声感到亲切。萧横穿过那些狭长的弄堂和茅舍，没有人打量他，只是引起了经久不息的令人战栗的狗的狂吠。萧平静的心中泛起了一层涟漪，但他很快又陶醉在桃花和麦苗的清香中了。

萧家的宅子在村子的最西边。他远远地看见屋子的门是关着的，走近才发觉开着的门上挂着一匹黑色的孝布。他掀开孝布走进院子时，他的母亲正巧手里擎着一盏煤油灯，两个黑影突然挑起门帘闯了进来，把她吓了一跳。不过，那盏煤油灯她还是紧紧地握着，当她认出长着一摄漂亮胡子的儿子时，才把灯扔在了离她大约有一丈远的阴沟里。母亲足足打量了一袋烟工夫，她发现儿子完全地变了。他的眼神和丈夫临终前的眼神一模一样，深陷在眼眶里的眼球没有丝毫新鲜的光泽。丈夫从屋顶上摔进水缸在她心中引起的不祥的预感又开始泛滥起来，她将儿子领进灵堂的时候又烧掉了三沓黄纸。她的举动不是出于对丈夫的哀悼而是为儿子消灾。萧在父亲的棺木前重重地跪下了。他宁静的心绪没有被灵堂的肃穆气氛扰乱，在他看来，父亲在他的那支队伍消失后隐居在涟水之北的村舍之日起就已经死了。他唯一感到内疚的就是离家前对母亲的欺骗和轻蔑。他凝望着母亲瘦削的肩膀，大梦初醒似的意识到了战争带给他的变化。他感觉到像是有一根纤细的鹅毛在拨动内心深处隐藏的往事，这种感觉转瞬即逝。他站了起来，深深地吸了一口气，空气中弥漫了一股香灰和黄纸的气味。

母亲发现儿子面容苍老，头发蓬乱，就给他找来了一把木梳和剪刀，强迫他将胡子收拾干净了。萧若有所思地问起父亲的灵堂为何这样冷清，母亲说父亲后半生几乎足不出户，不爱结交俗人。由于战争，远近的亲戚早都没有了音讯。家中空余的房屋和后院她只是在重阳节才去赶一次耗子。现在潮湿的地面上也许已经长满了水草和苔藓。萧对母亲说话时的啜泣无动于衷。萧又询问母亲关于葬仪的一些事，母亲像是没有听见，半晌没有回答。萧深深地吸了一口气，就此沉默了。

这是他和母亲最长的一次谈话。

午后，萧和警卫员查遍了村子的每一个角落，没有发现一个异乡人，他暗自庆幸北伐军还没有注意到这个涟水之北偏僻的村落。这个村子至少已有一千年没有受到战火的侵扰了，村民们相信它的宁静会像日复一日流逝的涟水一样向远处延续。他们丝毫没有联想到在清晨引动狗叫的两个陌生人和战争的瓜葛。在傍晚牧童的牛蹄声中，在屋檐下的阴影逐渐拉长的井边，人们只是传说着经年未改的往事。太阳快落山的时候，萧准备去涟水河面察看地形，警卫员向他报告说，一个来历不明的道人在村子中央的扇形晒场上，他算卦灵验，这使那里人越聚越多。

萧和警卫员从人群中挤进去的时候，晒场上的人出于对陌生人的恭敬，给他们让开了一条缝。老道正在预测村子的凶吉。他的牙齿几乎全脱落了，说话含糊不清。他的打满补丁的长衫上积了一层厚腴的油垢。他的面前铺着一张旧黄的旗子。由于墨迹的渗透，旗子上爻、兑、震、巽的字样已经模糊不清。老道盘腿曲膝坐在沙地上，他的脚边堆放着龟壳和蛇皮以及治疗跌打损伤的膏药，另外还有两座可以转动的轮盘和一只撒满黄米的畚箕。

老道沉吟了片刻，然后咕哝了一阵谁也无法听懂的话，朝等着预知村舍未来的虔诚的村民挥挥手：天蝎南游，双鱼北走，摩羯安西，处女嫁东。——战争已经过去。

萧的腮边挂着轻蔑的不易察觉的笑意。他觉得人们总是生活在幻觉里。对于他来说，未来已经悄悄地向现在延伸，战争已经开始了。对村民的怜悯并没有扫除萧对自身迷惑的阴影。他同样也生活在一种幻觉里。今天拂晓他踏上薄雾中的小船，在遥望对岸熟睡的村子时，曾涌起一种莫名其妙的激动之情。他不知急于回家是因为父亲的死，还是对母亲的思念，或者是对记载着他童年的村子凭吊的渴望。他觉得像是有一种更深远而浩瀚的力量在驱使他。

晒场上的人陆续散去了，天慢慢地黑了下来。萧觉得老道不像是北伐军的密探，在老人收拾包裹和杂物的时候，萧不经意地在道人脚旁扔了一枚铜板。道人没有理会那枚在沙地上无声滚动的铜板，也没有停止拾掇，他抬头瞥了萧一眼：客官莫非有意算一卦？是婚姻还是财路？

生死。

萧说。他点燃了一支烟。越过那些低矮的紫穗槐树丛，他的目光注视着远处涟水河面弥漫着的空蒙的蜃气。道人在掐算萧的生辰八字时，天已经完全黑了下来。

当心你的酒盅。

道人含糊地说了一句。

当天晚上，警卫员拎来了两瓶土烧和一包牛肉。像往常一样，警卫员在萧的面前放了一双竹筷，一只陶瓷酒杯。他坐在萧的侧面，两手垂放在桌沿上。萧将酒杯推到警卫员的面前并给他斟了一杯酒，自己点上了一根烟。

警卫员像个姑娘一样翻动着细长的睫毛，偷觑了他的长官一眼，迟疑地端起了酒杯。萧又从警卫员的眼睛里看到了道人双目诡谲的光芒。

警卫员一定看穿了自己的胆怯，萧想。尽管他的警卫员是一个未谙世事的孩子，他还是感到了一种按捺不住的烦闷和惆怅。

母亲推门进来的时候，萧看见母亲身后一个女人秀颀的身影迅速踅入灵堂冥幽的暗光中。

第二天

昨天在母亲身后消失的那个女人激起了萧无穷的联想，当时他像是在夏季的热风中闻到了一阵果香那样贪婪地吸了一口气。在第二天举行的他父亲的葬仪上，他们再次相遇时，他才认出她来。

那天晚上，萧在灵堂喧嚷的哭泣声中进入了梦乡。午夜之后，一只调音的胡琴将他惊醒。村子很久没有死人了，这些为死人吹奏丧曲的乐师们失去了往日的默契。技艺的荒废使他们只能摆弄出一些断断续续的嘈杂的音响。萧从床上坐起来的时候，不协调的音乐使他一连打了好几个喷嚏。萧借着从朽蚀的窗骨中泻进来的月光，发现怀表的指针指向三点。从葬仪正式开始的时候，萧就紧跟在那些乐师的后面。他还没有完全从睡眠中醒来。月光被疾速移动的乌云遮住了，他的脚步有些蹒跚。晚风中混杂的刺树和青草的气息在他周围酝酿着。他注视着远处影影绰绰的山影，回忆起他在表舅家度过的那个炎热的夏季。

由于哥哥的猝然从军，在母亲的威逼下，他随一只过路的小船来到了涟水和兰江交接处的榆关，跟他的表舅学医。他的表舅是一个温良敦厚的中医。他平素四乡浪迹，行医谋生，妻子在一次难产中死去，他苦于女儿无人照料，在榆关临江的街面上开有一爿药铺。萧在来到榆关的最初一段日子里，总是处在极度的不安和焦躁之中，他在临江而筑的竹楼里翻阅一本本发黄的医药典籍时，只有人体的插图偶尔能引起他模糊的兴趣。在夏季炽热阳光的辐射下，他从窗口远眺江面静止的帆影，耳畔常常响起杂乱而急促的马蹄声。随着日晷的长短伸缩，时间悄悄地流走了，他的舅父发现他对药理和书籍的兴趣不大，就让他学习针灸。这天晌午，天空突然布满了阴云，隆隆的雷声使他在竹楼里坐立不安。他的表舅出诊未归，萧正在一只冬瓜上练习扎针的时候，表舅的女儿走上了竹楼的书斋。她是上来找一把红纸的雨伞的。在她拿了伞要下楼的时候，她看见萧一针接一针地将冬瓜戳出一汪汪清水，就走近萧的身旁，给他示范针灸的扎法。萧那天从渡船上踏上榆关码头的时候，她和表舅来接他。他错过了一次认识她的美丽的机会。由于他对母亲的怨恨和炎炎烈日的蒸烤，他看都没有看她一眼。现在，这个叫杏的姑娘用食指、拇指、中指捻动那根细长的银针，萧忽然觉得喉头涌出了一股咸涩的味道。他的眼睛无法从她那白皙细长的手上挪开了，那根针像是扎在了他的脉上，他闻到了屋子里越来越浓的清新的果香。杏几乎没有和他说上几句话就离开了竹楼。她走后留下的气味像是凝固在这个竹楼内。在萧度过的这个夏季漫长的独坐中，这种气味一直没有消失。

表舅按照他行医的经验苦心孤诣地给萧安排了一次次的练习。他扎了两个星期的冬瓜后，表舅让他试着在一只兔子身上进行练习，他觉得心绪突然变得比先前还要糟。手里活蹦乱跳的这种动物要比冬瓜难以伺候。他当着表舅的面，只能小心翼翼地将针插入它的颈脖和肚子，表舅一旦走开，他立刻不知轻重地乱捅一气，他几乎每天都要弄死一只兔子。表舅在萧面前的摇头叹气越来越频繁。他终于放弃了让萧学针灸的念头，开始让他学习搭脉。使他的表舅感到意外的是，萧只用了两个小时就学会了。

夏末的一个中午，表舅在书屋午休的时候，他来到了竹楼下的院子里。杏在银杏树下的一只躺椅上睡着了。她手里拿着一本关于节气传说的书。那本翻开的书在她胸脯上起伏着。萧痴骇地坐在离她很近的竹凳上，凳子发出的吱吱嘎嘎的响声使他吓出了冷汗。她另一只手在椅背上无力地垂着。萧能听见自己粗重的呼吸，涟水的河面上传过来划船的桨声。一只困倦的白蝴蝶在他眼前飞过，他轻轻地碰了一下她纤柔的指尖，然后将手搭在她的脉上。

他觉得她乳白的皮肤下血流得很快。她一定不会醒来的，他想。

她真的就没有醒来。

在以后动荡的戎马生涯中，他躺在静谧的山洼里注视满天星斗、吞嚼草根和树叶苦涩的汁水时，他也偶尔记起那天午后令人窒息的空气中飘飞的时间，他回想起他的指尖轻轻抚过她光滑的手臂，解开她领口的第一颗纽扣时令人心醉的一幕，突然觉得杏也许是醒着的。这个念头从此一直没有离开过他。

现在，他又闻到了那股果香。

当棺木在墓地上停稳后，送葬的队伍缓缓朝这个开满梨花的低矮的土坡围过来，萧觉得杏似乎就在这个稀稀落落的人群中。他的脊椎骨上像是爬上了一条冰凉的水蛇。葬仪之后，他从母亲的口中知道，杏已于月前嫁到了小河村，她的丈夫三顺是一个兽医，这个能掀翻一头黄牛的青年对兽医这一职业有着发狂的嗜好。他通读《医学词典》《本草纲目》，另外还专门研究过很少有人读懂的《黄帝内经》，他在榆关镇的街上和萧的表舅邂逅之后，老人立刻被他渊博的学识吸引住了。当这位老中医得知三顺将给人治病的方法移植到畜生身上并取得成功后，不由得感慨相见恨晚。他们在街角的一爿茶馆里谈到深夜，这次偶然的相遇便促成了他美满的婚姻。

父亲的棺木被轻轻地安放在撒满铜钱和黄纸的墓穴中。一个拄杖的老司仪递给萧一把铁锹。萧铲了一块泥土撒在父亲的棺盖上。萧突然觉得背后有一种灼人的目光在打量他。他稍稍地偏转了一下视角，转过身，看见杏穿着孝服站在母亲身边。杏的背后是空空荡荡的田野。一棵孤零零的合欢树上憩息着一只喜鹊和一只绿头翁鸟。

墓地上参加葬仪的人陆续散去。杏和母亲在墓前栽下几棵湘妃竹和一棵雪松。萧站在一片黄灿灿的油菜地旁，杏和母亲之间无言的亲密使萧的心头掠过一阵宽慰的意味。萧从口袋里掏出一盒火柴走到墓前，把剩下的被露珠打湿的黄纸烧掉。他用一根棍子将那些在灰烬中卷缩的纸片挑起来。四月的风吹起了这些纸片，有几团灰白的纸烬随风滚到了新栽的雪松旁和杏的脚下。杏正弯下腰用脚踏平树根的新土，她将那些吹过来的纸灰踩进土里，顺着纸团滚过来的方向，她抬头瞥了他一眼，很快。萧蹲在杏不远处的侧面，除了杏秀颀的身体轮廓外，他的眼前一片空白。

他们回村的时候，母亲和杏走在萧的前面。警卫员也许还在熟睡，萧听不到背后跟随着的熟悉的脚步声，有点不习惯。但他眼前的天空却陡然变得开阔起来，他似乎觉得一切都在他的视野之下。

他们谁都没有说话，在他的背后，太阳刚刚升起。

第三天

葬仪结束后，村子又恢复了往日的宁静。清新的阳光在中午前后渐渐地增加了它的热度。眼前正在农闲季节，麦苗还没有抽穗，柳树的稚嫩的叶子还没有完全舒展开，耐不住闲暇的农人漫不经心地给桃树和桑木剪枝。午后，村子比夜晚更加宁静。杏去村后的茶林采摘雨前茶，她瘦削的身影在远处闪闪发亮的沟渠旁成为一个静止的黑点时，另一个人也走过村后的木桥，依她的原路朝茶林走去。

这是漫长而又短暂的一天。萧依旧起得很早。马三大婶来到他家院子里的时候，萧正蹲在阴沟旁用盐巴刷牙。警卫员还在熟睡。由于前天晚上的贪杯，出殡的时候，嘹亮的号声和人群的嘈杂没有惊醒他，眼下战情急转直下，部队的每一个将士都感到空前疲倦。萧平素对下属总是极其严厉，他性情温和的一面总是被深深地藏匿着。萧曾一度对这位不谙世事的年轻人的反应迟钝表现出极度的恼怒，但在战争使他周围的一些熟悉的面孔相继离去之后，一直跟随在他身边的警卫员就成了他纷飞战火中唯一的伙伴。他在渐渐容忍了警卫员的愚钝的同时，发现自己和这位沉默寡言的下属的关系日渐亲密。马三大婶是来借一只细眼的筛子的。她说去年积陈的菜籽生满了白虫，她准备把这些菜籽筛净后送到油坊去。马三大婶拿了筛子没有立即离开，她正想对萧说些什么，萧的母亲从地里锄草回来，她的头巾上落满了湿漉漉的花瓣。马三大婶忙着和母亲搭讪，从院子里盛开的木槿说到了涟水的涨落。马三大婶和母亲说话的时候，不时地朝萧瞥过来几眼。尽管这位昔日的媒婆已经失去了往常的秀丽姿容，但她的诡秘的眼风依然使萧回想起了她年轻时的模样。马三大婶从遥远的山村嫁到小河村来的那一年秋天，她的丈夫突然跟一只过路的船走了，从此一去没有了音信。村里人都在传说他是看上了船上的一个洗碗碟的女佣人才走的。知道底细的告诉她，她男人是耐不住眼下越来越紧的饥荒去投了军。这样的猜测被证实是在三年以后，她丈夫的尸首被几个陌生人送了回来。在村里的女人用眼泪来安慰这个本分的小媳妇的同时，村里的男人也用另外的一种方法来安慰她。没过多久，村里的女人就和她反目为仇。这个几乎和村里的所有女人结下了怨仇的年轻寡妇和母亲却一直礼尚往来。萧记得他的母亲常常带他到河边她的孤零零的小屋里去。女人间的许多事萧当时没法理解。一天深夜，母亲大口大口地吸着纸烟卷和马三大婶相对而坐。她们低低地叙说着早已消逝的往事，大部分时间，她们彼此不说话，各自揣着心事，陷入了冗长的回忆。墙根油虫的鸣叫陪伴着她们。萧在这两个羊羔子一般亲近的女人的静默中感到无聊。他伏在母亲的膝上进入了梦乡。天快亮的时候，巡夜人的敲更声音提醒了她们。萧清晰地记得马三大婶俯身吹灭桌上摇摇欲灭的油灯时垂向桌面的软软乎乎被青衫包着的乳房，以及黎明的晨光渐渐渗入小屋的情景。

马三大婶替母亲掸了掸头巾上的花瓣，母亲回里屋去了。马三大婶把萧带到屋外。他们站在墙旮旯的一株盛开的杏花树前，马三大婶朝四周扫了一眼，压低了声音说：

三顺今天去涟水上游很远的水域捕鱼去了。两天后才能回来。

马三大婶说完，就提着竹筛走了。萧感到一种难言的羞涩。这种羞涩他在模糊地懂得了男女之事后母亲在一个澡盆里给他擦身时也感到过。女人们往往把复杂的事情想象得太简单，而把简单的事想象得过于复杂。萧伫立在墙角，他渴望从媒婆那里得到更多的关于杏的消息。马三大婶的背影逐渐消失了。他悻悻地回到屋里。他坐在院内的两盆天竹旁，注视着天空缓缓移动的流云，处在一个极度兴奋和茫然不知所措的心境中。这种心境一直到他瞥见杏提着竹篮从河边的柳林里往村后走去才消失。

小河的村后是一大片辽阔的平原。平原的尽头被一线黑魆魆的防风林遮住了。杏的茶林在离村子很远的一个土丘上，土丘的东边是一条深陷的大沟壑。沟壑水底长满了青草。萧远远地看见杏的身影在茶林里湮没了。四下里空旷而寂静，正午的阳光使草尖和麦苗的叶子微微卷起垂落着，追逐野鸡的猎人和黄狗在涟水河弯曲的河道上懒懒地走。萧看见猎人在一个捡牛粪的老人身边停住了，像是向老人借火。那条黄狗就举起前足舔老人的裤管。他们聊了几句，就各自走开了。微弱得几乎使人难以觉察的风吹过来浓郁的茶香。

萧重新陷入了马三大婶早上突然来访所造成的迷惑中。他觉得马三大婶的话揭开了他心中隐藏多时的谜团，但它仿佛又成了另外一个更加深透的谜的谜面。他想象不出马三大婶怎会奇迹般地出现在鲜为人知的棋山指挥所里，她又是怎样猜出了他的心思。另外，杏是否去过那栋孤立的涟水河边的茅屋？在榆关的那个夏天的一幕又在他的意念深处重新困扰着他。

褐黄色的土丘像是清澄的水中露出的光秃秃的沙洲。萧在接近土丘的时候，杏几乎没有觉察到。从沟底贴水而飞的雨燕惊动了她。

萧轻轻地将她扳倒了。

在墨绿茶垄阴凉的缝隙中，他闻到了泥土的气息。他的激动不安突然消失了。他匍匐在被太阳烤得恹恹欲睡的大地上，听到了由远及近轻轻搏动的浑厚的地声。一阵和煦的风吹过，他默默地记起了一支古老的民谣。这种静谧安详的感觉没有维持多久，萧又重新被一种漫无际涯的深深的孤独感融解了。杏在他怀里啜泣着。萧觉得这哭声和她紧紧扣在他腰间的双手仿佛将他的骨髓都吸尽了，他浑身冰凉。她紧闭着双眼，就像熟睡了一般。他越是用力抱紧她，她就仿佛离他越远。他觉得自己深陷在一个巨大的泥潭里，他的挣扎只会耗尽他的生命。他浑身被热气笼罩着，与生俱来的分离的经验在年轻女人的怀中迅速地蔓延。萧体味到了一种从未有过的紧张和疲惫。

水牛的一只犄角在沟壑的拐弯处出现了。随后出现了另一只角。牧童坐在牛背上，用光着的脚丫驱赶着牛虻。

放牛的少年没有注意到他们。

第四天

这天，萧像是梦游一般地走到了杏的红屋里去。

三顺还没有回来。傍晚的时候，涟水河上突然刮起了大风。

第五天

雨是深夜下的。萧在梦中听到了预示着涟水春汛的雷声。他醒来的时候，到处都是鸟叫。吸饱了雨水的硕大的刺树花蕾沉甸甸地落满了被骤雨冲刷得净朗的沙地。诱人的花香和雨后的骄阳使萧有了钓鱼的渴望。他将父亲久已不用的渔竿从床底下翻了出来。用燕竹做成的渔竿已经发霉，它的衔接处的铁皮也已经布满了潮湿的黄锈。萧从院里找来了鸡毛，将它剪成漂在水面上的鱼浮。萧在整理鱼线的时候，警卫员从屋外的树根下找来了一小瓶蚯蚓做鱼饵。很快，他们来到了涟水河边。

小河位于涟水的下游。涟水在汇入兰江之前的拐弯处，水势并不平稳，那些漂浮在水面上的菜叶和柳絮静静地顺流而下，只是在经过一些水底布满凸凹石块的水面时，才突然被卷进旋涡。在涟水的石码头洗衣的妇女看见萧在对岸的一处流水很急的地方垂下渔竿，都忍不住地笑出声来。她们说：萧离家才有几年，竟连钓鱼的本领也忘得一干二净，在那样的水面只能钓到水草。

萧没有听到妇女们的议论，却听到了一向沉默少言的警卫员的忠告：

“这里水很急。我们还是往下游走走，找一块平静的水域。”

“在流水很急的地方能钓到箭鱼和梭子（一种体呈狭长形的凶猛龟类，鹦鹉嘴）。”萧说。

警卫员不再吱声。萧点了一根烟，他知道在这样的水域钓鱼需要很大的耐心。他记得父亲生前常在涟水河边这块水面垂钓，从日出到日暮，他几乎天天空竿而归。萧坐在那片被榛树覆盖的浓荫之下，凝视着从村子上空飞过的雁阵和静止不动的云朵。他的视线渐渐移到了村西的一堵呈直角的红墙上。那是杏的家。萧知道他只有坐在这个位置才能让目光越过那堵红墙，清楚地看见院内的一切。

太阳已经升高了。空阔的院子里寂然无声。堂屋的门关闭着，有几只雏鸡在廊下啄食。昨天夜里，萧离开杏的院子时，杏倚在门边痴痴地看着他。南风掠过水面，在竹林里引起了一阵簌簌的喧响。遥远而冷清的星群中是一弯朦胧的晕月。杏衬衣的纽扣没有扣上，头发披散在肩头。萧凝望着她，料峭的春夜使他一连打了好几个寒噤。杏将黑漆大门掩上的时候对萧说：如果三顺今夜不回来，她明天就在院里晾衣服的绳上挂一只竹篮。

春阳温和地照临水面。萧不安地眺望雨后的院落。他没有看见院内晾衣服的绳上挂上竹篮，却突然发现马三大婶正在河对岸村子的柳丛里向他招手。

“你找来的鱼饵太小了，而且是黑色的，”萧对警卫员说，“在这片水域鱼走得快，很难发现黑色的蚯蚓，走吧，我们回去。”

警卫员迷惑地看了萧一眼，他也正待得无聊，无风的天气使他昏昏欲睡。他帮助萧收拾鱼线的时候，像是对旅长的反复无常感到茫然不解，又像是丝毫没有猜透旅长的心思。在来到小河的短短几天里，萧所经历的一切，他也似乎毫无察觉。

简直是个孩子。萧一边往回走，一边平静地想。

马三大婶咕咚咕咚地吸着水烟，将萧拉到一处无人的地方，好久没有说话。萧看到了她畏缩胆怯的目光正处处躲闪他，她踮着的小脚也有些颤抖。媒婆压低了粗哑的嗓门，神色慌张地告诉萧：他和杏的事发了，昨晚杏的哭叫声惊动了四邻。

三顺是昨天深夜回来的。那是萧刚刚离开后不久。姗姗来迟的梅雨开始零星地下了。这个深夜归来的精明的兽医几乎是一踏进院门就嗅出了气氛的异常。他身上散发出来的浓烈的鱼腥气和连日捕鱼带来的疲惫并没有妨碍他细心地揣测。他将笨重的渔网搁在院里的鸡埘上，没有理会杏给他端来的烫脚的水盆。杏蹒跚的脚步和脸上还未消失的红晕激起他心中狐疑的涟漪。他将杏带到里屋，放下了窗帘。杏的双腿轻轻地战栗着，她温爱地摸了摸他长满粗硬胡须的两腮，推说去灶下生火做饭，正要离开卧室，三顺一把拽住了她。他轻轻地用手一推，杏倒退了几步就坐在了床沿上。三顺麻利地给杏脱掉了衣服和鞋子，将她抱起来扔在床上，随手放下了帐子，吹灭了桌上的油灯。杏在黑暗中听到了解皮带的声音，这种声音没能给她带来往日的兴奋，却使她预感到了灾祸的来临，她不由自主地哭了起来。当三顺潮湿的身体一接触到杏的肌肤，她的身体立刻就像触电一样变得僵硬。

萧从口袋里掏出了所有的铜板，放在马三大婶手里，他并不是想付给这位连日奔波的老人酬劳，而是为了让她在说话的时候能安定下来。马三大婶的手握不紧这些铜板，她的手指像小兽一样跳跃着，有两枚从指缝中滑落到了沙地上。

三顺用粗麻绳将杏吊在了梁柱上，在他打断了六根柳条之后，杏说出了萧的名字。邻人被杏的哭叫声惊醒，已是子夜时分。他们涌进了那堵红墙的院内，里屋的门上了闩，他们从门缝里看见杏赤裸的身体被吊着，就开始砸门。门是新银杏木做成的，他们砸扁了门上两个巨大的铁环，门上裂开了一道口子，有人想从门上的豁口伸手进去拨动门闩，但他们突然停住了。从门缝中和裂口朝里看的人都屏住了呼吸。人群圈外的人根本不知道屋子里发生的一切：三顺用一把劁猪用的小刀在油灯上淬了淬火，在杏的下腹处迅速地剜了一下。动作熟练得像从木瓜中往外掏瓤。杏已经无力叫喊了。她的身体剧烈地抽搐了几下，就昏过去了。

马三大婶的水烟早已吸完了。她像是被自己的叙述惊得目瞪口呆，又像是对这位一向老实巴交的年轻人荒唐的举动长久地感到意外。今天清晨，好心的几个女人将昏迷不醒的杏用小船送到了她娘家——榆关。对于这件事，村里人并不感到新鲜，将不贞的女人阉了送回娘家是常有的事。马三大婶没有告诉萧更多的实情。其中最重要的一点就是：

已经在村里失踪的三顺曾四处扬言要杀死他。

第六天

尽管萧知道三顺已经在村里失踪了，昨天下午，他还是拎着手枪到杏原先居住的红墙内转了一圈。院内依旧空阔。就在他准备离开这幢散发着奇异果香的红屋时，他发现有一个人影在竹林里闪了一下，他下意识地捏紧了手枪。枪内共有六发子弹，他现在变得异常暴躁，直想找个人将这六发子弹射出去。竹林的稠密的叶子像是打了个寒噤似的动了一下，警卫员从里面走了出来，萧长长地舒了一口气。

当他们回到家里时，警卫员极其小心地提醒萧是不是该回棋山了，因为大战即将开始。萧愤怒地用手枪的枪柄重重地敲了一下桌子。母亲被屋里的声音惊动了，推门走了进来。她已经知道了村子里发生的一切，她想找个机会和儿子谈一谈。她惊恐地看见萧愤怒地瞪着警卫员，她走到桌边将手枪抓过来顺手塞进离她最近的一只抽屉内。

萧站起来，一言不发地走了出去。母亲小心翼翼地跟出来。她觉得一定得和儿子谈一次，因为她相信：既然三顺扬言要杀死她儿子，他一定会做到的。她深知这位异姓家族后代的秉性。三顺的父亲原来也是一个本分的打鱼人，他曾经为一次微不足道的口角挑起了一场三四十人的格斗。萧没有意识到母亲跟着他。他走进父亲生前的书房，就将房门关上了。

在父亲葬仪之后，还没有人走进这间阴暗的尘封的屋子。萧点亮了桌上的油灯，挑亮了灯芯，灯芯上积满了灰尘。萧坐在父亲的写字桌前，凝望着父亲的那张挂在墙上的半身像。画像的边缘糊上了一圈黑框。黑框是用一方幔布精心剪成的。他仿佛看见了母亲在油灯下细心缝制的身影。这个村子里的人还不知道世上早已发明了照相术，他父亲的像是请一位卖膏药的郎中画的，这位江湖画师把父亲的眼眶画得浅了一些。另外那套马褂也似乎不太合身。他能够从这张走了样的画像中看出画师在他父亲的眼神上耗费了匠心。这种深邃而坦然的眼神是他曾经非常熟悉的，在他离家出走的前夕，父亲正躺在院子里的藤椅上阅读一个姓梅的古行吟诗人的诗抄。父亲在后半生几乎天天都要捧起这本诗抄。他知道哥哥去黄埔军校曾得到父亲无言的赞许，他渴望父亲能像往日一样看穿他要从军的意图，从而给他指点。那天他围在父亲的身边踯躅了好久。父亲没有注意到他。当时，他从庭院的门中看见了远处被太阳照得炫目的涟水河、河滩赭黄的沙地、沙地上搁浅的小船，和他一起去投军的一个同伴正在向他招手。那是黄昏时分。他一直没有弄清他给孙传芳的一个部下当勤务兵的时候，父亲是否也表示了默许。后来，在频繁的战事中，他越来越怀疑自己是不是在无意之中违背了父亲的意愿。

父亲的褐红色的坐椅被磨成了浅黄，雕花红木制成的高大书架依然明澈得能照见人影。他随手拿起桌上的一本父亲临终前的手稿翻着，那手稿压在一柄刻有“涟水糯墨”的砚台下。在他翻阅的一瞬间他突然看到这本父亲用来临摹汉魏碑帖的毛边纸簿中抄录了父亲写给兄长的一封书信。由于毛笔吸墨不多，字迹显得过于苍劲、粗粝。萧在这封信的最后几行发现了自己的名字。

萧的父亲写道：我不再奢望能见他一面，他的军队不久就要覆没，我现在不像以前一样担心，担心听到他的死讯。

萧觉得自己的脊椎像是被针刺了一下。尽管他的父亲在字里行间并没有多少责备他的意味，但他还是感觉到了耻辱。他在父亲的桌前呆呆地坐着。下午的时光像沙子一样流走了。他天生的高傲和倔强使他强迫自己镇定起来，他像是第一次从小河这些天浑浑噩噩的梦魇中苏醒过来，本来他已不再期待什么了，现在，强烈的好胜欲望使他想立即赶回部队。他回忆起不久前看到的一份前线的战报，孙传芳的部队在北伐军的攻击下已濒于彻底崩溃的边缘。七十二师、三十一师的不战而降在本来就军心涣散的将士中投下了无法消除的阴影。萧似乎感觉到一种不祥的预感正向他袭来，但这种感觉很快就消失了，他的任性和醉心于幻想的秉性使他寄希望于不久后开始的战役。他想，既然自己已没有其他出路，那他只有铤而走险。他不知道这种荒唐的愿望是出于对父亲的怨恨和嘲笑，还是乞求父亲的在天之灵对自己的错误抉择给予原宥。他决定立刻赶回棋山。

就在他站起身准备离开父亲书房的瞬间，他意念深处滑过的一个极其微弱的念头使他又一次改变了自己的初衷。

他想到了杏。

他的眼前出现了杏那温柔而迷惘的目光。像是一阵清冽的果香在他面前飘拂而过。他回忆起在榆关过的那个炎热的夏天，临水而筑的药房竹楼。他想起了在纷飞的战火中她影子重重叠叠地闪现的时刻，想起了他来到小河的这些天给她带来的灾难。一种深深的原罪感在他的心头暗暗滋长。

傍晚的时候，萧告诉母亲他今夜将去榆关。母亲对儿子的话没有感到意外。她知道自从萧去榆关学医的时候起，他的灵魂就被那个表舅的女儿悄悄地偷走了。她坐在桌边没有说话，无神地看着萧，身体有些颤抖。警卫员喝得酩酊大醉，他像是朦朦胧胧地知道了萧要去榆关，他挣扎着伸直了双腿，准备从床上坐起来，但他刚刚微微抬起了头，又重重地摔在床上，沉沉地睡去了。

榆关离小河有二十里水路，一个晚上来回足够了。萧走出院门的时候，天已经快黑了。他走过村子中间空空荡荡的扇形晒场，看到了上灯时分涟水河边零星的渔火。他深深地吸了一口气，加快了步子，他的耳畔传来了渐深的夜色中舂米的木桩敲击石臼的声音。

他来到涟水河边，正要去那片洒满夜露的晚茶花丛解开船缆的时候，黑夜中像是有几十个黑影迅速地在他身后闪了一下。萧回过头，看到了三顺和几个他不相识的人手持杀猪刀朝他逼过来。

黑影慢慢地朝前挪动着步子，九寸长的刀子在他们手里跳跃着。萧已经退到了河边，他能够清晰地听见涟水河静静地流淌的水声。他徒然地将手按在腰中空空的手枪皮套上。由于一阵忙乱，他出门时竟忘了带手枪。那支装有六发子弹的手枪此刻正关在卧室桌子的抽屉里。三顺没有走上来，他倚在一棵刺树下，嚼着树叶，冷静地看着他手下的人将萧围起来捅死。突然，他吐掉了嘴里嚼烂的碎叶，迅速地朝萧走过来，他像是突然想起了什么。

你的那个警卫员呢？

围着萧的几个黑影也像是猛然醒悟过来，他们立刻撇下萧钻入丛林，四下小心地搜索起来。他们现在相信，警卫员似乎应该就在附近。三顺用刀尖支起萧的下巴：

你的那个警卫员在哪儿？

他喝醉了——萧平静地说。三顺从鼻子里轻轻地哼了一声，没有再说什么。不一会儿，钻进丛林里去的人又一个个闪了出来，他们身上沾满了蛛网和露水。这时，月亮从云层里出现了，他们彼此能够看清对方的脸，三顺知道他手下的人没有搜出什么。

他满心狐疑地打量了一下萧，他对萧回部队不带警卫员感到茫然不解。他的目光紧盯着萧的脸，忽然他的脸上浮现出一丝不易为人察觉的神色：

你是去榆关看那个女人吧？

萧没有搭腔。他安详地看着眼前已经发生的一切，同时，他也明白那个阴冷恐怖的将来已经悄悄地来临了。

沉默又重新包围了他们。过了许久，萧听到了一声轻微的长叹，三顺已经将手里的那把杀猪刀扔进了涟水河，转过身径自走了。他在进入丛林前又回过头来朝他手下的几个人摆摆手：

放了他。

也许是萧对于一个已经废掉的女人的迷恋感染了他，也许是他内心深处莫名其妙地喜怒无常，三顺放弃了杀死萧的想法。

当萧朦朦胧胧地想到了这一切的时候，那些人已经在夜幕中消失了。

第七天（结局）

萧从榆关赶回小河已是次日凌晨。在天边泛出的紫红色的熹微的光亮中，他依旧在那片晚茶花丛拴好了小船。迷蒙的水雾遮住了村子的轮廓，水牛在河边的柳树林里喷着响鼻。这是一个凉爽的黄梅天。萧轻轻地穿过弄堂的时候，狭窄的深巷里回荡着他的脚步声，蜷缩在村里竹篱旁的狗没有吠叫，它们显然把他当成了熟人。萧不禁回忆起第一天来到这个村子时几乎是完全相同的清晨。昨晚河边的幸免于难使他在黎明的和风中感觉良好。

萧来到自家的院门前，母亲已经起来了，她正在清扫院子。萧和母亲打了个招呼，径直朝里屋走去。

他跨进房门的时候，警卫员坐在桌边等他。他正在感叹这个一贯贪睡的年轻人第一次起得这么早，警卫员迅速地拉开抽屉，抓起那支手枪对准了他。

萧起先还以为警卫员在和他开玩笑，但是他立刻从警卫员嘴角的一丝冷笑中感到了情况不妙。接着他听到了这位一向不善言谈的警卫员迄今为止最冗长的一段话：

三十一师弃城投降后，我就一直奉命监视你。攻陷榆关的是你哥哥的部队，如果有人向他传递情报，整个涟水河流域的防御计划就将全部落空。在离开棋山来小河的前夕，我接到了师长的秘密指令：如果你去榆关，我就必须把你打死。

萧似乎已经闻到了火药硫黄的气味。他强迫自己镇静下来，但由于连夜奔波的疲惫和突如其来的死亡威胁造成的紧张，他的双腿失去控制地剧烈颤动起来。他觉得自己的所有神经都绷紧了。喉咙几乎像被一团棉絮塞住了，他要说的话全被堵死在意识深处，这无异于是自己承认了背叛。最后他用不连贯的声调说了一句：

你可以把我押回去，让师部审问我。

警卫员狡黠地一笑：在你的军营里枪毙一个旅长会扰乱军心的。再说，大战即将开始——已经没有时间了。

萧没等警卫员说完。敏捷地蹬翻了那只桌子，一侧身跳出了里屋。他冲到院子里的时候，他的母亲正在把院子门关紧准备抓鸡。萧像是一只疲狼窜到了院门外，已经来不及拔闩了。他无可奈何地转过身。

警卫员握着手枪走近了他。

天突然亮了。黎明的暗红的光消失之后，天空飘飘洒洒地下起了小雨。面对那管深不可测的枪口，萧的眼前闪现的种种往事像散落在河面上的花瓣一样流动、消失了。他又一次沉浸在对突如其来的死亡深深的恐惧和茫然的遐想中。他回忆起道人闪烁其词的忠告，现在，迫使他跨入地狱之门的似乎不是盛满美酒的酒盅，而是黑乎乎的枪口，他莫名其妙地感到了一丝遗憾。他看见母亲在离他不远的鸡埘旁吃惊地望着他。她已经抓住了那只母鸡。萧望着母亲矮小的身影——在抓鸡的时候她打皱的裤子上沾满了鸡毛和泥土，突然涌起了强烈的想拥抱她的欲望。他在听到枪声的一刹那，感到有一股湿乎乎的液体贴着他的肚皮和大腿往下流。

警卫员站在离萧只有三步远的地方，非常认真地打完了六发子弹。

选自《褐色鸟群》，上海文艺出版社 2014 年版

编选理由：

《迷舟》写于三十年前的1986年夏天。我记得是在上海华东师大文史楼的大草坪上，王方红女士忍受着蚊虫的叮咬，听我讲完了这个突然出现在脑子里的故事。她的鼓励和怂恿，使我在稍后的两个星期中完成了写作。吴洪森先生是最早读到它的人之一，他建议我寄给《上海文学》，遭到退稿后，他又敦促我将它投向名气更让人胆寒的《收获》。但《收获》很快就将它发在了1987年的第6期上，甚至没有预先通知作者。

相　遇

在遥远的过去，布达拉宫的大祭司曾经做过这样一个预言：一九〇四年，也就是藏历的木龙年，西藏将会出现一场巨大的灾难。祭司曾在不同的场合详细地描述了这场灾难的性质，但没有指明它将来自何处。

一九〇三年的初夏，随着一支由英国人、印度的锡克人和尼泊尔的廓尔喀人混编而成的入西藏远征军沿着蒂斯塔河谷悄悄潜入甘宗坝，情势终于渐渐地明朗了。

一

由弗朗西斯科·荣赫鹏上校率领的这支远征军在抵达甘宗坝之前，除了高原反应和瓢泼大雨所造成的行军困难之外，他们没有遇到其他障碍。辽阔而岑寂的高原似乎在熟睡之中，传说中由牧羊人组成的藏族军队依然杳无踪迹。

无论从哪个方面来看，荣赫鹏上校都是一个真正意义上的冒险家。他从桑德赫斯特指挥学院毕业后，在印度的密拉特以及克什米尔地区开始了他的军旅生涯。一八八六年秋天，他只身潜入中国腹地，足迹遍布东北平原、内蒙古高原和昆仑山区等。在荣赫鹏上校看来，他最终被任命为英国远征军的最高军事长官，完全是因为自己卓越的军事天才和丰富的山区经验。这一看法和印度的寇松总督的初衷大相径庭。当总督第一次见到荣赫鹏的时候，这位年轻军官的任性、鲁莽、急躁、不顾后果的性情就给他留下了深刻的印象。在西藏那样一个神秘的地区作战，荣赫鹏无疑是指挥官最合适的人选。

远征军在甘宗坝的营地屯扎在平原上的一条黝黑发亮的小溪旁。从这里可以俯瞰整个塔尔甘河谷，而耸立在远处的埃弗勒斯山峰似乎近在咫尺，银灰色的峰峦积雪叠嶂，闪烁着耀眼的光芒。

六月的初夏，正是这一带气候宜人、花卉盛开的时节。荣赫鹏上校坐在营帐中的一个树桩上，满面忧郁地和布雷瑟顿少校下着他们刚刚学会的厄尔鲁特棋。布雷瑟顿少校显得心不在焉。他不时转过身朝那片寂静的山谷张望，这种意味深长的窥望仿佛引动了荣赫鹏上校心中积存已久的焦虑。

部队在进入甘宗坝之后，就陷入了遥远无期的等待之中。寇松总督在最近的一封来信中暗示他，英国国会对于远征军是否应在近期内占领春丕，攻取江孜，向拉萨进军犹豫不决。这种犹豫和延宕是软弱无力和装腔作势的混合物，荣赫鹏上校担心，它会在战略上使英国军队处于不利地位，为藏族人大量集结军队争取时间。寇松总督在信的末尾告诫他，在西藏的谈判代表到达甘宗坝之前，他没有任何理由轻举妄动。

塔尔甘河在山谷中静静地流淌。越过一片低矮的灌木丛和长势不好的青稞地，荣赫鹏上校可以看见三三两两的英国士兵在河谷中模糊不清的身影。他们日复一日地在那里逡巡，采集化石、植物和蝴蝶等昆虫的标本。山谷里到处都是毛茛属植物和一簇簇杜鹃花，远远看上去，那些密密的花朵就像燃烧的煤块一样通红、灿烂。高原的风在山野里横吹着，除了溪流哗哗流淌的水声之外，四周笼罩在一种懒洋洋的寂静中。

晌午时分，一个传教士模样的人骑着一匹西藏本地的矮种马，沿着河谷边缘的那条狭窄的小路，朝营地的方向慢慢走来。

这个人的到来使荣赫鹏和少校之间那盘索然无味的棋总算可以告一个段落了。上校很不耐烦地将一枚棋子扔进棋盘，同时站起身来。

“你瞧，有人朝这边走过来了。”

“看上去是一个牧师。”布雷瑟顿说。

“就是几天前我们遇到过的那个苏格兰人。”

布雷瑟顿少校没有吱声。他的双眼满含忧虑，心事重重地看着旷野里教士的身影，仿佛教士的造访带来了某种神秘的危险。

布雷瑟顿是荣赫鹏上校青年时代的密友，荣赫鹏在受命进入西藏的前夕，将他从遥远的加德满都调到自己的军团中，让他负责后勤和运输。布雷瑟顿生性耿直、忠于职守，是一位称职的军需官，但正如荣赫鹏上校后来认识到的那样，西藏这样一个地域，并非每个人都适合在这里生存，布雷瑟顿在进入西藏的第一天就感到极度恐惧，连续不断的痢疾的折磨很快就使他形销骨立，寺庙的诵经之声总使他感到不安，他一连几次用一种可怕的语调对他的伙伴和保护人这样说道：“我们也许永远到不了拉萨。”

在晌午十点至午后一点之间，共有三个人先后造访了荣赫鹏上校的营地指挥所，他们分别是：苏格兰传教士约翰·纽曼、扎什伦布寺的大住持和中国驻藏官员何文钦。

在临近午餐的这段时间里同时会见三个人是不可能的。荣赫鹏上校凭着自己的直觉与兴趣，不假思索地选择了中间的一位（扎什伦布寺的住持）加以接见，而将另外两位悬搁在营帐外的荞麦地里。

扎什伦布寺的大住持在营帐中一露面，就给荣赫鹏上校留下了难忘的印象，他身材清瘦，满脸皱纹，猩红的长袍空空荡荡。大住持显然不是作为官方的谈判代表而是以私人劝说者的面目出现的。他彬彬有礼的举止和宽厚的外表与僧侣的身份极为相称，令荣赫鹏上校感到吃惊的是，这位身处城堡迷宫的僧侣精通汉语和英语。

他们最初的谈话巧妙地绕开了侵略、占领等一系列敏感的字眼。由此可见，大住持对时下流行的外交策略并非一无所知，他们从宗教习俗、医学谈到巫术和神迹，最后在哲学上发生了严重的分歧。

荣赫鹏上校早年粗涉过斯宾诺莎和莱布尼茨的著作，因此，他有足够的哲学常识和僧侣进行周旋。

在他们不到两个小时的谈话中，双方为地球是否是圆的这样一个问题颇费了一些口舌。不管怎么说，这次会见毕竟还是令人愉快的，尤其是大住持的许多荒诞而古怪的言论和见解在荣赫鹏的记忆中不知不觉地扎下根来。

在营地外的荞麦地里，中国驻藏官员何文钦与苏格兰传教士的见面则多少显得有些不尴不尬。

何文钦肩负着大清帝国的使命千里迢迢来见荣赫鹏，而后者则莫名其妙地将其拒之门外，让他和一名传教士待在一起。从何文钦和约翰·纽曼见面时的情形来看，两人以前不仅见过面，而且还相当熟悉。另外，也许还存在着一些鲜为人知的过节。

传教士满面笑容地走向何文钦，伸开双臂做出一副想要拥抱他的样子。何文钦却在荞麦地里连连后退。

许多英国军官在营帐外不明所以地目睹了一切，没有人知道这两个人在开阔的荞麦地里究竟谈了些什么。传教士似乎对何文钦先生身上穿着的丝绸长袍颇感兴趣，当他终于靠近何文钦之后，便立即掀起长袍的一角，用手指捻了捻。这一过于亲昵的举动，无论在中国，还是在英国的传统礼节中，都是有失检点的。

二

大住持从荣赫鹏上校的营帐内出来时，正是阳光普照的午后。他没有立即返回坐落在日喀则的扎什伦布寺，而是走在了另外一条路上。由于长年经受高原冷风的抽打和强烈的日晒，他的脸庞干枯得像一张羊皮。

当他的马缓缓跑下塔尔甘河谷，大住持看见了苏格兰传教士沿着河床踽踽独行的身影。原先和他待在一起的那位中国官员此刻已经消失不见。

约翰·纽曼来到甘宗坝并非为了会见荣赫鹏，他的真正意图在于等待何文钦先生。荣赫鹏上校拒绝会见一切来自中国的谈判代表，这使这位清朝官员黯然神伤。他几乎是灰溜溜地离开了甘宗坝，独自一人返回苍南的中国村。

传教士的马走得很慢，大住持不一会儿就撵上了他。两个人之间始终保持着一段距离，沿着棕红色的河谷，在炽烈的光线下走成了单行。

夏季的风越过山脊，朝这边吹过来，挟裹着一股冰雪的凉意。鹊鸭和雪鸽在树篱间啁啾，瀑布的泻水在附近的一个山涧中发出单调而遥远的喧响。

也许是为了排解眼前的这种慵懒的寂寞，大住持试探性地和传教士开始了交谈，在不着边际的闲聊中，大住持一直紧锁眉头，心事重重。

荣赫鹏上校是一个很难对付的人。尽管他对藏传佛教并不反感（甚至还略带谨慎的好奇心），但他的傲慢和冷漠使人难以接近。大住持不仅没有刺探出任何有用的情报，甚至，原先计划中劝阻英国人向拉萨挺进的建议始终没有机会向上校提出来。看来，有些话并非想说就能说出口。另外，来自拉萨方面的判断与事实大有出入，英国人似乎已经做好了深入西藏腹地的所有准备，他们占领圣地拉萨只不过是个时间问题。

日暮时分，一座红白相间的巍峨城堡出现在视线之中，大住持拽住了马头。出于告别时必要的礼节，大住持向苏格兰传教士发出了同宿城堡的邀请（纯属客套），约翰·纽曼心里想的是婉言谢绝，而口头上却立即应承下来——这说明，要约束住自己的言行是多么不易。

这样一来，这件事至少导致了两个后果：从长远的时间来看，它引发了后来的一系列变故；而在眼下，基督教传教士和西藏僧侣即将同宿一处，这使两个人都感到心情紧张。

这座东方式的城堡建造在平原上的一个山包上。它是一座杂乱无章的六层楼建筑。城堡的前后各有一个院落，院落外的场地上拴着七八匹藏种马，一排排渡鸦栖息在檐墙上，它们嘁嘁喳喳地叫唤着。城堡左侧不远处的一片山坳里，有一幢尼姑庵。一些尼姑排着队到河边去汲水。

在过去的几年中，约翰·纽曼从未获准进入真正意义上的藏式城堡，因此，他想好好利用一下今天的这个机会。黑夜来临的时候，他们在膳房匆匆吃过一些糌粑和青稞酒之后，传教士便向大住持提出了参观城堡的要求。大住持略略思索了一下，便点头同意了。很快，一位年幼的仆童给他们拿来了一盏酥油灯。

顺着石砌的台阶朝上走，这座晦暗幽冥的建筑迷宫便依次呈现在传教士的眼前。在这座城堡的第二层，约翰·纽曼看到了一座巨大的存放旧式武器的仓库。房间和过道里堆满了干草、黑色的火药、生锈的头盔、盾牌、胸铠和火绳枪。这些物品作为旧时代的遗迹，多已废弃不用，上面覆盖着一层厚厚的灰土，而镶嵌在壁龛里的一排排转经筒却由于不时受到人手的触摸显得熠熠发亮。

月光从墙洞的雉堞中照射进来，将大住持的脸衬得蓝幽幽的。这种光亮使约翰·纽曼周身掠过一阵冰凉的寒气。

约翰·纽曼似乎感觉到，在这种情形之下，争执两种宗教的优劣是极为不利的（在过去，他把和僧侣之间的这类争执看成是自己神圣职责的一个部分）。但是，既然大住持已经挑起了话头，他出于礼貌，也只能勉强地予以必要的答复、论辩和修正。

“其实，我们从来就没有认为你们的基督教存在着什么缺陷。”大住持带领传教士来到五楼的一间藏经室之后，这样说道，“事实上，我们并没有派人去苏格兰或者伦敦传教。所有的宗教都具有相似的性质，却产生出迥然不同的习俗。比如，你们总是用‘肮脏’一词来形容我们的仪表，的确，我们平时很少洗澡，但是，和你们西方人坐在澡盆里扑打水花的方式不同的是，我们习惯在洁净的风中沐浴。这就好比给人治病，汉族人用的方法是捏一捏病人的手腕，你们是用一只铁皮圆块在病人的胸部滑来滑去；而在西藏，一个人是否有病，要根据他在一只木桶里小便的声音来决定……”

“你说得不错，”传教士附和道，“不过，有一个问题我始终不明白，你们信仰佛陀，但如何知道佛陀的确存在，存在于何处，又以怎样的方式了解尘世的苦难呢？”

“在基督教里，你们凭什么知道耶稣的存在？”大住持反问道。

“依靠神迹。”约翰·纽曼答道。

“什么神迹？”

“比方说，按照《圣经》里的记载，先知将一条爬行的蛇变成一条僵硬的拐杖……”

“这只不过是一种魔术而已，”大住持打断了他的话，温和地笑了笑，“在印度一带，很多流浪艺人都精通这一技艺……”

约翰·纽曼的脸由于羞耻和激怒而变红了，他正想进行严厉的驳斥，扎什伦布寺的大住持拍了拍他的肩膀，用一种神秘的语调悄悄地对他说：“你跟我来，我给你看一样东西。”

在那盏飘忽不定的灯光的指引下，约翰·纽曼跟在大住持的身后，朝楼下走去。他们穿过一条又一条被烟炱熏黑的狭长甬道和几间密室，最后来到了城堡后部的一处幽僻的小院之中。

“你看那是什么?”大住持用手指了指院落里一棵树。

“一棵树。”

“你走近它，仔细看看。”大住持将手里的酥油灯递给他。

无论从哪个方面来看，这棵树初见之下和其他的树木都并无两样。树冠蓬乱，枝蔓芜杂，沉甸甸的树枝伸到了围墙之外。传教士并不知道它的种属，但是风过叶动的奇异声响使他意识到它的确与众不同。

约翰·纽曼提着灯渐渐地靠近它，很快就被自己看到的情形震慑住了。因为在这棵树的每一个叶片上都有一个轮廓清晰、栩栩如生的佛教人物。树叶苍翠墨绿，有的深一些，有的浅一些。

“你可以用手摸一摸那些叶片。”大住持在黑暗中对他说。约翰·纽曼在仔细地观察了那些泛满露珠的叶片之后，伸手剥下了一块树皮，新皮上再度呈现出一个欢喜佛的佛像。

“这就是胡克神父曾经提到过的那种神树吗?”

大住持点一点头。

约翰·纽曼曾经从一本书中读到，一八八四年，法国人胡克神父在青海塔尔寺的山脚下也曾看到过类似的情景。

“在西藏，这样的树木一共有多少棵?”传教士问道。

“至少有两千棵，”大住持对他说，“除了为数不多的几棵之外，它们大都不为人知。”

“我可以摘下一片叶子带走吗?”

大住持未置可否地笑了笑。

这个夜晚的后半夜，大住持和传教士是在城堡顶端的露天平台上度过的。一面英国国旗在墙垛上哗啦啦地响着，作为英国人曾经占领城堡的标志，这面旗帜使他们的谈话又不知不觉地过渡到英国军队入侵西藏这件事情上来。

“只有一个办法可以阻止英国人进军拉萨。”约翰·纽曼提醒大住持。

“什么办法?”

“绑架荣赫鹏。”

他们在说这番话的时候，实际上已经是第二天的黎明。在拂晓的冷风中，传教士看见尼姑庵中的一些妇女跪在河边的树林中洗涤藏毯，她们用藏语高声谈论着什么，无拘无束的笑声远远地传过来……

三

由于天气原因，英国远征军原定在圣诞节前夕对古鲁—吐纳一线发动进攻的计划不得不推迟到第二年的春天。

一九〇四年一月十六日，荣赫鹏上校的二十三工兵团推进到了古鲁峡谷的前沿，与此同时，规模庞大的藏族军队已经抢先占领了峡谷上所有的制高点。古鲁峡谷是江孜的门户，而夺取江孜城堡将是英国人进入拉萨的首要目标。

连日来，荣赫鹏上校遇到了进西藏以来最大的难题。一方面，恶劣的自然气候使士兵们的缺氧反应日益加剧，肺炎和干咳在军营中肆虐，荣赫鹏担心，这种情形如果再持续两到三周，本来就很薄弱的后勤运输线将无法给士兵提供足够的粮食；另一方面，国会方面依然在敦促荣赫鹏上校竭尽全力设法和藏族人谈判，这不免给人造成一个错觉：筹备两年之久的远征军历经艰险、翻山越岭来到西藏并非为了军事上的征服，而只是外交上的一次小小的尝试。这一点是上校难以忍受的。

一月十七日，荣赫鹏上校决定直接和藏族军队的首领进行交涉。如果藏族军队不在五小时之内撤离古鲁峡谷，他将不顾来自国内的阻挠，给那些沉浸在藏传佛教教义中洋洋自得的藏族人以及他们的匹夫之勇以必要的教训。

荣赫鹏上校与藏族军队的首领拉萨代本的会谈是在古鲁峡谷的沙地上举行的。他们匍匐在一条藏式卡垫上，通过蹩脚翻译的传述极为艰难地进行了交谈。拉萨代本的固执和自信使荣赫鹏上校大为恼怒。他坚持提出，如果英国人不在近期内撤离到亚东以南的山区，那么“大地会突然开裂”，“世界将彻底毁灭”。随后，这位爱国心切的代本对即将发生的灾难做了一番冗长的描述。

荣赫鹏显然认为自己的自尊心受到了某种伤害。他将翻译拉到一旁：“告诉那个藏族人，世界是安拉的，大地是帕夏的，天空是僧侣的，但所有这一切都必须由英国人来统治。”

谈判就这样结束了。

下午两点四十分，荣赫鹏上校和布雷瑟顿少校蜷缩在临时指挥所的营帐内，目送着一支由一百名英国人和三百名印度人组成的突击队进入幽深的峡谷。

上校的想法是这样的：随着英军的马队进入峡谷的深处，那支由火绳枪和原始弓箭武装起来的藏族军队不会无动于衷。一旦他们首先开弓放箭，藏族军队的侧翼将会遭到马克沁机枪分队的有力攻击。在第一场战事行将展开的前夕，荣赫鹏上校神情肃穆，面容忧郁，站在他身旁的布雷瑟顿少校由于过于激动，身体不住地战栗。他们无法预料接下来将会发生的一切。

十分遗憾的是，藏族人在这件事情上表现出了极大的耐心，他们静静地目睹着英国军队走入峡谷，始终未放一枪一弹。

担任挑衅任务的突击队在峡谷中兀自转悠了一阵，一无所获地按原路又退了回来。荣赫鹏有些沉不住气了，他不假思索地下达了第二道指令。他命令突击队攀上峡谷，“像伦敦警察在特拉法尔加广场驱散示威人群一样将藏族人赶跑”。

黄昏时分，灾难终于发生了。

藏族人在一片混乱之中，乱哄哄地你推我搡。他们既没有得到撤退的命令，也没有听到抵抗的信号。当英国士兵冲上峡谷，要他们缴械的时候，那些藏族士兵一边低声地抱怨着，一边很不情愿地被解除了武装。

来自拉萨的代本被眼下这种令人耻辱的突发事件深深地激怒了，同时，他感到战争已经将自己冷落在一边。他怒不可遏地大叫了一声，抄起自己的连发手枪朝一名英国士兵的下巴狠狠地敲了一下。

代本和官兵在这场挑战事件中表现出来的善良、克制和忍让使英国的战地记者深受感染。但是，他们已经无法阻止全副武装的英国军队对“那些天真淳朴的牧羊人”进行残忍的杀戮。

当藏族士兵像羊群一样涌下峡谷山坡的时候，他们遭到两挺马克沁机枪和近三百支步枪的扫射。

在猛烈的枪击声中，藏族军队以令人不解的缓慢速度朝树林方向散逃。布雷瑟顿少校一连几次提醒荣赫鹏：对那些手无寸铁的藏族士兵进行盲目的扫射，显然违背了进军西藏的根本宗旨。荣赫鹏上校冷笑了一下，点上了一支雪茄。

“这样一来，战争才像那么回事。”荣赫鹏上校不紧不慢地说，“战争毕竟是战争，而不是中国式的推拿游戏。尸体和鲜血会使士兵们兴奋起来，同时也可以使我们入西藏以来沉闷、紧张的神经系统松弛一下。”

过了一会儿，荣赫鹏上校不无遗憾地说：“目前的状况的确很糟，藏族军队毫无还击之力，如果有必要，我愿意给他们配备现代的英式武器，以便两军能够在峡谷外开阔的平原上重新来一次真正的搏杀。”

一月二十日的中午，荣赫鹏上校率领他的英国军团穿过古鲁峡谷，浩浩荡荡地朝江孜进发。

上校骑着一匹高大的印度种马，在缤纷阳光的照耀下昏昏入睡。在行军途中，沿途的冰川河谷、森林沼泽看上去就像油画一样虚假。这一带的风物景观与瑞士山区颇为相像，洁净艳丽、阒寂无声。

来自英国国内的抨击并没破坏荣赫鹏上校赏心悦目的良好心境。对于那场刚刚结束的古鲁之战，议会的评论是意料之中的，他们指责英国军队在古鲁对淳朴的藏族人民展开了大屠杀。而《笨拙》画报的第一篇文章则以反讽的口吻这样写道：“我们深为遗憾地得知，藏族人在古鲁对我们的士兵发动了突然袭击，其灾难性的后果是，他们严重地损坏了军官们拍摄的风光照片……”

对于弗朗西斯科·荣赫鹏上校来说，现在，只有一件事真正牵动着他的内心。他梦寐以求渴望见到的圣地拉萨就在几百公里之外，除了一百多年前的托马斯·曼宁，他将是第一个进入拉萨的英国人。昨天晚上，他躺在古鲁河畔的营帐内，做了一个意味深长的梦。在梦中他看见一个高大迷人的藏族妇女站立在纳木错湖边，她猩红的头饰和繁复的袍服为一阵清风所吹散，显露出秀美的胴体。

在漫长的行军途中，空气中到处都散发着树木清冽的芳香，藏红花和雪莲开遍了山谷，雪山下苍翠的灌木林和针松像锦缎一般绵延，玛尼石堆和佛塔随处可见。

与此同时，荣赫鹏上校所无法预料的某种危险也正在悄悄地酝酿之中。在他向江孜进军的同一时刻，一支由一千六百名康巴人组成的藏族士兵突击队正星夜兼程地朝西藏南部的日喀则汇集。按照扎什伦布寺大住持的秘密指令（它最早源于苏格兰传教士的即兴发明），这支突击部队将悄悄地潜入江孜，以便在未来的某一个时间向英国远征军的指挥中枢——荣赫鹏上校的指挥所发动突袭。

四

苏格兰传教士约翰·纽曼离开帕里城堡之后，经过三天的长途跋涉，来到了气候湿润的贡巴拉山区。

站在贡巴拉山的山脊上，约翰·纽曼能够看见山下散落的破败的村庄。那些简易的木房歪歪斜斜地搭建在树林中，远远看上去就像一个个坍塌的鸟巢。在村庄东南部的一条小河边，矗立着一幢石砌的院落，仿佛明代风格的仿古建筑，它便是中国驻藏官员何文钦先生的住宅。

何文钦居住的这座村落位于江孜以东大约七十里的丛林地带。这个名叫苍南的村庄终年少见阳光，但充沛的降雨却使这一带的木莓、樱桃和茶藨子属植物长势茂盛。

十一年前，昔日运河航道上大清帝国的押粮官开始了他半降职半流放的漫漫旅途。他在甘肃的察冈和青海的玉树做了短暂的停留之后，终于在一八九三年秋天抵达西藏。随着时间的推移和地理概念的变化，古城扬州的画舫珠帘在他的记忆中日渐模糊。他像一只急于返回花蕊深处的甲虫，日复一日地等待着皇帝陛下的诏书，渴望重新回到二十四桥迷蒙的月色中去。

何文钦的宅院离苍南的温泉很近。每天中午，他都能看见一些藏族人和外地来的商人、香客去温泉洗澡。那些天性开朗的妇女脸上涂满了油脂和动物的干血，如果不是经过泉水的洗濯，他也许永远也无法发现这些女人天然的秀美。苍南地区的藏族人非常懂得享受，他们深知泉水中的铁质和硫黄对健康的作用，如果泉水不太热，他们就点燃干马粪将石块烧烫，然后将石块投入水中。因此，在何文钦住宅的四周，整天都弥漫着一股股淡淡的粪味。

一天早晨，何文钦在熟睡中被屋外的喧嚷之声惊醒了。站在卧室的西窗旁，他看见一个外国人正在温泉附近给当地人表演魔术。家中的女仆告诉他，这个外国人已经在苍南盘桓了数月之久，他会的魔术像石榴的种子一样多。

何文钦吩咐女仆，只要她愿意，她可以随时将这位外国人请到家中，让他把所有的魔术都表演一遍。

当天傍晚，那位身穿黑色长袍、头戴草编毡帽的外国人跟在女仆的身后来到了何文钦的院子里。这就是驻藏官员何文钦和苏格兰传教士约翰·纽曼的第一次见面。

由于何文钦对基督教一无所知，他在想象中将约翰·纽曼看成是一个流落异乡、靠表演魔术为生的印度香客。这一次，约翰·纽曼随身带来了一些黑色的金属仪器。他耐心、谦卑、一丝不苟的表演很快就赢得了女仆的满心欢喜，但何文钦并未对这些离奇的现象表现出很大的兴趣。最后，约翰·纽曼让何文钦见识了两件珍贵的物品：照相机和高倍显微镜。按照约翰·纽曼的说明，前者可以将人的面目固定在纸上而对人体毫无伤害，后者则可以使地图上的线脉迅速变粗。何文钦摇了摇头，表示他无法相信这种离奇的说法。为此，约翰·纽曼当场做了表演，他伸手从地上捉起一只虱子，将它置于显微镜的镜片之下。当何文钦看到那只虱子在镜片下突然变成一只老鼠的时候，他惊讶得说不出话来。后来，何文钦向传教士坦率地说明了自己在那一瞬间的真实感受：

“我一度以为时间出了问题。”

约翰·纽曼是一个地地道道的中国通。早在几十年前，他就跟随耶稣会传教团在中国的长江流域开始了传教生涯。他曾在古城江宁、扬州一带待过很长的时间。他的这一经历引发了他与何文钦之间永不厌倦的话题。

尽管传教士和何文钦很快就开始了密友般的交往，但是他们之间的往来并非总是令人愉快的。在何文钦看来，约翰·纽曼对他表现出来的过分的热情和亲昵之举（比如拥抱之类）往往使人心慌意乱。尤其是当传教士不断恳请他加入基督教会时，何文钦更是满心不悦。出于初见之下的礼节，他没有一口拒绝。

一九〇三年，随着英国远征军突然侵入中国西南高原，国难当头的危机使何文钦与苏格兰人之间的友谊受到了严重的威胁。

约翰·纽曼骑着他那匹枣红色的马缓缓来到了何文钦先生的住宅前。院子里静悄悄的，一簇青翠的橘树挂满了果实，在风中摇荡。院子的矮墙上爬满了藤蔓，一道经幡纯粹作为装饰从天井中斜穿而过。

女仆告诉他，何文钦先生正在午睡，如果没有什么急事的话，可以在书房等候。女仆的语调冷冰冰的，听上去让人很不舒服。约翰·纽曼联想到他在甘宗坝与何文钦不欢而散的会面，一种淡淡的忧郁情绪很快缠上了他。

传教士朝院门走来的时候，何文钦在后院并未睡着，他透过一扇木格子窗和两道飘满流苏的门洞看到了他委顿的身影。不过，他不愿意立刻起床与他见面。

几天前，他遵照驻藏大臣的旨意前往甘宗坝，准备与英国远征军的荣赫鹏上校举行会谈。如果他能够阻止或者延缓英国人向拉萨挺进的步伐，拉萨的驻藏大臣将保证他在一年内回内地供职。可是，甘宗坝之行的结果是令人沮丧的。那位傲慢、自负的上校竟然以他“官阶太低”为由，拒绝与他会面。

自从英国人的军队出现在古鲁河谷的那时起，他曾经屡次写信给驻藏大臣，建议朝廷尽快从青海发兵，以便在英国人进入拉萨之前，在江孜平原和英军展开决战。他的建议立刻遭到了驻藏大臣的严词批驳。这件事从一个侧面引发了何文钦一连串不祥的猜测：古老帝国本身似乎也正在经历着一场前所未有的祸乱，原先驻防在青海、四川的军队纷纷内调便是明证。看来，朝廷对西南边陲的统辖实际上已经名存实亡了。

从某种意义上说，国势的倾颓与个人际遇的乖戾是一致的。每当牦牛商队经过苍南，西去印度和锡金，一种不可遏制的思乡之情便油然而生。他时常梦见淮扬城外的舟楫桅顶，幽深的街巷，一夜风雨送来桂子的芳香。清晨醒来的时候，竟然泪流满面。

傍晚，传教士约翰·纽曼像往常一样笑容可掬地来到客厅里。他看见何文钦先生脸色阴郁地站在一幅地图前，正用一支铅笔在地图上圈圈点点。

“你们的人已经占领了江孜。”何文钦对他说道。

“我们的人？”传教士支吾了一声。他感觉到何文钦先生语调冷漠，心事重重。

“他们在古鲁河谷杀死了一千多名藏族人。”何文钦依然背对着他。

“何先生尽可放心，”约翰·纽曼朝他走了过来，“英国人永远也到不了拉萨。”

“为什么？”

约翰·纽曼正要说些什么，一名穆斯林装束的尼泊尔香客走了进来。他的怀里夹着一个青布包裹。

尼泊尔香客将布包递给何文钦，随后一声不吭地躬身退了出去。

“布包里面是什么东西？”传教士问了一句。

何文钦没有回答，他将布包放在桌子上，小心翼翼地打开它。那是一支簇新的德式手枪。

何文钦熟练地将一发子弹嵌入枪膛，然后转动了一下膛肚，将枪口对着约翰·纽曼。

“何先生，这不是在开玩笑吧?”传教士脸上红一阵、白一阵，笑容显得有些不太自然了。

何文钦面容沉静，但瞳仁中迸射出一股迷乱的浮光：“如果你们的基督在天有灵，他会在冥冥之中保佑你的。”

随后，他扣动了扳机。

约翰·纽曼双手遮住面部，像是试图挡住眼前耀眼的光线。

“何先生!”他叫道。

何文钦不紧不慢地打了第二枪，仍然是空膛。他失望地看了看这支手枪，叹了口气，随手将它搁在了桌上。

传教士早已大汗淋漓，他脸上的肌肉不住地抖动着，泪水溢出了眼眶。他惊魂未定地站在屋子中间，显得有些不知所措，过了好一阵，他仿佛才从惊惧中回过神来，这位传教士用一种怪声怪气的语调对何文钦喊道：“何先生，我对你的恶作剧一点儿也不欣赏，一点儿也不!”

何文钦莞尔一笑，伸手端起了桌上的茶杯。

五

英国远征军在古鲁河谷对藏族军队的攻击事件很快就传到了藏南的扎什伦布寺。一名转经归来的年轻的僧侣告诉大住持：“根据江孜牧羊人的报告，英国军队在古鲁河谷杀死了数十名藏族人。”

两天之后，更为详细的消息由一名朝圣者带到了日喀则。在那场残酷的袭击事件之后，江孜一带的牧民一共在碎石遍地的草丛中发现了三百二十一具藏族士兵的尸体（处理这些尸体给江孜地区仅有的两名天葬师带来了前所未有的难题）。更多的被俘藏族士兵下落不明。

这一消息使扎什伦布寺的大住持极为震惊。虽然大住持在心里对它早有预见，但事情一旦发生，这位一向善于自我克制的僧侣还是忍不住潸然泪下。

英国人穿过古鲁河谷、挺进江孜的传闻接踵而至，这迫使大住持将绑架荣赫鹏上校的行动计划大大地提前了。

一千二百名康巴人似乎在一夜之间就汇集到了日喀则，这些人是临时从东南山区的牧羊人中招募来的，他们身材高大，面色茶红，头上戴着盘成箍结的红布帽。

大住持在扎什伦布寺外的一条大路旁接见了他们，并且按照这一带古老的宗教礼仪为他们逐一摸了顶。

按照大住持的命令，这些康巴人组成的突击部队必须在五月三日之前赶到江孜，在五月四日的午夜对英军指挥部所在地发动攻击。进攻一旦得手，他们将挟持荣赫鹏上校进入羊卓雍湖畔的森林中等待下一道命令。负责指挥这场攻击战的康巴人首领和大住持坐在路旁的沙地上，他们极为详尽地讨论了这一行动计划的种种枝节和补救措施。最后，年轻的康巴人首领向大住持提出了这样一个问题："可是，我们凭什么来辨认我们要抓的那个人?"

"噢，我差一点儿忘了。"大住持笑了一下，拍了拍自己的脑门，然后从怀里掏出了一张硬纸片递给他。

这是一张荣赫鹏上校的照片，它是那位苏格兰传教士约翰·纽曼在几个月前送给大住持的。

首领接过照片，吃惊地睁大了眼睛。照片上的这个人面容清瘦，嘴角留着一簇浓密的胡须，肩章、胸徽清晰可见，看上去像真人那样栩栩如生。康巴人的首领朝照片瞥了一眼，立刻将它丢在地上，仿佛它像炭火一样烫手。

"你不用害怕，"大住持温和地对他说，"这既不是纸镜，也不是魔鬼，它是银版相片，这种技术是不久前的一位法国人发明的。"

突击部队是在四月二十五日的拂晓从日喀则出发的。大住持一直将他们送出了两道山口。当时，太阳已经升了起来，一条细如羊肠的山路出现在他们的视线之中。大住持将康巴人的首领带到了路旁的一条湍急的河流边。

"这条山路直通江孜，"大住持神情肃穆地嘱咐他，"一旦你们突袭成功，你就在这条江孜河中放下一根圆木，将你头上的红箍带绑在上边，这样，水流会将你们的吉祥带到我这里。"

康巴人的首领点了点头。

在告别的时候，首领忧虑重重，他又想起了一件事，有些迟疑不决地问道：

"万一失败了怎么办?"

“失败?”

“我是说，万一我们的计划失败了，我们怎样给你发信号呢?”

大住持被这个突如其来的问题问得怔住了。他想了想，用手拍了拍他的肩膀，回答道:

“你们是不会失败的。”

康巴人的队伍在暖烘烘的阳光下消失之后，大住持没有返回扎什伦布寺，而是在那条河道上的一座木桥上坐了下来。他像一个瑜伽师那样盘腿静坐，始终保持着同一种姿势。

短短几个月来，纷乱的战事使大住持经历了一生中最不平常的一段时光。他独自决定对江孜的袭击计划并且没有向拉萨方面做出禀报，他担心，他的禀报会在拉萨引起不必要的争议，从而会使这一本来就十分脆弱的行动计划流产。即使拉萨方面批准这一计划，消息也将会泄漏出去，从而使英国人加强防备。未来的袭击事件使大住持更深地卷入了他平常一向厌恶的军事与政治中，他无法知晓，冥冥之中神祇是否会给他的突击部队提供庇护。既然佛祖对于英国人在古鲁河谷的屠杀缄默不语，那么，五月四日午夜的袭击也难免事与愿违。他多年来潜心修行所获得的和谐宁静的内心仿佛一下子被搅乱了，很多问题的复杂程度早已远远地超出了自己想象力的范围。不过，对江孜的突袭如能阻止英国人进入圣地拉萨，这一冒险举动无论如何还是值得的。

河水静谧地无声地流淌着，水流荡涤着河道两岸的浮草，在桥桩四周形成一轮一轮的涡圈。乳白色的毛茛花和委陵菜花开遍了山野。

河道的对岸是一座不大的藏族村落。那些低矮、黑色的房顶上堆满了干草，一朵朵洁白的云彩在房舍上空压得很低。五颜六色的经幡像网络一样将房舍连接起来，从一家到另一家。有些经幡和布条甚至一直穿过树林，绵延到河边的桥头。又肥又大的一群渡鸦栖息在墙上，还有无数叽叽喳喳的山雀在树林深处啁鸣不已。

晌午时分，大住持看见几个妇女从他身边的木桥上侧身而过，她们背上背着藤篓，里面装着干马粪以及刚刚从山上采集来的冰块。巨大的冰块在背篓里钻石一样闪闪发光。这些妇女一边往村里走，一边不时回头朝他张望，同时交头接耳地议论着什么。

这一天的傍晚，村中的妇女再一次出现在河边，她们给大住持送来了一些牛肉、糌粑、青稞酒和一条御寒的藏毯，为了不打扰大住持静修，她们将那些物品放在桥头后，就一声不响地离开了。

大住持像尊岩石一样默坐在桥头，冰凉的冷风吹拂着他的面庞，深夜的降霜静静地落在他的身上，他对那些食物和藏毯一直无动于衷。到了第二天早上，食物又源源不断地送来，她们拿走了前一夜的，换上了新的。附近寺庙里的活佛、僧侣以及一些过路的僧人一个接着一个来到了大住持的身边。他们虽然不知道受人尊敬的大住持为何选择这样一个地方静坐修行，但依然默默地围坐在他的周围，敲鼓诵经。到了晚上，那些僧侣便悄悄地靠近大住持，以便用他们的身体挡住五月料峭的寒风。

六

约翰·纽曼抵达苍南后的第四天，一位化装成藏族人的英国士兵从江孜悄悄来到了这里。他在何文钦的住宅里见到纽曼之后，将一封荣赫鹏上校的亲笔信交给了他。荣赫鹏在这封信里命令传教士立即赶往江孜，但并没有说明具体的缘由。

何文钦先生一大早就出去了，女仆看见他扛着一杆双筒猎枪朝月亮森林的方向走去，看上去好像是去打猎。

约翰·纽曼为了向何文钦先生道别，在住宅外的一条溪流边一直等到太阳落山，依然没有看见何文钦的踪迹。傍晚时分，在那名英国士兵的不断催促下，他惘然若失地踏上了前往江孜的路途。

传教士是在第二天早晨抵达江孜的。在营帐外迎接他的是军需官布雷瑟顿少校。这位年轻的军官看上去比在甘宗坝时更黑更疲了，水土不服和失眠症在他的脸上留下了阴郁的痕迹。

布雷瑟顿告诉他，随着英国军队在西藏腹地越陷越深，战争也将越来越惨烈，士兵的伤亡必将随之增加，在未来的二十个月，荣赫鹏上校希望他留在军营中担任随军牧师。

约翰·纽曼对于这一决定感到不可思议。他告诉布雷瑟顿少校，自己是一名神职人员，一名自由的传教士，除了来自国内教会方面的指令之外，他没有任何理由和兴趣承担别的义务。“更何况——”约翰·纽曼解释说，“我也闻不了血腥味。”

布雷瑟顿少校很有耐心地朝他笑了笑："纽曼先生，你现在是在荣赫鹏上校的战地指挥所里，而不是在苏格兰乡间的修道院，你闻不了血腥味也许是值得同情的，但是如果荣赫鹏上校现在命令你将一盆羊血喝下去，我想你恐怕也不会拒绝吧?"

布雷瑟顿少校这样一说，苏格兰传教士似乎已没有任何讨价还价的余地了。

早在一七八五年，由于某种原因，天主教耶稣会就在西藏自行解散了。它所设立的教区后由法国的辣匝禄会接管。无论是耶稣会，还是巴黎辣匝禄会，他们在中国西藏的传教并没有取得多大的进展，传教士们在西藏的种种遭遇是意味深长的。他们对于在西藏的传教活动往往感到悲观失望，进而得出了"西藏的原始宗教是完美无缺的"这样一个结论。

约翰·纽曼在中国长江流域传教十余年之后，曾一度返回苏格兰。教会方面在西藏的失败激起了他对这一神秘区域强烈的好奇心。在约翰·纽曼看来，他在中国内地积累起来的丰富的传教经验也一定适用于西藏，要想使藏族人在一夜之间全部变成基督教徒显然是不可能的，但至少，他可以使基督教的信仰在那里打开一个缺口。

一八九四年的夏天，他跟随一批边贸商人，穿过克什米尔盆地、印度西北部的山区，只身来到了西藏。他随身带来了一些西方文明的最新成果，并希望以此来打动那些蛰居山野的藏族人。这些物品包括一架摄影机、一架望远镜、几只显微镜和打火机，以及十余册版画。经过几年的传教，约翰·纽曼差一点儿取得了成功，如果不是一场天花夺去了三名藏族人的生命，他深信这些藏族人最终是会成为基督徒的。后来，当约翰·纽曼在苍南温泉与中国驻藏官员何文钦邂逅之后，这位幽默的中国人曾经开玩笑地对他说："倘若你能够将西方的天花疫苗带入西藏，你在这一带的教徒将会像拉萨的放生羊一样多。"

和许多中国人一样，何文钦先生对基督教并不反感。这位年轻的驻藏官员身材颀长，皮肤白皙，梳着一条黝黑发亮的长辫，优雅的举止和华丽的锦缎绸袍使他看上去更像一个女人。约翰·纽曼在苍南见到他的那一刻，便深深地为他的仪表所吸引。在他们朝夕相处的那段日子里，他们几乎天天形影不离。一同喝茶，谈论中国的古代诗词；一同骑马远足，去月亮森林打猎；

前往藏北那曲参加赛马大会……久而久之，从约翰·纽曼内心隐晦的意图来看，劝说何文钦皈依基督教的意义已经远远超出宗教职责的范围。

在江孜的日子是枯燥乏味的。这个季节江孜一带正好是多雨天气，蒙蒙细雨从每天中午开始，一直下到日暮时分。约翰·纽曼的住处被安排在白居寺附近的一块山坡上，几顶土耳其式的帐篷在青稞地里围成了一圈。四周光秃秃的，看不到树林和其他什么植物。

英国远征军处于焦急的等待之中。古鲁河谷的袭击事件使国内议会的争执变得空前激烈。约翰·纽曼注意到，这些天来，荣赫鹏上校一直忧虑重重，愁眉不展，在潮湿、阴冷的雨季，仿佛军营里所有的人都失去了耐心。

荣赫鹏上校在一次散步时不无颓丧地向纽曼谈到，即使国会立即批准他向拉萨进军的计划，从战略上考虑，进攻时间也至少要等到雨季结束之后——如果在雨天进攻，英军漫长而脆弱的后勤供给线将面临被藏族士兵切断的危险。

和荣赫鹏上校相比，布雷瑟顿显得比较容易接近。他常常在饭后来到约翰·纽曼的帐篷里聊天。布雷瑟顿早年曾在神学院读过几年的宗教史，但他对宗教的兴趣仅仅局限于知识和考证的领域，从不涉及信仰。和国内教会的某些神秘主义的教士的猜测一样，布雷瑟顿以为耶稣确有其人。他告诉约翰·纽曼，他几年前在加德满都任职时，曾在印度和克什米尔地区做过一段实地考察，他感觉到，在那些佛教盛行地区，“甚至空气中都飘浮着耶稣的幽灵”。在印度南部，有人曾带他参观过一间阴晦的密室。据当地的佛教徒暗示，耶稣在被钉上十字架之后，并未马上死去。他依靠自己深湛的瑜伽功侥幸活了下来，晚年一直在印度的这间密室里潜心修行，并且活到了八十一岁高龄。

“克什米尔的情形也颇为蹊跷，”布雷瑟顿脸色肃穆地对纽曼说道，“《圣经·旧约》描述的秀丽、安宁的山川和河谷在这一带随处可见，我觉得，克什米尔就是《圣经》中所传说的那样一个‘流淌着牛奶与蜂蜜’的地方。”

约翰·纽曼对于布雷瑟顿的那些言谈的反应是极为矛盾的，这就好比人们通常所说的对风尘女子的态度：既鄙视、厌恶，又充满着渴望。

布雷瑟顿是一个充满想象力的人，从某种程度上说，也是一个善良的人，这位在泰晤士河畔长大的年轻人在进西藏以后，显然被这里诡秘的神宠吓坏了，整天被一些荒唐的臆想和预感所缠绕。在江孜的这段时间里，他曾不止一次地对纽曼提及：“一场巨大的灾难已经悄悄地临近了。”

五月二日的上午，阴云密布的天空终于出现了转晴的迹象，湿漉漉的草地上雨水未干，一些英军官兵便在泥泞不堪的山坡上踢起了足球。另一些士兵则来到江孜河边，与那些正在洗衣服的藏族妇女搭上了话头。这些女人好像并不在意士兵们温和的玩笑，但一旦谈话超越了某种范围，她们就赶紧抽身从河边离开了。

这天午后，几名游走四方的托钵僧在途经江孜城堡的时候，受到了英国士兵严密的盘查。这些托钵僧给约翰·纽曼带来了一个惊人的消息：在他们来时的路上，他们遇到了进西藏以来最大的一次佛事活动。近千名僧侣和活佛围坐在一条河道的两岸，他们的诵经之声在几里之外的地方都可以听到。

约翰·纽曼在这天夜里悄悄溜出江孜，赶往集会地点。当时，他并不知道，扎什伦布寺的大住持已经在那条河边默坐了七天，饥饿和寒冷已使他奄奄一息。

七

在江孜的那段淫雨霏霏的日子里，英国远征军在遥无尽期的等待中陷入了深深的绝望之中。荣赫鹏上校接二连三地得到报告：一些士兵渐渐丧失了自我约束力，他们频频袭击白居寺和江孜的古董市场，抢掠珍宝，骚扰妇女。而江孜的藏族人已不像先前那样柔顺温和，他们极为隐秘的报复致使英军两名低级军官在江孜河畔永远地失踪了。

最坏的消息依然来自英国国内，在印度的寇松总督被突然解职，接替他的是衰老不堪的阿普西尔勋爵。这似乎意味着，在荣赫鹏进军拉萨的途中，他失去了最后一顶保护伞。四月中旬，荣赫鹏接到一封来自伦敦的电报，一位政府高级官员在电文中竟然以委婉的语气劝他辞职。

另一方面，拉萨的西藏官员已彻底放弃了与英国人谈判的希望。从康区汇集来的军队正源源不断地开入江孜以北的山区，在卡罗山的南麓构筑工事和防御墙。那些刚刚汇集来的军队配备了较为先进的武器，其中金格尔枪的射程在两千码之外。荣赫鹏上校曾经命令先遣队朝藏族军队的阵地发动了一次尝试性的进攻，但遭到了他们顽强的抵抗。

五月三日凌晨，一夜未睡的荣赫鹏上校终于做出了一个大胆的决定。他命令在江孜驻扎的大部分军队由布雷瑟顿少校率领突袭卡罗山。荣赫鹏似乎预感到，如果不在藏族人修筑好工事之前给予他们致命的打击，那么这座绵延数里的防护墙迟早会成为英国人向拉萨进军途中难以逾越的障碍。

这一计划受到了布雷瑟顿少校的竭力反对。他的理由是，随着英军主力北去卡罗山，远征军在江孜的指挥部将会面临极大的危险。一旦藏族军队获取我军的情报攻入江孜，英国军团的指挥中枢必将被一网打尽。

布雷瑟顿的忧虑尽管不无道理，但还是激怒了荣赫鹏上校。他声色俱厉地提醒少校："要知道，我们的对手并不是拿破仑麾下的法国军团，而是一群高原原始部族的牧羊人。"

这天傍晚，在英军主力撤离江孜七个小时之后，不祥的征兆终于出现了。

原先在英军医疗所治伤的数十名俘虏突然神秘地失踪了。远征军雇用的几名藏族女仆和搬运工也同时不辞而别。另外，根据侦察兵的报告，距离指挥部所在地二十英里外的平原上出现了一支来历不明的牦牛队。他们借助暮色的掩护，悄悄进入了江孜河对岸的一处茂密的森林里。

荣赫鹏上校并未将这些可疑的迹象放在眼里。他像往常一样，在晚饭后照例来到了布雷瑟顿的住处，和少校下了一盘厄尔鲁特棋。也许他意识到白天对布雷瑟顿的当众训斥使他们多年来的友谊受到了伤害，因此有意主动和解。若双方心平气和地下盘棋，所有的不快便会烟消云散。

到了午夜时分，天空再一次下起了大雨。雷声一刻不停地轰鸣起来，狂风将帐篷刮得哗啦啦作响。这些天来，荣赫鹏上校毕竟感到有些累了，那盘棋刚刚下到一半，他就在一张藤椅上昏昏沉沉地睡着了。

凌晨两点，由一千六百名康巴人组成的突击队在呼呼的风声中悄无声息地推进到了使团营地的附近。英国人对这场袭击看来毫无防备，营地的灯火早早地熄灭了，四周一片漆黑。几只鹊鸭和布谷鸟在营地外的灌木丛中不安地鸣叫着。

一名新征入伍的印度籍士兵对西藏的酥油食物一时无法适应，整整一个晚上，口渴和腹痛使他难以入眠。当他第三次来到帐篷外解手的时候，他突然发现有几个人影在驻地外的围墙附近晃动了一下。随后，在闪电的光亮中，他看见一支支滑膛枪从围墙的垛口伸了进来……这名新兵显然被一种难以承受的巨大的恐惧吓坏了，他在稠密的雨幕中足足僵立了四五分钟之久，才回过神来鸣枪报警。

枪声立刻惊动了布雷瑟顿少校。他迅速将沉睡之中的荣赫鹏唤醒，随后跟着几名警卫冲到了营帐外的院子里。

荣赫鹏上校一时无法判定外面究竟发生了什么事情。他身穿睡衣，慌慌张张地来到营帐外的时候，密集的枪弹噼噼啪啪地响了起来。他看见院内的几十名廓尔喀人漫无目的地窜来窜去，团内的一位年老的军医穿着白短裤在场地中央瑟瑟打抖。

在一阵忙乱之后，负责营地安全的默里少校带领警卫连的士兵赶到了荣赫鹏的身边，他们簇拥着上校撤退到营地外的一片亚麻地里。

担任这次袭击任务的西藏部队虽然行踪神秘，但对于围攻战术几乎一无所知。在袭击之初，如果他们越过围墙攻入英军驻地，那么远征军的指挥部就将全军覆没；而眼下，他们趴在围墙上盲目地射击，这反而为英军组织有效的反攻争取了时间。

随着黎明的光线在黑暗中升起，围墙上的突击部队完全暴露在英国人马克沁机枪的火力之下。这场袭击持续到早上五点钟，战局出现了根本性的逆转。驻地左侧的藏族军队在围墙附近留下了百余具尸体之后，开始沿着江孜河朝西南方败退，在营地的右侧，大约有三十名康巴人退到了一间马厩里，尽管默里少校认为可以将他们一举俘获，但惊魂未定的荣赫鹏还是下令在马厩前架起机关枪。

在一连串疯狂的扫射之后，扎什伦布寺的住持酝酿数月之久的袭击计划最终流产。

这场袭击给英国军队造成的损失是极为有限的，在战斗中，英军仅有五名士兵阵亡，其中包括一名骑兵上尉。

弗朗西斯科·荣赫鹏在战后所做的第一件事就是将战地记者亨利·纳拉叫到了自己的指挥所里。按照荣赫鹏上校的命令，他必须将一封由荣赫鹏口授的战报迅速发往国内，这篇战报对英军在江孜袭击事件中所受的损失做了夸大其词的说明，这样一来，部队的阵亡人数一下子提高到了六十三名。

“他们做梦都没有想到，这次愚蠢的夜袭实际上帮了我的大忙。”在前往医疗所的路上，荣赫鹏上校对布雷瑟顿这样说道。

“你认为国会会马上批准你的计划吗？”

“事实上，我们现在就已经走在了前往拉萨的路上。”荣赫鹏点燃了一支雪茄，“这场袭击好像是特意为我们准备的一把钥匙，要不了多久，我们就能用它打开布达拉宫的大门。”

布雷瑟顿似乎想说什么，但立即又改变了主意。免于灾难的侥幸并未使他闷闷不乐的心情变得愉快起来。

“你打算什么时候发动总攻击？”过了一会儿布雷瑟顿问道。

“明天，”荣赫鹏上校加快了步伐，“如果不出意外，我们下个星期就能攻占哲蚌寺。”

战地医疗所的棚屋里、草地上，到处都躺满了受伤的士兵。医生和护士们在里面紧张地忙碌着。布雷瑟顿注意到，一名藏族伤兵对于没有麻醉的截肢手术竟毫无畏惧，他脸上流露出来的令人难以置信的镇定和英国伤员痛苦的叫喊声形成了强烈的对照。

布雷瑟顿走近他。通过翻译，他第一次和一名藏族人进行了交谈。

“医生将我的腿锯掉并不是一件坏事。”那名士兵对他说。

“为什么？”

“因为下次打仗的时候，我就无法逃跑了。”

他的这一回答使站在一边的荣赫鹏上校也忍不住笑出声来。

八

天黑以后，何文钦才从月亮森林回来。正在院中给鸢尾花浇水的女仆告诉他：约翰·纽曼先生已于傍晚时分离开苍南。这位传教士为了向他告别，在屋外河边的沙地上一直等到了太阳落山。“看起来，他好像有什么话要对你说。”

何文钦没有说话，他将马上驮着的一只藏羚和几只雪鸡扔在地上，便径自朝后院走去。尽管何文钦现在越来越不喜欢那位传教士，可是纽曼的突然离去还是给他留下了一片空空落落的孤寂之感。

随着英国远征军朝卡罗山要塞逼近，苍南一带的藏族人和商人都在纷纷离去。这个距离江孜只有几十里之遥的村落即使不是未来的战场，也逃不过处在战争的边缘的命运。每天都有大批的藏族士兵经过这里，他们赶着牦牛车，沿着玛索河谷朝卡罗山进发。这些藏族士兵由于营养不良和长途跋涉而显得疲惫不堪。他们在栗树掩蔽的峡谷中走得很慢，看上去好像并不是开赴战场，而是去藏北草原参加一年一度的赛马会。

一九〇四年五月二十一日，一名汉人信使翻过贡巴拉山脉，来到了何文钦的住宅前。他将一封拉萨驻藏大臣的亲笔信交给了何文钦先生。

驻藏大臣在这封措辞严厉的信中指责何文钦“延误时机，谈判不力”，暗中与英国传教士过从甚密，致使英国军队长驱直入，打通了前往拉萨的道路。

“什么官阶太低?”驻藏大臣在信的末尾这样写道，“你是大清帝国堂堂钦差，他荣赫鹏只不过是一名上校而已……”

鉴于何文钦的严重渎职辜负了皇帝陛下的恩宠，驻藏大臣命令他闭门思过，听候处置。

这天晚间，天空再一次下起了瓢泼大雨。密集的雨点敲打着纸窗，一缕缕潮湿的夜气从门扉中袭入书屋，带来了树脂凉森森的气息。何文钦坐在酥油灯下，注视着屋檐流苏般的水帘，度过了一个不眠之夜。

在古城扬州，多雨的天气一般出现在梅子黄熟的时节。连绵不断的雨水使槐花和栀子花吐露出诱人的芳香，将树木淋得一片青绿。到了夜深人静的晚上，何文钦便独处小楼，在幽幽的灯光下谛听一夜风雨……

现在，那里的一切离他毕竟十分遥远了。重叠的花枝和遍地的珠帘在回忆中显得那样呆板、沉寂、毫无生气。虽然驻藏大臣在来信中并未说明正在遭受内乱外困的皇帝将如何处置他，但何文钦却从字里行间看清了自己的命运：随着魂萦梦回的归乡之路悄然中断，纷乱的时间已经将他远远地撇下了。

翌日黄昏，何文钦跨上一匹那曲产的黄鬃马，独自一人走出了住宅，走入了河边那片长满橡树和栗树的森林。他在昏昏沉沉的酒意中看见女仆从院子里跑出来，拽住了马的缰绳。女仆泪流满面，喧嚣的声音在他耳边震荡不已，但他听不清女仆向他说了些什么。稀疏的枪声越过贡巴拉山的山脊，朝这边隐隐传过来，听上去很不真切。何文钦抖动了一下马缰，那匹矮种马便撒开四蹄在碎石遍地的树林中奔跑起来。他看见女仆在河边的身影越来越小，何文钦回过头来不经意地笑了一下，朝着她挥了挥手。

温暖的阳光懒洋洋地依附在河道弯曲的水线之上，成群的渡鸦和马鸡在河边的岩石上跳跃着。何文钦策马急驰，奔流的河水和大片盛开的蝴蝶花丛从他眼前急速掠过。何文钦并不知道自己此刻要走向何处，但暖烘烘的阳光和扑面的冷风使他感到了一种从来未有过的惬意和舒畅。他忍不住冲着远处峰峦叠嶂的雪山亮开嗓门吼叫了一声，遥远而虚幻的回声很快就在寂静的山谷中重重叠叠地响了起来。

天色渐渐黯淡下来，玛索河谷在拉龙附近突然改变了走向。顺着那条折入东北的晦暗林莽，何文钦终于看见了卡罗山顶那一带银灰色的雪线。

藏族军队的营地屯扎在卡罗山口以北的一片宽阔的芥菜地里。营地的篝火早早地点燃了，空气中到处都飘满了马粪和孜然香料的气味，一簇簇藏族士兵怀抱着火绳枪围绕火堆坐着，他们神色黯淡、面无表情。在卡罗山隘口的一座蓝色宗堡前，几个怀抱六弦琴的士兵正在拨弦唱歌。在何文钦的记忆中，士兵的歌谣和水乡船夫的催眠曲极为相像：低沉、粗犷、缺乏节奏，但却充满了忧伤。

何文钦骑着马从这些士兵中间缓缓走过，当他来到营地外围的一道防护墙边时，一位拉萨代本的侍从官挡住了他的去路。

“你不能再往前走了，”侍从官用不太流利的汉语对他说，“在防护墙以南不到三百码的地方，驻扎着英国人的第三十二先遣团。”

何文钦像是没有听见他所说的话。他策马跃下隘口的一道低缓的山坡，稠密的黑暗很快就将他吞没了。

“英国人的机枪会把你打成肉饼的。”那位侍从官在背后朝他吼了一声。

何文钦不知道他为什么要到英国人的营地去。同样，他也不知道，那匹疲弱的那曲马最终会把他带往何处。

事实上，中国驻藏官员何文钦最后并未来到英国军队的营地，在卡罗山南侧的大片泥泞荒野中，横亘着一洼洼幽亮的沼泽地，那匹识路的矮种马小心翼翼地绕开了它，在距离英国军营不到一百码的地方拐入了羊卓雍湖畔的一处茂密的森林。这时，酒醉之后的何文钦已伏在马背上不知不觉地睡着了。

第二天黎明，当何文钦从清晨的冷风中醒来的时候，他感到自己躺在一条溪流边，身上积落了一层厚厚的霜冻。马匹喷着响鼻，正在河道边饮水。

在河道的对岸，何文钦看见一簇猩红的头饰在树篱中时隐时现。一个身材高大的康巴人正在河边砍树。“橐橐”的伐木之声在森林里空空地回荡着。何文钦牵着马蹚水过河，来到了那位康巴人的身边。

这个年轻人好像是刚刚从战场上撤退下来的士兵，他的腿受了枪伤，走起路来一瘸一拐的。何文钦帮助他将那棵桦树砍倒之后，两个人在河边的沙地上坐了下来。

“你是刚从卡罗山要塞逃出来的吗？”何文钦问道。

康巴人摇了摇头：“我从江孜来。”

“五月四日凌晨，我们袭击了英国人在江孜的司令部，但没有成功。英国人将我们逼到了一座马厩里，架起机关枪朝里面扫射，可我没有被打死，挨到天黑就逃了出来。”

“你在这儿砍树干什么？”

“是这样，”康巴人说道，“我必须给扎什伦布寺的大住持发一个信号，因为他嘱咐我，如果我们成功了，就在江孜河里放一根圆木并且将我头上的箍带绑在上面，可是，我们的计划失败了……”

“那么你就发一个失败的信号。”何文钦不假思索地对他说。

“问题是我们并没有想到会失败。”

何文钦皱了皱眉头，似乎明白了康巴人的难题。

“你打算怎么办呢？”他问道。

“我想让你把我杀了，”年轻人神色黯淡地对他说，“你将我的尸体绑在圆木上，这样，大住持就会明白一切的。”

“我知道你的意思，”何文钦同情地看着他，“不过，我不会杀死你，你再慢慢想一些别的法子吧。”

何文钦说完就站起身来，准备离去。这时，太阳已经升了起来。在灿烂的阳光之下，无数的白色蝴蝶在河边的丛林里翩翩飞动。何文钦牵过马来，正准备考虑一下朝哪个方向走，康巴人手握一把尖刀已经悄悄地走到了他的身后。何文钦突然感到一阵冰冷的寒气袭入他的腰部，很快流遍了全身……

当康巴人将何文钦的身体拽向河边的时候，他并未完全死去。纷乱的光线刺得他睁不开双眼，但他能同时感受到植物清新的芳香和阳光的温暖。

不一会儿，何文钦感觉到自己的身体顺着水流朝下游漂去，凉飕飕的河水漫过了他的脸庞……

九

扎什伦布寺的大住持在江孜河畔守望了十天之后，依然没有看到预示着吉祥的桦木从上游漂来。这似乎在某种程度上证实了几年前布达拉宫的大祭司所做的预言。

苏格兰传教士约翰·纽曼赶到这里的时候，大住持已处于生命垂危的弥留之际。临终之前，这位长年蛰居日喀则寺院的僧人留下了两道遗嘱。其中之一涉及他一生经历的风风雨雨，他对佛经的参悟与理解，以及他死后的葬仪安排等等，它由两名资深的活佛草草记录下来。而另一道遗嘱则和藏传佛教中最大的秘闻有关。作为唯一的听众，约翰·纽曼仿佛感觉到，大住持在决定向他讲述这段秘闻之前，一直显得犹豫不决。

在遥远的古代，一位名叫伊萨的以色列少年历经重重艰险，只身来到了喜马拉雅山山脚，在一座寺院中潜心修行，研习佛经。他天生聪慧，悟性出众，不到几年便修成正果。印度及其周边地区的几位经师对他极为赏识，他们似乎预感到了这位少年在未来的非凡成就，竭力劝说他留在喜马拉雅山区传道，但这位以色列少年却在一个月光皎洁的夜晚悄悄踏上了返回耶路撒冷的茫茫旅程。

“这位名叫伊萨的少年就是耶稣基督，”大住持对约翰·纽曼说，“这段史实即使在西藏也鲜为人知，记载这件事的两道经卷至今还保存在拉萨大昭寺的一间密室里。”

扎什伦布寺的住持是在这天午夜寂然辞世的。人们为了纪念他的功绩和品德，在他坐化的地方修建了一座佛塔。

在这座佛塔行将完成的一天早晨，中国驻藏官员何文钦的尸体终于漂到这里，江孜河中的鱼类和丛林中的鸟兽将他身上的腐肉噬食一空。按照汉族的丧葬习惯，约翰·纽曼和当地藏族人将他的遗骸从河中捞起来之后，没有为他举行天葬仪式，而是将他埋在佛塔旁的一块罂粟花地里，并在他的坟头栽种了一棵橘树。

传教士约翰·纽曼在何文钦安葬后不久就离开了西藏。他雇用了一辆马车，经由藏南的亚东返回苏格兰。他随身带走了一只转经筒和一条油亮的发辫，这条发辫是中国官员何文钦在一年前赠送给他的。在寂寞而荒凉的旅途中，约翰·纽曼不时察看它，不禁泪流满面：这条发辫即使离开了人体的滋养，也仍在暗暗生长……

在约翰·纽曼的马车经过亚东附近的一座驿站时，一位英国情报人员告诉他，荣赫鹏上校率领的远征军已在数日之前占领了拉萨。

这天晚上，苏格兰传教士在客栈幽暗的灯光下久久不能入睡。他随手翻开了床头的那本《圣经》，一枚风干的树叶从夹缝中掉落在地上。约翰·纽曼用一把镊子捡起它，放到显微镜下反复观瞧：这枚从神树上采撷下来的叶片看上去和其他普通的树叶并无不同，原先栩栩如生的佛像图案早已不复存在……

一九〇四年七月三十日，荣赫鹏上校率领的英国军队抵达距离拉萨二十英里之外的雅鲁藏布江边。

布雷瑟顿少校未能看到布达拉宫像火焰一般闪闪发亮的金顶，他入西藏以来所产生的不祥的预感终于变成了现实：英国军队在横渡急流澎湃的雅鲁藏布江时，布雷瑟顿少校和另外两名廓尔喀人落水身亡。

三天之后，荣赫鹏上校率军进入拉萨。尽管拉萨的僧侣派出了各种身份的谈判代表，企图阻止英国军队进入布达拉宫，但荣赫鹏上校还是强行闯入了这座壮丽、神秘、金碧辉煌的圣殿。

布雷瑟顿的遇难以及进入拉萨后的种种不适使荣赫鹏上校感到了一种前所未有的心灰意冷。九月七日，在没有得到英国政府任何指令的情况下，他胆大妄为地与藏族人签订了一份具有国际意义、令人啼笑皆非的协议书。

事后不久，一封由印度事务大臣布罗德里克签发的书信送到了原印度总督寇松的手中。布罗德里克在信中指责荣赫鹏是一个粗俗、没有教养的人，“他在西藏的所作所为证明，他对于二十世纪欧洲及亚洲的政治格局缺乏足够的理解。为了国家的荣誉，在某种程度上，抛弃荣赫鹏上校看来已经不可避免……”

在漫长的西藏之旅即将结束的前夕，荣赫鹏上校独自一人骑马来到了纳木错湖边，在念青唐古拉山的雪峰之下，荣赫鹏上校一度忘了自己置身于何处。他仿佛感觉到自己的许多根深蒂固的观念，甚至包括时间本身，在他进入西藏以后都发生了不可思议的变化。他的耳畔再一次回响起扎什伦布寺的大住持那种衰老不堪的声音。当时是在甘宗坝，他与大住持在指挥所的营帐里为一些地理常识发生激烈的争吵。大住持以一种令人难以置信的固执的语气告诉他：

地球并不是圆的，而是三角形，就像羊的肩胛骨一样。

选自《雨季的感觉》，上海文艺出版社 2014 年版

编选理由：

1990 年夏天，我和几个朋友在西藏待了两个多月。我们住在《人民日报》记者刘伟的家里，似乎离布达拉宫不远。白天我们在寺庙里转悠，晚上就和西藏的朋友们一起喝酒聊天。子文、扎西达娃、色波、冯良、于斯，当然还有已悄然离世的美丽的央珍。偶尔我们也会离开拉萨，去更远的藏北或藏南，寻访寺庙，拜谒高僧并饱览山川美景。我随身带着几本从西藏人民出版社讨来的历史、地理方面的著作，以供闲时消遣。《相遇》差不多就是那个时候开始酝酿的。当我从西藏回到上海之后，直觉告诉我，必须赶在对西藏特殊而强烈的记忆变得模糊而淡漠之前，立即动手将这篇小说写出来，以便让文字多保留一些西藏的灵氲和芬芳。

初　恋

离婚之后，季康常常向我提起，尽管他现在对前妻已无感情可言，可还是忍不住要通过各种渠道去打探她的消息。只要想到她的身体可能与另一个

陌生男子交合，他就会受不了。“也许还不止一个，”有一次，季康对我说，“我们的离异很可能使她破罐子破摔，我了解她的为人。”看起来，他被那种恶魔般的阴影缠上了。在这片晦暗的阴影中，他能“看见”自己的妻子以他所熟知的方式委身他人。“甚至，有一回，我还梦见了你……”季康在说这番话的时候，还宽宏大量地拍了拍我的肩膀，似乎我真的与他妻子上过床，而现在他则原谅了我。

季康的这种多少有点儿病态的心理，我或许不难理解，而他的前妻对此是否有过类似的联想，我们却不得而知。季康说，他当初并不是非得与她离婚不可，就像几年前他并不一定要与她结婚一样。情况的确也是如此，我们猜测，他们婚姻的最终崩溃与一个女研究生的介入有关。

有关这个研究生的情况，我们所知甚少，她的相貌不算难看，但也说不上如何出众。这就是说，见异思迁一类的解释在此并不完全适用。我们只是听说，季康的妻子在意识到危机将临之时，立即着手全力挽救，起先是苦苦哀告，然后是日复一日地自我悔过，其程度远远超出了她实际犯下的种种过失。当然，就像许多面临被丈夫抛弃的女人一样，她也曾发出过很多无用的恫吓。

有一天，季康与妻子在公园的一张长椅上商量离婚之事，他的妻子也许是受不了精神上持续的刺激，猝不及防地尖叫了一声，向前狂奔了五十米，最后一头扎入了湖中。季康在这个关键时刻经受住了考验，他平静地点上一支烟，冷冷地注视着湖面。“要知道，一个会游泳的人要被淹死并不是一件容易的事。”事后，季康这样向我解释道。

最后，一个骑三轮车的工人将她救起，送到了医院。季康来到她病床前所说的第一句话是：“如今这个世道，自杀已经吓唬不了谁了，你趁早别来这一套。”随后，他看见两行晶莹的泪珠从她的眼角流了出来。“到了那会儿，我知道，她已经死心了。”

说起来，我与季康虽然同属一个系科，却也算不上是知交。不过，他离婚这件事却给我带来了一个意想不到的馈赠。在他离异后那段倒霉的日子里，我一直拿不定主意是否应当向他表示一下我的感激。关于这件事，我在不久之后就要谈到。

感情上的纠缠宣告平息之后，办理离婚手续就成了一道简单的算术题了。

住房原本就是妻子父母的财产，对此，我的朋友自然不能提出任何非分的要求；而两个人在若干年内所积攒的财富（幸运的是，其数量与种类不算庞杂），则需要经过一番仔细的运算与分割。总的来说，气氛是友好的，分配也体现了谦让的原则。比如说，家用电器以及许多值钱的大件家具一律划入妻子的名下，像书籍、唱片一类的物件则理当归季康所有。从这件事后来的进程来看，还是有一些看似微不足道实则极为重要的问题被他们忽略了。

他们俩最终分手的那天，我们系的几位同事去帮季康搬家，那名女研究生也一同前往。面临这样的场合，也许她感到有些不安，就拉了一个名叫张末的女生前去做伴儿。

我们几个骑着黄鱼车，穿过了大半个城市，最后在大连西路的一处弄堂口停了下来。我们准备上楼的时候，研究生似乎有些不耐烦地向季康嘱咐道："最好快一点儿，别黏黏糊糊腻个没完。"季康点点头，问她是不是一起上去。研究生的柳叶眉即刻竖了起来："我上去干什么？你本来就不该拉我来。离个婚还弄得什么似的，又不是游行示威。"她的理由似乎也很充分，于是，她就一个人留在了楼下。

我们来到了七楼。门开着，季康的妻子正在阳台上给几盆瓜叶菊浇水。很显然，她为这个即将到来的时刻做了精心的准备：刚刚洗过澡，松散的长发披在肩上，房间里散发出一股树脂般清新的香气。屋子收拾得十分整洁，厨房里的一排不锈钢炊具被擦拭得锃锃发亮。她的脸色明朗而红润，似乎已没有了往昔的那种忧郁，那种故作冷漠的神情。她甚至还给了张末一包话梅，随后，她们俩在阳台上说了会儿话，还跟着录音机里钢琴的节拍哼了一段曲子。

"这正是我担心出现的场面，"季康在书房整理杂志时突然低声对我说，"你也许会问，既然我受不了这种场合，那当初我干吗要与她离婚呢？我也不知道。不过，恐怕我告诉你，你也不会相信，我们结婚至今，我从来没有看到过屋子收拾得这样整洁，也从未意识到她有这么漂亮。你知道，她以前总是一副懒散的样子，仿佛永远睡不醒……"

我提醒季康，她今天这样做，也许是以女人所特有的方式对他表示歉意，也许还有挽留、惜别之意。

"你错了，"我的话似乎引起了他的不快，"她这样做，无非是为了暗示我，我根本不配享用清洁的居室，不配享用她……”季康正这样说着，张末已经走进了书房，他摇了摇头，没再说什么。

那些书籍很快就整理完了，我们将它们分装在四辆黄鱼车上。我和张末最后离开那个房间，当时，她的怀里抱着一大堆旧衣服，其中的几双袜子所散发的气味使她不得不最大限度地扭过头去。临到告别的时候，季康的脸色还算正常，他独自一人在房间里转悠了半天，好像在盘算着应当与他的妻子说上一两句什么，最后，他从床下拽出一双破皮鞋，拎在手里，招呼我们下楼。

就在这个时候，他的妻子突然说了一句：“请等一下。”我发现，听到这句话，季康明显地松了一口气。我似乎又听到了他那调侃般的语调：这娘儿们到底还是憋不住了。

事后，我多少次一遍遍地回忆起这个美妙的时刻。最后一分钟。我们准备下楼。季康的妻子突然叫住他。于是，后来所发生的一切都变得不可逆转了。

我们之所以会留下来，是因为季康让我们不要离开，季康之所以让我们留下来，按照张末的分析，是因为他担心自己一个人留在楼上会使那位研究生感到不快。

我看见季康矜持而冷漠地转过身去，对他的妻子说：“你，还有什么话说？”

“我没有什么话要对你说。”他的妻子露出嘲讽的笑容，“还有一些东西，你忘了将它们拿走了。”

在过道的一张茶几上，堆着一摞绒面考究的相册。季康愣了一下，随后将头探向窗外。楼下，那名女研究生此刻正在一排垃圾筒的边上焦急地踱着步子。她不时地看一眼腕上的手表，然后抬头朝楼上张望。

如何分配这些照片，远比想象的要复杂。问题在于那些合影照片的归宿，因为两个当事人都表示不愿收藏它们。季康严肃地指出，指望由他来收藏这些“记忆的残片”至少是不人道的，既然两个人的结合被证明是愚蠢的，他现在所要做的就是将往昔的岁月彻底埋葬。他的妻子立即反唇相讥，她说她完全同意季康对他们婚姻的描述：“是的，我的确十分愚蠢。”她接着声称，她如今最大的愿望就是与活得如猪猡般的生活尽快诀别。

由这些照片而引发的彼此攻讦与种种难堪，用季康自己的话来说，是往常的浪漫岁月向现在索取的必然代价。

在某一家酒店的婚礼上，季康显得踌躇满志。他正谦恭地将一枚戒指戴在妻子的手上。他的妻子眉头紧锁，身体朝后仰去。如果不是季康的口臭使她难以忍受，那么她的郁郁不欢一定另有原因。

随后的一幅照片将我带往炎热的南方。他们俩正在水中嬉戏，海面上风平浪静，海岸上细沙如银。季康拉住妻子的一只手，另一只手则抚摸着她的臀部。两个人都在纵声大笑。照片的左下角是一个戴墨镜男人的侧影，他的目光似乎在注视着海面上的一尾黄帆。在接下来的一幅照片上，这个男人再度出现，季康的妻子与他相向而坐，而季康本人则在一边若有所思。

我一连往后翻了几页。现在，那名女研究生终于出现在季康家的餐桌上。从照片下端打出的日期来看，这次相聚与他们的婚礼刚好相隔三个月，女主人正往研究生的碗里夹菜，而后者竟然毫无觉察，她好像与邻座的季康因为什么问题而发生了争执。女主人脸上的表情与其说是担忧，不如说是暗自庆幸，也许二者兼而有之。闲坐在一旁的是一位老人，她很有可能就是季康的岳母。她的表情十分严峻，显示出老人判断力的锐利，她仿佛在对她的女儿说："你就等着瞧吧……"

在我翻看这些相册的同时，张末正在整理那堆没有入册的相片。她耐心地将这些照片分成三类：季康的，他妻子的，他们的合影。过了一会儿，她突然小心翼翼地碰了碰我的胳膊，悄悄地塞给我一帧照片，我注意到她的脸因为羞怯而涨得通红。

这是一张快速成像照片，色彩显得很不真实。我看不出这张照片有任何奇特之处，照片上也未标明成像的日期。不过，我很快就发现，在照片的背面，有两行用自来水笔写成的小字，上面一行无疑是季康的手迹，内容多少有些猥亵："今天晚上，你会感到吃不消的……"而他的妻子在下面则这样写道："那你就试试看……"

我们骑着黄鱼车离开大连西路的时候，天早已黑了。街面上行人稀少。我注意到，股票交易大楼顶端的广告牌已经更换。

当天晚上，季康请我们几个在学校后门的一间简易餐厅吃饭，还喝了酒。后来，我们就控制不住地唱起了一些老歌。张末开始流泪，我们唱着歌，谁都不会去注意她。再后来，她的一只小手绕过桌腿，悄悄地伸过来，搁在我的膝盖上。

现在，我们结婚已经四年了，除了结婚证书上的合影之外，我们再也没有在一起拍过一张照片。我们信誓旦旦，永不分离；我们未雨绸缪，时刻准备，各奔东西。

选自《雨季的感觉》，上海文艺出版社 2014 年版

编选理由：

我的一位同事与妻子离了婚，我骑着一辆黄鱼车，带着几个学生去帮他搬家。与我们想象中“仇人相见，分外眼红”的画面不一样，同事与前妻一直在为物品的归属和分割，小声地商量着，理智、平和、友好，互相体贴，偶尔还会相视一笑。两个人的神情都有点儿人生初见般的羞涩。这件事，让我深受刺激，在很长一段时间里，我都难以忘怀。为了不让同事看出来我写的是他，我想了各种办法来变乱作品的背景，这反而让我背上了一个沉重的负担。

戒指花

突然间黄昏变得明亮，因为此刻正有细雨落下。透过有栅栏的窗户，丁小曼可以看见那处空荡荡的停车场。遮雨篷下坐着一个小男孩。他看上去只有四五岁，身上背着一个洗得发黄的小书包，双腿不时地踢着不锈钢的垃圾

筒。他很瘦。哪怕是目光轻轻一碰，也能触摸到他突出的肩胛骨。他已经在那儿坐了好一会儿了。街道对面的山坡上，是一片空阔的玉米地。茂密的玉米几乎将那条通往水泥厂的小路全遮盖住了。不久前，在这条小路上发生了一起离奇的凶杀案。说它离奇，倒不是因为案件本身有多么复杂，也不是因为歹徒在杀死被害者之后的奸尸行径令人发指；这个普通的刑事案件之所以吸引了众多媒体的注意，疑犯的年龄是一个关键的因素。蜘蛛新闻网是这样报道这个案件的：

九十六岁的耄耋老者奸杀十八岁花季少女

世界之大，无奇不有。体态丰盈，长相俏丽的平谷镇水泥厂女工白莉莉（十八岁）做梦也没有想到她竟然会被一个足以做她祖父的老人奸杀。八月十八日夜间，白莉莉在下夜班返回宿舍的途中，在经过一片玉米地时，身后突然蹿出一道黑影，犯罪嫌疑人高德顺（九十六岁）用木棒猛击她的后脑勺，将其击晕，然后强奸了她。白莉莉的尸体于第二天凌晨被发现。尽管她的嘴巴和下体被塞满了泥土，但技艺精湛的侦缉队员们还是从她的阴道中提取了毛发和精液的残留物，从而在事发四十八小时内将罪犯一举擒获。据高德顺事后交代，他在发泄兽欲的过程中，白莉莉曾经醒过来一次，她不断地叫他爷爷，恳求他不要杀死自己。高德顺自称当时也曾动了“恻隐之心”，但他最终还是残忍地掐死了她，随后又进行了两次奸尸。(记者李鼎新)

诺亚网的报道与蜘蛛网几乎一字不差，但却使用了另外一个标题：九十六岁？不可思议!!! 这也是丁小曼听到这件事的第一反应。当《新闻周刊》主编邱怀德打电话让她赶往发案现场采写一篇两万字的新闻稿时，丁小曼脱口而出的第一句也是：怎么可能？

“这个世界上没有什么事是不可能的。”邱怀德说，“当初我第一次请你吃饭时，你说不可能，可后来呢？”

丁小曼是今天凌晨到达这里的。她没有费什么周折，就找到了那家水泥厂以及报道中提到的那一片玉米地。整整一个上午，她一共采访了十六个人。

每一个人的回答都是一致的：不知道。他们的表情和语调也都完全一样。不知道，然后扭身就走。最后一个人的回答稍有不同，他的答复是：知不道。

丁小曼独自一人在玉米地里转悠了两个小时。四周寂然无声，她能听到地沟里流淌的水声，甚至还有玉米叶在阳光下卷曲的声音。这些声音让她想起了自己没有实现的抱负：上大学时母亲让她报考植物学，父亲让她报考垃圾处理，为了讨好他们两个人，她就两个专业一起报，最后却录取在西班牙语专业。

她来到镇派出所时，已经是中午时分了。在传达室里，几个民警正在边吃饭边聊天。丁小曼刚刚掏出记者证，说明了自己的意图，屋里的人就全笑了。一个高个子民警用筷子敲了敲饭盆："喃，又来一个！"他一下子就把窗户给关了。总之，采访进行得很不顺利，她打算找一个旅馆先住下来再说。后来，天空中就有细雨落下。或曾经落下。下雨，无疑是在过去发生的一件事。它牵动了她的全部记忆，什么时候、什么地方全都想不起来了。

那个小男孩朝窗口这边走过来了。他抬头看雨，又看看手里捏着的一枚硬币，仿佛对天空的阴霾迷惑不解。丁小曼朝他勾了勾手指，像招呼一条小狗。"宝贝儿，过来。"她喊道。于是，小男孩来到了窗下。他装出对她没有兴趣的样子，用硬币刮着窗户栏上的铁锈。

"怎么不回家？雨下大了。"丁小曼说。小男孩不理睬她，只是用力吸了吸鼻涕。手机的铃声响了。那是一条短信，是邱怀德发来的：你还没有告诉我肚脐眼下面那道疤是怎么回事。

"我有很多钱……"小男孩突然说了一句，带着天真的炫耀。丁小曼抬头看了他一眼，笑了笑，给她的上司回了一个短信：虽然你是我的领导，但我不得不说你这个人真是有点儿无聊。

"你刚才说你有很多钱？"丁小曼问他。小男孩点点头，他有点儿害羞。

"拿出来给我看看。"丁小曼朝他挤了挤眼睛。

小男孩犹豫了一下，把背上的小书包里转过来，从里面拿出了一个塑胶袋。里面花花绿绿的，果然装满了钞票。

"有多少？"丁小曼笑道。

"多极了。"小男孩也笑了，"比一千还要多，根本数不过来。"

"阿姨帮你数，怎么样？"丁小曼本来是随口这么一说，没想到小男孩还真的把钱从窗户外递了进来。丁小曼将塑胶袋里的钱一股脑地倒在桌子上，然后坐了下来，按照币值的大小帮他理了起来。

“妈妈呢?”丁小曼问道。

“在抽屉里。”他想了想答道。

她听见他在小声地唱歌。那是她从来没有听过的一首歌。不过，他的声音太小了，丁小曼几乎什么也听不清。很快，丁小曼就帮他把那些钱数好了，一共是四十七块二角。她从头上取下一根橡皮筋，将那些钱用橡皮筋勒好，仍然放回到塑胶袋里递给他。

“一共是四十七块两毛，加上你手里的那枚硬币，就是四十八块两毛，你记住了吗?”

“记住了。”他说。

“好吧，那你现在可以回家了，把钱交给妈妈。走吧，雨下大了。”

“我不能回去。”

“为什么?”

“你说，什么东西可以悬在空中?”小男孩忽然向她提出了这么一个古怪的问题。

丁小曼又笑了。她有点儿喜欢这个小男孩了。他长长的眼睫毛上缀满了亮晶晶的雨珠。“你是在给我猜谜语吧，让我猜猜看——鸟，对不对?”他摇摇头。

“风筝，对不对?”

他仍然在摇头：“我是说人，人可以悬在空中不落下来吗?”

丁小曼想了想，说：“跳伞运动员大概可以。”

“什么是跳伞运动员呀?”

“从飞机上跳下来，有降落伞。”丁小曼答道。随着一声清脆的铃声，邱怀德又发来了短信：案件有新进展，请立刻上网浏览。丁小曼随后就打开了电脑。在等待桌面出现的这段时间里，那个小男孩又在唱歌了。这一次，她听清楚了他唱的内容：

你说要听听我唱歌
你说要看看我的脸

我不能唱歌给你听，我一唱就要流眼泪

我不能让你看我的脸，你一看我我就要流眼泪

丁小曼的心就像是被针突然刺了一下。毕竟，她已有很长时间没有听过这么稚拙的歌了。她又抬头重新打量起这个孩子来。天色已暗。街道对面的一幅巨大的广告牌，已经亮起了霓虹灯。小男孩也注意到丁小曼正在看他，他突然不唱了。

“下面呢？你接着唱，阿姨很想听。”

“可我忘了，你说这是怎么回事呀？”小男孩向她摊开手。

“谁教你唱这首歌的？”

“妈妈。”

“妈妈呢？”

“在抽屉里。”还是那句话。

互联网接通了，丁小曼打开了蜘蛛网的网页。初一看，并没有关于凶杀案的最新报道，倒是参加这个案件讨论的网民人数已经猛增到106 873人。丁小曼随即进入讨论区，马上就看到网民所发的新帖子：

来自61. 53. 185. *的网友于17：03：23发表评论

天哪……这是真的吗？九十六岁？他能硬得起来吗？而且是三次!!!

来自128. 72. 64. *的网友于17：02：34发表评论

真羡慕他。我今年才三十七岁，就已经完全丧失了性欲，害得我老婆成天嗷嗷乱叫。

来自78. 52. 38. *的网友于17：01：12发表评论

没准那老头一发愤，果然就写出一部《史记》来。拜托各位，今晚阿森纳对曼联榜首大战中央五台转不转播？

网友6158KV3100于16：47：01发表评论

强力建议政府不要枪毙他。应全面跟踪他的饮食习惯，做认真细致的调

查研究，为什么人家九十六岁了，还能有如此旺盛的性功能？争取早日生产出咱们中国人自己的……

来自117.28.413.*的网友于16：33：56发表评论

为什么要把我的帖子删去？我抗议！我只不过就说了几句真话而已。

在诺亚网上，全国著名性心理学家耿玉秀教授正和网友在线交谈：

> 这事按常识来说，不太可能，但也不是完全不可能。我看到报道，既然警方从被害人性器官中检测出了精液，说明性交是完成了的。医学，尤其是解剖学研究的成果表明，海绵体充血和脑丘体和中枢神经类型……

丁小曼从网上下来，发现那个小男孩已经不在了。窗外的雨下得更大了。车灯不时地照亮停车场，雨点把路面弄得像一锅烧开的粥。

服务员按铃进来送开水，丁小曼就和她聊了起来。丁小曼一提起不久前发生的那件事，服务员就笑了，她说，今天有一个电视台的记者也向她打听这件事。

“那是不可能的。”她说，“你们所说的那个案子就发生在我们宾馆对面的那个山坡上，出这么大的事，我们不可能不知道，何况……”服务员说到这里，忽然停住了，只是抿嘴而笑。

“何况什么?”

“那种事情，我说的（是）强奸这回事，在我们镇上，已经五六年没有听说了，根本用不着。到处都是做这生意的，你只要花很少的一点儿钱，就哪儿都能找到，什么服务都有，你都想象不出他们搞的那些鬼名堂。用不着冒那么大的风险，除非他疯了。”丁小曼又问她，餐厅在哪儿，服务员说了声“二楼”，就倒退着走出去了。

服务员的话多少证实了她此前的判断：这是一则假新闻。蜘蛛网和诺亚网的新闻来源都注明是《淮阳晚报》。她从电话簿上很快就查到了这家报社的电话号码。可对方说，他们的新闻是《星星都市报》的一位兼职记者提供的。

在丁小曼的再三恳求下，对方才提供了这位记者的电话。丁小曼拨通了这位记者的电话，接电话的是一台电脑：你好，这里是省农机公司……

丁小曼看着窗外的雨有点儿心烦意乱。她给邱怀德的手机发了一个短信：我怀疑这是一条假新闻，没有任何进展。邱怀德不喜欢接电话，他迷上了短信，因为他觉得这样更时尚。窗外的一个报贩正在高声叫卖当天的报纸：

卖报，卖报，最新消息。巩俐自杀。

卖报，卖报，巩俐自杀。最新消息。

不一会儿她的手机就响了，邱怀德给她回了电：那你就编一个。在新闻行业中，适当的杜撰是允许的，宝贝，我想你。这么潮，这么长。

这个短信显然增加了她的忧虑。丁小曼一生气干脆就把手机给关了。

丁小曼上楼去用餐的时候，心里还在想着那个小男孩。她总觉得有什么事不对劲。她上了电梯，可就在她转过身来的那一刻，她看见了他。原来他并没有离开，他蜷缩着身子趴在大堂的沙发上睡着了。他的屁股撅得很高。一个头发花白的门卫正打算把他推醒。电梯的门很快就关上了。

餐厅里到处都是人，服务生将她引到一个靠窗的位子坐下。点完菜以后，服务生向她躬了躬身子："对不起，今天晚上客人比较多，菜上得比较慢，您得多等一会儿。"

她对面坐着的一位穿西装的男士已经用完了餐，一边剔着牙，一边看报纸。桌上有一只白瓷花瓶，瓶子里插着一朵玫瑰。喧闹的说话声，杯盘的碰撞声，甚至把窗外的雨声都盖住了。可她知道雨下得很大，窗户玻璃上水泻如注。她坐在那儿一阵胡思乱想。任意几个事物之间都能找到联系，都能给她提供丰富的联想，比如说小男孩和那个子虚乌有的水泥厂女工；比如跳伞运动员和张开翅膀的鸟；比如说玫瑰和雨，还有她熟悉的博尔赫斯。谁听见雨落下来，谁就回想起那个时候，幸福的命运向她呈现了一朵叫玫瑰的花，和它那奇妙、鲜红的色彩。可她的玫瑰凋萎了，正在腐烂。她甚至觉得自己的脑子也正在一点点地烂掉。她等了足足有四十五分钟，可是菜还是没有送来。坐在她对面的那个男士已经离开了，却将看完的报纸随手放在了餐桌上。丁小曼拂去了丢在报纸上的两根牙签，拿起报纸翻了翻，头版上醒目的标题

一下子就吸引住了她：巩俐自杀身亡（详情请见第八版）

丁小曼将报纸翻到第八版，找了半天，才在右下角很小的一块地方读到这则报道：

> ［本报通讯员　王小强］诸葛镇八里乡丁卯村七组农妇巩俐为两只鸭子与邻居争吵怄气，回到家中一时想不开，用一根麻绳将自己吊死在屋梁下……

丁小曼的嘴角撇过一丝冷笑，随后就将报纸丢在了桌上。饭菜上来了，丁小曼吃了几口，眼睛又朝那份报纸看了一眼。她忽然想起一件什么事来，放下碗筷，又拿起那张报纸看了起来，她的目光紧紧盯在“用一根麻绳将自己吊死在屋梁下”这一行小字上。她心头一紧，忽然想起了刚才那个小男孩给她猜的谜语：人可以悬在空中不落下来吗？

她意识到了某种危险，又有点儿责怪自己的粗心。她向服务生招了招手，结完账就朝楼下跑去。

她一口气跑到大堂里。沙发上空空荡荡，小男孩已经离开了。她朝门卫走过去，向他打听小男孩的去向。老人指了指门外。

“你认识他吗？”丁小曼问道。

“怎么不认识？”老头一说话，嘴里就冒出一股刺鼻的蒜味，“说起来，他爹还是我的学生呢。”

“这么说，你还是个老师？”

“我退休前在高中教地理，那是好多年前的事了。他爹就在我班上，他肝不好，读到高三就退学了，现在在镇子上扫马路。我差不多每天都看见他们爷儿俩。那个小男孩可懂事了，他爹扫马路，他就跟着他爹捡废纸。”

“你这两天看到过他爹吗？”丁小曼问。

老头认真地想了想说道：“你这一说，我倒想起来了，这两天都没见他来扫马路。你找那孩子有事吗？”

“他家住哪儿？”丁小曼急切地问道，“你能不能带我去一趟？”

“他家我倒认识，不过我的腰不太好，走不动路，再说外面还下着雨呢。”

丁小曼取出钱包，抽出一张一百元的人民币递给老人：“麻烦你带我去一趟，我有急事要找他。”

老头看了看丁小曼递过来的钱，嘿嘿地笑了两声，似乎没有料到她给了这么多。老人转过身去向服务台的小姐借伞，小姐打趣道：“您老的腰不疼了吗?”中学教师还挺幽默，他答道：“不疼，不疼，她要是给我两百块，我可以一口气跑到美国。”

他们俩在雨中走了差不多一个小时，终于来到了一幢五层的灰砖楼前。一辆白色的面包车亮着灯迎面驶来，将泥水溅了她一脸。地理教师把她带到了楼房最西侧的一个楼洞前就站住了。

“我不上去了，把伞给我，他家住在四楼，401。我就不上去了。”说完，他从丁小曼手里接过雨伞，自己收拢了它，转身走了。

门洞里积了一层雨水。底楼的两家住户都开着门，两家的女主人在高声地谈论着什么。他的舌头吐出了那么长，怪吓人的。在三楼，她碰到三个警察正从楼上下来，他们穿着雨衣，脚上是高高的雨靴，手里拿着长长的电筒，楼道里聚集了不少人。孩子也不懂事，人死了这么长时间，怎么也不知道叫人。她闻到了一股刺鼻的消毒药水的味道，怪怪的。

401的门开着。丁小曼一眼就看见了那个小东西。他趴在床上吃着梨或苹果，他已经吃得只剩下核了。一个四十多岁的中年妇女站在床边，一副心神不定的样子。房间里还有一个小女孩，七八岁。她正踮着脚要从五斗橱上拿什么东西，中年妇女大叫一声：“别碰，会传染的!”转过身来就给了她一巴掌。与此同时，妇人也发现了门口站着的丁小曼。小男孩显然也看见了她，他咧开嘴笑了。

“你是他家什么人?”中年妇女上上下下地打量着她。

丁小曼想了想，说：“亲戚。”

妇人长长地送了一口气，笑道：“那就太好了。”

她说她就住在对门。刚才民警吩咐她，暂时由她来照管这个小男孩。明天早上居委会会有人来处理这件事的。

“他家出什么事了?”

“刚才你没看见殡仪馆来的车吗？他爹吊死了。”妇人说，“这孩子今天一大早，也就四五点钟吧，就来敲我的门，我从水泥厂下夜班回家，刚睡了两个小时就被这小东西吵醒了。我开了门，问他有什么事，小东西说：‘你快去看看我爸爸。’我心想：‘你爸爸我又不是没见过，有什么好看的。’说实话，我那时是太困了，就把门关上了，谁知道他爹上了吊。”

那女人摊开双手，凑在灯光下仔仔细细地看：“我刚才帮他们搬尸体来着，你说会不会传染？他是老肝炎。不过我已经用肥皂洗过手了。”

“洗过手就没事了。”丁小曼对她说。

那妇人牵过女孩的手转身就往外走。

“他妈呢？”丁小曼对着她们的背影问了一句。妇人回过头来，朝她挥了挥手：“也死了。两个月前刚死的，肺癌。”随后，她听见对面的门砰的一声关上了。

现在屋子里就只剩下了他们两个人，丁小曼和小男孩。朝西的窗户玻璃碎了一块，风呼呼地灌进来，将墙边的一摞旧报纸打得透湿。五斗橱上有一张医院的病历单，字迹潦草但还能辨认：肝，CA，晚期。旁边还搁着一卷麻绳，是新的。这自然使丁小曼联想到：孩子的父亲在从医院回来的路上，说不定产生了自杀的念头，就去杂货店买了麻绳。

丁小曼挨着孩子坐在床上，摸了摸他的头，问他饿不饿。小男孩眼睛有点儿迷糊了，他说他刚才吃了苹果，不太饿，就是有点儿想睡觉。随后，他忽然从床上溜到地上，搬过一张凳子来，爬上去，打开了五斗橱最上面一层的那个抽屉，取出一个相框来，朝丁小曼晃了晃。

“这就是我妈妈。我说过，她住在抽屉里。”

在看这幅照片的时候，丁小曼才意识到嘴里咸咸的泪水。那是一张苍白而脆弱的脸，目光中带着疑问、哀矜和惊恐。仿佛在拍下它的那一刹那，她正巧看到了一件什么可怕的事。丁小曼把相框放回抽屉里。她想去打盆水来给孩子洗洗脸，但却找不到脸盆。她只得将孩子带到厨房里，凑近水龙头，用手蘸了水替他抹脸。她看到他鼻子下面有一块血斑，就问他鼻子是不是破了。男孩说，他早上去敲对面阿姨的门，阿姨一关门，就把他的鼻子撞流血了。

“可流了一会儿，就不流了，你说这是怎么回事呀？”男孩道。

丁小曼一直在流泪。她抱起他，替他脱了鞋，洗了脚，然后就把他抱到床上去，他那小身体软绵绵的，一接触到床铺，几乎立刻就睡着了。

丁小曼坐在窗边看着他，独自流了一会儿泪。她取出手机来，拨通了邱怀德的电话。

“邱主编……我想换一个题目，另写一篇报道。”

“你的声音怎么不对劲，出什么事了……喂喂……”

“我这里发生了一件事，我想把它写出来……”丁小曼随后就在电话里说了这件事。

“傻瓜，这事哪儿都有，每天都在发生，算不得什么新闻。”在电话的另一端，邱怀德耐着性子听她说完了那件事，笑了起来，“你不要感情用事。我这里要接另一个电话，待会儿我给你打过来。”

她靠在床上，等了两个小时。脑子里乱七八糟。邱怀德的电话还没有打来，窗外的雨飒飒地下着。这蒙住了窗玻璃的细雨，必将在被遗弃的郊外，在某个不复存在的庭院里洗亮架上的黑葡萄。潮湿的暮色带给我一个声音，我渴望的声音，我的父亲回来了，他没有死去。丁小曼迷迷糊糊地睡了一会儿，脑子里一直在想，第二天早上如何与这个小男孩告别。一想到这里，她的眼泪不知不觉又流了下来。

半夜里，小东西忽然醒了过来，眼睛又黑又亮。他正在拨弄着丁小曼的左手，实际上他是在看丁小曼无名指上戴着的那枚戒指。丁小曼把戒指褪下来，递给他看。

“它是什么？”小东西问她。

“它是一枚戒指。”

小家伙把戒指放在眼前看了半天，忽然说：“我想起妈妈教我唱的那首歌了。”正在这时，手机的铃声响了，是邱怀德，依然是一条短信：计划改变，明天一早赶去合肥，随后转机飞往北京。刘晓庆出事了。

小男孩呆呆地看着她，说：“我要唱歌了，你听不听。”

“听，阿姨很想听，你唱吧！”她摸了摸他的头。他的眼睛又黑又亮。

你说要听听我唱歌

你说要看看我的脸

我不能唱歌给你听，我一唱歌就要流眼泪

我不能让你看我的脸，你一看我我就要流眼泪

还是给你摘一朵野花吧

你问我，妈妈，那是什么名字的花
你问我，妈妈，那是什么颜色的花

那是戒指花呀
那是洁白漂亮的戒指花
它是妈妈的泪，它是妈妈的心
它是戒指花

选自《蒙娜丽莎的微笑》，上海文艺出版社2014年版

编选理由：

2005年前后，我在巴黎遇见了法国著名学者兼翻译家安妮·居里安女士。她向我谈起了她所主导的一个写作计划，名为“两仪文舍”：邀请一个中国作家和一个法国作家，以一个共同的主题写作。作品完成后，两国作家、各自的译者以及部分特邀学者，在巴黎举行一个研讨会。我接受了她的邀请，同时也接受了安妮女士分配给我的写作的主题——quotation（引文）。这是我第一次尝试由别人规定主题而完成写作。这个作品首先在日本的一个名为《蓝》的杂志上发表，我给它另外想了一个题目——《戒指花》。当然，作为植物，戒指花是不存在的。

蒙娜丽莎的微笑

一

在我们班上，有一个名叫胡惟丏的奇人。他的年龄比我们大个四五岁，好谶纬之术，落拓不羁，一副名士派头。“丏”这个字不算冷僻，但老师在点名时常将它读成“丐”，进而引发哄堂大笑。因此，尽管这个人沉默寡言、独来独往，但我们很早就注意到了他的存在。由于早早白了头发，班上的女生都叫他白头翁。他听说后似乎也不以为意，用《列子》中“不斑白，不知道”一类的古训来自我解嘲。博识通人邓海云为了卖弄学识，叫他怀特海(Whitehead)，实际上不过是白头翁的英文翻译，并无多少新意。

也有人叫他“蒙娜丽莎”的。开始我们都有些不明所指，可时间一长，就渐渐知道了这个绰号的奥妙所在。原来，胡惟丏不论何时，脸上总洋溢着一种既暧昧又神秘的笑容：雾非雾，花非花，似喜若嗔，似有若无。简单来说，由于嘴型特殊，他没法不笑，即便是生气的时候，也是如此。久而久之，我们的心里都有了这样一个疑问：要是胡惟丏真的笑起来，那会是什么样子呢？可惜，一直等到毕业离校，我们都难得一见。

我们刚进大学的那会儿，一九七七、一九七八级的同学尚未离校。这些年龄比我们大上一倍的大哥、大嫂们，非常擅长用傲慢和自负来打击我们脆弱的自信，他们常常主动造访我们的寝室，以长辈的口吻向我们传授他们的学习心得，不无戏谑地拨弄我们的脑袋，并亲热地称呼我们为“小赤佬”。从他们口中蹦出来的名词和术语，没有一个是我们能够明白的。什么普鲁塔克呀，什么澹台灭明呀，什么奥伏赫变呀，再有，就是什么“美是没有目的的，却是符合目的性的”等一类谁也听不懂的鬼话。到了晚上，这些名词和概念就都变成了面目狰狞的鬼怪，伴着初秋的绵绵细雨让我们噩梦不断。他们大多插过队，当过知青。有人在省级文工团弹过琵琶，有人在云南思茅割过橡胶，有人在木兰围场的三北防护林种过树，有人在青海的果洛当过兽医，还有人据说是在殡仪馆当过焚尸工。他们当然不会将我们这些不谙世事的“小赤佬”放在眼里。可是他们对惟丏却另眼相看，十分敬慕，甚至多少还夹杂着一些谦卑，这一度令我们大惑不解。

到了周末，高年级的同学常常会举办一些小型的学术沙龙。由于那个年代特有的政治氛围，也由于举办者的矜持和傲慢，沙龙带有隐秘的性质，并非人人都有资格参加。为了挤进这个学术圈子，我和邓海云合伙买了一条江荣牌香烟来贿赂主持人，才得以以一个端茶倒水的杂役的名分混迹其间。可惟丏就不一样了。他总是在聚会进行到一半的时候突然到场，静静地在某个角落里坐一会儿，往往不等到结束就提前离去。我记得他总是斜挎着一个洗得发白的旧书包，他来的时候有人会给他让座，走的时候讨论甚至会暂时中断。不过他总是笑眯眯地来，笑眯眯地离开，几乎从不发表个人意见。即便主持人出于对他的尊重，临时打断了某位同学不得要领的长篇大论，请惟丏“发表高见”，他也总是连连摆手，不置一词。

有一次，我记得他们是在讨论什么“双向同构”一类的问题，主持人恳请再三，与会者热烈鼓掌，惟丏这才红着脸站起身来，说了一通“胡话”。说来也奇怪，惟丏说出的每个字、每个句子，我都能听得懂，似乎无甚高明之处，可是把这些字词、这些句子连成一大段话，我立刻就不懂了，把脑子想穿了，也不知道他说的是什么意思。他在说话时，眼睛看着天花板，不时陷入停顿，有时声音低得让人听不见，大部分时间都在自言自语。好不容易等他说完，大家面面相觑，会场里鸦雀无声，似乎大多数人都没听懂。主持人当然是听懂了的，为了便于大家对惟丏提出的问题展开讨论，他用自己富有逻辑性的语言把惟丏刚才的发言又复述了一遍。

他还没说完，惟丏就情绪激动地站了起来，突兀地打断了他的话：“话是这么说，可我不是这个意思。”

这么一来，主持人立刻面红耳赤，有些下不来台了。但他毕竟见多识广，善于变通，立刻又改了口，将刚才的那一番话又反过来说了一遍，希望以此来取悦对方。

不料，胡惟丏再次站起身来，急道：“是这个意思，可话却不能那么说。”

话音刚落，大家全都笑了，主持人也只得讪讪地笑了笑，宣布散会。从这件事情上，也能够看出胡惟丏对人情世故全然不通的一面。从那以后，沙龙的时间、地点都改了，我们再也没有在周末的讨论会上见到过他。

惟丏虽是上海人，据说他的家学源于绩溪胡氏，而母系一族则是赫赫有名的钱塘杭氏。其学问来历斑斑可考。惟丏幼受庭训，于章、黄之学多有所窥，英文、德文皆有根底，加之博闻强记、过目成诵的天资，他在我们年级显得卓尔不群，就不难理解了。曾有好事者登门拜访他，问他的祖上与同出绩溪的胡适有什么瓜葛，惟丏也是微微颔首，未置可否。

做学问追及祖先出身，多少有点儿挟古人以自重的意思，为有学士之士所不取。可当时在我们系里，确已蔚然成了风气。海云自称是漳州邓氏，曹尚全自称是泉州曹氏，而黄光辉自然就是莆田黄氏了——三人合称，则是“闽中三杰”。至于什么上虞罗氏、扬州汪氏、湖州窦氏更是不一而足，难以记述。我那时少不更事，自忖出身寒微，本想攀附一下“丹徒刘氏”，后来一查家谱，才知道自己的祖上与写《老残游记》的刘铁云八竿子也打不着，只得悻悻作罢。

惟丏开始还和我们一起上课，后来有些课他就不来了，最后就只剩下一门“训诂学”，可自从主讲这门课的唐教授不小心把“稼穑”读成“稼墙”之后，这门课他也不来了。老师们也不以为忤。不管他缺多少课，到了期末，只要他肯来参加考试，成绩一律全优。他几乎是十分自然地包揽了各类奖学金有限的名额。另外他每月还从《古文字诂林》编辑部领取九元的编辑补贴（在那个时代，九元钱几乎就是我们全部生活费的一半了）。那个年代还没什么人读研究生，不过据说汉语史专业的董教授和解教授争着让惟丏给自己当助手，最后闹得反目成仇，形同路人。此事听上去有些夸张，毕竟不知真假。

一九七七、一九七八级的同学离校后，我们发现校园里突然空寂了许多。我们的心里也是空落落的。一九七九、一九八〇级的学长们终于熬出了头，可他们对于讲座、报告会、学术沙龙一类的事没有什么特别的兴趣，倒是比较热衷于“黑灯舞会”（他们称之为“钓鱼”）之类见不得人的勾当。我们班除了几个自甘堕落的女生之外，大都不屑于和他们往来。学习上有了疑难，我们就去找惟丏。他照例是来者不拒、有教无类，一时就有了“小导师”之称。可惜好景不长，从第二个学年的下半学期开始，惟丏就不怎么在学校住了。有时一连几个月都见不到他的人影。久而久之，我们只有在学校图书馆的借记卡上发现他的名字时，才会猛然想起班上还有这么一个人。

我们寝室的魏挺据说会看相。据他说，惟丏看上去不像是尘世中人，不过是一个 ghost（幽灵），某个并不存在的事物所留下的一道魅影而已。他就像一片云，远远地飘过来，但还没下雨就飘走了。或者说，他是一滴朝露，只在黑暗中存活，一缕阳光就可以让他化迹于无形。用老魏的话来说，“这个人迟早会出事的”。我们都认为这是老魏出于对惟丏的妒忌而发出的恶毒的诅咒，并没有留意他的话中所可能暗含的真知灼见。

他的家在静安寺附近一幢名为“漱石公寓”的花园洋房里。整栋洋房据说都是他们家的私产，二十世纪五十年代被政府没收，“文革”后落实政策，只还给他们二楼的一个舞厅和一个化妆间。有人说，他们家那房子，袁克文曾住过三个月；也有人说，白崇禧在指挥上海战役时，曾在花园里亲手枪毙了一个临阵脱逃的少将副师长，因此那房子时常有闹鬼的传闻。

邓海云曾陪班长王燕去找惟丏算过命。至于她为何要专门去找人算命，胡惟丏又跟她说了什么，是否灵验，我们都不得而知。海云回来后也守口如瓶，只是提及惟丏用来打卦的那三枚“康熙通宝”是如何锃光瓦亮。他说惟丏举止有点儿乖张，最近和几个搞奇门遁甲的异人过从甚密。什么是“异人”，我们所知甚少，对奇门遁甲的了解也仅限于《聊斋志异》中那个可怜道士的不成功法术。不过，他对于惟丏住处的描述则让我们大开眼界。他提到花园里的裸体天使雕像，提到一台老式唱机、一个锯短了腿的小木桌、停摆的挂钟，还有一名看上去多少有点儿阴鸷的仆人……

我曾写过一篇小说，苦于没有人指导，就通过《古文字诂林》编辑部的一位老师转给了惟丏。过了差不多三个月，稿件再次通过那位老师回到了我的手中。几乎所有的错别字他都替我改正了，可对于这篇习作的评价只有短短的四个字：

过犹不及。

这是我第一次和惟丏打交道。收到稿件后，我给惟丏去过一封信。对他的指导表示感谢，也请他坦率地对我的作品谈一点儿具体而详尽的看法。很快我就收到了他的回信。他的冷漠和自负让人吃惊，因为，除了陈腐的客套之外，他对作品的具体意见仅仅多了几个字而已：

不及者，未及也。

然过犹不及。

不久之后，惟丏回学校参加身份普查，我在文史楼的厕所里见过他一面。他不认识我，当然不会主动跟我打招呼。我犹豫再三，也想不出如何与他搭话。很快，他就抖了抖裤子，转身走了。

二

我们寝室有一个名叫宋建军的河南人。他在全年级年龄最小，个子也最小，为人既迂执又可爱，大家都叫他“憨憨”。此人对胡惟丏的崇拜已经发展到了对后者亦步亦趋地刻意模仿的程度。除了自己头发不能变白之外，他无时无刻不在复制着惟丏的一举一动。人家逃课，他也逃课。人家逃课是为了有更多的时间去图书馆用功，而憨憨逃课，只能一个人成天在校园里瞎晃悠。每天晚上，大家晚自习回到寝室，憨憨总要向我们神秘兮兮地报告他一天的见闻：

“猜猜看，今天我碰见了谁?”

我们都知道他一成不变的答案，大多与惟丏有关。谁都懒得搭理他。憨憨倒也不笨，后来他就摒弃了这种吃力不讨好的疑问句式，而将它改为强制性的陈述句：

“我今天又碰见蒙娜丽莎了。”

或者：

“我在图书馆遇见惟丏了。他在还一本书，是斯宾诺莎的《伦理学》。”

要么：

“惟丏和一个和尚坐在夏雨岛的凉亭里说话。他为啥与和尚交往呢?”

我们照例不理他。他也总是讪讪地笑，似乎对这样的待遇早已习以为常了。有一天晚上，我们差不多都已经睡着了，憨憨在床上长叹了一声，道：

“我今天去十二百货买席子，看见蒙娜丽莎从楼上下来，他不仅主动和我说话，还请我吃了，吃了……”

“冰激凌，对不对？”

“不是的，”宋建军似乎来了劲，“再猜。”

“猜你娘个大头鬼！憨憨，你再不闭嘴，我就把你从窗口扔出去！”有人骂道。

这时，我们看见火光一闪，老魏点着了一支烟，对睡在上铺的建军道：“你刚才说，在哪儿碰见蒙娜丽莎来着？”

“十二百货呀。”憨憨道。

“这就怪了。”老魏讶异道。

一听老魏话中有话，立刻有几个人把脑袋从帐子里伸了出来，问他有什么可奇怪的。

老魏静静地吸着烟，半天才道：“真是见鬼了。我每次碰见胡惟丏，也都是在十二百货的门口。而且全都是星期六。这是怎么闹的？”

原来，每周六下午老魏都要去十二百货西侧的梅龙新村，给街道办事处组织的书画班上课。当他讲完课回来经过十二百货的时候，常常会碰见胡惟丏。上一周他刚从梅龙新村出来，就下起了大雨，他和惟丏在十二百货门前的花坛边迎面相遇。那天雨下得很大，胡惟丏面色苍白，头发被雨水淋得一绺一绺的，耷拉在脑门上。虽然风雨交加，但惟丏走起路来仍然显得不慌不忙。其实他本可以找个地方避一避，等雨停了再走。老魏有心将自己的雨伞借给他，可一连叫了他好几声，对方都没有任何反应。也许他根本就没听见。

这件事的确有点儿蹊跷。惟丏的家远在静安寺，他为何总是在周六下午出现在十二百货商店的门口呢？寝室里的几个人全都没有了睡意，随后就七嘴八舌地议论开了。最后倒是老魏没了兴致，他把烟头在墙上按灭，打了个哈欠，道：“睡吧，也许仅仅是巧合。再说了，也许人家有什么特别的事吧。我们犯不着去胡乱瞎猜。”老魏的话往往就是命令，经他这一说，大家就全都睡了。

这种事毕竟是耳食之谈，除了宋建军，谁都不会把它当回事，一觉醒来它早已被忘得一干二净。如果不是两个月之后发生的一件事使它再度沉渣泛起，谁都不会想到，在胡惟丏如此频繁地造访十二百货的背后，还真的有一段不为人知的隐秘。

我们班的桂冠诗人曹尚全在《诗刊》上发表了两首献给维罗妮卡的三十四行诗。消息一经传出，立刻轰动了整个校园。系主任亲自出面为他举行了一个小型的诗歌研讨会以表示庆祝，学校的夏雨诗社也邀请他做公开演讲，并安排了十几场专场朗诵会。我们班的每个人都可以把这两首诗倒背如流了，可还是不知道维罗妮卡到底是谁。有一种意见比较倾向于认为是他的表妹。突如其来的荣誉让曹尚全的虚荣心极度膨胀，尽管他已有十多门功课不及格，但还是不免得陇望蜀，对学期末的奖学金评选想入非非。而让自己获奖的捷径之一，按照老魏老谋深算的推断，就是要扫除掉胡惟丏这块绊脚石，而把蒙娜丽莎彻底搞臭的最好的办法就是贴他的大字报。曹尚全犹豫再三，没有采取这种极端的办法。他给学校的党委书记写了一封匿名信。

这封匿名信指控胡惟丏一贯孤芳自赏，自由化倾向严重。他和社会上一些不三不四的人过从甚密，说不定正在暗中串联，组建反动会道门。他还时常去十二百货商店的文具柜台，频繁地骚扰一位如花似玉、娇艳欲滴的女售货员，害得对方一度精神失常……

这封信几经转手，很快就落到了辅导员郦学义的手中。郦学义本来就是作古文字出身，对惟丏十分敬重，加上他对匿名信一类的勾当极为反感，本想置之不理，又碍于领导的层层批示，怎么也要敷衍一下。他找来班长王燕，将匿名信交她看过，吩咐她找个时间去十二百货商店侧面了解一下情况。王燕自然不敢怠慢。她约上老搭档、学习委员邓海云，当天下午就风风火火地赶往十二百货调查情况去了。

用邓海云的话来说，那位女售货员的容貌，望之令人心碎："芙蓉如面，秋水为神。目如寒潭，齿若编贝。体格风骚，赋性温柔。比花花解语，比玉玉生香。回眸一笑百媚生，六宫粉黛无颜色。兼有钗黛之美，实为可卿再世……"

海云一激动，就把他能想到的形容词都用上了，害得我们班的那帮男生一个个直咽口水，恨不得连夜赶过去看个究竟。

第二天一早，我们上邸亚平教授的《红楼梦》研究课。可容纳一百五十人的大教室里只稀稀拉拉地来了二十几个人。邸教授满脸不高兴。她接下来的一段话表明，该教授虽然深居简出，不过对于校园里的各类新闻倒也消息灵通：

“怎么搞的？才来了这么几个人！人都到哪儿去了？难道全都到十二百货看秦可卿去了吗?”

那位被称作“秦可卿”的售货员名叫叶晓梅，老家在江苏的宿迁。她是顶父亲的职，被安排来上海工作的。她的文具摊位在二楼，紧挨着一个修钟表、配钥匙的小铺子。那段时间，二楼的大部分店面正在装修，粉尘扑面，油漆味刺鼻，光顾的人并不多。晓梅回忆说，一天下午，她正在打毛线衣，看见一个穿中山装的人在她的柜台前直愣愣地看着她笑（王燕向晓梅反复解释说：他不是冲着你笑，而是长相如此。他平时挺严肃的，从来不笑）。这个人一头白发，可年纪看上去并不大。他的眉头皱得紧紧的，可脸上居然还带着傻傻的笑容。她心里有些怀疑他的神经不太正常，就多看了他两眼。他问晓梅有没有印泥，晓梅说没有，他就转身走了。走到楼梯口的时候，不知为什么，他又回过头来朝她瞥了一眼，没想到晓梅也在看他，他似乎吓了一跳，差一点儿崴了脚。

这是她和胡惟丏的第一次见面。

差不多一个星期之后，晓梅再次见到了他。那天下午二楼的装修队歇了工，修钟表的老头也趴在桌子上酣睡，大厅里有一种懒洋洋的岑寂。她一眼就认出了他。惟丏低着头来到她的柜台前，买了一只卷笔刀之后，没有马上离开，而是试图与她搭话。他唐突地问她是不是上海人，一下就刺中了她心中苏北人身份的隐痛。她板起脸来，瞪了他一眼。惟丏脸一红，灰溜溜地走了。

从那以后，他几乎每个星期都会来，时间却固定在星期六，下午三四点钟。有时他从她那儿买上一些铅笔、橡皮，有时则是买些塑料封皮的工作日记簿、牛皮纸信封、墨水什么的。

一个顾客，每周一次，在固定时间到她的柜台来购买文具，这多少有点儿奇怪。要了解其中的缘由，显然是超出了她的智力范围。这就像是一个深奥难解的谜语，引诱她去猜它的谜底。时间一长，自己反而被绕了进去。

有一次，惟丏在她那儿买了一把旅行小剪刀，转身刚要走，晓梅把他叫住了。她没话找话地问他，买这么多文具有什么用。惟丏的回答略带嘲讽，“这让我怎么说呢？不同的文具，自有不同的用处。”

“比如说，这把小剪刀……”晓梅不依不饶。

“噢，我用它来剪鼻毛。”

这次该轮到晓梅脸红了。她记得那天下着小雪。大厅里光线黯淡。修钟表的老师傅回家过年去了。隔着柜台，两个人又说了会儿别的话。临走时，惟丏问晓梅，可不可以认识她。她愣了一下，怯生生地望着他。晓梅是个乡下姑娘，有些不太明白他的意思。可她不经意的回答却像真正的上海人一样老到和时髦：

“嗨，我们不是已经认识了吗？”

每到星期六下午，他都会来找她聊天。有时星期三也来。晓梅还专门给他准备了一个小马扎。她知道他是大学生，态度自然就不一样了。在那个年代，大学生多少还受人敬重，对于晓梅这样一个来自小镇的姑娘来说，也许还有点儿神秘。她问他能不能借给她一些书看，惟丏随手就从帆布书包里抽出一本尼采的《查拉图斯特拉如是说》，递给了她。她花了整整一个月来钻研这本书，其后果是她早年治愈的头痛病又犯了……

事后，王燕将她的调查结果向辅导员做了详细汇报。辅导员听了也没多说什么，只是嘿嘿地笑。王燕也提出了她的调查结论：种种迹象表明，他们是在谈恋爱，而且非常纯洁，根本谈不上什么骚扰。辅导员引用了两句古诗，高屋建瓴地为这件事做了最后的定性：

一洼死水全无浪
也有春风摆动时

三

后来，叶晓梅与王燕结成了深厚的姐妹情谊。她在上海单身一人，举目无亲，就认王燕做了姐姐。她常常来学校找王燕玩。有时候，时间晚了，王燕就让她留在自己的寝室，抵足而眠。她们几乎无话不谈。令王燕感到奇怪的是，她们之间的话题总会有意无意地回到胡惟丏身上，可当王燕旁敲侧击地问起他们最近的进展，晓梅的口风又很紧，总是托腮含笑不语。

到了周末，王燕也会带她去参加河东食堂的舞会。可是有一天，有一个“谢了顶、长得很老相”的同学邀请她跳舞。她犹豫了半天，最后不好意思地答应了。那秃驴将她带到灯光昏暗的角落，悄悄地往她手里塞了一团什么东西，嘴里还不断道：小意思，一点儿小意思……晓梅当时不好意思看，就揣在了裤兜里。她心慌意乱地找到王燕，拉着她就往外跑。到了路灯底下，晓梅将那东西掏出来一看，原来是一沓人民币，整整二百元。从那以后，晓梅再也不敢去跳舞了。

匿名信事件之后，惟丏开始频繁地在校园里出没。他从头到脚都像是换了一个人。他的头发剪短了，而且染得乌黑，不经意中还真能把人吓一跳。他换上了一套粗毛呢的花格子西装，皮鞋擦得锃亮。与人打交道，也没什么架子，甚至还主动帮寝室里的同学修改学年论文，介绍发表的刊物。他还破例参加了学校一年一度的春季运动会。他报的项目是链球，居然还得了个第四。王燕用晓梅在舞会上得来的那二百元钱，组织了一次去淀山湖的郊游，惟丏不仅欣然参加，而且在大家的怂恿下高歌一曲。不过，他唱得实在不怎么样，我们班的女生笑得差点儿昏过去。

看到惟丏的可喜变化，对他的精神状况一直忧心忡忡的辅导员，终于长长地松了一口气。老魏也一针见血地指出：蒙娜丽莎近来颇有得色，这说明他和十二百货的那个漂亮的小娘们正打得火热。我们都认为他说得很对。因为不久之后，我们寝室的宋建军又开始不断地向我们报告"惟丏他们"的行踪了。大家都知道他所说的他们的"们"字指的是谁。为了表明自己不是在跟踪盯梢，憨憨不得不在自己的叙事中用"恰好碰到""偶遇""巧遇"一类词汇来加以修饰。

有一天晚上，他从图书馆出来，"恰巧看见"胡惟丏和叶晓梅在校医院附近散步。很快，两人朝四周望了望，鬼鬼祟祟地钻进了一片杂草丛生的小树林。经过校医院时，他朝那片小树林"投去了漫不经心的一瞥"，忽然听见那女的哼哼唧唧地说……

"说什么呀？"大家听到这儿，都觉得有戏，呼啦一下，全都围过来了。

宋建军这小子平常傻里傻气的，可到了节骨眼上一点儿都不糊涂。他见大伙来了兴致，眼睛里冒出精光来，便故意吞吞吐吐、拿腔拿调地摇了摇头，叹道："唉，这事儿，不说也罢……"

大家又少不得去央求他。最后，憨憨提出了他的要求："你们请我吃夜宵。"

大伙只得掏出饭菜票，七拼八凑，派人飞奔去了食堂，买回来一堆肉包子。憨憨吃完了包子，抹了抹小油嘴，这才压低了声音道："我听见那女的说，我爱你白个头发黑个肉。"

"惟丏怎么回答？"

"那还用问？自然是，我爱你黑个头发白个肉了。"建军一脸坏笑地站起来，上床睡觉去了。

这多半是出于宋建军的杜撰。这段话是对众所周知的钱牧斋、柳如是艳闻的拙劣仿制，当然不足为信。相比之下，从王燕那边传来的消息则要准确得多。

王燕曾对"闽中三杰"之一的黄光辉提及，惟丏似乎在男女之事方面不太开窍。"你们男生最好找个人去点拨他一下。这么下去，我看着都有点儿悬。"

黄光辉知道王燕正和地理系的一个青年教师打得火热，笑道："点拨个鬼呀，我们自己都在水深火热中受着煎熬。看得见，摸不着，心如刀绞。拿什么去点拨他？除非您老人家亲自出马。"

一席话说得王燕杏眼圆睁，一扬手，把杯中喝剩的水泼了他一脸。

据王燕说，惟丏虽然频频和晓梅约会，可光打雷不下雨，说来说去不是什么波罗蜜，就是什么维特根，说得全不着调。说来也奇怪，约会的地点也是一成不变，基本上是围着学校附近的一座空军雷达站转圈子。最后，连雷达站的哨兵都开始怀疑他俩的身份，居然要察看他俩的学生证。有一天，他们在雷达站外的一块稻田边上坐了一个晚上，惟丏一直在说一个名叫李叔同的人。相识这么长时间，他们连手都没有拉过，晓梅渐渐就失去了耐心。

有一次，王燕带她去河西浴室洗澡，在路上，她突然拉住王燕道："王姐，你说惟丏这个人，他的脑子会不会有什么毛病呢？"

王燕一听，就知道他们的进展不太顺利，晓梅似乎已萌生退意，便假装把脸一板，严肃地批评晓梅道："你瞎扯什么呀，惟丏可是咱们系的大才子！有的老师说，像他这样的人才两百年才能出一个。系里已经内定他留校了，前些日子复旦那边还来了一个副校长，专门请他毕业后去那边教书呢。这样的人脑子怎么会有毛病？"

"那他一定是瞧不起我。他说的话有时我连一句都听不懂，这不是成心气我吗？成开虎着个脸，就像别人欠了他三百吊似的。我是乡下来的没错，难道说他脑袋顶上的一头白发都是拌了糖的？”

晓梅越说越委屈，最后索性蹲在地上哭了起来。

“怎么会呢？”王燕也只得蹲下来劝她，“有才华的人都是这个样子。你好歹还和他散过步，他要是在路上遇见我们，眼睛望着天，连话都不会和我们说一句。既然他把你当作神仙一样供着，你呢，就得主动点儿。”

到了五一节前夕，晓梅下了班兴冲冲地跑到了学校，一见到王燕就喜滋滋地向她报告：“惟丏约我五一去他家，还要请我在红房子吃饭。我们还要去普陀山进香。”

这天晚上，晓梅和王燕在学校空旷的体育场上一直聊到深夜，王燕少不得向她传授一些笼络男人的诀窍。两个人畅谈未来，就连结婚后是否比邻而居这一类的细节都经过反复商讨。

五一那一天，他们在红房子西餐厅吃饭。惟丏脸上的表情和以往没有任何不同，既不热情，也说不上冷漠。他耐心地教晓梅如何使用刀叉，告诉她西餐的必要礼仪。除此之外，就没有多余的话了。那天的牛排又老又硬，晓梅咬了一口就搁下了。饭后，惟丏只给自己要了一杯咖啡，晓梅问他：“你为什么不给我要一杯？”惟丏道：“这东西挺苦的，你能喝得惯吗？”他随后也给晓梅要了一杯。为了显示自己完全懂得咖啡的醇美，晓梅闭上眼睛，一口就将它喝光了，烫得舌头上都起了一个泡。

他们俩从西餐厅出来，外面忽然下起了雨。晓梅是带了伞的，可她故意没有拿出来。于是，他们只好共用惟丏的那把伞。惟丏用伞罩着晓梅，自己的身体却被雨水打得透湿。一路上，晓梅不断地偷偷拽他的衣角，可惟丏却丝毫不为所动。那时的静安寺一带灯光昏暗，街道幽深，他们俩在阴湿而又狭窄的弄堂里七拐八拐，最后，走进了一扇石砌大门，由一条旋转木梯上到二楼。

房间里漆黑一片，散发出一阵浓烈的霉湿味。好在窗帘没有拉上，微微透出些屋外昏暗的光亮。惟丏将她领到沙发上坐下。她问惟丏为什么不开灯，惟丏说，他家的电灯两年前就坏了，一直没有请人来修。反正他已经习惯了用蜡烛来照明。在黑暗中，她听见惟丏在划火柴，蜡烛芯大概是受了潮，怎么也点不着。惟丏问她介不介意在黑暗中坐一会儿，可还没等晓梅答话，他又接着道，他平常若不看书，很少点灯。只有在黑暗中，人的灵魂才会安逸。

晓梅怎么也没想到，在喧闹繁华的闹市区，竟然还有这么一个静谧的地方。她的耳膜随之变得十分敏感，似乎有无数的人在她耳边说话。房间宽且高，好像大得没有边际。由于光线太暗，她几乎什么也看不见。雨倒是越下越大了。马路上偶有车过，溅起哗哗的水声。车灯的光柱掠过花园，照亮了窗外宽大的露台和香樟树。

等到她的心稍稍平静下来，就听见楼上有人在弹钢琴。那琴声很微弱，却颇有些幽怨，曲调也是似曾相识的。有一阵子，琴声被飒飒的雨声完全遮住了。这时，惟丏已经从里屋给她端来了一杯茶。看到他在黑咕隆咚的房间里往来穿梭，毫无妨碍，晓梅不觉暗暗称奇。

在晓梅的反复坚持下，惟丏才不知从哪儿弄来了一盏美孚油灯。大概是玻璃灯罩上有了太多的裂纹，上面贴满了橡皮膏。她看见沙发后边矗立着一个蒙着红绸布的什么东西，看上去就像身后站着一位羞涩的新娘。她用手摸了摸，丝绸凉凉的，滑滑的。

惟丏告诉她，那是一面落地的大穿衣镜。前几天，家里来了一个懂奇门遁甲的朋友，说这房子里有一股阴森之气，而镜子当然会使阴气加重，让他用一块红绸布遮住避邪。

晓梅不由得一愣，嘲讽道："你还真的信他的呀？"

"那当然，世上没有什么东西是无缘无故的。"惟丏一本正经地道。

"那我能不能掀开绸布看看？"晓梅伸手就要将绸布揭开。

惟丏脸上的表情陡然就有几分阴郁，急道："你最好不要动它。"

晓梅吓得吐了吐舌头，只好把手缩了回来。她不安地想到，自己若是嫁给他，每天住在这么一个房子里，倒也有点儿吓人。

随后她又听见楼上传来的钢琴声。惟丏说，六楼住着一个因小儿麻痹症而瘫痪的孩子。她每天晚上都会在楼上弹琴，直到午夜两点。奇怪的是，她每次都弹同一个曲子，到现在，这琴声已经持续了十二年。楼中的住户不堪其扰，多次提出抗议，甚至还报告了派出所。可派出所对一个残疾的孩子有什么办法呢？他记得以前曾见过她一次。那时她才六七岁，还能拄着双拐走路，后来就不怎么下楼了。

"她现在大概也有你这么大了吧，可我记住的一直是她幼时的样子。她虽然在弹同一首曲子，可只要仔细听，每次都大不一样。有时候，我觉得她是在为我一个人弹的，她也知道我在听……”

听他唠叨着那些不相干的事，晓梅心中怏怏不乐。她知道惟丏已经沉浸到他自己的世界中去了，而这个世界，她现在还无从触碰。

惟丏靠在沙发上，说话的声音越来越微弱，渐渐地，就变成了临睡前的喃喃自语。他大概是太累了，不一会儿就进入了梦乡。窗户玻璃上雨泻如注，看上去就像一张泪眼模糊的脸。很快，楼上的钢琴声也停了，四周一片寂静。

晓梅一个人坐在灯下，百无聊赖地翻看茶几上搁着的一摞书籍，可那些书都是繁体字的竖排本，没有一册是她能看懂的。她看见地上杂乱地放着一堆唱片，就帮他稍稍理了理。最后，当她转过身来，看见沙发后面的那面蒙着红绸布的穿衣镜时，她的好奇心又来了。她回头看了惟丏一眼：他张着嘴，鼾声如雷，脸上似笑非笑。她不由得心中暗想：我若是偷偷地揭开那块红绸布看一眼，大概也没什么要紧……

那不过是一面普通的镜子，与她小时候在外婆家见过的也没有多大不同，只是木制镶边和镜架的雕工更为细致一点儿而已。

她看见镜子中的自己头发蓬乱，目光骇异，心中不由得暗暗奇怪：怎么这个人看上去一点儿也不像我？她为什么会那样害怕？她拔下发卡，衔在嘴里，从提包里取出一把梳子，准备梳头。为了给自己壮胆，她咧开嘴笑了一下，这一笑，她的嘴唇黏在牙床上，怎么也下不来了。因为她看见镜子中还有另一张脸。这是一张老人布满褐斑的脸。她的心猛地一抖，就像一脚踩空似的……

顺着镜子反射的方向，晓梅慢慢地转过身来。通向里屋的门开着，一个身穿屎黄色军装的老人，正扶着门框，朝她微笑。

接下来晓梅所能做的，就是双手蒙着脸，尽其所能发出持续的尖叫。她在自己的尖叫声中逃离了这个房间，跌跌滚滚地冲下楼梯，发了疯似的在雨中狂奔。当她终于跑到弄堂的尽头，她听见惟丏在她身后大叫：

“不要怕，不要紧的，他是我舅舅……”

“去他的舅舅！让他的舅舅见鬼去吧！”这天凌晨，晓梅一身泥水来到王燕的寝室，依然惊魂未定。本来她和惟丏约好了第二天要去普陀山进香的，可她当着王燕的面将船票撕得粉碎。

一星期后，晓梅将惟丏借给她的那些书，放在尼龙网兜中，一股脑儿地提了过来，让王燕代为转交。事情到了这个地步，王燕知道已经无可挽回了。后来，她一提起这件事，总是叹惋不已："惟丏也真是的，他和舅舅住在一起，也不提前告诉晓梅一声。你说，这大半夜的，屋里突然冒出一个人来，吓人不吓人？"

经人介绍，晓梅很快就找到了一个新男友。他是一位丧偶的刑警。这个经验老到的中年人在与晓梅的第一次约会中，就让她怀了孕。我记得毕业典礼之后，全班同学来到文史楼前拍集体照，晓梅来看王燕，她的孩子已经在草坪上满地乱爬了。

四

转眼间就到了毕业分配的前夕。当我们在校园里再次看到胡惟丏的时候，他已经蓄起了胡子，奇怪的是，他的胡子却是黑色的。他比以往更瘦了，脸色憔悴，目光惊恐。脸上那一成不变的笑容似乎也变得更为灰暗。听邓海云说，有一次他在接待一位来自英国伦敦的学者时，大概说了什么不该说的话，第二天就被市局的便衣捉去训话，他的精神似乎受到很大刺激。从那以后，他的举止变得更为颓唐，后来一度传出他要绝食的消息。当时，择业的焦虑使我们无暇他顾，事情到底如何，已经没有什么人去关心了。

五月初的一天，我从图书馆还完书出来，刚走到丽娃河的彩虹桥上，一辆自行车疾驰而来，吱的一声停在了我的面前。我抬头一看，发现惟丏正笑眯眯地看着我。我知道他不是真笑，便认真地问他有什么事。他说起我不久前发表在学报上的一篇有关尼采的论文，并表示他完全不能同意我的观点。我们站在桥头讨论了两个多小时，天就渐渐地暗了。

惟丏看了看表，对我道："我得赶紧走了。我的被子还晒在宿舍楼下，一会儿要下大雨了。"

我看了看天，心中暗笑：天上晚霞绚烂，清风徐至，哪儿来的什么雨？

"我请你吃饭怎么样？"他不断地抚弄着书包带子，"我们可以好好聊聊。"

"什么时候？"

他想了一下，像背书似的对我道："两个星期之后的星期五。这个星期不算，再过两个星期，第三个星期的星期五。下午四点，你到静安寺来，记住了吗？”

我完全被他弄糊涂了，只得含混地答应了一声。他就骑着自行车晃晃荡荡地走了。

不一会儿，天空突然乌云翻滚，梧桐狂摆，树叶乱飞。我刚刚来得及跑回第一宿舍的屋檐下，大雨追赶而至，在校园里腾起了一股白烟。

惟丏的严正守时是出了名的，不过，这样的约定对我这样一个懒散惯了的人来说，也过于夸张了。由于担心错过两个星期后的那个约会，我不仅每天在日记中提醒自己，甚至还在手边的每一本书里都夹了备忘的纸条。我还嘱咐宋建军和向国忠帮我记着这件事，到时候别忘了提醒我（事实证明，他们无一例外地把它忘得干干净净）。即便如此，这两个星期我每天都是在难挨的失眠中度过的。

要想计算出两个礼拜后的星期五是五月二十一号，这还并不难，问题是惟丏并没有告诉我他家的地址。随着约定见面日期的临近，经人指点，我只得去楼上向邓海云打听。

邓海云独自一人坐在棋盘边，一边抠着脚丫子，一边打谱。我说明了来意，他连看都不看我一眼，就冷冰冰地长嘘了一口气，道：

“不清楚。”

“你不是去过他家吗？”

“是去过，不过早忘了。”

说完他就站起身来，从墙角抓过两只水壶去食堂打开水去了。

他们寝室的人告诉我，海云与惟丏不久前已经绝了交，平时最不愿意别人提起惟丏这个人。事情的起因据说是源于不久前的毕业动员大会。邓海云是刚入党的新党员，辅导员让他代表全系毕业生在大会上做一个发言。邓海云用了差不多一个月的时间准备发言稿，题目是《从存在主义者到马克思主义者》，披露了他是如何从一名绝望而虚无的存在主义信徒成长为坚定的马克思主义者的心路历程。这篇报告全文分三次发表于校刊上。

不久以后，他就收到了惟丏给他寄来的绝交信。信中到底写了什么，众说纷纭。但邓海云精神上无疑受到了极大的打击。据知道内情的同学介绍说，这封信的措辞出人意料地严厉。大致的意思是说，邓海云这样无法连续思考六十秒以上的人，既不懂存在主义，也不懂什么马克思主义……

后来，老魏提醒我说，想要惟丏的地址倒也不难，不妨去找一下系办公室的孔梨初老师。他那儿有所有学生的学籍档案。老孔是一位仁厚长者，他的身上还残留着旧社会过来的办事员所特有的谦卑和严谨。他不仅工工整整地从学籍卡上替我抄录了惟丏家的详细住址，还顺手替我画了一幅交通图，并标明了所有换乘公共汽车的班次和地点。

到了五月二十一号这一天，我比预定时间提前了三个小时挤上六十七路公共汽车，向静安寺进发。即便有了老孔的那张地图，当我找到那个名叫"漱石公寓"的花园洋房时，还是迟到了十五分钟。无数狭窄阴湿的小弄堂盘根错节，让人头晕目眩。每一条小路都极为相似，我有好几次发现自己绕了一个大圈，又回到了原点。当我沿着吱吱作响的楼梯上到二楼，忽然看见一个穿着旧军装的老头正在楼梯口阴沉沉地看着我。和晓梅的描述一样，老头军装的颜色是屎黄色的，我似乎只在抗美援朝的电影中见到过。他详细盘问了我的姓名和来意之后，忽然咧开嘴笑了一下，轻轻地推了一下旁边的一扇门，道：

"那么，请进。"

我注意到楼梯的窗户上镶嵌着彩色玻璃，就像教堂的彩绘一样。房间里光线昏暗，乱七八糟地堆满了书。老头让我在沙发上坐下，就到里屋倒茶去了。沙发宽大松软，茶几却很狭小。仔细一看，原来是一张小课桌。那是一张小学生用来上课的课桌，只是腿被锯短了一些。我一进门就发现天花板上垂下的一个电灯头，结满了蛛网，没有灯泡。墙上的一面挂钟早已停摆，指针指向了八点一刻。

我坐在沙发边，看着小课桌上烧剩的半截蜡烛，感到头皮发麻，很不自在。老头给我端来了一杯茶，茶杯的内壁积满了污垢，可以看出杯子很久没有洗过了，只是杯壁上古旧的人物肖像依稀可辨，一看就是百十年以上历史的旧物。

我问他惟丏怎么不在家，老头笑了一下，徐徐道："今天一早，忽然说有急事，走了。"

"去了什么地方？"

"不知道。"老头冷冷地道，"也许是去九华山了吧。"

“可是，是他约我来这儿与他见面的……”我惊愕地说道。

“没错，你不用着急。”老头递给我一个大牛皮纸信封，“你看看这个，他临走前让我把这个交给你。”

信封没有封口，我随即打开它。除了一封信，里面还有一幅国画。这封信是写在宣纸上的，用的当然是毛笔，可写的却是英文。翻成汉语的大致意思是：

> 抱歉！我目前的心情不适合与任何人见面。
>
> 事情来得太突然，来不及与你告别。
>
> 为了弥补我失约的愧疚，特备小礼物一件，以作永久纪念。

“永久”二字，让我的心猛地往下一沉：难道是诀别信？再想到信中“来不及与你告别”一句，似乎也别有所指，于是心里惶惶不安。我又赶紧拿过那幅画来，细细观瞧。画上画的是一些兰花和怪石，我知道惟丏平常喜欢画些国画、水彩什么的，也就没怎么留意。

“他不会出什么事吧？”

“不会的。”老头蛮有把握地对我道，“他早晨天不亮就起床把我叫醒了。也有可能他一夜没睡。他说他要出去一趟。我问他要去哪里，他说他与九华山什么白莲寺的一个住持很要好，他要去那儿的禅房住几天，静静心。”

“您是他舅舅吗？”

我这么一问，不知为何，老头立刻就有点儿不高兴，白了我一眼，目光像惟丏一样严厉，似乎我这个问题有点儿不太礼貌。随后，令我感到吃惊的是，他竟然顺手拿过一个蒙着白绸的绷子，翘起兰花指，低下头开始绣起花来。他的手指白皙细长，骨节毕现，中指上戴着一枚铜质的顶针。看到他熟练地穿针引线，我愈加感到不安。

房间里一切陈设都显得杂乱而陌生。高大的墙壁朝东的方向有一扇小门通往里屋，不过门是关着的。门框的四周镶有马赛克饰纹，门边原有一块花窗，后来用水泥封上了。紧挨着挂钟的墙角摆着一个铸铁的花架，不过上面并没有放上些名花异草，而是晾着一条蓝色的平脚短裤。南玻璃窗又宽又大，通向碧绿的花园。我看见院中的紫藤已经开了。窗边墙上的木钉上挂着一块油腻腻的腊肉。腊肉旁边是一幅古画。

我很难断定那幅画是真迹还是赝品，不过，“吴江晴雪图”几个字却还隐约可辨。当然我也注意到了那台老式的留声机，就在沙发边上，几乎伸手可触，一大堆唱片乱七八糟地搁在地板上。留声机旁有一个木架，上面覆盖着一块红绸布，的确如晓梅所说，看上去就像一位羞涩的新娘。我想，这大概就是让女售货员“午夜惊魂”的那面穿衣镜了。

我略坐了几分钟，就起身告辞。那老头也不挽留，停下手里的活，站起身来，一迭声地对我道：“真是不巧，害你白跑一趟。”

我走到门口，看见墙边有一排柚木的书架，书架上有个草编的篮子，里边搁满了橡皮、铅笔、小刀、信封一类的物件，作为惟丏令人匪夷所思的爱情的见证，那上面早已覆盖上一层厚厚的灰土。

我回到学校，已经是晚上七八点钟了，寝室里只有老魏和他的女友王曼君。王曼君自从被李家杰抛弃之后，为了报复，开始疯狂地更换男友。据说她曾偷偷地打过两次胎，她希望通过糟践自己的办法，来使铁石心肠的李家杰回心转意，这当然是徒劳无益的。在大学毕业前夕，这位留下一身伤痛的前上海市跳远冠军终于决定弃暗投明，投向了老头子魏挺的怀抱。老魏也迅速地与在乡下的老婆离了婚，并成功地迫使法院把三个孩子都判到了老婆的名下。

我们寝室有一个不成文的规矩，只要王曼君来，大伙儿全都会在两分钟之内自动消失，将寝室留给他们单独享用。从这件事上，也可以看出魏挺的显赫权威。

我一进屋，就看见王曼君正用小刀往脚盆里削着生姜片，准备让老魏泡脚。

我对老魏说了说惟丏去九华山的事，并给他看了信。老魏的英文不大好，稍稍迟疑了一下，就将信件递给王曼君，道：“翻。”

老魏对惟丏送给我的那幅画赞不绝口，对于惟丏的突然出走并没有表示出什么兴趣。

“你的意思是说，他会自杀吗？”老魏坐在脚盆边，已经脱去了鞋袜，高挽起了裤腿，一双大腿被体贴周到的王曼君按在了脚盆里。他飞快地看了我一眼，又转向王曼君，“不行不行，君君，水还是太凉了。你怎么搞的？”

随后，他把那封信扔过一边，又拿起那幅画上上下下看了起来，眉头越皱越紧。过了好一会儿，他突然问我："这幅你能不能借我用几天？我想拿去临摹一下。"

我知道老魏兼着学校书画协会的会长，平时就爱写写画画，就随口道："你要是喜欢，就留下它好了，反正我也没有什么用。"

第二天，我在文史楼前碰到了辅导员，就将这件事向他做了汇报。辅导员正被毕业分配的事搞得焦头烂额。几乎所有人都指责他暗中操控，营私舞弊。两个分别来自内蒙古和河南的同学同时威胁要用啤酒瓶捅死他。我话还没说完，他就支支吾吾地哼了一声，转身走了。

倒是邓海云在得知这一最新情况后，专门找我详细询问了事情的来龙去脉。他严肃的表情证实了我的担心不是杞人忧天：

"不行，我得赶去九华山一趟。"

当时，邓海云在毕业前无事可干，已经答应跟着李家杰去烟台贩苹果了。现在临时变卦去九华山，弄得李家杰很不高兴。

海云这个人，不管怎么说，虽然做人圆滑，但天性纯良。在惟丏与他公开绝交的情况下，他仍然决定去九华山找惟丏，这赢得了我们班全体女生的一致赞誉。一个名叫赵欣的云南女孩为他的行为所感动，自愿报名与他一同前往，邓海云当然慨然允诺。没人知道他们的九华山之行有没有见到惟丏，不过，当他们从那儿回来之后，两个人居然手拉手，公然在校园内出双入对。邓海云更是张口"欣欣"，闭口"欣欣"，叫得让人心里直发颤。

毕业前夕的惟丏，在学校的声誉和影响力早已今非昔比。此前，尽管系里的三位主任曾轮番出面请他吃饭，劝他留校任教，可无一例外地遭到了惟丏坚决的拒绝。后来，辅导员谈起他来，语调已隐约有些不悦：他这个人，学问没的说，就是做人爱钻牛角尖。难道他就不知道大观园中也有"过洁世同嫌"这样的告诫吗……

五

李家杰病故以后，留下了一封遗嘱。有一笔数额不明的款项（后来我知道是二十五万）被指定赠予胡惟丏。据遗嘱执行人之一的曹尚全透露，胡惟丏是全年级唯一一个让李家杰感到自卑的人。他想通过这笔赠款表达对后者的尊敬。在这封文情并茂的遗嘱中，李家杰这样写道：

这笔钱赠予胡惟丏，就是赠予我自己。因为胡惟丏的道路，就是我自己想走而未得的道路。我在欲望的泥淖中陷得越深，惟丏那超凡脱俗、卓尔不群的形象就会愈加清晰。他这一类人的存在，证明了我们这个世界还有希望。

问题是，在毕业十多年后，要想确定胡惟丏的准确行踪已非易事。中国社会重新大洗牌，这使我们都有了两世为人的颓唐和伤感。在偶尔举行的同学会上，胡惟丏这个名字已经多少有一点儿陌生感了。有人甚至断然否认，我们班曾经有过一个名叫胡惟丏的人。曹尚全想尽了一切办法来追查这个白发隐士的行踪，结果一无所获。有人说他去了安徽老家，承包了五十亩的棉花地，养了无数的蜜蜂，并办了一个书院；有人说他出国去了印度，在德里大学潜心研修梵文；当然，还有一种说法，听起来似乎更为可信：惟丏实际上哪儿都没去，他就在自己家附近的静安区图书馆当管理员。

到了二〇〇三年的春节，在恭贺新禧的手机短信中，突然传来了惟丏自杀身亡的消息。他从漱石公寓的顶层跳到了自家的露台上。由于大雪一直下个不停，他的遗体很快为积雪所覆盖，一个星期后才被水暖工发现。类似的短信接踵而至，这让我在尖锐的惊愕中不能抱有任何的侥幸。王燕在给我发来的短信中只有一句话，却恰如其分地宣告了一个时代的终结：

世间已无胡惟丏。

二〇〇五年盛夏，我在拉萨讲学半年之后，准备返回北京。我托人订了一张由贡嘎机场直飞北京的空军联航机票，这样不仅可以避免在成都转机的不便，还可以节省大约一半的费用。联航的飞机差不多半个月一班。西藏大学的一位副校长建议我利用回京前的这段闲暇，去藏北的那曲看看，或者去藏南的日喀则游览扎什伦布寺。我假意应承下来，实际上哪儿都没去。

我搬出西藏大学的宿舍，借住西郊的一位朋友家。他和妻子去了德钦，我正好帮他们看家。那是一片山前的开阔地，长满了齐人高的茅草，乌鸦云集，蜻蜓乱飞，看上去有些荒凉。接下来的日子既闲适，又寂寞。我晨昏颠倒地打发着一天天的光阴，很快就忘记了时间。白天酷热难当，我成天酣睡；到了晚上，暴雨如期而至，天气变得十分凉爽，我就在灯下阅读《左传》，有时也看看电视。

一天，我正在午睡，我楼下的邻居，一个藏族小姑娘带着她的大狼狗，给我送来一封信。我因为害怕那条凶猛的牧羊犬，正犹豫着要不要开门，那小姑娘调皮地笑了笑，将信从窗户外丢了进来。

实际上，那不过是一张明信片。它是一个名叫“旺堆”的人寄来的，只有寥寥数字。他说，直到最近才在互联网上看到我来拉萨讲学的消息，问我是否有兴趣“在适当时间”去热振寺做客。

我知道拉萨有很多名叫“旺堆”的人，可惜的是，我一个也不认识。况且，这个人既然在寺庙修行，说明是个僧人，可他居然还能浏览互联网，确实有点儿怪怪的。

可是当我把这张明信片翻过来，看到它正面的那张达·芬奇的著名油画时，冷不防出现的蒙娜丽莎的诡异笑容吓了我一跳。我的心像是被什么锋利的东西割了一下：莫非，这个署名旺堆的人就是胡惟丏？

这当然是不可能的。胡惟丏在两年前的一个大雪之夜自杀身亡，至少十多个同学赶往龙华殡仪馆，向他的遗体告别。据说，他的遗体因被积雪覆盖，一个星期后才被人发现……我拿着那张明信片，呆呆地站在那儿，看着窗外又高又远的蓝天，心中突然感到一种从未有过的阒寂和虚幻感。

我决定当晚就前往热振寺。

我的行程并不怎么顺利。我在尘土飞扬的大街上走了很远，也没看见一辆出租车。天快黑的时候，在罗布林卡附近，我总算找到了一辆电动三轮车。司机倒是去过热振寺，可向我提出了一个高得离谱的价格，我看了看暮色四合的街道，也只得答应下来。

电动三轮车带着我，嘀嘀地叫着，很快就到了拉萨河边。我们顺着河边高高的堤坝一路往北，不一会儿就出了拉萨市区。沿途所见，无非是成群结队的牦牛、大片的青稞地、夕阳中翡翠般的沼泽地、一座又一座的玛尼石堆、挂满树枝的缤纷的经幡……

我们抵达热振寺外的时候，月亮已经升得很高了。红白相间的寺庙建造在湖边的山坳里。湖水湛蓝，岸边长着茂密的芦苇。我能够看见湖边四周的雪山和树木倒映在水中，奇怪的是，树木是红色的。天上的繁星和月光平铺在水面上，波光闪烁，就像有人向湖中撒下了无数的金币。

在寺庙门前，我说出了旺堆的名字。一个来自康巴的僧人领着我，绕过正殿前数不清的酥油灯，穿过配殿的游廊，走上了一条石砌的山道。一群放生的小狗欢叫着，一路跟着我们。这个僧人将我带到一个幽暗的破旧僧房里，四下看了看，然后对我说："或许正在经堂讲经，我这就去告诉他。"随后他就走了。

僧房里有一股淡淡的藏红花的香气。墙上挂着一幅唐卡。眼中所见，陈设十分简陋，不过一床、一桌、一凳、一灯而已。当然，由于灯光晦暗，我看到的不过是一个局部。

很快我就听见了说话声。一个身穿深红袈裟的僧人，身后跟着一个八九岁的提灯小童，正朝这边走过来。

"我知道你会来的，可没想到这么快。"他来到近前，望着我，似笑非笑，"我们有二十年不见了吧？"

他的声音听上去显得非常虚弱。他身后的那名小童向我吐了吐舌头，灯影一晃，就消失不见了。

说实话，直到这时，我仍然不敢相信他就是惟丏。他的身上散发着僧侣特有的气息，虽然满头的白发被剃掉了，可高原上的紫外线使他的那张脸看上去更为苍老。

"我是该叫你惟丏呢，还是旺堆？"我试探与他寒暄。

"随你好了。"他招呼我在桌边坐下，他自己则坐在床沿，"你大概还没吃饭吧？"

那个小童又不知从哪儿晃了回来。他给我弄来了一些糌粑，几块奶渣，一块牛肉，还有一只陶钵。糌粑有点儿难以下咽，奶渣有一股膻腥气，我本以为陶钵里盛的是酥油茶，尝了一口才知道，原来不过是一钵清水。

他静静地看着我吃饭，让我说说"那边"的情况。我听见他嘴里说的"那边"这个词，还是吓得出了一身冷汗。由于"那边"的事情过于纷乱，我一时不知从何说起，就首先提起了传说中他的死，同时悄悄地观察他的脸色。和我预料的一样，他没有表现出任何吃惊的神态，而是用他那惯常的暖昧语调对我说：

“如果他真的死了，那么你现在见到的就是另外一个人。”

他就像条泥鳅一样滑，你根本就抓不住他。

我很快就提到了李家杰。我问他还记不记得班上一个名叫李家杰的人。他点了点头：“怎么不记得？读书的时候，他好像一直在忙着谈恋爱，先是王曼君，然后是苏眉，你说的是不是这个人？后来我听说他做生意发了大财。”

我告诉他，李家杰如今“也”已经不在了。他死于糖尿病所引发的肾脏衰竭。我还说起李家杰死前指名要留给他的那笔遗产。我把那份遗书一字不落地背给他听。他的脸在油灯的光影中忽明忽暗，在叹息良久之后，他忽然对我道：

“这听上去就像一个讽刺。”

我吃惊地望着他：“我不太明白你的意思。不管你是否愿意接受那笔遗产，可人家毕竟还是善意的。”

他悲哀地看了我一眼，接着道：“我知道他指定将那笔钱给我，是出于善意。不过，这件事本身仍然是一个天大的讽刺。他在遗书中说，他想过我的生活，可是他大概不会想到，也许我做梦都想过他的生活。你知道，我本可以留校，随便找个什么人结婚，从此过上碌碌无为的日子。没有什么希望，但也不至于绝望。为了达到这个目标，我几乎耗尽了心血。也许，我们每个人的心底里都想过别人的日子，这就是这个世界的根本悖谬所在。”

他说话的声音很低，最后变成了含混不清的自言自语，就像从窗下吹过的一阵山风。不久，他就提到了毕业前夕我对他的那次拜访。

“其实，我没有去九华山。当时，我就在房间里。我躺在里屋的凉席上，听着你和舅舅说话。我虽然已打定主意与这个世界告别。可任何决定都是可以改变的。任何时候改变决定都还来得及。有时候，只要向前跨上一步，就可以进入另一个世界。比方说，我只要从床上爬起来，走到外面的客厅里，大大方方地向你道歉，告诉你这不过是一个玩笑。然后我们两个人可以到街上随便找个馆子喝酒畅谈。如果喝醉了，还可以说几句脏话。我只要从床上蹦起来，走出去，事情就解决了。甚至，当我听见你下了楼，走到外面的弄堂里时，我还在犹豫要不要请舅舅追出去，把你喊回来。可我知道我不配。我躺在凉席上一动不动，最后出了一身大汗。”

说到这儿，他忽然想起了一件什么事，转过身来对我说："我送给你的那幅画还在不在？"

"什么画？"

"金农的《兰石图》。我把它装在一只大信封里，让舅舅交给你的。"

我的眼前突然浮现出他那个穿军装、会绣花的舅舅来。他的确曾交给我一个大信封。至于里面的那幅画，我以为是惟丏本人的习作，后来被魏挺借去临摹，就留在了他那儿。我把这些细节原原本本地跟他说了一遍。他的脸上并无任何惊讶的表情，过了一会儿才淡淡地道："也许那幅画本来就该归魏挺。不过是借了你的手。"

接下来我们又聊了会儿别的事。他提出为我摩顶，我答应了。到了午夜，他又问我是否介意在他的寺庙里住一宿，我也欣然同意。他在地上铺了一条藏毯，却坚持让我睡他的床。

临睡前，我半开玩笑地对他说："会不会，我一觉醒来，发现自己来到了另一个世界？"

他吹灭了灯，在黑暗中对我道："试试看吧，反正你迟早会醒来的。"

我很快就醒了。楼下的那条大狼狗还在汪汪地叫着。白花花的太阳依然高挂在天空。我从床上起来，感到头痛欲裂。我终于想起来，则才楼下的藏族小姑娘给我送来了一封信，它就搁在窗下一只大花瓶的边上。

我拆开那封信，里面是一张联合航空公司派人送来的机票。

飞机在北京西郊机场上空降落的时候，不知怎么，我忽然又想起在拉萨做过的那个奇怪的梦来。看着窗外肮脏、昏暗的大地，我的眼泪止不住地流了下来。我的确有些疑心，我们班是否真的有过一个名叫胡惟丏的人。他和我们同学四年，却似乎真的从来就没有存在过。他在一个大雪纷飞的夜晚悄悄告别了这个世界，什么痕迹都没有留下来。我甚至已记不得他长什么样了。唯一还能想得起来的，就是他脸上暧昧而古怪的笑容。

它是一种矜持的嘲讽，也含着温暖的鼓励，鼓励我们在这个他既渴望又不屑的尘世中得过且过，苟安偷生。

选自《蒙娜丽莎的微笑》，上海文艺出版社2014年版

编选理由：

我曾经有过这样一个设想：写一组情节、人物彼此包孕、互相镶嵌的小说（计划中有十篇），最后构成一部长篇系列小说。但这个计划因为《江南三部曲》的死灰复燃，而不得不搁置。最后完成的只有两篇：《不过是垃圾》和《蒙娜丽莎的微笑》。《江南三部曲》完成后，我也曾挣扎着试图续写这个系列小说，因为时移世易，当初的构想已经变得相当隔膜，最终不得不放弃。